기초부터
실무까지 **혼자서도 쉽게** 하는
시네마 4D

기초부터 실무까지 혼자서도 쉽게 하는
시네마 4D

발행일 2021년 10월 05일 초판 발행
2023년 5월 20일 초판2쇄 발행
2024년 4월 20일 초판3쇄 발행
2024년 12월 10일 초판4쇄 발행

저자 김용찬 · 정현재
발행인 정용수
발행처 ☆예문사
주소 경기도 파주시 직지길 460(출판도시) 도서출판 예문사
대표전화 031) 955-0550
팩스 031) 955-0660
홈페이지 www.yeamoonsa.com

등록번호 11-76호
ISBN 978-89-274-4117-5 13800

정가 39,500원

기초부터
실무까지 **혼자서도 쉽게** 하는

시네마 4D

예문사

저자의 말

저자
김 용 찬

현재 다양한 디자인 분야에서 시네마 4D에 대한 관심이 나날이 높아지고 있습니다. 이는 툴이 가진 강력한 기능과 사용에 대한 직관성이 User에게 접근이 용이하고 활용이 쉬운 장점이 있기 때문입니다.

저는 이 책을 통해 시네마 4D에 입문하는 분들을 쉽게 안내할 수 있는 지침서로서 기준이 될 수 있는 내용을 위주로 담았습니다. 디자이너에게 가장 중요하다고 할 수 있는 기초(Fundamentals) 부분을 중점적으로 다루어 고난도 아트워크/모션그래픽 제작을 위한 첫 시작을 열어주는 계기가 될 것입니다. 또한, 소프트웨어가 가진 수많은 기능을 차근차근 순서에 맞게 익히고, 익힌 기능들을 활용하여 표현하는 경험을 통해, 여러분이 속한 다양한 디자인 분야에서 효과적으로 활용할 수 있도록 도구의 사용법과 3D 그래픽스 이론 지식을 습득할 수 있도록 구성하였습니다.

저는 이 책이 입문자는 물론, 실무에서 일하고 있는 디자이너까지 언제든 곁에 두고 참고할 수 있는 책이 되길 바랍니다. 많은 분이 이 책을 통해 3D 그래픽스를 쉽게 배우고 익힐 수 있는 계기가 되길 소망합니다.

지금부터 시네마 4D와 함께 3D 그래픽스의 즐거움을 경험해 보고, 나아가 여러분이 표현할 수 있는 새로운 디자인 장르를 개척해 보길 바랍니다.

저자
정 현 재

저는 김용찬 대표님께 시네마 4D를 배운 학생이었습니다. 무작정 3D가 좋아서 대학교 1학년 여름방학에 VSLAB 아카데미에 등록했고 알차고 쉬운 강의를 통해 시네마 4D를 금방 터득하여 현재까지 시네마 4D를 활용한 업무를 하며 커리어를 쌓고 있습니다.

저는 시네마 4D를 접하는 모든 이들이 쉽고 재미있게 배워 자신의 목표를 이루고 실력 있는 디자이너들과 더 성장할 수 있는 선순환이 이뤄지길 바라고 있습니다. 이 책도 그런 바람의 연장선입니다. 저의 스승이자 멘토인 김용찬 대표님과 함께하는 좋은 기회이기도 하지만 이 책을 접하는 많은 학생, 혹은 취준생분들과 실무자들에게도 도움이 되었으면 좋겠습니다.

시네마 4D에 대해 관심 있는 분이라면 '접근성이 좋다', '배우기 쉽다'라는 이야기를 많이 들었을 것입니다. 하지만 시네마 4D도 3D 프로그램이다 보니 초보자들에게는 다소 어렵고 생소한 개념이나 용어들이 있을 수밖에 없습니다. 이 책은 평소 시네마 4D를 강의하면서 초보자들이 꼭 알았으면 좋겠다고 생각했던 내용들을 최대한 반영하고자 노력했습니다. 초보자뿐만 아니라 일정 수준 이상의 실력을 갖춘 후에도 놓치고 있던 기본적인 개념, 기능 그리고 용어들을 다시 파악하고 재정비하는 데에도 도움이 될 수 있을 것입니다.

누구든 시네마 4D를 다루면서 탄탄한 기초를 다지고 언제든지 부족한 부분을 채울 수 있고, 실무 그 이상으로 나아가는 모든 이들에게 밑거름이 되길 바랍니다.

목 차

목차 _CONTENT

예문사 홈페이지 자료실
예문사 홈페이지에서 실습 예제 파일을 다운로드하세요.
www.yeamoonsa.com

시네마 4D를 본격적으로 시작하기에 앞서 프로그램의 화면 구성과 어떤 방식으로 조작하는지에 대해 알아보겠습니다. 3D 프로그램의 특성상 처음 마주하는 화면은 복잡하고 어려워 보일 수 있지만, 상당히 직관적으로 잘 정리된 인터페이스를 가지고 있어 전체적인 인터페이스의 구성만 잘 이해하면 어려움 없이 프로그램에 익숙해질 수 있습니다. 3D로 구성된 작업 환경이므로, 2D 프로그램을 다뤄보았던 사용자라면 쉽게 익숙해질 수 없겠지만 앞으로 알아볼 기본 단축키를 잘 숙지하고 꾸준히 시네마 4D를 다루다 보면 쉽게 조작할 수 있습니다. 이제 본격적으로 시네마 4D에 대해 알아보겠습니다.

시네마 4D
시작하기

01 시네마 4D 인터페이스

≫ 시네마 4D의 화면이 어떻게 구성되어 있고, 어디에 어떤 기능들이 자리하고 있는지 알아보도록 하겠습니다. 화면에 자리하고 있는 각 기능의 세부적인 내용은 다음 단원에서 공부할 예정이며, 여기서는 가볍게 알아두면 좋은 내용 위주로 훑어보며 시네마 4D와 익숙해져 보도록 하겠습니다.

01 시네마 4D 인터페이스 살펴보기

시네마 4D를 처음 실행하면 다음과 같은 화면 구성이 나타납니다. 시네마 4D는 마우스와 키보드를 모두 사용하여 조작할 수 있으며, 마우스만 사용해도 충분히 모든 기능을 이용할 수 있습니다. 하지만 빠르고 효율적인 작업을 위해 앞으로 나올 단축키들을 꼭 숙지해 작업하는 걸 권장합니다.

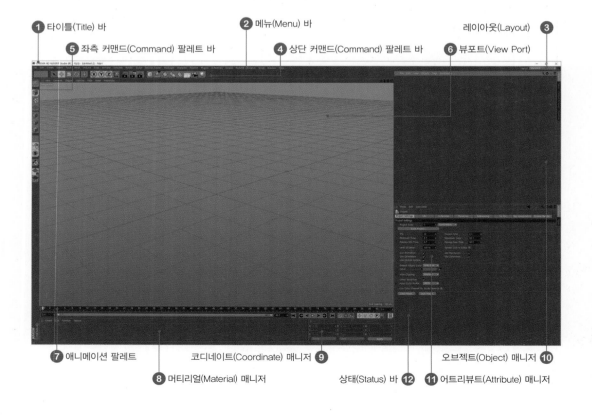

1 타이틀(Title) 바
2 메뉴(Menu) 바
3 레이아웃(Layout)
5 좌측 커맨드(Command) 팔레트 바
4 상단 커맨드(Command) 팔레트 바
6 뷰포트(View Port)
7 애니메이션 팔레트
9 코디네이트(Coordinate) 매니저
10 오브젝트(Object) 매니저
8 머티리얼(Material) 매니저
12 상태(Status) 바
11 어트리뷰트(Attribute) 매니저

1 타이틀(Title) 바

시네마 4D를 실행했을 때 상단에 버전과 함께 작업하는 파일명이 표시되는 영역입니다. 일반적으로 시네마 4D의 파일명을 별도로 지정하지 않았을 때, 'Untitled'라는 이름 뒤에 숫자로 설정됩니다.

CINEMA 4D R20.026 Studio (RC - R20) - [Untitled 1] - Main

2 메뉴(Menu) 바

시네마 4D가 가진 인터페이스의 제일 상단에 위치하는 메뉴 바입니다. 자주 사용하는 기능들은 대부분 큰 아이콘으로 다른 인터페이스 영역에 위치하고 있지만 메뉴 바의 세부 메뉴에는 더 다양한 기능들이 숨겨져 있습니다. 추가로 플러그인을 설치하면 기본 메뉴 바에 별도의 메뉴가 생성되기도 합니다.

File Edit Create Select Tools Mesh Volume Snap Animate Simulate Render Sculpt Motion Tracker MoGraph Character Pipeline Plugins Script Window Help

3 레이아웃(Layout)

화면 우측에 위치한 레이아웃 설정입니다. 시네마 4D는 작업 환경에 맞는 인터페이스 레이아웃을 기본값으로 10가지의 레이아웃을 제공하며, 이름에 어울리는 작업 환경을 가진 인터페이스를 가지고 있습니다. 예를 들어, 'Animate'는 애니메이션 작업에 최적화된 인터페이스로 구성되어 있습니다. 하지만 해당 레이아웃을 선택해야 특정 작업을 수행할 수 있는 것은 아니며 기본 설정인 'Startup' 레이아웃에서도 모든 작업을 수행할 수 있습니다. 'Startup' 레이아웃은 기본적으로 설정된 초기 실행 화면에 해당하는 레이아웃이고 'Startup (User)' 레이아웃은 사용자가 직접 지정한 레이아웃입니다. 즉, 사용자가 원하는 레이아웃의 인터페이스를 프리셋 개념으로 지정해 사용할 수 있습니다. 인터페이스를 수정하고 레이아웃으로 저장하는 방법은 뒤에서 따로 안내하겠습니다.

❹ 상단 커맨드(Command) 팔레트 바

제일 많이 사용하는 기능들이 모여 있는 영역으로, 제작에 필요한 대부분의 기능들은 커맨드 팔레트 바에 있습니다. 총 다섯 개의 그룹으로 분리되어 있으며, 첫 번째~세 번째에 해당하는 그룹은 기본적인 조작과 관련된 기능들입니다. 네 번째 그룹은 렌더링과 관련된 기능들이 모여 있고, 다섯 번째 그룹은 다양한 오브젝트들을 불러와 생성할 수 있는 기능들이 모여 있습니다.

① 🔙 Undo(Ctrl + Z) : 취소(뒤로 가기) 기능입니다. 시네마 4D에서는 중간에 Redo를 하지 않는 이상 상당히 많은 횟수까지 이전에 작업하던 과정으로 돌아갈 수 있습니다.

② 🔜 Redo(Ctrl + Y) : 재실행 기능입니다. 마지막으로 취소한 상태를 원래대로 돌려놓는 기능으로, Undo의 반대 기능입니다.

③ 🔘 Live Selection(9) : 기본 선택 툴로, 가장 많이 사용하는 선택 툴입니다. Live Selection 툴을 활성화하고 대부분 작업하며, Live Selection 툴의 확장 버튼을 클릭하여 다른 선택 툴을 선택할 수 있습니다.

ⓐ 🔲 Rectangle Selection(0) : 사각형 영역 선택 툴입니다. 여러 개의 요소를 선택할 때 가장 많이 사용하는 툴입니다.

ⓑ 🔘 Lasso Selection(8) : 원하는 영역을 자유롭게 드래그하여 선택하는 올가미 선택 툴입니다. 여러 개의 요소를 선택할 때 사용하는 선택 툴 중 하나입니다.

ⓒ 🔘 Polygon Selection : 마우스를 여러 번 클릭하여 다각형의 형태로 만든 영역을 선택하는 다각형 선택 툴입니다. 여러 개의 요소를 선택할 때 사용하는 선택 툴 중 하나입니다.

④ ✛ Move(E) : 뷰포트 상에서 오브젝트나 요소를 이동할 때 사용하는 툴이지만 오브젝트나 요소 이동은 Live Selection 툴을 더 많이 사용하며, 모델링 시 요소를 이동할 때 Move 툴을 사용하기도 합니다. 오브젝트나 요소를 이동할 때 항상 X, Y, Z축 하나씩만 핸들을 드래그하여 이동하는 것이 좋습니다. 뷰포트 빈 곳을 드래그하여 이동할 경우 예측할 수 없는 방향으로 이동될 수도 있습니다.

⑤ 🔲 Scale(T) : 오브젝트가 선택된 상태에서 크기를 조절할 때 사용하는 툴로, 뷰포트의 빈 곳을 클릭하고 좌우로 드래그하면 전체 크기가 일괄적으로 조절됩니다. 하지만 Make Editable을 진행한 오브젝트는 Scale 툴로 특정 축에 해당하는 핸들을 드래그하면 해당 축에 한해서만 크기 조절이 가능합니다.

⑥ 🔄 Rotate(R) : 오브젝트나 요소의 회전 값을 조정할 때 사용하는 툴로, 특정 축에 해당하는 핸들을 하나씩 드래그하며 조절합니다.

⑦ Tool History : 사용한 기능을 히스토리 형식으로 보여줍니다.

⑧ ⓧⓨⓩ Axis : 각 축에 대한 활성화 옵션입니다. 기본값으로 모든 축이 활성화된 상태이기 때문에 모든 축에 대한 조절이 가능합니다. 만약 모델링이나 애니메이션 과정에서 특정 축에 대한 조작을 제한하고 싶을 때 해당 축을 클릭하여 비활성화할 수 있습니다. 비활성화된 축을 다시 클릭하면 활성화됩니다.

⑨ 🗔 Coordinate System(W) : 작업 과정에서 선택한 오브젝트나 요소의 축 기준을 설정합니다. 아이콘의 형태가 육면체 형태로 되어 있을 경우 오브젝트 고유의 축을 기준으로 설정하고, 지구본 형태로 되어 있을 경우에는 프로젝트의 월드 축을 기준으로 설정하게 됩니다. 모델링이나 애니메이션 작업을 할 때 많이 활용하는 기능입니다.

⑩ 🖼 Render View(Ctrl + R) : 현재 보고 있는 뷰포트 그대로 렌더링합니다. 뷰포트 상에서 렌더링하는 것이기 때문에 다시 시점을 바꾸거나 다른 기능을 사용하면 렌더링은 바로 비활성화됩니다.

⑪ 🖼 Render to Picture Viewer(Shift + R) : 현재 작업하고 있던 것을 바로 Picture Viewer를 통해 렌더링하는 기능으로 최종 결과물은 이 기능을 통해 렌더링합니다. 자동으로 [Picture Viewer] 대화상자가 나타나며 렌더링 과정을 설정하고 최종 결과물을 원하는 형식으로 저장할 수 있습니다. Render to Picture Viewer 아이콘을 클릭하고 있으면 다음과 같은 확장 메뉴를 열 수 있습니다.

ⓐ 🖼 Render Region : 이 기능을 이용하면 뷰포트에서 부분 렌더링을 할 수 있습니다. 일단 커맨드를 선택하고 뷰포트에서 박스를 드래그하여 렌더링 영역을 설정합니다.

ⓑ 🖼 Render Active Objects : 뷰포트에서 선택된 오브젝트만 렌더링합니다.

ⓒ 🖼 Team Render to Picture Viewer... : Render to Picture Viewer와 같은 기능이지만, Team Render 기능을 사용하여 렌더링할 때 사용하는 기능입니다.

ⓓ 🖼 Render All Takes to PV : 테이크 기능을 활용할 때 설정한 모든 테이크를 바로 Picture Viewer로 보내 렌더링합니다.

ⓔ 🖼 Render Marked Takes to PV : 마킹된 테이크를 Picture Viewer로 보내 렌더링합니다.

ⓕ 🖼 Team Render All Takes to PV : 테이크 기능을 활용할 때 설정한 모든 테이크를 바로 Picture Viewer로 보내 Team Render로 렌더링합니다.

ⓖ  **Team Render Marked Takes to PV** : 마킹된 테이크를 Picture Viewer로 보내 Team Render로 렌더링합니다.

ⓗ **Make Preview...** : 이 기능을 사용하면 Make Preview 창이 나타나며, 현재 작업하는 애니메이션에 대한 미리 보기 애니메이션을 생성할 수 있습니다. 미리 보기 애니메이션을 만들 구간과 원하는 형식을 설정하고 저장할 수 있습니다.

ⓘ **Add to Render Queue...** : 현재 열려 있는 작업을 Render Queue에 추가합니다.

ⓙ **Render Queue...** : Render Queue 창을 엽니다.

ⓚ **Interactive Render Region** : 실시간 렌더링 영역을 설정합니다. 커맨드를 선택하면 뷰포트에서 박스를 드래그하여 렌더링 영역을 설정할 수 있고 이때 설정된 영역은 실시간으로 렌더링됩니다. 이 기능을 사용하면 렌더링이 계속해서 이뤄지기 때문에 작업이 느려질 수 있습니다.

ⓛ **Start ProRender in Marked** : 현재 뷰포트에서 작업하는 화면을 그대로 시네마 4D의 고유 GPU 렌더링 시스템인 ProRender를 이용해 렌더링합니다.

⑫ **Edit Render Settings(Ctrl + B)** : 렌더링에 필요한 다양한 설정을 할 수 있는 [Render Settings] 대화상자를 불러옵니다. [Render Settings] 대화상자는 다음과 같이 구성되어 있으며, 세부적인 렌더링 설정에 대한 내용은 뒤에서 다뤄보도록 하겠습니다.

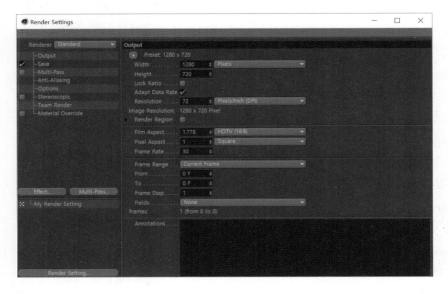

13  **Cube** : 기본이 되는 폴리곤 오브젝트인 육면체 형태의 오브젝트로 제일 많이 사용되는 오브젝트입니다. 확장 메뉴에는 Polygon Primitive Object들이 있습니다.

14 **Pen** : 스플라인을 뷰포트에 그릴 수 있는 기능으로 다양한 방식으로 그릴 수 있습니다. 원하는 형태의 스플라인을 만들 때 자주 사용하며, 확장 메뉴에는 Spline Primitive Object들이 있습니다.

15  **Subdivision Surface** : 서브디비전 모델링(Subdivision Modeling)에 사용되는 제너레이터 (Generator)의 한 종류입니다. 오브젝트에 적용하면 기본적으로 면이 분할되며 분할된 면에 따라 곡률이 적용된 형태로 처리됩니다. 해당 아이콘의 확장 메뉴에는 입체화된 형태를 만들어내는 제너레이터가 들어 있습니다. Subdivision Surface는 서브디비전 모델링에 사용되며, 돌출(Extrude), 회전 (Lathe), 로프트(Loft), 스윕(Sweep)은 스플라인 모델링에 활용됩니다. Bezier는 잘 사용하지 않는 제너레이터입니다.

16 **Instance** : 원하는 오브젝트를 지정하면 해당 오브젝트를 복제합니다. Instance로 복제된 오브젝트는 고유의 형태나 재질을 가지고 있지 않으며 원본 오브젝트를 그대로 복제합니다. 따라서 원본 오브젝트를 변형하면 Instance로 복제된 오브젝트 또한 변형됩니다. 일반적으로 규모가 큰 프로젝트에서 작업 용량을 최적화하기 위해 사용하는 기능입니다. 해당 아이콘의 확장 메뉴에는 모델링에 필요한 다양한 기능이 모여 있습니다.

17 🔘 **Bend** : 적용된 오브젝트를 구부리는 디포머(Deformer) 오브젝트입니다. 해당 오브젝트의 분할 수에 따라 얼마나 부드럽게 구부러지는지가 결정되기 때문에 오브젝트의 분할 수 조절이 필수입니다. 해당 아이콘의 확장 메뉴에는 오브젝트의 형태를 변형시키는 다양한 디포머가 있고, 대부분 애니메이션에 활용하는 기능들이 모여 있습니다.

18 ▦ **Floor** : 무한한 바닥을 생성할 수 있는 기능입니다. 일반 Plane과 달리 끝없이 이어지는 평면이며, 분할 값을 조절할 수도 없습니다. 확장 메뉴에는 환경과 관련된 요소를 제작할 수 있는 기능들이 있고, Foreground나 Background를 활용하면 바로 화면에 특정 이미지나 영상을 합성할 수 있습니다.

19 📹 **Camera** : 카메라 오브젝트를 뷰포트에 생성합니다. 제일 기본적인 시네마 4D의 카메라를 생성하는 기능입니다. 확장 메뉴에는 다양한 종류의 카메라 오브젝트가 모여 있습니다.

20 Light : 라이트 오브젝트를 뷰포트에 생성합니다.
제일 기본적인 시네마 4D의 라이트로 사방으로 퍼지는
빛을 내뿜는 라이트입니다. 해당 아이콘의 확장 메뉴에
는 다양한 종류의 라이트 오브젝트가 모여 있습니다.

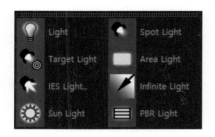

⑤ 좌측 커맨드(Commend) 팔레트 바

좌측 커맨드 팔레트 바에는 주로 모델링과 관련된 기능들이 모여 있으며, 제일 위에 있는 Make Edit-
able을 설정해야 사용하는 기능도 있습니다.

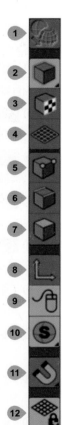

1 Make Editable(C) : Primitive Object에 이 기능을 사용하면 편집 가능한
상태로 전환되고 Primitive Object로 가지고 있던 속성은 모두 사라지게 됩니다.

2 Model : 오브젝트 자체를 선택하는 모드입니다. 일반적으로 모델링보다는 오
브젝트의 위치 값을 조절하거나 애니메이션 작업을 할 때 사용하는 모드입니다.

3 Texture : 오브젝트에 적용된 텍스처를 이동하거나 회전 또는, 크기를 조절할
수 있는 모드입니다. 즉, 오브젝트에 입혀진 텍스처를 조정할 수 있는 모드이므로
해당 오브젝트에 텍스처 태그가 존재해야 합니다.

4 Workplane : 작업하는 작업 면을 수정하는 툴입니다. 프로젝트의 기준이 되
는 면을 수정하는 것으로 수정이 끝나면 꼭 Model 모드로 돌아가는 게 좋습니다.

5 Points : 오브젝트가 가지고 있는 점을 편집하고 싶을 때 사용하는 모드입니
다. Make Editable된 오브젝트에 사용할 수 있는 모드입니다.

6 Edges : 오브젝트가 가지고 있는 선을 편집하고 싶을 때 사용하는 모드입니
다. Make Editable된 오브젝트에 사용할 수 있는 모드입니다.

7 Polygons : 오브젝트가 가지고 있는 면을 편집하고 싶을 때 사용하는 모드입
니다. Make Editable된 오브젝트의 경우에 사용할 수 있는 모드입니다.

8 Enable Axis(L) : 축 수정을 활성화하는 모드입니다. 이 기능이 활성화되어
있을 경우 오브젝트가 가진 축의 위치 값을 수정할 수 있지만 수정이 끝나면 무조
건 비활성화해야 합니다.

9 Tweak : 점, 선, 면에 해당하는 개별 요소를 선택하지 않고 그들을 신속하게
편집할 수 있도록 하는 모드입니다.

10 ⑤ Viewport Solo Off : 뷰포트 상에서 특정 오브젝트만 보일 수 있게 하는 솔로 모드를 비활성화 하는 모드입니다. 다음과 같은 확장 메뉴를 가지고 있습니다.

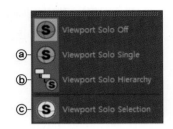

ⓐ ⑤ Viewport Solo Single : 선택된 오브젝트를 제외하고 다른 오브젝트가 보이지 않도록 하는 솔로 모드입니다.

ⓑ ⑤ Viewport Solo Hierarchy : 선택된 오브젝트를 비롯해 서 해당 오브젝트 하위 계층에 포함된 오브젝트까지만 보이도 록 하는 솔로 모드입니다.

ⓒ ⑤ Viewport Solo Selection : 이 옵션이 활성화되면, 선택 된 오브젝트가 자동적으로 솔로 모드에 적용됩니다. 반대로 비활성화되면, Viewport Solo Single을 처음 활성화할 때 선택된 오브젝트만 솔로 모드로 적용됩니다.

11 ✍ Enable Snap(Shift + S) : 선택한 오브젝트나 요소가 다른 오브젝트나 요소 근처에 가면 달라붙을 수 있도록 하는 스냅 기능을 활성화합니다. 다음과 같은 확장 메뉴를 가지고 있습니다.

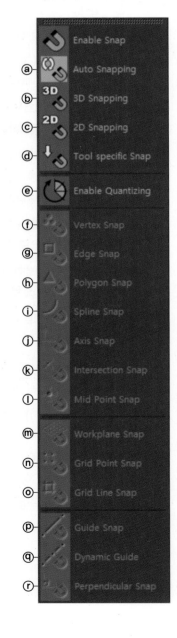

ⓐ ✍ Auto Snapping : 3D 스냅은 3D 뷰에서 작동하고, 평면 뷰에서는 2D 스냅이 됩니다.

ⓑ ✍ 3D Snapping : 대상 요소의 공간적으로 정확한 시점에 스냅이 이뤄집니다.

ⓒ ✍ 2D Snapping : 스냅이 모든 뷰에서 시각적으로 됩니다. 즉, 오브젝트/요소의 깊이 위치는 변하지 않고 유지합니다.

ⓓ ✍ Tool specific Snap : 툴 특유의 스냅 설정이 다음 옵션을 변경합니다.

ⓔ ⏰ Enable Quantizing : 특정 단위의 각도로 회전을 제한하는 모드입니다.

ⓕ ✍ Vertex Snap : 오브젝트가 가진 점을 기준으로 스냅하는 모드입니다.

ⓖ ✍ Edge Snap : 오브젝트가 가진 선을 기준으로 스냅하는 모드입니다.

ⓗ ✍ Polygon Snap : 오브젝트가 가진 면을 기준으로 스냅하는 모드입니다.

ⓘ ✍ Spline Snap : 스플라인을 기준으로 스냅하는 모드입니다.

ⓙ ✍ Axis Snap : 오브젝트나 요소가 가진 축을 기준으로 스냅하는 모드입니다.

ⓚ ✍ Intersection Snap : 선택된 여러 개의 요소나 오브젝트 가 가진 경계 혹은 교차하는 지점을 기준으로 스냅하는 모드입니다.

ⓛ 🔸 **Mid Point Snap** : 선택된 여러 개의 요소나 오브젝트가 가진 중간 지점을 기준으로 스냅하는 모드입니다.

ⓜ 🔹 **Workplane Snap** : 작업 면을 기준으로 스냅하는 모드입니다.

ⓝ 🔹 **Grid Point Snap** : 선택된 요소는 글로벌 그리드 포인트 또는 작업 면의 그리드 포인트를 기준으로 스냅하는 모드입니다.

ⓞ 🔹 **Grid Line Snap** : 선택된 요소는 글로벌 그리드 라인 또는 작업 면에 있는 그리드 라인을 기준으로 스냅하는 모드입니다.

ⓟ 🔹 **Guide Snap** : 가이드를 기준으로 스냅하는 모드입니다. 이때 Intersection Snap을 활성화하면 가이드가 교차하는 지점에도 스냅할 수 있습니다.

ⓠ 🔹 **Dynamic Guide** : 다이나믹 가이드를 기준으로 스냅하는 모드입니다. 이때 Intersection Snap을 활성화하면 가이드가 교차하는 지점에도 스냅할 수 있습니다.

ⓡ 🔹 **Perpendicular Snap** : 가이드 또는 폴리곤 엣지에 따라 수직으로 놓이는 선을 기준으로 스냅하는 모드입니다.

12 🔹 **Locked Workplane** : 지정된 모든 자동 작업 면 모드를 해제하고 작업 면을 고정합니다.

13 🔹 **Planar Workplane** : 카메라 시야각에 따라 월드 좌표 면 중 하나가 자동적으로 작업 면으로 표시됩니다.

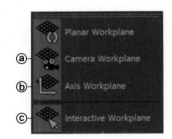

ⓐ 🔹 **Camera Workplane** : 작업 면은 카메라의 시야각(Z축)에 수직으로 카메라에서 500 단위의 위치에 배치됩니다. 모든 오브젝트들은 뷰의 중앙에 생성됩니다.

ⓑ 🔹 **Axis Workplane** : 이 모드를 활성화하면 컴포넌트 모드 (Points, Edges, Polygons 모드)의 경우 모델링 축을 기준으로 작업 면의 방향을 변경합니다. 다른 모드에서는 복수 선택 축을 기준으로 작업 면의 방향을 변경합니다.

ⓒ 🔹 **Interactive Workplane** : 이 모드를 활성화하면, 커서가 위치하는 각각의 폴리곤에 작업 면이 자동으로 배치됩니다.

⑥ 뷰포트(View Port)

뷰포트 창은 다양한 오브젝트가 나타나는 3D 환경입니다. 시네마 4D를 실행하면 뷰포트 가운데 3 개의 축이 다음과 같이 나타납니다. 빨간색 화살표는 X축, 초록색 화살표는 Y축, 파란색 화살표는 Z축을 나타냅니다. 세 화살표가 시작하는 가운데 지점이 X, Y, Z축의 '0cm, 0cm, 0cm'에 해당하는 위치입니다.

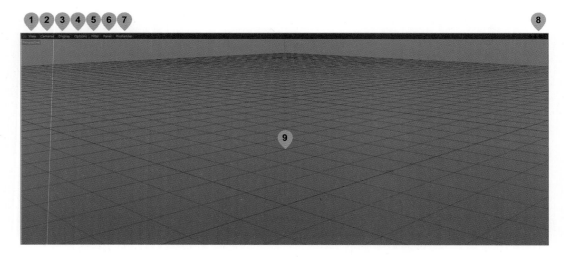

1 **View** : 현재 보고 있는 뷰포트 시점에 대한 기능이 모여 있는 메뉴입니다.

ⓐ 🎬 **Use as Render View** : Render to Picture Viewer를 사용했을 때 현재 보고 있는 시점이 자동적으로 렌더링됩니다.

ⓑ 🔄 **Undo View**(Ctrl + Shift + Z) : 카메라 시점에 대한 취소 기능으로, 내가 설정한 카메라 시점 이전 시점으로 돌아갈 수 있습니다. 카메라 오브젝트를 사용할 때 유용한 기능입니다.

ⓒ 🔄 **Redo View**(Ctrl + Shift + Y) : 카메라 시점의 재실행 기능입니다. 내가 취소한 카메라 시점을 원래대로 돌려놓을 수 있습니다.

ⓓ 🎯 **Frame All** : 라이트나 카메라를 포함한 모든 오브젝트를 활성된 뷰포트의 중앙에 가득 채우게끔 카메라가 이동합니다.

ⓔ 🎯 **Frame Geometry**(Alt + H , H) : 라이트와 카메라 이외의 모든 오브젝트를 뷰포트의 중앙에 가득 채우게끔 카메라가 이동합니다.

ⓕ 🖼 **Frame Default** : 카메라의 위치, 각도, 초점 거리 등이 디폴트 세팅으로 설정됩니다.

ⓖ 📦 **Frame Selected Elements**(Alt + S , S) : 선택된 요소를 뷰포트의 중앙에 가득 채우도록 카메라가 이동합니다.

ⓗ 🎯 **Frame Selected Objects**(Alt + O , O) : 선택한 개체를 뷰포트의 중앙에 가득 채우도록 카메라가 이동합니다.

ⓘ 🎞 **Film Move** : 뷰포트 시점을 상하좌우로 조절할 수 있습니다.

ⓙ 🔘 **Redraw**(A) : CPU에 부하를 주는 기능을 짧은 시간에 여러 번 적용했을 때 가끔 화면의 일부가 제대로 갱신되지 못하는 경우에 사용합니다.

ⓚ 🖼 **Send to Picture Viewer** : 현재 보고 있는 시점을 바로 Picture Viewer로 보내 렌더링합니다.

❷ Cameras : 뷰포트에서 바라보는 방식을 설정할 수 있는 메뉴입니다.

ⓐ Navigation : 뷰포트에서 보는 시점을 회전시킬 때의 기준을 설정하는 모드입니다.

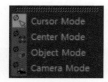

ⓑ Use Camera : 프로젝트 내에 있는 카메라 중 작업자가 원하는 카메라의 시점을 보고 싶을 때 확장 메뉴에서 선택할 수 있습니다. Default Camera는 뷰포트에 아무 것도 없을 때 사용하는 기본 시점입니다.

ⓒ 🔘 Set Active Object as Camera : 선택된 오브젝트의 축을 기준으로 카메라를 배치하고 싶을 때 사용합니다. 이 기능을 사용해 카메라를 배치하면 Z축을 기준으로 바라보게 됩니다.

ⓓ 🔘 Camera 2D Mode : 특수 카메라 모드로 3D 오브젝트를 2D로 표시하는 모드입니다.

ⓔ 🔘 Perspective : 제일 기본이 되는 프로젝션 모드로 3D 시점입니다. 실제 카메라를 통해 보는 것처럼 뷰포트를 볼 수 있습니다.

ⓕ 🔘 Parallel : 투시가 없는 평행한 시점을 보는 모드입니다.

ⓖ ◀ Left : YZ 평면에 해당하는 좌측의 평면 뷰입니다.

ⓗ ▶ Right : ZY 평면에 해당하는 우측의 평면 뷰입니다.

ⓘ F Front : XY 평면에 해당하는 정면의 평면 뷰입니다.

ⓙ B Back : YX 평면에 해당하는 후면의 평면 뷰입니다.

ⓚ ▲ Top : XZ 평면에 해당하는 윗면의 평면 뷰입니다.

ⓛ ▼ Bottom : ZX 평면에 해당하는 아랫 면의 평면 뷰입니다.

ⓜ Axonometric : 특수 시점에 대해 설정할 수 있는 메뉴입니다.

· 🔘 Isometric : 최근 그래픽 콘텐츠에 많이 활용되는 아이소메트릭 뷰에 해당하는 시점입니다. X:Y:Z의 투영비는 1:1:1입니다.

· 🔘 Dimetric : 아이소메트릭과 유사한 시점이지만, X:Y:Z의 투영비는 1:1:0.5입니다.

· 🔘 Military : 밀리터리 뷰라는 특수 시점입니다.

· 🔘 Gentleman : 일반적으로 건축물에 사용되는 시점입니다.

· 🔘 Bird : 새의 눈으로 본 것과 같은 시점으로 보여주는 모드입니다.

· 🔘 Frog : 개구리의 눈으로 본 것과 같은 시점으로 보여주는 모드입니다.

3 Display : 시네마 4D의 기본 뷰포트 상에서는 'Gouraud Shading(N~A)'으로 설정되어 있어 분할을 설정했을 때 뷰포트 기본 상태에서는 해당 분할이 보이지 않습니다. 이를 위해 'Gouraud Shading(Lines)(N ~ B)'으로 바꿔주면 분할을 확인할 수 있습니다. 이외에도 다양한 모드를 사용할 수 있으며, 분할선을 기준으로 상단과 하단의 모드를 조합하여 다양한 방식의 Display 모드를 활용할 수 있습니다.

ⓐ ◉ Gouraud Shading(N ~ A) : 뷰포트 상에서 제일 퀄리티 높은 Display 모드입니다. 모든 오브젝트가 부드럽게 표현되며, 라이트 오브젝트의 빛 표현도 반영됩니다.

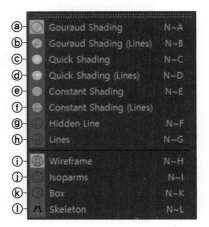

ⓑ ◉ Gouraud Shading(Lines)(N ~ B) : Gouraud Shading 모드와 비슷하지만, 분할을 눈으로 확인할 수 있는 선이 오브젝트에 표시됩니다. 주로 Wireframe(N ~ H) 혹은 Isoparms(N ~ I)와 함께 조합해서 사용합니다.

ⓒ ○ Quick Shading(N ~ C) : Gouraud Shading과 유사하지만, 빛 표현이 생략된 모드로 빠르고 쾌적한 작업 환경을 제공하는 모드입니다.

ⓓ ◉ Quick Shading(Lines)(N ~ D) : Quick Shading 모드와 비슷하지만, 분할을 눈으로 확인할 수 있는 선이 오브젝트에 표시됩니다. 주로 Wireframe(N ~ H) 혹은 Isoparms(N ~ I)와 함께 조합해서 사용합니다.

ⓔ ◉ Constant Shading(N ~ E) : 뷰포트 상에서 빛의 표현이 생략된 간략한 쉐이딩 표현으로 처리됩니다. 형태의 입체감을 확인하기는 어렵지만, 빠르고 쾌적한 작업 환경을 제공합니다.

ⓕ ◉ Constant Shading(Lines) : Constant Shading에서 분할을 눈으로 확인할 수 있는 선이 오브젝트에 표시됩니다.

ⓖ ⊕ Hidden Lines(N ~ F) : Lines 모드와 달리 뒤에 보이는 선이 표시되지 않습니다.

ⓗ ⊕ Lines(N ~ G) : 분할선이 온전히 다 보이는 모드입니다. 뷰포트 상에서 보이지 않는 지점의 선도 보이며, 쉐이딩이 표현되지 않습니다.

ⓘ ⊕ Wireframe(N ~ H) : 폴리곤의 메쉬가 가진 모든 분할선을 표시합니다.

ⓙ ⊕ Isoparms(N ~ I) : Generator 오브젝트가 적용된 오브젝트를 Isoparm 선으로 표시합니다.

ⓚ ⬡ Box(N ~ K) : 각각의 개별 오브젝트를 박스 형태로 표시합니다. 박스 모드는 두 번째로 빠른 모드로 대규모의 복잡한 씬을 다룰 때 효과적으로 활용할 수 있는 모드입니다.

ⓛ ⋀ Skeleton(N ~ L) : 오브젝트 간 계층 구조를 선으로 표현하는 방식으로 오브젝트 표현에 제한이 많습니다. 따라서 일반적인 작업에서는 활용하기 어렵지만, 움직임 중점의 애니메이션 작업에서 활용하기 좋은 모드입니다.

4 Options : 뷰포트 상에서 그래픽을 처리하는 세부 설정을 On/Off 할 수 있는 메뉴입니다. 예를 들어,

'Textures'라는 설정을 클릭해 아이콘에 파란색 표시가 나타나지 않게 하여 비활성화하면, 뷰포트 상에 존재하는 모든 오브젝트의 텍스처가 보이지 않게 됩니다. 작업이 복잡해지고 규모가 커져 뷰포트를 단순화시키고 싶을 때 자주 사용하는 메뉴이기도 합니다.

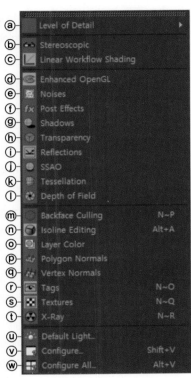

ⓐ Level of Detail : 뷰포트에서 보이는 오브젝트의 디테일 정도를 설정하는 옵션입니다. High로 설정했을 때 100%의 디테일로 보이게 되며 기본값으로 설정된 디테일 수치입니다. 무거운 작업을 하는 경우 Medium이나 Low로 설정하여 뷰포트 작업을 원활하게 할 수 있습니다.

ⓑ 🔗 Stereoscopic : 뷰포트에서 스테레오스코픽 표시를 원할 때 사용하는 모드입니다.

ⓒ ◺ Linear Workflow Shading : 리니어 워크플로우와 연관해서 뷰포트에서 컬러, 쉐이더 등의 표시를 해제할 수 있습니다.

ⓓ 🖼 Enhanced OpenGL : 이 설정을 활성화하면 뷰포트를 표현하는데 Enhanced OpenGL이 활성화됩니다. 씬이 복잡할수록 리프레시 속도가 느려지며, 뷰포트가 느려질 수 있습니다.

ⓔ 🖼 Noises : Enhanced OpenGL을 이용한 노이즈 쉐이더를 표시할지 결정합니다.

ⓕ 🖼 Post Effects : Enhanced OpenGL로 렌더링된 후 처리 효과를 표시할지 결정합니다.

ⓖ 🖼 Shadows : Enhanced OpenGL을 이용해 그림자를 표시할지 결정합니다.

ⓗ 🖼 Transparency : Enhanced OpenGL로 고품질의 투과를 표시할지 결정합니다.

ⓘ 🖼 Reflections : Enhanced OpenGL을 이용해 반사를 표현할지 결정합니다.

ⓙ 🖼 SSAO : Enhanced OpenGL을 이용하여 뷰포트에 앰비언트 오클루전 근사치를 렌더링하여 표현할지 결정합니다.

ⓚ 🖼 Tessellation : Enhanced OpenGL을 이용하여 뷰포트에서 오브젝트에 대한 테셀레이션을 표현할지 결정합니다.

ⓛ 🖼 Depth of Field : Enhanced OpenGL을 이용한 피사계 심도를 표시할지 결정합니다.

ⓜ 🖼 Backface Culling(N ~ P) : 이 옵션을 활용하여 Display 모드에서 Line 모드를 선택했을 때 뒷면을 생략할지 결정할 수 있습니다.

ⓝ 🖼 Isoline Editing(Alt + A) : 모든 서페이스 분할 케이지 오브젝트 요소들인 점, 선, 면을 생성하는 오브젝트가 레이어와 같이 일렬로 생성되며, 그 순서에 따라 직/간접적인 영향을 서로 미치게 됩니다. 이곳에서 오브젝트의 이름을 지정할 수 있고 오브젝트들의 계층 구조를 정렬해 제 기능을

할 수 있도록 합니다. 면이 부드럽게 표현된 서페이스 분할에 프로젝션되고 이 요소들은 부드러운 오브젝트에서 바로 선택될 수 있습니다.

ⓞ 🖼 **Layer Color** : 레이어의 배정된 오브젝트가 해당 레이어 컬러로 표시될지 결정합니다.

ⓟ 🖼 **Polygon Normals** : Polygons 모드일 때, 노말 방향을 표시할지 결정합니다.

ⓠ 🖼 **Vertex Normals** : Points, Edges, Polygons 모드일 때, 버텍스 노말 방향을 표시할지 결정합니다.

ⓡ 🖼 **Tags(**N**～**O**)** : 이 옵션을 활성화하면, 오브젝트는 디스플레이 태그에서 설정된 디스플레이 모드를 사용하게 됩니다.

ⓢ 🖼 **Textures(**N**～**Q**)** : 현재 작업하는 뷰포트에서 각 오브젝트에 적용된 텍스처가 보일지 결정합니다.

ⓣ 🖼 **X-Ray(**N**～**R**)** : 이 옵션을 활성화하면 엑스레이 효과를 사용할 수 있습니다. 선택된 오브젝트가 폴리곤 오브젝트인 경우 반투명으로 변하기 때문에 숨겨진 포인트나 엣지들을 볼 수 있습니다.

ⓤ 🖼 **Default Light...** : 뷰포트에서 작용하며 기본 빛에 대한 설정을 할 수 있습니다. 이 기능을 클릭하면 Light Manager라는 작은 창이 나타나고, 해당 창에 있는 구를 클릭하여 드래그하면서 원하는 방향의 빛을 설정할 수 있습니다.

ⓥ 🖼 **Configure...(**Shift**+**V**)** : 현재 보고 있는 뷰포트에 대한 세부 설정을 할 수 있는 속성이 화면 우측 하단의 어트리뷰트 매니저에 나타납니다.

ⓦ 🖼 **Configure All...(**Alt**+**V**)** : 단축키 F1～F4까지 총 네 가지의 뷰포트 시점에 대한 방식이 할당되어 있습니다. 이에 해당하는 네 가지 뷰포트에 대한 세부 설정을 할 수 있는 속성이 화면 우측 하단의 어트리뷰트 매니저에 나타나게 됩니다.

5 **Filter** : 원하는 요소를 체크하거나 해제하여 뷰포트에서 보이거나 보이지 않게 설정하는 메뉴입니다.

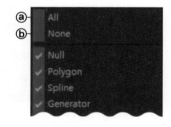

ⓐ **All** : 아래에 있는 모든 요소를 뷰포트 상에서 보일 수 있도록 설정합니다.

ⓑ **None** : 아래에 있는 모든 요소를 뷰포트 상에서 보이지 않도록 설정합니다.

6 **Panel** : 뷰포트 창에 대한 분할이나 View 1～4, All Views 사이에서 원하는 View를 선택하는 메뉴입니다.

ⓐ **Arrangement** : 뷰포트에서 보이는 화면에 대한 분할을 설정합니다. 다음과 같은 선택을 통해 원하는 화면의 분할을 설정할 수 있습니다.

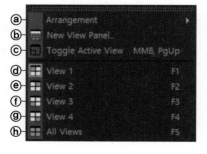

ⓑ 🖼 **New View Panel...** : 새로운 뷰포트 창을 별도로 생성하는 기능입니다. 여러 개의 창을 생성할 수 있으며, 해당 뷰포트 창들은 각기 다르게 설정할 수 있습니다.

ⓒ 🔲 Toggle Active View(MMB, PgUp) : 기본 Perspective 뷰의 뷰포트를 마우스 휠로 클릭하면 All Views 모드로 전환되며, 이때 4분할의 화면 중 하나를 다시 마우스 휠로 클릭하면 해당 화면으로 다시 전환됩니다.

ⓓ 🔲 View 1(F1) : 기본값으로 Perspective 뷰로 설정된 화면으로 전환됩니다.

ⓔ 🔲 View 2(F2) : 기본값으로 Top 뷰로 설정된 화면으로 전환됩니다.

ⓕ 🔲 View 3(F3) : 기본값으로 Right 뷰로 설정된 화면으로 전환됩니다.

ⓖ 🔲 View 4(F4) : 기본값으로 Front 뷰로 설정된 화면으로 전환됩니다.

ⓗ 🔲 All Views(F5) : View 1부터 4에 해당하는 모든 뷰를 뷰포트에 4분할로 보여주는 화면으로 전환합니다.

7 **ProRender** : 시네마 4D에서 지원하는 GPU 렌더링 방식인 ProRender와 관련된 설정이 모여 있는 메뉴입니다.

ⓐ 🖼 Use as ProRender View : 현재 선택된 뷰포트를 ProRender의 실시간 프리뷰 화면으로 사용하게 됩니다.

ⓑ 🖼 Start ProRender : ProRender 프리뷰 렌더링을 시작합니다.

ⓒ 🌸 Use Offline Settings : 렌더링에 오프라인 설정을 사용할지 결정합니다.

ⓓ 🌸 Use Preview Settings : 렌더링에 프리뷰 설정을 사용할지 결정합니다.

ⓔ 📹 Camera Updates : 카메라 관련 설정이 변경되면 프리뷰 렌더링을 업데이트할지 결정합니다.

ⓕ 🔘 Material Updates : 텍스처 관련 설정이 변경되면 프리뷰 렌더링을 업데이트할지 결정합니다.

ⓖ 💡 Light Updates : 라이트 관련 설정이 변경되면 프리뷰 렌더링을 바로 업데이트할지 결정합니다.

ⓗ 🔘 Geometry Updates : 지오메트리 관련 설정이 변경될 경우 프리뷰 렌더링을 바로 업데이트할지 결정합니다.

ⓘ 🔲 Synchronize Viewport : 두 개의 뷰를 동일한 카메라를 사용해 보는 경우 사용하는 옵션입니다. 이때, 프로젝트가 복잡하고 무거울 경우 지연될 수 있습니다.

8 **뷰포트 조작 아이콘** : 뷰포트 메뉴 바 우측에 위치한 뷰포트 조작 아이콘은 총 4개가 있습니다.

ⓐ ✥ : 아이콘을 누른 채 뷰포트를 움직이면 보이는 시점을 이동할 수 있습니다.

ⓑ ↕ : 아이콘을 누른 채 뷰포트를 움직이면 시점에 대한 확대/축소를 할 수 있습니다.

ⓒ 🔄 : 아이콘을 누른 채 뷰포트를 움직이면 시점을 회전할 수 있습니다.

ⓓ 🔲 : 뷰포트를 All Views로 전환해주는 기능입니다. All Views로 전환되어 4분할의 뷰포트 화면이 되었을 때 4가지 뷰포트 중에서 해당 아이콘을 클릭한 뷰포트를 확대해주는 기능도 가지고 있습니다.

9 **뷰포트(View Port)** : 오브젝트를 편집하고 조작하는 작업 창으로 우리가 작업하는 오브젝트들이 나타나는 3차원 공간입니다.

❼ 애니메이션 팔레트

시네마 4D에서 애니메이션 작업을 위해 사용하는 타임라인과 애니메이션에 필요한 기본적인 기능이 자리 잡고 있습니다. 시네마 4D에서 시간의 기본 단위는 프레임(Frame)입니다. 기본값으로 설정된 프레임은 1/30초로 타임라인에 있는 90프레임은 3초를 의미합니다. 이를 기준으로 각 프레임에 애니메이션과 관련된 정보를 키프레임으로 저장하여 구현하게 됩니다.

❽ 머티리얼(Material) 매니저

오브젝트에 적용하는 다양한 재질을 생성하고 편집하는 영역입니다.

1 **Create** : 새로운 재질을 생성하고 외부에 저장하거나 프리셋으로 저장할 수 있는 기능이 모여 있습니다.

2 **Edit** : 재질을 편집하는데 필요한 기본적인 기능과 머티리얼 매니저에서 Material 아이콘이 보이는 방식을 변경할 수 있는 기능들이 모여 있습니다.

3 **Function** : Edit를 이용해 선택한 재질의 [Material Editor] 창을 열 수 있습니다. [Rename]을 이용해 선택한 재질의 이름을 변경할 수 있고, 재질을 조작하는데 필요한 세부적인 기능이 모여 있습니다.

4 **Texture** : 재질에 들어가는 텍스처를 편집하기 위한 기능이 모여 있습니다.

❾ 코디네이트(Coordinate) 매니저

선택한 오브젝트와 관련된 위치(Position), 크기(Size), 각도/기울기(Rotation) 등에 대한 정보를 표시합니다. 코디네이트 매니저에서 오브젝트의 위치를 좌표로 표시하거나 스케일과 회전 등의 세부적인 수치를 지정하여 좀 더 정밀한 모델링과 수정이 가능합니다.

⑩ 오브젝트(Object) 매니저

생성하는 오브젝트가 레이어와 같이 일렬로 생성되며, 그 순서에 따라 직/간접적인 영향을 서로 미치게 됩니다. 이곳에서 오브젝트의 이름을 지정할 수 있고 오브젝트들의 계층 구조를 정렬해 제 기능을 수행할 수 있게 합니다.

1 File : 오브젝트와 관련된 파일 설정에 대한 기능이 모여 있습니다.

ⓐ Merge Objects...(Ctrl + Shift + O) : 오브젝트 정보를 가지고 있는 파일을 하드 디스크에서 불러와 현재 열려진 뷰포트 창에 병합시킬 수 있는 기능입니다.

ⓑ Save Selected Objects as... : 오브젝트 매니저에서 선택한 오브젝트를 시네마 4D 형식으로 저장합니다.

ⓒ Export Selected Objects as... : 오브젝트 매니저에서 선택한 오브젝트를 원하는 형식으로 변환하여 저장합니다.

ⓓ Load Object Preset : 콘텐츠 브라우저(Contents Browser)에 저장된 다양한 프리셋을 불러올 수 있습니다.

ⓔ Save Object Preset... : 선택한 오브젝트를 콘텐츠 브라우저(Contents Browser)에 프리셋으로 저장할 수 있습니다.

ⓕ Load Tag Preset : 콘텐츠 브라우저(Contents Browser)에 저장된 태그 설정 프리셋을 불러올 수 있습니다.

ⓖ Save Tag Preset... : 선택한 태그 설정을 콘텐츠 브라우저(Contents Browser)에 프리셋으로 저장할 수 있습니다.

2 Edit : 오브젝트를 편집하는데 사용되는 기본 기능이 모여 있습니다.

ⓐ ↶ Undo(Ctrl + Z) : 취소 기능입니다.

ⓑ ↷ Redo(Ctrl + Y) : 재실행 기능입니다.

ⓒ ✂ Cut(Ctrl + X) : 잘라내기 기능입니다. 일반적
으로 사용하는 잘라내기와 동일한 기능이며, 서로 다
른 뷰포트 창 사이에서도 원하는 오브젝트를 잘라내
기 할 수 있습니다.

ⓓ 📋 Copy(Ctrl + C) : 복사 기능입니다. 일반적으
로 사용하는 복사와 동일한 기능이며, 서로 다른 뷰포
트 창 사이에서도 원하는 오브젝트를 복사할 수 있습
니다.

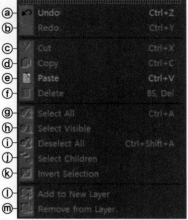

ⓔ 📋 Paste(Ctrl + V) : 붙여넣기 기능입니다. 일반적
으로 사용하는 붙여넣기와 동일한 기능이며, 서로 다
른 뷰포트 창 사이에서도 원하는 오브젝트를 붙여넣기 할 수 있습니다.

ⓕ 🗑 Delete(Backspace, Del) : 삭제 기능입니다. 일반적으로 사용하는 삭제와 동일한 기능이며, 서
로 다른 뷰포트 창 사이에서도 원하는 오브젝트를 삭제할 수 있습니다.

ⓖ 🔲 Select All(Ctrl + A) : 모든 오브젝트를 선택합니다.

ⓗ 🔲 Select Visible : 오브젝트 매니저에서 현재 보이는 모든 오브젝트를 선택합니다. 레이어 기능
을 활용하여 숨겨진 오브젝트는 선택되지 않습니다.

ⓘ 🔲 Deselect All(Ctrl + Shift + A) : 모든 오브젝트의 선택을 해제합니다.

ⓙ 🔲 Select Children : 선택된 오브젝트의 하위 계층에 있는 오브젝트를 선택합니다.

ⓚ 🔲 Invert Selection : 현재의 선택을 반전합니다.

ⓛ 🔲 Add to New Layer : 선택된 오브젝트를 새로운 레이어에 추가합니다.

ⓜ 🔲 Remove from Layer : 선택된 오브젝트를 레이어로부터 제거합니다.

3 View : 오브젝트 레이어에서 오브젝트를 표시하는 방식에
대한 설정이 모여 있습니다.

ⓐ Icon Size : 오브젝트 매니저에서 보이는 아이콘의 사이
즈를 선택합니다. 기본값으로 Medium Icons가 설정되어
있습니다.

ⓑ Folding : 계층 구조로 이뤄진 오브젝트들에 대한 조작입니다. Fold/Unfold All을 통해 계층 구조의 폴더를 모두 열거나 닫고, Fold/Unfold Selected를 통해 선택된 모든 계층 구조의 폴더를 열거나 닫습니다.

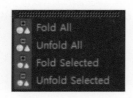

ⓒ Set as Root : 선택한 오브젝트를 루트로 설정합니다. Alt + Ctrl 키를 누르며 원하는 오브젝트를 클릭해도 같은 효과가 적용됩니다. 이때, 순간적으로 오브젝트 매니저에서 선택된 오브젝트가 안 보일 수 있으며, 루트로 적용된 것을 확인하기 위해 Show Path Bar를 활성화해주는 것이 좋습니다.

ⓓ Go to Main Level : 씬의 모든 오브젝트를 한눈에 볼 수 있는 최상위 계층 레벨로 이동할 수 있습니다. 다른 방법으로 경로 바의 왼쪽에 있는 집 모양 아이콘을 클릭할 수 있습니다.

ⓔ One Level Up : 계층 내에서 상위로 한 레벨 이동합니다. 경로 바의 위 방향 화살표 아이콘을 클릭해도 됩니다.

ⓕ Scroll to First Active(S) : 첫 번째로 선택된 오브젝트를 볼 수 있도록 오브젝트 매니저를 스크롤합니다.

ⓖ Show Search Bar(Ctrl + F) : 오브젝트 매니저 내의 검색 기능을 활성화합니다.

ⓗ Show Path Bar : 많은 아이템으로 구성된 복잡한 프로젝트를 작업할 때 오브젝트 레이어가 복잡해 보일 수 있습니다. 이런 경우 대상을 선택하여 계층 구조를 루트로 단순화할 수 있습니다. 해당 하위 트리에 있는 아이템을 제외하고 오브젝트 매니저의 모든 아이템을 숨깁니다.

ⓘ Enable Filter(Ctrl + U) : 필터가 보이도록 활성화합니다. 필터를 통해 카테고리를 기준으로 다양한 오브젝트들을 한 번에 제어할 수 있고, 눈의 형태로 된 아이콘을 통해 해당 필터 카테고리가 오브젝트 레이어에서 보이거나 숨길지를 결정합니다. 돋보기 아이콘을 활용하면 해당 필터 카테고리가 검색 기능을 활용할 때 표시될지 설정할 수 있습니다.

ⓙ Flat Tree : 계층 구조를 무시하고 모든 오브젝트를 일렬로 보고 싶을 때 사용하는 옵션입니다.

ⓚ Layers : 오브젝트 매니저를 레이어 기능을 기반으로 정리하고 싶을 때 사용하는 옵션입니다.

ⓛ Vertical Tags : 오브젝트 매니저에 있는 태그들이 오브젝트 이름 오른쪽에 표시될지 아니면 세로로 태그라는 이름의 서브 폴더를 통해 표시될지를 결정합니다.

ⓜ Sort by Name : 계층 구조나 레이어 기능을 무시하고 오브젝트가 가진 이름을 알파벳순으로 정렬합니다.

4 Objects : 오브젝트를 편집하는데 필요한 세부적인 기능이 모여 있는 메뉴입니다.

ⓐ Restore Selection : 선택 기능을 통해 점, 선, 면
을 선택한 경우, 이곳에서 자신이 선택했던 항목을
다시 확인할 수 있습니다.

ⓑ Object Display : 오브젝트를 뷰포트에서 보이게 할
지 최종 결과물에서 보이게 할지를 결정하는 옵션입
니다. Object Activation은 Primitive Object나 제너
레이터 혹은 디포머에 대한 활성화/비활성화를 설정
하는 옵션입니다.

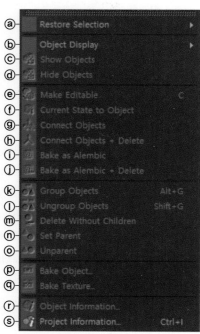

ⓒ 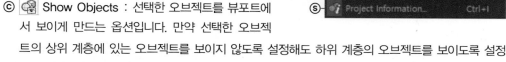 Show Objects : 선택한 오브젝트를 뷰포트에
서 보이게 만드는 옵션입니다. 만약 선택한 오브젝
트의 상위 계층에 있는 오브젝트를 보이지 않도록 설정해도 하위 계층의 오브젝트를 보이도록 설정
하면 해당 오브젝트만 보이게 됩니다.

ⓓ Hide Objects : 선택한 오브젝트를 뷰포트에서 보이지 않게 만드는 옵션입니다. 만약, 선택한
오브젝트의 상위 계층에 있는 오브젝트를 보이도록 설정해도 하위 계층의 오브젝트를 보이지 않도
록 설정하면 해당 오브젝트만 보이지 않게 됩니다.

ⓔ Make Editable(C) : Primitive Object에 해당하는 오브젝트에 이 기능을 사용하면 편집 가
능한 상태로 전환되며, Primitive Object로써 가지고 있던 속성은 모두 사라지게 됩니다.

ⓕ Current State to Object : 이 커맨드를 이용하면 현재 선택된 오브젝트의 형상을 폴리곤 오
브젝트로 변환한 후 새로운 오브젝트로 만듭니다. 일반적으로 오브젝트에 디포머를 적용한 뒤 그 형
상을 그대로 유지하는 경우에 사용하는 옵션입니다.

ⓖ Connect Objects : 두 개의 오브젝트를 하나로 합칠 때 사용하는 옵션입니다. 이때 원본은
남아 있게 됩니다.

ⓗ Connect Objects + Delete : 두 개의 오브젝트를 하나로 합칠 때 사용하는 옵션입니다. 이때
원본은 지워집니다.

ⓘ Bake as Alembic : 선택한 오브젝트를 알렘빅 파일 형식으로 베이크하는 옵션입니다. 이때
원본은 남아 있게 됩니다.

ⓙ Bake as Alembic + Delete : 선택한 오브젝트를 알렘빅 파일 형식으로 베이크하는 옵션으
로, 원본은 지워집니다.

ⓚ 🔲 Group Objects(Alt + G) : 하나 혹은 여러 개의 오브젝트를 Null의 하위 계층에 하나의 그룹으로 정리하는 옵션입니다.

ⓛ 🔲 Ungroup Objects(Shift + G) : Null의 하위 계층에 하나의 그룹으로 정리되어 있는 오브젝트를 제거하는 옵션입니다.

ⓜ 🔲 Delete Without Children : 선택한 오브젝트의 하위 계층에 있는 오브젝트를 제외하고 제거하는 옵션입니다.

ⓝ 🔲 Set Parent : 선택한 오브젝트를 상위 계층으로 설정할 때 사용하는 옵션입니다.

ⓞ 🔲 Unparent : 오브젝트의 계층 구조를 없애고 싶을 때 사용하는 옵션입니다.

ⓟ 🔲 Bake Object... : 오브젝트가 가진 형태나 굴곡에 대한 정보를 베이크시켜 렌더링 시간을 줄이고 싶을 때 사용하는 옵션입니다.

ⓠ 🔲 Bake Texture... : 재질을 베이크시켜 애니메이션을 렌더링할 때 복잡한 쉐이더나 빛에 대한 작용이 저장되어 렌더링 시간을 줄이고 싶을 때 사용하는 옵션입니다.

ⓡ 🔲 Object Information : 단일 오브젝트가 가지고 있는 정보를 알려주는 정보 창을 나타내는 옵션입니다.

ⓢ 🔲 Project Information(Ctrl + I) : 현재 뷰포트 창에서 작업하는 프로젝트에 대한 정보를 알려주는 정보 창을 나타내는 옵션입니다.

5 Tags : 오브젝트에 할당되어 부가적인 설정을 부여하는 태그에 대한 설정이 모여 있는 메뉴입니다.

ⓐ Add New Tags : 선택한 오브젝트에 새로운 태그를 부여하고 싶을 때 마우스 커서를 올려 놓으면, 다양한 태그 중 원하는 태그를 설정할 수 있습니다.

ⓑ 🔲 Copy Tag to Children : 선택한 오브젝트가 가진 태그를 하위 계층에 있는 모든 오브젝트에 복사하는 기능입니다.

ⓒ 🔲 Select Identical Child Tags : 선택한 오브젝트가 가진 태그와 동일한 태그를 가진 하위 계층의 모든 태그를 선택하는 기능입니다.

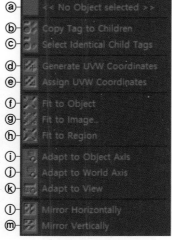

ⓓ 🔲 Generate UVW Coordinates : 해당 오브젝트에 맞는 UVW 좌푯값을 생성합니다.

ⓔ 🔲 Assign UVW Coordinates : 선택한 오브젝트나 지오메트리에 UVW 좌푯값을 지정합니다. 이를 통해 원하는 방식의 프로젝션 방식으로 텍스처를 입힐 수 있도록 돕는 옵션입니다.

ⓕ 🔲 Fit to Object : 텍스처가 오브젝트에 맞게 설정됩니다.

ⓖ 🔲 Fit to Image... : 텍스처 이미지에 맞춰 설정되는 옵션입니다. 이 옵션을 사용하기 위해 Flat 프로젝션 방식으로 텍스처를 설정해야 합니다.

ⓗ Fit to Region : 원하는 영역을 마우스를 이용해 박스 형태로 클릭 & 드래그하면 선택된 영역에 맞춰 텍스처가 설정됩니다. 이 옵션을 사용하기 위해 Flat 프로젝션 방식으로 텍스처를 설정해야합니다.

ⓘ Adapt to Object Axis : 텍스처의 축을 오브젝트 축에 맞춰 평행하게 회전시킵니다.

ⓙ Adapt to World Axis : 텍스처의 축을 월드 축에 맞춰 평행하게 회전시킵니다.

ⓚ Adapt to View : 현재 바라보는 시점에서 수직이 되도록 텍스처의 축을 회전시킵니다.

ⓛ Mirror Horizontally : 텍스처를 수평으로 반전시킵니다.

ⓜ Mirror Vertically : 텍스처를 수직으로 반전시킵니다.

💡 알아두기 ┃ 태그에는 어떤 종류가 있나요?

오브젝트에 적용하여 부가적인 기능이나 설정을 도와주는 많은 종류의 태그가 있습니다. 플러그인과 같은 부가 프로그램을 추가로 설치해 사용하는 경우에도 다양한 태그가 추가되며 이러한 태그 중 시네마 4D가 기본으로 제공하는 태그의 종류들을 알아보겠습니다.

▶01 시네마 4D Tags

 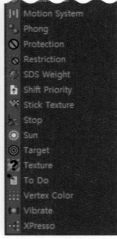

제일 많이 사용되는 태그들이 모여 있는 메뉴입니다. 특히, Align to Spline, Target, Vibrate는 애니메이션에서 많이 활용되고 XPresso라는 노드 구조 기반의 부가 기능을 통해 기본적으로 시네마 4D에서 제공되는 기능 이상의 기능을 구현할 수도 있습니다.

02 Character Tags

캐릭터 애니메이션을 작업할 때 많이 사용하는 태그가 모여 있는 메뉴입니다. 리깅에 필요한 기능뿐만 아니라 캐릭터의 움직임이나 상호작용에 필요한 다양한 기능을 가진 태그들을 사용할 수 있습니다.

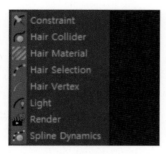

03 Hair Tags

털을 표현하는 Hair 시스템을 활용할 때 사용하는 태그가 모여 있는 메뉴입니다. 털의 물리 작용 혹은 털에 대한 세부적인 가공을 하는데 필요한 다양한 기능을 가진 태그들을 사용할 수 있습니다.

04 MoGraph Tags

모그라프 시스템을 활용할 때 사용하는 태그가 모여 있는 메뉴입니다. 모그라프에 대한 캐시값을 저장하거나 모그라프를 수정할 때 사용하는 다양한 기능을 가진 태그들을 사용할 수 있습니다.

05 Motion Camera Tags

카메라를 활용하여 애니메이션을 구현할 때 사용하는 태그가 모여 있는 메뉴입니다. 카메라의 다양한 움직임을 구현하는 기능을 가진 태그들을 사용할 수 있습니다.

06 Motion Tracker Tags

시네마 4D 내에서 실사 영상에 대한 모션 트래킹 작업을 하는데 필요한 기능을 가진 태그가 모여 있는 메뉴입니다. 모션 트래킹 작업에 필요한 세밀한 제어가 가능한 태그들을 사용할 수 있습니다.

07 Scripting Tags

파이썬 기반의 스크립트 작성을 위한 태그입니다.

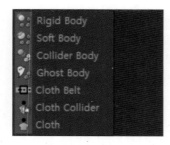

08 Simulation Tags

물리 작용을 구현하는 시뮬레이션 연산에 필요한 기능을 가진 태그가 모여 있는 메뉴입니다. 시뮬레이션에 대한 세부적인 설정과 조정을 할 수 있는 기능을 가진 태그들을 사용할 수 있습니다.

09 Sketch Tags

스케치 스타일의 렌더링에 필요한 태그가 모여 있는 메뉴입니다. 외곽선이 있는 2D 느낌의 렌더링을 구현하는 데 필요한 기능을 가진 태그들을 사용할 수 있습니다.

10 UVW Tags

오브젝트에 텍스처를 입히는데 필요한 UVW 좌푯값을 부여하는 태그입니다.

 알아두기 ## 플러그인(Plugin)이 무엇인가요?

플러그인은 쉽게 말해 시네마 4D 내에서 특정 기능이나 작업을 편리하게 만들어주는 보조 프로그램입니다. 이러한 플러그인들은 Maxon에서 제작한 것이 아닌 시네마 4D 유저 혹은 시네마 4D를 활용하는 업체에서 제작합니다. 기본적으로 대부분 시네마 4D 내에 있는 것을 사용하기 편하게 재가공하거나 편집하여 제공하는 것들이기 때문에 꼭 모든 플러그인을 사용할 필요는 없습니다. 하지만 시네마 4D의 기본 기능으로 구현해내기 어려운 파티클 시뮬레이션(Particle Simulation : 파티클 연산을 통해 불, 연기, 물 따위를 연산하는 시뮬레이션)을 사용할 때는 엑스파티클이나 터뷸런스FD와 같은 플러그인이 아주 유용하게 사용될 수 있습니다.

처음 시작하는 초보자는 플러그인이 필요 없지만 프로그램이 능숙해져 본인만의 작업을 완성시키게 될 때 필요한 플러그인을 찾아보며 하나씩 설치하는 것이 바람직합니다. 처음부터 시네마 4D에 대한 이해 없이 플러그인부터 사용하면 기능들을 혼동하기 쉽습니다. 또한, 시네마 4D의 기본 기능들 중에도 유용하고 편리한 기능이 많다보니 이러한 기능들에 대한 공부 없이 무조건적인 플러그인 사용은 오히려 작업의 효율을 떨어뜨릴 수 있습니다.

6 Bookmarks : 오브젝트 매니저에서의 설정을 북마크로 저장하고 관리하는 메뉴입니다.

ⓐ ✿ Add Bookmark : 오브젝트 매니저에서 어느 아이템이
보일지에 대하여 다양한 뷰 설정을 저장합니다.

ⓑ ★ Manage Bookmarks : 현재 뷰포트 창에 저장된 북마
크를 모두 열어 관리합니다. 각 북마크의 이름을 수정하고 재
배치할 수 있습니다.

ⓒ ✿ Default Bookmark : 북마크에 의해 설정된 오브젝트 매니저에서의 뷰를 초기화시킵니다.

⑪ 어트리뷰트(Attribute) 매니저

활성화한 오브젝트나 기능의 속성과 설정 사항이 나타납니다. 선택한 오브젝트나 기능에 따라 나타
나는 각 탭을 개별로 선택하여 설정할 수 있고 Shift 키를 누른 상태로 여러 탭을 선택하여 한 화면에
여러 탭의 설정 사항을 한꺼번에 설정할 수도 있습니다.

① Mode : 속성 창에서 원하는 유형의 속성을 나타내도록 선택할 수 있습니다. 선택한 유형은 이름 왼쪽에 체크 표시가 나타납니다.

ⓐ Lock Element : 어트리뷰트 매니저에서 현재 나타나는 속성을 고정합니다. 어트리뷰트 매니저 창 우측 상단에 자물쇠 아이콘을 클릭해 동일한 기능을 사용할 수 있습니다.

ⓑ Lock Mode : 어트리뷰트 매니저에서 현재 사용하는 속성과 유사한 속성만 사용할 수 있도록 고정합니다. 어트리뷰트 매니저 창 우측 상단에 과녁 아이콘을 클릭해 동일한 기능을 사용할 수 있습니다.

ⓒ New Attribute Manager... : 새로운 어트리뷰트 매니저 창을 만듭니다.

ⓓ Project~Tool : 각기 다양한 종류의 속성을 선택해 사용할 수 있는 메뉴입니다. 이 중 알아두면 좋은 속성은 'Modeling'으로 클릭하면 어트리뷰트 매니저에서 [Modeling Setting]이라는 속성이 나타나고 [Quantize] 탭에 들어가면 Movement, Scaling, Rotation, Texture라는 세부 설정이 있습니다. 설정에는 이동이나 회전, 크기를 조절할 때 Shift 키를 함께 누르며 조작하면 '10cm', '10°', '10%' 단위로 제한되는 옵션으로, 여기서 제한되는 수치를 원하는 대로 설정할 수 있습니다. 예를 들어, Live Selection이나 Move 툴을 이용해 X축에 해당하는 빨간색 핸들을 Shift 키를 누른 상태를 클릭&드래그하면 '10cm' 단위로 움직이게 됩니다. 하지만, Modeling 속성을 클릭하고 Modeling Setting의 [Quantize] 탭에서 [Movement]를 '5cm'로 설정하면 5cm 단위로 움직이게 됩니다.

ⓔ Configure Modes... : 이 옵션을 통해 앞서 알아본 다양한 종류의 속성을 보이게 할지 안 보이게 할지 설정할 수 있습니다.

② Edit : 속성에서 편집하는 세부적인 속성에 대한 기본적인 편집 기능이 모여 있는 메뉴입니다.

ⓐ 📋 Copy(Ctrl + C) : 복사 기능입니다. 일반적으로 사용하는 복사와 동일한 기능이며, 서로 다른 뷰포트 창 사이에서도 원하는 오브젝트를 복사할 수 있습니다.

ⓑ 📋 Paste(Ctrl + V) : 붙여넣기 기능입니다. 일반적으로 사용하는 붙여넣기와 동일한 기능이며, 서로 다른 뷰포트 창 사이에서도 원하는 오브젝트를 붙여넣기 할 수 있습니다.

ⓒ Select All(Ctrl + A) : 모든 오브젝트를 선택합니다.

ⓓ Deselect All(Ctrl + Shift + A) : 모든 오브젝트의 선택을 해제합니다.

ⓔ Set As Default : 초기 설정으로 되돌립니다.

3 User Data : User Data를 선택한 오브젝트에서 추가하고 편집할 수 있는 메뉴입니다.

ⓐ Add User Data... : 유저 데이터를 선택한 오브젝트의 어트
리뷰트 매니저에 추가합니다.

ⓑ Manage User Data... : 만든 유저 데이터를 새로운 창을 통
해 관리합니다.

ⓒ Paste User Data Interface... : 복사된 유저 데이터의 인터
페이스를 붙여넣기 합니다.

⓬ 상태(Status) 바

일반적으로 시네마 4D의 현재 상태를 나타내는 바입니다. 작업하는 과정에서 에러가 발생하게 되면
빨간색 글씨로 에러가 발생한 원인에 관한 내용이 나타나게 됩니다. 시뮬레이션과 같은 것을 베이크
하여 캐시로 남기는 경우, 베이크에 소요되는 시간과 같은 정보도 여기에 나타나게 됩니다.

Live Selection: Click and drag to select elements. Hold down SHIFT to add to the selection, CTRL to remove.

02 작업 환경 설정하기

시네마 4D의 인터페이스 색상이나 언어 등 환경 설정은 메뉴 바의 [Edit]-[Preferences]를 클릭하여
나타나는 [Preferences] 대화상자에서 설정할 수 있습니다.

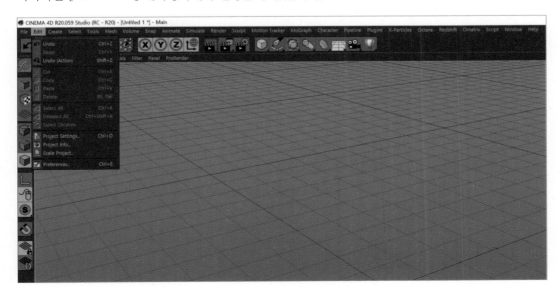

언어 변경하기

언어를 변경하고 싶을 경우 [Interface] 탭에서 [Language] 설정을 통해 영어 또는 한글 버전으로 변경할 수 있습니다. 본 책은 영문을 기준으로 설명하고 있으며, 인터넷에서 찾아볼 수 있는 대다수의 자료를 비롯해, 실무에서 작업할 때도 대부분 영문을 기준으로 작업하기 때문에 영문을 기준으로 공부하는 걸 권장합니다.

플러그인 설정하기

플러그인을 설치하면, 이미지와 같이 기본값에 없는 TurbulenceFD, X-Particles와 같은 플러그인 메뉴가 별도로 생성됩니다. 플러그인을 설치하고 세부적인 설정이 필요한 경우 [Preference]에서 해당 메뉴를 확인하면 됩니다.

Undo 설정하기

Undo를 이용해 되돌릴 수 있는 단계는 기본값이 '1000'으로 설정되어 있지만 100~200 정도만 되어
도 충분합니다. 설정은 [Memory] 탭의 [Undo Depth]를 변경하면 됩니다.

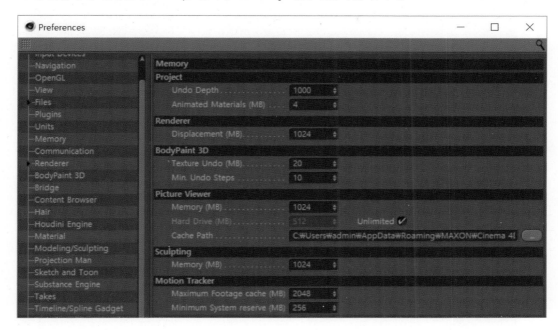

임시 파일 저장 폴더 설정하기

[Preferences] 대화상자에서 목록 가장 아래에 있는 〈Open Preferences Folder...〉 버튼을 클릭하면
세부적인 파일에 접근할 수 있는 경로 창이 열립니다. 플러그인을 설치할 때나 예상치 못하게 프로그
램이 종료된 경우 임시 파일이 저장되는 장소입니다. 불가피한 오류로 인해 종료될 때 저장된 임시 파
일을 찾으려면 이 폴더에 있는 '_bugreports' 폴더에서 확인할 수 있습니다.

03 인터페이스 커스터마이징(Customizing) 하기

시네마 4D의 인터페이스가 매우 직관적이고 단순한 편이지만, 효율적인 작업을 위해서는 자신에게
맞는 인터페이스가 필요할 수 있습니다.

01 시네마 4D 상단의 [Window]–[Customization]–[Customize Palettes]를 통해 인터페이스를 자유롭게 편집
할 수 있습니다.

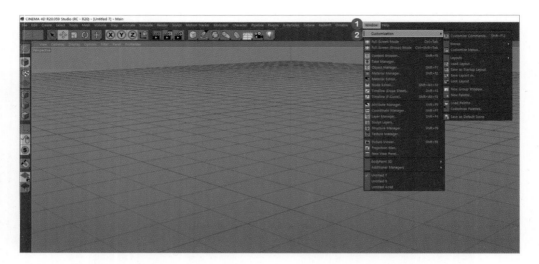

02 [Customize Commands] 대화상자가 열리면 시네마 4D의 인터페이스에 파란색 선으로 영역이 표시되는
것을 확인할 수 있습니다. 이렇게 표시된 영역은 새롭게 아이콘을 배치할 수 있는 영역이라는 뜻입니다.

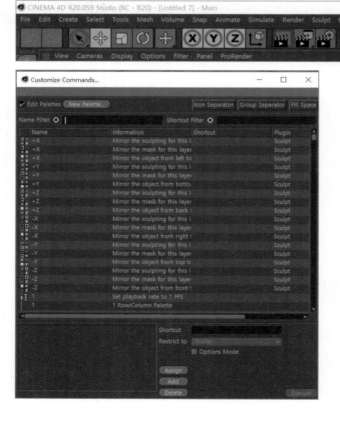

03 [Customize Commands] 대화상자에서 [Name Filter]에 원하는 기능의 이름을 입력하면 검색할 수 있습니다. 여기에서는 'Reset PSR'을 입력합니다.

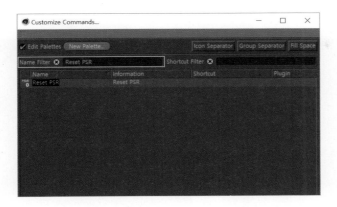

04 검색한 'Reset PSR'을 드래그하여 상단 커맨드 팔레트 바의 오른쪽 끝부분으로 드래그하여 배치합니다.

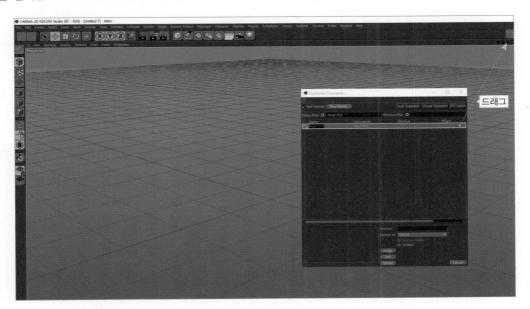

05 [Customize Commands] 대화상자에서 상단에 있는 〈New Palette..〉 버튼을 클릭하여 새로운 팔레트를 만듭니다. [Customize Commands] 대화상자의 [Name Filter]에 'cut'를 입력하여 검색된 기능 중 'Edge Cut', 'Line Cut', 'Plane Cut'을 선택한 후 새 팔레트로 드래그하여 배치합니다.

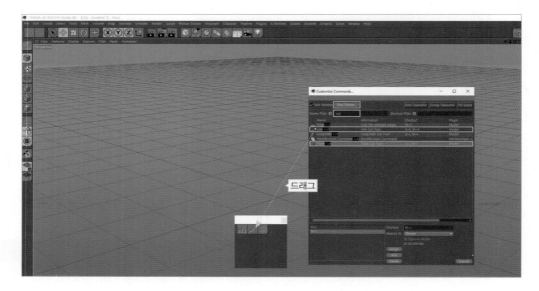

06 새 팔레트에서 마우스 우클릭 후 [Show]를 클릭하고 모든 기능을 활성화하여 아이콘과 기능 이름이 함께 나타나도록 합니다.

TIP 기본값이 'Icons'로 설정되어 있어 아이콘 이미지만 나타나고 'Text'를 선택하면 기능 이름만 나타납니다.

07 아이콘의 크기를 조정하겠습니다. 팔레트에서 마우스 우클릭 후 [Icon Size]를 클릭하고 'Small Icons'를 선택합니다.

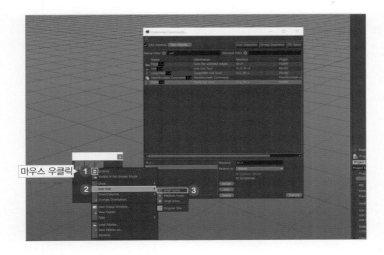

08 팔레트 왼쪽의 이동점(여러 개의 점으로 구성된 부분)을 원하는 영역으로 드래그하여 배치하면 인터페이스에 추가됩니다.

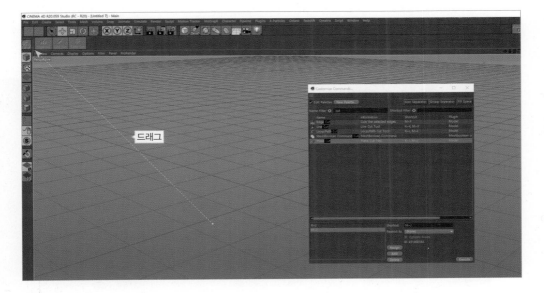

09 아이콘 사이의 간격을 조정하고 싶다면 [Customize Commands] 대화상자에서 상단에 있는 〈Icon Separator〉, 〈Group Separator〉, 〈Fill Space〉 버튼을 드래그하여 간격을 주고 싶은 곳에 배치하면 됩니다. 방금 생성한 'Edge Cut', 'Line Cut', 'Plane Cut' 아이콘 사이에 〈Group Separator〉 버튼을 드래그합니다. 그리고 세 아이콘을 오른쪽 끝까지 옮기기 위해 〈Fill Space〉 버튼을 해당 아이콘들 왼쪽으로 드래그합니다.

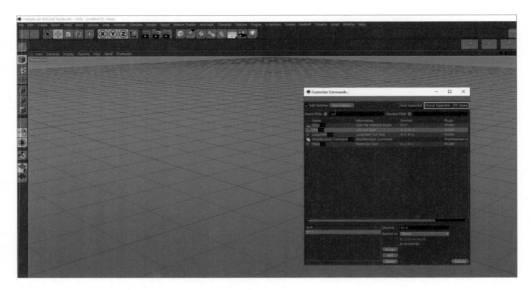

TIP 〈Icon Separator〉는 제일 작은 간격을 부여하고, 〈Group Separator〉는 적당한 간격을, 〈Fill Space〉는 아이콘 사이의 간격을 한 계까지 부여합니다. 불필요한 아이콘은 더블클릭하면 사라지게 됩니다. 단, [Customize Commands] 대화상자가 열린 상태여야 합니다.

10 뷰포트 아래 경계선을 위로 드래그하면 영역의 크기를 조절할 수 있습니다.

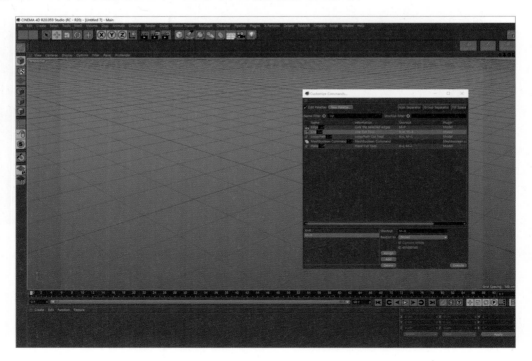

11 어트리뷰트 매니저 오른쪽에 있는 탭도 수정할 수 있습니다. [Attribute] 탭에서 마우스 우클릭하고 [Undock]을 클릭하면 탭으로 존재하는 영역을 대화상자로 뽑아낼 수 있습니다. 뽑아낸 매니저를 원하는 위치로 드래그하여 배치할 수 있습니다.

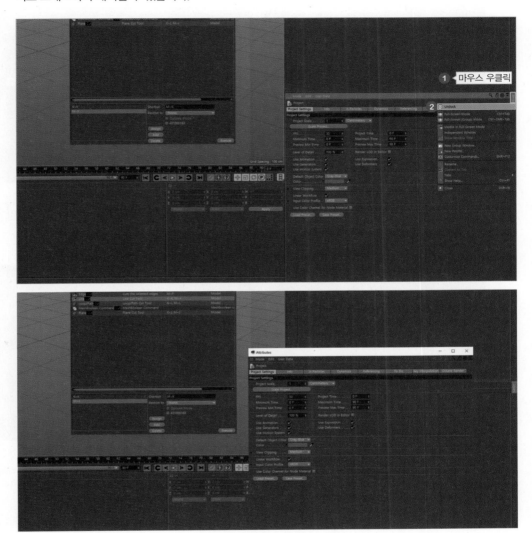

12 팔레트 영역에서 마우스 우클릭하고 [Tabs]–[Convert to Tab]을 클릭하면 팔레트나 매니저를 탭으로 만들 수 있습니다.

13 별개의 레이아웃으로 저장하기 위해 [Window]–[Customization]–[Save Layout As...]를 클릭한 후 원하는 파일명으로 저장합니다. 단, 뒤이어 배울 기능들을 익히기 전에 수정한 레이아웃은 사용하지 않습니다.

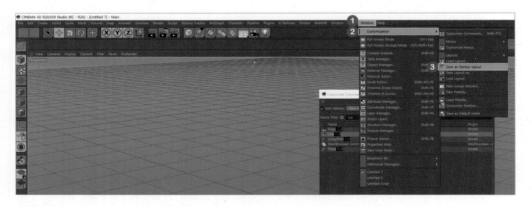

> **TIP**
> 기본 레이아웃을 익힌 후에 원하는 인터페이스를 만들어 사용해보기 바랍니다. 인터페이스를 편의대로 수정한 후 메뉴 바에서 [Window]–[Customization]–[Save as Startup Layout]을 클릭하면 초기 화면으로 변경할 수 있습니다.

02 시네마 4D 기본 기능 익히기

≫ 시네마 4D에서 본격적으로 작업하기 위해 알아야 할 기초적인 기능부터 알아보겠습니다. 새로운 프로젝트를 생성하는 것부터 기본적인 조작법까지 본격적인 작업을 위해 알아두어야 할 포인트들을 살펴보겠습니다.

01 프로젝트 생성하고 설정하기

파일(File) 메뉴 살펴보기

파일 메뉴를 통해 뷰포트 창과 파일을 조작할 수 있습니다.

❶ New(Ctrl + N) : 새 작업 창을 열 수 있습니다. 새롭게 만들어진 창은 'Untitled'라는 이름으로 만들어지며, 계속해서 새로운 창을 만들면 뒤에 넘버링이 자동으로 붙게 됩니다.

❷ Open...(Ctrl + O) : 다양한 종류의 파일을 하드 디스크와 같은 저장 장치로부터 불러와 현 프로젝트 혹은 새 프로젝트로 열어줍니다. 일반적으로 별도의 시네마 4D 파일이나 모델링 파일(.obj, .fbx와 같은 형식의 파일)을 불러올 때 탐색기에서 드래그하여 시네마 4D 뷰포트에 드롭해도 해당 파일이 열리게 됩니다.

❸ Merge...(Ctrl + Shift + O) : 별도의 파일을 현재 열려 있는 작업 창에 병합합니다.

❹ Revert to Saved... : 현재 열려 있는 작업 파일이 마지막으로 저장되어 있는 상태로 되돌립니다. 마지막으로 저장된 시점을 기준으로 하기 때문에 주의해야 합니다.

❺ Close(Ctrl + F4) : 현재 열려 있는 작업 파일을 닫습니다.
이때 저장되지 않은 부분이 있다면 저장할지 확인하는 경고 창이 뜨게 됩니다.

❻ Close All(Ctrl + Shift + F4) : 현재 열려 있는 모든 작업 파일을 닫습니다. Close는 현재 열려 있는 작업 파일만 닫는다면, 이 기능은 모든 작업 파일을 닫을 수 있습니다. 따라서 모든 파일들이 잘 저장되어 있는지 확인하는 것이 중요합니다.

7 Save(Ctrl + S) : 현재 열려 있는 작업 파일을 저장합니다. 기존에 이미 저장한 적이 있다면 해당 저장 파일을 덮어씁니다.

8 Save as...(Ctrl + Shift + S) : 현재 열려 있는 작업 파일을 다른 이름으로 저장합니다.

9 Save incremental... : 이 기능을 사용하면 매번 저장될 때마다 순차적인 번호가 붙은 새로운 파일이 생성됩니다. 하드 디스크의 용량이 허용되는한 저장되는 번호의 제한 없이 무한 저장이 가능합니다.

10 Save All : 현재 열려 있는 모든 작업 파일을 저장합니다.

11 Save Project with Assets... : 현재 작업 중인 파일을 모두 옮기고 싶을 때 사용하는 저장 기능입니다. 이 기능을 통해 작업 파일과 연관 있는 이미지 파일을 비롯해 다양한 파일이 한꺼번에 지정된 위치에 정리되어 저장됩니다.

12 Save Selected Objects as... : 오브젝트 매니저에서 선택한 특정 오브젝트를 원하는 방식으로 저장하는 기능입니다.

13 Save Project for Melange... : 시네마 4D 프로젝트를 써드 파티 애플리케이션(.c4d 파일 형식을 불러올 수 있는)에 사용하기 위해 이 옵션을 사용합니다.

14 Save All Takes with Assets : 시네마 4D의 테이크 시스템을 사용할 때 해당 테이크와 연관된 모든 파일을 함께 저장할 때 사용하는 기능입니다.

15 Save Marked Takes with Assets : 시네마 4D의 테이크 시스템을 사용할 때 마킹된 테이크와 연관된 파일을 함께 저장할 경우 사용하는 기능입니다.

16 Export... : 시네마 4D에서 작업한 파일을 다양한 형식으로 변환시켜 저장할 때 사용하는 기능입니다. 일반적으로 모델링 데이터를 저장하고 싶을 때 .obj와 .fbx 형식을 많이 사용하며, 애니메이션이 포함된 파일로 저장하고 싶은 경우에는 .abc 형식을 많이 사용합니다.

17 Recent Files : 시네마 4D를 사용해 최근에 작업한 파일들을 확인할 수 있는 기능입니다. 여기서 기억하는 최근 작업 파일의 개수는 환경 설정에서 변경할 수 있습니다.

18 Quit(Alt + F4) : 시네마 4D를 종료할 때 사용합니다. 저장되지 않은 작업 파일이 있는 경우 경고 메시지가 나타납니다.

프로젝트 설정/생성/저장하기

프로젝트를 시작하면서 고려해볼 만한 설정 요소들을 알아보고 내가 작업하는 프로젝트를 저장하거나 관리하는 법을 알아보도록 하겠습니다. 프로젝트에 대한 설정은 내가 어떤 작업을 하느냐에 따라 달라질 수 있습니다.

(1) 프로젝트 생성하기

메뉴 바의 [File]-[New([Ctrl] + [N])]를 클릭하면 새로운 프로젝트를 열 수 있습니다. 저장된 프로젝트를 불러올 때는 해당 파일을 더블클릭하거나 [File]-[Open([Ctrl] + [O])]을 클릭하여 불러옵니다. 만약, 현재 작업하고 있는 프로젝트에 저장된 프로젝트를 병합하여 열고 싶다면 [File]-[Merge([Ctrl] + [Shift] + [O])]를 이용합니다. 현재 보고 있는 프로젝트만 닫으려면 [File]-[Close([Ctrl] + [F4])]를 클릭합니다. 저장되지 않은 프로젝트라면 저장 여부를 묻는 대화상자가 나타납니다.

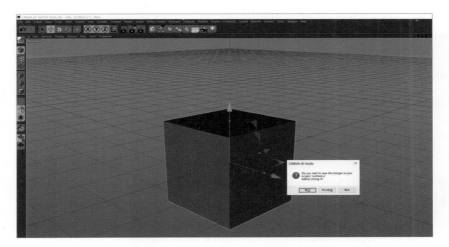

(2) 프로젝트 설정 알아보기

시네마 4D의 초기 화면에서 우측 하단의 어트리뷰트 매니저를 보면 [Project] 설정이 보입니다. [Project] 설정이 보이지 않는 경우 [Edit]-[Project Settings([Ctrl] + [D])]를 클릭하면 나타납니다. [Project Settings]에서는 다른 프로그램과의 연계를 위해 오브젝트의 크기나 비례를 맞추는 [Project Scale] 설정과 프레임과 관련된 설정을 주로 합니다.

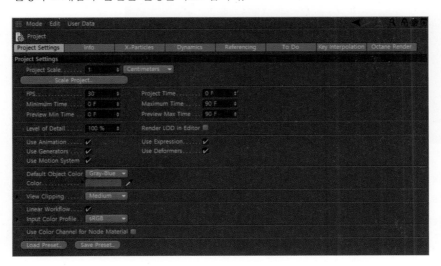

[Project Settings]에 대한 설정이 끝나면 뷰포트에 대한 설정을 할 수 있습니다. 뷰포트 메뉴 바에서 [Options]-[Configure All(Alt + V)]을 클릭합니다.

어트리뷰트 매니저의 [View] 탭 설정 항목 중 [Tinted Border]의 [Opacity]나 [Border Color]를 변경하면 렌더링으로 나오지 않는 영역을 확인하기 좋게 설정할 수 있습니다. 기본값은 반투명 회색입니다. 렌더링으로 보이지 않는 영역을 숨길 필요가 없다면 [Render Safe]의 체크를 해제한 후 작업할 수 있습니다. 만일, [Render Safe] 옵션이 체크된 상태에서 [Tinted Border] 옵션만 체크를 해제하면, 렌더링 결과물이 나오지 않는 영역에 경계선만 얇고 검은선으로 표현됩니다.

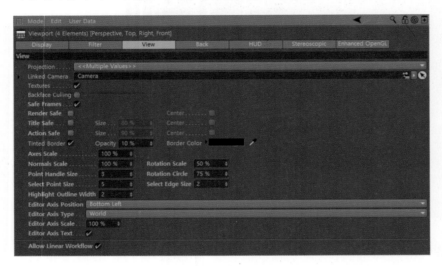

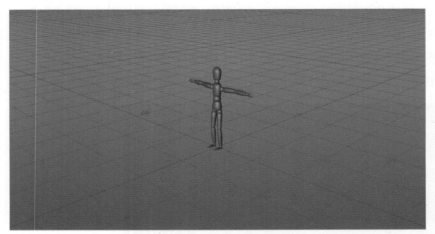

[HUD] 탭 설정 항목을 통해 뷰포트에서 표시될 내용을 체크할 수 있습니다. [Total Polygons] 옵션을 체크하면 폴리곤의 개수를 뷰포트에 표시할 수 있습니다. 단, 좌측 커맨드 팔레트 바의 Polygons 모드가 활성화된 상태에서만 폴리곤 수가 표시된다는 것을 주의해야 합니다.

알아두기

폴리곤은 오브젝트를 구성하는 최소한의 면을 뜻합니다. 면을 어떻게 편집하고 구성하느냐에 따라 모델링 형태가 결정됩니다. 따라서 모델링에서 폴리곤은 매우 중요한 요소입니다.

작업하는 프로젝트에 존재하는 폴리곤 개수를 확인하고 싶다면 Ctrl + I 키를 누르고 나타나는 [Information] 창에서 확인할 수 있습니다. [Memory]는 프로젝트의 용량을 나타냅니다. 이 용량은 폴리곤뿐만 아니라 프로젝트를 구성하는 다양한 요소의 총 용량을 나타냅니다. Points와 Polygons, Objects는 각각 점, 폴리곤, 오브젝트 개수를 나타냅니다.

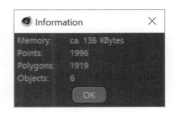

일반적으로 시네마 4D에서 폴리곤 개수에 유의하는 것이 좋습니다. 폴리곤 개수가 많아지면 프로젝트 자체가 무거워지기 쉽기 때문입니다. 보통 디테일이 뛰어난 모델링 오브젝트는 수십만에서 수백만 폴리곤을 가지기도 합니다. 예를 들어, 백만 개의 폴리곤을 가진 오브젝트가 프로젝트에 하나 정도 있다면 용량이 커지지 않을 수 있지만, 이러한 오브젝트가 2~3개만 되더라도 이미 삼백만 폴리곤에 육박하기 때문에 뷰포트 제어부터 어려워집니다. 물론, 컴퓨터의 사양에 따라 감당할 수 있는 폴리곤의 개수는 차이가 있으나, 컴퓨터가 감당할 수 있더라도 최소한의 폴리곤 개수를 유지하는 것이 좋습니다. 폴리곤의 개수가 너무 많아지면 애니메이션 작업이나 렌더링 과정에도 영향을 미치기 때문입니다. 제일 바람직한 것은 모델링할 때 내가 원하는 디테일을 최소한의 폴리곤으로 작업하는 것입니다.

애니메이션 작업을 앞두고 있다면 [HUD] 탭에서 [Camera]와 [Frames per Second]를 활성화하는 것을 권장합니다. 3차원 환경에서는 여러 시점에서 작업을 하다 보면 카메라 오브젝트를 활성화했는지 인지하기 힘든 경우가 있기 때문에 [Camera]를 활성화하면 뷰포트에서 쉽게 확인하면서 작업할 수 있습니다. [Frames per Second]를 활성화하면 애니메이션이 초당 몇 프레임인지 확인할 수 있으며, 작업하는 프로젝트가 무겁고 복잡할수록 낮은 수치를 표현합니다. 따라서 이를 통해 어느 정도의 속도로 재생되고 있는지 확인할 수 있습니다.

💡 알아두기

시네마 4D에서 애니메이션 작업 시 유의해야 할 점은 뷰포트에서 재생하는 애니메이션이 리얼타임이 아니라는 것입니다. 초당 프레임을 25프레임으로 작업한다고 가정했을 때 10초에 해당하는 작업을 하는 것입니다. 그렇다고 해서 애니메이션을 재생했을 때 그대로 10초의 길이로 재생되지 않습니다. 작업 환경이나 프로젝트의 규모에 따라 작업이 무거워져 더욱 느리게 재생될 수도 있기 때문에 [Frames per Second]를 활성화하고 모니터링하는 것이 좋습니다.

[Frames per Second]의 숫자가 낮아질수록 재생하는 애니메이션이 뷰포트에서 느리게 처리되고 있다는 것을 알 수 있습니다. 애니메이션을 작업할 때 내가 제작한 애니메이션이 어느 정도의 속도와 시간을 갖는지 정확히 확인하고 싶다면 테스트로 렌더링을 해보는 것이 제일 바람직합니다.

존재하는 제품을 그대로 모델링하거나 내가 스케치한 그림을 뷰포트에 배경 이미지로 열어두고 작업해야 할 경우가 있습니다. 이런 경우 뷰포트는 Perspective 모드가 아닌 Top, Right 혹은 Front 뷰로 설정한 후 [Back] 탭의 [Image]에서 원하는 배경 이미지를 불러오면 됩니다. 배경 이미지 크기는 [Size X/Y] 옵션, 위치는 [Offset X/Y] 옵션, 회전은 [Rotation] 옵션으로 조절합니다. 모델링 작업을 위한 배경 이미지는 너무 뚜렷하면 작업하기 힘들기 때문에 [Transparency] 옵션을 이용해 투명도를 조절합니다.

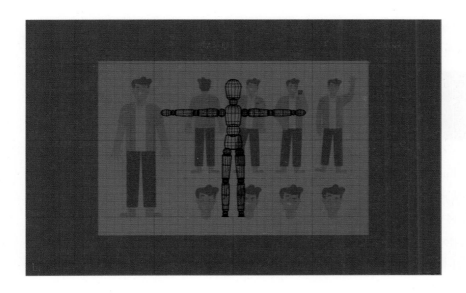

시네마 4D에서는 여러 개의 작업 파일을 열고 작업을 할 수 있습니다. 이때 다른 작업 파일로 전환하려면 뷰포트에 마우스 포인터를 올려놓고 $\boxed{V}$ 키를 누른 후 나타나는 팝업 메뉴 중 [Project] 위에 커서를 올리면 현재 열려 있는 작업 파일을 볼 수 있습니다. 이때 원하는 프로젝트 이름으로 커서를 이동하면 해당 작업 창으로 이동합니다.

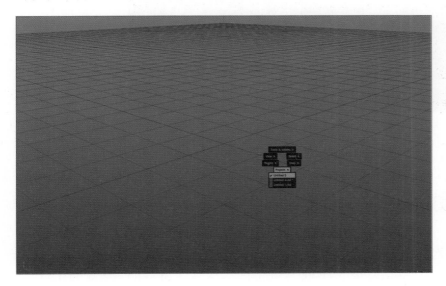

⑶ 프로젝트 저장하기

시네마 4D와 같은 3D 작업은 자주 저장하는 것이 바람직합니다. 작업이 무거워 간혹 프로그램이 멈추거나 종료될 수 있기 때문입니다. 프로젝트를 저장하려면 [File]-[Save($\boxed{Ctrl}$+$\boxed{S}$)]를 클릭하면 되고, '.c4d'라는 형식으로 프로젝트가 저장됩니다. 파일명은 한글로 저장하면 파일 이름이 손상될 수 있기 때문에 영어로 저장해주는 것이 좋고, 띄어쓰기 대신 특수문자 '_(언더바)'를 이용합니다. 저장된 작업 파일을 확인하면 '.c4d' 파일과 더불어 [illum]과 [tex]라는 폴더가 같이 생성되는 경우가 있습니다.

[illum]은 Global Illumination을 활용하여 렌더링할 때 생성되는 임시 파일이 저장되는 폴더입니다. 이 폴더를 삭제해도 작업 파일에는 영향을 미치지 않습니다. 하지만, Global Illumination을 연산하고 저장되는 임시 파일이기 때문에 다시 렌더링할 예정이라면 남겨두는 것이 속도 측면에서 좋습니다. [tex]는 머티리얼에 사용되는 텍스처 이미지들이 저장되는 폴더로, 삭제하지 않는 것이 좋습니다. 파일을 삭제하면 시네마 4D에 있는 머티리얼에 지정해둔 텍스처 경로가 불분명해져 머티리얼이 제대로 작동하지 않을 수 있기 때문입니다.

3D 작업은 복합적이고 다양한 요소를 사용하기 때문에 작업이 많이 진행된 뒤에는 수정이 힘들 수 있기 때문에 수시로 작업 단계별로 저장해두는 것이 좋습니다.

02 포트 제어하기

뷰포트의 X / Y / Z 축

뷰포트에는 공간에 대한 그리드와 화면 한가운데 자리하는 기준 축이 있습니다. X축에 해당하는 빨간색 화살표는 오른쪽을 향하고 있으며, Y축에 해당하는 초록색 화살표는 위쪽을 향하고, Z축에 해당하는 파란색 화살표는 뒤쪽을 향합니다. 단, 뷰포트를 조작하여 시점이 달라지면 축의 방향이 달라 보일 수 있습니다. 3D 공간 내에서 시점을 계속해서 돌리다보면 헤매기 쉬우므로 주기적으로 빨간색 화살표인 X축이 오른쪽을 향하고 초록색 화살표에 해당하는 Y축이 위로 향하는 초기 시점으로 돌아와 주는 것이 좋습니다.

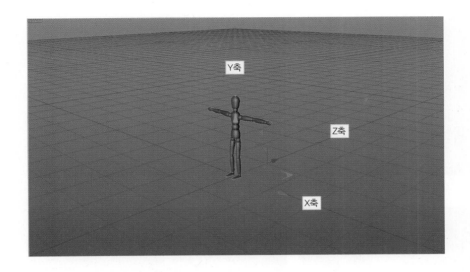

뷰포트 시점 변경하기

뷰포트에서 시점을 이동하거나 확대/축소, 회전하는 단축키는 숫자 1, 2, 3이며, 단축키를 누른 상태에서 뷰포트의 빈 곳을 드래그합니다.

1 키 : 뷰포트에서 작업하는 시점을 상하좌우로 이동할 수 있습니다.

2 키 : 뷰포트에서 작업하는 시점을 확대/축소할 수 있습니다. 시점의 확대/축소는 마우스 휠을 활용해도 가능하며, 확대/축소는 항상 마우스 커서가 위치하는 지점을 기준으로 합니다.

3 키 : 뷰포트에서 시점을 회전할 수 있습니다. 또는 Alt 키를 누르며 뷰포트의 빈 곳을 드래그해도 똑같이 이용할 수 있습니다. 회전되는 기준은 마우스 커서가 위치하는 지점이 됩니다.

뷰포트를 특정 시점으로 변경하기

3D 작업 시 특정 시점에서 오브젝트를 움직이거나 형태를 수정해야 하는 경우가 있습니다. 이때 사용할 수 있는 시점이 Top, Right, Front 그리고 4분할 뷰가 있습니다.

Perspective 뷰는 시네마 4D에서 기본으로 작업하는 뷰포트이며 단축키는 F1 입니다. Top 뷰의 단축키는 F2 이며, X축이 오른쪽을 향하고 Z축이 위로 향하는 화면입니다. Right 뷰는 단축키 F3 이며, Y축이 위로 향하고 Z축이 오른쪽으로 향하는 화면입니다. Front 뷰는 단축키 F4 이며, X축이 오른쪽으로 향하며 Y축은 위로 향하는 화면입니다.

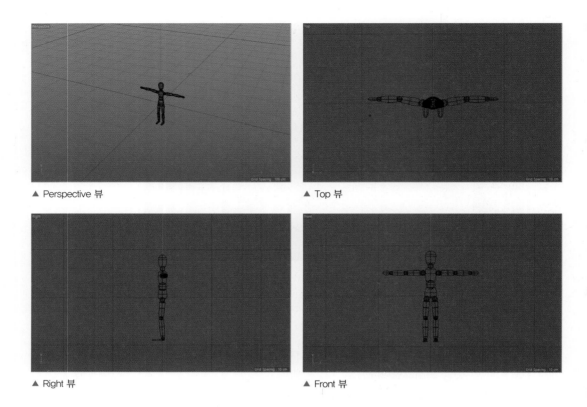

▲ Perspective 뷰   ▲ Top 뷰

▲ Right 뷰   ▲ Front 뷰

마지막으로 Perspective/Top/Right/Front 뷰를 아우르는 4분할 뷰는 단축키가 F5 이며, 4개로 분할 된 화면입니다.

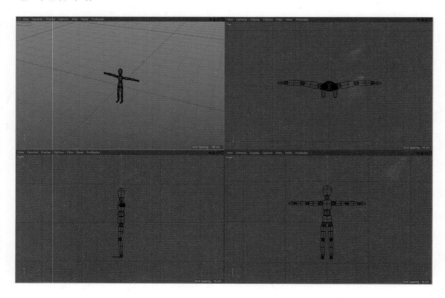

F1 ~ F5 에 해당하는 시점에 대한 설정은 뷰포트 상단의 [Cameras] 메뉴에서 선택하여 변경할 수 있습니다.

 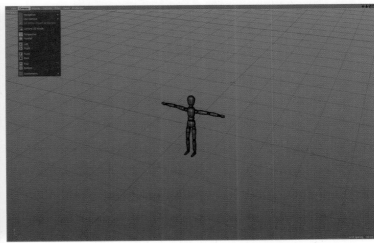

복잡한 모델링을 위한 뷰포트 창 활용법

특정 오브젝트를 모델링하는 경우 Right가 아닌 Left 뷰가 필요할 수도 있습니다. 이때 Right 뷰에 해당하는 F3 키로 시점을 변경한 뒤 해당 뷰포트 영역을 클릭하고 뷰포트 메뉴 바에서 [Cameras]-[Left]를 선택하면 해당 F3 키에 해당하는 Left 뷰로 변경됩니다. 이때 특정 시점을 원하는 뷰로 변경하면 그 프로젝트 파일에서는 해당 시점이 계속 그 뷰로 남게 됩니다. 다시 Right 뷰로 돌리려면 F3 시점 기준으로 뷰포트 메뉴 바에서 [Cameras]-[Right]를 선택하여 변경해야 합니다. 변경하는 방법은 F2 ~ F4 키에 해당하는 시점들만 적용 가능하고 4분할로 화면이 구성되는 F5 시점에서도 Perspective 뷰를 제외한 나머지 세 시점 모두 변경 가능합니다.

4분할이 아닌 2분할, 3분할 화면을 구성하고 싶다면 뷰포트 메뉴 바에서 [Panel]-[Arrangement]에서 다양한 분할 화면 구성을 선택하여 사용할 수 있습니다.

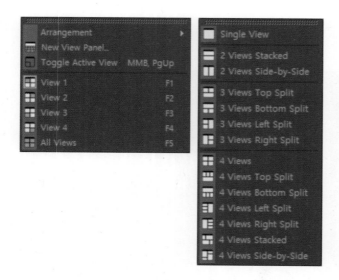

필요에 따라 추가적인 뷰포트 창을 생성하고 싶다면 뷰포트 메뉴 바에서 [Panel]-[New View Panel]을 이용하여 새로운 뷰포트 창을 추가로 열어 활용할 수 있습니다.

복잡한 모델링을 할수록 다양한 각도에서의 점검이 필요하고 이런 옵션들을 적극적으로 활용하면 복잡한 형태를 쉽게 파악하여 모델링이 수월해집니다. 그리고 모델링뿐만 아니라 애니메이션을 구성할 경우에도 다양한 오브젝트들 사이에서 정확한 움직임을 구현하기 위해 다양한 시점을 활용하는 것이 큰 도움이 됩니다. 다소 번거롭더라도 다양한 각도에서 형태나 움직임을 체크하며 제작한다면 훨씬 퀄리티 있는 작업을 할 수 있습니다.

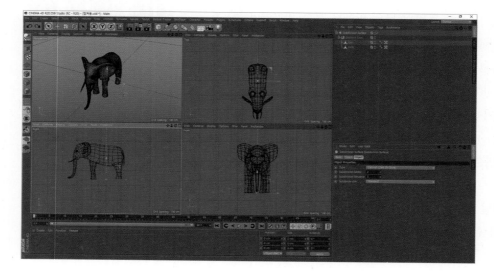

03 오브젝트 제어하기

오브젝트 선택하기

오브젝트를 선택하는 방법에는 두 가지가 있습니다. 첫 번째는 뷰포트에 존재하는 오브젝트 중에서 선택하고자 하는 오브젝트를 Selection 툴을 이용하여 선택하는 방법입니다. 제일 흔히 사용되며, 항상 기본으로 유지해야 하는 기능이기도 한 Live Selection을 이용하여 선택하면 오브젝트가 강조됩니다. 이때 시네마 4D 화면 우측 상단에 있는 오브젝트 매니저를 확인해보면 해당 오브젝트가 선택된 것을 확인할 수 있습니다. 다양한 선택 툴 사용에 대해서는 모델링에서 살펴보겠습니다.

두 번째는 오브젝트 매니저에서 원하는 오브젝트를 선택할 수 있습니다. 다수의 오브젝트를 한꺼번에 선택해야 할 경우 뷰포트에서 Selection 툴로 직접 선택하는 것보다 오브젝트 매니저에서 선택하는 것이 바람직합니다. 원하는 오브젝트를 선택하려면 쉽게 알아볼 수 있는 이름으로 변경해두는 것이 좋습니다.

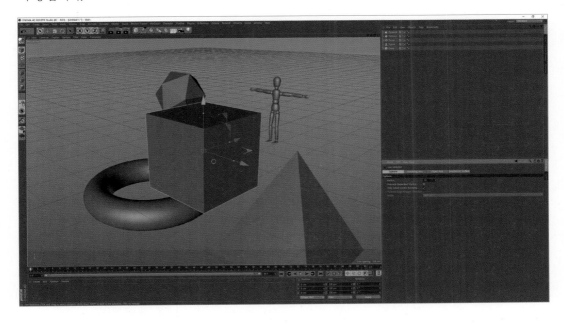

오브젝트 이름 변경하기

오브젝트의 이름을 변경하는 가장 쉬운 방법은 오브젝트 매니저에서 오브젝트 이름을 더블클릭하여 변경하는 방법입니다. 다양한 컴퓨터 환경을 오가며 작업하다 보면 이름에서 오류가 발생하는 경우도 있기 때문에 이름은 가급적 영어로 지정하는 것이 좋습니다.

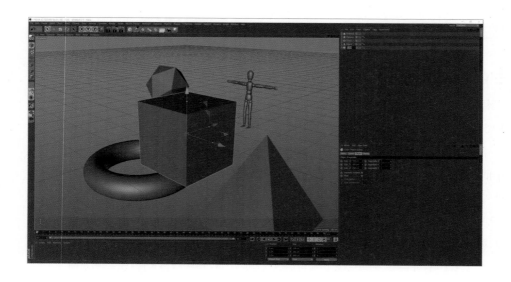

오브젝트 이동/회전/크기 조절하기

오브젝트의 이동/회전/크기 조절과 관련된 기능을 상단 커맨드 팔레트 바에서 알아보았습니다. 실제 작업 시 오브젝트의 이동/회전/크기 등을 조절할 때에는 단축키를 사용하는 것이 효율적입니다. 오브젝트를 이동할 때 사용하는 Move 툴의 단축키는 E 입니다. 여러 개의 오브젝트를 선택한 경우 축 위치의 평균값을 기준으로 축이 설정되며, 이 축의 화살표를 조작하여 한번에 이동할 수 있습니다. 이때 Shift 키를 함께 누른 채 이동하면 '10cm' 단위로 움직이게 되고 Ctrl 키를 누른 채 이동하면 해당 방향으로 오브젝트가 복제됩니다. 오브젝트를 회전할 때 사용하는 Rotate 툴의 단축키는 R 입니다. 회전을 원하는 오브젝트가 선택된 상태에서 R 키를 누릅니다. Rotate 툴이 활성화되면 원형 핸들이 보이고 원하는 핸들을 따로따로 회전하는 것이 좋습니다. 이때 Shift 키를 함께 누른 채 회전하면 '10°' 단위로 회전하게 되고 Ctrl 키를 누른 채 회전하면 해당 방향으로 오브젝트가 복제됩니다. 여러 개의 오브젝트를 선택하여 회전하면 여러 오브젝트의 축 평균값 위치에 있는 축을 중심으로 회전하게 됩니다. 각 오브젝트가 가진 축을 중심으로 개별 회전하려면 Rotate 툴의 어트리뷰트 매니저에서 [Object Axis] 탭 – [Per-Object Manipulation]을 활성화하면 됩니다. 오브젝트의 크기를 조절할 때 사용하는 Scale 툴의 단축키는 T 입니다. 오브젝트의 이동이나 회전과는 달리 뷰포트의 빈 곳을 클릭하여 드래그하면 오브젝트의 크기를 조절할 수 있습니다. Scale 핸들은 Make Editable을 한 상태에서 사용 가능합니다. 오브젝트의 크기를 조절할 때 Shift 키를 함께 누른 채 크기를 조절하면 '10%' 단위로 조절할 수 있고 Ctrl 키를 누른 채 크기를 조절하면 해당 크기로 선택한 오브젝트가 복제됩니다. 여러 개의 오브젝트를 선택한 상태에서 크기를 조절하면 새로운 축을 중심으로 크기가 조절됩니다. 하지만 개별 축 중심으로 크기를 조절하고 싶다면 어트리뷰트 매니저에서 [Object Axis] 탭 – [Per-Object Manipulation]을 활성화하면 됩니다.

오브젝트 복사하고 붙여넣기

오브젝트를 복사하고 붙이는 기본 방법은 Ctrl + C , Ctrl + V 키를 이용하는 것입니다. 이렇게 복사하여 붙여넣는 경우, 다른 작업 창으로 이동해도 붙여넣을 수 있습니다. 두 번째 방법은 오브젝트 매니저에서 원하는 오브젝트를 선택하고 다른 곳으로 드래그하여 붙여넣는 방법입니다. 이외에도 Shift 키를 누른 채 오브젝트 매니저의 오브젝트들을 클릭하는 방법도 있습니다. 세 가지 방법 모두 여러 오브젝트를 선택해서 복사하여 붙여넣기가 가능합니다.

오브젝트 제어 따라하기

앞서 알아본 오브젝트 제어 방법을 이용해 간단한 예제를 진행해보겠습니다. 본 예제는 별도의 예제 파일이 제공되지 않습니다.

01 상단 커맨드 팔레트 바에서 [Cube]를 클릭하여 뷰포트에 생성합니다.

02 상단 커맨드 팔레트 바에서 [Cube]-[Cone]을 클릭하여 뷰포트에 생성합니다.

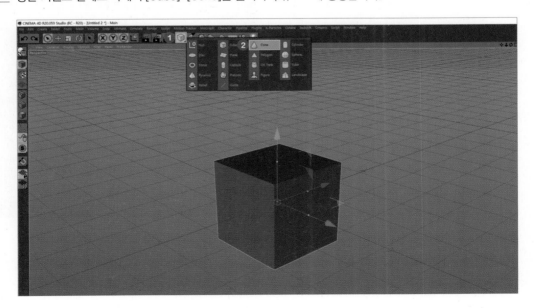

03 ⑨ 키를 눌러 Live Selection을 활성화하고 [Cone] 오브젝트의 Y축(초록색) 핸들을 위로 드래그합니다. 이
때 Shift 키를 누른 채 드래그하여 '200cm'까지 이동합니다.

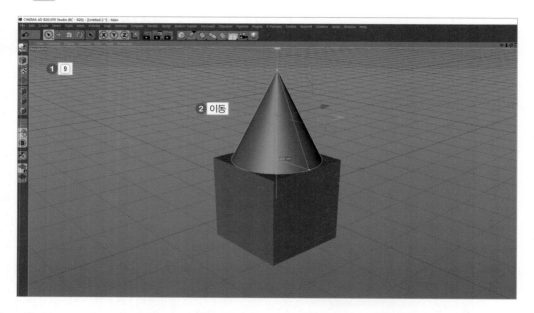

04 오른쪽 상단에 있는 오브젝트 매니저에서 [Cone]을 클릭하고 Shift 키를 누른 채 [Cube]를 클릭하여 함께
선택합니다. Alt + G 키를 눌러 하나의 [Null]로 그룹화합니다.

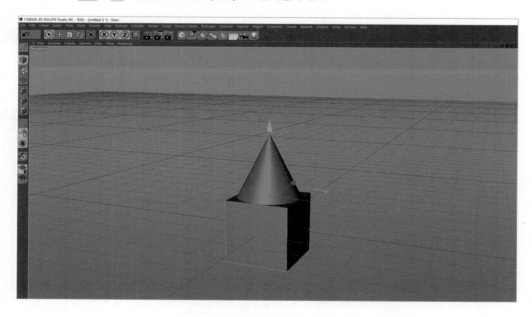

05 상단 커맨드 팔레트 바에서 [Cube]–[Pyramid]를 클릭하여 뷰포트에 생성합니다.

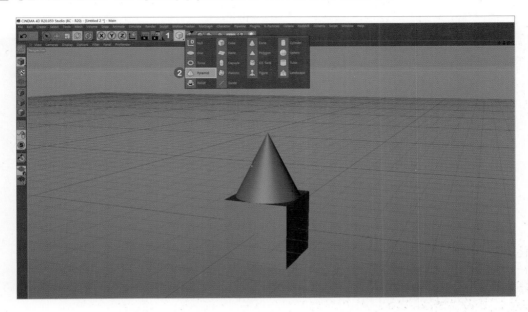

06 [F5] 키를 눌러 All Views로 뷰포트를 전환합니다. [R] 키를 눌러 Rotate 툴을 활성화하고 Pyramid 오브젝트의 뾰족한 부분이 +X축 방향을 바라보도록 파란색 핸들을 드래그하여 회전합니다. 이때 [Shift] 키를 누른 채 '90°' 회전합니다.

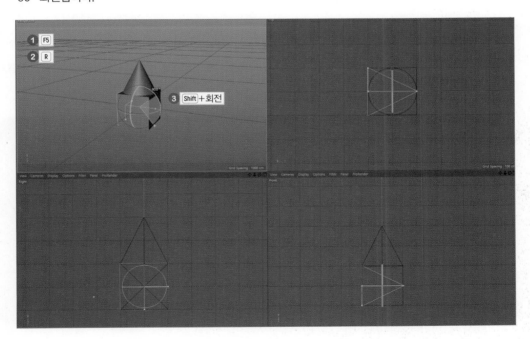

07 9 키를 눌러 Live Selection 툴을 활성화하고 [Pyramid] 오브젝트의 Y축(초록색) 핸들을 드래그하여 이동합니다. 이때 Shift 키를 눌러 '200cm'까지 이동합니다.

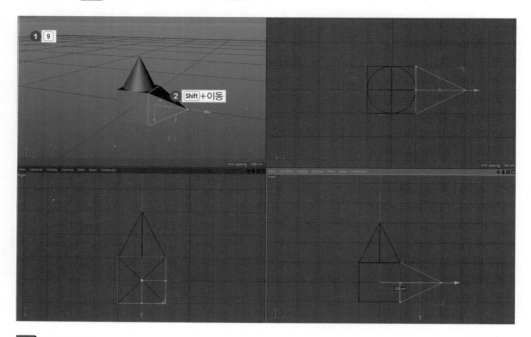

> **TIP**
> 만일, Coordinate System이 World 축을 기준으로 하고 있다면 Y축(초록색) 핸들이 오른쪽을 향하고 있지 않을 수 있습니다. 이때는 X축(빨간색) 핸들을 드래그하여 '200cm'까지 이동해도 됩니다. 혹은 Coordinate System(W)를 이용하여 Object 축으로 전환한 후 예제를 따라하면 됩니다.

08 F1 키를 눌러 Perspective 뷰포트로 변경합니다. 상단 커맨드 팔레트 바에서 [Cube]-[Oil Tank]를 클릭하여 뷰포트에 생성합니다.

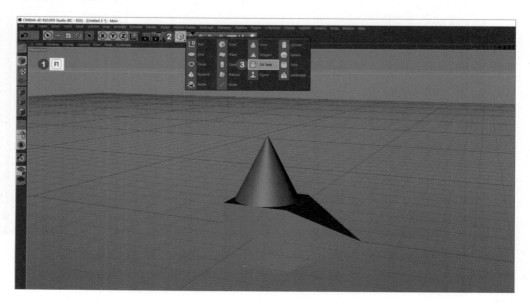

09 F5 키를 눌러 All Views 모드로 변경하고 9 키를 눌러 Live Selection 툴을 활성화합니다. [Oil Tank] 오브젝트를 선택하고 어트리뷰트 매니저에서 [Coord.] 탭을 클릭합니다. [P.Z]를 '-175cm', [R.P]를 '90°'로 입력하고 Enter 키를 눌러 적용합니다. 올바르게 좌푯값이 설정되면 이미지와 같이 [Cube] 오브젝트 앞쪽에 위치하게 됩니다.

[Coord.] • P.Z : -175cm • R.P : 90°

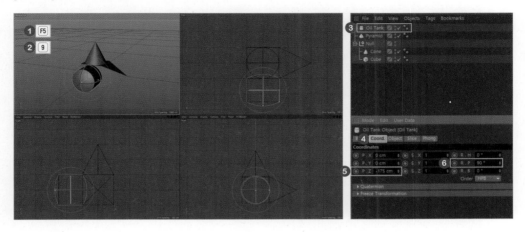

10 F1 키를 눌러 Perspective 뷰포트를 변경하고 상단 커맨드 팔레트 바에서 [Cube]-[Torus]를 클릭하여 뷰포트에 생성합니다.

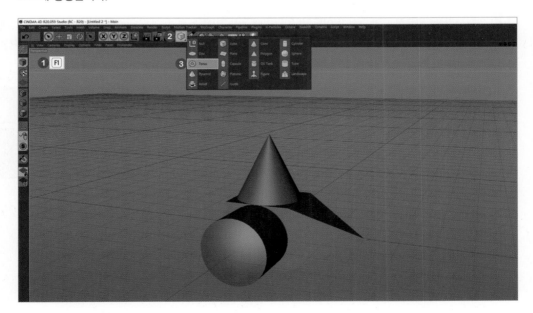

11 F5 키를 눌러 All Views 뷰포트 시점을 변경하고 X축(빨간색) 핸들을 드래그하여 이동합니다. 이때 Shift 키를 누른 채 '150cm'까지 이동합니다.

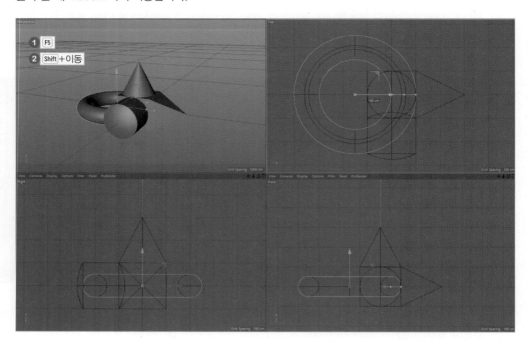

12 Z축(파란색) 핸들을 드래그하여 이동합니다. 이때 Shift 키를 누른 채 '150cm'까지 이동합니다. 이렇게 이동된 오브젝트가 원하는 위치에 있는지 뷰포트에서도 확인하고 어트리뷰트 매니저의 [Coord] 탭 [P.X]가 '－150cm', [P.Z]가 '150cm'인지 확인합니다.

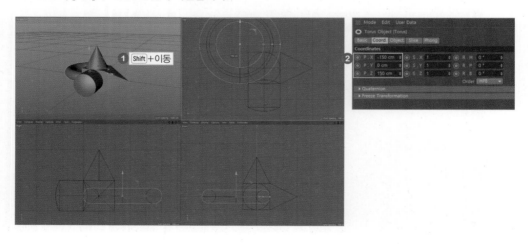

13 F1 키를 눌러 Perspetive 뷰포트로 변경합니다. 오브젝트 매니저에서 [Pyramid], [Oil Tank], [Torus] 오브젝트를 Shift 키를 눌러 선택하고 [Null]과 [Cone] 사이로 이동합니다. 이때 이미지처럼 왼쪽을 향하는 화살표가 마우스 커서 옆에 나타나면 내 커서가 위치하는 오브젝트 매니저의 그 사이로 이동한다는 표시입니다.

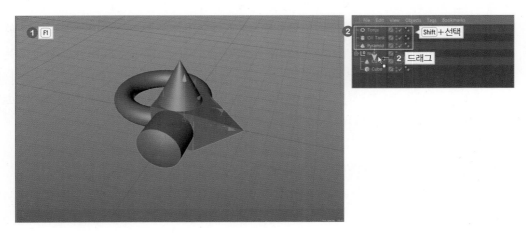

14 오브젝트 매니저에서 [Cube]를 오브젝트 목록 아래 빈 곳으로 드래그합니다. 이때 마우스 커서 모양이 변경되면서 [Null] 그룹에서 나오게 됩니다.

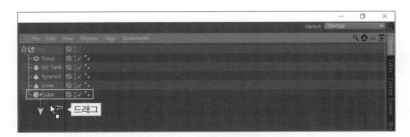

15 [Null] 그룹에서 나온 [Cube]를 [Cone]의 하위 계층으로 정리해보겠습니다. 현재 [Null] 그룹에 들어가 있는 오브젝트는 Null의 하위 계층으로 정리된 것입니다. 오브젝트 매니저에서 [Cube]를 드래그하여 [Cone] 위에 위치하면 아래로 향하는 화살표가 나타납니다. 이때 드롭하면 [Cone]의 하위 계층으로 정리됩니다.

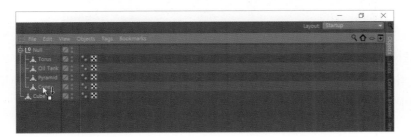

TIP 상위 계층의 오브젝트를 제어하면 하위 계층의 오브젝트들도 함께 제어됩니다. 하지만 하위 계층의 오브젝트를 제어하더라도 상위 계층의 오브젝트는 영향을 받지 않습니다. 계층 구조로 정리된 오브젝트는 상위 계층의 오브젝트 축의 좌표를 기준으로 합니다. 따라서 특정 오브젝트가 다른 오브젝트의 하위 계층으로 정리되는 경우 좌푯값이 달라지는 것은 그 기준이 상위 계층의 오브젝트로 맞춰졌다는 사실을 유의해야 합니다.

오브젝트 매니저 활용하기

현재 작업 중인 프로젝트의 오브젝트들을 목록으로 보여주는 영역이 오브젝트 매니저입니다. 오브젝트 매니저의 특성과 오브젝트를 더 효과적으로 제어하기 위한 유용한 기능들을 알아보겠습니다. 오브젝트 매니저에서 목록의 위치는 뷰포트에서의 위치에 영향을 주지 않습니다. 여러 개의 오브젝트를 효과적으로 제어하기 위한 시스템으로, 포토샵이나 일러스트레이터 등에서 사용하는 레이어와는 차이가 있습니다. 하지만 오브젝트 매니저에서 맨 위의 오브젝트부터 맨 아래 오브젝트까지 순차적으로 내려가며 연산을 거친다는 점은 일반적인 레이어와 유사한 점입니다. 이런 유사점은 특정 오브젝트를 목록의 어느 위치에 두느냐에 따라 연산이 더 정확해지기 때문에 염두에 두어야 합니다.

(1) 오브젝트를 에디터(뷰포트)/렌더러에서 보이기(또는 숨기기)

오브젝트 매니저에서 오브젝트 레이어 이름 옆에 두 개의 작은 원이 수직으로 구성된 아이콘이 있습니다. 위의 원은 Visible in Editor로 오브젝트를 에디터(뷰포트)에서 보이게 할지를 결정하고, 아래 원은 Visible in Renderer로 오브젝트를 렌더러에서 보이게 할지를 결정하는 아이콘입니다. 두 개의 원을 한 번씩 클릭하면 초록색으로 변하며(혹은 Alt 키를 누른 상태에서 원을 클릭하면 두 개의 원이 한꺼번에 변경됩니다) 오브젝트가 에디터(뷰포트)와 렌더러에서 모두 보이게 됩니다. 이는 아무 색도 없는 상태와 같습니다.

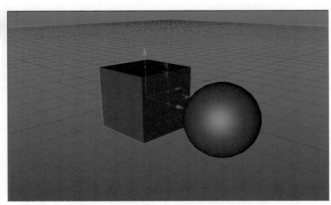

초록색으로 변한 아이콘을 한 번씩 클릭하면 빨간색으로 변하며 에디터(뷰포트)와 렌더러에서 오브젝트가 보이지 않게 됩니다. 이때 해당 오브젝트의 하위 계층으로 포함된 오브젝트까지 에디터(뷰포트)와 렌더러에서 보이지 않게 됩니다.

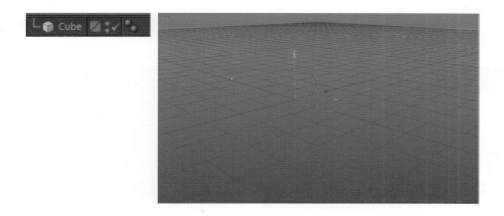

계층 구조에서 하위 계층의 오브젝트만 보이게 설정할 수도 있습니다. 상위 계층의 오브젝트 아이콘이 빨간색인 상태에서 하위 계층의 오브젝트 아이콘을 초록색으로 바꾸면 하위 계층의 오브젝트만 보이게 됩니다.

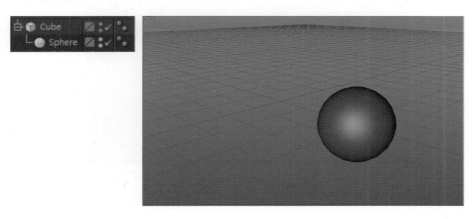

하위 계층의 오브젝트만 보이지 않게 설정하려면, 하위 계층의 오브젝트 아이콘만 빨간색으로 변경하면 됩니다. 상위 계층의 오브젝트는 하위 계층의 오브젝트의 영향을 받지 않기 때문에 아이콘을 기본값으로 하면 보이게 됩니다.

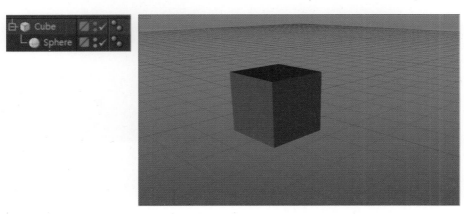

오브젝트를 뷰포트에서만 보이게 하고 렌더러에서는 안 보이게 설정하려면 위의 원은 초록색으로 변경하고 아래의 원은 빨간색으로 변경하면 됩니다.

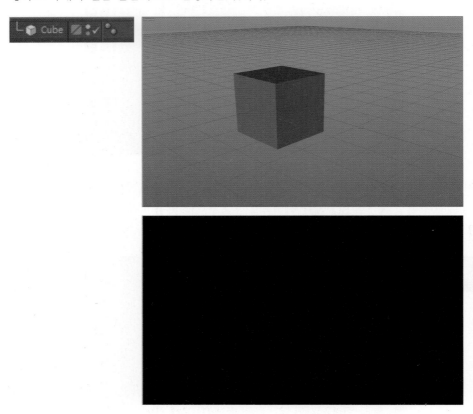

반대로 뷰포트에서 안 보이게 하고 렌더러에서만 보이게 하려면 위의 원을 빨간색으로, 아래의 원은 초록색으로 설정하면 됩니다.

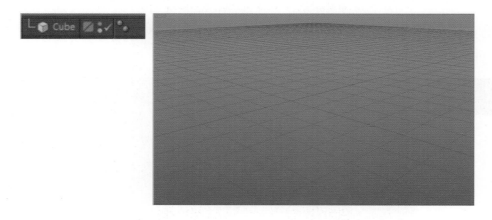

이 기능은 어트리뷰트 매니저의 [Bsic] 탭의 [Visible in Editor]와 [Visible in Renderer]에서도 설정할 수 있습니다. 'Default'는 기본값으로 에디터(뷰포트)나 렌더러에 해당 오브젝트가 모두 나타나도록 합니다. 'On'은 기본값과 같이 에디터(뷰포트)나 렌더러에 해당 오브젝트가 모두 나타나도록 하며, 'Off'는 에디터(뷰포트)나 렌더러에 해당 오브젝트가 보이지 않도록 합니다.

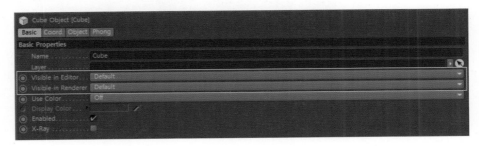

(2) Primitive Objects 제어하기

오브젝트 매니저에서 오브젝트 레이어 이름 옆에 있는 아이콘 중 초록색의 체크 표시 아이콘이 있습니다. 체크 표시 아이콘을 클릭하면 'X'자 아이콘으로 변경되어 해당 Primitive Objects가 가진 기능을 비활성화시킬 수 있습니다.

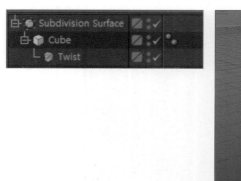
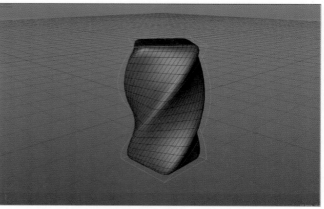

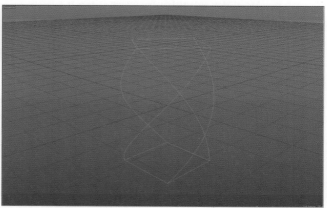

Primitive Objects는 기본 형태의 오브젝트와 형태를 변형시키는 디포머, 제네레이터 오브젝트 모두를 말합니다. Primitive Objects를 Make Editable하면 자유로운 편집이 가능하지만, Primitive Object로 가지고 있던 기능을 모두 잃게 됩니다. 하지만 Primitive Objects를 유지해야 할 때가 있기 때문에 지금 당장 작업에 필요 없는 Primitive Objects는 체크 표시 아이콘을 클릭하여 비활성화 해두는 것을 추천합니다. 이때 해당 오브젝트의 하위 계층으로도 Primitive Objects가 존재한다면 [Ctrl] 키를 누른 채 클릭하여 하위 계층에 존재하는 Primitive Objects도 한꺼번에 활성화/비활성화할 수 있습니다.

계층 구조를 가진 여러 개의 오브젝트가 하나의 Null로 묶여 있는데 Primitive Objects를 모두 활성화/비활성화하고 싶다면, 하나씩 체크하거나 [Ctrl] 키를 누른 채 원하는 Primitive Objects를 체크하여 설정합니다.

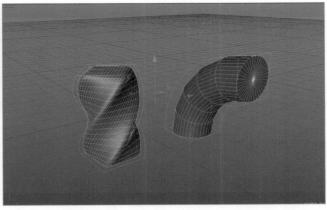

(3) 계층 구조 활용하기

정교한 작업을 할수록 수십 개의 오브젝트를 작업하여 오브젝트 매니저 목록은 복잡합니다. 오브젝트의 이름을 잘 정리해놓으면 원하는 오브젝트를 쉽게 찾을 수 있지만, 개수가 너무 많으면 헷갈릴 수 있습니다. 이때 원하는 오브젝트를 쉽게 찾을 수 있는 방법이 있습니다.

우선, Live Selection(9)을 이용하여 뷰포트에서 오브젝트를 클릭하는 방법입니다. 이때 오브젝트 매니저에서 계층 구조는 모두 축소되어 접혀 있어도 상관없습니다. 원하는 오브젝트가 선택된 상태에서 커서를 오브젝트 매니저 위로 옮겨 S키를 누르면 오브젝트 매니저 목록에서 해당 오브젝트가 하이라이트 되어 나타납니다.

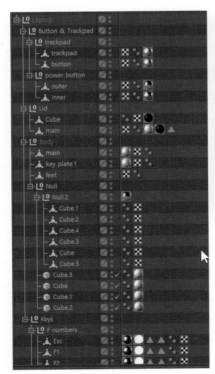

계층 구조 내에 있는 모든 오브젝트를 선택해야 하는 경우, 오브젝트 매니저의 빈 곳에서부터 드래그하여 선택할 수 있지만 오브젝트가 너무 많아 스크롤을 내려야 할 정도라면 이렇게 선택하는 것은 비효율적입니다. 이런 경우, 선택하고자 하는 계층 구조의 제일 상위 오브젝트만 선택한 후 마우스 우클릭하여 'Select Children'을 선택하면 쉽게 선택할 수 있습니다.

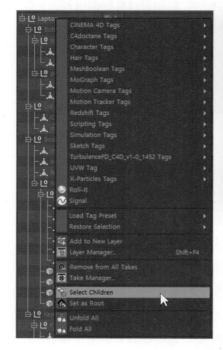
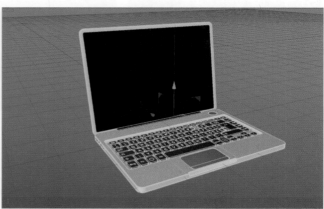

계층 구조를 만드는 쉬운 방법 중 하나는 하나 이상의 오브젝트를 선택하고 Alt + G 키를 눌러 Null 로 그룹화시키는 것입니다. 반대로 계층 구조를 풀어야 하는 경우, 오브젝트 매니저에서 오브젝트를 선택하여 빈 곳에 드래그하는 방법이 있습니다. 하지만 오브젝트가 너무 많은 경우에는 계층 구조를 풀고자 하는 오브젝트들을 선택하고 마우스 우클릭하여 'Ungroup Objects(Shift + G)'를 클릭하면 됩니다.

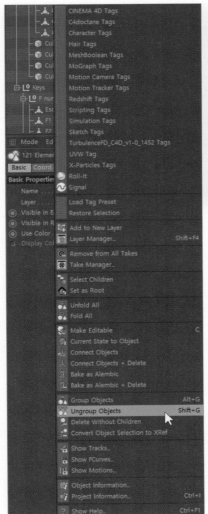

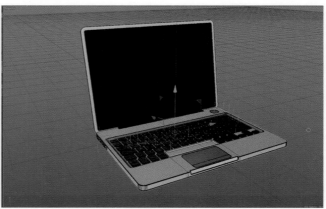

계층 구조에서 상위 계층의 오브젝트를 지우기 위해 하위 계층의 오브젝트들을 정리해야 하는 번거로운 경우가 생깁니다. 상위 계층에 해당하는 오브젝트를 지우면 하위 계층의 오브젝트들까지 한꺼번에 지워지기 때문입니다. 이때 지우고 싶은 상위 계층에 해당하는 오브젝트를 선택하고 마우스 우클릭하여 'Delete Without Children'을 클릭하면 하위 계층의 오브젝트는 영향을 받지 않고 상위 계층의 오브젝트만 제거할 수 있습니다.

3차원 입체 형상을 표현하는 모델링에는 다양한 기법이 있습니다. 그중 보편적으로 많이 사용하는 폴리곤 모델링(Polygon Modeling)에 대해 알아보겠습니다. 주위에서 흔히 보는 사물부터 영화에 나올법한 멋지고 복잡한 형태들은 모두 폴리곤 모델링부터 시작됩니다. 2장에서는 모델링의 기본적인 요소부터 3차원 환경에서 형태가 만들어지는 원리를 이해하고 그를 바탕으로 폴리곤 모델링을 작업하는 과정을 알아보겠습니다. 또한, 기초적인 원리와 지식을 바탕으로 이를 활용한 예제들을 만들어보며 응용 방법까지 알아봅니다.

폴리곤 모델링
(Polygon Modeling)

01 | 3D 모델링의 이해

≫ 모델링이라는 것은 쉽게 말해 '모델'을 만드는 과정으로, 3D 환경에서의 모델은 입체적인 물체 즉, 오브젝트 (Object)입니다. 3D 환경은 X축과 Y축을 기반으로 하는 2D 환경에서 Z축이 더해져 오브젝트를 기반으로 작품을 만듭니다. 3D 그래픽 제작 단계에서 제일 기초를 담당하는 과정인 만큼 원하는 오브젝트를 얼마나 정확하고 효율 적으로 만들어낼 수 있는지가 중요하기 때문에 기초적인 원리와 지식을 잘 숙지하고 접근해야 합니다.

01 3D 모델링의 기본 요소

3D 모델링을 쉽게 이해하기 위해 점, 선, 면의 개념을 잘 숙지하는 것이 좋습니다. 3D 그래픽 툴에 서는 통상적으로 점을 'Point', 선을 'Edge', 면을 'Polygon'이라고 하며, 이러한 기본 구성 요소를 갖 춰야 오브젝트가 입체적인 형상을 가질 수 있습니다. 점과 점 사이가 연결되어 선이 되고 그 점이 3 개 이상 모이면 면을 구성하여 형태를 만들어냅니다. 면(Polygon)을 구성하는 다각형의 개수가 많아 질수록 세밀한 표현이 가능하지만 효율적인 작업을 위해서는 폴리곤의 개수가 많지 않으면서도 원하 는 디테일을 표현할 수 있도록 해야 합니다. 점, 선, 면은 모두 X, Y, Z축 좌표를 기반으로 위치 값을 가지고 있으며 해당 요소들은 모두 별개로 수정, 조작이 가능합니다. 이렇게 기본적인 요소들을 조작 하는 것이 모델링의 시작입니다.

02 3D 모델링의 종류

3D 모델링은 크게 폴리곤(Polygon) 스플라인(Spline), 서브디비전서페이스(Subdivision Surface) 모 델링 방식으로 나뉩니다. 특정 형태를 만드는 데 있어서 모델링 방식에는 정답이 없지만, 각각의 특징 과 장단점이 있으므로 이를 잘 이해하고 작업자가 직면한 상황에 제일 효율적인 방식을 채택하는 것 이 좋습니다.

폴리곤 모델링(Polygon Modeling)

'많은(Many)'을 뜻하는 라틴어 'Poly'와 '각(Angle)'을 뜻하는 라틴어 '-gon'이 합쳐진 'Polygon'은 말
뜻 그대로 '다각형'을 의미합니다. 평면 다각형이자 면을 뜻하는 'Polygon'을 연속적으로 붙여가며 형
태를 만드는 기법이 폴리곤 모델링입니다.

우리가 모델링에서 활용하는 다각형은 주로 삼각형과 사각형이고 그 이상의 다각형들은 가능하면 피
해 제작합니다. 폴리곤 모델링은 다각형 집합체이기 때문에 곡선이 주된 형태인 모델링에는 적합하지
않습니다. 하지만 직선적이고 정형화된 형태를 만들기에는 좋기 때문에 제일 기본적인 모델링 방식으
로 사용하며, 단순한 만큼 용량이나 컴퓨터의 자원을 덜 차지하기 때문에 가벼운 작업에 적합합니다.

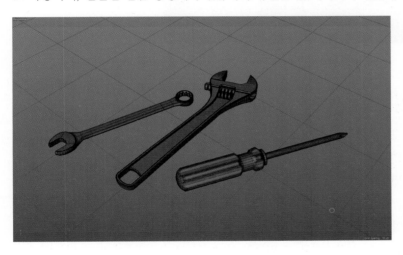

스플라인 모델링(Spline Modeling)

'스플라인(Spline)'이라는 것은 쉽게 말하면 매끄러운 곡선을 뜻합니다. 스플라인 함수라는 공식을 기
반으로 최대한 적은 수의 점으로 매끄러운 곡선을 만들기 위해 활용되는 방법으로, 곡선이 주가 된
형태를 구현하기 쉽습니다. 폴리곤 모델링이 다각형의 집합체라면, 스플라인 모델링은 선의 집합체로
곡선의 형태를 좌우하는 몇 개의 제어점을 통해 원하는 곡선을 만들어내고 이 곡선에 효과를 부여해
입체화시킵니다. 유기적인 형태의 구현이 쉬운 만큼 폴리곤 모델링에서 만들기 어려운 형태를 제작할
때 많이 사용됩니다. 다만, 폴리곤 모델링에 비하면 제너레이터(Generator)를 거치면서 용량이나 컴
퓨터의 자원을 더 차지할 수 있다는 점을 꼭 인지해두는 것이 좋습니다. 이렇게 제너레이터가 부담스
러울 때는 스플라인 모델링을 Make Editable하여 단순한 오브젝트 형태로 만들어주는 것이 최적화
하는 방법입니다.

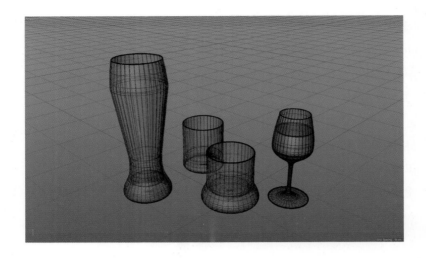

서브디비전 서페이스 모델링(Subdivision Surface Modeling)

서브디비전(Subdivision)은 '다시 나눔', '세분'이라는 뜻입니다. 말뜻 그대로 서브디비전 서페이스 모델 링은 만든 오브젝트의 면을 다시 작은 크기로 나눠주고 부드럽게 해주는 모델링이라고 이해하면 쉽 습니다. 좀 더 깊게 들어가면, 서브디비전 서페이스 모델링은 서브디비전 서페이스라는 제너레이터를 활용하여 면(Polygon)들을 세분화시키고 부드럽게 만드는 것으로 폴리곤 모델링부터 시작됩니다. 다 각형을 연속적으로 구성하여 대략적이고 거친 형태를 만든 후 서브디비전 서페이스(Subdivision Sur-face)라는 제너레이터를 입히면 면이 쪼개지고 그 면들의 상대적인 크기나 위치에 따라 면의 곡률이 결정되어 부드러우면서도 디테일한 형태가 만들어집니다. 높은 퀄리티의 모델링이 가능하여 많이 사 용하는 모델링 방식 중 하나입니다. 하지만, 면의 흐름이나 크기에 따라 형태가 좌우되기 때문에 앞 서 소개된 모델링 방식들이 기본적인 3D 모델링의 바탕이 되어야 원활한 제작이 가능한 방식입니다.

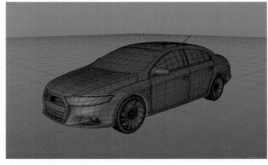

▲ 서브디비전 서페이스 모디파이어 적용 전

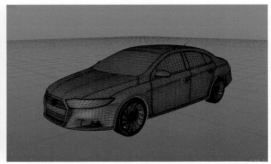

▲ 서브디비전 서페이스 모디파이어 적용 후

02 | 폴리곤 모델링의 시작

≫ 폴리곤 모델링(Polygon Modeling)은 다각형 면을 연속적으로 구성하여 입체적인 형태를 만드는 모델링 방식입니다. 이를 위해 시네마 4D에서는 폴리곤 모델링의 기본 재료가 될 Primitive Object들을 제공합니다. 제일 많이 사용하고 모델링에 적합한 삼각형과 사각형의 면으로 이루어진 기본 도형들입니다. 이 도형들이 각자 가지고 있는 옵션을 통해 변형하거나 가공하는 것이 폴리곤 모델링의 첫걸음입니다. Primitive Object들이 각각 가지고 있는 세부 옵션들을 살펴보고 이를 바탕으로 기본 도형을 활용한 예제를 함께 만들어보겠습니다.

01 모델링의 기본 재료

시네마 4D에서 제공하는 폴리곤 모델링의 기본 재료인 Primitive Object는 말 그대로 기본 3D 도형들로 구성되어 있습니다. 대표적으로 육면체, 구, 원뿔, 원판 등이 있으며, 이러한 기본 도형들은 어트리뷰트 매니저에서 세부 옵션들을 수정할 수 있습니다. 뷰포트 창에서 오브젝트를 선택하거나, 오브젝트 매니저에서 오브젝트를 선택하여 활성화하면 어트리뷰트 매니저에서 이 옵션들을 확인할 수 있습니다. 도형의 종류에 따라 각기 다른 옵션들을 가지고 있지만, [Coordinate] 탭 설정 항목은 3차원 작업 공간에서의 좌표(Position)/비례(Scale)/회전(Rotation) 값에 해당하는 옵션들로 도형의 종류와 상관없이 동일하게 사용할 수 있습니다.

Primitive Object는 메뉴 바의 [Create]-[Object]나 바로 상단 커맨드 팔레트 바의 [Cube] 확장 메뉴에서 생성할 수 있습니다.

Null(가상)

컴퓨터 용어상 'Null'이라는 것은 '아무것도 없음'을 뜻합니다. 말뜻 그대로 널(Null)은 위치 값을 제외하고는 아무 특성이 없는 가상의 오브젝트로, 여러 오브젝트를 하나로 묶어주는 그룹 기능으로 활용하거나 특정 기능을 위한 더미 오브젝트로 활용합니다.

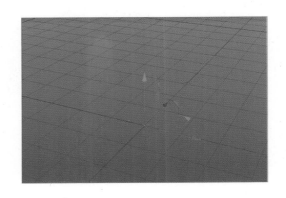

Object 설정

❶ Display : Point, Circle, Pyramid 등의 다양한 디스플레이 방식을 설정할 수 있습니다. 뷰포트에서 Null을 시각적으로 어떻게 표현할지를 결정하는 것이기 때문에 렌더링에는 영향을 주지 않습니다.

❷ Radius : Display가 활성화되었을 경우 해당 디스플레이 방식의 크기를 설정합니다.

❸ Aspect Ratio : Null의 높이를 가로와 세로의 비율 값으로 설정할 수 있도록 합니다.

❹ Orientation : Null이 시각적으로 보이는 방향을 설정합니다. Camera는 우리가 보는 시점 혹은 카메라 기능을 활용할 경우 카메라를 통해 보는 시점에 맞춰집니다. XY/YZ/XZ는 현재 시점이나 카메라의 시점과 상관없이 설정하는 해당 좌표에 맞춰져 보입니다.

Empty Polygon

비어 있는 폴리곤 오브젝트를 생성할 수 있습니다. Null과는 달리 세부 설정이 없으며, 말 그대로 비어 있는 폴리곤이기 때문에 뷰포트 상에 아무것도 확인할 수 없습니다. 따라서 직접 포인트나 폴리곤을 생성하여 형태를 만들어야 합니다. 일반적으로 흔히 활용되는 오브젝트는 아닙니다.

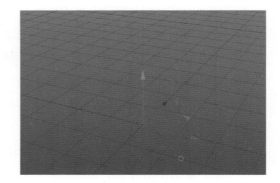

Guide Object

그래픽 제작 툴에서 볼 수 있는 가이드와 비슷한 기능을 하는 오브젝트입니다. 가로 혹은 세로의 기준선을 생성하며 3차원의 어느 위치에서든 활용이 가능합니다.

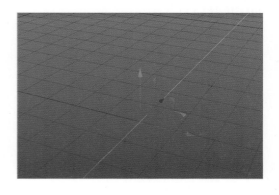

Object 설정

① **Type** : 가이드 타입을 Line과 Plane 중에서 지정할 수 있고, 각각 선과 면을 기준으로 설정할 수 있습니다.

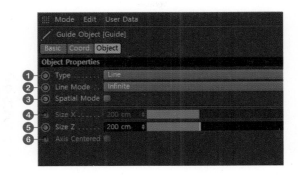

② **Line Mode** : Line 모드일 경우에만 활성화되며, Infinite, HalfLine, Segment 등의 옵션을 지정할 수 있습니다.

- ① **Infinite** : 양방향으로 무한히 뻗어 나가는 기준선
- ② **HalfLine** : 한 방향으로만 뻗어 나가는 기준선
- ③ **Segment** : 아래 Size 옵션을 통해 일정 길이를 설정하는 기준선

③ **Spatial Mode** : 해당 옵션을 체크하면 가이드의 축이 추가됩니다. Line 타입일 경우 Z축으로만 뻗어 있던 가이드가 X와 Y축으로도 뻗어 나가게 됩니다. Plane 타입일 경우에는 XZ축에만 위치하던 평면 가이드가 XY축, YZ축에도 위치하게 됩니다.

④ **Size X** : Plane으로 선택된 경우에만 X축 크기를 변경할 수 있습니다.

⑤ **Size Z** : Line으로 선택된 경우에만 Z축 크기를 변경할 수 있습니다.

⑥ **Axis Centered** : Plane 타입이 선택된 상태에서 Spatial Mode가 체크된 경우에만 사용할 수 있습니다. 3개의 가이드 평면이 중앙에서 대칭을 이루게 됩니다.

Cone Object

고깔 형태의 원뿔 입체도형입니다. 기본 설정은 뾰족한 모서리 방향이 '+Y' 방향으로 나타나게 됩니다.

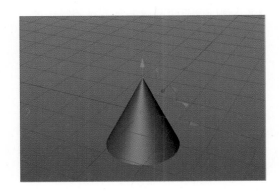

Object 설정

① Top Radius : 원뿔 윗면의 반지름 값을 설정합니다. 원뿔 특성상 기본값이 '0'으로 되어 있습니다. 이를 '0'보다 크게 입력하면 위아래 변의 크기가 다른 원기둥 형태가 만들어집니다.

② Bottom Radius : 원뿔 아랫면의 반지름 값을 설정합니다.

③ Height : 원뿔의 높이 값을 설정합니다.

④ Height Segments : 원뿔의 높이에 해당하는 Y축을 기준으로 수직으로 가로지르는 분할 값을 설정합니다.

⑤ Rotation Segments : 원주 분할 수를 입력하여 원뿔이 얼마나 각지거나 부드럽게 돌아갈지 설정할 수 있습니다. 의도적으로 적은 수치를 입력하여 각진 뿔의 형태를 만들 수 있습니다.

⑥ Orientation : 원뿔 오브젝트가 바라보는 방향을 지정합니다. 기본 설정상 뾰족한 모서리 방향이 '+Y' 방향을 바라보기 때문에 기본값이 '+Y'로 지정되어 있습니다. 이를 '+−X', '+−Y', '+−Z' 중 하나로 변경하면 그에 해당하는 방향을 보게 됩니다.

Caps 설정

① Caps : 도형을 닫아주는 윗면과 아랫면을 활성화하는 옵션입니다. 기본값으로 활성화되어 있습니다.

② Cap Segments : 캡의 반경 방향의 분할 값을 설정합니다.

③ Fillet Segments : 이는 Fillet이 활성화되었을 때만 활용할 수 있는 기능입니다. Fillet이 활성화된 경우 라운딩 처리되는 모서리에 대한 분할 값을 설정합니다.

④ Top/Bottom : 각각 윗면과 아랫면의 Fillet을 활성화합니다.

⑤ Radius : Top과 Bottom 아래 각 두 개의 Radius 칸이 존재합니다. 각각 윗면과 아랫면 모서리에 대한 상/하단 모서리 크기를 설정합니다. 같은 값을 입력하면 둥근 모서리가 되고 두 개의 수치가 다를 경우에는 타원형 모서리가 됩니다.

Slice 설정

① **Slice** : 도형을 자른 듯한 슬라이스 기능
을 활성화하는 옵션입니다. 활성화하면 기
본값으로 도형이 절반 잘린 형태가 됩니다.

② **From** : 슬라이스가 활성화된 경우에만
사용할 수 있는 옵션입니다. 도형의 원주
를 바탕으로 도형이 잘리는 시작점을 지정
합니다.

③ **To** : 슬라이스가 활성화된 경우에만 사용
할 수 있는 옵션입니다. 도형의 원주를 바탕으로 도형이 잘리는 끝점을 지정합니다.

④ **Regular Grid(정사각형 분할)** : 이 기능이 활성화되면 잘리는 단면의 분할이 바둑판 형태로 균등하
게 처리됩니다. 활성화되기 이전에는 오브젝트가 가지고 있는 Point들을 잇는 방식으로 처리됩니다.

⑤ **Width** : Regular Grid가 활성화된 경우 바둑판 형태의 크기를 설정할 수 있는 옵션입니다.

Cube Object

Primitive Object 중 제일 먼저 화면에서 만나
볼 수 있는 도형이며, 폴리곤 모델링에서 제일
많이 활용되는 재료 중 하나이기도 합니다.

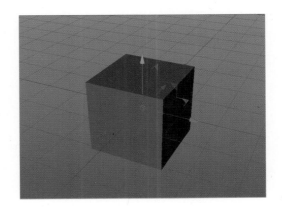

Object 설정

① **Size X/Y/Z** : 육면체의 너비, 높이, 깊이
값에 해당하는 수치를 입력할 수 있습니다.

② **Segments X/Y/Z** : X축, Y축, Z축을 기
준으로 큐브 면의 분할 수를 결정합니다.
Segments X에 수치를 입력하면 그에 직
각이 되는 분할선이 나타나지만 분할하는
선의 개수를 결정하는 것이 아님을 꼭 명
심해야 합니다.

❸ **Separate Surfaces** : 해당 옵션이 체크된 상태에서 큐브를 편집 가능한 폴리곤으로 변경할 경우 각각의 면을 개별적으로 분리되게 하는 기능입니다.

❹ **Fillet** : 모서리에 라운딩 처리를 해주는 기능입니다.

❺ **Fillet Radius** : Fillet이 활성화되어 있을 때 라운딩 값을 입력하여 모서리가 어느 정도 크기로 라운딩 처리될지 결정합니다.

❻ **Fillet Subdivision** : 모서리가 라운딩 처리될 때 해당 영역이 얼마나 분할될지 설정할 수 있습니다.

Cylinder Object

원기둥의 형태를 가진 입체도형입니다. Cube Object와 함께 폴리곤 모델링에서 제일 많이 사용하는 재료 중 하나입니다.

Object 설정

❶ **Radius** : 윗면과 아랫면의 반지름 값을 입력하여 크기를 설정합니다.

❷ **Height** : 원기둥의 높이 값을 설정합니다.

❸ **Height Segments** : 원기둥의 높이 방향으로 가로지르는 분할 값을 설정합니다.

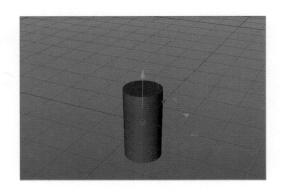

❹ **Rotation Segments** : 원기둥의 원주 분할 수를 입력하여 원기둥이 얼마나 각지거나 부드럽게 돌아갈지 설정할 수 있습니다. 원뿔과 마찬가지로 의도적으로 적은 수의 수치를 입력하여 각진 기둥의 형태를 만들 수 있습니다.

❺ **Orientation** : 원기둥 오브젝트가 바라보는 방향을 지정하게 됩니다. 이는 원뿔에서 알아본 기능과 동일합니다.

Caps 설정

1. **Caps** : 도형을 닫아주는 윗면과 아랫면을 활성화하는 옵션입니다. 기본값으로 활성화되어 있습니다.

2. **Segments** : 캡의 반경 방향의 분할 값을 설정합니다.

3. **Fillet** : 이 옵션을 활성화하면 모서리가 라운딩 처리되어 둥글고 부드럽게 됩니다.

4. **Segments** : Fillet을 활성화한 경우에만 활용할 수 있습니다. 라운딩 처리되는 모서리의 분할 값을 지정합니다. 이 수치가 높을수록 부드럽고 둥글게 처리됩니다.

5. **Radius** : Fillet을 활성화한 경우에만 활용할 수 있습니다. 라운딩 처리되는 모서리의 크기를 지정합니다.

Slice 설정

1. **Slice** : 도형을 자른 듯한 슬라이스 기능을 활성화하는 옵션입니다. 활성화하면 기본값으로 도형이 절반 잘린 형태가 됩니다.

2. **From** : 슬라이스가 활성화된 경우에만 사용할 수 있는 옵션입니다. 도형의 원주를 바탕으로 도형이 잘리는 시작점을 지정합니다.

3. **To** : 슬라이스가 활성화된 경우에만 사용할 수 있는 옵션입니다. 도형의 원주를 바탕으로 도형이 잘리는 끝점을 지정합니다.

4. **Regular Grid** : 이 기능이 활성화되면 잘리는 단면의 분할이 바둑판 형태로 균등하게 처리됩니다. 활성화되기 이전에는 오브젝트가 가지고 있는 Point들을 잇는 방식으로 처리됩니다.

5. **Width** : Regular Grid가 활성화된 경우 바둑판 형태의 크기를 설정할 수 있는 옵션입니다.

Disc Object

평평한 원형 판의 도형입니다. 두께가 없는 2D
에 가까운 형태이기 때문에 실제로 렌더링을
통해 결과물을 보더라도 입체감이 떨어지는 형
태입니다.

Object 설정

1 Inner Radius : 디스크의 안쪽 반지름
값을 설정합니다. 디스크 오브젝트는 기
본적으로 내부가 뚫려 있는 형태가 아니
므로 기본값은 '0'으로 설정되어 있습니다.
이를 '0'보다 큰 값으로 입력하게 되면 내
부에 구멍이 뚫린 원형 판의 형태를 띠게
됩니다.

2 Outer Radius : 디스크 바깥쪽 반지름
값을 설정합니다. 실질적인 크기를 결정하게 됩니다.

3 Disc Segments : 원형 판 반경 방향에 따라 분할시켜주는 수치를 입력합니다.

4 Rotation Segments : 디스크 원주 방향의 분할 수를 설정합니다. 수치가 커질수록 원에 가까운 부드
러운 형태가 되며 원뿔, 원기둥과 마찬가지로 의도적으로 그 수를 줄여 각진 형태를 만들 수 있습니다.

5 Orientation : 디스크 오브젝트가 바라보는 방향을 선택합니다.

Slice 설정

1 Slice : 도형을 자른 듯한 슬라이스 기능
을 활성화하는 옵션입니다. 활성화하면 기
본값으로 도형이 절반 잘린 형태가 됩니다.

2 From : 슬라이스가 활성화된 경우에만
사용할 수 있는 옵션입니다. 도형의 원주
를 바탕으로 도형이 잘리는 시작점을 지
정합니다.

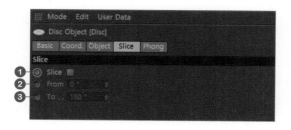

❸ To : 슬라이스가 활성화된 경우에만 사용할 수 있는 옵션입니다. 도형의 원주를 바탕으로 도형이 잘리는 끝점을 지정합니다.

Plane Object

평평한 사각형 판의 도형으로 두께를 가지고
있지 않은 2D에 가까운 형태입니다.

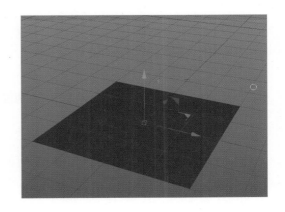

Object 설정

❶ Width : 평면의 가로 폭 값을 설정합니다.

❷ Height : 평면의 높이 혹은 세로 폭 값을
설정합니다.

❸ Width Segments : 가로 폭의 분할 수를
설정합니다.

❹ Height Segments : 높이 혹은 세로 폭
의 분할 수를 설정합니다.

❺ Orientation : 플레인 오브젝트가 바라보는 방향을 선택합니다.

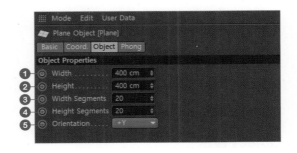

Polygon Object

평평한 다각형 판의 도형으로, 두께를 가지고
있지 않은 2D에 가까운 형태입니다. 다만, 폴
리곤 오브젝트는 설정에 따라 사각형에서 삼각
형으로 변경할 수 있습니다.

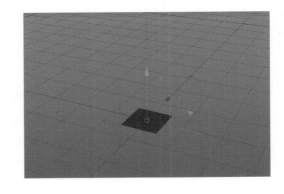

Object 설정

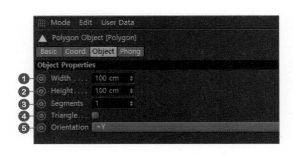

① Width : 다각형의 가로 폭 값을 설정합니다.

② Height : 다각형의 높이 혹은 세로 폭 값을 설정합니다.

③ Segments : 다각형의 분할 값을 설정합니다.

④ Triangle : 해당 옵션을 체크하면 사각형에서 삼각형 폴리곤으로 변경됩니다.

⑤ Orientation : 폴리곤 오브젝트가 바라보는 방향을 선택합니다.

Sphere Object

구 형태의 입체도형으로 폴리곤 모델링에서 많이 활용되는 재료 중 하나입니다.

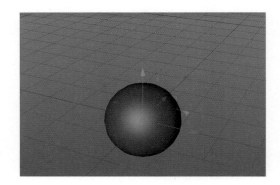

Object 설정

① Radius : 구의 반지름 값을 설정합니다.

② Segments : 구의 분할 값을 설정합니다. 큰 값을 가질수록 완벽한 구에 가까워집니다.

③ Type : 6면체와 4면체 20면체, 반구 등 다양한 구의 분할 형태를 설정할 수 있습니다. 이러한 분할은 사각형뿐만 아니라 삼각형 면으로 이루어진 분할도 포함되며, 상황에 맞게 선택하여 활용합니다.

④ Render Perfect : 해당 Sphere 오브젝트를 Make Editable 하지 않은 상태에서 분할 수와 상관없이 완벽한 구의 형태를 렌더링할 때 구현하도록 도와주는 기능입니다.

Torus Object

도넛 모양의 입체도형으로 가운데가 비어 있는
형태의 둥근 모양입니다.

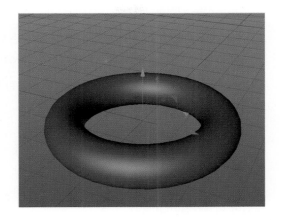

Object 설정

① Ring Radius : Torus 전체의 사이즈를
설정합니다.

② Ring Segments : Torus의 분할 값을 설
정합니다. 처음 Torus 오브젝트를 생성한
상태를 기준으로 Torus의 원주 방향의 분
할 수이기 때문에 수치가 높아질수록 부
드러운 원형을 띠게 됩니다.

③ Pipe Radius : Torus 전체의 두께를 설정합니다.

④ Pipe Segments : Torus의 분할 값을 설정합니다. 다만, Torus의 원주 방향이 아닌 Torus 반경 방향
에 따른 분할 수를 설정합니다. 따라서 수치가 높아질수록 Torus 두께에 해당하는 형태가 더욱 부드러
워집니다.

⑤ Orientation : Torus 오브젝트가 바라보는 방향을 선택합니다.

Slice 설정

① Slice : 도형을 자른 듯한 슬라이스 기능
을 활성화하는 옵션입니다. 활성화하면 기
본값으로 도형이 절반 잘린 형태가 됩니다.

② From : 슬라이스가 활성화된 경우에만
사용할 수 있는 옵션입니다. 도형의 원주
를 바탕으로 도형이 잘리는 시작점을 지정
합니다.

❸ **To** : 슬라이스가 활성화된 경우에만 사용할 수 있는 옵션입니다. 도형의 원주를 바탕으로 도형이 잘리는 끝점을 지정합니다.

❹ **Regular Grid** : 이 기능이 활성화되면 잘리는 단면의 분할이 바둑판 형태로 균등하게 처리됩니다. 활성화되기 이전에는 오브젝트가 가지고 있는 Point들을 잇는 방식으로 처리됩니다.

❺ **Width** : Regular Grid가 활성화된 경우 바둑판 형태의 크기를 설정할 수 있는 옵션입니다.

Capsule Object

반구 두 개와 원기둥 하나가 합쳐진 듯한 알약 형태의 입체도형입니다.

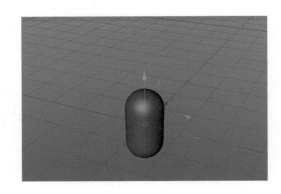

Object 설정

❶ **Radius** : Capsule의 반지름 값을 설정합니다. 전체의 두께가 결정됩니다.

❷ **Height** : Capsule의 높이 값을 설정합니다.

❸ **Height Segments** : Capsule의 Y축 방향을 수직으로 가로지르는 분할 개수를 설정합니다. 이 분할은 Capsule을 반구 두 개와 원기둥 하나로 보았을 때 가운데에 위치하는 원기둥 부분에만 적용됩니다.

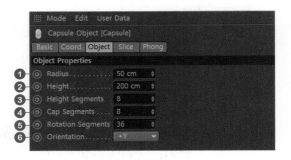

❹ **Cap Segments** : Capsule의 반경 방향 분할 수를 설정합니다. 이 분할은 Capsule을 반구 두 개와 원기둥 하나로 보았을 때 양 끝에 위치할 반구 부분에 적용됩니다. 반구는 Capsule 형태를 막아 주는 역할을 해서 Cap이라고 지칭합니다.

❺ **Rotation Segments** : Capsule의 원주 방향을 기준으로 분할 수를 설정합니다. 이 수치 값이 높을수록 Capsule이 더욱 부드럽고 둥근 형태를 띠게 됩니다.

❻ **Orientation** : Capsule 오브젝트가 바라보는 방향을 선택합니다.

Slice 설정

1 Slice : 도형을 자른 듯한 Slice 기능을 활성화하는 옵션입니다.

2 From : Slice가 활성화된 경우에만 사용할 수 있는 옵션입니다. 도형의 원주를 바탕으로 도형이 잘리는 시작점을 지정합니다.

3 To : Slice가 활성화된 경우에만 사용할 수 있는 옵션입니다. 도형의 원주를 바탕으로 도형이 잘리는 끝점을 지정합니다.

4 Regular Grid : 이 기능이 활성화되면 잘리는 단면의 분할이 바둑판 형태로 균등하게 처리됩니다. 활성화되기 이전에는 오브젝트가 가지고 있는 Point들을 잇는 방식으로 처리됩니다.

5 Width : Regular Grid가 활성화된 경우 바둑판 형태의 크기를 설정할 수 있는 옵션입니다.

Oil Tank Object

윗면과 아랫면에 살짝 굴곡이 있는 듯한 원기둥 형태입니다. Capsule과 비슷하지만 상/하단 부분이 완벽한 반구로 형성되어 있지 않다는 것이 다른 점입니다.

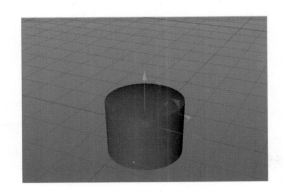

Object 설정

1 Radius : Oil Tank의 반지름 값을 설정합니다. 전체 두께가 결정됩니다.

2 Height : Oil Tank의 높이 값을 설정합니다.

3 Height Segments : 실린더 부분의 Y축 방향을 수직으로 가로지르는 분할 수를 설정합니다.

4 Cap Height : Oil Tank의 상/하단 부분이 갖는 높이 값을 설정합니다. 이 수치를

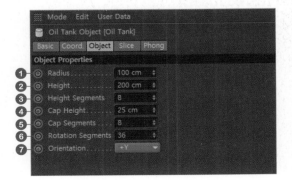

높이면 앞에서 알아본 Capsule 오브젝트의 Radius 값을 높였을 때와 비슷해 보입니다. 하지만 Cap-sule의 Radius 값을 높이면 전체 크기가 변경되지만 Oil Tank는 상/하단 부분의 둥근 정도만 커지고 형태의 두께에는 영향을 미치지 못합니다.

⑤ Cap Segments : Oil Tank의 반경 방향의 분할 수를 설정합니다. Cap이 지칭하는 Oil Tank의 상/하단 부분에만 적용됩니다.

⑥ Rotation Segments : Oil Tank의 원주 방향을 기준으로 분할 값을 설정합니다. 이 수치 값이 높을수록 더욱 부드럽고 둥근 형태를 띠게 됩니다.

⑦ Orientation : Oil Tank 오브젝트가 바라보는 방향을 선택합니다.

Slice 설정

① Slice : 도형을 자른 듯한 슬라이스 기능을 활성화하는 옵션입니다. 활성화하면 기본값으로 도형이 절반 잘린 형태가 됩니다.

② From : Slice가 활성화된 경우에만 사용할 수 있는 옵션입니다. 도형의 원주를 바탕으로 도형이 잘리는 시작점을 지정합니다.

③ To : Slice가 활성화된 경우에만 사용할 수 있는 옵션입니다. 도형의 원주를 바탕으로 도형이 잘리는 끝점을 지정합니다.

④ Regular Grid : 이 기능이 활성화되면 잘리는 단면의 분할이 바둑판 형태로 균등하게 처리됩니다. 활성화되기 이전에는 오브젝트가 가지고 있는 Point들을 잇는 방식으로 처리됩니다.

⑤ Width : Regular Grid가 활성화된 경우 바둑판 형태의 크기를 설정할 수 있는 옵션입니다.

Tube Object

파이프처럼 내부가 뚫린 원기둥 형태의 입체도형입니다. 원기둥에 해당하는 실린더 오브젝트와 비슷한 옵션을 가지고 있습니다.

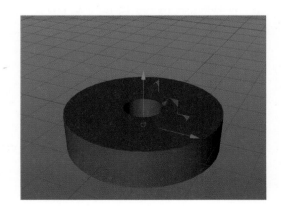

Object 설정

①　Inner Radius : Tube의 내부 반지름의
크기를 설정합니다.

②　Outer Radius : Tube의 외부 반지름의
크기를 설정합니다.

③　Rotation Segments : Tube의 원주 방
향에 따른 분할 값을 설정합니다. 분할 값
이 높을수록 원에 가까운 Tube 형태를 만
들 수 있습니다.

④　Cap Segments : Tube의 상/하단 반경
에 따른 분할 값을 설정할 수 있습니다.

⑤　Height : Tube의 높이 값을 설정합니다.

⑥　Height Segments : Tube의 Y축 방향에 수직으로 가로지르는 분할 값을 설정합니다.

⑦　Orientation : Tube 오브젝트가 바라보는 방향을 선택합니다.

⑧　Fillet : Tube 오브젝트 모서리에 라운딩 처리를 합니다.

⑨　Segments : Fillet이 활성화되면 라운딩 처리되는 모서리의 분할 값을 설정할 수 있습니다. 이 수치 값
이 높을수록 모서리는 더욱 둥글고 부드럽게 처리됩니다.

⑩　Radius : Fillet이 활성화되면 라운딩 처리되는 모서리의 크기를 설정할 수 있습니다.

Slice 설정

①　Slice : 도형을 자른 듯한 슬라이스 기능
을 활성화하는 옵션입니다. 활성화하면 기
본값으로 도형이 절반 잘린 형태가 됩니다.

②　From : Slice가 활성화된 경우에만 사용할
수 있는 옵션입니다. 도형의 원주를 바탕으
로 도형이 잘리는 시작점을 지정합니다.

③　To : Slice가 활성화된 경우에만 사용할
수 있는 옵션입니다. 도형의 원주를 바탕
으로 도형이 잘리는 끝점을 지정합니다.

④　Regular Grid : 이 기능이 활성화되면 잘리는 단면의 분할이 바둑판 형태로 균등하게 처리됩니다. 활
성화되기 이전에는 오브젝트가 가지고 있는 Point들을 잇는 방식으로 처리됩니다.

⑤　Width : Regular Grid가 활성화된 경우 바둑판 형태의 크기를 설정할 수 있는 옵션입니다.

Pyramid Object

사각형의 밑면과 삼각형의 옆면을 가진 피라미
드 형태의 입체도형입니다.

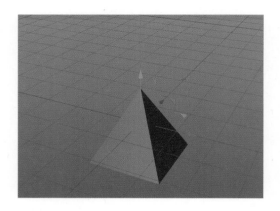

Object 설정

① Size : Pyramid의 형태를 각 칸에 X, Y,
Z 순서로 설정할 수 있습니다.

② Segments : Pyramid의 모든 면이 분할
될 수치를 설정할 수 있습니다.

③ Orientation : Pyramid 오브젝트가 바라
보는 방향을 선택합니다.

Platonic Object

모든 면이 동일한 사이즈를 가진 정다면체의
입체도형입니다. 설정에 따라 면이 가지는 형태
를 다양하게 바꿔 사용할 수 있습니다.

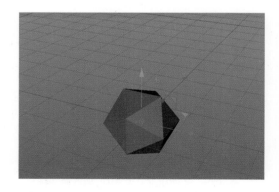

Object 설정

1 **Radius** : Platonic이 외접하는 반경의 반지름 값을 설정합니다.

2 **Segments** : Platonic의 모든 면이 분할되는 값을 설정합니다.

3 **Type** : Platonic을 정4면체, 정6면체, 정8면체, 정12면체, 정20면체, 정60면체 등의 형태로 바꿀 수 있습니다.

Figure Object

기본 도형을 바탕으로 만들어진 사람 형태의 오브젝트입니다. 일반적으로 캐릭터를 제작하기 이전에 더미 오브젝트로 대신하여 사용하기도 합니다.

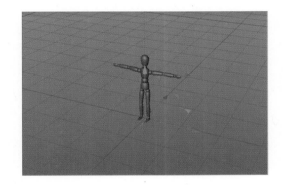

Object 설정

1 **Height** : Figure의 높이를 설정합니다. 그 높이에 맞춰 Figure 전체의 비례도 조정됩니다.

2 **Segments** : Figure 오브젝트 전반의 분할 값을 설정합니다.

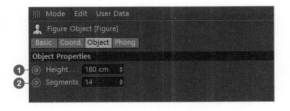

Landscape Object

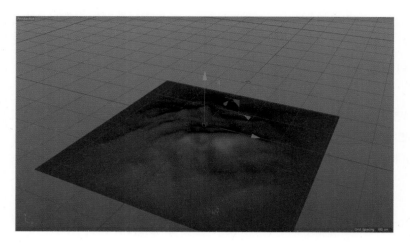

Object 설정

1 Size : Landscape의 크기를 각 칸에 X, Y, Z 순서로 설정할 수 있습니다.

2 Width Segments : 가로 혹은 너비 방향의 분할 값을 설정합니다.

3 Depth Segments : 세로 혹은 깊이 방향의 분할 값을 설정합니다. Width/Depth Segments의 수치 값이 높을수록 디테일한 굴곡이 표현됩니다.

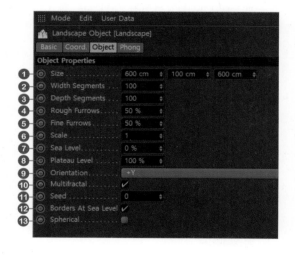

4 Rough Furrows : Landscape의 울퉁불퉁한 정도를 설정할 수 있습니다. '0~100%' 사이의 수치로 설정할 수 있으며, 높아질수록 굴곡이 많아집니다.

5 Fine Furrows : Landscape의 세밀한 굴곡을 설정할 수 있습니다. '0~100%' 사이의 수치로 설정할 수 있으며, 높아질수록 세밀한 굴곡이 더해집니다. Rough Furrows로 큰 굴곡을 조절한다면, Fine Furrows로 세밀한 굴곡을 더한다는 개념으로 활용할 수 있습니다.

6 Scale : Landscape의 굴곡이 가지는 비례를 설정합니다. 기본값은 '1'이며, 수치가 '0'이 되면 Landscape 오브젝트는 사라집니다. 수치 값이 높을수록 비례가 커지며 오밀조밀한 지형이 표현됩니다.

7 Sea Level : 해수면의 높이 값을 지정하며 수치 값이 높을수록 Landscape는 물속으로 잠깁니다.

8 Plateau Level : 대지 높이 값을 지정하며 지형의 윗부분부터 절단면이 만들어집니다. 높이가 '0'%일 경우 평면이 완성됩니다.

⑨ **Orientation** : Landscape 오브젝트가 바라보는 방향을 선택합니다.

⑩ **Multifractal** : 해당 옵션을 해제하는 경우 시네마 4D에서 다른 알고리즘을 통해 지형을 생성합니다. 시네마 4D에서는 해당 옵션이 체크된 상태로 이용하는 것을 권장합니다.

⑪ **Seed** : Landscape의 무작위적인 형태를 위한 랜덤 값입니다. 수치를 자유롭게 바꾸면 해당 숫자에 따라 지형이 임의대로 변형됩니다. 지형은 변형되더라도 기존 알고리즘을 따르기 때문에 위에서 설정한 옵션에 의해 형태가 결정됩니다.

⑫ **Borders At Sea Level** : 해수면과 만나는 지점을 부드럽게 하거나 평평하게 해줍니다.

⑬ **Spherical** : 구의 형태로 지형을 만드는 경우 해당 옵션을 표시합니다.

Relief Object

이 오브젝트를 뷰포트 창에 생성하면 처음에는 아무것도 나타나지 않습니다. 하지만, 이미지를 불러오게 되면 이미지의 음영을 분석하여 높낮이를 바탕으로 형태를 만들어줍니다. 흑백을 기반으로 흑에 가까울수록 픽셀이 낮게 생성되고 백에 가까울수록 픽셀이 높게 생성됩니다.

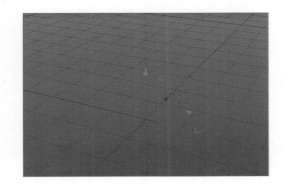

Object 설정

❶ **Texture** : Relief 오브젝트를 생성하기 위해 필수인 이미지 파일을 선택하고 적용할 수 있습니다.

❷ **Size** : Relief 오브젝트의 크기를 각 칸에 X, Y, Z 순서로 설정합니다.

❸ **Width Segments** : Relief 오브젝트의 가로 혹은 너비 방향의 분할 값을 지정합니다.

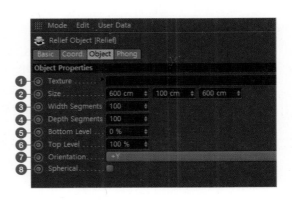

❹ **Depth Segments** : Relief 오브젝트의 세로 혹은 깊이 방향의 분할 값을 지정합니다.

❺ **Bottom Level** : 최하단의 높이를 설정합니다. Landscape의 Sea Level과 비슷한 기능으로 수치 값을 높일수록 생성된 형태가 평면에 의해 잠식되게 됩니다.

6 **Top Level** : 최상단의 높이를 설정합니다. Landscape의 Plateau Level과 비슷한 기능으로 수치 값을 높일수록 생성된 형태의 제일 높은 부분부터 평평해집니다.

7 **Orientation** : Relief 오브젝트가 바라보는 방향을 선택합니다.

8 **Spherical** : 지형을 구의 형태로 만들어줍니다.

알아두기   분할의 중요성

분할은 3D 모델링에서 매우 중요한 개념입니다. 면이 어떻게 분할되느냐에 따라 형태가 결정됩니다. 이를 쉽게 이해하기 위해서는 등고선의 원리를 생각하면 됩니다. 등고선은 선의 간격이 좁을수록 지형이 가파르다는 것을 의미하고 반대로 선의 간격이 넓다면 그것은 완만한 지형을 뜻합니다.

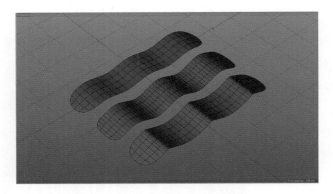

마찬가지로 분할된 면의 간격이 좁을수록 해당 면이 굴곡을 가지고 있으면 그 굴곡은 가파르고 날카로워집니다. 반대로 분할된 면의 간격이 넓으면 해당 면의 굴곡은 완만해집니다. 이런 분할의 기본적인 원리를 바탕으로 형태의 디테일을 잡아나가는 것이 모델링의 기본 원리 중 하나입니다. 우리는 모델링 과정에서 계속 분할과 관련된 상황을 마주하게 될 것입니다.

시네마 4D에서는 분할을 'Subdivision, Segments, Steps' 등 다양한 용어로 지칭합니다. 이러한 용어는 특히 Primitive Object에서 제일 흔히 보이며 다른 기능에서도 찾아볼 수 있습니다. 분할을 사용하게 되는 경우 항상 그 원리를 잘 생각하며 사용해야 합니다. 빠르고 효율적인 작업을 위해서는 분할 수가 항상 최소한으로 유지되어야 컴퓨터가 여러분의 작업을 불필요한 연산 없이 빠르게 처리할 수 있습니다.

03 폴리곤 모델링을 위한 다양한 기능

≫ 이제 본격적인 폴리곤 모델링을 위한 다양한 기능을 알아보도록 하겠습니다. Primitive Object에서 다루던 오브젝트들의 옵션들이 기초 작업이라고 생각하면 앞으로 다룰 기능들이야말로 제대로 된 모델링 과정의 시작입니다. 기능이 많아 부담스러울 수 있지만, 차근차근 잘 숙지해둔다면 모델링이 훨씬 쉽고 재밌는 과정이 될 수 있습니다.

01 Make Editable

시네마 4D 화면 좌측 커맨드 팔레트 바에 있는 Make Editable 툴은 본격적인 폴리곤 모델링과 서브디비전 서페이스(Subdivision Surface) 모델링을 위한 첫 단계입니다. 이 기능은 수정할 수 있는 상태로 만들어주는 기능으로 우리가 앞서 알아본 Primitive Object는 시네마 4D에서 기본으로 설정해 준 옵션들 이외에는 형태를 수정할 수 없습니다. 크기, 분할, 모서리 라운딩과 같은 옵션들이 아닌 형태가 가진 점, 모서리, 면을 개별로 편집하기 위해서는 Make Editable을 사용해 오브젝트를 편집할 수 있도록 만들어야 합니다.

오브젝트를 선택한 후 Make Editable을 사용하면 해당 오브젝트는 Primitive Object에서 사용하던 옵션을 더 이상 사용할 수 없지만, Point, Edge, Polygon을 개별적으로 편집하고 그에 따른 부가적인 모델링 편집이 가능합니다. 주의해야 할 점은 Make Editable로 변경하면 다시 Primitive Object로 되돌릴 수 없습니다. 되돌릴 수 있는 유일한 방법은 Undo를 통해 뒤로 가기하는 방법이지만 더 좋은 방법은 예비용 오브젝트를 따로 복사해두는 것입니다.

알아두기

Make Editable과 같이 시네마 4D에서는 프로그램 구조상 Undo 이외에 되돌릴 수 없는 기능들이 존재합니다. 3D 작업 특성상 Undo로 작업하던 것을 되돌리는 방법은 매우 비효율적이기 때문에 항상 단계별로 백업을 해두는 것이 중요합니다. 오브젝트를 가공해가며 Make Editable 이전에 해당 오브젝트만 따로 복사해두거나 따로 작업 파일을 저장해두어 백업해두는 것이 바람직합니다. 번거롭고 귀찮은 과정일 수 있지만, 작업이 복잡해지거나 수정이 불가피한 상황일 때 큰 도움이 될 수 있는 습관입니다. 이는 모델링 과정에만 해당하는 팁이 아니라 프로그램이 오류나 충돌로 인해 갑작스럽게 종료되는 상황을 대비하기에도 좋은 습관입니다. 절대 작업 파일이 많아지는 것을 두려워할 필요가 없습니다.

02 Mesh 메뉴의 각 기능 알아보기

Make Editable을 통해 오브젝트를 편집할 수 있도록 만든 뒤 Point, Edge, Polygon을 개별적으로 편집하고 그에 따른 부가적인 모델링 편집을 합니다. 오브젝트를 편집하는 과정에서 부가적인 편집에 활용하는 기능들이 모인 곳이 Mesh 메뉴입니다.

단순히 점(Point), 선(Edge), 면(Polygon)을 편집하는 것을 넘어 디테일하고 고차원의 모델링을 가능하게 해주는 기능들입니다. 모델링이라는 과정은 항상 정답이 없으며, 상황에 맞춰 제일 효율적인 방법을 찾아야 합니다. 빠르게 최적의 방법을 찾기 위해선 이제 알아볼 Mesh 메뉴들이 각각 어떤 역할을 하는지 잘 알아두고 다양한 기능을 적재적소에 활용하여 모델링을 쉽게 진행합니다.

Mesh 메뉴는 Make Editable 사용 후 Points, Edges, Polygons 모드 상태일 때 뷰포트에서 마우스 우클릭하면 나타납니다. 혹은 뷰포트에서 단축키 [M] 혹은 [U]를 누르면 Mesh 메뉴에서 찾아볼 수 있는 도구들을 단축키로 볼 수 있습니다. Mesh 메뉴의 도구를 선택하면 어트리뷰트 매니저에서 각 도구의 세부 옵션을 설정할 수 있습니다. 제일 바람직한 것은 자주 사용하는 도구의 단축키를 숙지하는 것입니다.

Points

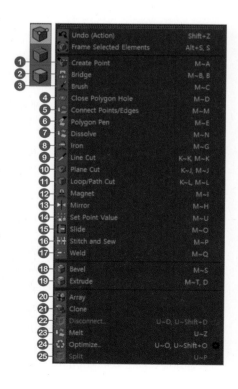

❶ 🔷 Created Point([M]~[A]) : 모서리(Edge)나 면(Polygon)의 한 지점에 점(Point)을 추가하는 도구입니다. 면 한가운데에 점을 추가하면 자동으로 새로 추가된 점과 다른 점을 이어줍니다.

❷ 🔲 Bridge([M]~[B], [B]) : 브리지 도구는 분리된 점과 점, 선과 선을 연결합니다. Points 모드, Edges 모드에서 이를 활용하는 방법은 조금 다릅니다. 그리고 Polygons 모드에서는 해당 기능을 사용할 수 없습니다.

❸ 🖌 Brush([M]~[C]) : 브러시 툴은 커서의 원형 영역을 드래그하여 물체의 포인트를 그려주듯 변형시킬 수 있습니다. Points, Edges, Polygons 세 가지 모드에서 모두 사용할 수 있고, 속성에서 다양한 효과를 부여할 수 있습니다.

❹ 🔷 Close Polygon Hole([M]~[D]) : 오브젝트에 존재하는 구멍 혹은 빈 곳에 면을 생성해 막아줌

니다. Points, Edges, Polygons 세 가지 모드에서 모두 사용할 수 있습니다.

⑤ 🔧 **Connect Points/Edges(M~M)** : 선택된 두 개 이상의 포인트 혹은 엣지 사이에 분할선을 만듭니다. Points 모드일 경우 선택된 포인트를 이어주는 엣지를 생성합니다. Edges 모드일 경우에는 선택된 두 엣지의 중앙을 잇는 엣지를 생성합니다.

⑥ 🖊 **Polygon Pen(M~E)** : 마우스 클릭이나 드래그를 통해 다각형 면을 만들어냅니다. 다른 디자인 프로그램에서 쉽게 접할 수 있는 펜 툴과 비슷한 원리입니다. 어트리뷰트 매니저에서 설정하는 모드에 따라 포인트를 찍거나 모서리를 만들어 다각형을 만들 수 있습니다. 혹은 드래그를 통해 사각형 면을 드래그 방향에 따라 이어지게 만들 수 있습니다.

⑦ 🔧 **Dissolve(M~N)** : 선택한 포인트 혹은 엣지를 없애고 나머지 형태가 이어지도록 합니다. 포인트 혹은 엣지만 처리할 수 있는 도구입니다.

⑧ 🔩 **Iron(M~G)** : 오브젝트에서 선택된 영역을 고르게 만들어줍니다. 이름 그대로 다리미와 같은 기능을 하며 Points, Edges, Polygons 세 가지 모드에서 모두 사용 가능합니다.

⑨ ✏ **Line Cut(K~K, M~K)** : 마우스 클릭으로 그리는 경로를 따라 엣지 혹은 폴리곤을 분할시켜줍니다. Points, Edges, Polygons 세 가지 모드에서 모두 사용 가능하며 오브젝트에 추가적인 분할을 생성할 때 제일 많이 활용되는 도구 중 하나입니다.

⑩ 🔷 **Plane Cut(K~J, M~J)** : 클릭을 통해 지정된 면을 따라 엣지 혹은 폴리곤을 분할하는 도구입니다. Line Cut의 연장선인 도구입니다. 오브젝트를 가로지르는 가상의 면을 통해 분할하는 원리이기 때문에 분할하는 과정에서 자유롭게 분할을 조절할 수 있습니다. Points, Edges, Polygons 세 가지 모드에서 모두 사용 가능합니다.

⑪ 🔳 **Loop/Path Cut(K~L, M~L)** : 평행하는 엣지를 수직으로 가로지르는 루프(loop)를 따라 엣지 혹은 폴리곤을 분할하는 도구입니다. Plane Cut과 같이 Line Cut의 연장선인 도구입니다. 오브젝트를 휘감는 Loop를 통해 분할을 생성할 수 있기 때문에 모델링 과정에서 많이 활용되는 도구 중 하나입니다. Points, Edges, Polygons 세 가지 모드에서 모두 사용 가능합니다.

⑫ 🧲 **Magnet(M~I)** : 커서의 원형 선택 영역에 포함되는 포인트를 클릭하여 드래그하면 원하는 대로 잡아당길 수 있습니다. 여러 포인트가 선택되는 경우 해당 포인트들이 어떻게 변형될지 어트리뷰트 매니저에서 다양한 Mode 중에 선택할 수도 있습니다.

⑬ ▷◁ **Mirror(M~H)** : 선택한 포인트 혹은 폴리곤을 어트리뷰트 매니저에서 선택하는 기준에 대칭이 되도록 복사합니다. Points, Polygons 모드에서만 사용 가능합니다.

⑭ ▦ **Set Point Value(M~U)** : 여러 개의 포인트 위치나 배열을 바꿀 수 있게 합니다.

⑮ ▥ **Slide(M~O)** : 하나 이상의 포인트 혹은 엣지를 모델링의 엣지 흐름을 따라 이동하게 합니다. 오브젝트가 가진 흐름에 맞춰 포인트나 엣지를 편집할 때 유용합니다.

⑯ ▦ **Stitch and Sew(M~P)** : 두 개 이상의 엣지를 선택하여 해당 엣지들을 합치거나 사이에 폴리곤을 생성해 메워주는 기능을 합니다.

⑰ Weld(M ~ Q) : 여러 개의 포인트를 한 지점으로 결합할 수 있습니다. 결합하고 싶은 두 개 이상의 포인트를 선택한 후에 접합될 포인트의 지점을 클릭하여 결합합니다.

⑱ Bevel(M ~ S) : 베벨 도구는 Points, Edges, Polygons 모드 중 어떤 모드냐에 따라 다양한 역할을 수행합니다. 제일 핵심적인 기능은 Edges 모드에서 모서리에 라운딩 처리를 도와주는 것입니다.

⑲ Extrude(M ~ T , D) : 선택된 엣지나 폴리곤을 특정 방향으로 돌출시킬 수 있게 하는 기능입니다. 어트리뷰트 매니저에서 설정하기에 따라 단순 돌출 이외에도 돌출되는 선이나 면을 분할시킬 수도 있습니다. 형태를 만들어가는 단계에서 제일 많이 활용되는 도구 중 하나입니다.

⑳ Array : 선택된 요소들을 복제하고 일정한 간격으로 배열시킬 수 있으며, 선택된 요소의 크기나 회전에 다양하게 변화를 줄 수 있습니다.

㉑ Clone : 오브젝트의 서페이스나 포인트를 복제하며 추가적으로 요소의 축에 따라서 옵셋시켜서 이동시키거나 회전시킵니다.

㉒ Disconnect(U ~ D , U ~ Shift + D) : 하나의 오브젝트에서 선택한 폴리곤을 분리시켜줍니다. 해당 도구 적용 시 포인트와 엣지가 기존의 물체에서 떨어져 독립적으로 폴리곤을 동작시킬 수 있습니다.

㉓ Melt(U ~ Z) : 선택된 포인트, 엣지, 혹은 폴리곤에 멜트 기능을 적용시킵니다.

㉔ Optimize(U ~ O , U ~ Shift + O) : 작업 시 겹쳐진 포인트나 불필요한 포인트 그리고 폴리곤 등을 최적화 기능을 이용해 자동으로 삭제하거나 하나로 결합시켜 줍니다. 모델링 시 매우 유용한 기능입니다.

㉕ Split(U ~ P) : 선택된 면을 원본 오브젝트에서 분리시켜 새로운 오브젝트로 만들 수 있습니다.

알아두기 단축키에서 보이는 '~'는 무엇일까?

시네마 4D의 단축키를 익히다 보면 자주 접할 수 있는 기호가 '~' 물결 표시입니다. 포토샵이나 프리미어와 같은 일반적인 디자인 툴에서는 접하기 힘든 단축키 기호이기 때문에 생소할 수 있습니다. 해당 기호는 물결 표시 앞에 나오는 단축키와 뒤에 나오는 단축키를 함께 누르는 것이 아니라 연달아 빠르게 누르라는 표시입니다. 예를 들어, Bevel의 단축키인 M ~ S 는 M 키와 S 키를 함께 누르는 것이 아니라 M 키와 S 키를 연달아 빠르게 '따닥' 누르면 Bevel을 활성화시킬 수 있습니다.

Edges

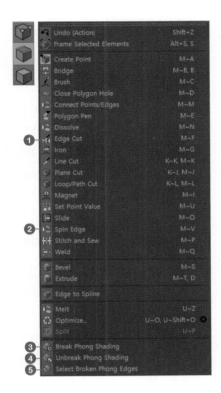

① 🖊 Edge Cut(M~F) : 선택한 엣지를 분할시켜
줍니다. Edges 모드에서만 사용할 수 있으며, 여러 엣
지를 선택한 경우 해당 엣지들을 가로지르는 분할선을
함께 만들어줍니다.

② 🔧 Spin Edge(M~V) : 선택된 엣지를 회전시
켜서 주변 포인트의 연결된 지점을 바꿉니다. 분할되는
형태를 바꿀 때 유용한 도구이며 심화한 모델링을 수행
할 때 유용하게 쓰입니다.

③ 🔘 Break Phong Shading : 선택한 엣지를 날카롭
게 지정합니다.

④ 🔘 Unbreak Phong Shading : 샤프 엣지의 지정
을 해제시킵니다.

⑤ 🔘 Select Broken Phong Edges : 적용된 모든
샤프 엣지를 선택합니다.

💡알아두기 　 Phong이란?

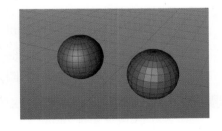

Primitive Object를 꺼내놓는 순간 오브젝트 매니저에서
오브젝트의 이름 옆에 나타나는 구슬 두 개 모양(🔘)의 태
그를 Phong Tag라고 합니다. 이 태그는 모든 Primitive
Object에서 확인할 수 있고, Sphere, Cylinder, Tube와
같이 곡면을 가진 오브젝트에서 태그를 지워보면 역할을
쉽게 이해할 수 있습니다. 부드럽게 처리되던 곡면은 태그
삭제 시 분할된 면대로 각지게 표현됩니다.

Phong Tag는 3D 상에서 면을 부드럽게 처리해주는 기능으로 Bui-Tuong Phong이라는 사람에 의해 고
안된 알고리즘을 기반으로 합니다. 일반적으로 수많은 분할된 면이 존재해야 곡면이 부드럽게 보이지만,
적은 분할 면으로도 매우 부드러워 보이게 처리해줍니다. 이는 텍스처가 입혀져 있을 때 해당 텍스처가 더
욱 자연스러운 반사광을 가질 수 있도록 도와주는 기능이기도 합니다. 자연스러운 곡면을 위해서는 필요한
기능이지만, 의도적으로 각진 형태를 만들거나 적은 면을 가진 Low Polygon(로우 폴리곤) 작업을 위해서
Phong Tag를 일부러 지우고 작업하는 예도 있습니다.

Polygons

① 🔲 **Extrude Inner**(M ~ W , I) : 선택된 엣지나 폴리곤을 안으로 또는 밖으로 확장시켜 복제합니다.

② 🔩 **Matrix Extrude**(M ~ X) : Extrude와 같이 형태를 돌출하는 도구입니다. 다만, 어트리뷰트 매니저에서 Steps를 설정하여 일정한 분할대로 돌출하며 해당 옵션에 있는 Move, Scale, Rotation을 통해 돌출된 형태를 변형시킬 수 있습니다.

③ 🔲 **Smooth Shift**(M ~ Y) : 선택된 면의 노말에 따라 돌출되는 면의 사이를 메워주는 돌출 도구입니다.

④ 🔲 **Normal Move**(M ~ Z) : 선택된 면의 노말에 따라 이동시켜 줍니다. Polygons 모드에서 사용할 수 있습니다.

⑤ 🔲 **Normal Scale**(M ~ #) : 선택된 면이 가진 노말의 수직 방향으로 Scale을 조정합니다.

⑥ 🔲 **Normal Rotate**(M ~ ,) : 선택된 면이 가진 노말을 기준으로 면을 회전시킵니다.

⑦ 🔲 **Align Normals**(U ~ A) : 노말이 다른 두 개 이상의 면이 선택된 경우 두 면의 노말을 정렬시킵니다.

⑧ 🔲 **Reverse Normals**(U ~ R) : 특정 면을 선택하면 선택한 면의 노말을 반전시킵니다. 오브젝트만 선택되고 면이 선택되지 않은 상태에서는 해당 오브젝트가 가진 모든 면의 노말을 반전시킵니다.

⑨ 🔲 **Collapse**(U ~ C) : 선택된 포인트, 엣지, 폴리곤의 중심 포인트를 향해 결합합니다.

⑩ 🔲 **Subdivide**(U ~ S , U ~ Shift + S) : 선택된 면이나 모서리를 설정에 따라 세분화하여 분할시킬 수 있습니다.

⑪ 🔲 **Triangulate** : 오브젝트의 선택된 면을 삼각 폴리곤으로 변환할 수 있습니다.

⑫ 🔲 **Untriangulate**(U ~ U , U ~ Shift + U) : 오브젝트의 선택된 삼각 폴리곤 면을 다각 폴리곤으로 변환할 수 있습니다.

⑬ 🔲 **Retriangulate N-gons**(U ~ G) : 다각형을 다시 삼각형화시키며 N-gon이 내부적으로 다르게 삼각형화가 되지 않고 자유롭게 이동할 수 있습니다.

⑭ 🔷 Remove N-gons(U ~ E) : 오각형 이상으로 구성된 N-gons 면을 삼각 폴리곤으로 쪼개주는 기능을 합니다.

💡 알아두기 **Normal이란?**

시네마 4D 상에서 Normal이 흔하게 보이지만, '평범하다'의 'Normal'이 아닙니다. Normal이란, 3D 상에 존재하는 면의 앞뒤 면을 구분시켜주는 기능입니다. 3차원 그래픽 상에서는 면의 어떤 쪽이 앞인지 뒤인지 정확히 구분되어야 하나의 형태가 온전히 구성됩니다. 또한, 면의 방향에 따라 시네마 4D에서 면에 도달하는 빛과 그에 따른 반사를 연산하게 됩니다. 이를 위해서 각 면에는 Normal이 정해져 있는 것입니다.

만약, 한 형태에서 특정 영역만 Normal이 다르다면 형태가 꼬여 있는 것이기 때문에 해당 영역만 뷰포트 창에서 어둡게 보이게 됩니다. 혹은 텍스처가 입혀져 있다면, 그 텍스처가 이상하게 처리될 것입니다. 항상 오브젝트가 올바른 Normal 값을 가지고 있는지 확인해야 하고 관리하는 것이 중요합니다. Normal을 시각적으로 확인하기 위해서는 상단 메뉴 중 Options로 들어가 Polygon Normals와 Vertex Normals를 체크해야 합니다.

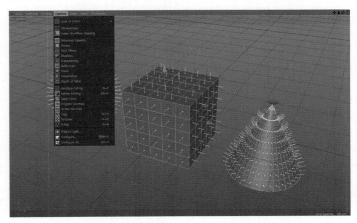

04 폴리곤 모델링을 위한 기본 노하우

» 모델링을 위해 필요한 기본적인 기능들을 알아보았으나 여전히 막막할 수 있습니다. 이번에는 제일 많이 사용하고 유용한 기능들을 중심으로 모델링을 어떻게 진행할지에 대해 자세히 알아보겠습니다. 모델링 과정에 완벽한 정답은 없지만 처음 모델링을 마주하다 보면 어떤 기능이 있는지는 알아도 어떻게 쓰는지 몰라 답답하기 마련입니다. 상황에 맞는 최적의 방법은 경험을 통해서 얻는 것이 좋지만 약간의 노하우를 가지고 시작한다면 훨씬 수월하게 작업할 것입니다. 이제 알아볼 기본 노하우를 잘 숙지하고 모델링 과정에 활용해봅시다.

01 빠르고 정확한 모델링을 위한 기본, Selection 툴

모델링에 매우 유용한 세 가지 Selection 툴을 소개하며 해당 기능들을 어떻게 활용할 수 있는지 알아보겠습니다. 세 가지의 Selection 툴은 메뉴 바의 [Selection]에서 선택할 수 있습니다.

Loop Selection(U ~ L)

Loop라는 단어는 앞서 Mesh 메뉴의 도구들을 알아볼 때 Loop/Path Cut을 통해 접했던 적이 있습니다. Loop Selection(루프 선택)은 오브젝트를 한 바퀴 도는 고리 형태로 이어지는 Point, Edge 혹은 Polygon을 선택할 수 있게 도와줍니다. 일반적으로 이어진 모서리를 한꺼번에 선택하여 오브젝트의 큰 형태를 다듬거나 해당 모서리에 특정 도구를 활용할 때 많이 활용되는 Selection 툴입니다. 특히 오브젝트의 분할이 많아질 때 활용하기 좋습니다.

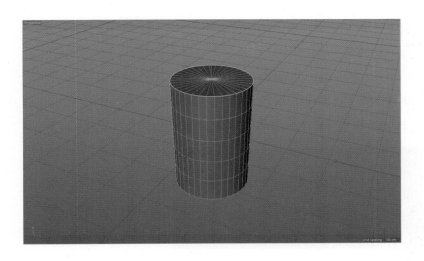

Ring Selection(U ~ B)

Ring Selection은 활용 방법이 Loop Selection과 비슷합니다. 하지만 Loop Selection과는 다르게 Ring Selection은 Edges 모드일 때 평행인 모서리들이 선택됩니다. 그리고 Points 모드에서는 Edges 모드일 때 선택되던 모서리들이 가진 점들을 기반으로 선택됩니다. Polygons 모드일 때는 Loop Selection과 같습니다. 따라서 Ring Selection은 Edge Cut과 활용하기 좋은 Selection 툴입니다. 오브젝트의 분할이 많아질 때 활용하기 좋고, Edge Cut과 함께 추가적인 분할을 만들어낼 때 많이 활용됩니다.

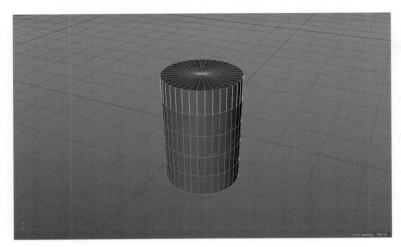

◆ Path Selection(Ⓤ~Ⓜ)

Path Selection은 Points와 Edges 모드에서만 활용할 수 있으며, 오브젝트 내에서 원하는 경로를 그리듯이 Point나 Edge를 선택할 수 있습니다. 오브젝트가 많은 분할을 가지고 있어 Point나 Edge가 많은 경우 여러 개를 선택할 때 매우 유용합니다. Loop나 Ring Selection으로 선택할 수 없는 불규칙적이고 까다로운 Point나 Edge들을 선택할 때 많이 활용됩니다.

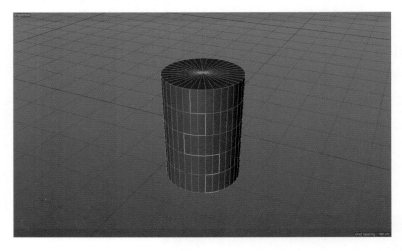

02 형태 변형을 위해 제일 많이 사용하는 한 쌍, Extrude & Extrude Inner

Extrude(돌출)와 Extrude Inner(안으로 돌출)는 언제든지 한 쌍으로 같이 활용되는 Mesh 메뉴의 도구입니다. Make Editable을 통해 오브젝트를 편집할 수 있게 만든 뒤 형태를 변형하는 데 제일 적극적으로 활용하는 기능들입니다. 애용되는 기능들인 만큼 각 도구가 가진 세부 옵션을 함께 알아보도록 하겠습니다.

🧊 Extrude(D)의 세부 옵션

① **Maximum Angle** : Preserve Groups (그룹 유지)가 체크되어 있는 경우, 이 옵션에서 설정하는 각도에 따라 돌출되는 면이 갈라질지 혹은 한꺼번에 돌출될지 결정합니다. 한꺼번에 선택하여 돌출시키려는 면이 이 옵션에서 설정하는 각도보다 작다면 면이 하나인 것처럼 붙은 상태로 돌출됩니다. 반대로 이 옵션에서 설정하는 각도보다 크다면 면이 갈라져서 돌출되게 됩니다.

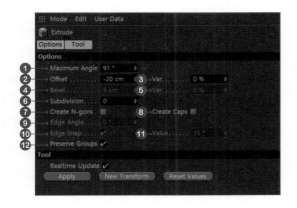

② **Offset** : 돌출되는 길이를 설정합니다. 'cm' 단위로 설정합니다.

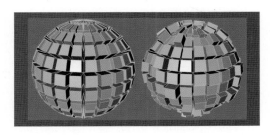

③ **Var.** : Preserve Groups(그룹 유지)의 체크가 해제되어 있는 경우에만 사용 가능하며, 여러 면을 선택하여 돌출시킬 경우 돌출되는 길이의 변수를 결정합니다. 입력하는 수치에 따라 여러 면이 돌출되는 길이가 저마다 다른 길이로 돌출됩니다.

④ **Bevel** : Points 모드인 경우 Extrude를 사용할 때만 활성화되는 옵션입니다. 점을 선택하여 해당 수치를 높이면 돌출된 점의 시작점이 면으로 확장되는 것을 확인할 수 있습니다.

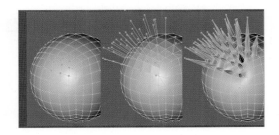

⑤ **Var.** : Offset 옆의 Var.과 같은 기능을 합니다. 점에 Bevel을 주었을 때 그에 대한 변수를 설정할 수 있습니다.

⑥ **Subdivision** : 돌출시키는 면에 대한 분할값을 설정합니다. 선택된 면에 대한 분할을 결정하는 것이 아니라 돌출되면서 새로 생기는 면에 대한 분할이라는 것에 주의해야 합니다.

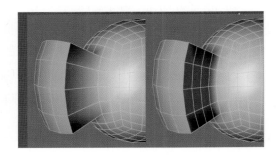

❼ **Create N-gons** : Subdivision으로 만들어낸 분할을 시각적으로 보이지 않도록 처리합니다. 눈에는 보이지 않지만, Points 모드에서 확인할 경우 분할에 따른 점이 생긴 것을 확인할 수 있습니다.

❽ **Create Caps** : 면을 돌출시키면서 돌출된 형태를 닫아주는 면을 생성합니다. 하나의 이어진 오브젝트에서 이 옵션을 체크하고 Extrude를 사용할 경우 불필요한 면이 생길 수 있으니 항상 주의해야 합니다.

❾ **Edge Angle** : Edge 모드에서 Extrude를 활용하여 모서리를 돌출시킬 경우 활성화되는 옵션이며, 돌출되는 모서리의 돌출 각도를 설정할 수 있습니다. 돌출되는 모서리의 각도는 이 옵션뿐만 아니라 Extrude를 시키면서 [Shift]키를 눌러 직관적으로 설정할 수도 있습니다.

❿ **Edge Snap** : 이 옵션은 Edge Angle에서 설명한 Extrude 시 [Shift]키를 눌러 각도를 변경할 때 유효합니다. 이 옵션을 체크하면 Value 값을 통해 [Shift]키로 설정하는 각도에 제한을 줄 수 있습니다.

⓫ **Value** : Edge Snap이 활성화된 경우 [Shift]키를 눌러 돌출된 모서리의 돌출 각도를 설정할 때 변경되는 각도를 제한할 수 있습니다. 예를 들어, 30°를 입력하면 30° 단위로 60°, 90°, 120°, ... ,330°, 360°로 변경할 수 있게 됩니다.

⓬ **Preserve Groups(그룹 유지)** : 이 옵션을 사용하면 연결된 폴리곤들은 앞서 Maximum Angle에서 설정한 최대 각도를 초과하지 않는 경우에 한하여 돌출 과정 시 그룹이 유지된 채로 돌출됩니다. 이 옵션을 어떻게 활용하느냐에 따라 Extrude의 활용 폭이 넓어집니다.

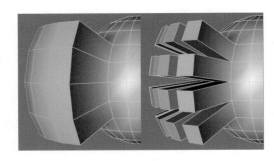

📦 Extrude Inner(Ⅰ)의 세부 옵션

❶ **Maximum Angle** : Extrude의 Maximum Angle과 같은 기능을 합니다. Preserve Groups가 체크되어 있는 경우, Extrude Inner되는 면이 갈라질지 혹은 한꺼번에 처리될지 설정하는 각도에 따라 결정합니다. 한꺼번에 선택하여 내부 돌출시키는 면이 이 옵션에서 설정하는 각도보다 작다면 하나의 면처럼 붙은 상태로

내부 돌출됩니다. 반대로 이 옵션에서 설정하는 각도보다 크다면 면이 갈라져서 돌출됩니다.

❷ **Offset** : 내부 돌출되는 길이를 설정합니다. 'cm' 단위로 설정합니다. Offset이 너무 크게 설정되어 면이 검은색으로 표시되는 것에 주의해야 합니다. 검은색으로 처리되는 면은 3D 상에서 정상적으로 처리되지 않습니다.

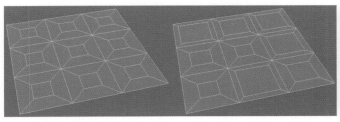
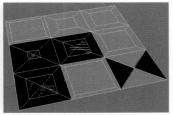

❸ Var. : Preserve Groups의 체크가 해제되어 있는 경우에만 사용 가능합니다. 이는 여러 면을 선택해 내부 돌출시킬 경우 내부 돌출되는 길이의 변수를 결정합니다. 입력하는 수치에 따라 여러 면이 내부 돌출되는 길이가 저마다 다른 길이로 돌출됩니다.

❹ Subdivision : 내부 돌출시키는 면에 대한 분할 값을 설정합니다. 선택된 면에 대한 분할을 결정하는 것이 아니라 내부 돌출되면서 생기는 면에 대한 분할이라는 것에 주의해야 합니다.

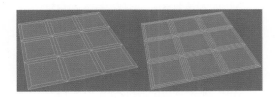

❺ Create N-gons : 면에 Subdivision으로 만들어낸 분할을 시각적으로 보이지 않도록 처리합니다. 눈에는 보이지는 않지만, Points 모드에서 확인할 경우 분할에 따른 점이 생긴 것을 확인할 수 있습니다.

❻ Preserve Groups : 이 옵션을 사용하면 연결된 폴리곤들은 앞서 Maximum Angle에서 설정한 최대 각도를 초과하지 않는 경우에 한하여 내부 돌출 과정 시 그룹이 유지된 채로 내부 돌출됩니다. 이 옵션을 어떻게 활용하느냐에 따라 Extrude Inner의 활용 폭이 넓어집니다.

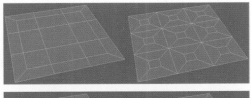

03 뚫린 형태를 막는 기능, Close Polygon Hole & Bridge

오브젝트가 제 기능을 하기 위해서는 모든 면이 막힌 상태가 되어야 합니다. 하지만, 모델링 과정에서 형태를 변형하고 두 개의 개별 오브젝트를 하나의 오브젝트로 합친 상황에서는 형태가 뚫릴 수밖에 없습니다. 이러한 상황에서 다시 막힌 형태를 만들 때 필요한 기능인 Close Polygon Hole과 Bridge에 대해 알아보겠습니다.

Close Polygon Hole(Ⓜ ~ Ⓓ)

Close Polygon Hole(폴리곤 구멍 막기)은 Points, Edges, Polygons 모드에서 모두 사용할 수 있습니다. 완벽하게 막혀 있지 않는 오브젝트의 뚫린 부분으로 커서를 가져가면, 생성할 수 있는 면을 가상으로 보여 줍니다. 해당 영역에서 클릭하면 가상으로 보여주던 면을 생성하여 오브젝트를 막힌 형태로 만들어줍니다.

① **Create Tri-/Quadrangle(삼각/사각 폴리곤 생성)** : 해당 옵션을 체크하면 Close Polygon Hole을 통해 면을 생성할 때 자동적으로 삼각형 혹은 사각형으로 이루어진 면을 생성해 줍니다. 체크가 해제된 상태에서 Close Polygon Hole을 5개 이상의 점으로 이루어진 구멍에 사용하면 해당 구멍이 가진 점에 맞춘 다각형을 생성합니다. 하지만 모델링 과정에서는 다각형보다는 삼각형이나 사각형이 필요하므로 이 옵션을 체크하여 사용하면 굳이 새로 생성된 면을 다시 분할할 필요가 없어집니다.

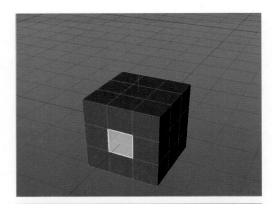

Bridge(Ⓜ ~ Ⓑ, Ⓑ)

Bridge(브릿지)는 직접 뚫린 면이 가진 구멍을 이어서 메워주는 개념으로 Points, Edges, Polygons 모드에서 모두 사용할 수 있습니다. Points와 Edges 모드는 이어주고 싶은 마주 보는 점이나 모서리를 드래그하여 이어주는 방식이고, Polygons 모드에서는 이어주고 싶은 마주 보는 두 면을 선택한 뒤 해당 면의 사이를 드래그해야 이어집니다. 이때 흰색으로 표시되는 면이 올바르게 구멍을 메워주는지 확인하면서 사용하는 것이 중요합니다. 잘못하면 면이 꼬인 상태로 처리될 수 있으며, 꼬인 면은 시점을 돌리다

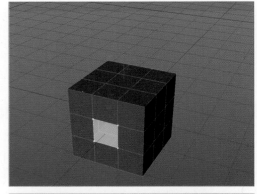

보면 검은 면으로 처리됩니다. 잘못 처리된 면은 선택하여 Delete (혹은 Backspace)키를 눌러 제거하고 다시 만드는 것이 좋습니다.

① Delete Original Polygons(오리지널 폴리곤 삭제) : 기본적으로 체크되어 있는 옵션으로 Polygons 모드에서 Bridge를 사용할 경우 유효한 옵션입니다. 해당 옵션이 체크되어 있으면 Polygons 모드에서 선택된 두 면의 사이가 이어질 경우 선택된 면을 자동으로 제거합니다.

🧊 Bevel(M ~ S) : 다재다능한 기능

Bevel(베벨)은 Points, Edges, Polygons 모드에서 약간씩 다른 효과를 나타냅니다. Points 모드인 경우 점을 면으로 확장시켜줍니다. 이 효과를 응용하여 면 위에 원을 만들기도 합니다. 이는 Subdivision Modeling 예제에서 활용해보겠습니다.

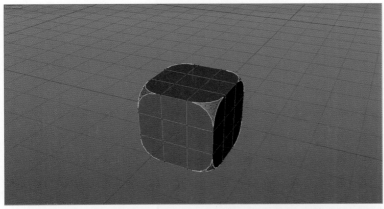

Edges 모드에서는 Bevel을 통해 모서리 라운딩 처리뿐만 아니라 모서리를 면으로 확장하여 각진 모서리를 만들 수도 있고 모서리 부근에 균일한 분할을 만들 수도 있습니다.

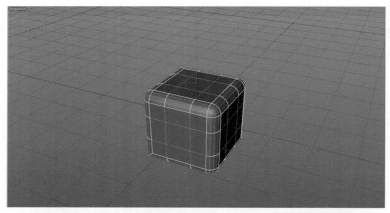

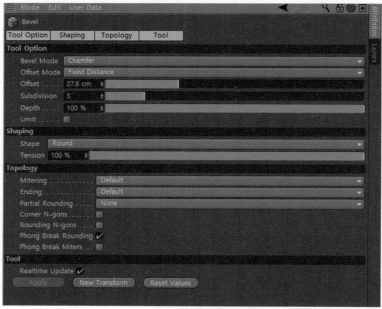

Polygons 모드에서는 마치 Extrude나 Extrude Inner와 같은 기능을 하기도 하여 응용하기에 따라 모델링에 있어서 굉장히 유용한 툴입니다. 형태 전반에 걸쳐 다양한 지점에 동일한 분할 값을 주는 데에도 사용되고 새로운 형태를 만들어내는 데도 사용할 수 있어 활용 방법에 따라 작업 효율이 달라질 수 있습니다.

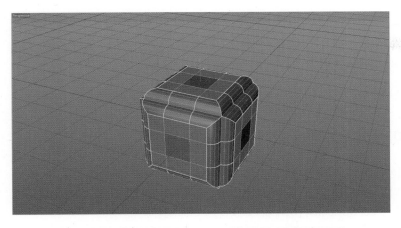

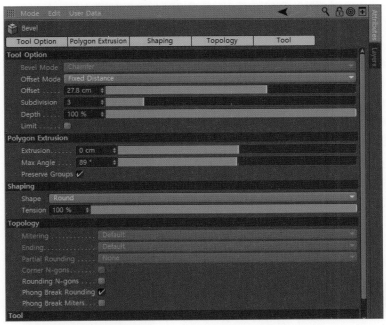

♻ Optimize(U~O, U~Shift+O) : 오브젝트를 정리해주는 기능

모델링을 진행하다 보면 형태가 복잡해지면서 분할도 많아지고 오브젝트에 다양한 툴을 활용하기도 합니다. 이 과정에서 불필요한 Point가 생기게 되는데 특히, 두 개 이상의 오브젝트를 [Connect Objects]/[Connects Object + Delete]를 활용하여 합치다 보면 모서리나 면으로 형성되지 않은 불필요한 점이 허공에 존재하는 경우도 발생합니다. 이때 일일이 수작업으로 지울 필요 없이 Optimize(최적화) 기능을 활용하면 오브젝트를 정리할 수 있습니다.

Points, Edges, Polygons 모드에서 모두 활용이 가능하며 오브젝트만 선택된 상태에서 사용하면 오
브젝트 전반에 걸쳐 최적화를 진행합니다. 만약 오브젝트를 선택하고 그 안에 특정 점, 모서리, 면들
을 선택하여 Optimize를 사용하면 선택된 요소들만 최적화를 진행합니다.

알아두기 **두 개 이상의 오브젝트 합치기**

물체가 가진 형태를 필요 이상의 개수로 나눠서 여러 오브젝트로 모델링을 하다보면 물체가 가진 디테일을
살리기 어려운 경우가 많습니다. 상황에 따라 두 개 이상의 오브젝트를 합쳐서 하나로 만들 필요가 있습니
다. 이때 사용하는 기능이 [Connect Objects]와 [Connect Objects + Delete]입니다.

해당 기능은 오브젝트 매니저에서 두 개 이상의 오브젝트를 선택한 후 마우스 우클릭하면 선택할 수 있습
니다. [Connect Objects]를 클릭하면 원본 오브젝트들은 그대로 남
아 있고 하나로 합쳐진 새로운 오브젝트가 만들어집니다. [Connect
Objects + Delete]를 사용하게 되면 원본 오브젝트는 삭제되고 합
쳐진 새로운 오브젝트가 만들어집니다. 레이어를 정리하고 Object
Manager를 깔끔하게 유지하는 경우 [Connect Objects + Delete]가
편리하지만 만일의 사태를 대비한다면 [Connect Object]를 활용하여
원본을 유지하는 것이 바람직합니다.

주의할 점은 두 개 이상의 오브젝트가 합쳐졌다고 해도 완전히 하나의
형태가 된 것은 아닙니다. 면만 겹쳐져 있을 수 있고, 형태가 분리되어
있을 수도 있습니다. 이런 형태를 가진 오브젝트를 디포머나 다른 효과
를 적용시켜 움직임을 주거나 가공할 경우 원치 않는 형태로 변형될 수
있기 때문에 항상 [Connect Object]나 [Connect Objects + Delete]
후 오브젝트가 가진 형태를 잘 확인해야 합니다.

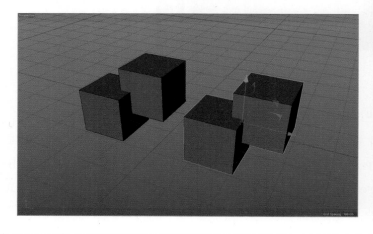

기본 도형으로 모델링하기

시네마 4D에서 제공하는 기본 재료인 Primitive Object들을 알아보았습니다. 기본 재료들인 만큼 이 오브젝트들을 잘 알아두고 모두 어떤 기능들이 있는지 숙지하는 것이 중요합니다. 특히 많이 사용하는 재료들을 중점적으로 각각 어떤 특성과 옵션이 있는지 파악하고 있으면 차후 복잡한 형태를 만들고 어려운 모델링 작업할 때 큰 도움이 됩니다. 제일 많이 사용되는 Primitive Object들이 가진 제일 중요한 기능을 이용해 예제를 만들어보겠습니다.

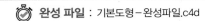

완성 파일 : 기본도형−완성파일.c4d

01 상단 커맨드 팔레트 바에서 [Cube]를 클릭하여 뷰포트에 생성합니다.

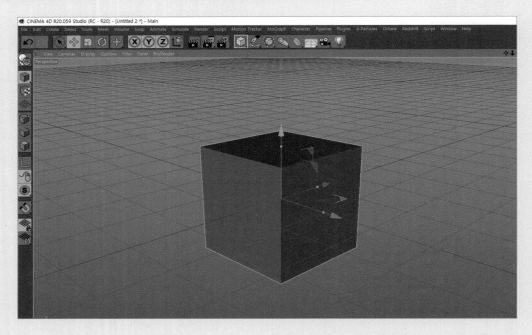

02 [Cube]가 선택된 상태에서 오른쪽 화면 아래에 있는 어트리뷰트 매니저를 보면 'Cube Object' 속성이 활성화된 것을 확인할 수 있습니다. [Object] 탭의 설정 항목 중 Size 값을 변경합니다.

[Object] Size X/Y/Z : 60cm/40cm/60cm

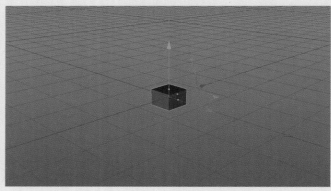

03 앞서 만든 [Cube]와 X, Y축의 사이즈는 같지만 두께가 얇은 두 번째 Cube를 만들어 주기 위해 오브젝트 매니저에서 [Cube]를 선택하고 Ctrl + C 와 Ctrl + V 키를 누릅니다. [Cube.1]이 만들어지면 어트리뷰트 매니저에서 [Object] 탭 설정 항목 중 Size 값을 변경합니다.

[Object] Size X/Y/Z : 60cm/6cm/60cm

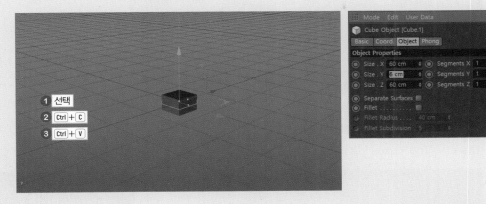

04 두 Cube가 겹쳐진 상태입니다. E 키를 눌러 Move 툴을 활성화하고 복제한 [Cube.1]의 Y축 핸들을 위로 드래그하여 [Cube] 오브젝트 바로 위에 올라가도록 이동시킵니다.

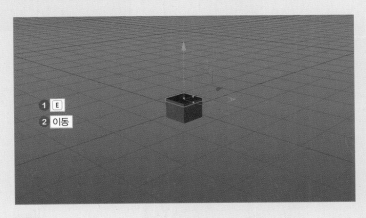

TIP Shift 키를 누른 상태로 이동하면 '10cm' 단위로 움직이게 됩니다. 이때 두 오브젝트가 겹치지 않도록 주의합니다(버전에 따라서 단위의 값 차이가 있을 수 있습니다.).

05 상단 커맨드 팔레트 바에서 [Cube]–[Cone]을 클릭하여 뷰포트에 생성합니다.

06 어트리뷰트 매니저에서 [Object] 탭 설정 항목 중 다음 값을 변경합니다.

[Object] • Top Radius : 0cm • Bottom Radius : 15cm • Height : 30cm

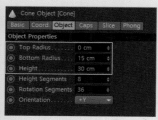

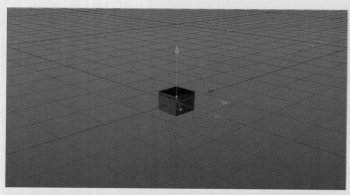

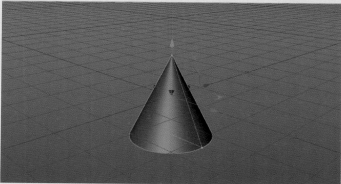

07 E 키를 눌러 Move 툴을 활성화하고 [Cone] 오브젝트를 [Cube.1] 오브젝트 위로 올라가도록 Y축(초록색) 핸들을 위로 드래그하여 이동시킵니다. 이때 두 오브젝트가 겹치지 않도록 주의합니다.

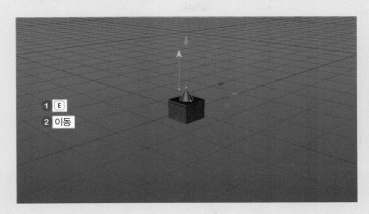

08 상단 커맨드 팔레트 바에 있는 [Cube]를 클릭하여 뷰포트에 [Cube.2]를 생성합니다.

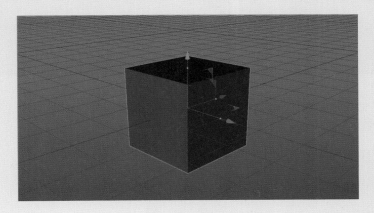

09 어트리뷰트 매니저에서 [Cube.2]의 [Object] 탭 설정 항목 중 Size 값을 변경합니다.

[Object] Size X/Y/Z : 60cm/2cm/60cm

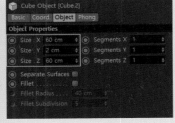

10 앞서 오브젝트를 이동한 방식과 다르게 이번에는 수치를 입력하여 이동하겠습니다. 어트리뷰트 매니저에서 [Coord.] 탭을 선택하고 Position 값을 변경합니다.

[Coord.] P.X/Y/Z : 60cm/ – 19cm/0cm

11 방금 이동시킨 [Cube.2] 오브젝트를 다시 복제하겠습니다. Y축(초록색) 핸들을 잡고 Ctrl 키를 누른 채 '+Y' 방향으로 드래그하여 위쪽에 적당히 Cube를 배치합니다.

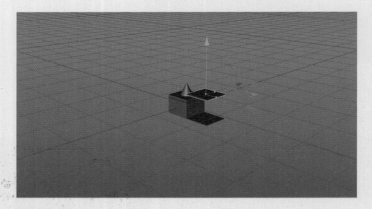

TIP

Ctrl + C / Ctrl + V 키가 아닌 Ctrl 키를 누르고 핸들을 드래그하여 복제하면 곧바로 복제된 오브젝트가 나타납니다.

12 복제한 [Cube.3]의 위치를 디테일하게 조정하기 위해 어트리뷰트 매니저에서 [Coord.] 탭을 클릭하고 P.Y 값을 설정합니다. [Object] 탭을 클릭하고 Size. Y를 변경하여 위에 배치된 Cube를 좀 더 두껍게 만듭니다.

[Coord.] P.Y : 80cm · [Object] Size. Y : 12cm

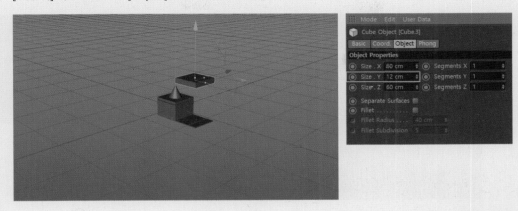

13 허공에 있는 [Cube]와 그 아래에 있는 [Cube]를 이어줄 기둥을 만들겠습니다. 상단 커맨드 팔레트 바에서 [Cube]–[Cylinder]를 클릭하여 뷰포트 창에 생성합니다.

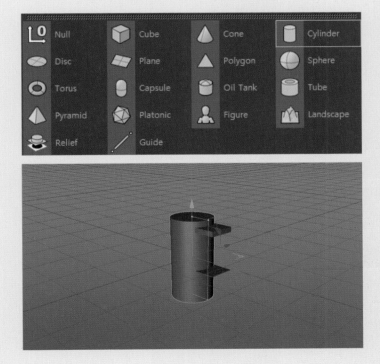

14 어트리뷰트 매니저에서 [Object] 탭 설정 항목의 내용을 다음과 같이 변경하고, Ctrl + C, Ctrl + V 키를
반복하여 총 4개의 Cylinder를 만듭니다.

[Object] • Radius : 1cm • Height : 95cm

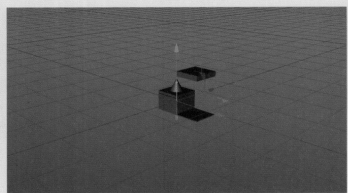

15 복제된 4개의 Cylinder를 [Cube.3]과 [Cube.2]의 네 모서리에 맞춰 배치합니다.

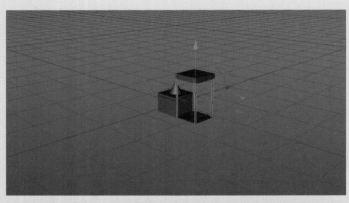

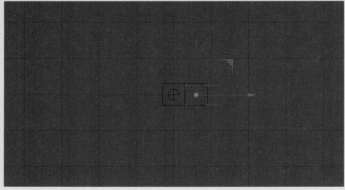

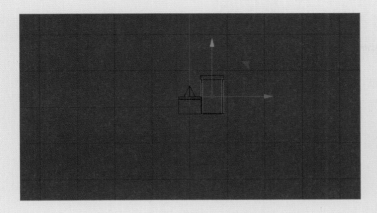

16 상단 커맨드 팔레트 바에 있는 [Cube]–[Cylinder]를 클릭하여 뷰포트 창에 생성합니다. 어트리뷰트 매니저에서 [Object] 탭 설정 항목 중 다음 값을 변경합니다.

[Object] ・Radius : 25cm ・Height : 50cm ・Rotation Segments : 6

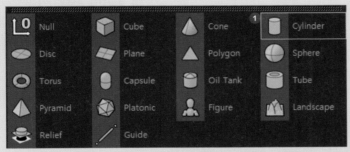

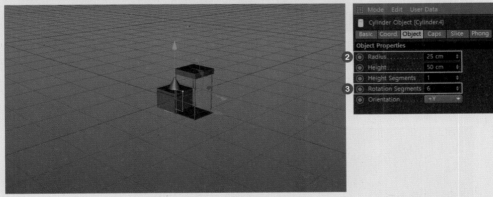

17 육각기둥이 된 [Cylinder.4]를 모서리에 배치된 Cylinder 기둥들의 정중앙에 배치합니다. [Cylinder.4]의
Y축(초록색) 화살표를 Ctrl 키를 누른 채 '+Y' 방향으로 드래그하여 복제합니다. 어트리뷰트 매니저에서
[Object] 탭 설정 항목 중 Radius 값을 변경합니다.

[Object] Radius : 20cm

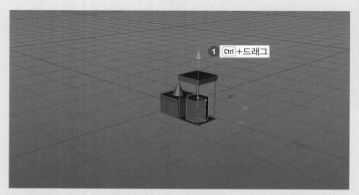

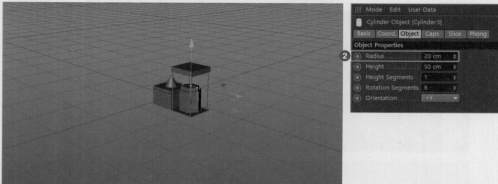

18 상단 커맨드 팔레트 바에 있는 [Cube]–[Sphere]를 클릭하여 뷰포트 창에 생성합니다. 어트리뷰트 매니저
에서 [Object] 탭 설정 항목 중 Radius 값을 변경한 후, [Cylinder.5] 위에 배치합니다.

[Object] Radius : 12cm

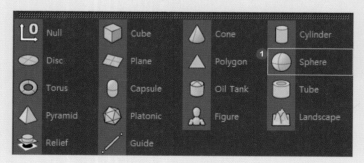

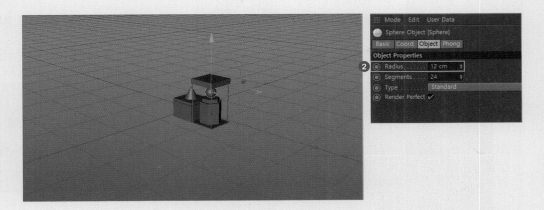

19 상단 커맨드 팔레트 바에서 [Cube]-[Torus]를 클릭하여 뷰포트 창에 생성합니다. 어트리뷰트 매니저에서 [Object] 탭 설정 항목 중 다음 값을 변경합니다.

[Object] • Ring Radius : 50cm • Pipe Radius : 10cm • Orientation : +Z

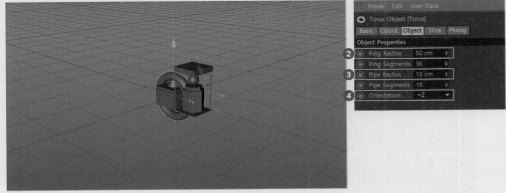

20 [Torus]를 절반 자른 형태로 만들어주기 위해 [Slice] 탭 설정 항목을 다음과 같이 변경한 후, 절반으로 잘라
진 [Torus]의 위치를 옮겨 육각기둥 오브젝트 앞에 배치합니다.

[Slice] • Slice : 체크 • From : −180˚ • To : 0˚

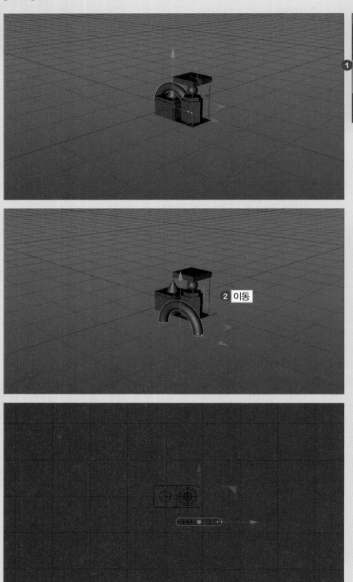

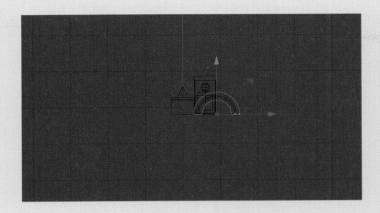

<u>**21**</u> 상단 커맨드 팔레트 바에서 [Cube]–[Tube]를 클릭하여 뷰포트 창에 생성합니다. 어트리뷰트 매니저에서 [Object] 탭 설정 항목을 다음과 같이 변경합니다.

[Object] • Inner Radius : 15cm • Outer Radius : 35cm • Height : 20cm • Orientation : +X

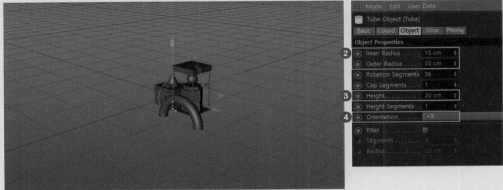

22 [Tube]를 [Torus] 쪽으로 위치를 이동시켜 교차할 수 있도록 합니다.

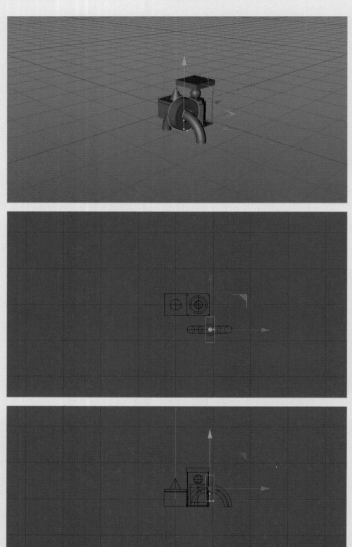

23 [Tube] 위쪽이 열린 형태로 만들어주기 위해 [Slice] 탭 설정 항목 값을 다음과 같이 변경합니다. 이제 자유롭게 뷰포트를 돌리면서 오브젝트가 제일 잘 보일 수 있는 각도를 찾아 마무리하면 됩니다.

[Slice] • Slice : 체크 • From : −150˚ • To : 150˚

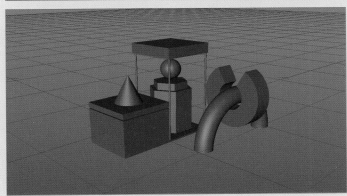

실무 2 로우폴리 자동차 만들기

좀 더 다양한 기능을 접해볼 수 있는 예제를 함께 만들어보겠습니다. 단순히 Primitive Object만 활용하는 게 아니라 두 개의 오브젝트를 합치거나 하나의 오브젝트를 여러 개로 복제하는 등 좀 더 복잡한 형태를 만들 수 있는 다양한 기능을 사용해 보겠습니다. 그리고 '로우폴리'라는 기법에 걸맞게 오브젝트가 적은 분할 수로 각진 형태로 나오게 하는 방법까지 알아보겠습니다.

⏱ **완성 파일 : 로우폴리자동차-완성파일.c4d**

STEP 1 로우폴리 자동차의 형태 잡기

01 상단 커맨드 팔레트 바에서 [Cube]를 클릭해 뷰포트에 생성합니다.

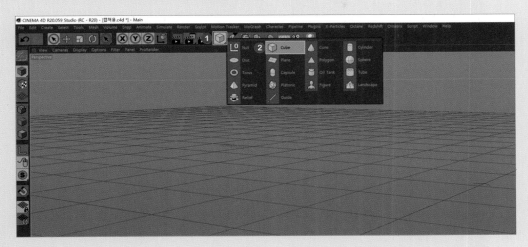

02 어트리뷰트 매니저에서 Cube의 [Object] 탭 설정 항목 중 Size와 Segments 값을 변경합니다.

[Object] • Size X/Y/Z : 200cm/75cm/400cm • Segments X/Y/Z : 1/1/3

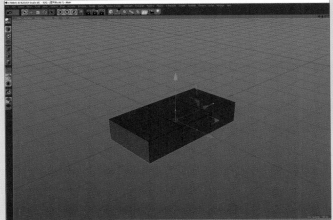

03 C 키를 눌러 Make Editable하고 좌측 커맨드 팔레트 바에서 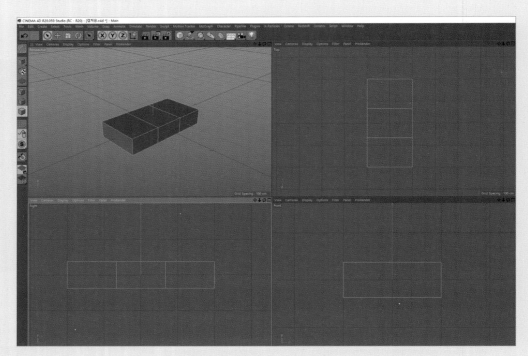 Polygons 툴을 클릭한 후 F5 키를 눌러 All Views 모드로 변경합니다.

04 Cube의 양 옆면에 해당하는 면들을 9 키를 눌러 Live Selection 툴로 모두 선택합니다.

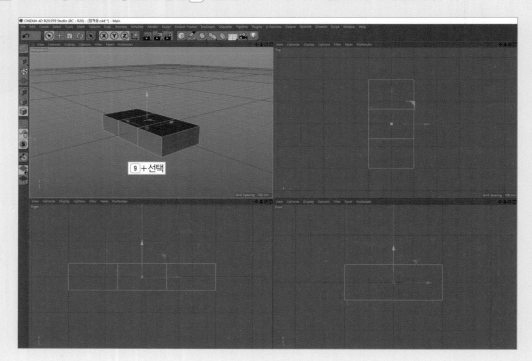

9 +선택

05 자동차의 형태를 만들기 위해 선택된 양옆의 면들을 돌출시키겠습니다. D 키를 눌러 Extrude 툴을 활성화
하고 [Options] 탭 설정 항목 중 [Offset]을 '30cm'로 설정하고 Enter 키를 눌러 적용합니다.

[Options] Offset : 30cm

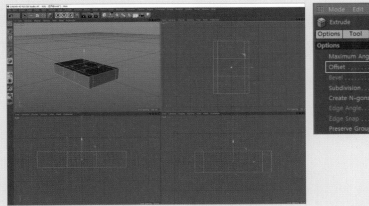
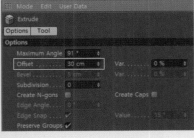

06 좌측 커맨드 팔레트 바에서 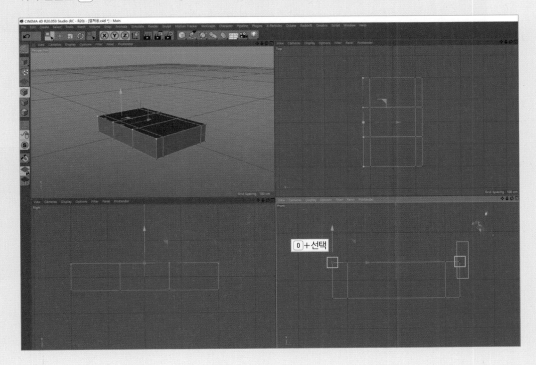 Points 툴을 클릭해 전환한 뒤, Front 뷰포트에서 방금 돌출시킨 양 옆면의
위쪽 점들을 0 키를 눌러 Rectangle Selection 툴로 모두 선택합니다.

07 선택한 점들은 Y축(초록색) 핸들을 드래그합니다. 이때 Shift 키를 누른 채 '20cm'만큼 아래로 드래그합니다.

08 좌측 커맨드 팔레트 바에서 ⬛ Polygons 툴을 클릭한 후 Cube의 뒤에서부터 두 개의 윗면을 9 키를 눌러 Live Selection 툴로 선택합니다. D 키를 눌러 Extrude 툴을 활성화하고 [Options] 탭 설정 항목 중 [Offset]을 '100cm'로 설정한 후 Enter 키를 눌러 적용합니다.

[Options] Offset : 100cm

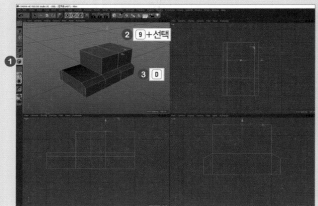

09 좌측 커맨드 팔레트 바에서 🔲 Points 툴을 클릭해 전환한 뒤, Right 뷰에서 돌출시킨 면의 앞쪽 모서리에 해당하는 점들을 ⓪ 키를 눌러 Rectangle Selection 툴로 모두 선택해줍니다. Z축(파란색) 핸들을 Shift 키를 누른 채 뒤로 드래그하여 '40cm'까지 이동시킵니다.

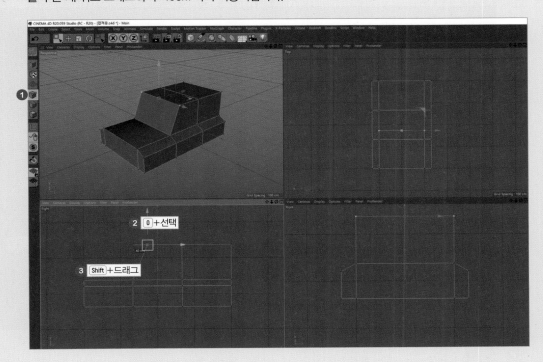

10 뒤쪽 모서리에 해당하는 점들도 Right 뷰에서 ⓪ 키를 눌러 Rectangle Selection 툴로 모두 선택해줍니다. 그리고 Z축(파란색) 핸들을 Shift 키를 누른 채 왼쪽으로 드래그하여 '20cm'까지 이동시킵니다.

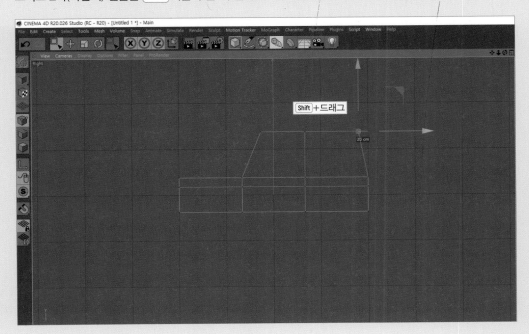

11 Front 뷰에서 위쪽 면에 해당하는 점을 ⓪ 키를 눌러 Rectangle Selection 툴로 모두 선택하고 ⓣ 키를 눌러 Scale 툴로 크기를 줄여줍니다. 뷰포트의 빈 곳을 Shift 키를 누른 채 드래그하여 '80%'까지 줄여줍니다.

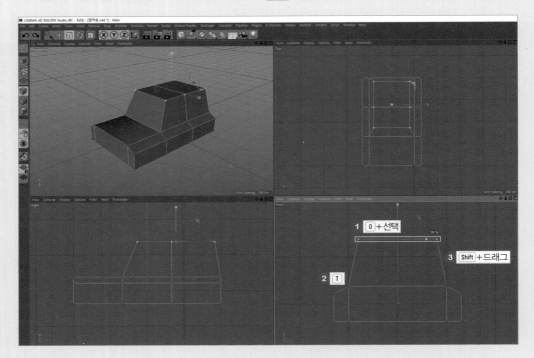

12 ⒡ 키를 눌러 Perspective 뷰로 변경하고 좌측 커맨드 팔레트 바에서 ▣ Polygons 툴을 클릭합니다. 자동차의 창문을 만들기 위해 ⓤ ∼ ⓛ 키를 눌러 Loop Selection 툴을 활성화하고 창문을 만들 영역을 선택해줍니다.

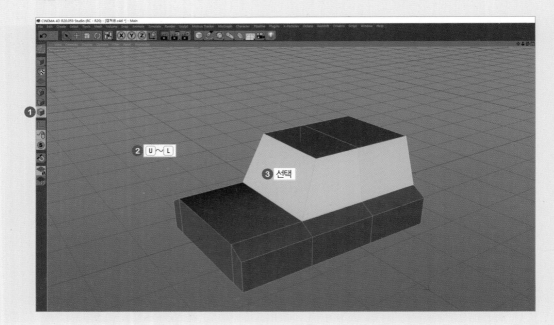

13 선택된 영역에 창문을 만들기 위한 분할을 해줘야 합니다. [I] 키를 눌러 Extrude Inner 툴을 활성화하
고 [Options] 탭 설정 항목 중 [Preserve Groups]의 체크를 해제합니다. [Offset]을 '8cm'로 설정하고
[Enter] 키를 눌러 적용시켜줍니다.

[Options] • Preserve Groups : 체크 해제 • Offset : 8cm

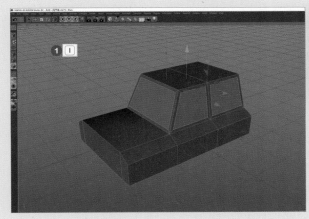
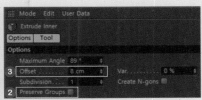

14 분할한 창문을 이제 안으로 돌출시키기 위해 [D] 키를 눌러 Extrude 툴을 활성화합니다. [Options] 탭 설정
항목 중 [Offset]을 '-5cm'로 설정합니다.

[Options] Offset : -5cm

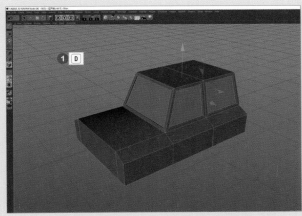
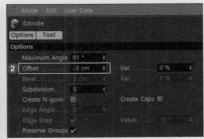

15 F5 키를 누른 후 차체 앞 쪽의 형태를 다듬기 위해 화면 좌측 커맨드 팔레트 바에서 🔲 Points 툴을 클릭합니다. 양 옆 모서리에 해당하는 점들을 0 키를 눌러 Rectangle Selection 툴로 모두 선택해줍니다.

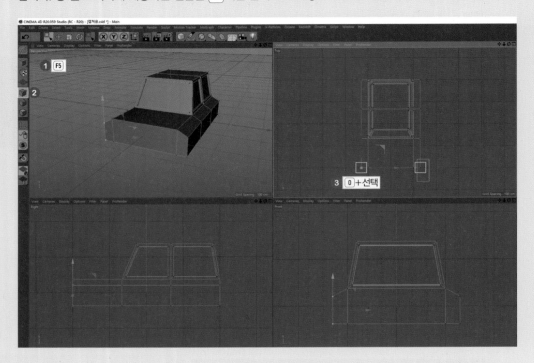

16 앞서 선택한 점들은 Z축에 해당하는 파란색 핸들을 Shift 키를 누른 채 드래그하여 뒤로 '20cm' 이동시킵니다.

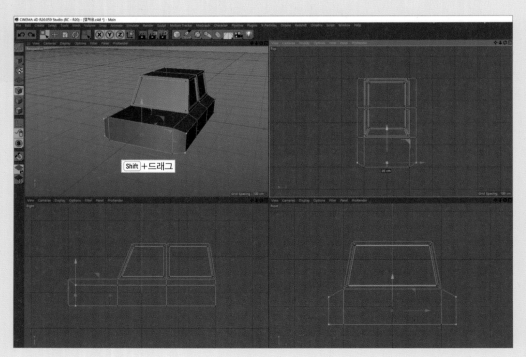

17 F1 키를 누른 후 좌측 커맨드 팔레트 바에서 🔳 Polygons 툴을 클릭하여 전환하고, 자동차 앞쪽 양옆
에 두 면을 9 키를 눌러 Live Selection 툴로 선택합니다. 헤드램프 자리를 만들기 위해 I 키를 눌러
Extrude Inner 툴을 활성화하고 [Options] 탭 설정 항목 중 [Offset]을 '5cm'로 설정하고 Enter 키를 눌러 적
용시킵니다.

[Options] Offset : 5cm

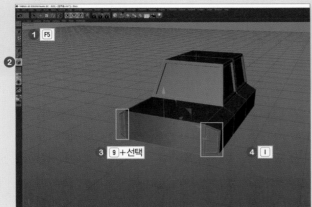

18 F5 키를 눌러 All Views 모드로 전환한 뒤, 앞서 분할한 면을 뒤로 돌출시키기 위해 Z축(파란색) 핸들을
Shift 키를 누른 채 드래그하여 '10cm'까지 이동시킵니다.

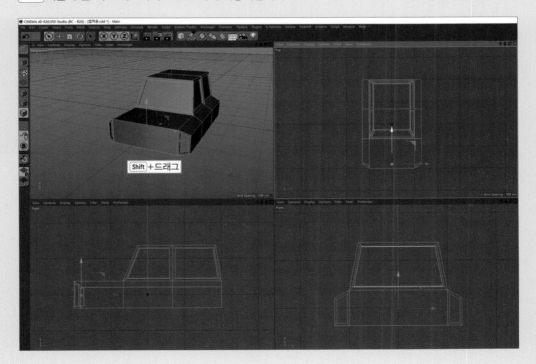

19 F1 키를 누른 후 자동차 그릴이 들어갈 자리를 만들기 위해 9 키를 눌러 Live Selection 툴로 자동차 앞의 가운데 면을 선택합니다. I 키를 눌러 Extrude Inner 툴을 활성화하고 [Options] 탭 설정 항목의 [Offset] 을 '15cm'로 설정하고 Enter 키를 눌러 적용합니다.

[Options] Offset : 15cm

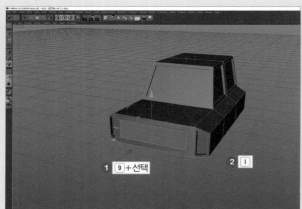

20 분할된 면을 뒤로 돌출시키기 위해 D 키를 눌러 Extrude 툴을 활성화합니다. [Options] 탭 설정 항목에서 [Offset]을 '-20cm'로 설정하고 Enter 키를 눌러 적용합니다. 자동차의 차체 형태는 마무리되었습니다.

[Options] Offset : -20cm

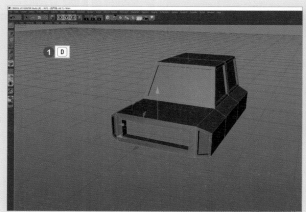

STEP 2 로우폴리 자동차의 바퀴 만들기

01 자동차 바퀴를 만들기 위해 상단 커맨드 팔레트 바에서 [Cube]–[Cylinder]를 클릭하여 뷰포트에 생성합니다.

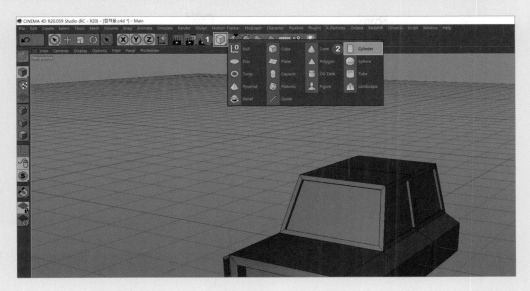

02 어트리뷰트 매니저에서 Cylinder의 [Object] 탭 설정 항목 중 [Radius]와 [Height] 값을 변경합니다. 로우폴리의 특성을 살리기 위해 [Rotation Segments]를 '12'로 설정하고 [Orientation]을 '+X'로 바꿔 바퀴의 방향을 설정합니다. 이 Cylinder는 바퀴의 휠을 담당하게 됩니다.

[Object] • Radius : 30cm • Height : 20cm • Rotation Segments : 12 • Orientation : +X

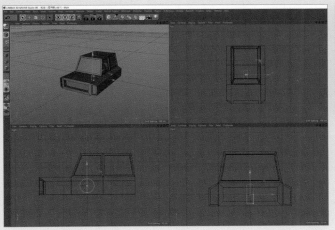

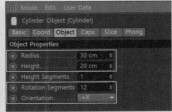

03 타이어를 만들기 위해 상단 커맨드 팔레트 바에서 [Cube]–[Tube]를 클릭하여 뷰포트에 생성합니다.

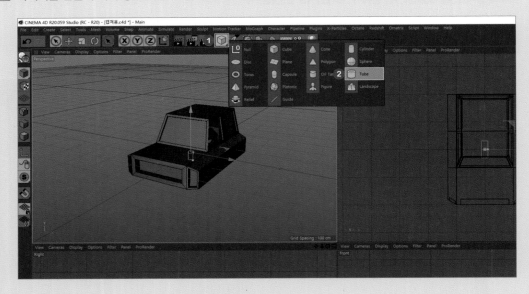

04 어트리뷰트 매니저에서 Tube의 [Object] 탭 설정 항목을 다음과 같이 설정합니다. Tube는 바퀴의 타이어를 담당하게 됩니다.

[Object] • Inner Radius : 30cm • Outer Radius : 40cm • Rotation Segments : 12 • Height : 30cm
• Orientation : +X

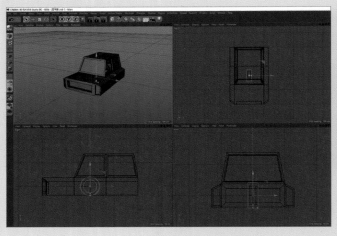
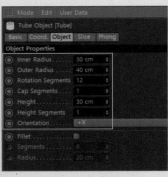

05 오브젝트 매니저에서 바퀴의 휠과 타이어에 해당되는 [Cylinder]와 [Tube]를 함께 선택한 뒤 Alt + G 키를 눌러 하나의 Null로 묶어줍니다.

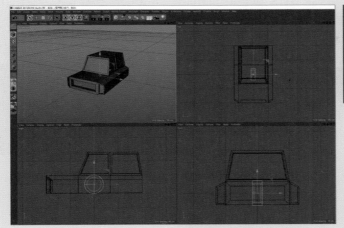

06 바퀴의 디테일한 모델링을 하겠습니다. 자동차 차체로 인해 바퀴가 온전히 보이지 않는 상태이므로, 현재 작업하는 창에서 내가 원하는 오브젝트만 보이게 하기 위해 오브젝트 매니저에서 [Cylinder]를 선택한 뒤, 좌측 커맨드 팔레트 바에서 ⑤ Viewport Solo Off 툴을 클릭하고 ⑤ Viewport Solo Single 툴을 클릭합니다.

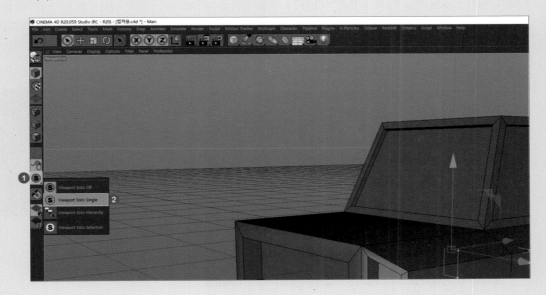

07 솔로 기능이 활성화되면 선택한 오브젝트만 뷰포트에 보이게 됩니다. Ⓒ키를 눌러 Make Editable하고 좌측 커맨드 팔레트 바에서 ⬡ Polygons 툴을 클릭합니다. 휠의 양 옆면을 모두 ⑨키를 눌러 Live Selection 툴로 선택하고 안쪽으로 분할하기 위해 Ⓘ키를 눌러 Extrude Inner 툴을 활성화합니다. [Options] 탭 설정 항목 중 [Offset]을 '4cm'로 설정하고 Enter키를 눌러 적용합니다.

[Options] Offset : 4cm

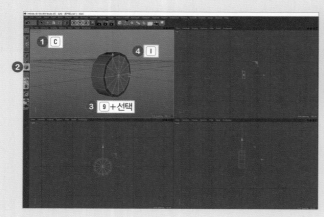

> **TIP** [Options] 항목 중 Preserve Groups는 체크되어 있어야 합니다.

08 분할된 상태에서 한 번 더 분할하기 위해 ⑨키를 눌러 Live Selection 툴로 뷰포트의 빈 곳을 클릭하여 선택을 해제합니다. 선택 해제한 영역을 다시 선택한 후 Ⓘ키를 눌러 Extrude Inner 툴을 활성화하고 [Options] 탭 설정 항목 중 [Offset]을 '20cm'로 설정하고 Enter키를 눌러 적용합니다.

[Options] Offset : 20cm, [Tool] New Transform 클릭

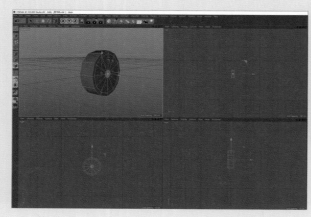

09 U ~ L 키를 눌러 Loop Selection 툴을 활성화하고 양옆에 안쪽 분할 면을 모두 선택합니다.

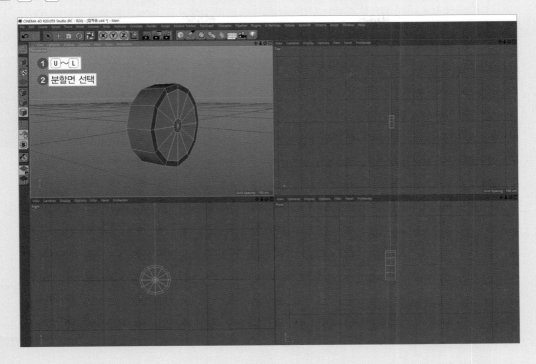

10 휠의 양옆 선택된 면을 내부로 돌출시키기 위해 D 키를 눌러 Extrude 툴을 활성화하고 [Options] 탭 설정
항목 중 [Offset]을 '−2cm'로 설정하고 Enter 키를 눌러 적용합니다.

[Options] Offset : −2cm

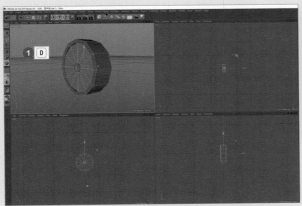

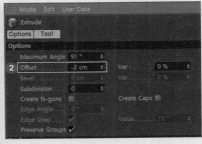

11 휠의 디테일을 살려주기 위해 ⌐I⌐ 키를 눌러 Extrude Inner 툴을 활성화합니다. [Options] 탭 설정 항목 중 [Preserve Groups] 체크를 해제하고 [Offset]을 '1.5cm'로 설정한 후 ⌐Enter⌐ 키를 눌러 적용합니다.

[Options] • Preserve Groups : 체크 해제 • Offset : 1.5cm

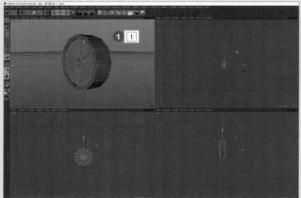

12 ⌐F1⌐ 키를 눌러 Perspective 뷰로 변경하고 ⌐Delete⌐ 키를 눌러 뚫린 형태를 만든 후 좌측 커맨드 팔레트 바에서 🔲 Edges 툴을 클릭합니다.

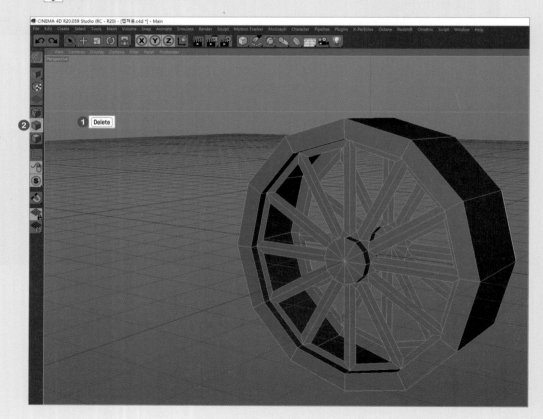

13 [B] 키를 눌러 Bridge 툴을 활성화하고 휠의 좌우가 마주보는 엣지끼리 드래그하여 이어줍니다.

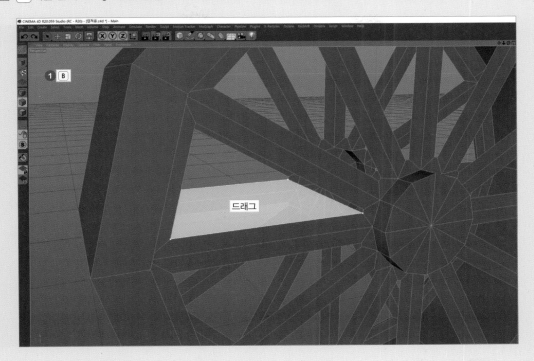

14 이때 작은 면도 놓치지 않고 모두 Bridge 툴로 이어줍니다.

15 모두 연결한 뒤, F5 키를 눌러 All Views 모드로 전환합니다.

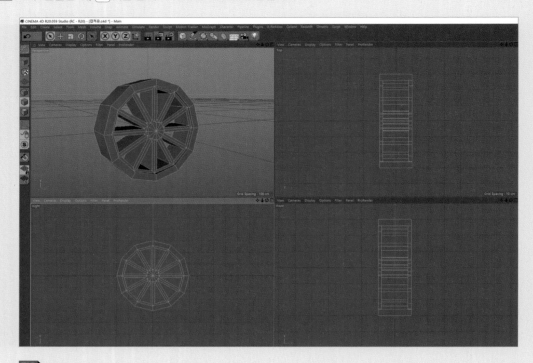

> **TIP** 복잡한 형태를 만들 때 번거롭고 반복적인 작업을 꼭 해야 하나요?
>
> 모델링 작업은 기본적으로 손이 많이 가는 작업입니다. 디테일을 살리고 정확한 형태를 만들다 보면 번거로운 작업이 불가피한 경우가 많습니다. 하지만 그만큼 시네마 4D 내에는 유용한 기능들이 존재해 번거로운 작업을 쉽게 할 수 있습니다. 기본적인 기능들을 충분히 숙지한 뒤 좀 더 어렵고 복잡한 기능을 배우기 시작하면 이전에 번거롭게 처리했던 작업에 대한 해결책이 자연스럽게 생길 것입니다.

16 좌측 커맨드 팔레트 바에서 Polygons 툴을 선택하고 휠 가운데 면의 디테일을 살려주기 위해 양옆의
가운데 면을 9 키를 눌러 Live Selection 툴로 모두 선택합니다.

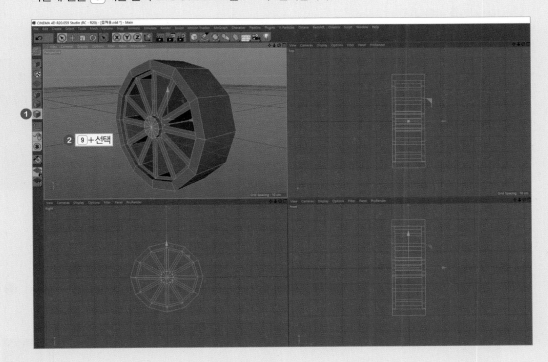

17 선택된 면을 분할하기 위해 I 키를 눌러 Extrude Inner 툴을 활성하고 [Offset]을 '1cm'로 설정하고
Enter 키를 눌러 적용시킵니다. 내부로 돌출시키기 위해 D 키를 눌러 Extrude 툴을 활성화하고 [Offset]을
'–1cm'로 설정하여 Enter 키를 누르고 적용합니다.

[Extrude Inner–Options] Offset : 1cm, [Extrude–Options] Offset : –1cm

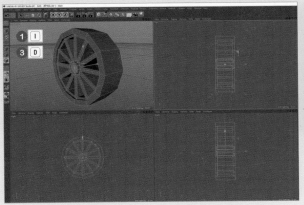

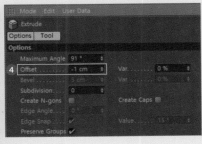

18 더 분할하기 위해 ⌐Ⅰ⌐ 키를 눌러 Extrude Inner 툴을 활성화하고 [Offset]을 '1cm'로 설정하고 ⌐Enter⌐ 키를 누릅니다. 바깥으로 돌출시키기 위해 ⌐D⌐ 키를 눌러 Extrude 툴을 활성화하고 [Offset]을 '2cm'로 설정하고 ⌐Enter⌐ 키를 누릅니다.

[Extrude Inner—Options] Offset : 1cm, [Extrude—Options] Offset : 2cm

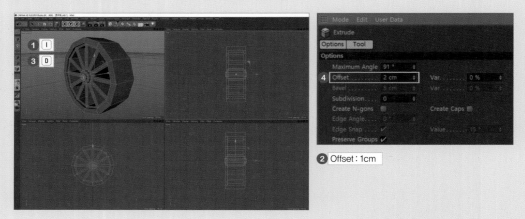

19 바퀴의 디테일 작업이 마무리되었으므로 솔로 모드를 해제하기 위해 좌측 커맨드 팔레트 바에서 ⓢ Viewport Solo Off 툴을 클릭합니다.

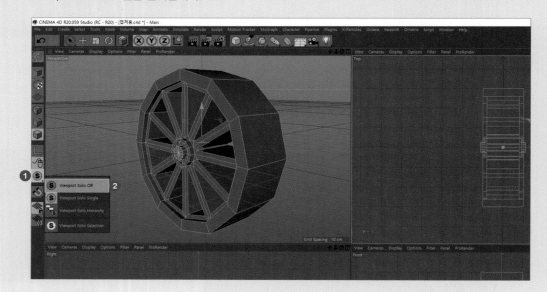

20 오브젝트 매니저에서 완성된 바퀴인 [Null.1] 선택하고 9 키를 눌러 Live Selection 툴로 위치를 잡아줍니다. 우선은 자동차의 오른쪽 앞에 적절한 위치로 이동시켜줍니다.

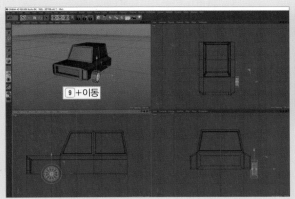

21 반대편에도 바퀴를 복제해주기 위해 Front 뷰에서 X축(빨간색) 핸들을 Ctrl 키를 누른 채 드래그하여 왼쪽으로 이동시킵니다.

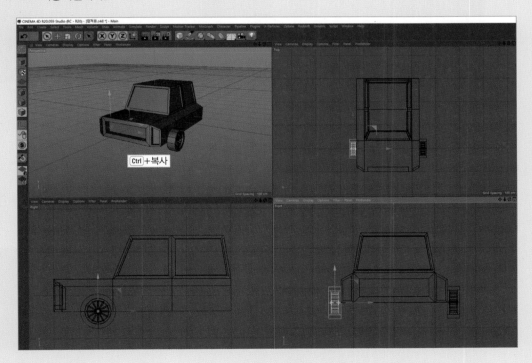

22 두 휠을 오브젝트 매니저에서 선택한 뒤 뒤쪽에도 바퀴를 복제해주기 위해 Z축(파란색) 핸들을 Ctrl 키를 누른 채 뒤쪽으로 드래그하여 이동시킵니다. 자동차 바퀴가 마무리되었습니다.

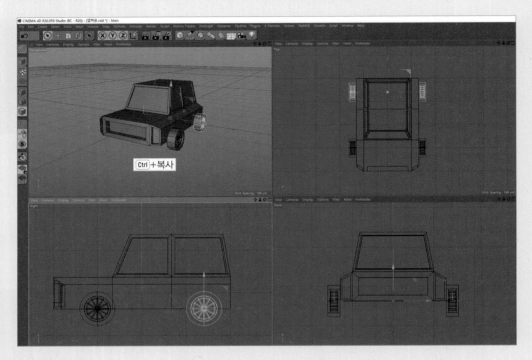

STEP 3 로우폴리 자동차의 휠 커버 만들기

01 자동차의 휠 커버를 만들어주기 위해 상단 커맨드 팔레트 바에서 [Cube]–[Tube]를 클릭해 뷰포트에 생성합니다.

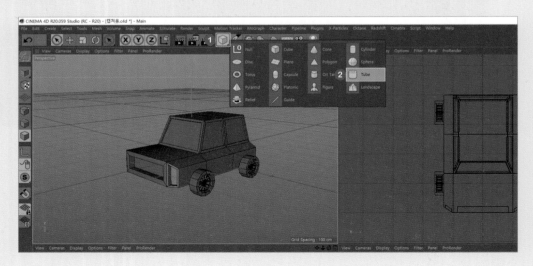

<u>02</u> 생성된 Tube의 [Object] 탭 설정 항목 중 [Inner Radius]를 '45cm', [Outer Radius]를 '50cm'로 설정합니다. 로우폴리의 성격을 위해 [Rotation Segments]를 '12', [Height]는 '20cm', [Orientation]을 '+X'로 변경하여 방향을 바꿔줍니다.

[Object] • Inner/Outer Radius : 45cm/50cm • Rotation Segments : 12 • Height : 20cm
• Orientation : +X

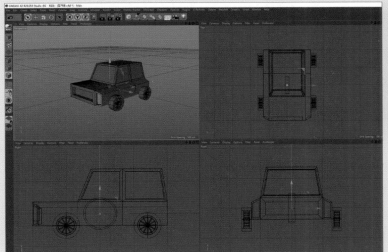

<u>03</u> [Slice] 탭 설정 항목 중 [Slice]를 체크하여 활성화해줍니다. [From]을 '270°', [To]를 '90°'로 설정하여 호 형태로 만들어줍니다. ⑨ 키를 눌러 Live Selection 툴로 자동차의 오른쪽 앞바퀴 쪽에 맞춰 이동시킵니다. 이때 Tube의 축이 바퀴의 중앙에 맞게 배치하고 Front 뷰를 기준으로 Tube가 차체에 붙도록 배치해야 합니다.

[Slice] • Slice : 체크 • From : 270° • To : 90°

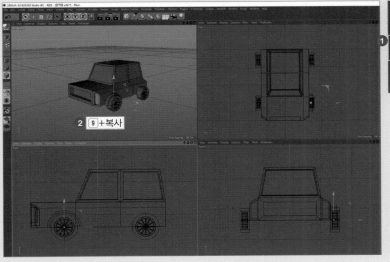

04 뒷바퀴 쪽에도 Z축(파란색) 핸들을 Ctrl 키를 누른 채 드래그하여 복제해줍니다. 여기에 복제된 Tube도 바퀴의 중앙에 맞게 정렬해줍니다.

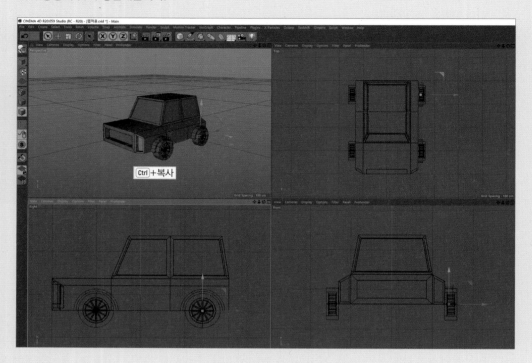

05 오브젝트 매니저에서 앞서 만든 두 개의 Tube를 모두 선택한 후 C 키를 눌러 Make Editable 합니다.

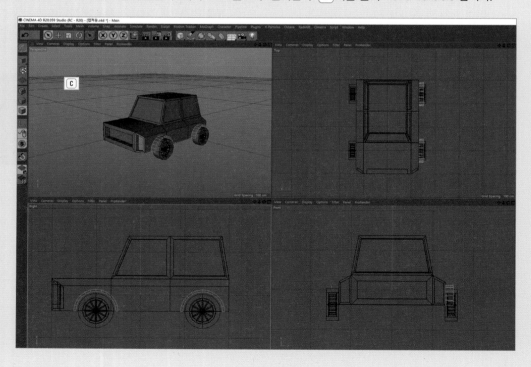

06 두 개의 Tube가 하나의 휠 커버가 될 수 있도록 오브젝트 매니저에서 마우스 우클릭 후 'Connect Objects + Delete'를 선택합니다.

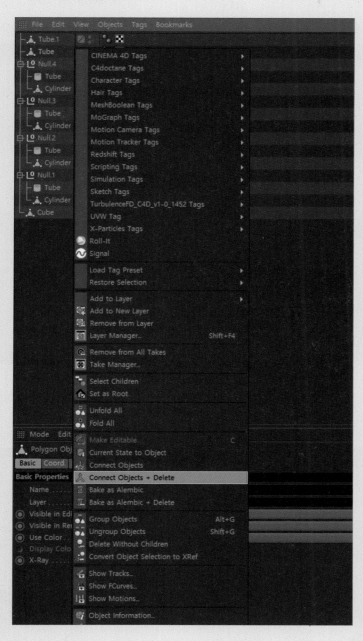

07 F1 키를 눌러 Perspective 뷰로 시점을 조정합니다. 하나의 오브젝트가 된 Tube를 완전히 이어주기 위해 Polygons 툴을 클릭합니다. 두 개의 Tube가 마주보는 면을 9 키를 눌러 Live Selection 툴로 선택합니다.

08 선택한 두 면을 Delete 키 눌러 지우고 Edges 툴을 클릭합니다. B 키를 눌러 Bridge 툴을 활성화한 후 마주보는 엣지를 드래그하여 이어줍니다.

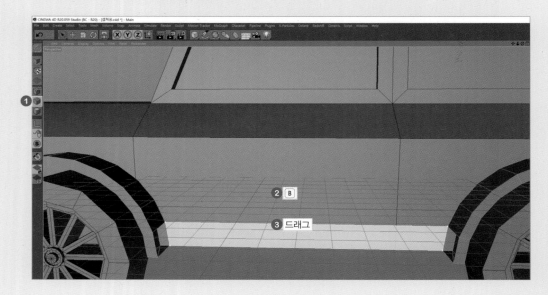

09 마주보는 엣지를 모두 이어주면 다음과 같은 형태가 되며, U ~ O 키를 눌러 Optimize 툴로 최적화를 해
줍니다.

10 좌측 커맨드 팔레트 바에서 ⬛ Model 툴을 클릭하고 F5 키를 눌러 All Views 모드로 변경합니다. 9 키
를 눌러 Live Selection 툴로 Ctrl 키를 누른 채 X축(빨간색) 핸들을 드래그하여 복사합니다.

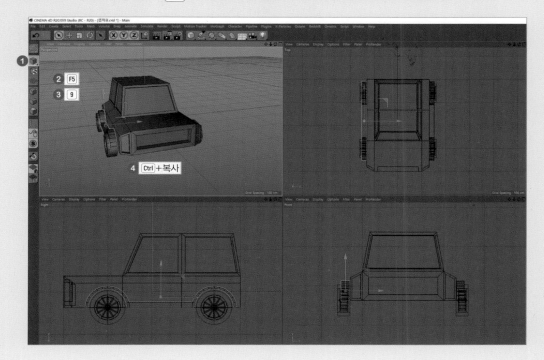

STEP 4 **로우폴리 자동차의 그릴과 헤드램프 만들기**

01 자동차의 그릴을 만들기 위해 상단 커맨드 팔레트 바에서 [Cube]를 클릭하여 뷰포트에 생성합니다.

02 Cube의 [Object] 탭 항목 중 Size X/Y/Z를 각각 '175cm/3cm/20cm'로 설정합니다.

[Object] Size X/Y/Z : 175cm/3cm/20cm

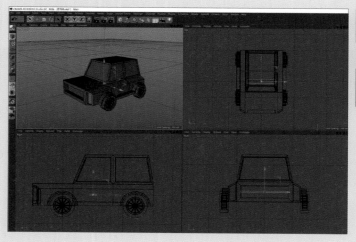

03 C 키를 눌러 Make Editable하고, 좌측 커맨드 팔레트 바에서 ▣ Polygons 툴을 클릭해 전환합니다. 앞
서 조정한 [Cube.1]의 모든 면을 선택합니다. 그림의 형태를 만들어주기 위해 마우스 우클릭 후 'Clone'을
선택합니다.

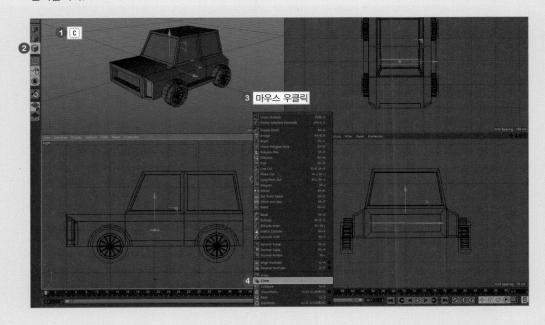

04 [Options] 탭 항목 중 [Clones]를 '9', [Offset]을 '40cm'로 설정하고 Axis를 Y로 설정해 위로 반복되는 형태
로 만듭니다.

[Options] • Clones : 9 • Offset : 40cm • Axis : Y

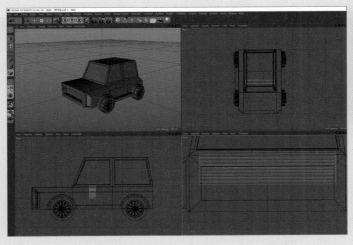

05 완성된 그릴 형태를 이동시키기 위해 좌측 커맨드 팔레트 바에서 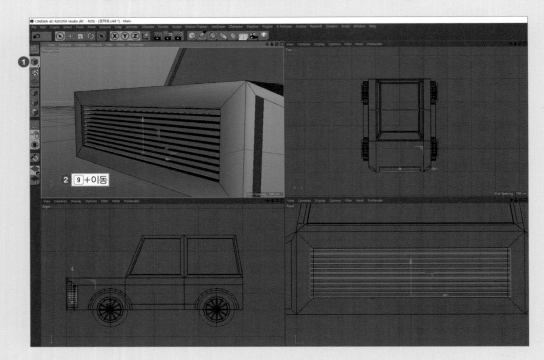 Model 툴을 클릭하고 [9] 키를 눌러 Live Selection 툴로 앞서 차체 정면에 만들어 놓은 그릴 구멍으로 이동시켜줍니다.

06 마지막으로 헤드램프를 만들기 위해 상단 커맨드 팔레트 바에서 [Cube]–[Cylinder]를 클릭하여 뷰포트에 생성합니다.

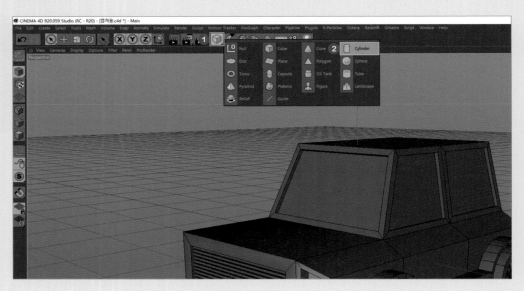

07 생성된 Cylinder의 [Object] 탭의 [Radius]를 '9cm', [Height]를 '20cm'로 설정한 후 로우폴리 성격에 맞게 [Rotation Segments]를 '12', [Orientation]은 '+Z'로 설정합니다. 이렇게 준비된 Cylinder를 9 키를 눌러 Live Selection 툴로 차체 정면으로 다음과 같이 이동시킵니다.

[Object] • Radius : 9cm • Height : 20cm • Rotation Segments : 12 • Orientation : +Z

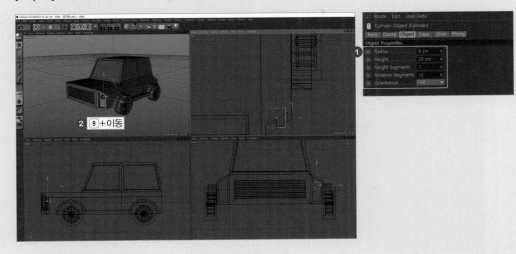

08 이동시킨 Cylinder의 [Caps] 탭에서 [Fillet]을 체크하여 활성화해줍니다. [Segments]를 '2', [Radius]를 '3cm'로 설정하여 둥근 형태의 헤드램프로 만들어줍니다.

[Caps] • Fillet : 체크 • Segments : 2 • Radius : 3cm

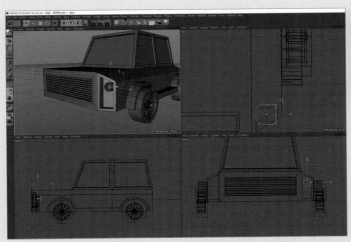

09 헤드램프를 Y축(초록색) 핸들을 Ctrl 키를 누르며 드래그하여 아래로 복제해줍니다.

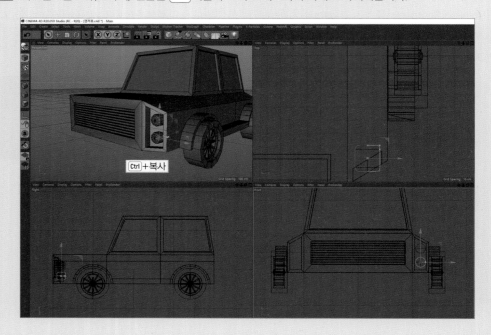

10 복제된 두 개의 램프를 선택하여 반대편으로 복제합니다. X축(빨간색) 핸들을 Ctrl 키를 누른 채 클릭 후 드래그하여 왼쪽으로 이동시킵니다.

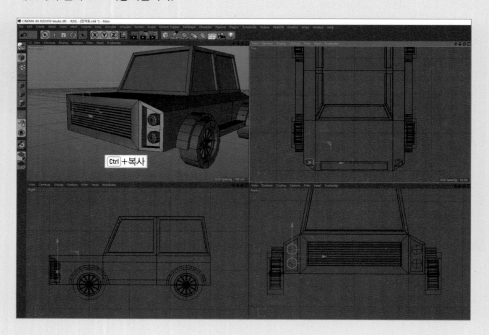

11 이제 로우폴리의 느낌을 최대한 살려주기 위해 오브젝트 매니저에서 형태를 둥글게 처리하는 Phong Tag를 모두 선택하여 [Delete] 키를 누릅니다.

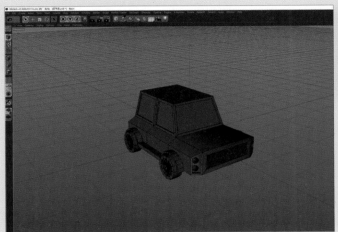 

12 마지막으로 헤드램프에 해당하는 Cylinder들을 모두 선택하여 [Alt] + [G] 키를 눌러 하나의 널로 묶어줍니다. 모든 오브젝트의 이름을 알맞게 수정하면 완성입니다.

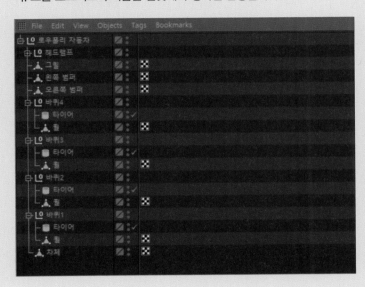

스플라인 모델링은 다양한 모델링 기법 중 '선'을 기반으로 하는 모델링 방식입니다. 'Spline'은 컴퓨터 그래픽에서 곡선을 뜻하지만 시네마 4D에서는 보통 넓은 범주의 선을 일컫습니다. 폴리곤 모델링을 하며 접했던 Edge와 혼동해선 안되며 스플라인은 개별 선 오브젝트로 인식하는 것이 바람직하고 기본적으로 2D 요소입니다. 3D 오브젝트가 되기 위해선 제네레이터(Generator)가 있어야 선이 3차원 형태를 가질 수 있습니다. 이러한 기본 원리를 바탕으로 예제를 만들어보며 스플라인 모델링에 대해 자세히 알아보도록 하겠습니다.

스플라인 모델링
(Spline Modeling)

01 스플라인 모델링의 시작

≫ 스플라인 모델링을 위한 기본 재료가 존재한다는 것은 폴리곤 모델링과 기본적으로 동일합니다. 스플라인 모델링을 본격적으로 들어가기에 앞서 기본 재료에 대해 자세히 알아보겠습니다. Primitive Object처럼 Spline Primitives들도 저마다 각기 다른 세부 옵션들을 가지고 있으며, 세부 옵션을 어떻게 다루느냐에 따라 자유롭게 선을 활용한 모델링을 진행할 수 있습니다. 세부 옵션들을 자세히 알아보고 그를 바탕으로 다양한 형태의 선을 만들어보는 예제를 함께 진행해보겠습니다.

01 스플라인 기본 재료

폴리곤 모델링의 기본 재료는 Primitive Object, 스플라인 모델링의 기본 재료는 Spline Primitives입니다. Primitive Object는 3차원으로 이루어진 기본 도형들이었고, Spline Primitives는 선으로만 이루어진 기본 도형들입니다.

Primitive Object들과 마찬가지로 어트리뷰트 매니저의 [Object] 탭에서 각 Spline이 가진 특성과 세부 옵션을 조절할 수 있습니다. 그리고 모든 오브젝트가 공통으로 가진 [Coordinate] 탭도 동일하며, Position, Rotation, Scale 모두 같이 조절하며 작업할 수 있습니다.

다만, Spline Primitives는 렌더링했을 때 그 자체로는 보이지 않습니다. 가상 선과 같은 개념이기 때문에 제네레이터(Generator)와 같은 효과가 입혀져 입체화된 상태에서만 렌더링했을 때 가시적으로 확인할 수 있습니다.

Spline Primitives는 메뉴 바에서 [Create]-[Spline]이나 상단 커맨드 팔레트 바의 [Spline] 확장 메뉴에서 생성할 수 있습니다.

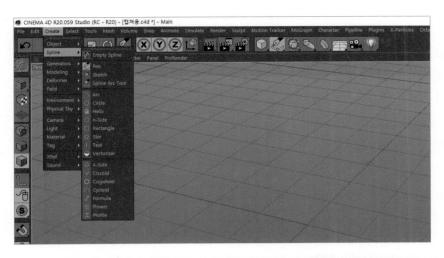

🖊 Pen

Spline Primitives 중 제일 기본적인 스플라인 생성 방법입니다. 이름에서 알 수 있듯이 다른 디자인 툴에서 보이던 펜 툴과 동일한 기능을 합니다.

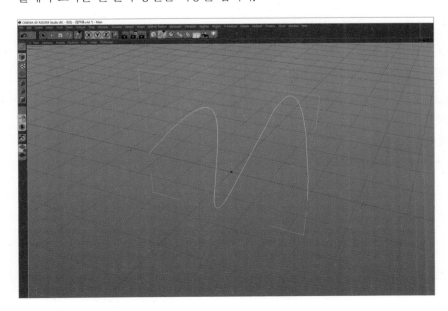

Options 설정

① **Type** : 총 5가지 펜 툴 방식 중 하나를 선택하여 그 방식의 원리대로 스플라인을 그릴 수 있습니다.

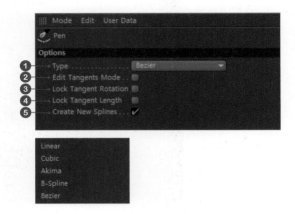

1 **Linear** : 경로를 클릭해가며 직선 적이고 각진 스플라인을 그릴 수 있 습니다.

2 **Cubic** : 시작점, 중간점, 끝점을 클 릭하여 곡선을 만드는 방식입니다. 시작점과 끝점의 중간에 위치하는 중간점의 위치에 따라 곡선의 형태 가 결정됩니다. 상당히 둥글고 완만 한 형태의 곡선을 만들 수 있습니다.

3 **Akima** : Cubic과 같은 원리이지만 상대적으로 날카롭고 각진 곡선을 만들 수 있습니다.

4 **B-Spline** : 첫 번째 클릭과 두 번째 클릭이 직선으로 처리된 후 세 번째 점의 상대적인 위치에 따라 곡선이 만들어지는 방식입니다.

5 **Bezier** : 다른 디자인 툴에서 제일 많이 접할 수 있던 곡선 제작 방식입니다. 클릭하여 드래그하 는 방향과 길이에 따라 곡선의 형태가 결정됩니다.

② **Edit Tangents Mode** : 해당 옵션을 체크하면 Bezier 모드에서 스플라인을 수정할 때 탄젠트 방식으 로 수정할 수 있도록 도와줍니다.

③ **Lock Tangent Rotation** : 탄젠트 방식으로 수정하는 경우에 탄젠트 회전을 제한하는 옵션입니다. 이 옵션을 체크하면 탄젠트 길이만 수정 가능합니다.

④ **Lock Tangent Length** : 탄젠트 방식으로 수정하는 경우에 탄젠트 길이 수정을 제한합니다. 이 옵션 을 체크하면 탄젠트 회전만 수정이 가능합니다.

⑤ **Create New Splines** : 이 옵션을 체크하면 닫힌 스플라인을 그릴 때마다 새로운 스플라인이 생성됩 니다. 기본으로 체크가 해제되어 있는 상태에서 스플라인을 닫힌 상태로 그리고 다시 스플라인을 그려 도 하나의 오브젝트로 인식됩니다.

⊘ Sketch

스케치하듯이 뷰포트에 그리면 그 경로를 따라 스플라인을 생성해 주는 툴입니다.

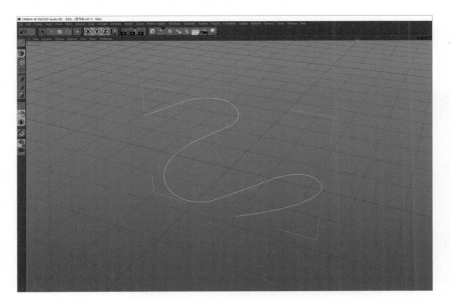

Options 설정

① **Radius** : 스케치 툴의 반경을 설정합니다. 넓은 반경을 가진 경우 스플라인을 넓은 범위로 편집할 수 있습니다.

② **Stroke Smoothing** : 스케치 툴로 그리는 경로를 얼마나 부드럽게 처리할지 결정합니다. 수치가 낮을수록 거칠고 직선적인 선으로 처리됩니다. 반대로 수치가 높을수

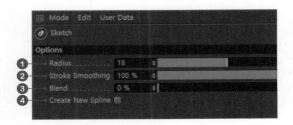

록 부드럽게 처리되어, 아무리 예리한 각의 선을 그려도 부드러운 곡선으로 처리해줍니다.

③ **Blend** : 이 옵션은 Radius가 '0'보다 큰 값을 가질 때만 유효합니다. 값이 클수록 현재 선의 위치가 커서로 드래그하여 지정하는 선의 위치에 합성됩니다.

④ **Create New Splines** : Pen 툴의 Create New Splines와 같은 원리의 기능입니다.

🦪 Spline Smooth

스플라인 스무스(Spline Smooth)는 스플라인의 형태를 다듬을 때 사용하는 툴입니다. 스플라인의 형태를 더 부드럽게 처리하고 싶을 때 사용하지만, 설정의 조합에 따라 다양한 형태로 변형시킬 수 있습니다. 스플라인 스무스 기능이 활성화된 상태에서 다듬고자 하는 스플라인에 드래그하면 적용됩니다.

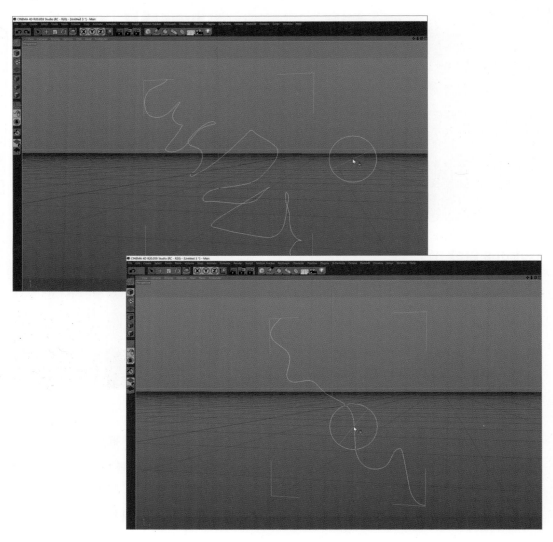

Options 설정

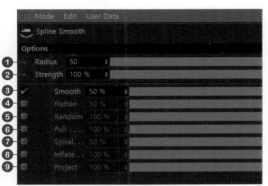

① **Radius** : Spline Smooth 툴을 활성화했
을 때 커서의 영역을 설정합니다.

② **Strength** : Spline Smooth 툴을 사용할
때 효과가 적용되는 강도를 설정합니다.

③ **Smooth** : 스플라인의 형태를 부드럽게
다듬는 효과입니다. 다른 효과와 조합하
여 사용할 경우 마지막으로 적용되기 때
문에 조합된 효과를 부드럽게 처리합니다.

④ **Flatten** : 스플라인의 형태를 직선으로 처
리합니다. 일반적으로 Smooth와 조합하여 사용합니다.

⑤ **Random** : 스플라인의 형태를 무작위적으로 처리합니다. 일반적으로 스플라인의 형태가 너무 균일하
게 처리되는 것을 방지하기 위해 조합하여 사용합니다.

⑥ **Pull** : 드래그하는 방향으로 스플라인을 잡아당기는 효과입니다.

⑦ **Spiral** : Spiral의 강도 값이 '+' 값으로 설정된 경우 스플라인이 커서의 시계 방향으로 나선형의 형태
로 처리됩니다. 이때 [Ctrl] 키를 누르며 적용하면 나선 방향을 반전시킵니다.

⑧ **Inflate** : 스플라인의 형태를 커서의 방향으로 둥글게 부풀게 만듭니다. [Ctrl] 키를 누르며 적용하면 커서
의 중앙에서부터 스플라인을 변형시킵니다.

⑨ **Project** : 바라보는 시점에서 스플라인 앞이나 뒤에 위치한 형태를 스플라인에 투영시킵니다. 이때
[Ctrl] 키를 누른 상태로 적용하면 현재 보는 시점을 향해 스플라인을 잡아당기게 됩니다. 이때 주의할
점은 스플라인의 세그먼트가 부족할 경우 스플라인에 투영시키는 형태가 부드럽지 않을 수 있습니다.

Spline Arc Tool

다양한 형태의 호를 만들고 스플라인을 부드럽게 만드는데 사용되는 툴입니다.

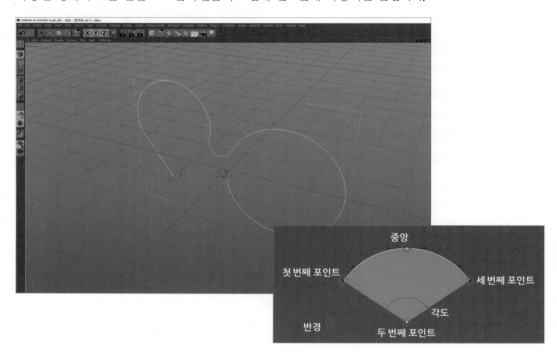

Options 설정

1 **Middle Point** : 호를 만드는데 필요한 두 번째 지점에 대한 수치입니다. 세 칸은 각각 X, Y, Z에 해당하는 수치입니다. (0,0,0) 좌푯값을 기준으로 그 크기를 설정합니다.

2 **End Point** : 호를 만드는데 필요한 세 번째 지점에 대한 수치입니다. 세 칸은 각각 X, Y, Z에 해당하는 수치입니다.

3 **First Point** : 호를 만드는데 필요한 첫 번째 지점에 대한 수치입니다. 세 칸은 각각 X, Y, Z에 해당하는 수치입니다.

4 **Center** : 호의 중앙이 될 지점을 설정합니다. 세 칸은 각각 X, Y, Z에 해당하는 수치입니다.

5 **Radius** : 호의 반지름을 설정합니다.

6 **Angle** : 호의 각도를 설정합니다.

🭬 Arc(호) Object

호 형태의 스플라인입니다. 타입을 설정하기에 따라 다양한 형태의 호를 제작할 수 있습니다.

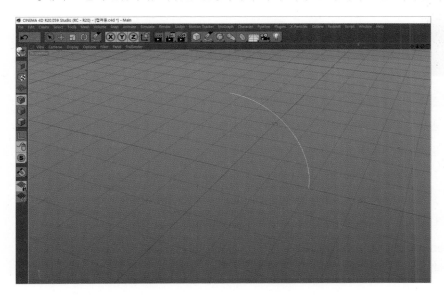

Object 설정

❶ Type : 이 옵션을 통해 호의 안쪽 형상을
설정할 수 있습니다.

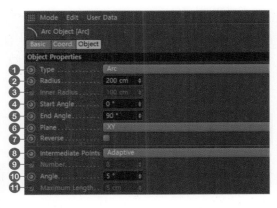

　① Arc : 기본적인 호의 형태입니다.

　② Sector : 닫힌 형태의 호입니다.

　③ Segment : 부채꼴의 호 형태입니다.

　④ Ring : 마치 반지 형태를 잘라 놓은 듯한 형태의 닫힌 호입니다.

❷ Radius : 호의 반지름을 설정합니다.

❸ Inner Radius : 이 옵션은 타입을 Ring으로 설정했을 때만 설정 가능합니다. Ring 형태의 내부 반지름을 설정합니다.

❹ Start Angle : 호가 시작하는 각도를 설정합니다.

❺ End Angle : 호가 끝나는 각도를 설정합니다.

❻ Plane : 호가 위치하는 좌표축을 설정합니다. XY, YZ, ZX가 있으며, Primitive Object에서 보던 Orientation과 비슷한 개념입니다. 오브젝트가 어디를 바라보며 위치할지 설정할 수 있습니다.

7 **Reverse** : 이 옵션을 체크하면 스플라인이 가지고 있는 점의 순서를 바꿀 수 있습니다.

8 **Intermediate Points** : 스플라인 중간에 들어가는 포인트들로 세분되는 방식을 설정할 수 있습니다.

1 **None** : 스플라인이 가진 포인트를 제외한 다른 세그먼트 없이 처리하는 방식입니다.

2 **Natural** : 스플라인 상 곡률이 더 큰 지점에서 포인트들이 더욱 가깝게 위치하게 됩니다.

3 **Uniform** : 스플라인의 곡률과는 별개로 스플라인 전반에 걸쳐 균일하게 포인트들이 위치하게 됩니다.

4 **Adaptive** : 항상 기본값으로 설정된 방식입니다. 형태에 최적화되어 곡률에 맞게 포인트들이 위치하게 되며 렌더링 시 효율적인 방식 중 하나입니다.

5 **Subdivided** : Adaptive와 유사하지만 설정에 따라 포인트를 더 많이 배치하여 섬세한 표현이 가능한 방식입니다. 포인트 수가 너무 많아지면 작업의 효율이 떨어질 위험이 있습니다.

9 **Numbers** : Natural과 Uniform 방식에서만 설정할 수 있는 옵션입니다. 포인트의 개수를 설정합니다.

10 **Angle** : Adaptive와 Subdivided 방식에서만 설정할 수 있는 옵션입니다. 각 포인트가 가지는 각도를 설정합니다.

11 **Maximum Length** : Subdivided 방식에서만 설정할 수 있는 옵션입니다. 스플라인 상에서 포인트 추가 없이 세그먼트 자체의 최대 길이를 설정합니다.

알아두기 　Segments란?

'Segment'는 분할의 중요성에 관해 이야기하면서 Subdivision, Steps와 함께 분할을 표현하는 단어 중 하나로 소개한 적이 있습니다. 폴리곤 모델링에서와 마찬가지로 스플라인도 분할에 따라 형태가 결정됩니다. 다만, 다른 점은 스플라인 상에서 분할을 담당하는 포인트들이 각각 핸들을 가지고 있습니다. 단순히 포인트의 배치나 간격 이외에도 이 핸들에 의해 곡률이 결정될 수 있습니다.

◎ Circle Object

원에 해당하는 형태를 만들 수 있는 스플라인입니다. 설정에 따라 정원뿐만 아니라 타원형으로도 변형할 수 있습니다.

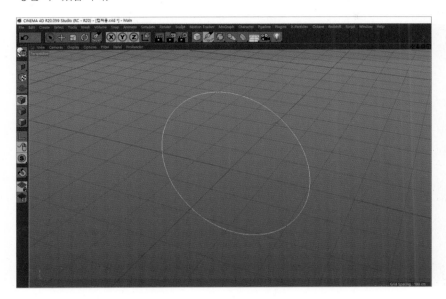

Object 설정

❶ Ellipse : 타원 형태로 변형할 수 있습니다.

❷ Ring : 링 형태로 변형할 수 있습니다.

❸ Radius : 원의 반지름을 설정합니다.

❹ Radius Y : Ellipse를 체크하면 활성화되는 옵션입니다. 타원형으로 변형이 가능해지는 순간 위의 Radius는 자동으로 Radius X에 해당됩니다. 따라서 위의 Radius와 Radius Y를 통해 가로 세로의 반지름을 설정할 수 있습니다.

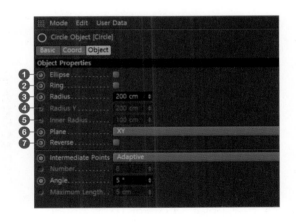

❺ Inner Radius : Ring을 체크하면 활성화되는 옵션입니다. 링 형태의 내측 반지름을 설정할 수 있습니다.

❻ Plane : 원이 위치할 좌표축을 설정합니다.

❼ Reverse : 원이 가진 스플라인 상의 포인트 순서를 뒤집습니다.

🎱 Helix(나선형) Object

나선형 형태의 스플라인입니다. 나사, 전선, 빨대 등의 폴리곤 모델링으로 만들기 까다로운 형태를 만들 때 아주 유용한 스플라인입니다.

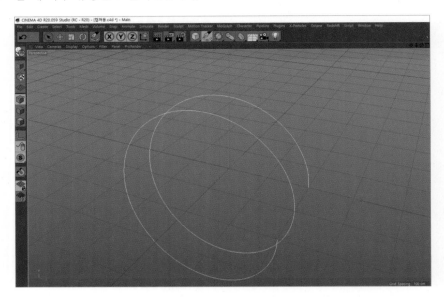

Object 설정

① Start Radius : 나선형의 시작 부분이 가지는 반지름을 설정합니다.

② Start Angle : 나선형의 시작 부분이 가지는 회전 각도를 설정합니다.

③ End Radius : 나선형의 끝부분이 가지는 반지름을 설정합니다.

④ End Angle : 나선형의 끝부분이 가지는 회전 각도를 설정합니다.

⑤ Radial Bias : 나선형의 시작과 끝이 다른 반지름을 가질 때 반지름의 크기가 줄어들거나 늘어나는 형태이며, 어느 쪽으로 치우칠지 설정합니다. '0'에 가까울수록 끝

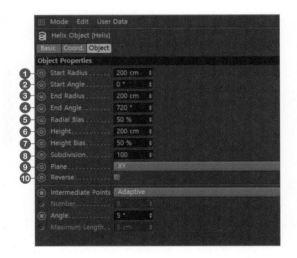

부분에서 반지름의 크기 변화가 급격히 일어나고, '100'에 가까울수록 시작 부분에서 반지름 크기 변화가 급격히 일어납니다.

⑥ Height : 나선형의 형태가 가지는 높이 값을 설정합니다.

⑦ **Height Bias** : 나선형의 높이에 따른 간격이 어느 쪽으로 치우칠지 설정합니다. '0'에 가까울수록 끝부분 쪽으로 간격이 좁아지고, '100'에 가까울수록 시작 부분 쪽으로 간격이 좁아지게 됩니다.

⑧ **Subdivision** : 나선형이 얼마나 부드럽게 처리될지 분할 값을 설정할 수 있습니다.

⑨ **Plane** : 나선형 형태가 위치할 좌표축을 설정합니다. 앞서 알아본 기능과 동일합니다.

⑩ **Reverse** : 나선형이 가진 스플라인 상의 포인트 순서를 뒤집습니다.

n-Side(다변체) Object

2개 이상의 변으로 이루어진 형태를 만들 수 있는 스플라인입니다. 설정할 수 있는 변의 개수 제한이 없어 원에 가까운 형태까지 만들 수 있습니다.

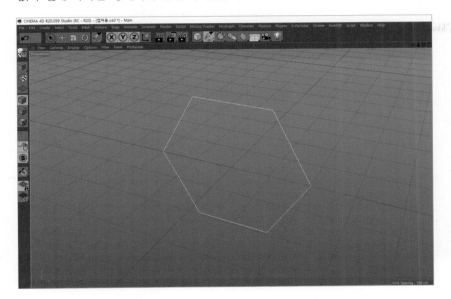

Object 설정

① **Radius** : 다변체의 반지름을 설정합니다.

② **Sides** : 다변체가 가질 변의 개수를 설정합니다. 기본값은 '6'이지만 최소 2개까지 설정할 수 있습니다

③ **Rounding** : 이 옵션을 체크하면 Primitive Object들이 가지고 있던 Fillet과 비슷하게 다변체가 가지고 있는 각을 둥글게 처리합니다.

④ **Radius** : Rounding을 체크하면 활성화되는 옵션으로 각이 어느 정도 크기로 라운딩 처리될지 설정할 수 있습니다.

⑤ **Plane** : 다변체 형태가 위치할 좌표축을 설정합니다.

⑥ **Reverse** : 다변체가 가진 스플라인 상의 포인트 순서를 뒤집습니다.

▢ Rectangle Object

기본적인 사각형 형태를 가지고 있는 스플라인입니다. 정사각형 형태뿐만 아니라 직사각형 형태도 설정할 수 있습니다.

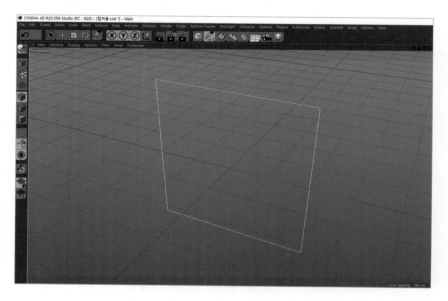

Object 설정

❶ **Width** : 가로, 너비(폭) 값을 설정합니다.

❷ **Height** : 세로, 높이 값을 설정합니다.

❸ **Rounding** : 이 옵션을 체크하면 Primitive Object들이 가지고 있던 Fillet과 비슷하게 사각형이 가지고 있는 각을 둥글게 처리합니다.

❹ **Radius** : Rounding을 체크하면 활성화되는 옵션으로, 각이 어느 정도 크기로 라운딩 처리될지 설정할 수 있습니다.

⑤ Plane : 사각형 형태가 위치할 좌표축을 설정합니다. 앞서 알아본 기능과 같습니다.

⑥ Reverse : 사각형이 가진 스플라인 상의 포인트 순서를 뒤집습니다.

☆ Star Object

다양한 형태의 별 모양을 설정할 수 있는 스플라인입니다.

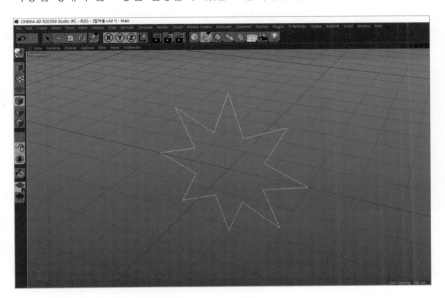

Object 설정

① Inner Radius : 별이 가지는 내측 지름을 설정합니다.

② Outer Radius : 별이 가지는 외측 지름을 설정합니다.

③ Twist : 별의 형태를 설정하는 회전각에 따라 비틀어줍니다.

④ Points : 별이 가지는 꼭짓점 개수를 설정합니다. 최소 3개까지 설정할 수 있으며, 3개로 설정하는 경우 삼각형의 형태로 처리됩니다.

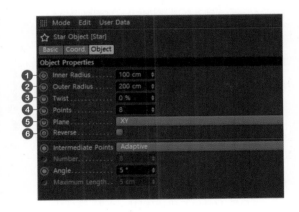

⑤ Plane : 별 모양 형태가 위치할 좌표축을 설정합니다. 앞서 알아본 기능과 동일합니다.

⑥ Reverse : 별 모양이 가진 스플라인 상의 포인트 순서를 뒤집습니다.

T Text Object

글자를 입력하고 가공할 수 있는 스플라인입니다. 일반적으로 3D 타이틀을 제작할 때 많이 활용됩니다.

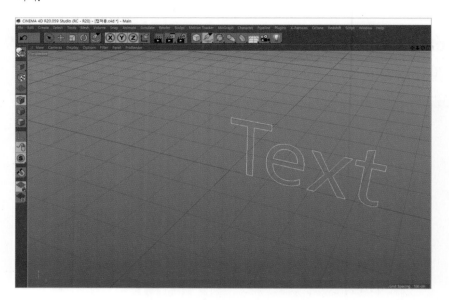

Object 설정

① **Text** : 원하는 텍스트를 입력하는 곳입니다. 아래 Font를 통해 컴퓨터에 저장된 폰트를 선택하여 변경할 수 있습니다.

② **Align** : 텍스트가 정렬되는 위치를 설정합니다.

③ **Height** : 텍스트의 크기를 설정합니다.

④ **Horizontal Spacing** : 텍스트의 자간을 설정합니다.

⑤ **Vertical Spacing** : 텍스트의 행간을 설정합니다.

⑥ **Separate Letters** : 옵션을 체크하면 텍스트를 Make Editable하는 순간 글자가 개별 오브젝트로 분리됩니다.

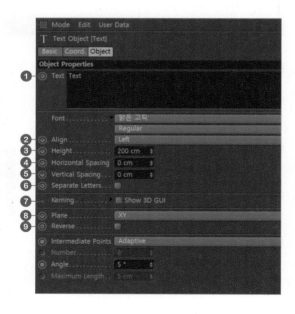

⑦ **Kerning** : 글자의 간격이나 형태를 세부적으로 편집할 수 있는 옵션입니다.

⑧ **Plane** : 텍스트 형태가 위치할 좌표축을 설정합니다. 앞서 알아본 기능과 동일합니다.

⑨ **Reverse** : 텍스트가 가진 스플라인 상의 포인트 순서를 뒤집습니다.

⟳ Vectorizer(벡터 형태)

이미지의 흑백 값을 기반으로 벡터화하는 스플라인 툴입니다. 기본적으로 흰색 영역의 외곽을 스플라인으로 만들어주는 원리입니다.

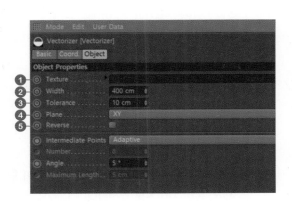

Object 설정

① Texture : 이미지가 저장된 경로를 입력하거나 (...) 버튼을 클릭해 저장된 이미지를 불러올 수 있습니다.

② Width : 이미지의 가로, 너비(폭) 값을 설정합니다. Height에 해당하는 수치가 이미지 비율에 맞춰 자동으로 설정됩니다.

③ Tolerance : Vectorizer가 흑백 값을 인식하는 허용 범위를 설정합니다. 수치가 낮을수록 이미지가 가진 디테일을 더욱 정확하게 표현합니다. 수치를 높이면 디테일을 좀 잃는 대신 부드러운 스플라인을 얻을 수 있습니다.

④ Plane : 벡터 형태가 위치할 좌표축을 설정합니다. 앞서 알아본 기능과 동일합니다.

⑤ Reverse : 벡터가 가진 스플라인 상의 포인트 순서를 뒤집습니다.

◈ 4-Sided(사변형) Object

4개의 변을 가진 다양한 사각형 형태를 설정할 수 있는 스플라인입니다.

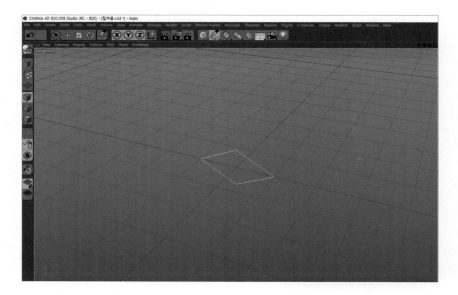

Object 설정

1 **Type** : 사변형의 구체적인 형태를 설정할 수 있습니다. 마름모에 해당하는 Diamond, 연 모양에 해당하는 Kite, 평행 사변형인 Parallelogram, 사다리꼴 형태의 Trapezium이 있습니다.

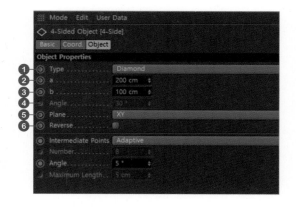

2 **a** : Type에 따라 이 옵션이 상응하는 수치가 달라집니다. Diamond, Parallelogram, Trapezium에서는 가로, 너비(폭) 값을 설정합니다. Kite에서는 연 모양의 하단 부분의 사이즈를 결정합니다.

3 **b** : Type에 따라 이 옵션이 상응하는 수치가 달라집니다. Diamond, Parallelogram, Trapezium에서는 세로, 높이 사이즈를 결정합니다. Kite에서는 연 모양의 상단 부분 사이즈를 결정합니다.

4 **Angle** : Parallelogram, Trapezium을 선택했을 때 활성화되는 옵션입니다. 각각 평행 사변형과 사다리꼴의 기울기를 결정합니다.

5 **Plane** : 사변형 형태가 위치할 좌표축을 설정합니다.

6 **Reverse** : 사변형이 가진 스플라인 상의 포인트 순서를 뒤집습니다.

⅁ Cissoid(시소이드) Object

수학 방정식을 기반으로 만들어진 형태의 스플라인입니다.

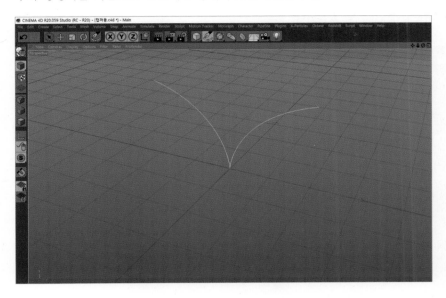

Object 설정

① **Type** : 수학 방정식을 기반으로 만들어진 세 가지 타입의 형태 중에서 선택할 수 있습니다.

② **Width** : 시소이드 형태의 크기를 설정합니다.

③ **Tension** : Cissoid와 Strophoid 타입일 경우에만 활성화되는 옵션입니다. 곡선의 곡률을 결정합니다.

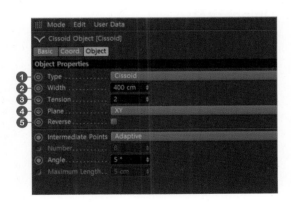

④ **Plane** : 시소이드 형태가 위치할 좌표축을 설정합니다. 앞서 알아본 기능과 동일합니다.

⑤ **Reverse** : 시소이드가 가진 스플라인 상의 포인트 순서를 뒤집습니다.

◎ Cogwheel(톱니바퀴) Object

톱니바퀴 형태를 쉽게 만들 수 있는 스플라인입니다. 폴리곤 모델링에서 만들기 번거로운 톱니바퀴를
스플라인 모델링을 통해 쉽게 만들 수 있습니다.

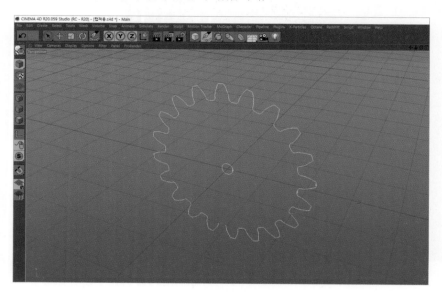

Object 설정

① Legacy Mode : 시네마 4D R16 버전
이전의 Cogwheel Object의 옵션을 불러
와 사용할 수 있습니다.

② Show Guides : 톱니바퀴의 기준선을 활
성화합니다.

③ Guide Color : Show Guides를 체크하
면 활성화되는 옵션입니다. 기준선의 색상
을 설정할 수 있습니다.

④ Plane : 톱니바퀴 형태가 위치할 좌표축
을 설정합니다. 앞서 알아본 기능과 동일
합니다.

⑤ Reverse : 톱니바퀴가 가진 스플라인 상의 포인트 순서를 뒤집습니다.

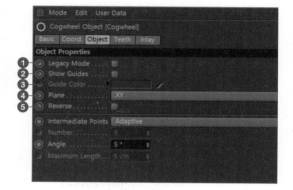

○ Cycloid(사이클로이드) Object

시소이드 형태와 마찬가지로 수학 방정식을 기반으로 만들어진 형태의 스플라인입니다.

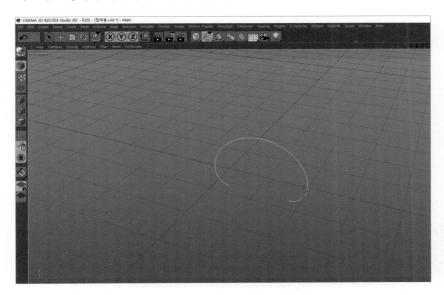

Object 설정

1 Type : 수학 방정식을 기반으로 만들어진 세 가지 타입의 형태 중에서 선택할 수 있습니다.

2 Radius : 사이클로이드 형태의 반지름을 설정하여 형태를 변형시킵니다.

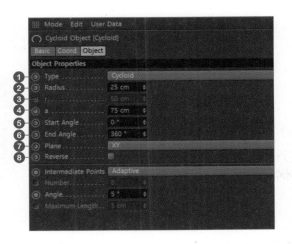

3 r : Epicycloid, Hypocycloid 타입일 때 활성화되는 옵션입니다. 곡률에 따른 형태를 변형시킵니다.

4 a : 사이클로이드 형태의 실질적인 형태를 결정합니다.

5 Start Angle : 사이클로이드 형태의 시작 각도를 설정합니다.

6 End Angle : 사이클로이드 형태의 끝 각도를 설정합니다.

7 Plane : 사이클로이드 형태가 위치할 좌표축을 설정합니다. 앞서 알아본 기능과 동일합니다.

8 Reverse : 사이클로이드가 가진 스플라인 상의 포인트 순서를 뒤집습니다.

✅ Formula(수식) Object

실질적인 수학 공식을 입력하여 형태를 만들어내는 스플라인입니다.

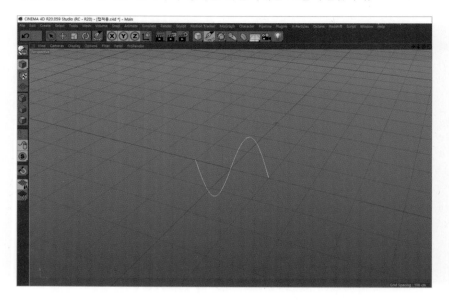

Object 설정

1 X(t) : X축에 해당하는 매개변수 t의 함수를 입력합니다.

2 Y(t) : Y축에 해당하는 매개변수 t의 함수를 입력합니다.

3 Z(t) : Z축에 해당하는 매개변수 t의 함수를 입력합니다.

4 Tmin : 매개변수 t의 함수 최솟값을 입력합니다.

5 Tmax : 매개변수 t의 함수 최댓값을 입력합니다.

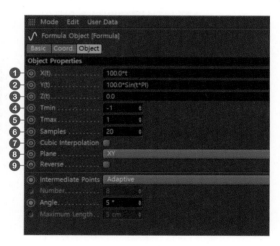

6 Samples : 매개변수 t의 최솟값과 최댓값 사이에 얼마나 많은 포인트를 만들어줄지 정의합니다.

7 Cubic Interpolation : 사용되는 포인트의 수를 줄이려면 이 옵션을 사용합니다. 두 포인트 사이에 보간법에 따라 계산된 최적의 중간값을 추가해줌으로써 보다 부드러운 곡선을 만들어줍니다.

8 Plane : 수식 형태가 위치할 좌표축을 설정합니다.

9 Reverse : 수식이 가진 스플라인 상의 포인트 순서를 뒤집습니다.

✿ Flower Object

다양한 꽃의 형태를 제작할 수 있는 스플라인입니다.

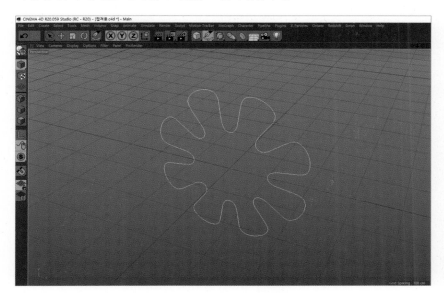

Object 설정

① Inner Radius : 꽃의 내측 반지름을 설정
합니다.

② Outer Radius : 꽃의 외측 반지름을 설
정합니다.

③ Petals : 꽃의 꽃잎 개수를 설정합니다.

④ Plane : 꽃 형태가 위치할 좌표축을 설정
합니다. 앞서 알아본 기능과 동일합니다.

⑤ Reverse : 꽃이 가진 스플라인 상의 포
인트 순서를 뒤집습니다.

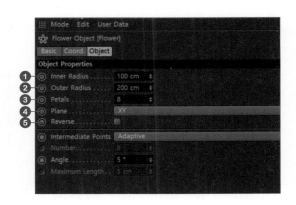

⼯ Profile(형강)

H형, L형, T형 등 다양한 모양의 형강을 만들 수 있는 스플라인입니다.

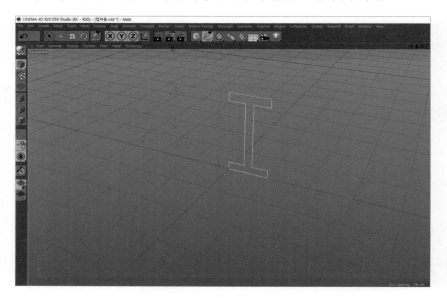

Object 설정

① **Type** : H, L, T, U, Z형 형강 중 선택할 수 있는 옵션입니다.

② **Height** : 형강 형태의 크기를 설정합니다.

③ **b** : 형강 가로 길이의 크기를 설정합니다.

④ **s** : 형강 중심의 굵기를 설정합니다.

⑤ **t** : 형강 상·하단의 굵기를 설정합니다.

⑥ **Plane** : 형강 형태가 위치할 좌표축을 설정합니다. 앞서 알아본 기능과 동일합니다.

⑦ **Reverse** : 형강이 가진 스플라인 상의 포인트 순서를 뒤집습니다.

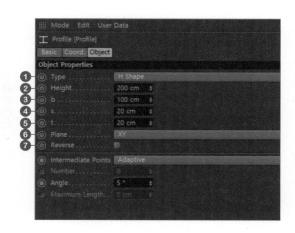

🔲 Spline Boole(스플라인 부울)

일러스트레이터의 패스파인더(Pathfinder) 기능과 같은 툴입니다. 다수의 스플라인 오브젝트를 선택한 경우에만 활성화되어 사용할 수 있습니다. 해당 기능은 제네레이터와 비슷한 추가 모델링 편집 도구인 Modeling Objects 중에서 Spline Mask라는 기능을 통해서도 같은 효과를 적용할 수 있습니다.

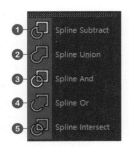

① **Spline Subtract** : 스플라인 차집합입니다. 선택된 스플라인 중 마지막으로 선택된 스플라인과 겹쳐지는 면들을 없애줍니다.

② **Spline Union** : 스플라인 합집합입니다. 선택한 모든 스플라인을 통합합니다.

③ **Spline And** : 스플라인 교집합입니다. 선택한 다수의 스플라인이 교차하는 영역으로 생성됩니다.

④ **Spline Or** : 스플라인 교집합의 반대 개념입니다. 선택한 다수의 스플라인이 겹쳐지는 영역이 삭제됩니다.

⑤ **Spline Intersect** : Spline And와 Spline Or이 합쳐진 개념입니다.

02 본격적인 스플라인 모델링을 위한 **다양한 기능**

》》 앞서 Spline Primitives에서 기본 재료들이 가진 특성과 옵션들을 알아보았습니다. 본격적인 스플라인 모델링에 들어가기 위해서는 이러한 재료를 편집하고 가공할 수 있는 기능들을 알아두어야 합니다.

01 스플라인 모델링에 활용할 수 있는 Mesh 메뉴의 도구

폴리곤 모델링과 마찬가지로 스플라인도 Editable이 가능합니다. Primitive Object 단계의 스플라인은 기본으로 제공되는 옵션을 기반으로 수정할 수 있지만, 이를 Editable을 통해 편집 가능한 오브젝트로 전환하면 폴리곤 모델링과 같이 좀 더 세부적이고 자유로운 수정이 가능합니다.

물론 펜 툴을 통해 애초에 다양한 형태를 직접 그려서 원하는 스플라인을 만들 수 있습니다. 그러나 톱니바퀴 형태나 글자와 같이 이미 있는 기능을 활용해 만든 형태를 수정하게 될 때 다음과 같은 Mesh 메뉴가 큰 도움이 됩니다.

폴리곤 모델링에서의 Mesh 메뉴와 다른 점은 스플라인에 대한 편집을 Points 모드 상태에서만 작업한다는 점입니다. Edges나 Polygons 모드에서는 스플라인 편집에 필요한 Mesh 메뉴가 아예 활성화되지 않는다는 점을 주의해야 합니다.

① ⌃ Hard Interpolation : 선택된 모든 포인트를 Hard Interpolation으로 전환해 직선적으로 처리합니다. 스플라인 오브젝트만 선택되고 특정 포인트는 전혀 선택되지 않았을 때 이 효과는 해당 오브젝트의 모든 포인트에 적용됩니다.

② ⋈ Soft Interpolation : 선택된 모든 포인트를 Soft Interpolation으로 전환해 곡선적으로 처리합니다. 스플라인 오브젝트만 선택되고 특정 포인트는 전혀 선택되지 않았을 때 이 효과는 해당 오브젝트의 모든 포인트에 적용됩니다.

③ ⋈ Equal Tangent Length : 선택된 모든 포인트의 핸들 길이를 같은 크기로 일정하게 맞춰줍니다. 스플라인 오브젝트만 선택되고 특정 포인트는 전혀 선택되지 않았을 때 이 효과는 해당 오브젝트의 모든 포인트에 적용됩니다.

④ ⋊ Equal Tangent Direction : 선택된 모든 포인트의 핸들 방향을 일정하게 맞춰줍니다. 스플라인 오브젝트만 선택되고 특정 포인트는 전혀 선택되지 않았을 때 이 효과는 해당 오브젝트의 모든 포인트에 적용됩니다.

⑤ ⌣ Join Segment : 서로 연결되지 않은 두 개 이상의 스플라인 세그먼트 포인트를 선택하여 연결하는데 사용할 수 있습니다.

↺ Undo (Action)		Shift+Z
⟳ Frame Selected Elements		Alt+S, S
① ⌃ Hard Interpolation		
② ⌣ Soft Interpolation		
③ ⋈ Equal Tangent Length		
④ ⋊ Equal Tangent Direction		
⑤ ⌣ Join Segment		
⑥ ⌣ Break Segment		
⑦ ⊗ Explode Segments		
⑧ Set First Point		
⑨ 123 Reverse Sequence		
⑩ 312 Move Down Sequence		
⑪ 231 Move Up Sequence		
⑫ Create Point		M~A
⑬ Ω Magnet		M~I
⑭ ▶ Mirror		M~H
⑮ Chamfer		
⑯ ◎ Create Outline		
⑰ Cross-Section		
⑱ Disconnect...		U~D, U~Shift+D
⑲ Edge to Spline		
⑳ Line Cut		K~K, M~K
㉑ Line Up		
㉒ Project		
㉓ Round		
㉔ Split		U~P
㉕ Subdivide...		U~S, U~Shift+S
㉖ Weld		M~Q

⑥ ⌣ Break Segment : 스플라인 상에서 분리하고 싶은 포인트를 한 개 이상 선택한 후 세그먼트 분리 커맨드를 적용하면 세그먼트가 분리되고, 이 분리된 세그먼트의 양쪽에 있는 모든 포인트들은 새로운 세그먼트가 됩니다.

⑦ ⊗ Explode Segment : 스플라인 내에 분리되어 있는 세그먼트를 독립된 오브젝트로 만들 수 있습니다. 독립된 오브젝트는 기존 오브젝트 하위 계층으로 생성되게 됩니다.

⑧ Set First Point : 스플라인 오브젝트 내에 존재하는 포인트는 순서가 있습니다. 포인트가 가진 순서에 따라 해당 포인트들이 이어져 선을 이루는 원리로 스플라인이 생성되기 때문입니다. 필요에 따라 스플라인에 존재하는 포인트 중 시작점을 바꿔줘야 할 때 이 기능을 사용합니다.

⑨ Reverse Sequence : 스플라인 상의 포인트 순서를 반전시키고 싶을 때 사용할 수 있습니다.

⑩ Move Down Sequence : 스플라인 상의 포인트 순서를 앞으로 변경시키는 기능입니다.

⑪ 🔳 Move Up Sequence : 스플라인 상의 포인트 순서를 뒤로 변경시키는 기능입니다.

⑫ 🔳 Create Point(M ~ A) : 스플라인 상의 포인트를 생성할 수 있게 도와주는 기능입니다.

⑬ 🔳 Magnet(M ~ I) : 스플라인 오브젝트를 자석과 같이 커서로 잡아 당겨 형태를 변형시키는 기능입니다.

⑭ 🔳 Mirror(M ~ H) : 스플라인 오브젝트의 포인트를 특정 축을 기준으로 대칭으로 복제시킬 수 있습니다.

⑮ 🔳 Chamfer : 폴리곤 모델링에서 알아본 Bevel과 비슷한 툴입니다. 특정 포인트를 선택한 후 뷰포트 창 빈 곳을 클릭하여 좌우로 드래그하면 해당 포인트가 분할됩니다.

⑯ 🔳 Create Outline : 특정 스플라인을 선택하고 이 기능을 이용해 뷰포트 창의 빈 곳을 클릭하여 좌우로 드래그하면 해당 스플라인이 안팎으로 복제되어 아웃라인을 형성합니다.

⑰ 🔳 Cross-Section : 다수의 스플라인 단면을 생성할 수 있는 기능입니다. 두 개 이상의 스플라인 오브젝트를 선택하여 해당 스플라인의 단면을 만들 수 있습니다.

⑱ 🔳 Disconnect : Break Segment 기능과 달리 스플라인의 시작점과 끝점이 마치 선이 잘린 듯 분리됩니다.

⑲ 🔳 Edge to Spline : 폴리곤 오브젝트가 가진 Edges를 선택하여 스플라인 오브젝트로 추출합니다.

⑳ 🔳 Line Cut : 폴리곤 모델링에서 다룬 Line Cut과 같은 기능입니다. 스플라인에 선을 그어 분할시키며 포인트를 생성시킬 수 있습니다.

㉑ 🔳 Line Up : 스플라인 상 두 개 이상의 포인트를 선택하여 이를 직선으로 정렬시키는 기능입니다.

㉒ 🔳 Projection : 스플라인을 오브젝트의 표면에 투영시키는 기능입니다. 해당 기능을 통해 스플라인의 형태를 오브젝트 표면에 맞게 변형시킬 수 있습니다.

㉓ 🔳 Round : 스플라인의 포인트를 늘려 형태를 둥글게 만들어주는 기능입니다.

㉔ 🔳 Split : 폴리곤 모델링에서 알아본 Split과 같은 기능입니다. 해당 기능을 통해 선택된 영역을 새로운 오브젝트로 복제할 수 있습니다.

㉕ 🔳 Subdivide : 스플라인을 일정한 기준으로 분할시켜 포인트를 추가로 생성합니다.

㉖ 🔳 Weld : 스플라인 상에서 선택된 다수의 포인트를 접합시키는 기능입니다. 커서의 위치에 따라 접합시키는 위치를 정할 수 있습니다. 다수의 포인트를 선택한 후 커서로 임의의 위치를 클릭할 경우 다수의 포인트가 가진 위치의 중간 지점에서 접합됩니다.

02 스플라인을 입체화하는 제네레이터(Generator)

스플라인은 그 자체로 입체적인 형태를 가질 수 없기 때문에 렌더링해도 눈으로 확인할 수 없습니다. 스플라인에 실질적인 형태를 입혀주는 효과가 제네레이터입니다. 스플라인 모델링에 활용하는 제네레이터는 크게 네 가지입니다.

💡 알아두기   오브젝트 계층화

시네마 4D에서 오브젝트는 보통 세 가지 색을 띠고 있습니다. 오브젝트 매니저를 확인해보면 초록색, 파란색, 보라색으로 이루어진 오브젝트들을 확인할 수 있습니다. 이 중 초록색과 보라색의 오브젝트들은 계층화가 이뤄져야 제 기능을 하는 오브젝트입니다. 항상 초록색 오브젝트는 파란색 오브젝트보다 상위 계층으로 정리되어야 제 기능을 하며, 보라색 오브젝트의 경우에는 파란색 오브젝트보다 하위 계층으로 정리되어야 제 기능을 하게 됩니다.

계층화하는 방법은 쉽습니다. B 오브젝트를 A 오브젝트보다 하위 계층으로 정리하고 싶다면 B 오브젝트를 선택하여 A 오브젝트에 드래그 앤 드롭하면 됩니다. 좀 더 빠르게 정리하고 싶다면 기준이 될 오브젝트가 선택된 상태에서 Alt 키를 누른 상태로 특정 오브젝트를 클릭하여 불러오면 불러온 오브젝트가 자동으로 선택한 오브젝트의 상위 계층으로 정리됩니다. 만약 반대로 불러오는 오브젝트가 선택한 오브젝트의 하위 계층으로 정리되고자 한다면 Alt + Shift 키를 누른 상태로 특정 오브젝트를 클릭하면 됩니다.

이렇듯 시네마 4D에서는 오브젝트가 가진 아이콘의 색을 잘 확인하고 계층화가 올바른 순서로 이루어질 수 있도록 해야 합니다. 혹시 초록색이거나 보라색을 띠고 있는 오브젝트가 제 기능을 하고 있지 않다면 계층화의 순서가 올바른지 다시 확인해야 합니다.

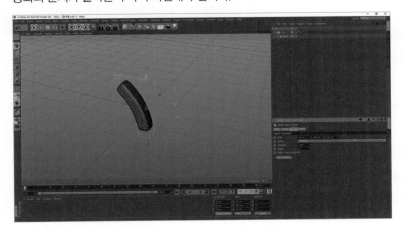

Extrude(돌출) Object

폴리곤 모델링을 배우며 접했던 Mesh 메뉴의 Extrude와 유사한 기능으로 Spline Primitives가 있어야 올바르게 돌출됩니다. 스플라인을 제일 쉽게 입체화시키는 방법 중 하나입니다.

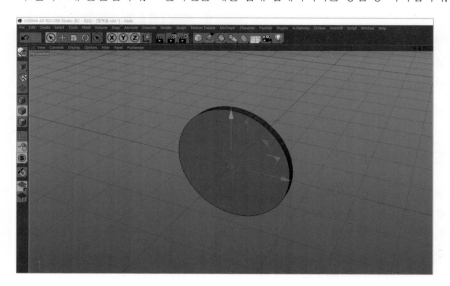

Object 설정

① **Movement** : 스플라인을 입체적으로 돌출시키는 방향과 그 수치를 설정합니다. Spline Primitives가 가지고 있는 Orientation과 별개로 우리가 작업하는 환경의 X, Y, Z축을 따르는 것에 유의해야 합니다. 세 칸이 각각 X, Y, Z축을 나타냅니다.

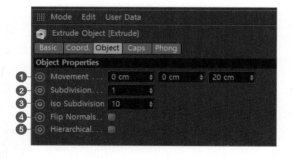

② **Subdivision** : 돌출시키는 면의 분할을 설정합니다. 스플라인의 형태에는 영향을 주지 못합니다.

③ **Iso Subdivision** : Isoparms가 보이도록 설정된 경우 돌출을 나타내는데 사용될 아이소팜의 개수를 설정합니다.

④ **Flip Normals** : 돌출로 입체화된 오브젝트의 노말 방향을 반전시킵니다.

⑤ **Hierarchical** : 널 오브젝트로 그룹화된 여러 개의 스플라인을 한꺼번에 돌출 오브젝트 내에 포함할 수 있습니다. 돌출 오브젝트 내에 포함된 모든 스플라인은 개별적으로 돌출이 적용됩니다.

Caps 설정

1 Start : 돌출이 시작되는 영역의 뚜껑이 되는 면을 어떻게 처리할지 설정할 수 있습니다. 기본으로 설정된 Cap은 스플라인의 형태에 따른 면으로 뚜껑을 설정합니다. Fillet은 뚜껑의 모서리 면만 설정하며, Fillet Cap은 모서리 면이 들어간 뚜껑의 형태를 설정합니다.

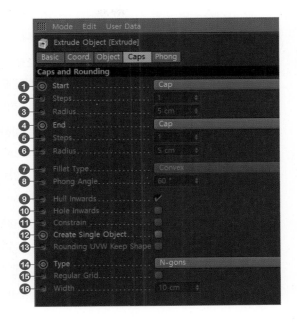

2 Steps : 이 효과는 Fillet과 Fillet Cap으로 설정했을 때 활성화됩니다. Start에서 설정한 뚜껑에 해당하는 면의 분할 수를 결정합니다.

3 Radius : 이 효과는 Fillet과 Fillet Cap으로 설정했을 때 활성화됩니다. Start에서 설정한 뚜껑에 해당하는 면의 크기, 즉 반경을 설정합니다.

4 End : 돌출이 끝나는 영역의 뚜껑이 되는 면을 어떻게 처리할지 설정할 수 있습니다. 여기서 설정할 수 있는 옵션은 Start와 같습니다.

5 Steps : 이 효과는 Fillet과 Fillet Cap으로 설정했을 때 활성화됩니다. Start에서 설정한 뚜껑에 해당하는 면의 분할 수를 결정합니다.

6 Radius : 이 효과는 Fillet과 Fillet Cap으로 설정했을 때 활성화됩니다. Start에서 설정한 뚜껑에 해당하는 면의 크기, 즉 반경을 설정합니다.

7 Fillet Type : 앞서 Start 혹은 End에서 Fillet이나 Fillet Cap으로 설정한 경우 활성화되는 메뉴입니다. 여기서 모서리 면의 형태를 결정할 수 있습니다.

8 Phong Angle : 모서리 면의 퐁 각도를 설정합니다. 즉, 인접한 모서리들이 얼마만큼 둥글게 처리될지 설정할 수 있습니다. 이 옵션의 값은 Editable을 통해 해당 오브젝트가 수정 가능한 오브젝트로 변형되었을 경우 Phong Tag로 옮겨집니다.

9 Hull Inwards : 기본으로 체크되어 있는 옵션으로 이 또한 Fillet이나 Fillet Cap으로 설정된 경우에만 활성화되는 메뉴입니다. 모서리 면이 처리되는 방향을 안쪽으로 할 것인지 바깥쪽으로 할 것인지 결정합니다.

10 Hole Inwards : Fillet이나 Fillet Cap으로 설정된 경우에만 활성화되는 메뉴이며 형태에서 구멍이 있는 경우에만 작동하고 원리는 Hull Inwards와 유사합니다.

11 Constrain : Fillet이나 Fillet Cap으로 설정된 경우에만 활성화되는 메뉴입니다. Fillet이나 Fillet Cap

으로 인해 모서리 면이 생성될 경우 오브젝트의 크기가 원래 스플라인의 크기를 유지할지 혹은 모서리 면 크기에 따라 더욱 커질지 결정할 수 있습니다. 스플라인으로 결정한 형태의 크기가 꼭 유지되어야 한다면 이 옵션을 항상 체크하는 것이 좋습니다.

⑫ **Create Single Object** : 스플라인을 기반으로 Generator를 통해 입체화된 오브젝트는 Editable을 거치면서 뚜껑에 해당하면 면과 옆면이 개별적인 오브젝트로 분리될 수 있습니다. 만약 하나의 오브젝트로 Editable을 하고 싶은 경우 이 옵션을 체크하면 됩니다.

⑬ **Rounding UVW Keep Shape** : 이 옵션을 활성화하면 Fillet과 Fillet Cap을 통해 생성된 모서리의 UV가 자연스럽게 이어지도록 해줍니다. 일반적으로 모서리 면이 추가될 경우 텍스처를 입혔을 때 해당 모서리 부분만 텍스처가 정상적으로 적용되지 않는 경우가 발생합니다. 이 옵션을 체크하면 문제를 해결할 수 있습니다.

⑭ **Type** : 뚜껑에 해당하는 면이 분할되는 방식을 결정할 수 있습니다.

⑮ **Regular Grid** : 해당 옵션은 Type을 Triangles나 Quadrangles로 설정할 경우 활성화됩니다. 이를 통해 분할되는 면이 일정한 크기의 정사각형 혹은 정삼각형으로 설정됩니다.

⑯ **Width** : Regular Grid를 체크한 경우에만 활성화됩니다. 정사각형 혹은 정삼각형의 크기를 설정하여 분할되는 면의 크기를 결정할 수 있습니다.

🏺 Lathe(회전) Object

스플라인을 시네마 4D의 Y축을 기준으로 회전시켜 입체화된 오브젝트를 만들어주는 기능입니다. 와인잔, 컵, 병과 같은 형태를 가진 단면의 절반만으로 형태를 쉽게 만들 수 있습니다.

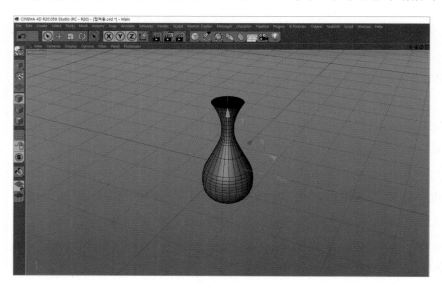

Object 설정

① Angle : 이 옵션에서 단면으로 설정한 스
플라인을 얼마나 회전시킬지 결정할 수 있
습니다. 한 바퀴인 360°를 입력하면 완전
한 형태가 생성됩니다.

② Subdivision : 회전 방향으로 이뤄지는
분할의 수를 설정합니다.

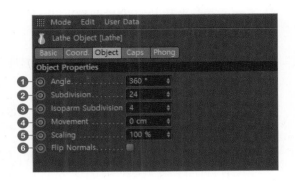

③ Isoparm Subdivision : Isoparm 표시
모드를 통해 Isoparm이 활성화된 경우,
이에 해당하는 Isoparm 분할 수를 설정합
니다.

④ Movement : Y축을 기준으로 회전된 형태의 시작부터 끝 지점의 세로 높이를 설정합니다. '0'을 입력
한 경우 시작과 끝의 높이가 같기 때문에 일정한 형태가 나오지만, 수치를 입력하여 높이 차이를 주게
되면 나선형의 형태를 만들 수 있습니다.

⑤ Scaling : Y축을 기준으로 회전된 형태의 끝 지점의 단면 크기를 결정합니다. 100%일 경우 시작과 끝
의 단면 크기가 동일하게 처리되어 일정한 형태가 나오지만 그보다 높거나 낮은 수치를 입력하면 크기
차이가 발생합니다. Movement와 함께 사용하여 독특한 형태를 만들기 좋은 옵션입니다.

⑥ Flip Normals : 해당 오브젝트의 노말의 방향을 반전시킵니다.

Caps 설정

① Start : 돌출이 시작되는 영역의 뚜껑이
되는 면을 어떻게 처리할지 설정할 수 있
습니다. 기본으로 설정된 Cap은 스플라인
의 형태에 따른 면으로 뚜껑을 설정합니
다. Fillet은 뚜껑의 모서리 면만 설정하며,
Fillet Cap은 모서리 면이 들어간 뚜껑의
형태를 설정합니다.

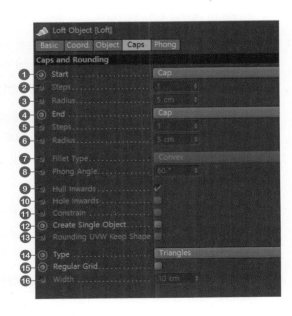

② Steps : 이 효과는 Fillet과 Fillet Cap으
로 설정했을 경우에만 활성화됩니다. Start
에서 설정한 뚜껑에 해당하는 면의 분할
수를 결정합니다.

③ Radius : 이 효과는 Fillet과 Fillet Cap으
로 설정했을 경우에만 활성화됩니다. Start

에서 설정한 뚜껑에 해당하는 면의 크기, 즉 반경을 설정합니다.

4 End : 돌출이 끝나는 영역의 뚜껑이 되는 면을 어떻게 처리할지 설정할 수 있습니다. 여기서 설정할 수 있는 옵션은 Start와 같습니다.

5 Steps : 이 효과는 Fillet과 Fillet Cap으로 설정했을 경우에만 활성화됩니다. Start에서 설정한 뚜껑에 해당하는 면의 분할 수를 결정합니다.

6 Radius : 이 효과는 Fillet과 Fillet Cap으로 설정했을 경우에만 활성화됩니다. Start에서 설정한 뚜껑에 해당하는 면의 크기, 즉 반경을 설정합니다.

7 Fillet Type : 앞서 Start 혹은 End에서 Fillet이나 Fillet Cap으로 설정한 경우 활성화되는 메뉴입니다. 여기서 모서리 면의 형태를 결정할 수 있습니다.

8 Phong Angle : 모서리 면의 퐁 각도를 설정합니다. 즉, 인접한 모서리들이 얼마만큼 둥글게 처리될지 설정할 수 있습니다. 이 옵션의 값은 Editable을 통해 해당 오브젝트가 수정 가능한 오브젝트로 변형되었을 경우 Phong Tag로 옮겨집니다.

9 Hull Inwards : 기본으로 체크되어 있는 옵션으로 이 또한 Fillet이나 Fillet Cap으로 설정된 경우에만 활성화되는 메뉴입니다. 모서리 면이 처리되는 방향을 안쪽으로 할 것인지 바깥쪽으로 할 것인지 결정합니다.

10 Hole Inwards : Fillet이나 Fillet Cap으로 설정된 경우에만 활성화되는 메뉴이며 형태에서 구멍이 있는 경우에만 작동하고 원리는 Hull Inwards와 유사합니다.

11 Constrain : Fillet이나 Fillet Cap으로 설정된 경우에만 활성화되는 메뉴입니다. Fillet이나 Fillet Cap으로 인해 모서리 면이 생성될 경우 오브젝트의 크기가 원래 스플라인의 크기를 유지할지 혹은 모서리 면 크기에 따라 더욱 커질지 결정할 수 있습니다. 스플라인으로 결정한 형태의 크기가 꼭 유지되어야 한다면 이 옵션을 항상 체크하는 것이 좋습니다.

12 Create Single Object : 스플라인을 기반으로 제네레이터를 통해 입체화된 오브젝트는 Editable을 거치면서 뚜껑에 해당하면 면과 옆면이 개별적인 오브젝트로 분리될 수 있습니다. 만약 하나의 오브젝트로 Editable을 하고 싶은 경우 이 옵션을 체크하면 됩니다.

13 Rounding UVW Keep Shape : 이 옵션을 활성화하면 Fillet과 Fillet Cap을 통해 생성된 모서리의 UV가 자연스럽게 이어지도록 해줍니다. 일반적으로 모서리 면이 추가될 경우 텍스처를 입혔을 때 해당 모서리 부분만 텍스처가 정상적으로 적용되지 않는 경우가 발생합니다. 이 옵션을 체크하면 문제를 해결할 수 있습니다.

14 Type : 뚜껑에 해당하는 면이 분할되는 방식을 결정할 수 있습니다.

15 Regular Grid : 해당 옵션은 Type을 Triangles나 Quadrangles로 설정할 경우 활성화됩니다. 이를 통해 분할되는 면이 일정한 크기의 정사각형 혹은 정삼각형으로 설정됩니다.

16 Width : Regular Grid를 체크한 경우에만 활성화됩니다. 정사각형 혹은 정삼각형의 크기를 설정하여 분할되는 면의 크기를 결정할 수 있습니다.

✎ Loft Object

두 개 이상의 스플라인을 배열하여 입체화된 형태를 만들 수 있는 기능입니다. 여러 개의 스플라인 모양이나 크기, 간격을 어떻게 설정하느냐에 따라 형태가 결정됩니다. 스플라인들이 Loft 오브젝트에 계층 구조상 아래에 포함될 때 그 순서가 매우 중요합니다. 스플라인 배열에 따라 서로 연결되는 순서가 결정되기 때문입니다.

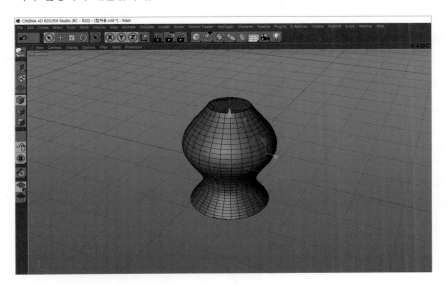

Object 설정

① **Mesh Subdivision U** : 단면의 원주 방향을 기준으로 분할 수를 설정합니다.

② **Mesh Subdivision V** : 단면이 로프트를 통해 나아가는 방향을 기준으로 분할 수를 설정합니다.

③ **Isoparm Subdivision U** : Isoparm 표시 모드를 통해 Isoparm이 활성화된 경우 이에 해당하는 Isoparm 분할 수를 설정합니다.

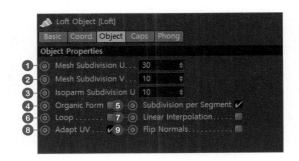

④ **Organic Form** : 이 옵션이 해제되어 있는 경우 스플라인의 형태에 맞춰 정확한 형태로 입체화가 이뤄집니다. 이 옵션을 사용할 경우 스플라인의 형태가 다소 부정확하게 반영되지만, 전체적인 형태가 좀 더 느슨한 유기체의 형태로 형성됩니다.

⑤ **Subdivision per Segment** : 이 옵션이 선택된 상태에서는 스플라인과 스플라인 사이, 즉 세그먼트마다 균일하게 분할되어 유기적인 곡선 형태를 좀 더 정확하게 만들 수 있습니다. 반대로 옵션을 해제

할 경우 세그먼트의 평균 거리에 의해 분할 수가 결정되며 유기적인 곡선 형태가 온전히 반영되진 않을 수 있으나 좀 더 균일한 형태가 만들어집니다.

⑥ Loop : 이 옵션을 선택하면 구멍이 뚫린 닫힌 형태로 변하게 되며, 첫 번째로 계층 구조에 들어간 스플라인과 마지막으로 들어간 스플라인이 V방향으로 연결되는 형태로 처리됩니다.

⑦ Linear Interpolation : 직선 보간법을 적용할 수 있는 옵션입니다. 계층 구조로 들어가 있는 스플라인들이 곡선으로 연결되는 것이 아니라 직선적으로 연결되게 하고 싶을 때 사용하는 옵션입니다.

⑧ Adapt UV : 기본으로 설정된 옵션으로 텍스처가 형태 전체 면에 고르게 적용될 수 있도록 도와줍니다. 반대로 해제하는 경우 스플라인의 간격, 즉 세그먼트에 따라 텍스처가 적용됩니다.

⑨ Flip Normals : 해당 오브젝트의 노말 방향을 반전시킵니다.

Caps 설정

① Start : 돌출이 시작되는 영역에서 뚜껑이 되는 면을 어떻게 처리할지 설정할 수 있습니다. 기본으로 설정된 Cap은 스플라인의 형태에 따른 면으로 뚜껑을 설정합니다. Fillet은 뚜껑의 모서리 면만 설정하며, Fillet Cap은 모서리 면이 들어간 뚜껑의 형태를 설정합니다.

② Steps : 이 효과는 Fillet과 Fillet Cap으로 설정했을 경우에만 활성화됩니다. Start에서 설정한 뚜껑에 해당하는 면의 분할 수를 결정합니다.

③ Radius : 이 효과는 Fillet과 Fillet Cap으로 설정했을 경우에만 활성화됩니다. Start에서 설정한 뚜껑에 해당하는 면의 크기, 즉 반경을 설정합니다.

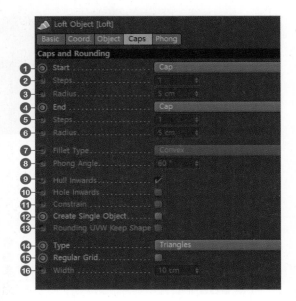

④ End : 돌출이 끝나는 영역에서 뚜껑이 되는 면을 어떻게 처리할지 설정할 수 있습니다. 여기서 설정할 수 있는 옵션은 Start와 같습니다.

⑤ Steps : 이 효과는 Fillet과 Fillet Cap으로 설정했을 경우에만 활성화됩니다. Start에서 설정한 뚜껑에 해당하는 면의 분할 수를 결정합니다.

⑥ Radius : 이 효과는 Fillet과 Fillet Cap으로 설정했을 경우에만 활성화됩니다. Start에서 설정한 뚜껑에 해당하는 면의 크기, 즉 반경을 설정합니다.

⑦ Fillet Type : 앞서 Start 혹은 End에서 Fillet이나 Fillet Cap으로 설정한 경우 활성화되는 메뉴입니다.

여기서 모서리 면의 형태를 결정할 수 있습니다.

⑧ Phong Angle : 모서리 면의 퐁 각도를 설정합니다. 즉, 인접한 모서리들이 얼마만큼 둥글게 처리될지 설정할 수 있습니다. 이 옵션의 값은 Editable을 통해 해당 오브젝트가 수정 가능한 오브젝트로 변형되었을 경우 Phong Tag로 옮겨집니다.

⑨ Hull Inwards : 기본으로 체크되어 있는 옵션으로 이 또한 Fillet이나 Fillet Cap으로 설정된 경우에만 활성화되는 메뉴입니다. 모서리 면이 처리되는 방향을 안쪽으로 할 것인지 바깥쪽으로 할 것인지 결정합니다.

⑩ Hole Inwards : Fillet이나 Fillet Cap으로 설정된 경우에만 활성화되는 메뉴이며 형태에서 구멍이 있는 경우에만 작동하고 원리는 Hull Inwards와 유사합니다.

⑪ Constrain : Fillet이나 Fillet Cap으로 설정된 경우에만 활성화되는 메뉴입니다. Fillet이나 Fillet Cap으로 인해 모서리 면이 생성될 경우 오브젝트의 크기가 원래 스플라인의 크기를 유지할지 혹은 모서리 면 크기에 따라 더욱 커질지 결정할 수 있습니다. 스플라인으로 결정한 형태의 크기가 꼭 유지되어야 한다면 이 옵션을 항상 체크하는 것이 좋습니다.

⑫ Create Single Object : 스플라인을 기반으로 Generator를 통해 입체화된 오브젝트는 Editable을 거치면서 뚜껑에 해당하면 면과 옆면이 개별적인 오브젝트로 분리될 수 있습니다. 만약 하나의 오브젝트로 Editable을 하고 싶은 경우 이 옵션을 체크하면 됩니다.

⑬ Rounding UVW Keep Shape : 이 옵션을 활성화하면 Fillet과 Fillet Cap을 통해 생성된 모서리의 UV가 자연스럽게 이어지도록 해줍니다. 일반적으로 모서리 면이 추가될 경우 텍스처를 입혔을 때 해당 모서리 부분만 텍스처가 정상적으로 적용되지 않는 경우가 발생합니다. 이 옵션을 체크하면 문제를 해결할 수 있습니다.

⑭ Type : 뚜껑에 해당하는 면이 분할되는 방식을 결정할 수 있습니다.

⑮ Regular Grid : 해당 옵션은 Type을 Triangles나 Quadrangles로 설정할 경우 활성화됩니다. 이를 통해 분할되는 면이 일정한 크기의 정사각형 혹은 정삼각형으로 설정됩니다.

⑯ Width : Regular Grid를 체크한 경우에만 활성화됩니다. 정사각형 혹은 정삼각형의 크기를 설정하여 분할되는 면의 크기를 결정할 수 있습니다.

Sweep Object

Sweep 오브젝트는 다른 제네레이터와 다르게 두 개의 스플라인을 항상 필요로 합니다. 첫 번째 스플라인은 입체화된 형태의 단면을 결정하는데 그 크기나 형태에 따라 형태의 단면이 결정됩니다. 두 번째 스플라인은 경로를 결정합니다. 앞서 설정한 단면이 두 번째 스플라인으로 설정한 경로를 따라 입체화되어 형태가 만들어지는 원리로 작동합니다. 필요에 따라 세 개의 스플라인을 가지고 Sweep 오브젝트를 구현하는 경우도 있습니다. 이때 세 번째 스플라인은 단면이 되도록 첫 번째로 지정한 스플라인의 크기를 규칙적으로 변형시킬 때 활용할 수 있습니다. 대부분은 두 개의 스플라인을 활용하며 첫 번째로 지정하는 스플라인은 항상 Plane을 X, Y로 설정해야 합니다.

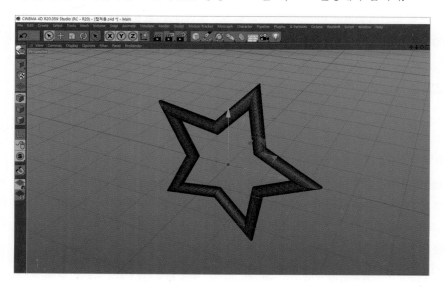

Object 설정

❶ Isoparm Subdivision : Isoparm 표시 모드를 통해 Isoparm이 활성화된 경우 이에 해당하는 Isoparm 분할 수를 설정합니다.

❷ End Scale : Sweep Object가 끝나는 지점의 단면 크기를 결정합니다.

❸ End Rotation : Sweep Object가 끝나는 지점의 단면 회전 각도를 설정합니다.

❹ Start Growth : Sweep Object가 시작하는 지점에서 성장하는 정도를 조절할 수 있습니다. End Growth가 '100'%가 되어있기 때문에 기본으로 '0'%로 설정되어 있습니다.

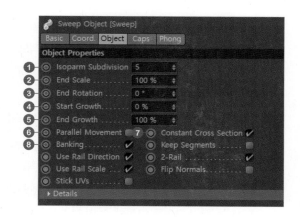

❺ End Growth : Sweep Object가 끝나는 지점에서 성장하는 정도를 조절할 수 있습니다. Start Growth와 End Growth를 적절하게 사용하여 Sweep Object를 통해 만드는 오브젝트의 형태를 결정 지을 수도 있을 뿐만 아니라 이를 애니메이션으로 만들 수 있습니다.

❻ Parallel Movement : 이 옵션이 활성화되면 단면으로 설정한 첫 번째 스플라인이 평행을 유지하며 경로를 따라가 입체화된 형태를 만들게 됩니다. 이때 스플라인에 설정된 Plane의 방향에 따라 어느 방향으로 평행하게 유지될지 결정됩니다.

❼ Constant Cross Section : 이 옵션은 기본으로 설정되어 있으며, 이를 통해 단면으로 설정된 첫 번째 스플라인의 형태가 경로로 설정된 스플라인의 형태에 간섭받지 않고 균일한 형태를 유지하게 됩니다. 이를 해제할 경우 경로로 설정된 스플라인의 형태에 따라 각진 부분에서 단면의 크기가 유기적으로 변하게 됩니다.

❽ Banking : 이 옵션은 기본으로 설정되어 있으며, 해당 옵션이 체크된 경우 단면을 결정하는 스플라인이 자연스럽게 경로에 해당하는 스플라인의 곡선 방향으로 기울어지게 됩니다.

Caps 설정

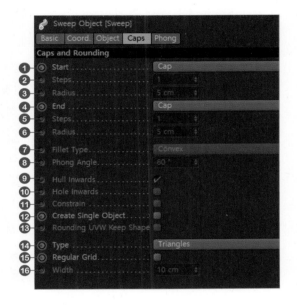

❶ Start : 돌출이 시작되는 영역에서 뚜껑이 되는 면을 어떻게 처리할지 설정할 수 있습니다. 기본으로 설정된 Cap은 스플라인의 형태에 따른 면으로 뚜껑을 설정합니다. Fillet은 뚜껑의 모서리 면만 설정하며 Fillet Cap은 모서리 면이 들어간 뚜껑의 형태를 설정합니다.

❷ Steps : 이 효과는 Fillet과 Fillet Cap으로 설정했을 경우에만 활성화됩니다. Start에서 설정한 뚜껑에 해당하는 면의 분할 수를 결정합니다.

❸ Radius : 이 효과는 Fillet과 Fillet Cap으로 설정했을 경우에만 활성화됩니다. Start에서 설정한 뚜껑에 해당하는 면의 크기, 즉 반경을 설정합니다.

❹ End : 돌출이 끝나는 영역에서 뚜껑이 되는 면을 어떻게 처리할지 설정할 수 있습니다. 여기서 설정할 수 있는 옵션은 Start와 같습니다.

❺ Steps : 이 효과는 Fillet과 Fillet Cap으로 설정했을 경우에만 활성화됩니다. Start에서 설정한 뚜껑에 해당하는 면의 분할 수를 결정합니다.

❻ Radius : 이 효과는 Fillet과 Fillet Cap으로 설정했을 경우에만 활성화됩니다. Start에서 설정한 뚜껑에 해당하는 면의 크기, 즉 반경을 설정합니다.

❼ Fillet Type : 앞서 Start 혹은 End에서 Fillet이나 Fillet Cap으로 설정한 경우 활성화되는 메뉴입니다. 여기서 모서리 면의 형태를 결정할 수 있습니다.

❽ Phong Angle : 모서리 면의 퐁 각도를 설정합니다. 즉, 인접한 모서리들이 얼마만큼 둥글게 처리될지 설정할 수 있습니다. 이 옵션의 값은 Editable을 통해 해당 오브젝트가 수정 가능한 오브젝트로 변형되

었을 경우 Phong Tag로 옮겨집니다.

⑨ Hull Inwards : 기본으로 체크되어 있는 옵션으로 이 또한 Fillet이나 Fillet Cap으로 설정된 경우에만 활성화되는 메뉴입니다. 모서리 면이 처리되는 방향을 안쪽으로 할 것인지 바깥쪽으로 할 것인지 결정합니다.

⑩ Hole Inwards : Fillet이나 Fillet Cap으로 설정된 경우에만 활성화되는 메뉴이며 형태에서 구멍이 있는 경우에만 작동하고 원리는 Hull Inwards와 유사합니다.

⑪ Constrain : Fillet이나 Fillet Cap으로 설정된 경우에만 활성화되는 메뉴입니다. Fillet이나 Fillet Cap으로 인해 모서리 면이 생성될 경우 오브젝트의 크기가 원래 스플라인의 크기를 유지할지 혹은 모서리 면 크기에 따라 더욱 커질지 결정할 수 있습니다. 스플라인으로 결정한 형태의 크기가 꼭 유지되어야 한다면 이 옵션을 항상 체크하는 것이 좋습니다.

⑫ Create Single Object : 스플라인을 기반으로 제네레이터를 통해 입체화된 오브젝트는 Editable을 거치면서 뚜껑에 해당하면 면과 옆면이 개별적인 오브젝트로 분리될 수 있습니다. 만약 하나의 오브젝트로 Editable을 하고 싶은 경우 이 옵션을 체크하면 됩니다.

⑬ Rounding UVW Keep Shape : 이 옵션을 활성화하면 Fillet과 Fillet Cap을 통해 생성된 모서리의 UV가 자연스럽게 이어지도록 해줍니다. 일반적으로 모서리 면이 추가될 경우 텍스처를 입혔을 때 해당 모서리 부분만 텍스처가 정상적으로 적용되지 않는 경우가 발생합니다. 이 옵션을 체크하면 문제를 해결할 수 있습니다.

⑮ Type : 뚜껑에 해당하는 면이 분할되는 방식을 결정할 수 있습니다.

⑯ Regular Grid : 해당 옵션은 Type을 Triangles나 Quadrangles로 설정할 경우 활성화됩니다. 이를 통해 분할되는 면이 일정한 크기의 정사각형 혹은 정삼각형으로 설정됩니다.

⑯ Width : Regular Grid를 체크한 경우에만 활성화됩니다. 정사각형 혹은 정삼각형의 크기를 설정하여 분할되는 면의 크기를 결정할 수 있습니다.

실무 1
꽃병 만들기

지금까지 알아본 스플라인 모델링과 관련된 재료와 툴을 이용하여 본격적으로 스플라인 모델링을 진행해보겠습니다. 첫 예제로 Loft를 활용하여 아주 간단한 꽃병을 만들어보겠습니다. Spline Primitives 중 하나인 Circle Object만을 활용하여 어떻게 스플라인을 통해 입체 형태를 잡아가는지 알아보도록 하겠습니다.

완성 파일 : 꽃병 – 완성파일.c4d

💡 **알아두기**

스플라인 모델링의 프로세스는 폴리곤 모델링이나 서브디비전 모델링에 비해 상대적으로 간단합니다. Point, Edge, Polygon을 모두 일일이 편집하고 수정하는 과정이 아니기 때문입니다. 쉽게 제작할 수 있는 이점이 있지만, 상황에 따라 원하는 형태를 만들기 제한적인 경우도 있습니다. 다양한 모델링 기법이 가진 이점과 특징을 잘 파악하고 상황에 맞는 방식을 채택하여 효율적인 작업을 하는 것이 매우 중요합니다.

01 꽃병의 최하단 형태를 결정할 Circle을 만들기 위해 상단 커맨드 팔레트 바의 [Pen]-[Circle]을 클릭하여 뷰 포트 창에 생성합니다.

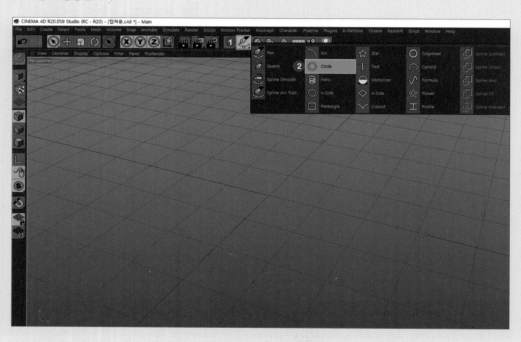

02 어트리뷰트 매니저에서 [Object] 탭 설정 항목을 조정합니다.

[Object] ・Radius : 50cm ・Plane : XZ

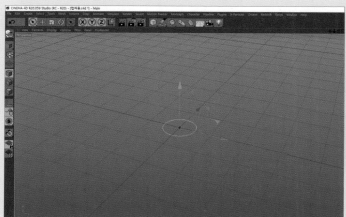

03 상단 커맨드 팔레트 바의 [Subdivision Surface]에서 Alt 키를 누르고 [Loft]를 선택합니다.

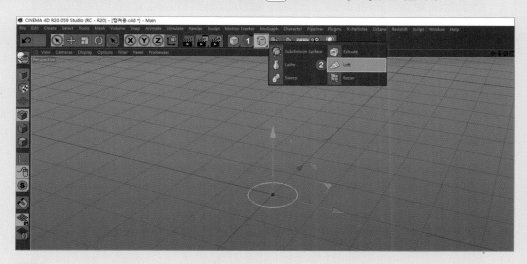

TIP 제너레이터를 적용하는 두 가지 방법 중 제일 빠르고 쉬운 방법을 적용했습니다. 이 방법을 이용하면 자동으로 Loft의 계층 구조 밑으로 Circle이 들어가게 됩니다.

04 작업을 수월하게 하기 위해 F5 키를 눌러 All Views 형태로 만듭니다.

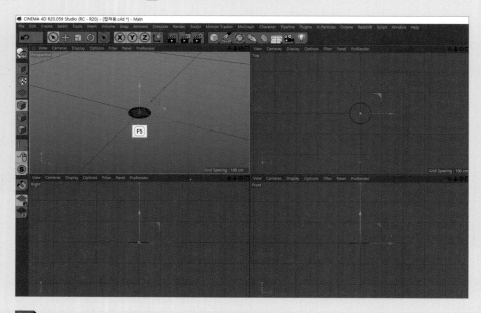

> **TIP** +Y축으로 복사하면서 형태를 만들어나갈 때 Loft의 위치는 움직이면 안 되고 복사되는 모든 Circle 또한 Y축 상에서만 이동해야 합니다.

05 오브젝트 매니저에서 [Circle]을 선택하고 Ctrl 키를 누른 상태로 Y축(초록색) 핸들을 위쪽으로 이동시킵니다. 이때 복제하여 '+Y'축 방향으로 이동시켜 만든 [Circle.1]은 꽃병의 둥근 하단부의 외형을 결정하게 됩니다.

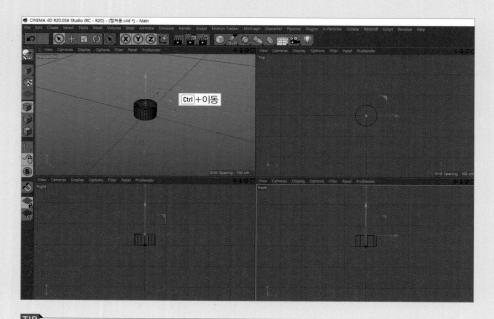

> **TIP** Ctrl + C / Ctrl + V 키를 눌러 Circle을 복사하는 방법도 있지만 이보다 Ctrl 키를 누른 상태로 Y축(초록색) 핸들을 이동시키는 것이 빠르게 작업할 수 있습니다. Circle을 계속 복사해나가는 경우 계층 구조상 순서에 주의해야 합니다. 레이어 순서가 바뀌게 되면 형태 또한 왜곡될 수 있기 때문입니다.

06 [Circle.1]은 꽃병의 둥근 하단부 형태를 결정하게 되므로 [Circle]보다 크게 만들겠습니다. 오브젝트 매니저의 [Circle.1]이 선택된 상태로 T 키를 눌러 Scale 툴로 뷰포트의 빈 공간을 드래그하여 크기를 키워줍니다.

> **TIP** 크기 조정은 Circle.1의 어트리뷰트 매니저에서 해도 되지만 간편하게 Scale 툴을 통해 조정할 수도 있습니다. 이때 Circle.1의 위치는 Y축을 제외한 다른 축으로 움직여선 안 됩니다.

07 [Circle.1]을 9 키를 누른 후 Live Selection 툴로 Ctrl 키를 누른 채 Y축(초록색) 핸들을 '+Y' 방향으로 이동하여 [Circle.2]를 만듭니다. 복제한 [Circle.2]를 T 키를 눌러 Scale 툴로 뷰포트의 빈 공간을 드래그하여 [Circle]이나 [Circle.1]의 크기보다 작게 만듭니다.

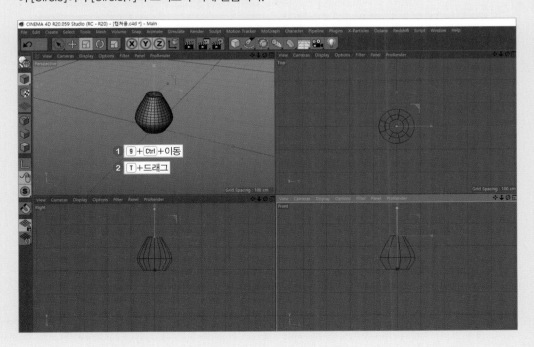

08 [Circle.2]를 9 키를 누른 후 Live Selection 툴로 Ctrl 키를 누른 채 Y축 핸들로 이동하여 [Circle.3]을 만듭니다. [Circle.3]이 선택된 상태에서 T 키를 눌러 Scale 툴로 뷰포트의 빈 공간을 드래그하여 [Circle.2]보다는 조금 크게 조절합니다.

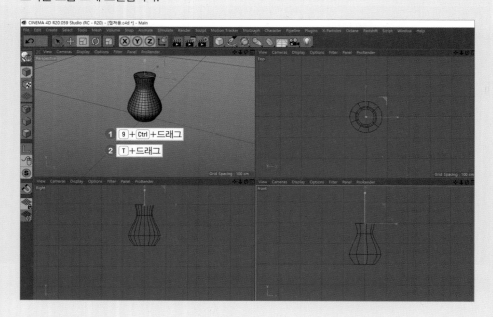

09 꽃병의 두께를 만들어주기 위해 오브젝트 매니저에서 Ctrl 키를 누른 채 [Circle.3]을 아래로 드래그하여 복제합니다. [Circle.4]의 Y축은 변경할 필요 없이 T 키를 눌러 Scale 툴로 사이즈를 원하는 두께만큼 줄이면 자연스럽게 두께가 형성되게 됩니다.

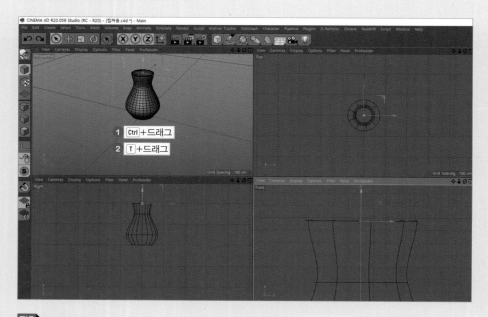

> **TIP**
> 이때 주의할 점은 [Circle.4]의 크기만 줄어야 합니다. 위치는 [Circle.3]와 같아야 하기 때문에 [Circle.4]와 [Circle.3]의 Coord. 탭을 확인하여 P.Y축의 위치가 같은지 체크합니다. 그리고 계층 구조 순서상 [Circle.3] 바로 밑에 [Circle.4]가 위치하도록 합니다. 순서가 바뀌면 형태가 잘못 나올 수 있으니 주의해야 합니다.

10 꽃병의 내부 형태를 위해 [Circle.4]를 ⑨ 키를 누른 후 Live Selection으로 Ctrl 키를 누른 채 '−Y'축으로 이동시켜 복제합니다. 앞서 만든 Circle.2의 위치까지만 이동시킵니다. 꽃병의 내부는 외부 실루엣을 따라 가기 때문에 두께를 고려해 복제된 Circle.5의 크기를 T 키를 눌러 Scale 툴로 조정합니다. 이때 4분할 뷰 에서 Right나 Front 뷰에 해당하는 화면을 계속 확인하며 와이어 프레임 상 균일할 두께가 유지되도록 주의 합니다.

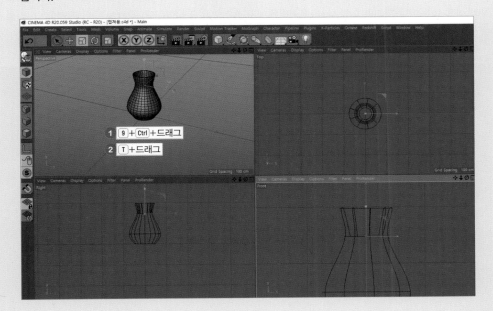

11 [Circle.5]를 ⑨ 키를 눌러 Live Selection 툴로 Ctrl 키를 누른 채 '−Y'축으로 이동시켜 복제합니다. 이때 [Circle.1]의 위치까지 이동시킵니다. 꽃병 내부 실루엣 형태를 위해 T 키를 눌러 Scale 툴로 [Circle.6]의 크기를 조정합니다.

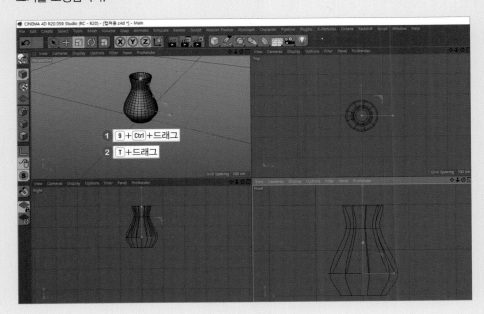

> **TIP**
> Loft로 만들어내는 형태는 스플라인 오브젝트의 간격과 크기 차이로 결정되기 때문에 Y축 간격을 신경 써줘야 합니다. 일반적으로 외부 형태를 만드는 스플라인 오브젝트의 간격을 따라가면 수월하지만 때에 따라 그와 별개로 간격을 조절해야 하므로 이를 유연하게 대처하며 형태를 만들어야 합니다.

12 [Circle.6]을 ⑨ 키를 눌러 Live Selection 툴로 Ctrl 키를 누른 채 '–Y'축으로 복제시킵니다. 이때 [Circle] 보다 살짝 높은 위치까지만 이동시켜 바닥의 두께가 생기도록 조정합니다. [Circle.7]의 크기를 T 키를 눌러 Scale 툴로 조정하여 마무리합니다.

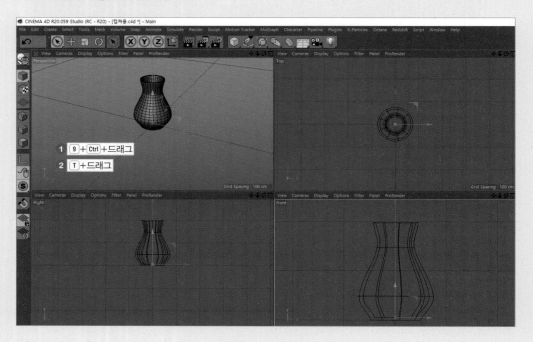

네온 간판 만들기

실무
2

Extrude와 Sweep 제너레이터 오브젝트를 활용하여 간단한 네온 간판을 어떻게 만들 수 있는지 알아보도록 하겠습니다.

⏱ **완성 파일** : 네온간판−완성파일.c4d

01 상단 커맨드 팔레트 바의 [Pen]–[Text]를 선택하여 뷰포트에 Text 오브젝트를 생성합니다.

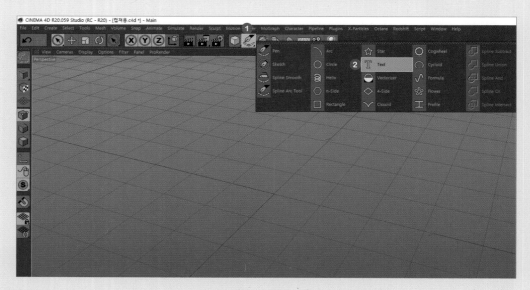

02 생성한 Text 오브젝트는 오른쪽으로 정렬된 상태입니다. Text를 수정하기 위해 [Object] 탭 설정 항목 중 [Align]을 'Middle'로 변경합니다.

[Object] Align : Middle

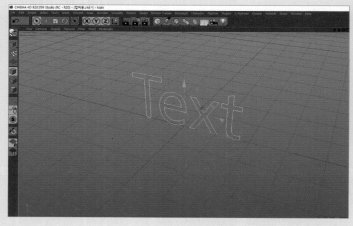

03 Text의 내용을 수정하기 위해 Text 오브젝트가 가진 [Object] 항목 중 [Text]에 '시네마 4D'를 입력하고 Text의 폰트와 크기를 설정합니다.

[Object] ・Text : 시네마 4D ・Font : 맑은 고딕 ・Height : 50cm

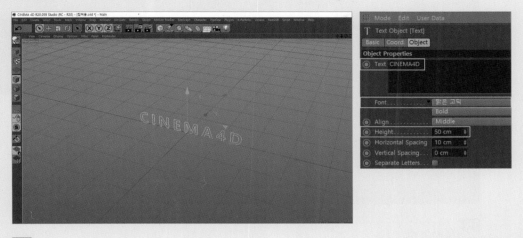

TIP 폰트 유형에 따라 시네마 4D에서 인식되지 않을 수 있습니다. 이 경우 어도비사의 일러스트레이터에서 원하는 텍스트를 편집해 불러오는 것을 추천합니다. 일러스트레이터에서 파일 유형을 일러스트레이터 8 버전으로 저장 후 해당 파일을 시네마 4D에서 불러오면 일러스트레이터에서 작업한 작업물을 그대로 스플라인 오브젝트로 불러올 수 있습니다.

04 Text 오브젝트가 선택된 상태에서 상단 커맨드 팔레트 바의 [Subdivision Surface]–[Extrude]에서 Alt 키를 누르고 선택하여 Text 오브젝트에 적용합니다.

05 어트리뷰트 매니저의 [Options] 탭 설정 항목 중 돌출 크기를 조정합니다.

[Options] Movement : 0cm, 0cm, 20cm

TIP 텍스트의 방향에 맞춰 '+Y축' 방향으로 돌출시켜야 하기 때문에 Z축에 해당하는 칸에 크기를 입력합니다.

06 Text 오브젝트를 Extrude로 입체화시킨 뒤 디테일을 추가하기 위해 [Caps] 탭 설정 항목 중 [Start]를 'Fillet Cap'으로 설정합니다. 이때 글자가 깨져 보일 수 있으나 걱정할 필요는 없습니다. Fillet Cap의 수치가 현재 만든 글자의 크기를 벗어나서 생기는 현상이며 이를 완화해주기 위해 [Constrain] 옵션을 체크합니다.

[Caps] · Start : Fillet Cap · Constrain : 체크

07 깨져 보이던 글자는 [Steps]와 [Radius]를 조정해서 해결하고 [Fillet Type]은 'Engraved'로 변경합니다.

[Caps] • Steps : 4 • Radius : 0.5cm • Fillet Type : Engraved

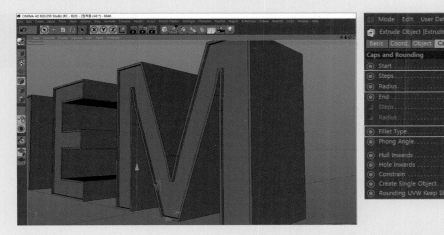

TIP Fillet Type에 따라 형태가 벗어나거나 겹치면 Steps, Radius와 같은 옵션의 값을 변경해 조정하면 됩니다.

08 Text 오브젝트의 디테일에 대한 편집이 끝나면 간판의 베이스가 완료되었는지 확인합니다.

09 이제 네온사인을 만들어주기 위해 오브젝트 매니저에서 [Text] 오브젝트를 선택하고 Ctrl + C ,
Ctrl + V 키를 눌러 복제합니다.

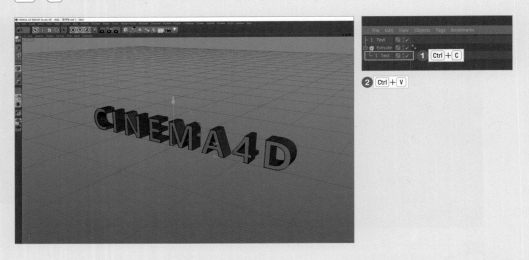

10 복제된 Text 오브젝트를 9 키를 눌러 Live Selection(혹은 E 키를 눌러 Move) 툴로 Z축(파란색) 핸들을
드래그하여 앞서 만든 간판의 베이스보다 앞으로 이동시킵니다.

11 네온사인을 만들기 위해 Sweep이라는 제너레이터를 사용하기 위해 단면의 형태를 결정해줄 스플라인 오브젝트가 필요합니다. 상단 커맨드 팔레트 바에서 [Pen]–[Circle]을 클릭하여 생성합니다.

TIP [Circle] 오브젝트를 [Sweep] 제너레이터의 단면으로 활용하기 위해 위치를 이동시키거나 Plane을 변경하여 스플라인이 바라보는 방향은 바꾸지 않습니다. 특히 Plane을 변경하면 [Sweep] 제너레이터를 적용했을 때 형태가 의도대로 나타나지 않을 수 있기 때문에 주의해야 합니다.

12 네온사인의 단면으로 사용하기 전에 Circle의 크기를 줄여야 합니다. [Circle]을 선택한 상태에서 [Object] 탭 설정 항목 중 [Radius]를 '1cm'로 줄입니다.

[Object] Radius : 1cm

13 오브젝트 매니저에서 복제된 [Text] 오브젝트를 선택합니다. 상단 커맨드 팔레트 바에서 [Subdivision Surface]에서 Alt 키를 누른 상태로 [Sweep]를 클릭하여 적용합니다.

> **TIP** 이때 [Circle]이 아닌 [Text] 오브젝트만 선택한 뒤 [Sweep] 오브젝트를 적용시키는 이유는 위치를 [Text] 오브젝트를 기준으로 하기 위해서입니다.

14 [Sweep] 제너레이터가 [Text] 오브젝트에 적용된 것을 확인하면 아무 입체 형태도 나타나지 않습니다. [Sweep] 제너레이터는 단면에 해당하는 스플라인과 경로에 해당하는 스플라인, 두 개의 스플라인이 적용되어야 하기 때문입니다. 현재 텍스트 오브젝트는 네온사인의 경로를 결정하는 스플라인이기 때문에 이제 단면을 결정해줄 스플라인이 필요합니다.

15 오브젝트 매니저에서 [Circle] 오브젝트를 [Sweep] 제너레이터 하위로 넣어줍니다. 단면을 결정하는 오브젝트(Circle) 다음에 경로를 결정하는 오브젝트(Text) 순서로 정리되어야 [Sweep] 제너레이터가 온전히 작동하게 됩니다.

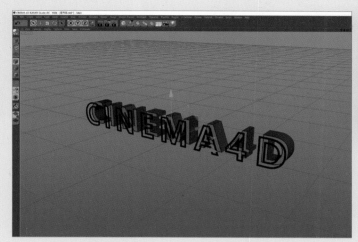

16 [Sweep] 제너레이터가 온전히 적용된 것을 시점을 돌려가며 확인하다 보면 글자의 모서리 부분이 겹치는 형태가 된 것을 확인할 수 있습니다. 이때 단면을 결정하는 오브젝트의 크기를 줄여주면 됩니다.

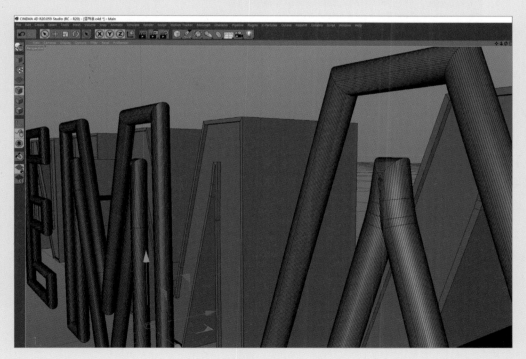

17 단면을 결정해주는 [Circle] 오브젝트를 선택한 상태에서 [Object] 탭 설정 항목 중 [Radius]를 '0.5'로 변경합니다.

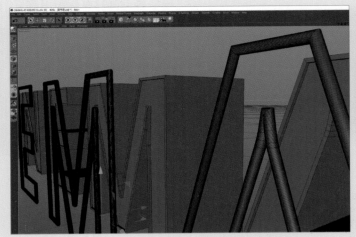

18 이제 완성된 네온사인의 형태를 확인하기 위해 F5 키를 눌러 4분할 뷰에서 다양한 각도로 체크합니다.

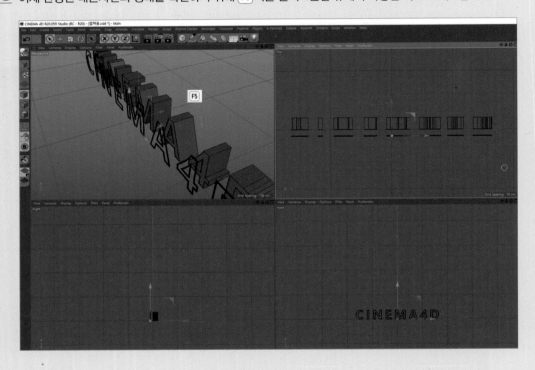

19 4분할 뷰에서 확인했을 때 네온사인과 간판 베이스의 거리가 멀다면 네온사인에 해당하는 [Sweep] 제너레이터를 선택하고 ⑨ 키를 눌러 Live Selection(혹은 Ｅ 키를 눌러 Move) 툴로 Z축(빨간색) 핸들을 드래그하여 거리를 조절해줍니다.

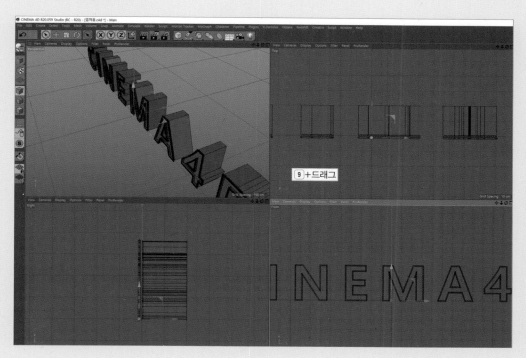

20 Ｆ1 키를 눌러 Perspective 뷰로 돌아와 완성된 네온 간판의 형태를 확인하고 마무리합니다.

앞서 배운 모델링 기법들은 많이 사용하면서도 기초적인 기법들이었다면 서브디비전 모델링은 심화된 모델링 기법으로 폴리곤 모델링의 심화과정이라고 생각하는 것이 좋습니다. 폴리곤 모델링의 프로세스와 흡사하며 서브디비전 모델링의 기반이 폴리곤 모델링으로 시작하기 때문입니다. 앞으로 배울 서브디비전 모델링을 진행하기 전에 폴리곤 모델링을 한 번 더 복습하는 걸 권장합니다.

디테일한 모델링 작품들은 대부분 서브디비전 모델링으로 제작됩니다. 그만큼 디테일하고 멋진 작업물을 만들어낼 수 있는 기법입니다. 높은 숙련도를 요구하는 기법이지만 앞서 배운 기법들을 기반으로 차근차근 연습하면 쉽게 원리를 이해할 수 있습니다. 서브디비전 모델링을 가능하게 해주는 Subdivision Surface라는 제네레이터를 알아보고 서브디비전 모델링에 대한 기본 원리와 이를 바탕으로 예제를 만들어보며 어떻게 모델링이 이루어지는지 자세히 알아보도록 하겠습니다.

서브디비전 모델링
(Subdivision Modeling)

01 서브디비전 모델링의 시작

>> 서브디비전 모델링의 시작은 폴리곤 모델링으로부터 출발합니다. 하지만 폴리곤 모델링으로 만든 오브젝트를 서브
디비전 모델링 단계로 넘어가기 위해선 특별한 제네레이터 하나가 필요합니다. 본격적인 서브디비전 모델링을 도
와줄 제네레이터인 서브디비전 서페이스를 알아보고 서브디비전 모델링의 기본 원리에 대해 자세히 알아보도록
하겠습니다.

01 Subdivision Surface란?

Subdivision Surface는 화면상 제일 처음 만나볼 수 있는 제네레이터입니다. 그리고 유일하게 폴리곤 오브젝트와 함께 쓰이는 제네레이터이기도 합니다.

특정 오브젝트를 계층 구조에 맞게 Subdivision Surface를 적용하면 오브젝트 형태가 유기체적인 형태로 변형되고 오브젝트가 가진 분할 수가 늘어나는 것을 확인할 수 있습니다. 즉, Subdivision Surface는 분할시키고 둥글게 만드는 효과로 일단 이해해두는 것이 좋습니다. 이런 효과 덕분에 유기체적인 형태를 구현시키는 데 아주 효과적이며 사실적인 형태를 만들 때 자연스러운 모서리 처리를 위해 많이 활용됩니다.

Subdivision Surface가 기본적으로 분할시키고 둥글게 만든다는 개념을 이해했다면 분할과 라운딩 처리가 등고선 원리와 비슷하게 작동한다는 것 또한 명심해야 합니다. 쉽게 설명하면, Subdivision Surface가 둥글게 처리하는 원리는 결국 분할의 간격이나 개수에 따라 결정된다는 것입니다. 분할 수가 많고 그 간격이 좁을수록 면과 모서리가 가파르고 날카롭게 처리되며, 분할 수가 적고 그 간격이 넓을수록 완만하고 둥글게 처리됩니다. 이런 원리 때문에 서브디비전 모델링을 잘하려면 분할을 항상 염두에 두고 계획해야 합니다.

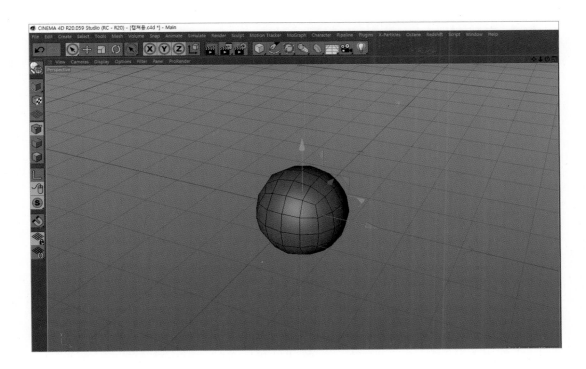

Object 설정

1 **Type** : Subdivision을 처리하는 방식을
선택할 수 있습니다. 총 6가지 처리 방식
이 있지만, 일반적으로는 기본값으로 설정
된 'Catmull−Clark (N−Gons)'를 그대로
활용합니다.

2 **Subdivision Editor** : 뷰포트 창에서의
분할 수를 결정합니다. 이는 렌더링 결과
에 영향을 미치지 않고 뷰포트 창의 원활한 작동을 위한 옵션이기 때문에 최종 결과물을 뽑을 때 주의
해야 합니다.

3 **Subdivision Renderer** : 렌더링에서의 분할 수를 결정합니다. 이는 렌더링에 직접 반영되는 수치입니
다. 따라서 뷰포트 창에서 보이는 분할 수와 상이할 수 있는 점을 주의해야 합니다.

4 **Subdivide UVs** : UV맵을 통해 텍스처를 적용한 경우 매우 중요한 옵션입니다. 보통 UV맵을 추출할
때 폴리곤을 최적으로 줄인 오브젝트를 바탕으로 작업하게 됩니다. 이런 경우 다시 UV맵을 오브젝트
에 적용한 후 해당 오브젝트에 서브디비전 서페이스를 적용하면 모서리 부분에 문제가 발생합니다. 이
때 해당 옵션의 유형을 Standard가 아닌 Boundary나 Edge로 바꿔주면 문제가 해결됩니다.

02 서브디비전 모델링의 기본 작업 과정

서브디비전(Subdivision) 모델링은 분할이 상당히 중요하기 때문에 Primitive Object를 Editable하여 형태를 만들기 전에 미리 머릿속으로 분할에 대한 계획을 충분히 하고, 어트리뷰트 매니저에서 분할 수를 조정합니다. 계획하지 않고 Editable부터 하고 모든 분할을 직접 만들어나가게 되면 불필요한 분할이 많아져 형태가 복잡해질 가능성이 커집니다. 또한 분할이 많아진다는 것은 그만큼 메모리를 많이 차지할 수 있다는 이야기이기 때문에 효율성 측면에서도 바람직하지 않습니다. 그만큼 최소한의 분할을 최적으로 사용해야 좋은 모델링을 만들어 낼 수 있습니다.

최적의 분할은 형태에 따라 다양한 경우의 수를 가지게 됩니다. 따라서 서브디비전 모델링에 정답은 없습니다. 다양한 형태를 만들어보며 다양한 상황에서 최적의 분할을 만들어나가는 훈련을 해야 원하는 형태를 쉽고 효율적으로 만들 수 있습니다. 이런 훈련에 좋은 방법은 내 주변에서 쉽게 볼 수 있는 형태를 꾸준히 만들어보는 것입니다. 그래서 예제도 일상에서 쉽게 찾아볼 수 있는 형태들로 구성했습니다. 예제를 따라 만들어보고 내 주변에 어떤 물체들이 있고 그 물체들이 어떤 형태를 가졌는지 자세히 관찰해보고 만들어보는 것을 추천합니다.

주의해야 할 점은 처음부터 모든 세부적인 형태를 따라 만들 필요는 없습니다. 모델링은 큰 형태부터 만들고 나중에 디테일을 채워나가는 그림을 그리는 과정과 같으므로 처음부터 물체가 가진 큰 형태부터 정확히 만들어보는 연습을 하고 익숙해지면 더욱 세밀한 형태를 제작해보기 바랍니다.

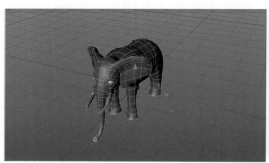 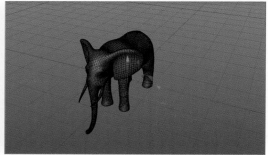

02 서브디비전 모델링을 위한 기본 노하우

>> 서브디비전 서페이스에 대해 알아보고 서브디비전 모델링이 어떻게 이뤄지는지에 대해 알아보았습니다. 실질적으로 서브디비전 모델링을 통해 멋진 형태를 만들기 위해서는 폴리곤 모델링을 배우며 알아본 Mesh 메뉴의 도구들을 다시 살펴보아야 합니다. Mesh 메뉴에 있던 서브디비전의 유용한 도구들도 자세히 알아보고 어떻게 서브디비전 모델링에 활용될 수 있는지 알아보겠습니다.

01 쉬운 폴리곤 생성이 가능한 Polygon Pen

폴리곤 펜은 펜(Pen) 툴과 같이 작동하면서 폴리곤을 생성할 수 있는 툴로 폴리곤 모델링이나 서브디비전 모델링에 매우 적합한 툴입니다. 특히 Primitive Object를 변형시켜 모델링하는 것이 아니라 참고 이미지를 바탕으로 모델링할 때 매우 유용합니다.

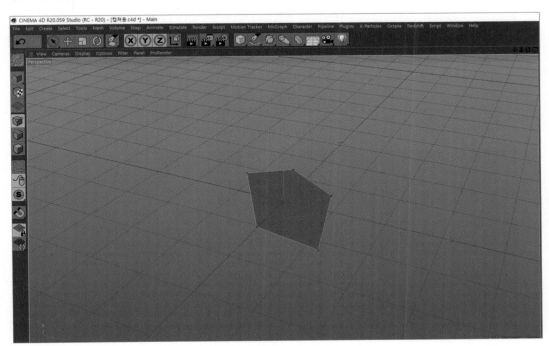

Object 설정

1 Draw Mode : Points, Edges, Poly-gons 모드 중 선택하여 해당 유형에 맞게 편집하고 변형할 수 있는 옵션입니다.

2 Quad Strip Mode : 해당 옵션을 체크하면, 4각 폴리곤을 기준으로 폴리곤이 생성됩니다. 이는 선택한 모드에 따라 조금씩 다른 기능을 가지고 있습니다. Points 모드가 선택되어 있을 땐 첫 번째 사각형의 네 포인트를 클릭한 뒤 인접한 엣지의 두 포인트를 클릭하면 자동으로 이전에 생성한 폴리곤에 연결되는 폴리곤이 생성됩니

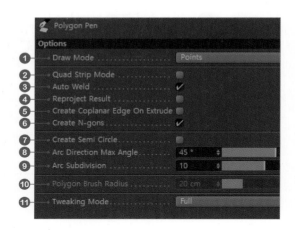

다. Edges 모드에서는 첫 번째 사각형의 두 포인트를 클릭하여 엣지를 만든 뒤, 인접한 두 포인트를 클릭하면 자동으로 이전에 생성한 폴리곤에 연결되는 폴리곤이 생성됩니다.

3 Auto Weld : 기본값으로 체크되어 활성화되어 있는 옵션입니다. 이 옵션이 활성화되면 스냅 기능이 활성화되어 폴리곤 펜으로 생성하는 포인트를 해당 오브젝트의 다른 포인트 가까이 가져가면 자동으로 합쳐집니다. 체크가 해제되어 기능이 비활성화되면, 스냅과 합쳐지는 기능이 없어지게 됩니다.

4 Reproject Result : 해당 옵션을 체크하여 활성화하면 아래에 있는 다른 오브젝트의 외형을 따라 폴리곤을 생성할 수 있습니다. 하이폴리 메쉬(폴리곤 수가 많은 고밀도 오브젝트)의 폴리곤을 줄이고 최적화시키는 리토폴로지 과정에 주로 사용되는 기능입니다. 일반적으로 폴리곤 펜을 사용할 경우 체크를 해제하여 비활성화하는 것이 좋습니다.

5 Create Coplanar Edge On Extrude : 폴리곤 펜을 활용하여 돌출시킬 때 엣지 처리 방식을 결정합니다. 체크 시 추가적인 엣지가 생성되고, 체크를 해제하면 추가적인 엣지 없이 돌출됩니다.

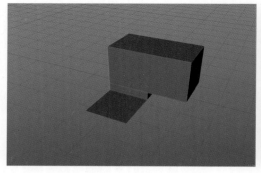

▲ Create Coplanar Edge On Extrude 체크 전

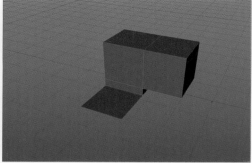

▲ Create Coplanar Edge On Extrude 체크 후

⑥ **Create N-gons** : 기본값으로 체크되어 있으며, 활성화되면 새로 생성되는 면을 N-gons로 처리합니다. 체크를 해제하면 N-gons가 아닌 삼각형 혹은 사각형으로만 면을 구성하게 됩니다.

⑦ **Create Semi Circle** : 해당 옵션을 체크하여 활성화하면 엣지 모드에서 Ctrl + Shift 키를 눌러 커서로 선택한 엣지를 반원형으로 처리할 수 있습니다. Ctrl + Shift 키를 누른 후 커서를 올려놓기만 해도 어느 방향으로 엣지를 반원형으로 처리할지 미리 볼 수 있습니다.

⑧ **Arc Direction Max Angle** : Create Semi Circle를 활성화하면 엣지를 반원형으로 처리할 때 변형되는 엣지의 최대 각도를 설정합니다. 지정되는 값에 따라 변형되는 엣지가 오브젝트 표면에 생성되거나 그 위에 생성됩니다.

⑨ **Arc Subdivision** : Create Semi Circle로 변형되는 반원형의 엣지에 대한 분할값을 설정합니다. 분할이 많아질수록 더욱 부드럽게 둥근 형태가 됩니다.

⑩ **Polygon Brush Radius** : Draw Mode가 Polygon으로 설정되어 있을 때, 폴리곤을 브러쉬처럼 칠하듯이 생성할 수 있습니다. 이때 옵션으로 설정한 크기에 따라 폴리곤의 크기가 결정됩니다.

⑪ **Tweaking Mode** : 조밀하게 구성된 메쉬의 폴리곤을 작업할 때 원하는 요소를 원하는 대로 변형하기 어려울 수 있습니다. 이때 원하는 요소에 맞게 Points, Edges, Polygons 중 하나로 설정하거나 세 개 모두를 포함하는 Full을 설정할 수 있습니다.

🔅 알아두기 　 폴리곤 펜 사용법

폴리곤 펜(M ~ E)이 활성화된 상태에서는 점, 선, 면에 해당하는 요소를 클릭하여 드래그하면 해당 요소를 자유롭게 움직일 수 있습니다. Draw Mode의 영향을 받지 않고 사용할 수 있는 기능입니다. 폴리곤 펜을 사용하여 새로운 폴리곤을 만들 때 선택 툴로 돌아가 점, 선, 면을 이동시킬 필요가 없습니다.

폴리곤 펜(M ~ E)이 활성화된 상태에서 점, 선, 면을 클릭한 후 Ctrl 키를 누르며 드래그하면 Extrude와 같이 돌출되며 연장되는 효과가 있습니다. 점을 대상으로 이 효과를 사용하면 점이 추가적으로 생성되며 기존 형태에서 연장된 폴리곤이 연결되어 나타납니다. 선을 대상으로 이 효과를 사용하면 커서의 방향으로 엣지가 돌출되어 생성되고 면을 대상으로 이 효과를 사용하면 노말 방향으로 폴리곤이 돌출되어 생성됩니다. 이때 면을 클릭하고 Ctrl 키를 누른 채 드래그하면서 Shift 키를 중간에 눌러주면 면이 회전하여 나선형의 형태로 돌출된 폴리곤이 생성됩니다.

폴리곤 펜(M ~ E)을 활성화한 후 Ctrl + Shift 키를 누르며 선에 커서를 올려놓은 뒤 클릭하면, Create Semi Circle의 효과와 같이 선이 반원형으로 변형됩니다. 면을 Ctrl + Shift 키를 누르며 드래그하면 노멀 방향에 한해 해당 면을 움직일 수 있습니다. 또한, 선을 마우스 휠로 클릭하고 좌우로 드래그하면 해당 선이 인접한 다른 선과 연결되어 분할됩니다. 이때 얼마나 드래그하느냐에 따라 분할 수가 결정됩니다. 선에서 Shift 키를 누르며 드래그하면 한 개의 분할선이 생성되고, 드래그하여 마우스를 놓는 지점에 분할선이 자리를 잡습니다.

02 분할을 위한 Line Cut, Plane Cut, Loop/Path Cut

폴리곤 모델링과 스플라인 모델링을 배울 때 분할에 대한 언급이 많았습니다. 그만큼 3D 모델링에서는 분할이 매우 중요한 개념이며 특히, 서브디비전 모델링에서는 분할이 절반이라고 할 수 있습니다. 하지만, 미리 분할을 Primitive Object 단계에서 모두 설정해두고 모델링을 할 수 없기 때문에 형태를 만들어나가면서 새로운 분할을 만들어주어야 원하는 형태를 자연스럽게 만들 수 있습니다. 이때 유용하게 쓰이는 기능 중 하나가 바로 Cut 시리즈 기능들입니다. 적재적소에 이 기능을 사용할 수 있다면 내가 원하는 분할을 만들 수 있습니다.

✏ Line Cut(K ~ K , M ~ K)

Options 설정

① **Visible Only** : 뷰포트에서 보이는 Edges, Polygons만 자릅니다. 즉, 뷰포트 시점에서 보이지 않는 부분에는 효과가 적용되지 않습니다. 반대로, 이 옵션을 해제하여 비활성화하면 뷰포트에서 보이지 않는 부분까지 자릅니다.

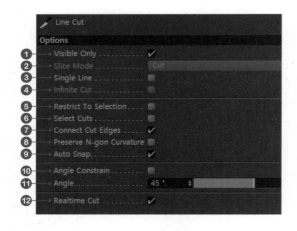

② **Slice Mode** : Line Cut을 통해 오브젝트를 분할한 뒤 오브젝트가 처리되는 방식을 선택합니다. 기본값으로 설정된 Cut은 분할선만 생성됩니다. Split을 설정하면 분할선을 기점으로 오브젝트가 나뉘고 분리가 가능합니다. Remove Part A/B를 설정하면, 분할선을 기점으로 오브젝트가 둘 중 한 부분만 남고 제거됩니다.

③ **Single Line** : 이 옵션을 설정하기 전에 Line Cut을 사용하면 무한정으로 포인트를 찍으며 분할선을 구성할 수 있습니다. 하지만 이 옵션을 활성화하면 Line Cut이 2개의 포인트로만 구성됩니다.

④ **Infinite Cut** : 이 옵션을 설정하기 전에 Line Cut을 사용하면 찍은 포인트 사이로만 분할선이 구성되지만, 옵션을 활성화하면 Line Cut으로 찍은 포인트로 구성된 분할선이 무제한으로 연장됩니다. 이 옵션은 Single Line이 활성화되었을 때만 설정할 수 있는 옵션입니다.

⑤ **Restrict To Selection** : 선택한 Edges, Polygons에 한해서만 Line Cut의 효과가 적용됩니다.

⑥ **Select Cuts** : Line Cut의 효과가 적용된 직후 Line Cut으로 인해 생긴 분할선이 자동적으로 선택됩니다.

⑦ **Connect Cut Edges** : 기본값으로 설정되어 있으며, 활성화되어 있을 때 Edges와 Polygons가 함께 분할됩니다. 비활성화될 경우 Edges에 한해서만 분할됩니다.

⑧ **Preserve N-gon Curvature** : 곡률을 가진 N-gon의 곡률이 유지된 채로 분할됩니다. 만약 옵션이 비활성화된 상태로 사용할 경우 곡률을 가진 N-gon의 형태가 달라질 수 있습니다.

⑨ **Auto Snap** : 기본값으로 설정되어 있으며, 활성화었을 때 Points, Edges, Polygons에 대해서 스냅 기능이 발동합니다. Line Cut을 사용할 때 Points, Edges, Polygons에 스냅 되지 않고 좀 더 자유롭게 사용하고 싶으면 체크를 해제하면 됩니다.

⑩ **Angle Constrain** : Line Cut으로 구성하는 분할선의 각도 제한이 생깁니다.

⑪ **Angle** : Angle Constrain을 통해 제한하는 각도를 설정하는 옵션입니다. 예를 들어, 45°로 설정하게 되면 Line Cut으로 구성하는 분할선이 45° 단위로만 회전됩니다.

⑫ **Realtime Cut** : 기본값으로 설정되어 있으며, 활성화되어 있을 때 Line Cut을 사용하면 하얀색 선으로 미리보기가 생성됩니다. 이때 하얀색 미리보기 선의 시작과 끝에 있는 점을 이동하여 Line Cut을 편집하고 [ESC] 키를 눌러 확정지을 수 있습니다. 하지만, 아주 높은 분할을 가진 오브젝트에 이 옵션을 사용하면 미리보기를 위한 계산에 의해 렉이 걸릴 수 있습니다. 이런 경우에는 옵션을 해제하여 Line Cut을 사용하자마자 즉각적으로 반영되게 할 수 있습니다.

◈ Plane Cut(K~J, M~J)

Options 설정

① **Mode** : Plane Cut을 이용해 오브젝트를 자르는 방식을 설정하는 옵션입니다. 기본값으로 설정된 Cut All을 사용하면 전체적으로 일반적인 분할만 적용됩니다. Split을 사용하면 분할선을 기점으로 오브젝트가 분리됩니다. Remove Part A/B를 사용하면 분할선을 기점으로 두 개의 오브젝트 중 하나만 남고 삭제됩니다.

② **Plane Mode** : Plane Cut을 이용해 오브젝트를 자르

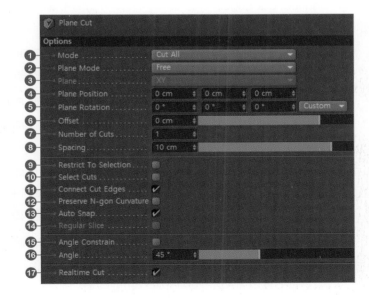

는 방향에 대한 기준을 설정하는 옵션입니다. 기본값으로 설정된 Free를 사용하면 Line Cut과 유사하게 두 개의 포인트를 찍어 분할선을 구성하고 해당 분할선을 자유롭게 회전하거나 이동하여 편집할 수 있습니다. Local로 설정하면 Plane Cut을 적용하는 해당 오브젝트의 축을 기준으로 방향이 설정됩니다. World로 설정하면 뷰포트의 월드 축을 기준으로 방향이 설정됩니다. 마지막으로, Camera로 설정하면 뷰포트에서 보는 시점을 기준으로 방향이 설정됩니다.

③ **Plane** : Plane Mode에서 Local, World, Camera 중 하나를 선택했을 때 활성화되는 옵션입니다. Plane Mode에서 설정한 기준에 맞춰 XY, YZ, XZ 평면 중 하나의 방향으로 설정할 수 있습니다.

④ **Plane Position** : Plane Mode에서 Free를 선택했을 때 활성화되는 옵션입니다. Free인 상태로 Plane Cut을 사용했을 때 분할선에 대한 이동을 X, Y, Z축의 위치값으로 설정할 수 있습니다.

⑤ **Plane Rotation** : Plane Mode에서 Free를 선택했을 때 활성화되는 옵션입니다. Free인 상태로 Plane Cut을 사용했을 때 분할선에 대한 회전을 H, P, B의 회전값으로 설정할 수 있습니다.

⑥ **Offset** : Plane Cut으로 분할선을 설정하고 해당 분할선 위치에서 추가로 이동시킬 때 사용하는 옵션입니다.

⑦ **Number of Cuts** : Plane Cut으로 여러 개의 분할선을 설정할 때 해당 개수를 설정하는 옵션입니다.

⑧ **Spacing** : Number of Cuts로 여러 개의 분할선을 설정할 때 해당 분할선의 간격을 지정할 수 있는 옵션입니다.

⑨ **Restrict To Selection** : 선택한 Edge, Polygon에 한해서만 Plane Cut의 효과가 적용됩니다.

⑩ **Select Cuts** : Plane Cut의 효과가 적용된 직후 Line Cut으로 인해 생긴 분할선이 자동적으로 선택됩니다.

⑪ **Connect Cut Edges** : 기본값으로 설정되어 있으며, 활성화되었을 때 Edge와 Polygon이 함께 분할됩니다. 비활성화될 경우, Edges에 한해서만 분할됩니다.

⑫ **Preserve N-gon Curvature** : 곡률을 가진 N-gon의 곡률이 유지된 채로 분할됩니다. 만약, 이 옵션이 비활성화된 상태로 사용할 경우 곡률을 가진 N-gon의 형태가 달라질 수 있습니다.

⑬ **Auto Snap** : 기본값으로 설정되어 있으며, 활성화되었을 때 Point, Edge, Polygon에 대해서 스냅 기능이 적용됩니다. Plane Cut을 사용할 때 Point, Edge, Polygon에 스냅 되지 않고 좀 더 자유롭게 사용하고 싶으면 체크를 해제합니다.

⑭ **Regular Slice** : Plane Mode 옵션에서 Local, World, Camera 중 하나로 설정했을 때 활성화되는 옵션입니다. 마우스 커서를 올려놓았을 때 해당 오브젝트에 분할이 균등하게 적용되며, Number of Cuts로 분할 개수를 올리면 그에 맞춰 균일하게 간격이 자동적으로 조정됩니다.

⑮ **Angle Constrain** : Line Cut으로 구성하는 분할선의 각도 제한이 생깁니다.

⑯ **Angle** : Angle Constrain을 통해 제한하는 각도를 설정하는 옵션입니다. 예를 들어, 45°로 설정하면 Line Cut으로 구성하는 분할선이 45° 단위로만 회전됩니다.

⑰ **Realtime Cut** : 기본값으로 설정되어 있으며, 활성화되어 있을 때 Plane Cut을 사용하면 하얀색 선으로 미리보기가 생성됩니다. 이때 하얀색 미리보기 선의 시작과 끝에 있는 점을 이동하여 Plane Cut을 편집하고 ESC 키를 눌러 확정지을 수 있습니다. 하지만 아주 높은 분할을 가진 오브젝트에 이 옵션을 사용하면 미리보기를 위한 계산에 의해 렉이 걸릴 수 있습니다. 이런 경우에는 옵션을 해제하여 Plane Cut을 사용하자마자 즉각적으로 반영되게 할 수 있습니다.

🧊 Loop/Path Cut(K~L, M~L)

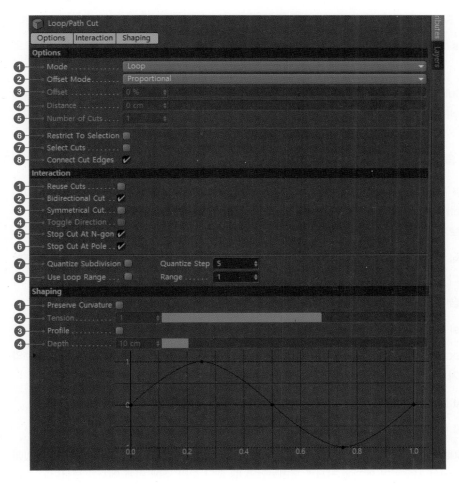

Options 설정

① **Mode** : Loop 혹은 Path 중 하나의 모드를 선택할 수 있습니다. Loop를 선택한 경우 자동으로 루프가 인식되며, Stop Cut At N-gon과 Stop Cut At Pole을 통해 해당 루프를 조정할 수 있습니다. Path를 선택한 경우 일반적으로는 Loop와 같이 작동하지만, 일정한 경로를 선택해주면 해당 경로를 따라

Loop/Path Cut이 작동하게 됩니다.

❷ **Offset Mode** : Loop/Path Cut으로 설정한 분할선이 해당 영역에서 어떤 기준으로 생성될지 설정할 수 있습니다. Proportional로 설정하게 되는 경우 인근 분할선에 대한 균일한 거리를 기준으로 생성됩니다. Edge Distance로 설정하면 인근 모서리에 평행하게 만들어집니다.

❸ **Offset** : Offset Mode로 설정한 기준에 맞게 퍼센트를 기준으로 분할선을 설정합니다.

❹ **Distance** : Offset Mode로 설정한 기준에 맞게 cm를 기준으로 분할선을 설정합니다.

❺ **Number of Cuts** : Loop/Path Cut으로 여러 개의 분할선을 설정할 때 그 개수를 지정합니다. 생성된 여러 개의 분할선은 앞서 설정한 Offset Mode에 의해 간격이 결정됩니다.

❻ **Restrict To Selection** : 선택한 Edges, Polygons에 한해서만 Loop/Path Cut의 효과가 적용됩니다.

❼ **Select Cuts** : Loop/Path Cut의 효과가 적용된 직후 Line Cut으로 인해 생긴 분할선이 자동적으로 선택됩니다.

❽ **Connect Cut Edges** : 기본값으로 설정되어 있으며, 활성화되었을 때 Edges와 Polygons가 함께 분할됩니다. 비활성화될 경우, Edges에 한해서만 분할됩니다.

Interaction 설정

❶ **Reuse Cuts** : 앞서 Loop/Path Cut을 통해 생성한 분할선을 유사한 지점에 반복하여 만들 수 있습니다. 해당 옵션을 체크하고 유사한 지점에 커서를 올리면 앞서 만든 분할선과 동일한 설정과 형태의 분할선이 미리보기로 나타나며 이를 클릭하면 생성됩니다.

❷ **Bidirectional Cut** : 완전하지 않은 루프에 대해 Loop/Path Cut으로 클릭한 엣지의 양방향으로 분할이 설정됩니다. 완전한 루프에서는 완전하게 연결되는 분할선이 생성되므로 이 옵션에 대한 결과를 확인하기 어렵습니다.

❸ **Symmetrical Cut** : 커서가 올라가 있는 엣지의 중앙을 기점으로 대칭으로 분할선이 생성됩니다.

❹ **Toggle Direction** : Offset Mode를 Edge Distance로 설정했을 때 옵션을 활성화하면, Distance의 기준이 반대가 됩니다.

❺ **Stop Cut At N-gon** : 루프가 N-gon에 닿을 때 루프의 인식을 중단합니다.

❻ **Stop Cut At Pole** : 루프가 Pole에 닿을 때 루프 인식을 중단합니다.

❼ **Quantize Subdivision** : 이 옵션을 체크한 뒤 Quantize Step에 분할 수를 설정할 수 있습니다. 이때 Loop/Path Cut을 사용하면 엣지에 커서를 올려놓았을 때 해당 분할 수에 맞게 엣지가 분할되어 기준점을 지정해줍니다.

❽ **Use Loop Range** : 이 옵션을 체크한 뒤 Range에 루프로 설정할 면의 개수를 설정할 수 있습니다. 이때 Loop/Path Cut을 사용하면 엣지에 커서를 올려놓았을 때 앞서 설정한 면의 개수에 한해서만 루프가 인식됩니다.

Shaping 설정

① **Preserve Curvature** : 곡률을 가진 형태에 Loop/Path Cut을 사용할 때 유용한 옵션입니다. 옵션이 활성화되면 엣지에 커서를 올려놓았을 때 자동으로 오브젝트의 형태가 가진 곡률을 인식하여 초록색 선으로 해당 곡률을 보여주고, 이때 클릭하여 분할을 설정하면 해당 곡률에 맞게 분할선이 생기며 형태가 곡률에 맞게 변형됩니다.

② **Tension** : 활성화된 Preserve Curvature에 보이는 곡률의 장력을 설정할 수 있습니다. 기본값으로 설정된 '1'에서는 오브젝트가 가진 곡률 그대로를 보여주지만, '+/−' 값으로 수치를 조정하면 더 튀어나오거나 반대로 들어가는 곡률의 형태를 만들 수 있습니다.

③ **Profile** : 사용자가 직접 설정한 곡률에 맞게 Loop/Path Cut을 사용하여 분할하고 형태를 변형시킬 수 있습니다.

④ **Depth** : Profile을 사용했을 때 활성화되는 옵션이며, 그래프를 통해 직접 사용자가 원하는 곡률의 형태를 설정할 수 있고, cm 단위의 수치를 통해 해당 곡률의 크기를 설정할 수 있습니다.

알아두기 분할을 위한 Cut 시리즈 활용법

일반적으로 Cut 시리즈의 기능을 사용할 때 제일 주의해야 하는 것은 Line Cut의 Visible Only 옵션입니다. 이 옵션을 해제하여 안 보이는 부분까지 분할할 수도 있지만, 주의하지 않으면 원하지 않는 부분까지 분할이 될 수 있습니다.

Loop/Path Cut을 위해선 오브젝트 형태상 루프가 잘 형성되어 있어야 합니다. 루프라는 것은 평행한 엣지가 일렬로 이어져야 하는 것으로 원하는 대로 항상 완벽하게 작동하지 않을 수 있습니다. 이런 경우 Line Cut이나 Plane Cut으로 직접 분할을 설정해주는 것이 좋습니다. 자칫 루프를 확인하지 않고 분할했을 때 루프가 이상한 곳으로 연결되어 원치 않는 분할이 생길 수 있기 때문입니다.

항상 Cut 시리즈를 사용한 후 모든 각도에서 면밀히 체크합니다. 또한, Points 모드로 전환하여 혹시나 예상치 못한 점이 생성되었는지 꼭 확인해주기 바랍니다. 이런 점검 없이 모델링을 진행하면 되돌릴 수 없는 지점에서 문제가 발생하기 쉽습니다.

03 복잡한 형태를 분할하는 다양한 방법, Edge Cut, Edges 모드에서의 Bevel(Solid)

Cut 시리즈와는 또 다르게 분할을 쉽게 할 수 있는 기능들입니다. 특히, 균일하게 여러 부분의 분할을 적용해야 할 때 유용한 기능들입니다.

✏️ Edge Cut

Options 설정

① **Offset** : Edge Cut을 통해 생성된 분할선의 위치를 퍼센트 단위로 설정할 수 있습니다.

② **Scale** : Edge Cut을 통해 생성된 여러 개의 분할선 사이의 간격을 늘리거나 줄일 수 있습니다.

③ **Subdivision** : Edge Cut으로 만드는 분할선의 개수를 늘리거나 줄일 수 있습니다.

④ **Create N-gons** : 기본값으로 활성화되어 있는 옵션이며, 분할된 면을 N-gon으로 처리하는 설정입니다. 분할을 확인하기 위해서는 이 옵션의 체크를 해제해야 합니다.

Tool 설정

① **Realtime Update** : 기본값으로 활성화되어 있는 옵션이며, Edge Cut을 사용했을 때 즉각적으로 효과가 나타나게 해주는 옵션입니다. 하지만, 오브젝트가 분할값이 많아 무겁거나 컴퓨터의 사양이 부족할 때는 이 옵션을 비활성화하여 즉각적으로 연산되지 않게 할 수 있습니다. 이때 아래의 Apply, New Transform을 통해 효과를 적용시킬 수 있습니다.

② **Apply/New Transform/Reset Values** : Apply를 통해 해당 오브젝트에 변경 사항을 반영할 수 있습니다. New Transform으로 새로 편집한 변경 사항을 다시 적용시킬 수 있으며, Reset Values를 통해 Edge Cut의 옵션을 초기화시킬 수 있습니다.

🎁 Bevel(Ⓜ~Ⓢ)

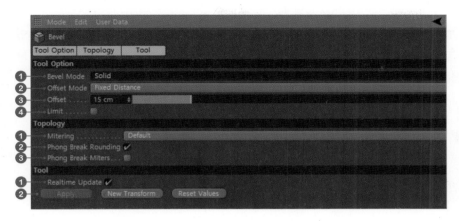

Tool Option 설정

① **Bevel Mode** : Bevel의 방식을 선택할 수 있는 옵션입니다. 옵션 중 Solid 방식을 이용해 곡률을 주지 않고 선택된 엣지에서부터 균일한 분할선을 만들 수 있습니다.

② **Offset Mode** : Bevel을 통해 생성된 분할선의 처리 방식을 선택합니다. 기본값으로 설정된 Fixed Distance는 선택한 엣지에서부터 일정한 거리로 분할선을 만듭니다. Proportional로 설정하면 전체 형태에 비례한 거리에 맞춰 분할선을 만듭니다.

③ **Offset** : 선택한 엣지에서부터 분할선을 생성할 거리를 'cm' 단위로 설정하는 옵션입니다.

④ **Limit** : Bevel 기능의 제한을 걸어 형태를 벗어나는 Bevel이 일어나지 않도록 합니다.

Topology 설정

① **Mitering** : 2개의 엣지가 교차하는 지점의 처리 방식을 결정하는 옵션입니다. 꼭짓점을 나누는 방식을 결정하기 때문에 Solid 모드로 Bevel을 사용하면 주로 Uniform이나 Patch 방식을 사용하여 균일한 형태를 만듭니다.

② **Phong Break Rounding** : 기본값으로 활성화되어 있으며, 활성화되어 있을 경우 모서리에 해당하는 라운딩 퐁이 깨집니다. 체크를 해제하여 비활성화할 경우 라운딩 퐁으로 부드럽게 처리되어 보입니다.

③ **Phong Break Miters** : 기본값으로 비활성화되어 있으며, 비활성화되어 있을 경우 코너에 해당하는 마이터 퐁이 유지됩니다. 체크하여 활성화할 경우 마이터 퐁이 깨지며 코너가 다소 각지게 표현됩니다.

Tool 설정

① **Realtime Update** : 기본값으로 활성화되어 있는 옵션이며, Bevel을 사용했을 때 즉각적으로 효과가 나타나게 해주는 옵션입니다. 하지만, 오브젝트가 분할값이 많아 무겁거나 컴퓨터의 사양이 부족

할 때는 이 옵션을 비활성화하여 즉각적으로 연산되지 않게 할 수 있습니다. 이때 아래의 Apply, New Transform을 통해 효과를 적용시킬 수 있습니다.

❷ **Apply/New Transform/Reset Values** : Apply를 통해 해당 오브젝트에 변경 사항을 반영할 수 있습니다. New Transform으로 새로 편집한 변경 사항을 다시 적용시킬 수 있으며, Reset Values를 통해 Bevel의 옵션을 초기화 시킬 수 있습니다.

💡 알아두기　　Edge Cut과 Edges 모드에서의 Bevel(Solid) 사용법

Edge Cut은 일반적으로 Ring Selection(U~B)을 사용하여 분할을 원하는 영역의 엣지를 선택해준 뒤 뷰포트의 빈곳을 드래그하여 설정합니다. 좌우로 드래그하는 것에 따라 분할 수가 결정되지만, 이때 분할을 확인하려면 꼭 Create N-gons 옵션의 체크를 해제해야 합니다. 해제하지 않으면 분할 면이 N-gons로 설정되어 분할이 보이지 않습니다.

Edges 모드에서의 Bevel(Solid)을 사용할 경우 Loop Selection(U~L)을 사용하여 분할을 원하는 엣지를 선택합니다. Loop Selection(U~L)을 사용할 때 Shift 키를 누르며 선택하면 다중 선택이 가능합니다. 이때, 항상 주의해야 할 점은 선택한 영역이 원하는 대로 선택되었는지 체크하는 것입니다. Cut 시리즈에서 설명한 것처럼 루프는 모델링을 하다 보면 원하는 대로 형성되지 않는 경우가 있습니다. 이때 점검 없이 Bevel을 사용하면 원치 않는 분할로 인해 형태가 망가질 수 있으니 주의해야 합니다.

04 　면의 흐름을 따라 Edge의 형태를 변형시키는 도구

🔲 Edge Slide(M~0)는 선택한 Edge를 오브젝트의 실루엣이나 면의 흐름에 맞춰 이동시킬 수 있는 툴입니다. 특히, 곡률을 가진 형태의 오브젝트를 편집하는데 유용한 툴입니다.

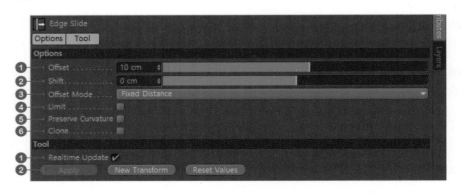

Option 설정

① **Offset** : 선택한 단일 혹은 여러 개의 엣지를 Edge Slide 툴로 표면 위에서 얼마나 이동시킬지 결정합니다. Offset Mode가 Fixed Distance일 경우에는 cm 단위로 해당 표면을 벗어나는 범위까지 이동되며, Proportional로 설정할 경우 % 단위로 해당 표면의 범위 내에서 이동됩니다.

② **Shift** : 노말 방향에 맞춰 선택된 단일 혹은 여러 개의 엣지를 이동시킬 수 있는 거리를 cm 단위로 설정합니다.

③ **Offset Mode** : 엣지를 Edge Slide 시키는 방식을 설정하는 옵션입니다. Fixed Distance 혹은 Proportional 설정에 따라 Offset의 방식이 달라집니다.

④ **Limit** : 엣지가 이동한 범위의 제한이 생기며 표면의 범위를 벗어날 수 없게 됩니다.

⑤ **Preserve Curvature** : 해당 표면이 가지고 있는 곡률을 자동으로 인식하여 해당 표면에 맞게 형태가 변형되며 엣지가 이동합니다.

⑥ **Clone** : 선택한 단일 혹은 여러 개의 엣지가 표면을 따라 복제되어 이동합니다.

Tool 설정

① **Realtime Update** : 기본값으로 활성화되어 있는 옵션이며, Edge Slide를 사용했을 때 즉각적으로 효과가 나타나게 해주는 옵션입니다. 하지만, 오브젝트가 분할값이 많아 무겁거나 컴퓨터의 사양이 부족할 때는 이 옵션을 비활성화하여 즉각적으로 연산되지 않게 할 수 있습니다. 이때 아래의 Apply, New Transform을 통해 효과를 적용시킬 수 있습니다.

② **Apply/New Transform/Reset Values** : Apply를 통해 해당 오브젝트에 변경 사항을 반영할 수 있습니다. New Transform으로 새로 편집한 변경 사항을 다시 적용시킬 수 있으며, Reset Values를 통해 Edge Slide의 옵션을 초기화시킬 수 있습니다.

알아두기 ── Edge Slide 툴 사용법

엣지를 선택하여 Edge Slide(M ~ O)를 사용할 때 일반적으로는 뷰포트의 빈곳을 클릭하여 좌우로 드래그하면 표면에 따라 이동됩니다. 만약 곡률을 가진 오브젝트의 형태를 유지하며 엣지를 이동시킬 경우에는 Preserve Curvature를 사용하는 것이 좋습니다.

Edge Slide(M ~ O)로 뷰포트의 빈곳을 클릭하여 좌우로 드래그할 때 Ctrl 키를 누르며 드래그하면 선택된 엣지가 복제되어 이동합니다. 이는 Clone 옵션을 활성화한 것과 같은 효과입니다. 드래그할 때 Shift 키를 누르면 노말 방향으로 이동하게 됩니다. 이는 Shift 옵션을 사용한 것과 같은 효과입니다.

05 면 위에 원을 만드는 도구, Points 모드에서의 Bevel(Chamfer)

Bevel(Chamfer)은 복잡한 모델링을 하는데 제일 중요한 기능 중 하나로 면 위에 원형으로 면을 분할하여 응용하면 다양한 형태를 만들 수 있습니다.

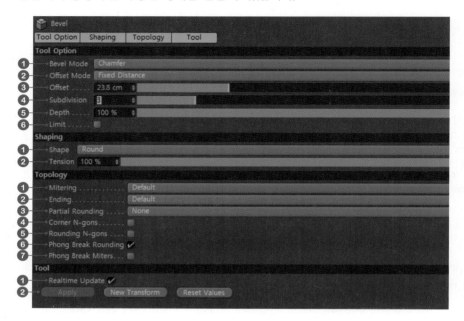

Tool Option 설정

1 **Bevel Mode** : Bevel의 방식을 선택할 수 있는 옵션으로 Chamfer를 이용합니다. 'Chamfer'는 기본값으로 설정된 모드이며, 엣지에 사용했을 때 일반적으로 알고 있는 베벨의 효과를 나타냅니다. 하지만, 이것을 오브젝트의 포인트에 사용하게 되면 면으로 분할됩니다. 이 특성을 이용해 면 위에 원형의 분할면을 만들 수 있습니다.

2 **Offset Mode** : Bevel을 통해 생성된 분할선의 처리 방식을 선택합니다. 기본값으로 설정된 Fixed Distance는 선택한 엣지에서부터 일정한 거리로 분할선을 만듭니다. Proportional로 설정하면 전체 형태에 비례한 거리에 맞춰 분할선을 만듭니다.

3 **Offset** : 선택한 포인트에서부터 분할선을 생성할 거리를 cm 단위로 설정하는 옵션이며, 분할면의 크기를 결정합니다.

4 **Subdivision** : 분할되어 생성되는 분할면의 분할값을 설정합니다.

5 **Depth** : Subdivision을 통해 분할된 분할면의 곡률을 결정합니다. '+' 값으로 수치가 올라가면 안쪽으로 곡률이 생성되고 '–' 값으로 수치가 올라가면 바깥쪽으로 곡률이 생성됩니다. 면 위에 원형을 만들고 싶다면 Depth 값을 '–100%'로 설정해야 합니다.

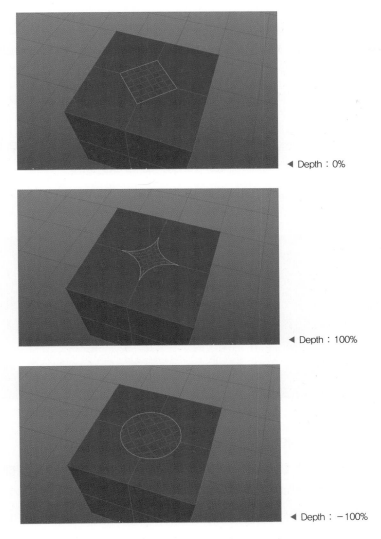

◀ Depth : 0%

◀ Depth : 100%

◀ Depth : -100%

6 Limit : Bevel 기능의 제한을 걸어 형태를 벗어나는 Bevel이 일어나지 않도록 합니다.

Shaping 설정

1 Shape : Bevel을 통해 생성된 분할면의 형태를 결정하는 모드입니다. 기본값으로 설정된 Round 모드는 가장 많이 사용하는 모드로 둥근 형태의 분할면을 만들 수 있습니다. User는 그래프의 형태를 반영하여 분할면의 노말 방향으로 형태를 변형하는 모드입니다. Profile은 가이드가 될 수 있는 스플라인을 설정하여 해당 스플라인의 형태를 따라 분할면의 노말 방향으로 형태를 변형하는 모드입니다.

2 Tension : 곡률의 장력을 결정하는 옵션입니다.

Topology 설정

① **Mitering** : 2개의 엣지가 교차하는 지점의 처리 방식을 결정하는 옵션입니다. Points 모드에서는 비활성화되는 옵션입니다.

② **Ending** : Bevel이 적용되는 엣지의 끝처리에 대한 형태를 지정하는 옵션입니다. Points 모드에서는 비활성화되는 옵션입니다.

③ **Partial Rounding** : 엣지가 교차하는 지점에서 3개의 엣지가 선택되고 2개가 선택되지 않은 경우 특수한 베벨 처리를 지정하는 옵션입니다. Points 모드에서는 비활성화되는 옵션입니다.

④ **Corner N-gons** : 엣지의 교차점에서 분할된 면 처리를 N-gons로 처리합니다. 이에 따라 형태의 실루엣이 약간 달라질 수 있습니다.

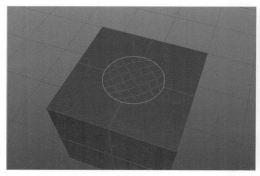

▲ Corner N-gons 체크 전   ▲ Corner N-gons 체크 후

⑤ **Rounding N-gons** : 해당 옵션을 체크하면 모서리에 분할된 면 처리를 N-gons로 처리합니다.

⑥ **Phong Break Rounding** : 기본값으로 활성화되어 있으며, 모서리에 해당하는 라운딩 퐁이 깨집니다. 체크를 해제하여 비활성화할 경우 라운딩 퐁으로 부드럽게 처리되어 보입니다.

⑦ **Phong Break Miters** : 기본값으로 비활성화되어 있으며, 비활성화된 경우 코너에 해당하는 마이터 퐁이 유지됩니다. 체크하여 활성화할 경우 마이터 퐁이 깨지며 코너가 다소 각지게 표현됩니다.

Tool 설정

① **Realtime Update** : 기본값으로 활성화되어 있는 옵션이며, Bevel을 사용했을 때 즉각적으로 효과가 나타나게 해주는 옵션입니다. 하지만, 오브젝트가 분할값이 많아 무겁거나 컴퓨터의 사양이 부족할 때는 이 옵션을 비활성화하여 즉각적으로 연산되지 않게 할 수 있습니다. 이때 아래의 Apply, New Transform을 통해 효과를 적용시킬 수 있습니다.

② **Apply/New Transform/Reset Values** : Apply를 통해 해당 오브젝트에 변경 사항을 반영할 수 있습니다. New Transform으로 새로 편집한 변경 사항을 다시 적용시킬 수 있으며, Reset Values를 통해 Bevel의 옵션을 초기화시킬 수 있습니다.

💡알아두기 Points 모드에서의 Bevel(Chamfer) 사용법

한 점을 기준으로 면으로 확장시키는 방법이기 때문에 면 위에서 이 방법을 사용하려면 해당 면에 분할선이 가로, 세로로 하나씩 교차해야 합니다. 교차점을 기준으로 만들기 때문에 미리 분할에 대한 계획을 세우는 것이 좋습니다.

Bevel을 이용해 점을 원형의 면으로 만들 때 [Tool Option] 탭의 [Subdivision] 수치를 '1'로 설정하는 것이 좋습니다. '1'로 설정하면 팔각형이 형성되어 자연스럽게 사각형으로 이루어진 원형의 면이 생성되기 때문입니다. 서브디비전 서페이스에 넣을 계획이 없는 모델링을 제작한다면 [Subdivision] 수치를 '1'로 설정할 필요는 없습니다. 최대한 자연스러운 원이 될 수 있을 만큼 수치를 높여주고, 대신 Corner N-gons를 체크해 하나의 면이 되도록 설정해주는 것이 모델링을 편집하기 쉽게 만들어줍니다.

06 불필요한 분할을 정리하는 도구 Dissolve, Melt, Weld

🗺 Melt, 🗺 Dissolve는 기본적으로 같은 기능을 하는 툴로 Point나 Edge를 오브젝트에서 없애주는 역할을 합니다. 이 둘의 차이점은 Edge를 없앨 때 나타납니다. Melt의 경우 오브젝트에서 모서리를 담당하는 Edge를 없애면 형태는 그대로 유지되며 Edge만 사라지는 효과입니다. 반면에 Dissolve를 같은 조건에 사용할 경우 없앤 Edge에 맞춰 형태 또한 변형됩니다. 오브젝트의 표면상 불필요한 Point나 Edge를 없앨 때 많이 사용하는 기능이지만 그 차이점을 이해하고 사용하는 것이 좋습니다.

👣 Weld는 Points 모드에서만 활용하며 Line Cut으로 직접 분할을 주어 오브젝트를 변형시킬 경우 생기는 불필요한 Point를 없앨 때 좋습니다. 하지만 두 오브젝트를 [Connect Object]/[Connect Objects + Delete]로 합쳤을 때 빈 폴리곤 영역을 채우거나 이어지지 않은 분할의 Point를 연결할 때 많이 활용됩니다.

레고 블록(2X2) 만들기

여러 개의 원기둥이 합쳐진 형태의 블록을 만들어보겠습니다. 이번 작업은 형태가 복잡해질수록 어떻게 분할을 처리해야 하는지 배워보겠습니다.

⏱ 완성 파일 : 레고블록2×2-완성파일.c4d

01 상단 커맨드 팔레트 바의 [Cube]를 클릭하여 Cube를 생성하고 [Object] 탭 설정 항목을 다음과 같이 설정합니다.

[Object] ・Size X/Y/Z : 300cm/200cm/300cm ・Segments X/Y/Z : 6/4/6

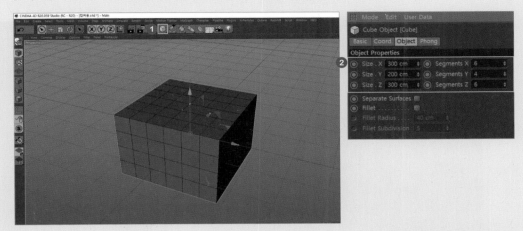

02 C 키를 눌러 Make Editable하고 좌측 커맨드 팔레트 바에서 🧊 Points 툴을 클릭합니다. F2 키를 눌러 Top 뷰로 변경한 후 Rectangle Selection(0) 툴로 왼쪽에서부터 첫 번째와 다섯 번째 분할선에 해당하는 점들을 한꺼번에 선택합니다. Scale(T) 툴로 X축(빨간색) 핸들을 Shift 키를 누르며 드래그하여 '140%'까지 간격을 넓혀줍니다.

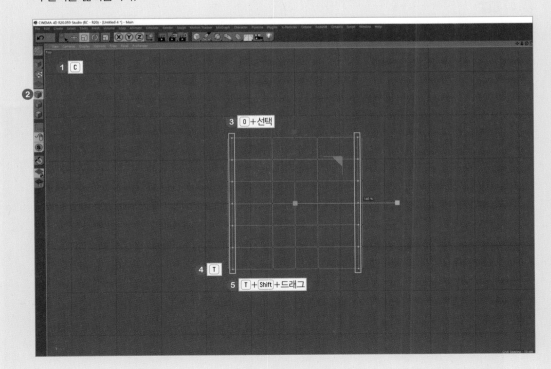

03 Rectangle Selection(◯) 툴로 위에서부터 첫 번째 분할선과 다섯 번째 분할선에 해당하는 점들을 선택합니다. Scale(Ⓣ) 툴을 클릭하고 Z축(파란색) 핸들을 Shift 키를 누르며 드래그하여 '140%'까지 간격을 넓혀줍니다.

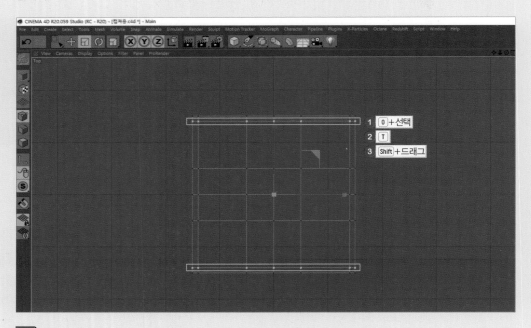

TIP 모서리에 가깝게 이동시킨 분할선들이 Subdivision Surface를 적용했을 때 모서리를 자연스럽게 처리해줍니다.

04 Rectangle Selection(◯) 툴로 위에서 두 번째와 네 번째 분할선의 점들을 선택하고, Scale(Ⓣ) 툴로 Z축(파란색) 핸들을 Shift 키를 누르며 드래그하여 '140%'까지 간격을 넓혀줍니다.

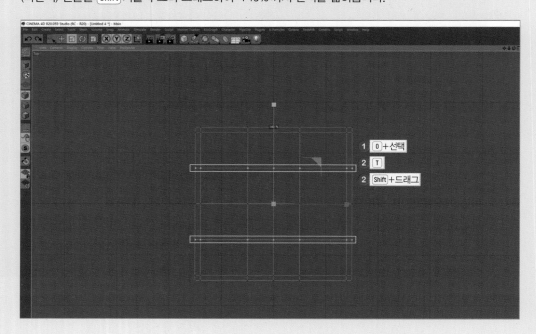

05 Rectangle Selection(0) 툴로 왼쪽에서 두 번째와 네 번째 분할선의 점들을 선택하고, Scale(T) 툴로 X
축(빨간색) 핸들을 Shift 키를 누르며 드래그하여 '140%'까지 간격을 넓혀줍니다.

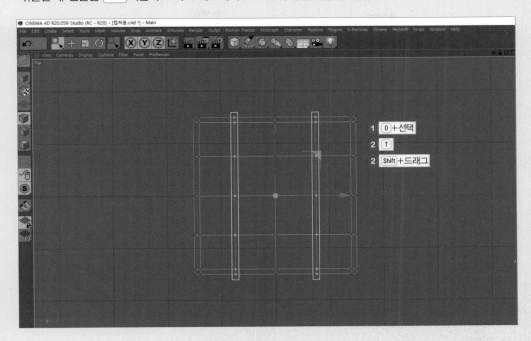

06 F5 키를 눌러 All View 모드로 변경하여 Cube의 옆 부분에 해당하는 분할도 간격을 조정합니다. Front 뷰
에 해당하는 화면을 보며 Rectangle Selection(0) 툴로 위에서 두 번째와 네 번째 분할선의 점들을 선택
하고, Scale(T) 툴로 Y축(초록색) 핸들을 Shift 키를 누르며 드래그하여 '180%'까지 간격을 넓혀줍니다.

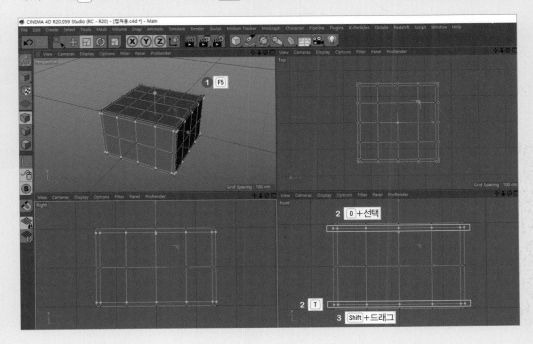

07 원기둥을 뽑기 위해 F1 키를 눌러 Perspective 뷰로 변경하고 Live Selection(9) 툴로 원형으로 면을 변형시킬 네 개의 점을 그림과 같이 선택합니다.

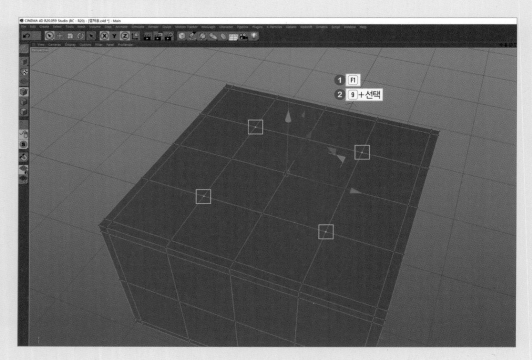

08 선택한 점들을 원형의 면으로 만들기 위해 Bevel(M ~ S) 툴을 활성화하고 [Tool Option] 탭 설정 항목 중 [Offset]을 '50cm', [Subdivision]을 '1', [Depth]를 '-100%'로 설정한 후 Enter 키를 눌러 적용합니다.

[Tool Option] ·Offset : 50cm ·Subdivision : 1 ·Depth : -100%

[Menu Bar] ·[Mesh]-[Create Tools]-[Bevel]

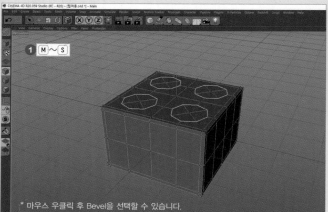

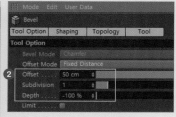

* 마우스 우클릭 후 Bevel을 선택할 수 있습니다.

09 좌측 커맨드 팔레트 바에서  Polygons 툴을 클릭하고 Live Selection(⑨) 툴로 원형으로 만든 면을 모두 선택합니다. Extrude(ⓓ) 툴을 활성화하고 [Options] 탭 설정 항목 중 [Offset]을 '50cm'로 설정하고 Enter 키를 눌러 적용합니다.

[Options] Offset : 50cm

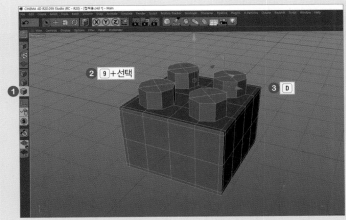

10 좌측 커맨드 팔레트 바에서  Edges 툴을 클릭합니다. 돌출된 원기둥의 모서리 처리를 위해 분할을 진행합니다. 원기둥의 위쪽과 아래쪽을 Loop Selection(ⓤ~ⓛ) 툴을 이용해 Shift 키를 누르며 모두 선택합니다. 선택된 모서리는 Bevel(ⓜ~ⓢ) 툴을 활성화하고 [Tool Option] 탭 설정 항목 중 [Bevel Mode]를 'Solid'로 [Offset]은 '7.5cm'로 설정합니다.

[Tool Option] ·Bevel Mode : Solid ·Offset : 7.5cm
[Menu Bar] ·[Select]-[Loop Selection] ·[Mesh]-[Create Tools]-[Bevel]

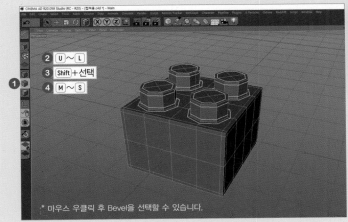
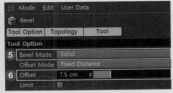

11 분할된 육면체의 위, 아래로 사각형이 아닌 폴리곤을 정리하겠습니다. F2 키를 눌러 Top 뷰로 전환합니다. Line Cut(K ∼ K) 툴을 활성화하고 사각형이 아닌 폴리곤을 잘라주기 위해 먼저 좌측 커맨드 팔레트 바의 Points 툴을 클릭합니다. Line Cut(K ∼ K) 툴 사용 시 [Visible Only]를 꼭 해제하고 사용합니다. 블록의 네 모서리 쪽에 위치한 원기둥의 바깥 점을 Shift 키로 누르며 수직 수평으로 잘라줍니다.

[Menu Bar] · [Mesh]−[Create Tools]−[Line Cut]

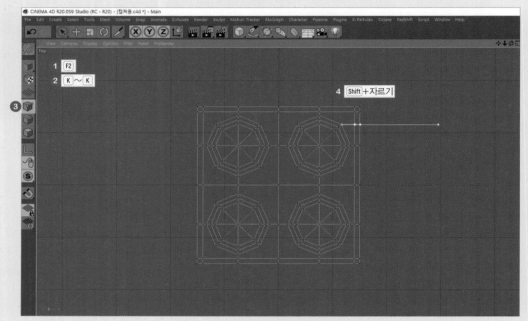

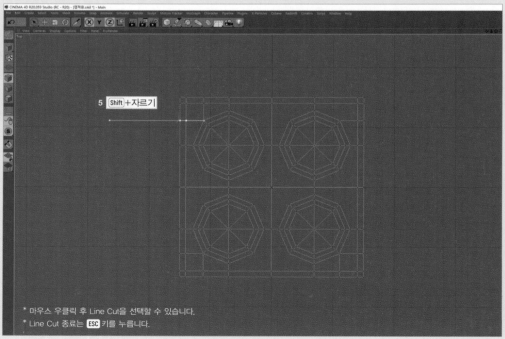

* 마우스 우클릭 후 Line Cut을 선택할 수 있습니다.
* Line Cut 종료는 ESC 키를 누릅니다.

12 안쪽도 추가적으로 Line Cut(K ~ K) 툴을 이용해 Shift 키를 누르며 수직, 수평으로 잘라줍니다. 수직, 수평을 유지하면서 원기둥을 제외하고 사각형이 아닌 다각형의 형태가 없도록 잘라주는 것입니다.

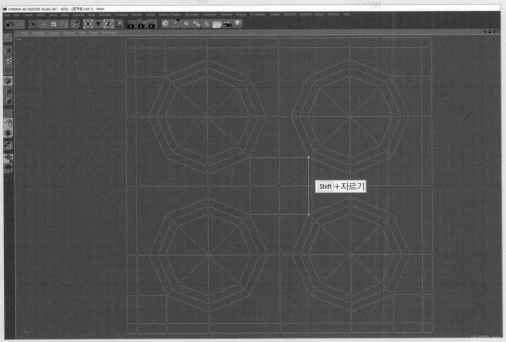

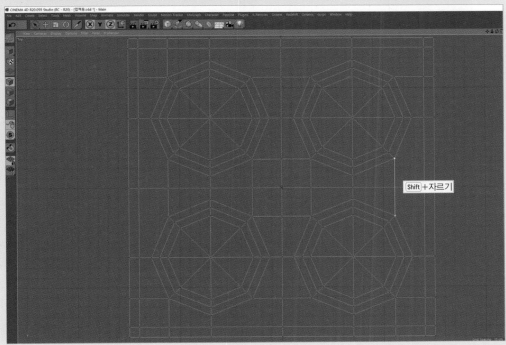

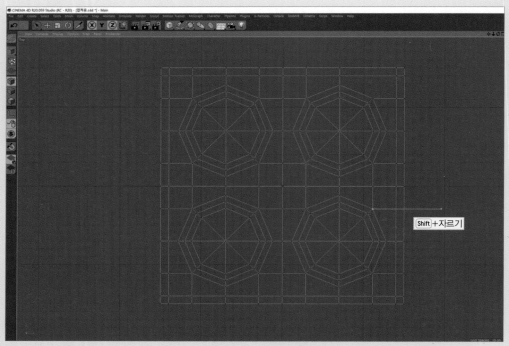

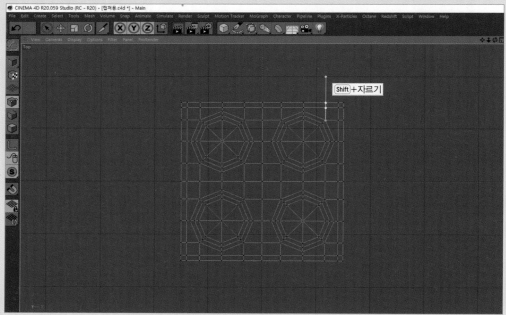

TIP 원기둥 형태에 해당하는 영역 내부에 삼각형이 보이는 것을 알 수 있습니다. Top 뷰에서는 형태의 와이어프레임이 겹쳐 보이기 때문에 윗면과 아랫면이 겹쳐 보여 삼각형으로 보인다는 것을 인지해야 합니다.

13 F1 키를 눌러 Perspective 뷰로 변경하고 화면을 돌려 Cube 오브젝트의 아랫면을 보면 엣지만 분할되고
면은 분할되지 않아 연결되지 않은 포인트들이 보일 것입니다. 이 포인트들을 Line Cut(K ~ K) 툴을 이
용해 연결합니다.

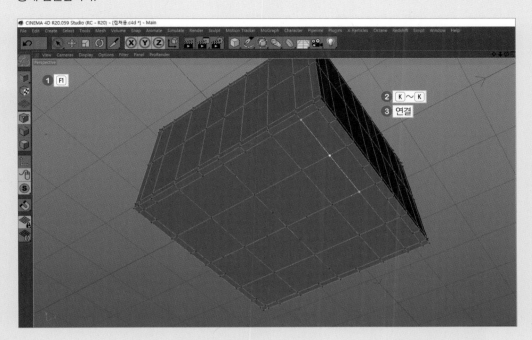

14 분할 정리를 끝낸 후 화면을 돌려보며 잘못 잘리거나 분할이 충분치 않은 곳이 없는지 확인합니다. 이상한
곳이 없으면 뷰포트 빈 곳을 마우스 우클릭하고 'Optimize'를 클릭해 최적화합니다.

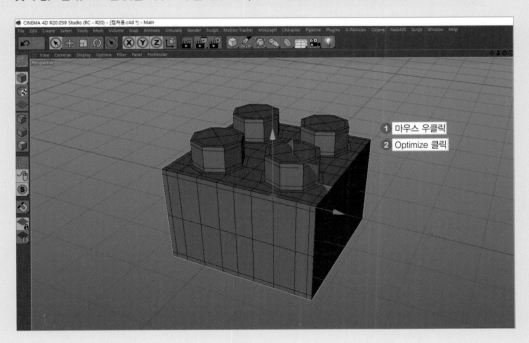

> **TIP**
> Optimize를 할 때 특정 점이나 요소만 선택된 상태에서 진행하면 오브젝트 전체가 아니라 해당 점만 최적화되기 때문에 해당 선택을 뷰포트 빈 곳을 클릭하여 해제하거나 Ctrl + A 키를 눌러 전체 선택을 한 상태에서 진행해야 합니다.

15 좌측 커맨드 팔레트 바에서 🔲 Model 툴을 클릭하고 Cube가 선택된 상태에서 Alt 키를 누르며 상단 커맨드 팔레트 바의 [Subdivision Surface]를 클릭하여 계층 구조에 맞게 적용합니다. 화면을 돌려보고 Subdivision Surface가 제대로 작동한다면 완성입니다.

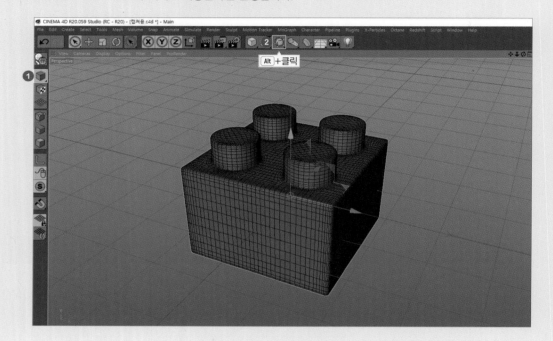

T자 파이프 만들기

레고 블록에서 만든 형태는 육면체와 원기둥이 합쳐진 형태라면 이번에는 원기둥과 원기둥이 합쳐진 형태를 만들어보겠습니다. 곡선의 형태를 가진 원기둥을 어떻게 분할하여 형태를 만들어나가는지 알아보도록 하겠습니다.

 완성 파일 : T자파이프－완성파일.c4d

알아두기   Subdivision 모델링을 위한 원기둥 분할법

Subdivision Surface 특성상 오브젝트가 가진 분할을 다시 한 번 분할하기 때문에 기존 오브젝트의 분할이 너무 많으면 과한 분할을 만들게 됩니다. 육면체와 같은 일반적인 다각형에서는 크게 문제가 되지 않지만 완벽한 원의 형태를 만들 경우 문제가 발생합니다. 보통 원에 가까워지기 위해서는 많은 분할이 필요한 게 상식이지만 몇 십 개에 달하는 분할을 가진 원기둥을 직접 가공하며 모델링하기는 너무 비효율적입니다. 그래서 우리가 Subdivision 모델링에서 원기둥을 다룰 때 기억해두면 좋은 분할 수가 있는데 이는 '8, 12, 16'입니다. 이 숫자를 기반으로 원기둥의 Rotation Segment를 설정하거나 Bevel의 Subdivision을 설정하면 모델링이 매우 수월해집니다.

'8, 12, 16'이라는 숫자는 Top 뷰에서 보았을 때 공통점이 있습니다. 세 숫자 모두 뷰포트에서 보이는 X와 Z축 그리드에 대해 수직/수평에 딱 맞는 분할이라는 점입니다. 물론, '8, 12, 16'과 같은 조건을 가진 숫자가 더 있습니다. 예를 들어, '4'와 '20'도 해당 조건에 부합합니다. 하지만 '4'는 Subdivision Surface가 적용되어도 완벽한 원의 형태를 구현하지 못하고 '20'은 Subdivision Surface가 적용될 것을 생각했을 때 너무 큰 숫자입니다. '8, 12, 16'과 같은 숫자로 원기둥을 구성할 때가 윗면과 아랫면을 사각형 폴리곤으로 구성하기 매우 쉽습니다. Top 뷰에서 X축과 Z축 그리드에 대해 수직, 수평일 때 원기둥의 윗면과 아랫면을 사각형 폴리곤으로 정리하기 쉬우며 그중 제일 적당한 세 가지 숫자인 '8, 12, 16'이 중요한 것입니다. 단순히 원기둥 형태뿐만 아니라 특정 오브젝트에 원형의 구멍을 뚫어야 할 경우에도 '8, 12, 16'은 유효합니다.

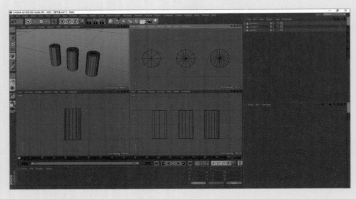

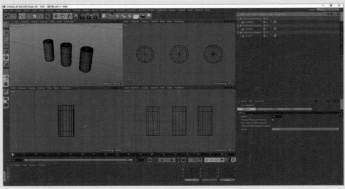

01 상단의 상단 커맨드 팔레트 바에서 [Cube]–[Cylinder]를 클릭하여 뷰포트에 생성해줍니다.

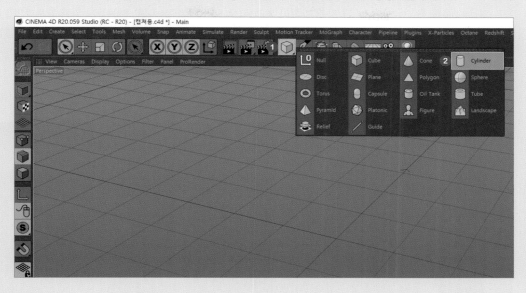

02 Cylinder의 방향을 돌려주기 위해 [Object] 탭 설정 항목 중 [Orientation]을 '+X'로 변경합니다. 사이즈를 조정하기 위해 [Height]는 '300cm', [Height Segments]는 '4', [Rotation Segments]는 '8'로 변경합니다.

[Object] ・Height : 300cm ・Height Segments : 4 ・Rotation Segments : 8 ・Orientation : +X

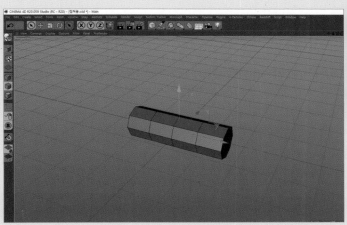

 TIP '8'의 Rotation Segment는 앞서 설명한 대로 원기둥의 형태를 유지하기 위한 최소한의 분할값입니다.

03 C 키를 눌러 Make Editable하고 좌측 커맨드 팔레트 바에서 📦 Edges 툴을 클릭합니다. Make Editable을 한 Cylinder는 위/아래 뚜껑이 분리된 상태이기 때문에 이를 붙여주기 위해 뷰포트의 빈 곳을 마우스로 우클릭하고 'Optimize'를 클릭하여 정리합니다. Cylinder의 뚜껑에 해당하는 부분이 삼각형으로 분할되어 있기 때문에 정중앙의 점과 연결된 8개의 분할선 중 Shift 키를 누르고 4개를 선택한 후 Melt(U ~ Z) 툴로 없애줍니다. Cylinder의 모든 면이 사각형으로 이뤄지게 됩니다.

[Menu Bar] • [Mesh]-[Commands]-[Melt]

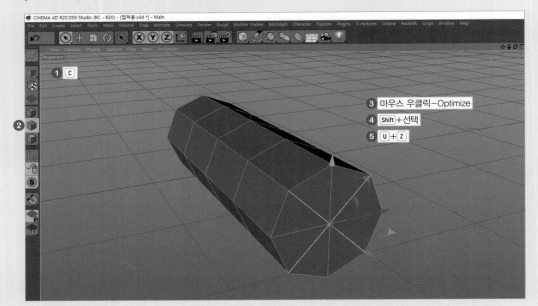

04 F2 키를 눌러 Top 뷰로 전환합니다. 안 보이는 뒷부분까지 한꺼번에 자르기 위해 Line Cut(K ~ K) 툴을 활성화하고 [Options] 탭 설정 항목 중 [Visible Only] 체크를 해제합니다. 정중앙의 점을 한 번 클릭하고 Shift 키를 누른 채 오른쪽으로 분할선을 설정한 후 Cylinder의 바깥쪽에서 클릭하여 분할합니다. 다시 정중앙의 점을 클릭한 뒤 Shift 키를 누른 상태로 왼쪽으로 분할선을 설정합니다.

[Options] Visible Only : 설정 해제
[Menu Bar] • [Mesh]-[Create Tools]-[Line Cut]

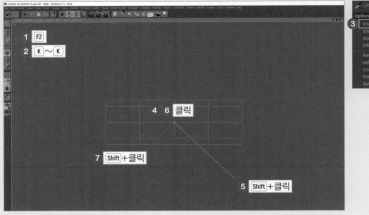

05 F1 키를 눌러 Perspective 뷰로 전환하고 타원형으로 면이 분할되었는지 확인합니다. 타원형으로 분할된 면 내부에 있는 점들을 지우고 구멍을 뚫기 위해 좌측 커맨드 팔레트 바의 📦 Points 툴을 클릭합니다. Live Selection(9) 툴로 3개의 점을 선택하고 Delete 키를 눌러 지웁니다.

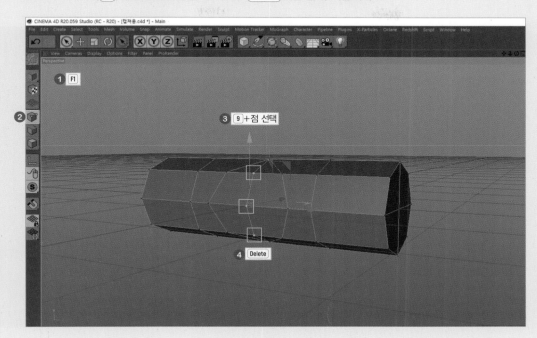

06 구멍이 뚫린 부분의 엣지를 선택하기 위해 좌측 커맨드 팔레트 바에서 📦 Edges 툴을 클릭합니다. Loop Selection(U ~ L) 툴을 활성화한 후 [Options] 탭 설정 항목 중 [Select Boundary Loop]를 체크합니다. 커서를 올려놓고 구멍이 뚫린 부분의 엣지를 선택합니다.

[Options] Select Boundary Loop : 체크
[Menu Bar] ・[Select]−[Loop Selection]

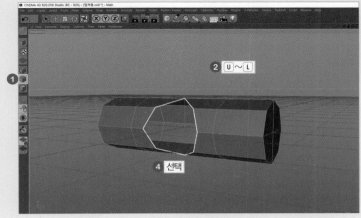

07 F2 키를 눌러 Top 뷰로 전환합니다. 엣지를 돌출시키기 위해서 Live Selection(9) 툴로 Z축(파란색) 핸들을 Ctrl + Shift 키를 누른 채 아래로 드래그하여 '10cm'만 돌출시킵니다. 길게 원기둥을 뽑아내기보다 조금만 뽑아낸 다음 길게 뽑아내면 형태상 필요한 분할을 다음에 다시 만들어줄 필요가 없습니다.

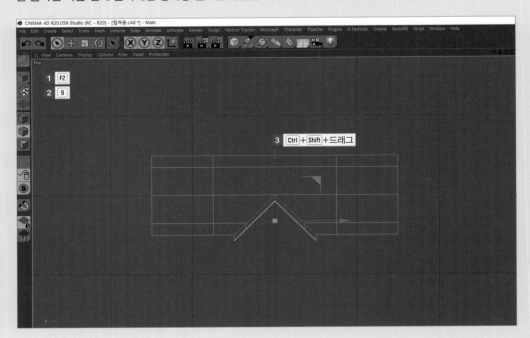

08 본격적으로 원기둥을 뽑아내기 위해 다시 한 번 Z축(파란색) 핸들을 Ctrl + Shift 키를 누르면서 '100cm'까지 돌출시킵니다.

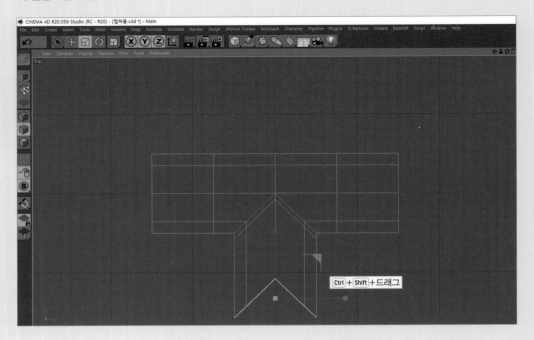

09 Scale(T) 툴로 Z축(파란색) 핸들을 Shift 키를 누르면서 '0%'가 될 때까지 줄여주면 평평한 형태가 됩니다.

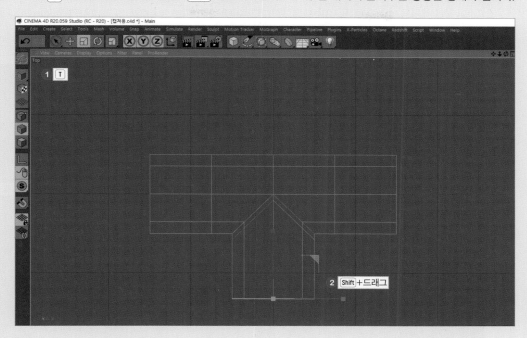

10 F5 키를 눌러 All View 모드로 전환합니다. 파이프의 디테일을 추가하기 위해 Scale(T) 툴로 Ctrl 키를 누른 채 뷰포트 빈곳을 드래그합니다. Shift 키를 함께 누르며 드래그하여 '110%'까지 돌출시킵니다.

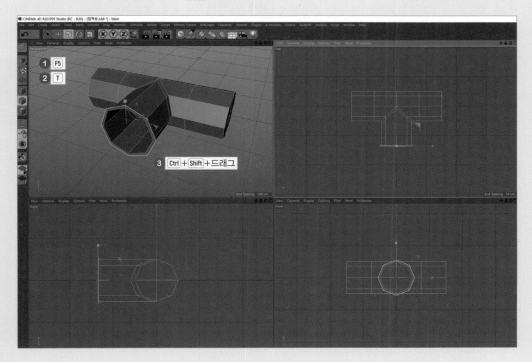

11 다양한 각도로 체크하며 Top 뷰에 해당하는 창을 보며 돌출시킵니다. Live Selection(9) 툴을 사용하여 Z 축(파란색) 핸들을 Ctrl 키를 누르며 드래그합니다. 이때 Shift 키를 누르면서 드래그하면 '40cm'까지 돌출 시킵니다.

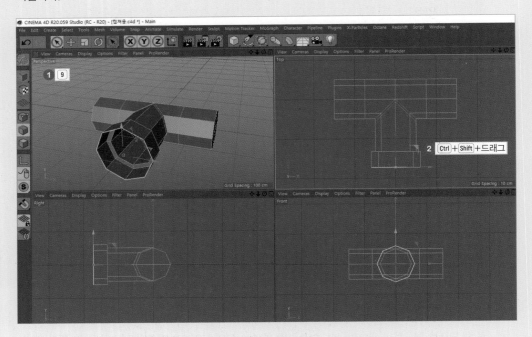

12 파이프의 두께감을 표현하기 위해 선택된 엣지를 다시 안쪽으로 돌출시킵니다. Scale(T) 툴을 사용하여 Ctrl 키를 누른 채 뷰포트 빈곳을 드래그합니다. Shift 키를 함께 누르며 '80%'까지 돌출시킵니다.

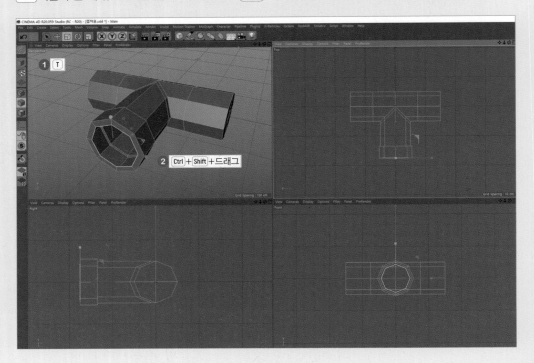

13 파이프의 안쪽면을 만들기 위해 안쪽으로 돌출시킵니다. Live Selection(9) 툴을 사용하여 Z축(파란색) 핸들을 Ctrl 키를 누르며 드래그합니다. 이때 Shift 키를 누르면서 드래그하여 '120cm'까지 돌출시킵니다.

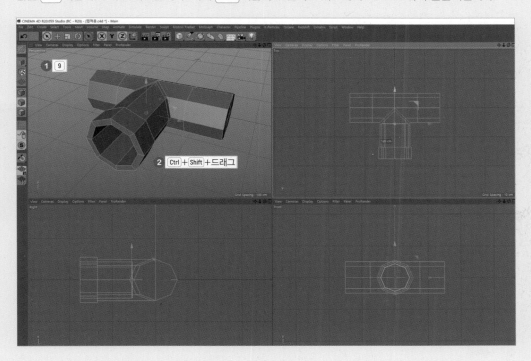

14 마지막으로 파이프의 모서리를 다듬어주기 위해 분할이 필요한 모서리를 모두 Loop Selection(U ∼ L) 툴로 Shift 키를 누르며 클릭하여 선택합니다.

[Menu Bar] • [Select]−[Loop Selection]

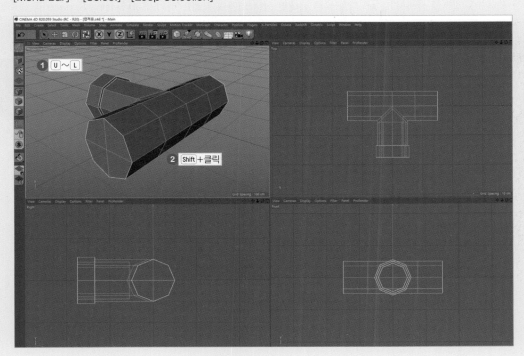

> **TIP** 파이프가 꺾인 중간 부분은 앞에서 돌출시키며 분할을 만들어 놓은 상태이므로 분할을 줄 필요는 없습니다.

15 Bevel(M ~ S) 툴을 활성화하고 [Tool Option] 탭 설정 항목 중 [Bevel Mode]를 'Solid'로 변경하고 분할의 크기를 결정하기 위해 [Offset]을 '1.5cm'로 설정한 후 Enter 키를 눌러 적용합니다.

[Tool Option] • Bevel Mode : Solid • Offset : 1.5cm
[Menu Bar] • [Mesh]-[Create Tools]-[Bevel]

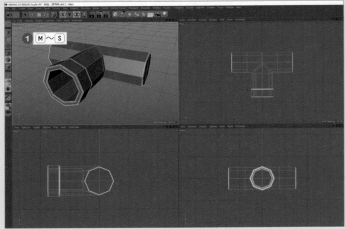

> **TIP** Subdivision Surface 제너레이터를 마지막에 넣어줄 예정이기 때문에 Bevel을 통해 모서리에 곡률을 줄 필요가 없습니다.

16 F1 키를 눌러 Perspective 뷰로 모서리에 대한 분할이 겹치는 부분 없이 깔끔한 것이 확인되면 [Cylinder] 오브젝트를 선택하고 Alt 키를 누른 상태로 상단 커맨드 팔레트 바의 [Subdivision Surface]를 클릭합니다. Subdivision Surface가 제대로 적용된 게 확인되면 완성입니다.

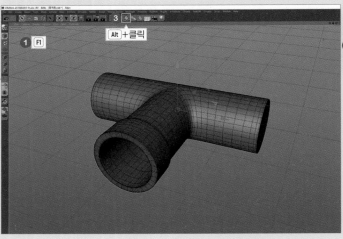

치약 튜브 만들기

실제 제품과 같은 형태를 모델링해 보겠습니다. 앞서 알아본 예제들은 모든 모서리에 균일한 간격의 분할로 일정한 처리를 유지했다면, 이번엔 제품 형태에 맞게 분할 간격을 달리하며 우리가 원하는 형태를 만들어보겠습니다.

완성 파일 : 치약튜브−완성파일.c4d

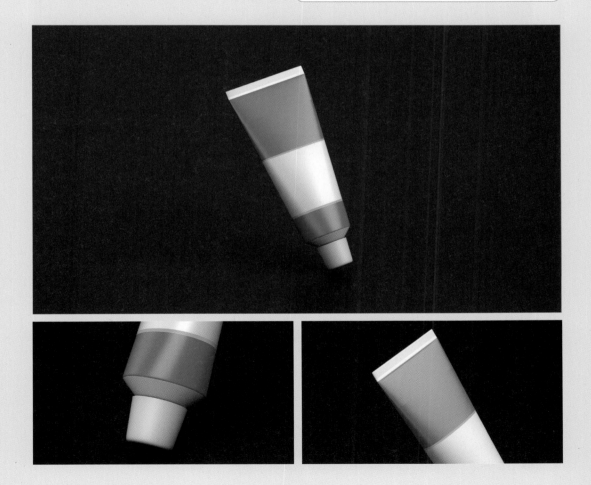

01 상단의 상단 커맨드 팔레트 바에서 [Cube]–[Cylinder]를 클릭하여 뷰포트에 생성합니다.

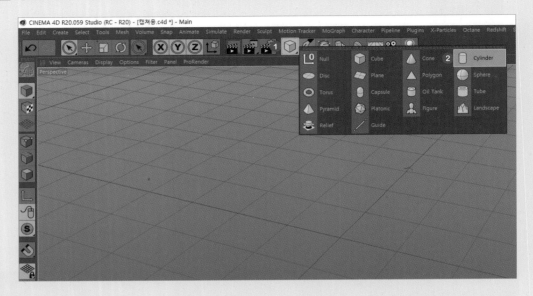

02 Cylinder의 [Object] 탭 설정 항목 중 [Rotation Segments]를 '8'로 설정하고 [Height]를 '250cm'로 설정합니다.

[Object] · Rotation Segments : 8 · Height : 250cm

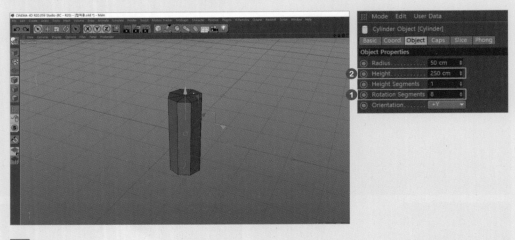

TIP
Subdivision Surface 제너레이터에 적용시킬 것을 감안해 최소한의 분할값을 설정합니다.

03 C 키를 눌러 Make Editable하고 좌측 커맨드 팔레트 바에서 🧊 Edges 툴을 클릭합니다. Make Editable한 Cylinder는 위/아래 뚜껑에 해당하는 부분이 분리되기 때문에 뷰포트의 빈 곳에서 마우스 우클릭한 후 'Optimize'를 클릭하여 최적화합니다. 최적화된 Cylinder의 위/아래 뚜껑 부분이 삼각형으로 이루어져 있기 때문에 8개의 분할선 중 4개씩 위아래 모두 선택하여 Melt(U ~ Z) 툴로 지웁니다.

[Menu Bar] · [Mesh]−[Commands]−[Melt]

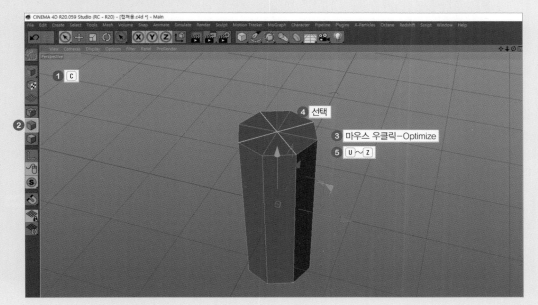

04 튜브의 끝부분을 담당하게 될 Cylinder의 윗부분을 얇게 만들기 위해 좌측 커맨드 팔레트 바에서 🧊 Points 툴을 클릭하고 Loop Selection(U ~ L) 툴로 Cylinder의 윗부분 모서리를 선택합니다. F5 키를 눌러 All Views 모드로 전환하고 Top 뷰를 보며 Scale(T) 툴로 Z축(파란색) 핸들을 드래그하여 사이즈를 줄여줍니다. 이때 Shift 키를 누르며 '20%'까지 줄입니다.

[Menu Bar] · [Select]−[Loop Selection]

05 Cylinder의 윗부분을 사각형의 형태로 다듬기 위해 Live Selection(9) 툴로 오른쪽 세 점을 선택합니다. 선택된 세 점을 세로로 정렬하기 위해 Scale(T) 툴로 X축(빨간색) 핸들을 드래그하여 줄입니다. 이때 Shift 키를 누르며 드래그하여 '0%'가 되도록 만들어줍니다.

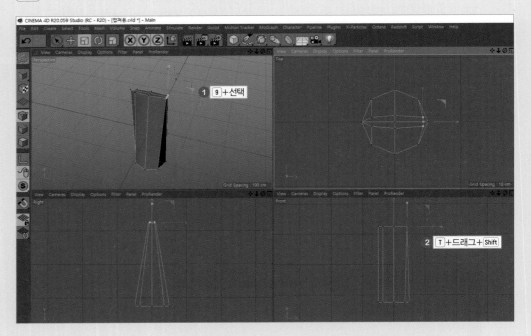

06 왼쪽에 해당하는 세 점도 일렬로 정렬합니다. 왼쪽에 몰려 있는 세 점을 Live Selection(9) 툴로 선택하고, 세로로 정렬하기 위해 Scale(T) 툴로 X축(빨간색) 핸들을 드래그하여 줄입니다. 이때 Shift 키를 누르며 드래그하여 '0%'가 되도록 만듭니다.

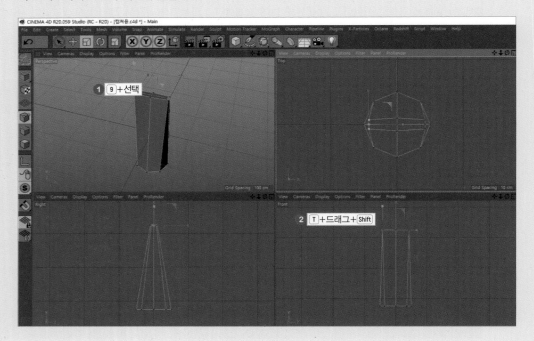

07 Top 뷰 시점을 기준으로 위와 아래에 있는 3개의 점을 가로로 정렬하겠습니다. 위쪽에 몰려 있는 세 점을 Live Selection(⑨) 툴로 선택하고 세로로 정렬하기 위해 Scale(Ｔ) 툴로 Z축(파란색) 핸들을 드래그하여 줄입니다. 이때 Shift 키를 누르며 드래그하여 '0%'가 되도록 만듭니다. 같은 방법으로 아래쪽에 몰려 있는 3개의 점도 정렬하여 최종적으로 사각형이 되도록 만듭니다.

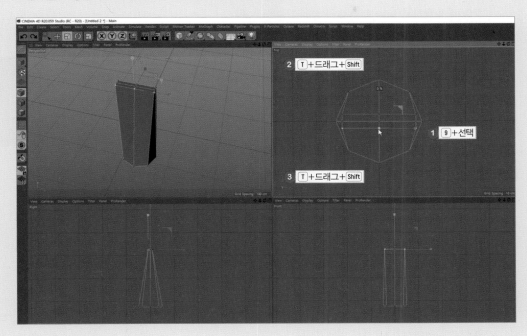

08 윗면의 크기를 조절하겠습니다. Perspective 뷰 시점을 기준으로 Live Selection(⑨) 툴로 윗면을 모두 선택하고 Scale(Ｔ) 툴로 X축(빨간색) 핸들을 Shift 키를 누른 채 드래그하여 '150%'까지 늘립니다. Z축(파란색) 핸들을 Shift 키를 누른 채 드래그하여 '50%'까지 줄입니다.

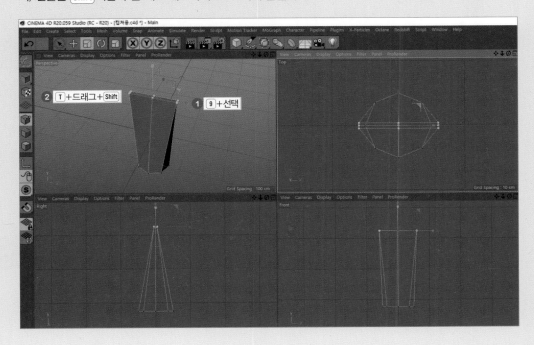

09 사각형이 된 Cylinder의 윗부분을 돌출시키기 위해 좌측 커맨드 팔레트 바에서 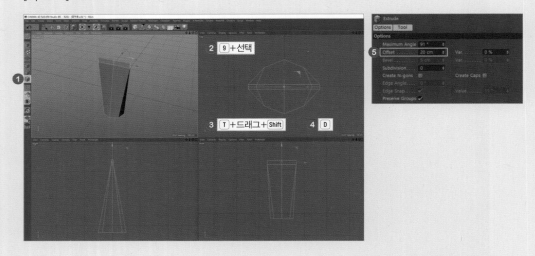 Polygons 툴을 클릭하여 전환합니다. Top 뷰를 기준으로 Live Selection(9) 툴로 윗부분을 모두 선택하고 Scale(T) 툴로 X축(빨간색) 핸들을 드래그하여 Shift 키를 누르면 드래그하여 '150%'까지 늘립니다. Z축(파란색) 핸들을 Shift 키를 누르면 드래그하여 '50%'까지 줄입니다. 이제 Extrude(D) 툴로 [Options] 탭의 [Offset]을 '20cm' 입력하고 Enter 키를 눌러 돌출을 적용합니다.

[Options] Offset : 20cm

10 치약 튜브 입구의 디테일을 살리기 위해 Cylinder의 아랫부분을 변형하겠습니다. 아랫부분에 해당하는 면을 Live Selection(9) 툴로 선택합니다.

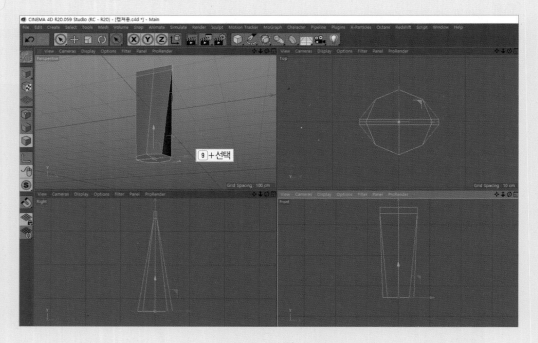

11 선택한 아랫부분의 면을 일단 Extrude Inner(I) 툴을 활성화한 후 [Options] 탭 설정 항목 중 [Offset]을 '20cm'로 설정하고 Enter 키를 눌러 적용합니다. Front 뷰를 기준으로 Live Selection(9) 툴로 Y축(초록색) 핸들을 아래로 움직여줍니다. 이때 Shift 키를 누른 채 '20cm' 이동시켜줍니다.

[Options] Offset : 20cm

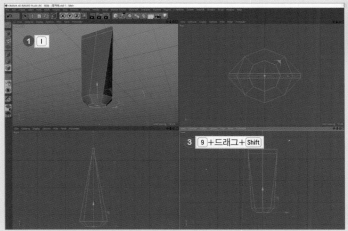

12 좁아진 형태에서 한 번 더 Extrude Inner(I) 툴을 활성화하고 [Options] 탭 설정 항목 중 [Offset]을 '7cm'로 설정하여 Enter 키를 눌러 적용합니다.

[Options] Offset : 7cm

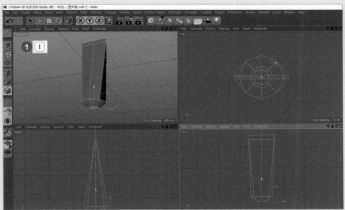

13 Extrude Inner로 만들어낸 면을 이제 다시 돌출시키겠습니다. Front 뷰에서 Live Selection(9) 툴로 Y축 (초록색) 핸들을 Ctrl 키를 누르며 드래그합니다. 이때 Shift 키를 눌러 '10cm' 돌출시킵니다.

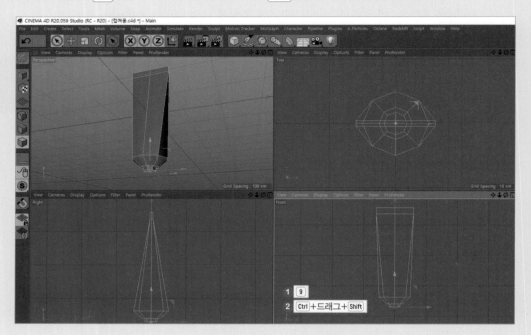

14 치약 튜브의 입구를 표현하기 위해 Scale(T) 툴을 활성화하고 뷰포트 빈 곳을 Ctrl 키를 누르며 드래그 하여 면의 크기를 키웁니다. 이때 Shift 키를 누르며 '120%'까지 키웁니다. 다시 아래로 돌출시키기 위해 Front 뷰에서 Live Selection(9) 툴로 Y축(초록색) 핸들을 Ctrl 키를 누르며 드래그합니다. 이때 Shift 키를 눌러 '30cm' 돌출시킵니다.

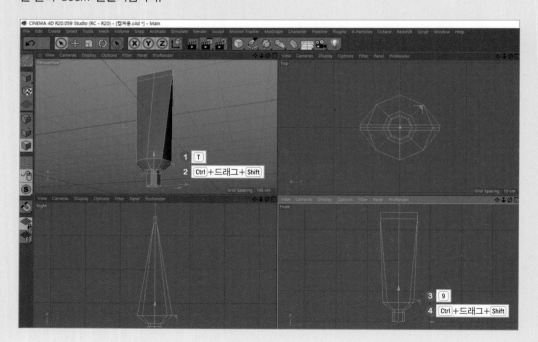

15 이제 치약 튜브 입구의 구멍을 만들기 위해 F1 키를 눌러 Perspective 뷰로 전환한 후 입구 쪽으로 화면을
조정합니다. 입구의 면을 내부로 분할시키기 위해 Extrude Inner(I) 툴을 활성화하고 [Options] 탭에서
[Offset]을 '4.5cm'로 설정한 후 Enter 키를 눌러 적용합니다.

[Options] Offset : 4.5cm

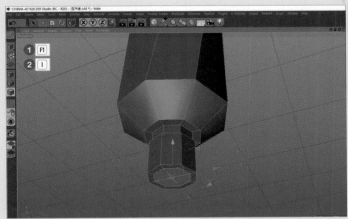

16 Extrude Inner로 만들어낸 면을 안쪽으로 돌출시키기 위해 Extrude(D)를 활성화하고 [Options] 탭에
[Offset]을 '-25cm'로 설정한 후 Enter 키를 눌러 적용합니다.

[Options] Offset : -25cm

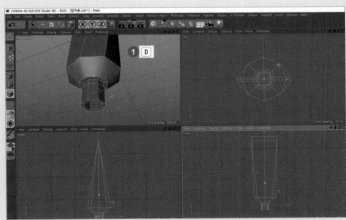
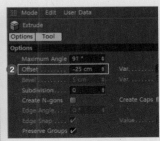

17 F1 키를 눌러 Perspective 뷰로 변경한 후 치약 튜브의 모서리에 분할을 넣기 위해 좌측 커맨드 팔레트 바에서 ⬛ Edges 툴을 클릭하고 Loop Selection(U ~ L) 툴로 그림과 같이 선택합니다.

[Menu Bar] • [Select]-[Loop Selection]

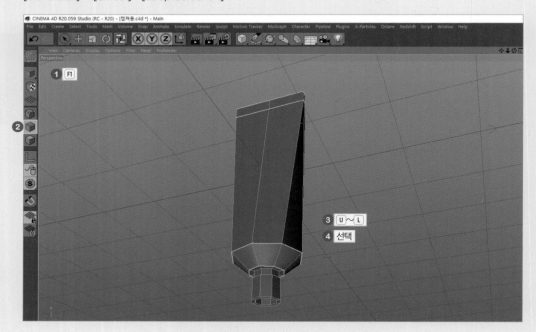

18 Bevel(M ~ S) 툴을 활성화하고 [Tool Option] 탭 설정 항목 중 [Bevel Mode]는 'Solid', [Offset]을 '2.5cm'로 한 후 Enter 키를 눌러 적용합니다.

[Tool Option] • Bevel Mode : Solid • Offset : 2.5cm
[Menu Bar] • [Mesh]-[Create Tools]-[Bevel]

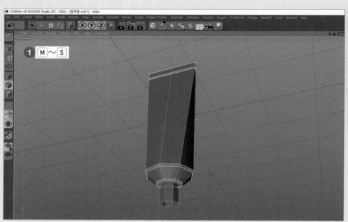

19 앞서 설정한 모서리보다 엣지의 간격이 좁아 Bevel의 수치를 작게 입력해야 하는 부분을 Loop Selection(U~L) 툴을 이용해 그림과 같이 선택합니다. Bevel(M~S) 툴을 활성화하고 [Tool Option] 탭 설정 항목 중 [Bevel Mode]를 'Solid'로, [Offset]을 '0.5cm'로 설정하여 Enter 키를 눌러 적용합니다.

[Tool Option] • Bevel Mode : Solid • Offset : 0.5cm
[Menu Bar] • [Select]－[Loop Selection] • [Mesh]－[Create Tools]－[Bevel]

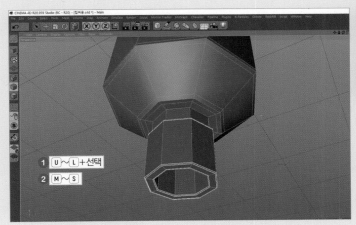

20 [Cylinder] 오브젝트를 선택하고 Alt 키를 누른 채 상단 커맨드 팔레트 바의 [Subdivision Surface]를 클릭합니다.

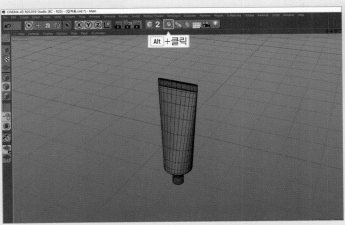

21 치약 튜브의 뚜껑을 만들기 위해 상단 커맨드 팔레트 바의 [Cube]–[Cylinder]를 클릭합니다.

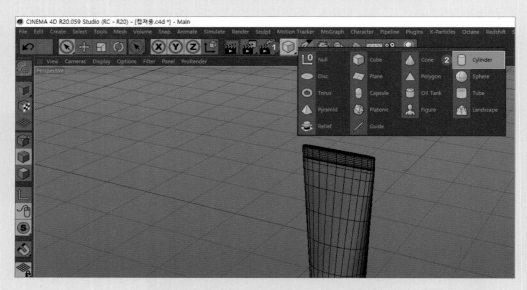

22 추가로 생성된 Cylinder의 [Object] 탭 설정 항목 중 [Radius]를 '30cm', [Height]를 '50cm', [Height Segment]를 '1', [Rotation Segments]를 '8'로 설정합니다. 앞서 만든 치약 튜브로 인해 가려져서 안보일 수 있으니 F5 키를 눌러 All View 모드로 작업해줍니다.

[Object] • Radius : 30cm • Height : 50cm • Height Segment : 1 • Rotation Segments : 8

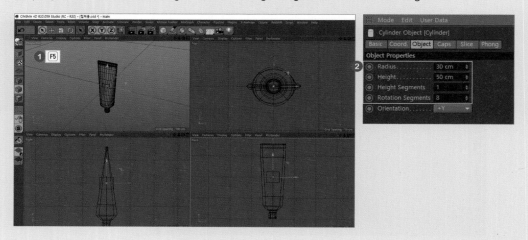

23 Top 뷰를 기준으로 추가로 생성한 Cylinder를 Live Selection([9]) 툴로 Y축(초록색) 핸들을 드래그하여 알맞은 위치로 내려줍니다.

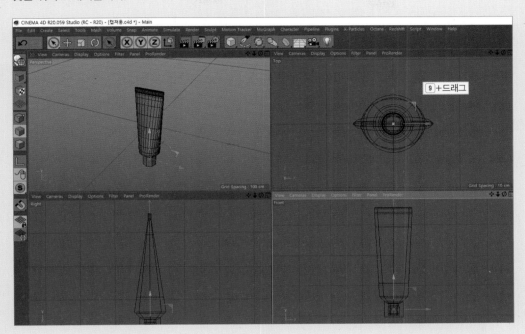

24 디테일한 뚜껑의 형태를 만들기 위해 [C]키를 눌러 Make Editable합니다. 위/아래 뚜껑에 해당하는 면이 분리되어 있기 때문에 합치기 위해 뷰포트 빈 곳을 마우스 우클릭하여 'Optimize'를 클릭해 정리합니다. 뚜껑의 윗부분이 더 넓은 형태로 만들기 위해 좌측 커맨드 팔레트 바에서 🔲 Points 툴을 클릭하고 Front 뷰를 기준으로 Rectangle Selection([0]) 툴로 윗부분의 점들을 모두 선택합니다. Scale([T]) 툴을 활성화하고 뷰포트 빈 곳을 드래그하여 '120%'까지 크기를 키워줍니다.

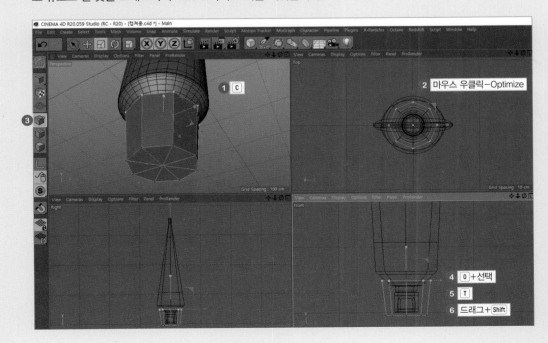

25 한쪽이 열려 있는 뚜껑을 만들기 위해 [F1]키를 눌러 Perspective 뷰로 전환한 후 뚜껑이 잘보이게 화면을 조정합니다. 좌측 커맨드 팔레트 바에서 🔲 Polygons 툴을 클릭하고 Cylinder의 윗부분에 해당하는 면을 Loop Selection([U]~[L]) 툴로 선택한 후 [Delete]키를 눌러 제거합니다.

[Menu Bar] • [Select]−[Loop Selection]

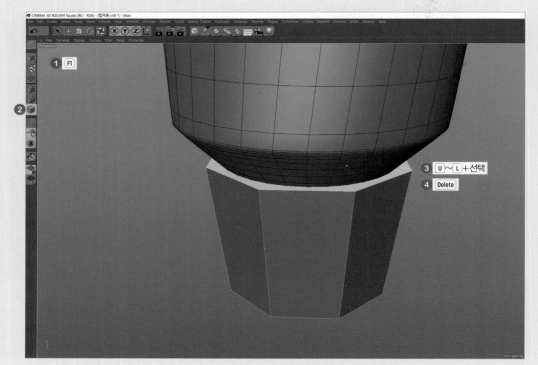

26 F5 키를 눌러 All Views 모드로 전환하고 좌측 커맨드 팔레트 바에서 🔲 Edges 툴을 클릭합니다. 다시 뚜껑의 아래로 화면을 조정하여 삼각형으로 되어 있는 아랫면을 정리합니다. Live Selection(9) 툴을 이용해 필요 없는 분할선 4개를 그림과 같이 선택하고 Melt(U ∼ Z) 툴을 이용해 제거합니다.

[Menu Bar] • [Mesh]−[Commands]−[Melt]

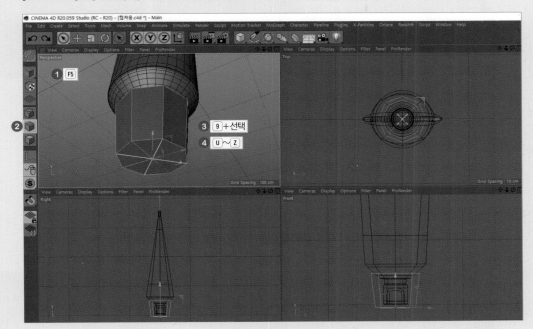

27 이제 뚜껑의 모서리를 정리하기 위해 윗부분을 Loop Selection(U ∼ L) 툴로 선택합니다. Bevel(M ∼ S) 툴을 활성화하고 [Tool Option] 탭 설정 항목 중 [Bevel Mode]를 'Solid'로, [Offset]을 '10cm'로 설정하고 Enter 키를 눌러 적용합니다.

[Tool Option] • Bevel Mode : Solid • Offset : 10cm
[Menu Bar] • [Select]−[Loop Selection] • [Mesh]−[Create Tools]−[Bevel]

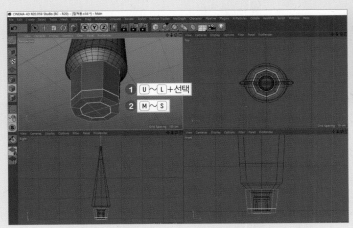

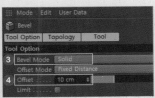

28 완성된 뚜껑에 해당하는 Cylinder 오브젝트를 선택한 후 [Alt] 키를 누른 채 상단 커맨드 팔레트 바에서 [Subdivision Surface]를 클릭하여 적용해줍니다.

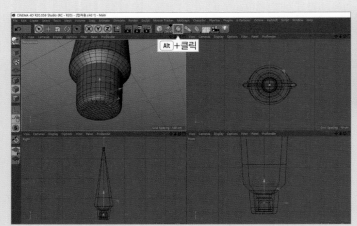

29 Subdivision Surface가 적용된 뚜껑의 위치를 Live Selection([9]) 툴로 조정합니다. [F1] 키를 눌러 Perspective 뷰로 변경한 후 마지막으로 형태를 점검하고 마무리합니다.

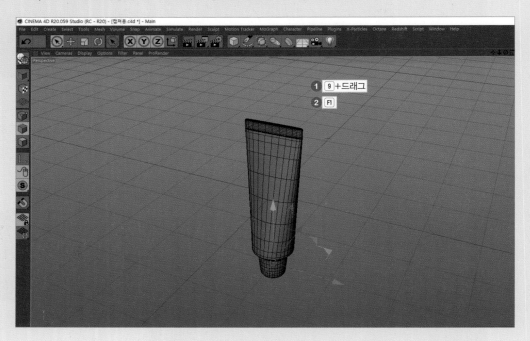

알아두기　하나의 형태 혹은 물체를 모델링할 때 적절한 오브젝트의 개수는?

모델링을 접한지 얼마 안 된 초보의 입장에서는 오브젝트를 얼마나 사용하여 제작해야 하는지 감이 안 잡힐 수 있습니다. 우선 만들고자 하는 형태가 나눠진 개수만큼으로 생각해두는 것이 좋습니다.

예를 들어, 앞서 만든 치약 튜브의 경우 형태는 치약 뚜껑과 치약 튜브 본체 두 개로 나뉩니다. 치약 뚜껑과 치약 튜브 본체에 각각 해당하는 두 개의 오브젝트를 만들어 치약 튜브를 모델링한다는 생각으로 접근하면 됩니다. 치약 튜브는 간단한 구성이지만 여기서 더 복잡해지면 헷갈릴 수 있습니다. 특히, 전자제품과 같이 수많은 부품으로 구성된 형태를 만들 때 오브젝트 수가 너무 많아지는 것은 부담스럽기 마련입니다. 하지만, 높은 디테일을 위해서는 구성된 부품에 맞춰 오브젝트를 구성하여 모델링 하는 것이 좋은 결과물을 만들어냅니다.

결국 적절한 오브젝트 개수라는 것에 절대적인 정답은 없습니다. 만들고자 하는 형태가 프로젝트 내에서 중요하지 않은 물체라면 굳이 디테일을 다 살릴 필요는 없습니다. 이런 경우 많은 디테일을 가지고 있는 복잡한 형태라도 단순하게 모델링하는 경우도 있습니다. 반대로 의도적으로 하나의 오브젝트를 가지고 수많은 형태로 나눠지는 물체를 모델링할 수도 있습니다. 중요한 것은 모델링을 어떤 목적으로 사용하느냐에 달려 있습니다.

지금까지 상단 커맨드 팔레트 바에 속해 있는 다양한 기능들을 알아보았습니다. 이제 구부러진 사각기둥 형태의 보라색 아이콘인 디포머 오브젝트의 한 종류인 Bend 오브젝트에 대해 알아보겠습니다. 디포머(Deformer) 오브젝트는 지오메트리를 변형시키는 기능으로 기본 재료인 Primitive 오브젝트 혹은 Polygon이나 Spline 오브젝트에도 적용할 수 있는 기능입니다. 상단 커맨드 팔레트 바에 있는 [Bend] 확장 메뉴에는 총 29개의 디포머 오브젝트가 있습니다. 디포머 오브젝트는 단순히 형태를 변형시켜 모델링에 도움을 주는 것뿐만 아니라, 다양한 애니메이션 효과를 구현하는 데 큰 도움이 됩니다. 29개의 기능을 모두 완벽히 숙지하는 것은 무리일 수 있지만 하나하나 어떤 기능이 있는지만 알고 있어도 필요에 따라 적재적소에 활용할 수 있습니다. 또한, 디포머의 기능을 두 개 이상을 조합하여 활용할 수도 있어 활용도가 다양합니다.

이번 챕터에는 직접적인 예제는 없습니다. 그 이유는 디포머들을 하나씩 직접 적용해보는 것을 추천하기 때문입니다. 단순히 설명을 읽는 것만으로는 디포머가 가진 특성을 온전히 이해하기 힘들 수 있습니다. 그러나 한 번이라도 직접 적용해본다면 쉽게 감을 잡을 수 있습니다. 복잡한 모델링이나 애니메이션을 위한 응용을 하려면 꼭 읽어보고 디포머들을 한 번씩 경험해보기 바랍니다.

디포머 오브젝트
(Deformer Object)

01 디포머 오브젝트 사용하기

≫ 디포머(Deformer)는 오브젝트 형태를 다양한 방식으로 변형하고 편집하는 오브젝트입니다. 앞서 알아본 Subdivision Surface나 Sweep과 같은 제너레이터 오브젝트와 마찬가지로 정해진 계층 구조에 따라 오브젝트에 적용되었을 때 효과가 나타납니다. 해당 계층 구조에 주의하며 다양한 디포머를 사용하는 방법에 대해 알아보겠습니다. Deformer Object는 메뉴 바의 [Create]–[Deformer]나 상단 커맨드 팔레트 바의 [Bend] 확장 메뉴에서 생성할 수 있습니다.

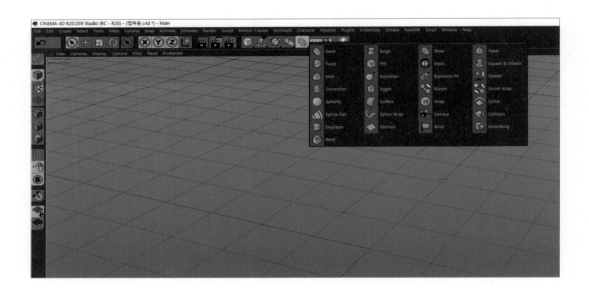

01 디포머 오브젝트를 적용하는 방법

디포머 오브젝트는 계층 구조에 의해 작동하는 오브젝트로 올바른 계층 구조가 따라주지 않으면 디포머 오브젝트가 가진 기능이 나타나지 않을 수 있습니다. 보라색의 디포머 오브젝트는 항상 파란색 아이콘의 하위 계층으로 들어간다고 생각하면 됩니다.

빠르고 쉽게 디포머 오브젝트를 일반 오브젝트에 적용하기 위해서는 오브젝트를 선택한 상태에서 Shift 키를 누르고 원하는 디포머를 선택해서 클릭하면 선택된 오브젝트의 하위 계층으로 들어가 자동적으로 올바른 계층 구조가 형성됩니다.

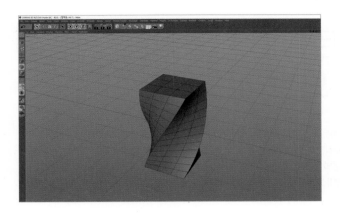

02 디포머 오브젝트를 활용할 때 주의할 점

두 개 이상의 디포머 오브젝트를 적용할 경우 그 순서 혹은 배열 또한 주의해야 합니다. 레이어 개념과 마찬가지로 디포머 오브젝트가 순서에 따라 결과가 다르게 나올 수 있기 때문입니다.

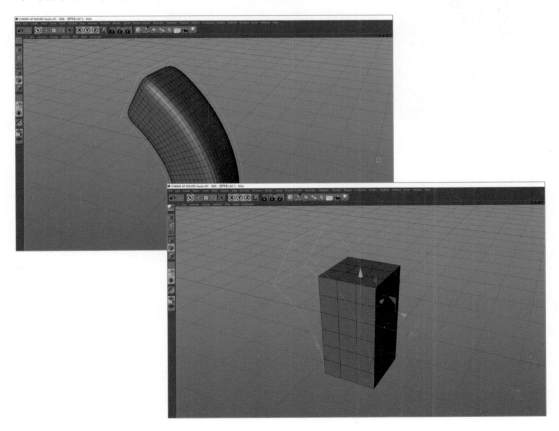

02 오브젝트를 변형시키는 디포머 오브젝트 29

≫ 디포머 오브젝트가 어떻게 적용되며 작동하는지 기본 원리에 대해 알아보았습니다. 이제 29개의 디포머 오브젝트들이 각각 어떤 역할과 기능이 있는지 구체적으로 알아보겠습니다. 들어가기에 앞서 다시 강조하지만 이 모든 기능을 완벽히 숙지할 필요는 없습니다. 대부분의 기능은 일반적으로 사용할 일이 거의 없기 때문입니다. 하지만 각각 어떤 기능이 있는지 파악하고 있으면 작업의 효율을 높일 선택지가 다양해질 수 있고 문제 있는 작업의 좋은 해결책이 될 수 있습니다.

디포머 오브젝트에는 공통으로 어트리뷰트 매니저의 [Falloff] 탭이 있습니다. 이는 R20 버전을 기점으로 강화된 시스템입니다. [Falloff]에 관한 내용은 MoGraph에서 자세히 알아보도록 하겠습니다.

🪨 Bend Object

Bend Object는 상단 커맨드 팔레트 바에서 제일 처음 만나볼 수 있는 디포머이자 제일 많이 사용하는 디포머 중 하나로, 원하는 각도대로 특정 오브젝트를 구부릴 수 있습니다. 주의해야 할 점은 구부러지는 축에 대한 분할값이 충분히 있어야 Bend Object를 효과적으로 사용할 수 있습니다. 충분한 분할이 없으면 각지게 처리되거나, 아예 구부러질 수 없습니다. Bend Object가 제 기능을 하지 못한다면 구부러지는 축에 대한 분할이 충분한지 확인해봐야 합니다.

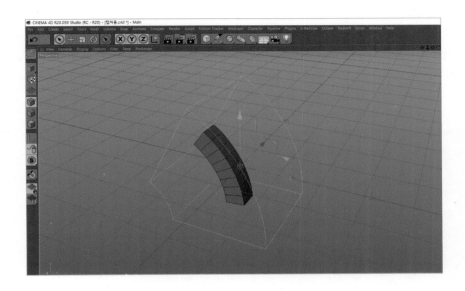

Object 설정

① **Size** : 각 X, Y, Z축에 해당하는 Bend Object의 범위를 설정합니다.

② **Mode** : 구부리는 변형에 대한 세 가지 모드 중 하나를 설정할 수 있습니다. Limited는 오브젝트 전체가 영향을 받으며, 구부러지는 효과 자체는 범위 내부에서 일어납니다. Within Box는 범위 내부에 포함된 면들만 영향을 받으며 범위 밖의 면들은 변형되지 않습니다. Unlimited는 오브젝트 전반에 걸쳐 구부러지는 효과가 모든 면에 영향을 받습니다.

③ **Strength** : Bend Object의 강도를 설정하여 구부러지는 정도를 설정합니다.

④ **Angle** : 구부러지는 방향을 설정합니다.

⑤ **Keep Y-Axis Length** : 기본으로 옵션이 해제되어 있습니다. 이 경우 구부러지는 효과에 따라 형태의 크기가 변형될 수 있습니다. 만약 오브젝트의 원래 길이가 유지되는 상태로 구부러지는 효과를 원한다면 이 옵션을 체크합니다.

⑥ **Fit to Parent** : 이 버튼을 클릭하면 자동으로 해당 디포머의 상위 계층에 있는 오브젝트 사이즈에 맞게 조절됩니다.

🛡 Bulge Object

Bend Object와 마찬가지로 제일 많이 사용되는 오브젝트 중 하나로 특정 오브젝트의 중간 부분을 팽창시키거나 수축시키는 효과를 가지고 있습니다. Bend Object처럼 충분한 분할이 없으면 효과를 볼 수 없습니다.

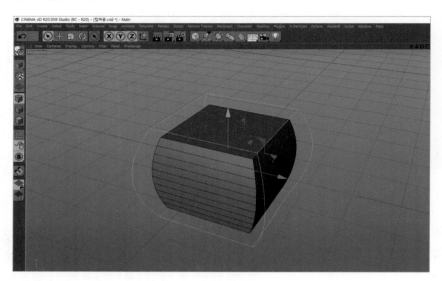

Object 설정

❶ **Size** : 각 X, Y, Z축에 해당하는 Bulge Object의 범위를 설정합니다.

❷ **Mode** : 팽창과 수축 변형에 대한 세 가지 모드 중 하나를 설정할 수 있습니다. Limited는 오브젝트 전체가 영향을 받으며, 팽창하거나 수축하는 효과 자체는 범위 내부에서 일어납니다. Within Box는 범위 내부에 포함되는 면들만 영향을 받으며 범위 밖의 면들은 변형되지 않습니다. Unlimited는 오브젝트 전반에 걸쳐 팽창하거나 수축하는 효과가 모든 면에 영향을 받습니다.

❸ **Strength** : Bulge Object의 강도를 설정하여 팽창하거나 수축하는 정도를 설정합니다.

❹ **Curvature** : 값을 높이거나 줄이면 팽창이나 수축의 변형이 일어납니다.

❺ **Fillet** : 디포머의 상단과 하단에 해당하는 영역이 부드럽게 처리됩니다.

❻ **Fit to Parent** : 이 버튼을 클릭하면 자동으로 해당 디포머의 상위 계층에 있는 오브젝트 사이즈에 맞게 조절됩니다.

📄 Shear Object

Shear Object는 특정 오브젝트를 기울여주는 기능입니다. 충분한 분할값을 가지고 있어야 제대로 된 효과를 볼 수 있습니다.

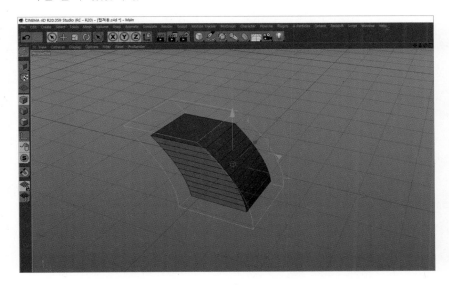

Object 설정

❶ Size : 각 X, Y, Z축에 해당하는 Shear
Object의 범위를 설정합니다.

❷ Mode : 팽창과 수축 변형에 대한 세 가
지 모드 중 하나를 설정할 수 있습니다.
Limited는 오브젝트 전체가 영향을 받으
며, 기울여지는 효과 자체는 범위 내부에
서 일어납니다. Within Box는 범위 내부에
포함되는 면들만 영향을 받으며 범위 밖
의 면들은 변형되지 않습니다. Unlimited

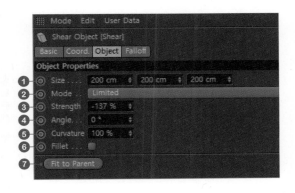

는 오브젝트 전반에 걸쳐 기울여지는 효과가 모든 면에 영향을 받습니다.

❸ Strength : Shear Object의 강도를 설정하여 기울기의 정도를 설정합니다.

❹ Angle : 기울여지는 방향을 설정합니다.

❺ Curvature : 값을 높이거나 줄이면 기울기의 형태가 변형됩니다. '0'%에 가까울수록 반듯한 모양으로
기울여집니다.

❻ Fillet : 디포머의 상단과 하단에 해당하는 영역이 부드럽게 처리됩니다.

❼ Fit to Parent : 이 버튼을 클릭하면 자동으로 해당 디포머의 상위 계층에 있는 오브젝트 사이즈에 맞
게 조절됩니다.

🔷 Taper Object

Taper Object는 오브젝트의 한 영역을 좁히거나 넓게 변형시킵니다. 충분한 분할값을 가지고 있어야 제대로 된 효과를 볼 수 있습니다.

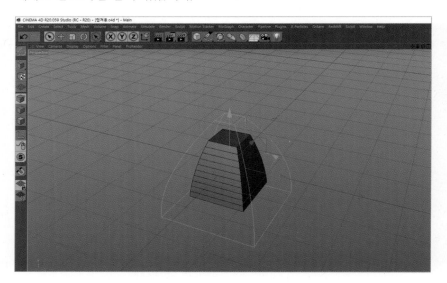

Object 설정

① **Size** : 각 X, Y, Z축에 해당하는 Taper Object의 범위를 설정합니다.

② **Mode** : 팽창과 수축 변형에 대한 세 가지 모드 중 하나를 설정할 수 있습니다. Limited는 오브젝트 전체가 영향을 받으며 좁아지거나 넓어지는 효과 자체는 범위 내부에서 일어납니다. Within Box는 범위 내부에 포함되는 면들만 영향을 받으며 범위 밖의 면들은 변형되지 않습니다. Unlimited는 오브젝트 전반에 걸쳐 좁아지거나 넓어지는 효과가 모든 면에 영향을 받습니다.

③ **Strength** : Taper Object의 강도를 설정하여 좁아지거나 넓어지는 정도를 설정합니다.

④ **Curvature** : 값을 높이거나 줄이면 그에 따라 형태가 변형됩니다. '0'%에 가까울수록 반듯한 모양으로 좁아지거나 넓어집니다.

⑤ **Fillet** : 해당 옵션을 체크하면 디포머의 상단과 하단에 해당하는 영역이 부드럽게 처리됩니다.

⑥ **Fit to Parent** : 이 버튼을 클릭하면 자동으로 해당 디포머의 상위 계층에 있는 오브젝트 사이즈에 맞게 조절됩니다.

🎲 Twist Object

Twist Object는 오브젝트를 Y축을 기준으로 비틀어주는 효과입니다. 충분한 분할값을 가지고 있어야
제대로 된 효과를 볼 수 있습니다.

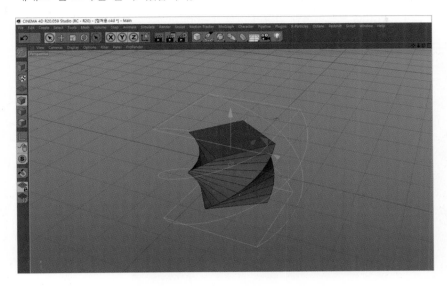

Object 설정

1 Size : 각 X, Y, Z축에 해당하는 Twist 오
브젝트의 범위를 설정합니다.

2 Mode : 팽창과 수축 변형에 대한 세 가
지 상태 중 하나를 설정할 수 있습니다.
Limited는 오브젝트 전체가 영향을 받으
며, 비틀어지는 효과 자체는 범위 내부에
서 일어납니다. Within Box는 범위 내부에
포함되는 면들만 영향을 받으며 범위 밖의 면들은 변형되지 않습니다. Unlimited는 오브젝트 전반에 걸
쳐 비틀어지는 효과가 모든 면에 영향을 받습니다.

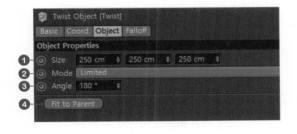

3 Angle : Y축을 기준으로 기울여지는 정도를 설정합니다.

4 Fit to Parent : 이 버튼을 클릭하면 자동으로 해당 디포머의 상위 계층에 있는 오브젝트 사이즈에 맞
게 조절됩니다.

FFD Object

FFD(Free Form Deformer) Object는 오브젝트가 본래 가지고 있는 분할에 부가적으로 자유롭게 변형을 할 수 있도록 도와주는 효과입니다. 충분한 분할값을 가지고 있어야 제대로 된 효과를 볼 수 있습니다. 그리고 해당 디포머는 Points 모드에서만 변형이 가능합니다.

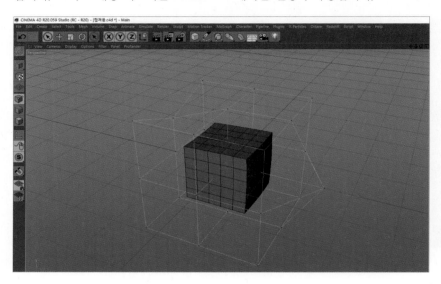

Object 설정

① **Grid Size** : 각 X, Y, Z축에 해당하는 FFD Object의 범위를 설정합니다.

② **Grid Points X, Y, Z** : 각 X, Y, Z축에 해당하는 FFD Object의 분할값을 설정하고, 이에 따라 형태를 변형할 수 있습니다.

③ **Fit to Parent** : 이 버튼을 클릭하면 자동으로 해당 디포머의 상위 계층에 있는 오브젝트 사이즈에 맞게 조절됩니다.

Mesh Deformer

Mesh Deformer는 기본 원리가 FFD Object와 유사합니다. 다만, FFD는 이미 육면체 형태의 범위가
지정되어 있었다면 해당 디포머에서는 범위의 형태를 직접 별도의 오브젝트로 지정할 수 있습니다.
보통은 분할값이 적은 오브젝트를 Mesh Deformer를 통해 분할값이 많은 오브젝트의 범위로 지정하
여 형태를 변형시킵니다.

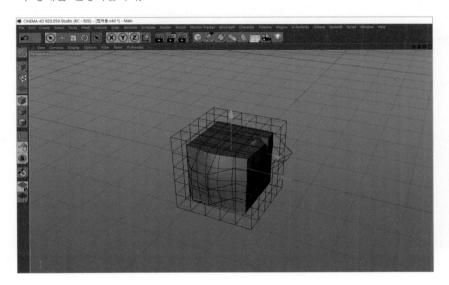

Object 설정

1 **Initialize** : 범위로 작동할 오브젝트를,
변형시킬 오브젝트의 범위로 설정할
수 있습니다. 이 버튼을 클릭하기 전에
Cages에 범위가 될 수 있는 오브젝트
를 먼저 설정해야 합니다. 전반적인 분
할값이 많을수록 이 기능이 적용되는
시간이 오래 걸릴 수 있습니다.

2 **Restore** : Initialize로 설정된 범위를
되돌려 복원할 때 사용할 수 있는 기능입니다.

3 **Auto Init** : Cages에 주어진 Deformer에 의해 Initialize를 거칠 필요 없이 자동적으로 오브젝트가 변
형됩니다. 분할값이 많을수록 시간을 많이 필요로 합니다.

4 **Memory** : 형태를 변형시키는데 저장된 메모리 사용량을 표시합니다.

5 **Strength** : Mesh Deformer가 오브젝트를 변형시키는 강도를 조절합니다.

6 **Cages** : 변형을 위해 범위로 작동할 오브젝트를 설정하는 영역입니다. 1개 이상의 오브젝트를 설정해
야 작동할 수 있습니다.

Squash & Stretch

일반적인 애니메이션에서 쉽게 볼 수 있는 납작해지고 늘어지는 듯한 형태를 만들 수 있는 효과입니다. Bulge Object와 비슷하지만 좀 더 애니메이션에 특화된 디포머입니다. 충분한 분할값을 가지고 있어야 제대로 된 효과를 볼 수 있습니다.

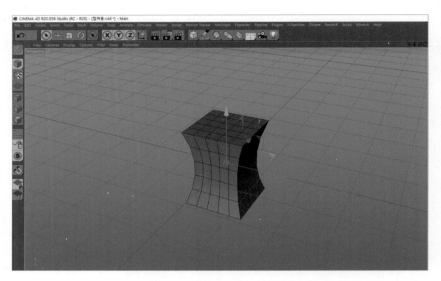

Object 설정

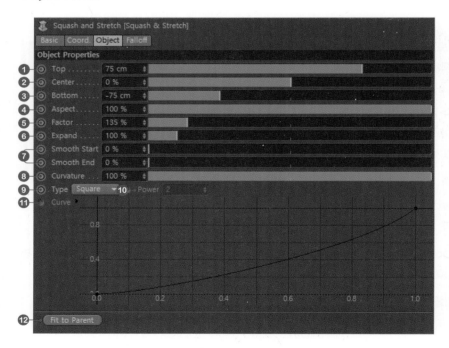

1 Top : Y축에 따라 상단에 영향을 줄 범위를 설정합니다.

2 Center : 효과가 적용되는 중앙 부분을 설정할 수 있습니다. '0'%의 경우 완전한 중앙부에 효과가 집중되며 수치를 높이거나 낮추면 그에 따라 효과가 집중되는 영역이 이동합니다.

3 Bottom : Y축에 따라 하단에 영향을 줄 범위를 설정합니다.

4 Aspect : X, Y축에 해당하는 효과의 강도를 조절합니다. 값을 축소하면 Z축을 따라 효과가 감쇄하게 됩니다.

5 Factor : 납작해지거나 늘어지는 효과의 강도를 설정하면 이에 따라 형태가 변형되어 크기 또한 왜곡될 수 있습니다.

6 Expand : 변형이 집중되는 중앙부에 효과의 강도를 조절할 수 있습니다. 값이 클수록 변형이 더욱 강하게 이뤄집니다.

7 Smooth Start, End : 값을 높이면 상단과 하단의 효과가 둥글게 처리됩니다.

8 Curvature : 변형이 가지는 곡률을 설정할 수 있습니다. '0'%에 가까울수록 직선적으로 변합니다.

9 Type : 변형이 이뤄지는 유형을 선택할 수 있으며, Spline을 선택할 경우 더욱 디테일한 수정이 가능합니다.

10 Power : Type을 Custom으로 설정할 경우 활성화됩니다. 변형의 강도를 수치로 조절할 수 있습니다.

11 Curve : Type을 Spline으로 설정할 경우 활성화됩니다. 스플라인의 형태로 변형이 일어나는 형태를 구체적으로 설정할 수 있습니다.

12 Fit to Parent : 이 버튼을 클릭하면 자동으로 해당 디포머의 상위 계층에 있는 오브젝트 사이즈에 맞게 조절됩니다.

🔷 Melt Object

특정 오브젝트가 녹는 듯한 효과를 줄 수 있는 디포머로 다른 디포머와 다르게 범위를 가시적으로
확인할 수는 없습니다. 충분한 분할값을 가지고 있어야 제대로 된 효과를 볼 수 있습니다.

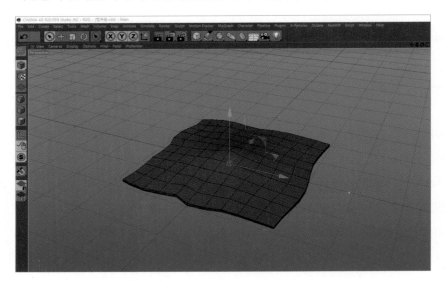

Object 설정

① **Strength** : Melt Object의 강도를 설정하
여 녹아내리는 정도를 설정합니다.

② **Radius** : 여기서 설정하는 반경의 범위
내에서는 오브젝트가 다소 느리게 녹아내
립니다. 수치를 '0'으로 설정할 경우 완전
히 평평해지게 됩니다.

③ **Vertical Randomness** : 녹아내리면서
수직 방향에 대한 움직임을 랜덤하게 설정할 수 있습니다.

④ **Radial Randomness** : 녹아내리는 반경에 대한 움직임을 랜덤하게 설정할 수 있습니다.

⑤ **Melted Size** : 녹아내렸을 때 변형될 사이즈 값을 설정할 수 있습니다.

⑥ **Noise Scale** : 노이즈 값을 설정하여 표면의 불규칙한 정도를 조절합니다. 이 수치가 높을수록 더욱
불규칙적인 표면을 가지게 됩니다.

💣 Explosion Object

폴리곤 조각들이 폭발하여 분해되는 듯한 효과를 줄 수 있는 디포머입니다. 분해되어 진행되는 방향
은 디포머의 원점에서부터 시작되어 바깥쪽으로 향합니다. 충분한 분할값을 가지고 있어야 제대로 된
효과를 볼 수 있습니다.

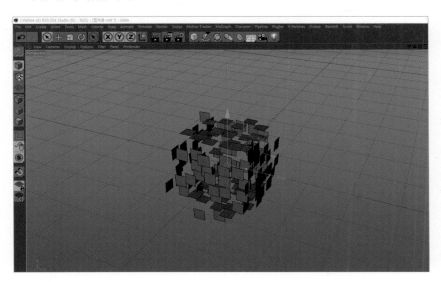

Object 설정

① **Strength** : Explosion Object의 강도를
설정하여 폭발하여 진행하는 정도를 설정
합니다.

② **Speed** : 중심부부터 바깥으로 폭발하여
나아가는 폴리곤의 속도를 설정할 수 있습
니다. 이는 Strength를 활용하여 애니메이
션을 줄 때 주로 사용하는 옵션입니다.

③ **Angle Speed** : 폭발이 진행되며 폴리곤들이 회전하는 각도를 설정합니다. 각 폴리곤들은 저마다 다
른 회전축을 가지고 있습니다.

④ **End Size** : 폭발의 진행이 끝났을 때 폴리곤의 사이즈를 결정합니다. '0'으로 설정할 경우 폭발이 끝날
때쯤 폴리곤은 사라져 없어집니다.

⑤ **Randomness** : 폭발하여 진행하는 폴리곤의 랜덤값을 설정하며, 개별 폴리곤들의 속도와 회전 속도
에 영향을 끼칩니다.

Explosion FX Object

Explosion FX는 좀 더 사실적인 폭발 효과를 구현하기 위한 디포머 효과입니다. 앞서 다룬 Explosion Object보다 더욱 디테일하고 세부적인 옵션들이 있으며, 물리적으로 사실적인 애니메이션을 주기 적합합니다.

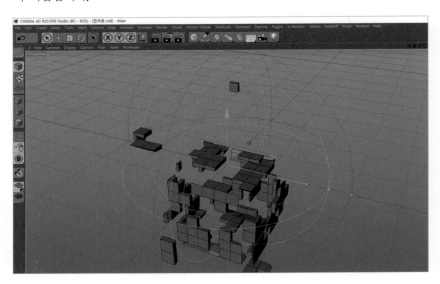

Object 설정

① **Time** : 폭발의 진행 상황을 조절할 수 있습니다. '0'%에서 시작하여 '100'%에서 끝나게 됩니다. 이 옵션을 통해 애니메이션을 만들 수 있습니다.

Explosion 설정

① **Strength** : 폭발이 진행되는 힘을 조절할 수 있는 옵션입니다. 물리적인 연산이 들어가기 때문에 폭발의 요소가 되는 파편들의 크기와 밀도를 함께 조절해야 적절한 효과를 만들 수 있습니다.

② **Decay** : 시간에 따른 폭발의 감쇄값을 조절할 수 있는 옵션입니다. '100'%로 설정할 경우 폭발의 끝에 다다를수록 강도가 '0'으로 떨어지게 됩니다.

③ **Variation** : 폭발이 진행될 때 파편들이 가진 강도에 랜덤값을 부여할 수 있는 옵션입니다.

④ **Direction** : 파편들이 진행하는 방향에 대한 설정입니다. 모든 방향 혹은 특정 축으로 설정할 수 있습니다.

⑤ **Linear** : 폭발 방향이 한 축으로만 설정될 경우 활성화됩니다. 이 옵션을 체크할 경우 모든 파편이 균일한 힘을 가지고 진행합니다.

⑥ **Variation** : 파편들이 진행하는 방향에 대한 랜덤값입니다. 이 수치를 통해 더욱 사실적인 폭발을 구현할 수 있습니다.

⑦ **Blast Time** : 강도와 유사하게 파편에 적용되는 힘에 영향을 줍니다.

⑧ **Blast Speed** : 폭발의 확산 속도를 설정하는 옵션입니다. 녹색 범위에 도달하면서부터 파편들은 가속이 시작됩니다. 이 수치를 '0'으로 설정하면 폭발 즉시 가속을 하게 됩니다.

⑨ **Decay** : 폭발 속도에 따른 감쇄값을 설정합니다.

⑩ **Variation** : 폭발 속도에 따른 랜덤값을 설정합니다.

⑪ **Blast Range** : 폭발 범위에 대한 수치입니다. 이 범위를 넘어간 파편들은 더 이상 가속을 받지 않게 됩니다.

⑫ **Variation** : 폭발 범위에 대한 랜덤값입니다.

Cluster 설정

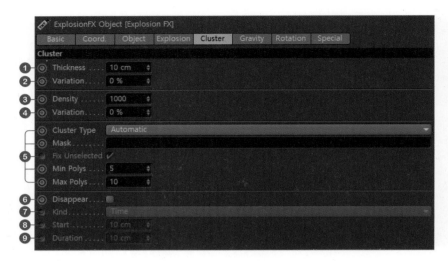

1 Thickness : 파편이 가지는 두께를 설정할 수 있습니다.

2 Variation : 파편 두께에 대한 랜덤값입니다.

3 Density : 파편이 가지고 있는 무게를 설정할 수 있습니다. 무게와 관계없는 폭발 효과를 설정하려면 이 옵션의 수치를 '0'으로 설정합니다.

4 Variation : 파편의 무게에 대한 랜덤값입니다.

5 Cluster Type/Mask/Fix Unselected/Min Polys/Max Polys : 파편 형태의 유형을 설정할 수 있습니다. 오브젝트의 폴리곤과 파편이 어떤 식으로 구성될지 결정합니다.

6 Disappear : 파편이 폭발의 진행에 따라 소멸되게 만들 때 체크하는 옵션입니다.

7 Kind : 파편이 사라지는 방식을 설정할 수 있습니다.

8 Start : 소멸이 시작되는 시점을 설정합니다.

9 Duration : 소멸이 지속되는 시간을 설정합니다.

Gravity 설정

1 Acceleration : 중력에 의한 가속도를 설정합니다. 기본값으로 설정되어 있는 '9.81'은 지구의 중력값 이며 무중력과 같이 중력에 영향을 받지 않게 하려면 '0'으로 설정합니다.

2 Variation : 중력의 영향에 대한 랜덤값입니다.

3 Direction : 중력의 방향을 설정할 수 있습니다. 중력의 영향이 필요 없을 경우 'None'으로 설정하면 됩니다.

4 Range : 중력의 영향 범위를 설정합니다.

5 Variation : 중력의 영향 범위에 대한 랜덤값입니다.

Rotation 설정

1 Speed : 파편의 회전 속도를 설정합니다.

2 Decay : 파편이 가지는 회전 속도의 감쇄값을 설정합니다.

3 Variation : 파편의 회전에 대한 랜덤값입니다.

4 Rotation Axis : 파편이 가지는 회전축을 설정합니다. 기본값으로 중력의 중심부를 기준으로 회전하 지만 필요에 따라 특정 축으로 설정할 수도 있습니다.

5 Variation : 회전축에 대한 랜덤값입니다.

Special 설정

1 Wind : 바람 효과의 강도를 설정할 수 있으며 바람은 오브젝트의 Z축을 기준으로 불게 됩니다.

2 Variation : 바람 효과에 대한 랜덤값입니다.

3 Twist : 폭발에 따라 오브젝트가 회전하는 효과를 설정합니다. 이는 파편이 개별적으로 회전하는 것과 다르게 폭발하는 오브젝트가 폭발에 의해 전체적으로 회전하는 효과입니다.

4 Variation : 오브젝트가 폭발에 의해 회전하는 값에 대한 랜덤값입니다.

Shatter Object

마치 박살나는 듯한 효과를 구현하는 디포머입니다. 형태가 분해되는 방식은 Explosion Object와 유사하지만 뷰포트 창에서 보이는 것은 Melt Object와 유사합니다. 따라서 디포머의 범위가 가시적으로 보이지 않습니다. 충분한 분할값을 가지고 있어야 제대로 된 효과를 볼 수 있습니다.

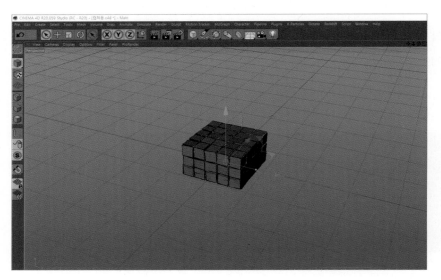

Object 설정

① **Strength** : 박살나는 효과에 대한 강도입니다. '0'%의 박살나기 직전부터 '100'%의 박살나고 난 후의 모습까지 설정할 수 있습니다.

② **Angle Speed** : 분해되는 폴리곤들이 갖는 회전 속도 값을 설정할 수 있습니다.

③ **End Size** : 박살나고 난 후 폴리곤들의 크기를 설정합니다. '0'으로 설정하면 디포머의 효과가 끝난 후 폴리곤들은 사라지게 됩니다.

④ **Randomness** : 폴리곤들이 가지는 개별 속도에 대한 랜덤값입니다.

🚦 Correction Deformer

Editable 없이 Primitive 오브젝트를 편집 가능하게 만들어주며 편집 전과 후로 전환할 수 있도록 도와주는 디포머입니다. 충분한 분할값을 가지고 있어야 제대로 된 효과를 볼 수 있으며 주의해야 할 점은 이 디포머는 계층 구조에서 제일 하단에 배열되어야 합니다. 다른 디포머가 이 디포머보다 아래에 있을 경우 온전히 제 효과를 발휘하지 못할 가능성이 있습니다.

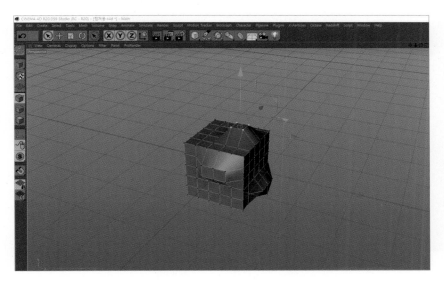

Object 설정

1 Lock : 디포머를 잠궈 수정할 수 없게 합니다.

2 Scale : 오브젝트의 비율에 따라 원래 위치와 이동한 지점에서 선택된 부분의 크기가 변경됩니다.

3 Mapping : Correction Object를 통해 만드는 구조의 연산 방식을 선택합니다.

4 Strength : 오브젝트에 적용되는 효과를 제어할 수 있습니다. '0'%는 Correction Object의 효과가 적용되기 전의 모습이 '100'%일 때 효과가 온전히 나타납니다. 이를 이용해 애니메이션에 응용할 수 있습니다.

5 Update, Freeze, Reset : Correction Object를 통해 편집한 포인트의 위치값을 저장하거나 재설정할 수 있습니다.

Jiggle

적용하는 오브젝트의 움직임에 맞춰 따라오는 이차적인 움직임을 구현하는데 사용하는 디포머로, 특정 사물이 멈추면서 발생하는 미세한 흔들림과 같은 움직임을 쉽게 구현할 수 있게 해줍니다. 다른 디포머와 달리 범위가 가시적으로 보이지 않으며, 오브젝트 자체의 움직임이 있어야 디포머의 효과를 확인할 수 있는 점에 유의해야 합니다.

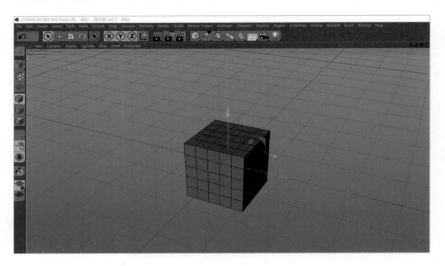

Object 설정

❶ On Stopped : 디포머를 적용한 오브젝트가 움직임이 멈춘 후에도 효과가 적용될 필요가 있는 경우 체크합니다.

❷ Local : 오브젝트의 로컬 좌표가 움직였을 때만 디포머의 효과가 적용됩니다.

❸ Strength : Jiggle 오브젝트 효과가 오브젝트에 주는 영향의 강도를 설정합니다.

❹ Stiffness : 오브젝트가 얼마나 빠르게 원래 상태로 돌아올지를 설정합니다.

❺ Structural : 오브젝트의 표면이 겹쳐지거나 비정상적인 변형을 거치면서 다시 원래 상태로 돌아올 때의 성질을 설정합니다.

❻ Drag : 오브젝트의 변형이 이뤄질 때 변형을 일으키는 에너지가 멈추는 정도를 설정합니다. '0'에서도 변형이 멈추기는 하나 수치가 높을수록 변형이 멈추는 시간이 빨라집니다.

⑦ Motion Scale : Jiggle 오브젝트가 일으키는 움직임의 크기를 조절할 수 있습니다.

Restriction 설정

① Restrict : 움직임을 제한하기 위한 요소를 설정하는 옵션입니다. 버텍스 맵, 조인트(관절), 선택 영역 등과 같은 요소를 활용하여 디포머의 효과를 제한할 수 있습니다.

Forces 설정

① Gravity : 중력값을 설정하는 옵션입니다. '+', '−' 값에 따라 중력의 방향이 바뀝니다.

② Map : 특정 영역을 중심으로 효과를 적용할 수 있습니다.

③ Forces : 시네마 4D에 있는 각종 Modifier를 활용하여 이 디포머에 영향을 줄 수 있습니다.

Cache 설정

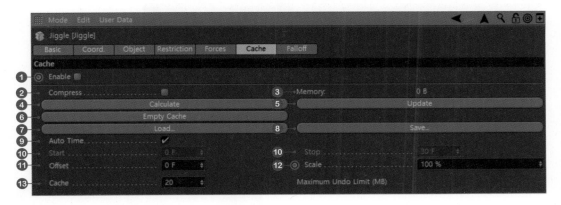

① Enable : 캐시 저장 및 활용을 활성화합니다.

② Compress : 저장한 캐시에 대한 압축을 활성화합니다.

③ Memory : 캐시가 차지하고 있는 용량을 표시합니다.

④ Calculate : 캐시값을 연산합니다.

⑤ Update : 현재 프레임의 계산을 갱신합니다.

⑥ Empty Cache : 저장된 캐시값을 비웁니다.

⑦ Load : 별도로 저장된 캐시를 불러와 읽어들입니다.

⑧ Save : 연산이 끝난 캐시를 별도의 데이터로 저장합니다.

⑨ Auto Time : 자동으로 뷰포트 창의 시간을 그대로 가져와 연산합니다.

⑩ Start, Stop : Auto Time이 해제된 경우 연산이 필요한 구간을 직접 입력하여 연산합니다.

⑪ Offset : 이 수치값에 따라 주어진 캐시 계산 전이나 후에 포인트가 작동됩니다.

⑫ Scale : 캐시에 저장된 포인트의 움직임 속도를 설정합니다.

⑬ Cache : 이 설정은 캐시의 되돌리기(Undo) 사이즈를 정의합니다.

Morph Deformer

이 디포머는 다른 디포머와 다르게 단독으로 사용되지 않고 Character Tags 중에 Pose Morph Tag 와 함께 사용되어야 합니다. Morph Deformer를 활용하여 Morph Target을 섞이도록 하거나 여러 포즈를 기반으로 작업할 수 있도록 도와줍니다.

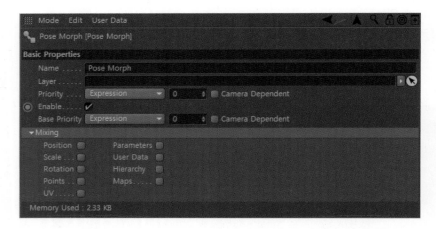

Object 설정

① Strength : Morph Deformer 효과의 강도를 조절합니다. '100%'일 때 Morph Deformer의 효과가 온전히 나타납니다.

② Morph : Morph Deformer가 작동하기 위해 필요한 Pose Morph Tag를 할당하는 옵션입니다.

③ **Apply Base Pose** : 이 옵션을 해제하는 경우, 동일한 Pose Morph Tag를 이용하여 다수의 Morph Deformer를 오브젝트에 적용시킬 수 있습니다.

Shrink Wrap Deformer Object

Shrink Wrap Deformer Object는 특정 오브젝트를 다른 오브젝트 형태로 수축시켜 형태를 변형할 수 있는 디포머입니다. 디포머의 옵션을 활용하여 수축 전과 후를 오가는 애니메이션으로도 활용할 수 있습니다. 충분한 분할값을 가지고 있어야 제대로 된 효과를 볼 수 있습니다.

Object 설정

① **Target Object** : 형태가 수축될 대상이 되는 타겟 오브젝트를 지정합니다.

② **Mode** : 타겟이 될 오브젝트에 수축되는 방식을 설정합니다.

③ **Strength** : 수축의 강도를 조절합니다. '0'%는 수축이 되기 전 상태이고 '100'% 는 완전히 수축이 된 상태이며 이를 활용하여 애니메이션을 줄 수 있습니다.

④ **Maximum Distance** : 포인트가 수축에 영향을 받는 거리를 제한할 수 있습니다. 수치가 낮을수록 멀리 있는 포인트들은 수축에 영향을 받지 않게 됩니다.

◉ Spherify Object

Spherify Object는 특정 오브젝트를 구의 형태로 변형시키는 디포머입니다. 기본적으로 팽창의 원리를 바탕으로 구의 형태로 변형되기 때문에 원래 오브젝트가 가지고 있던 크기보다 커지는 점을 유의해야 합니다. 충분한 분할값을 가지고 있어야 제대로 된 효과를 볼 수 있습니다.

Object 설정

① Radius : 구의 형태로 변형되는 반경을 설정합니다. Spherify 오브젝트의 기본 원리는 팽창이며, 반경이 원래 오브젝트보다 작아지면 구의 형태로 변하지 않게 됩니다.

② Strength : 구의 형태로 변경되는 강도입니다. '0'%에서는 원래 오브젝트의 형태이고 '100'%에서는 구의 형태로 나타나게 됩니다. 이를 이용하여 애니메이션에 활용할 수 있습니다. 다만 반경이 오브젝트의 크기보다 작은 경우 '100'%가 되어도 구의 형태가 나타나지 않을 수 있다는 점에 주의해야 합니다.

③ Fit to Parent : 이 버튼을 클릭하면 자동으로 해당 디포머의 상위 계층에 있는 오브젝트 사이즈에 맞게 조절됩니다.

◤ Surface Deformer

Surface Deformer는 특정 오브젝트를 다른 오브젝트 표면에 밀착시킬 수 있게 만드는 디포머입니다. 표면의 굴곡을 따라갈 수 있게 만들어주며 표면의 움직임에 따라 밀착시킨 오브젝트도 같이 움직일 수 있게 처리합니다. 충분한 분할값을 가지고 있어야 제대로 된 효과를 볼 수 있으며, 표면의 분할보다 오브젝트의 분할이 적게 될 때 밀착되는 효과가 미미할 수 있습니다.

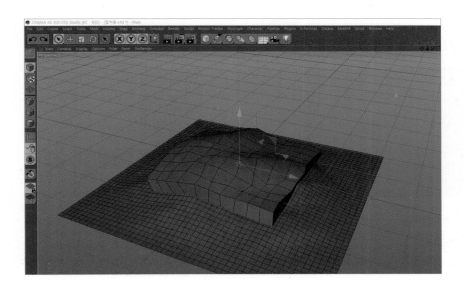

Object 설정

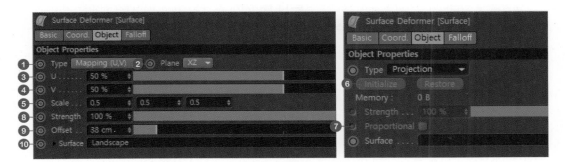

① **Type** : 표면에 오브젝트를 밀착시키는 세 가지 타입 중 하나를 설정할 수 있습니다. 첫 번째 방식인 Projection 방식은 오브젝트가 표면에 고정만 되고 밀착되진 않습니다. 나머지 두 개인 Mapping(U, V) 와 Mapping(V, U)를 통해 표면에 밀착시킬 수 있습니다. 현재 오브젝트가 가진 UV 정보를 기반으로 하기 때문에 첫 번째 방식과는 다르게 매번 Initialize를 할 필요가 없습니다.

② **Plane** : Mapping(U, V)와 Mapping(V, U) 방식을 선택했을 때 나타나는 옵션이며 이를 통해 오브젝 트가 평면에 밀착되는 방향을 바꿀 수 있습니다.

③ **U** : Mapping(U, V)와 Mapping(V, U) 방식을 선택했을 때 나타나는 옵션이며 표면의 U 방향에 따른 좌푯값을 제어할 수 있습니다. 수치에 따라 표면에서의 위치가 변하게 됩니다.

④ **V** : Mapping(U, V)와 Mapping(V, U) 방식을 선택했을 때 나타나는 옵션이며 표면의 V 방향에 따른 좌푯값을 제어할 수 있습니다. 수치에 따라 표면에서의 위치가 변하게 됩니다.

⑤ **Scale** : Mapping(U, V)와 Mapping(V, U) 방식을 선택했을 때 나타나는 옵션이며 각 X, Y, Z축에 대 한 오브젝트의 비율을 설정할 수 있습니다. 보통 표면에 밀착시키는 오브젝트의 두께를 손볼 때 많이 사용하는 옵션입니다.

⑥ Initialize : Projection 방식에서 현재 상태를 초기화시킬 때 사용하는 옵션입니다. 이를 통해 표면에 오브젝트를 고정할 수 있으며, 수정이 필요할 때마다 매번 초기화 작업이 필요합니다.

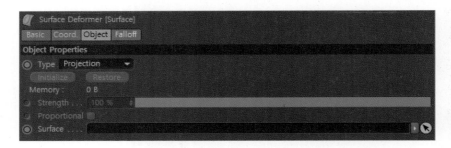

⑦ Proportional : Projection 방식을 선택했을 때 나타나는 옵션이며 오브젝트가 변형을 거칠 때 비례에 맞게 형태가 유지되도록 합니다. 따라서 오브젝트가 더 커질 수 있습니다.

⑧ Strength : 공통으로 있는 옵션이며 Surface Deformer의 강도를 설정합니다. '0'%에 가까워질수록 초기 상태로 돌아갑니다.

⑨ Offset : Mapping(U, V)와 Mapping(V, U) 방식을 선택했을 때 나타나는 옵션이며 표면에서의 거리를 설정할 수 있습니다. '-' 값을 통해 표면 밑으로 더 들어가게 할 수도 있고 표면과의 간섭을 최소화하기 위해 '+' 값으로 수치를 높여 사용할 수도 있습니다.

⑩ Surface : 오브젝트가 밀착될 표면에 해당하는 오브젝트를 설정하는 옵션입니다.

Ⓦ Wrap Object

Wrap Object는 원기둥 혹은 구의 형태로 특정 오브젝트를 감싸듯이 변형시킬 수 있는 디포머입니다. 충분한 분할값을 가지고 있어야 제대로 된 효과를 볼 수 있습니다.

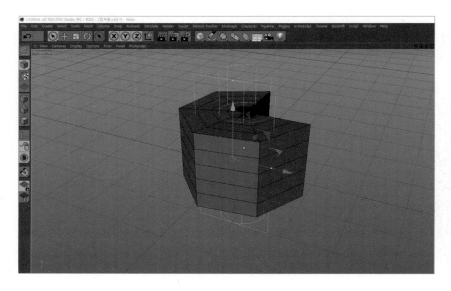

Object 설정

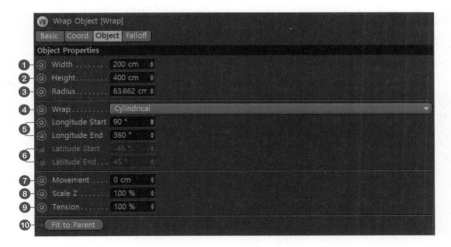

1. **Width** : 디포머의 범위 중 폭에 해당하는 수치를 설정할 수 있는 옵션입니다.

2. **Height** : 디포머의 범위 중 높이에 해당하는 수치를 설정할 수 있는 옵션입니다. Width와 함께 크기를 조정할 때 오브젝트에 비해 너무 작은 크기로 설정되면 오브젝트가 찌그러질 수 있으니 유의해야 합니다.

3. **Radius** : 원기둥 혹은 구의 형태로 감싸지듯이 변형시킬 때 그에 대한 반경을 설정할 수 있습니다.

4. **Wrap** : Cylindrical 원기둥 방식 혹은 Spherical 구 방식으로 오브젝트를 감쌀지 설정할 수 있습니다.

5. **Longitude Start, End** : 시작과 종료 경도에 해당하는 옵션입니다. 이 옵션은 원기둥, 구 방식 모두에 해당합니다. 이 수치를 활용하여 기준이 되는 원기둥에 경도 방향으로 오브젝트가 얼마나 감싸질지 설정할 수 있습니다.

6. **Latitude Start, End** : 시작과 종료 위도에 해당하는 옵션입니다. 이 옵션은 구 방식에서만 활성화됩니다. 이 수치를 활용하여 기준이 되는 원기둥이나 구에 위도 방향으로 오브젝트가 얼마나 감싸질지 설정할 수 있습니다.

7. **Movement** : 이 옵션을 활용하여 Y축 방향에 해당하는 움직임을 줄 수 있습니다. 이것을 활용하면 나선형의 형태를 만들 수 있습니다.

8. **Scale Z** : 원기둥이나 구 형태로 감싸지듯이 변형되는 오브젝트의 두께를 조절할 수 있습니다.

9. **Tension** : 장력에 해당하는 옵션이며 이를 통해 '0'%가 되면 오브젝트가 펼쳐지게 됩니다. 하지만 펼쳐진 형태는 Deformer가 적용되기 이전 모습이 아닌 점에 주의해야 합니다.

10. **Fit to Parent** : 이 버튼을 클릭하면 자동으로 해당 디포머의 상위 계층에 있는 오브젝트 사이즈에 맞게 조절됩니다.

◈ Spline Deformer Object

Spline Deformer Object는 오리지널 스플라인과 타겟 스플라인, 두 개의 스플라인을 이용하여 오브젝트를 변형시키는 디포머입니다. 두 스플라인의 위치와 형태적인 차이를 바탕으로 변형이 이뤄집니다. 이는 캐릭터를 만들 때 표정이나 근육의 움직임을 만들 때 이용하면 좋은 기능입니다.

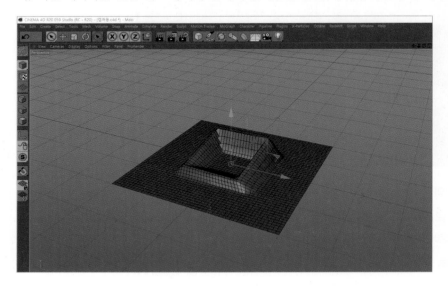

Object 설정

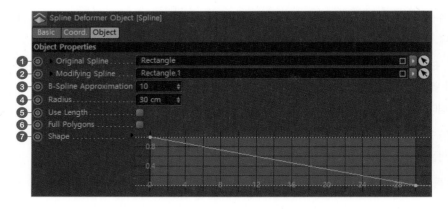

❶ **Original Spline** : 오브젝트 표면에 위치하는 오리지널 스플라인을 설정하는 옵션입니다. Original Spline의 경우 오브젝트 표면에서 변형이 일어날 범위에 해당한다고 이해하면 좋습니다. 따라서 표면에 정확히 위치하지 않으면 원하는 변형이 일어나지 않을 가능성이 있습니다.

❷ **Modifying Spline** : 일명 타겟이 될 타겟 스플라인을 지정하는 옵션으로 여기에 지정하는 스플라인의 형태에 따라 변형이 일어난다고 생각하면 이해하기 쉽습니다. 다만 Original Spline과의 위치나 형태의 차이에 따라 연산이 되는 점을 항상 유의해야 합니다.

③ **B–Spline Approximation** : Original Spline을 B–Spline으로 지정할 때 사용하는 옵션입니다. 이 옵션을 통해 스플라인의 분할을 결정할 수 있으며 수치가 높을수록 정밀해집니다.

④ **Radius** : 반경을 통해 오브젝트가 변형되는 크기를 결정할 수 있습니다. 이때 영향을 받는 크기는 Original Spline에 해당하는 크기입니다.

⑤ **Use Length** : Original Spline과 Target Spline의 포인트 숫자가 서로 다른 경우 이 옵션을 통해 자체적으로 스플라인의 포인트 숫자를 늘려 자연스럽게 처리하도록 합니다.

⑥ **Full Polygons** : 해당 옵션을 활용하면 오브젝트의 폴리곤 변형을 조금 더 자연스럽게 처리하도록 도와줍니다.

⑦ **Shape** : 스플라인 그래프를 활용하여 형태에 대한 변형을 좀 더 세부적으로 설정할 수 있습니다.

🔷 Spline Rail

최대 4개의 스플라인을 이용하여 오브젝트를 변형시킬 수 있는 디포머입니다. 스플라인의 위치에 맞춰 오브젝트를 변형시키는 것을 활용하면 애니메이션에 응용할 수 있습니다.

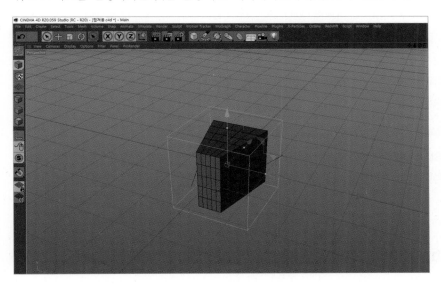

Object 설정

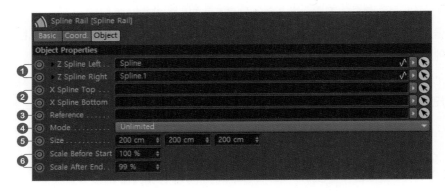

① **Z Spline Left, Right** : 여기에 적용하는 스플라인은 XZ 평면에 위치해야 정상적으로 오브젝트 변형이 일어납니다. Y축을 기준으로 좌우에 위치하는 스플라인을 각각 Left와 Right에 지정해주면 됩니다.

② **X Spline Top, Bottom** : 여기에 적용하는 스플라인은 XZ 평면에 위치해야 정상적으로 오브젝트 변형이 일어납니다. X축을 기준으로 좌우에 위치하는 스플라인을 각각 Top과 Bottom에 지정해주면 됩니다.

③ **Reference** : 이 옵션에 적용되는 오브젝트의 Z축이 바라보는 방향을 Spline Rail의 방향으로 정합니다. 오브젝트를 지정해주지 않으면 Spline Rail Deformer가 참조 오브젝트로 작용합니다.

④ **Mode** : Spline Rail이 오브젝트를 변형시키는 세 가지 모드 중 하나를 선택할 수 있습니다. Limited는 스플라인에 맞게 폴리곤이 변형되며 스플라인의 범위를 넘어가는 폴리곤은 사라지게 됩니다. Within Box는 디포머 범위에 해당하는 영역의 폴리곤만 변형이 일어납니다. Unlimited는 오브젝트 전체가 스플라인에 맞게 변형됩니다.

⑤ **Size** : Spline Rail에 적용되는 오브젝트의 사이즈를 조정할 수 있습니다.

⑥ **Scale Before Start, After End** : Unlimited로 모드를 설정했으면 사용할 수 있는 옵션입니다. 이 옵션을 활용하여 범위 밖의 크기를 조절할 수 있습니다.

🐛 Spline Wrap

스플라인을 통해 오브젝트를 변형시키는데 사용하는 디포머입니다. 해당 스플라인의 움직임이나 변형에 맞춰 오브젝트도 변형시킬 수 있습니다. 폴리곤으로 이루어진 오브젝트를 스플라인에 따라 유연하게 변형시킬 수 있고 그에 따른 움직임을 구현하기 용이해 활용도가 매우 높은 디포머입니다.

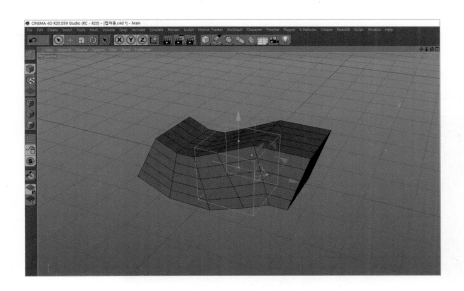

Object 설정

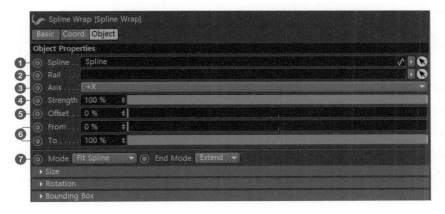

① **Spline** : 오브젝트를 변형시키는 데 필요한 스플라인을 설정하는 옵션입니다. 스플라인이 가지고 있는 분할에 맞춰 오브젝트의 변형이 일어나기 때문에 스플라인과 오브젝트 모두 충분한 분할이 있어야 합니다.

② **Rail** : Spline Wrap으로 오브젝트를 변형시킬 때 일종의 가이드 역할로 경로가 되어줄 스플라인을 지정할 수 있습니다.

③ **Axis** : 오브젝트가 스플라인을 통해 변형되는 방향을 설정합니다. 이 축의 기준은 시네마 4D 뷰포트 창의 월드 축을 기준으로 합니다.

④ **Strength** : Spline Wrap Deformer의 강도를 조절합니다. '0'%가 되면 오브젝트의 원래 형태로 돌아가고 '100'%에 디포머의 완전한 변형이 이뤄집니다.

⑤ **Offset** : 변형된 오브젝트를 스플라인에 형태에 따라 움직이게 할 수 있는 옵션입니다.

6 **From, To** : 스플라인의 시작과 끝 구간에서부터의 변형을 조절하는 옵션입니다.

7 **Mode** : Spline Wrap을 통해 변형시킨 오브젝트가 스플라인에 어떻게 반영될지 선택할 수 있습니다. Fit Spline은 스플라인 전체에 오브젝트를 반영하게 되어 그 크기가 오브젝트 원래의 크기보다 커질 수 있습니다. Keep Length를 선택하면 스플라인의 길이와 관계없이 오브젝트의 크기대로 반영됩니다.

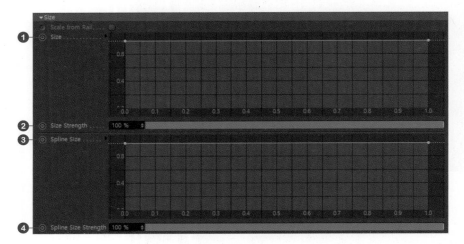

1 **Size ▶ Size** : 스플라인 그래프를 바탕으로 오브젝트 길이에 따른 크기를 디테일하게 조정할 수 있습니다.

2 **Size ▶ Size Strength** : **1** 그래프에서 설정한 크기에 대한 강도를 조절하는 옵션입니다.

3 **Size ▶ Spline Size** : 스플라인 그래프를 바탕으로 스플라인 길이에 따른 크기를 디테일하게 조정할 수 있습니다. Size 옵션과 같은 원리지만 Size는 변형된 오브젝트 자체에 반영되는 크기 조절이기 때문에 Offset으로 움직이면 Size로 변형된 크기가 그대로 유지됩니다. Spline Size는 스플라인 상 위치에 따른 크기이기 때문에 Offset으로 오브젝트를 움직이게 되면 위치에 따라 오브젝트의 크기가 달라집니다.

4 **Size ▶ Spline Size Strength** : **3** 그래프에서 설정한 크기에 대한 강도를 조절하는 옵션입니다.

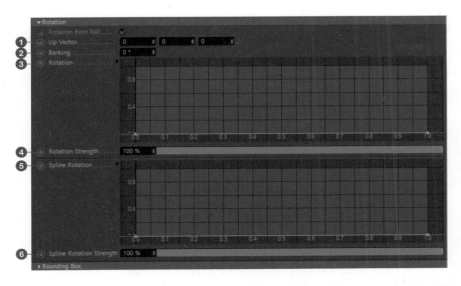

① Rotation ▶ Up Vector : 오브젝트에 애니메이션을 구현할 때 다이나믹한 변형을 위해 사용하는 옵션입니다.

② Rotation ▶ Banking : 변형된 오브젝트 전체를 일정하게 회전시키는데 사용하는 옵션입니다.

③ Rotation ▶ Rotation : 스플라인 그래프를 바탕으로 오브젝트 길이에 따른 회전값을 설정합니다.

④ Rotation ▶ Rotation Strength : **③** 그래프에서 설정한 회전값에 대한 강도를 조절하는 옵션입니다.

⑤ Rotation ▶ Spline Rotation : 스플라인 그래프를 바탕으로 스플라인 길이에 따른 회전값을 설정합니다. Rotation과 Spline Rotation의 차이는 위의 Size와 Spline Size가 가진 차이와 같습니다.

⑥ Rotation ▶ Spline Rotation Strength : **⑤** 그래프의 회전 강도를 조절하는 옵션입니다.

① Bounding Box ▶ Fix Bounding Box : 오브젝트의 애니메이션 시 바운딩 박스가 함께 움직이며 변형하는 오브젝트에 에러를 일으키는 경우들이 발생합니다. 이러한 현상을 방지하기 위해 사용하는 옵션입니다.

② Bounding Box ▶ Bounding Box Center, Size : Fix Bounding Box가 활성화되었을 때 자동적으로 바운딩 박스에 대한 중앙 좌푯값과 크기 값이 반영되는 옵션입니다. 일반적으로 Fix Bounding Box 사용 시 그 바운딩 박스의 위치와 크기를 조정할 때 사용합니다.

🎥 Camera Deformer

Camera Deformer는 뷰포트에서 보이는 카메라 뷰에서 나타나는 그리드를 기반으로 오브젝트를 변형시킬 수 있는 디포머입니다. 고정된 카메라 시점에서 오브젝트를 변형하는 것이기 때문에 보이는 부분만 변형시킨다는 점에 주의해야 합니다.

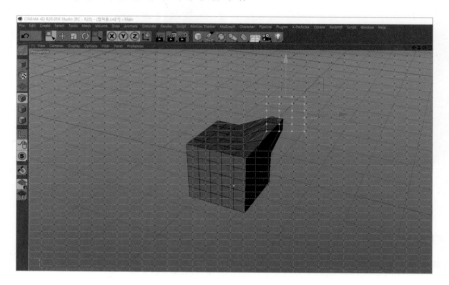

Object 설정

① **Reset** : 카메라 뷰에서 보이는 모든 포인트를 원 상태로 되돌립니다.

② **Camera** : Camera Deformer의 기준이 될 카메라 오브젝트를 할당하는 옵션입니다.

③ **Strength** : Camera Deformer의 변형에 대한 강도를 조절하는 옵션입니다. '0'%에 가까울수록 변형되기 이전 오브젝트 형태에 가까워집니다.

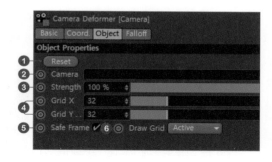

④ **Grid X/Y** : 카메라 뷰에서 보이는 X/Y 축에 해당하는 분할 수를 설정합니다.

⑤ **Safe Frame** : 기본으로 설정된 이 옵션은 카메라 뷰에서 보이는 그리드가 작업 영역에서 보이는 영역 중 렌더링되는 영역에만 표시되도록 합니다. 체크를 해제하면 렌더링되는 영역과 상관없이 작업 영역에 보이는 모든 영역에 그리드가 표시됩니다.

⑥ **Draw Grid** : 작업 영역에서 그리드가 표시되는 방식을 설정할 수 있습니다. Always는 오브젝트 레이어에서 선택된 오브젝트와 관계없이 항상 그리드가 표시되도록 설정합니다. Active는 오브젝트 레이어에서 Camera Deformer가 선택된 상태에서만 그리드가 표시됩니다. Hierarchy는 Camera Deformer와 계층 구조를 공유하는 오브젝트를 선택했을 경우에만 그리드가 표시됩니다.

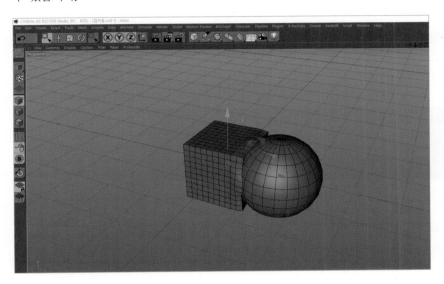 Collision Deformer

Collision Deformer는 두 물체 간 물리적인 충돌을 구현하는 디포머입니다. 일반적으로 Collision Deformer가 계층 구조로 영향을 미치는 오브젝트는 Collision Deformer의 충돌체로 지정된 오브젝트에 의해 영향을 받는 원리로 작동합니다. 따라서 밀도가 다른 두 물체 간의 충돌을 주로 구현하는 디포머로 이해하면 쉽습니다. Simulation Tag를 활용하는 방식보다 빠르고 직관적이기 때문에 많이 활용되는 디포머 중 하나입니다. 오브젝트들이 가지고 있는 분할 수에 따라 처리 시간이 크게 달라질 수 있습니다.

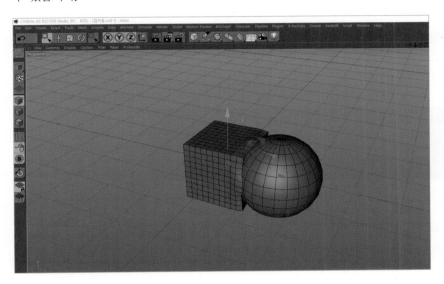

Object 설정

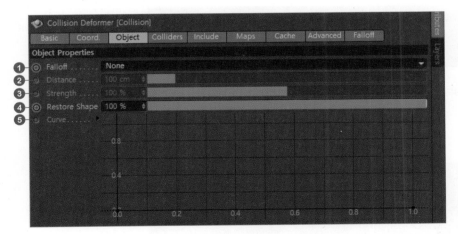

① **FallOff** : 두 물체 간 충돌에 의한 변형의 감쇄 방식을 선택할 수 있습니다. None은 감쇄에 대한 추가적인 설정을 할 수 없습니다. UV는 변형되는 오브젝트의 UV를 바탕으로 계산되는 방식입니다. 오브젝트의 UV가 정확하지 않으면 원하는 대로 변형이 일어나지 않을 수 있습니다. Distance는 충돌 때문에

교차하는 포인트의 거리에 따라 변형이 반영됩니다. Surface는 변형된 표면에 따른 거리를 바탕으로 변형이 일어납니다. Collider는 충돌하는 오브젝트의 형태에 따라 계산하여 변형시키는 방식입니다. 제일 정확한 방법일 수 있지만 그만큼 작업이 느려질 수 있습니다.

② Distance : 위에서 설정한 감쇄가 작용하는 크기를 설정합니다.

③ Strength : 감쇄로 변형되는 형태의 높이를 설정합니다.

④ Restore Shape : 이 옵션을 통해 변형된 형태가 원래 상태로 되돌아오는 것을 제어할 수 있습니다. '0'%로 설정할 경우 충돌로 변형된 형태가 원래 상태로 되돌아오지 않기 때문에 눈 위에 남는 발자국 같은 표현을 하기 쉽습니다. '100'%로 설정하면 서서히 원래 상태로 되돌아오게 됩니다.

⑤ Curve : 스플라인 그래프를 바탕으로 감쇄가 일어날 때 발생하는 변형의 형태를 설정할 수 있습니다.

Colliders 설정

① Solver : 충돌이 일어날 때 구현되는 방식을 선택할 수 있습니다.

② Objects : 충돌체가 될 오브젝트를 설정하는 옵션입니다. 1개 이상의 오브젝트를 부여할 수 있으며 오브젝트 아이콘 옆에 있는 토글 버튼을 통해 온/오프가 가능합니다.

Include 설정

① Objects : 여러 개의 변형될 오브젝트에 하나의 디포머를 적용할 경우 이곳에서 설정하여 적용합니다.

Maps 설정

1 Stretch/Relax : Vertex 맵을 추가하여 충돌에 영향받는 포인트들과 영향받지 않는 포인트들의 전환을 부드럽게 처리할 수 있습니다.

2 Falloff : Vertex 맵을 통해 충돌에 대한 감쇠를 받는 영역을 설정할 수 있습니다.

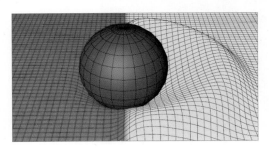

3 Restore : [Object] 탭에서 다룬 Restore Shape에 대한 제어를 Vertex 맵 기반으로 할 때 사용하는 옵션입니다.

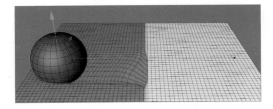

4 Output ▶ Collision : 충돌에 의해 생성되는 Vertex 맵을 출력할 수 있는 옵션입니다. 빈 Vertex 맵을 넣어 사용합니다.

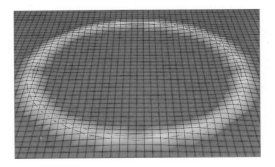

5 Output ▶ Falloff : [Object] 탭에서 설정한 감쇠에 따른 Vertex 맵을 출력할 수 있는 옵션입니다. 빈 Vertex 맵을 넣어 사용합니다.

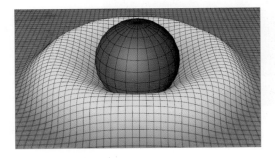

Cache 설정

❶ Enable : 캐시 저장 및 활용을 활성화합니다.

❷ Compress : 저장한 캐시에 대한 압축을 활성화합니다.

❸ Memory : 캐시가 차지하고 있는 용량을 표시합니다.

❹ Calculate : 캐시값을 연산합니다.

❺ Update : 현재 프레임의 계산을 갱신합니다.

❻ Empty Cache : 저장된 캐시값을 비웁니다.

❼ Load : 별도로 저장된 캐시를 불러와 읽어들입니다.

❽ Save : 연산이 끝난 캐시를 별도의 데이터로 저장합니다.

❾ Auto Time : 자동적으로 뷰포트 창의 시간을 그대로 가져와 연산합니다.

❿ Start, Stop : Auto Time이 해제되어 있는 경우 연산이 필요한 구간을 직접 입력하여 연산합니다.

⓫ Offset : 이 수치값에 따라 주어진 캐시 계산 전이나 후에 포인트가 작동됩니다.

⓬ Scale : 캐시에 저장된 포인트의 움직임 속도를 설정합니다.

⓭ Cache : 이 설정은 캐시의 되돌리기(Undo)의 사이즈를 정의합니다. 만약 제한하고 있지 않으면 메모리를 많이 차지하게 됩니다.

Advanced 설정

1 Size : 변형된 오브젝트의 포인트들이 충돌체의 표면으로부터 얼마만큼의 거리를 가질지 설정합니다.

2 Steps : 충돌의 프레임당 계산 빈도를 설정하는 옵션입니다. 이 값이 커질수록 연산 빈도가 높아지며 Deformer의 처리가 느려질 수 있습니다.

3 Stretch : 변형되는 표면을 늘릴 때 표면을 부드럽게 처리하는 연산에 대한 반복 횟수를 설정합니다. 해당 값이 커질수록 그 늘림이 넓게 확장됩니다.

4 Relax : 위에 Stretch로 인한 늘림의 반복에 대해 이완을 시키는 연산에 대한 반복 횟수를 설정합니다. 이 옵션은 감쇄에 대한 영향을 끼칠 수 있으므로 [Object] 탭의 Falloff 옵션을 None으로 하는 것이 좋습니다.

5 Stiffness : 변형되는 오브젝트의 스프링 강도를 조절하는 옵션입니다. 값을 높일수록 탄성이 줄어들기 때문에 빠르게 오브젝트가 원래 상태로 돌아오게 됩니다.

6 Struct. : 변형되는 오브젝트의 형태 보존 방식을 조절하는 옵션입니다. 값이 낮을수록 형태에 대한 변형이 더욱 강하게 나타납니다. 왜곡이 심해질 수 있어서 주의해야 합니다.

7 Flex : 변형되는 오브젝트가 충돌로 생기는 굴곡을 조절하는 옵션입니다. 값이 낮을수록 굴곡이 많아지고 그 간격이 좁아집니다.

🌐 Displacer

특정 텍스처를 바탕으로 오브젝트의 표면을 변형시킬 수 있는 디포머로 텍스처에서 배울 수 있는 Displacement와 유사한 방식의 디포머입니다. 텍스처에서 구현되는 Displacement는 렌더링할 때에만 그 효과를 확인할 수 있지만 Displacer Deformer는 즉각적으로 뷰포트 창에서 확인할 수 있는 것이 장점입니다. Displacement와 마찬가지로 오브젝트가 가진 분할 수에 따라 정밀도 차이가 날 수 있는 것에 유의해야 합니다.

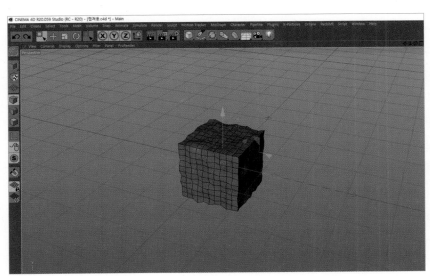

Object 설정

① **Emulation** : 해당 옵션을 체크하면 텍스처로 적용한 Displacement가 Displacer Deformer와 같이 작동하게 됩니다. 기본적으로 체크되어 있지 않는 옵션이며 Displacer Deformer가 가지고 있는 쉐이더를 통해 스스로 텍스처를 설정하게 됩니다. 주의해야 할 점은 해당 옵션을 체크하는 순간 Displacer Deformer가 가진

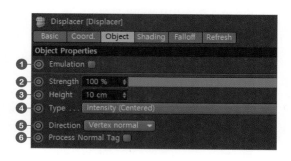

대부분 옵션은 사라지며 세부적인 옵션을 위해서는 텍스처로 적용한 Displacement의 옵션을 변경해야 합니다.

② **Strength** : Displacer Deformer가 가진 강도를 설정합니다. 일반적인 Deformer가 가진 강도와 달리 '−' 값을 가지고 있으며 이에 따라 Displacer로 만들어낸 변형을 반대로 뒤집을 수 있습니다.

③ **Height** : Displacer로 만들어내는 변형의 높이를 설정합니다. 이에 따라 변형이 가지는 수직에 대한 크기를 조절할 수 있지만 오브젝트가 가진 분할이 충분치 않으면 각진 형태의 변형이 일어날 수 있습니다.

④ **Type** : Displacement를 구현하는 방식을 선택합니다. 해당 방식에 대한 설명은 텍스처에 있는 Displacement에서 더욱 자세히 알아볼 수 있습니다.

⑤ **Direction** : Displacement가 구현되는 방향을 설정합니다.

⑥ **Process Normal Tag** : 오브젝트에 Normal 태그가 있는 경우 이 옵션을 체크해야 Displacement로 인한 형태의 변형이 정확하게 이뤄집니다. Normal 태그가 없는 경우에는 이 옵션은 아무런 효과를 주지 못합니다.

Shading 설정

① **Channel** : 어떤 형식의 텍스처를 적용하여 Displacer를 구현할지 선택할 수 있는 옵션입니다. 총 11개의 채널이 있으며 이 중 기본으로 설정되어 있고 제일 많이 사용하는 채널은 Custom Shader입니다.

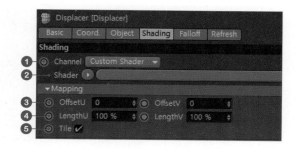

② **Shader** : 해당 옵션에 원하는 쉐이더를 설정하거나 적용하여 Displacer를 만들어 낼 수 있습니다.

③ **Mapping ▶ Offset U/V** : UV 좌표상 텍스처의 위치를 변경시킬 수 있습니다.

④ **Mapping ▶ Length U/V** : UV 좌표상 텍스처의 크기를 변경시킬 수 있습니다.

⑤ Mapping ▶ Tile : 텍스처를 UV 좌표상 반복시키는 것을 Tiling(타일링, 반복)이라고 하며 이 설정을 이용하여 사용할 수 있습니다.

Refresh 설정

❶ Object/Camera : 각각 뷰포트 창에서 어떤 방식으로 Displacer의 효과가 나타날지를 설정하는 옵션입니다.

❷ Backface Cull : 카메라를 향하지 않는 오브젝트의 면만 변형이 일어나지 않도록 합니다.

◈ Formula Object

Formula Object는 수학적 수식을 바탕으로 오브젝트를 변형시키는 디포머입니다. 기본적인 디포머 범위에 대한 크기와 디포머가 작용하는 방향에 대한 옵션을 제외하고 형태에 대한 설정은 수식을 직접 입력하여 적용해야 합니다. 기본으로 지정된 수식은 원형의 물결무늬를 형성하게 해주며 이를 재생해보면 애니메이션까지 구현됩니다.

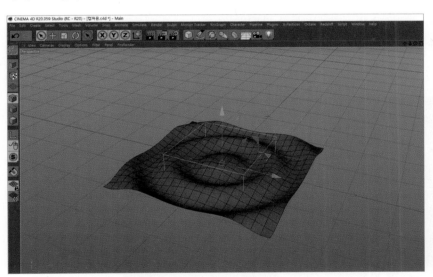

Object 설정

① **Size** : X/Y/Z 축에 대한 Deformer의 범위 넓기를 설정하는 옵션입니다.

② **Effect** : Formula 오브젝트가 적용되는 방식을 설정합니다.

③ **d(u, v, x, y, z, t)** : Effect 옵션에서 Manual을 선택했을 때를 제외한 모든 방식에 대한 수식을 입력하는 곳입니다.

④ **X(x, y, z, t)/Y(x, y, z, t)/Z(x, y, z, t)** : Manual을 선택했을 때 그에 대한 수식을 X, Y, Z 방향에 맞춰 입력하는 곳입니다. t는 시간을 나타냅니다.

⑤ **Fit to Parent** : 이 버튼을 클릭하면 자동으로 해당 디포머의 상위 계층에 있는 오브젝트의 사이즈에 맞게 조절됩니다.

🏳 Wind Deformer Object

Wind Deformer Object를 통해 오브젝트가 마치 바람에 의해 물결치는 듯한 움직임을 만들어 낼 수 있습니다. 바람을 마치 물리적으로 구현하는 듯한 디포머이긴 하나 아주 세부적이고 사실적인 상호작용을 만들어내는 데에는 한계가 있습니다. 깃발이나 얇은 물체가 바람에 흩날리는 듯한 움직임 정도에 적합합니다.

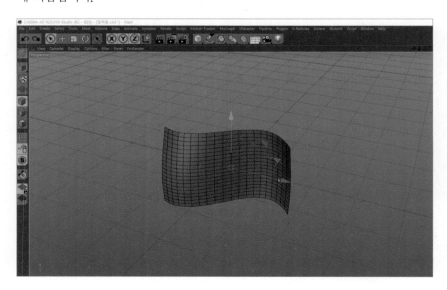

Object 설정

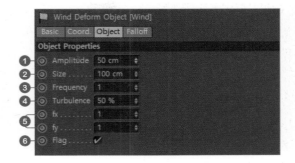

1 Amplitude : 해당 옵션을 통해 Z방향에 대한 진폭과 Y방향의 진동이 가지는 크기를 조절할 수 있습니다.

2 Size : Deformer가 작용하는 X축과 Y축 방향의 크기를 조절할 수 있습니다. 해당 수치가 커지면 물결의 주파수 또한 그에 따라 증가합니다.

3 Frequency : 바람에 의한 파동의 속도를 결정하는 옵션입니다. '0'에 가까워지면 그 속도가 느려지고 '0'을 입력하면 애니메이션이 일어나지 않게 됩니다.

4 Turbulence : X, Y방향으로 2차적인 파동과 '+Z' 방향으로의 진폭을 추가합니다. 따라서 좀 더 불규칙적이면서도 자연스러운 파동이 구현됩니다.

5 fx/fy : X, Y방향에 대한 파동의 주파수를 결정합니다. 이를 통해 특정 방향에 대한 속도를 조절할 수 있습니다.

6 Flag : 해당 옵션을 체크하면 디포머의 축에 맞춰 깃발과 같이 한쪽 끝이 고정된 채로 펄럭이는 움직임을 구현할 수 있습니다.

🔘 Smoothing Deformer

Smoothing Deformer는 오브젝트가 가진 표면을 부드럽게 처리하는 디포머입니다. 단순히 모델링에 응용하는 방법 말고도 애니메이션에도 활용할 수 있는 디포머입니다. 특히 캐릭터 애니메이션을 만들 때 캐릭터의 관절 부분을 자연스럽게 처리하는데 응용할 수 있습니다.

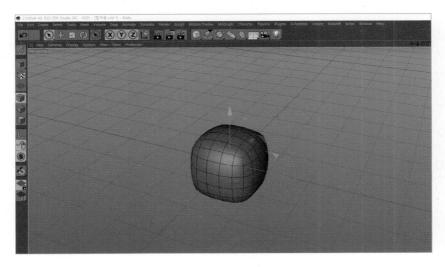

Object 설정

① **Initialize** : 오브젝트의 현재 상태를 초기
화합니다. 이를 통해 초기 상태를 보존하
면서 안전하게 변경할 수 있습니다.

② **Restore** : 변형된 오브젝트를 Initialize를
통해 기록된 초기 상태로 복원합니다.

③ **Memory** : 저장된 메모리 사용량을 표시
합니다.

④ **Strength** : Smoothing Deformer의 강
도를 조절하는 옵션입니다. '0'%에 가까울수록 오브젝트가 변형하기 이전 형태로 돌아갑니다.

⑤ **Type** : 표면을 부드럽게 처리하는 방식을 설정하는 옵션입니다.

⑥ **Iterations** : 부드럽게 처리하는 알고리즘을 얼마나 적용할지 설정하는 옵션입니다. 수치가 높아질수록
더욱 부드럽게 처리되지만 과하게 높은 수치는 컴퓨터의 성능을 저하시킬 수 있습니다.

⑦ **Stiffness** : 오브젝트 표면의 강성 정도를 설정합니다. 이 옵션의 수치를 높이면 오브젝트의 모서리가
강조됩니다. 따라서 '100'%에 가까워질수록 원본 오브젝트와 유사한 형태가 됩니다.

⑧ **Keep Displacements** : 움직임이 있는 포인트의 위치를 변형되지 않은 상태로 정확하게 유지하려면
이 옵션을 선택합니다.

⑨ **Stiffness Map** : Vertex 맵을 활용하여 오브젝트가 가진 Stiffness 값을 세부적으로 설정합니다.

🔷 Bevel Deformer

Bevel Deformer는 앞서 모델링을 다룬 챕터에서 배운 Bevel과 같은 기능을 하는 디포머입니다.

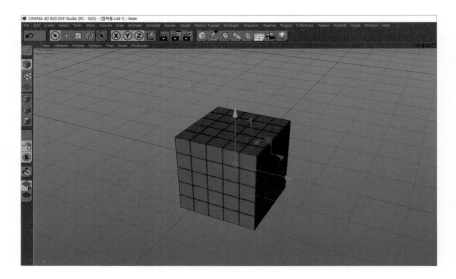

Option 설정

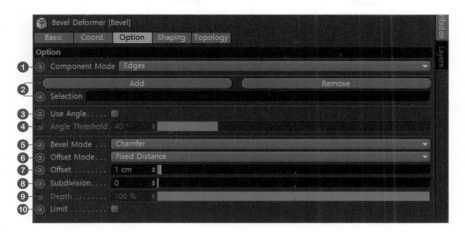

1. **Component Mode** : Points, Edges, Polygons 중 어떤 모드가 Bevel의 효과로 적용될지 설정합니다.

2. **Add, Remove, Selection** : Selection에 해당하는 칸에 Points, Edges, Polygons 중 선택된 특정 요소를 집어넣어 해당 선택 영역에만 Bevel을 적용할 수 있습니다. 기본적으로 하나의 Selection 칸만 존재하지만 Add와 Remove를 통해 2개 이상의 칸으로 늘리거나 줄일 수 있습니다.

3. **Use Angle** : 해당 옵션을 활성화하면 오브젝트의 폴리곤이 연결되는 모서리가 가진 각도에 따라 Bevel이 적용되는 범위를 제한할 수 있는 기능입니다.

4. **Angle Threshold** : Use Angle을 사용하면 활성화되는 옵션입니다. 특정 각도를 설정해 그 각도보다 작은 각도를 가진 모서리에는 Bevel이 적용되지 않습니다.

5. **Bevel Mode** : Bevel을 처리하는 방식을 선택합니다. 기본적으로 설정되어 있는 Chamfer는 모서리를 분할하며 그 모서리에 곡률을 더해줍니다. Solid는 모서리에 분할만 만듭니다. 이는 위에서 설정한 Component Mode가 Edges일 때만 활성화됩니다.

6. **Offset Mode** : Bevel의 세부 수치를 적용하는 방식을 설정합니다.

7. **Offset** : Bevel이 적용될 크기를 적용하는 옵션입니다. 단위는 위에서 설정하는 Bevel Mode에 따라 'cm' 혹은 '%'가 될 수 있습니다.

8. **Subdivision** : Bevel이 적용되는 영역에 적용될 분할을 결정합니다.

9. **Depth** : Subdivision의 수치가 '1' 이상일 경우 활성화되는 옵션입니다. '+', '−' 값을 가지고 있는 옵션으로 Bevel 효과로 둥글게 처리된 모서리가 어느 방향으로 돌출될지를 결정합니다. '+', '−' 값은 안과 밖을 기준으로 어느 방향으로 돌출될지를 결정합니다.

10. **Limit** : Offset의 값이 오브젝트가 가진 영역을 벗어날 때 이 옵션을 선택하면 Points, Edges, Polygons와 같은 요소들이 겹치거나 비정상적으로 처리되지 않도록 도와줍니다.

Shaping 설정

① **Shape** : Bevel Deformer에 의해 영향
을 받아 변형되는 표면이 가지는 형태를
설정하는 옵션입니다. 세 가지 방식이 있
으며 해당 방식에 따라 각기 다른 옵션이
있습니다. Round는 기본값이자 일반적으
로 알고 있는 Bevel의 원리와 같이 Bevel

의 영향을 받는 요소가 둥글게 처리되도록 합니다. User는 스플라인 그래프를 바탕으로 형태를 세부적
으로 설정할 수 있습니다. Profile은 기준이 될 스플라인을 생성하여 이를 바탕으로 형태를 변형시킬 수
있습니다.

② **Tension** : Shape를 Round로 선택했을 때 활성화되는 옵션으로 Depth와 비슷한 역할을 합니다. '+',
'−' 값을 가지고 있으며 이에 따라 둥글게 처리된 형태가 변형됩니다.

③ **User Shape** : Shape를 'User'로 선택
했을 때 활성화되는 옵션입니다. 스플라인
그래프를 바탕으로 Bevel이 영향을 주는
형태를 세부적으로 변형할 수 있습니다.

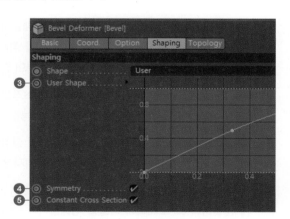

④ **Symmetry** : 그래프로 형성되는 형태를
대칭으로 복제시켜 Bevel에 적용되게 만
드는 옵션입니다. 해제될 경우 Bevel의 영
향을 받는 형태가 갈라지게 됩니다.

⑤ **Constant Cross Section** : Shape를
'User'나 'Profile'로 설정했을 때 활성화되
는 옵션입니다. Bevel에 영향 받는 Edge
가 일정한 단면을 가지며 변형될 수 있도
록 합니다.

⑥ **Profile Spline** : Shape를 'Profile'로 선
택했을 때 활성화되는 옵션입니다. 기준이
될 스플라인을 지정하는 옵션으로 스플라
인은 닫힌 형태를 가지고 있지 않아야 합
니다.

⑦ **Profile Plane** : 기준이 될 스플라인이 위
치할 축을 설정하며, XY, YZ, XZ 중 하나를 선택합니다. 이는 스플라인이 가지고 있는 옵션 중 Plane
과 같은 원리입니다.

Topology 설정

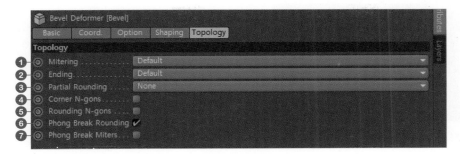

1 **Mitering** : 마이터링은 엣지가 교차하는 지점에서 분할이 처리되는 방식을 설정합니다.

▲ Mitering : Default

▲ Mitering : Uniform

▲ Mitering ▶ Radial

▲ Mitering ▶ Patch

2 **Ending** : Bevel이 적용되는 엣지의 끝처리에 대한 형태를 지정하는 옵션입니다.

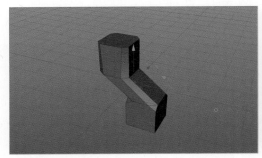

▲ Ending ▶ Default

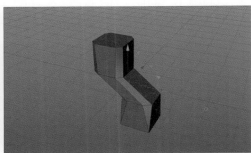

▲ Ending ▶ Extend

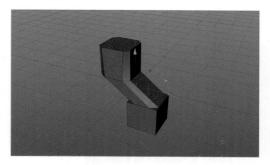

▲ Ending ▸ Inset

❸ **Partial Rounding** : 엣지가 교차하는 지점에서 3개의 엣지가 선택되고 2개가 선택되지 않은 경우에 대한 특수한 Bevel 처리를 지정하는 옵션입니다.

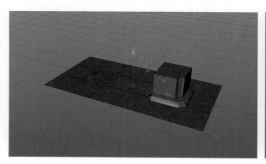

▲ Partial Rounding ▸ None

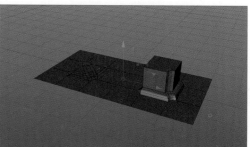

▲ Partial ▸ Full

▲ Partial Rounding ▸ Convex

❹ **Conner N-gons** : 해당 옵션을 체크하면 코너에 분할된 면 처리를 N-gons로 처리합니다. 이에 따라 형태의 실루엣이 약간 달라질 수 있습니다.

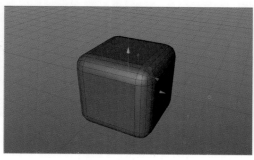

▲ Corner N-gons 체크 전/후

⑤ **Rounding N-gons** : 해당 옵션을 체크하면 모서리에 분할된 면 처리를 N-gons로 처리합니다.

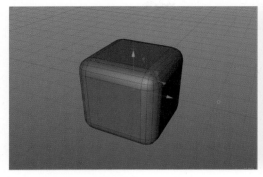 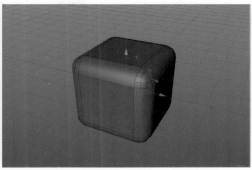

▲ Rounding N-gons 체크 전/후

⑥ **Phong Break Rounding** : 기본값으로 활성화되어 있으며, 활성화되어 있을 경우 모서리에 해당하는 라운딩 퐁이 깨집니다. 체크 해제하여 비활성화할 경우 라운딩 퐁으로 부드럽게 처리되어 보입니다.

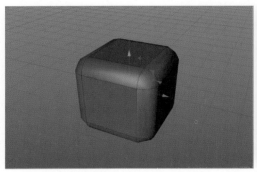 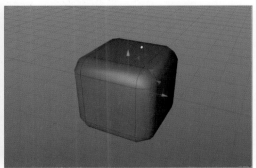

▲ Phong Break Rounding 체크 해제 전/후

⑦ **Phong Break Miters** : 기본값으로 비활성화되어 있으며, 비활성화되어 있을 경우 코너에 해당하는 마이터 퐁이 유지됩니다. 체크하여 활성화할 경우 마이터 퐁이 깨지며 코너가 다소 각지게 표현됩니다.

▲ Phong Break Rounding 체크 해제 전/후

애니메이션은 움직임을 구현해내는 작업으로 3D 상에서는 X/Y/Z축에 대한 위치값을 기반으로 움직임을 만들어냅니다. 이런 움직임을 만들어내는 과정에서 시네마 4D는 타임라인을 기반으로 키프레임을 기록하는 방식을 사용합니다. 뷰포트 바로 아래 타임라인 룰러에 위치값이나 설정값이 기록되는 키프레임을 저장하고, 재생하게 되면 타임라인을 따라 저장된 키프레임이 순차적으로 구현됩니다. 이러한 원리를 기반으로 시네마 4D에서 대부분의 애니메이션이 구현됩니다.

애니메이션은 기본적으로 30프레임을 기준으로하며, 30프레임당 '1초'로 생각하고 시네마 4D 화면에서 기본으로 설정되어 있는 90프레임의 길이는 '3초'라고 생각하면 됩니다. 애니메이션에서는 프레임 단위로 시간을 인지하기 때문에 타이밍을 잘 계산하는 것이 좋습니다. 이제 본격적으로 애니메이션을 만들기 위해 기본적인 인터페이스와 기능을 알아보며 시네마 4D의 애니메이션에 접근해보도록 하겠습니다.

애니메이션

(Animation)

01 애니메이션을 위한 인터페이스 익히기

≫ 다양한 프로세스를 통해 최종적인 결과물이 완성되는 시네마 4D에는 다양한 분야별 화면 레이아웃이 구성되어 있습니다. 특히, 애니메이션의 기록과 속도감을 제어하기 위한 타임라인(Timeline)은 우리가 작업을 모니터링하는 뷰포트 창과 함께 계속적인 설정을 필요로 합니다. 지금부터 더 쉽고 구체적인 애니메이션 작업을 위한 작업공간의 레이아웃과 부가적인 타임라인 매니저(Timeline Manager)에 대해 알아보도록 하겠습니다.

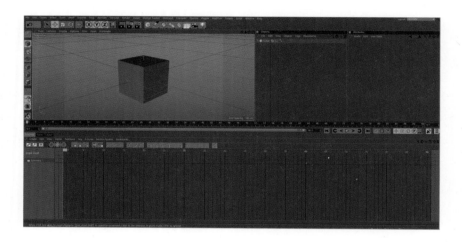

01 애니메이션 팔레트(Animation Palette)

애니메이션 팔레트(Animation Palette)는 약식으로 보이는 타임라인(Timeline) 인터페이스입니다. 구체적인 속도감을 제어하거나 오브젝트에 적용된 다양한 설정별 레코딩 항목들을 세밀하게 제어할 수 없지만, 재생을 통한 프리뷰나 러프한 키프레임 간격 제어, 레코딩한 데이터를 모니터링 하는 역할로 사용할 수 있습니다. 총 3가지의 각기 다른 기능을 가진 영역으로 구분되어 있으며 각자의 명칭과 역할을 알아보도록 하겠습니다.

타임라인 룰러(Timeline Ruler)

우리가 작업 중인 프로젝트의 시간을 제어하는 설정 창으로 프레임(Frame) 단위로 구성된 시간의 흐름을 나타내는 타임라인입니다.

파워 슬라이더(Power Slider)

파워 슬라이더는 왼쪽과 오른쪽 끝에 위치한 Frame 설정 창에 영상의 시작과 끝지점을 기록하여 애니메이션의 최종시간(Duration)을 설정하는 항목입니다. 상황에 따라 현재 애니메이션 영역의 특정 구역만을 타임라인을 통해 프리뷰할 수 있으며 슬라이더의 좌우측 끝지점에 위치한 화살표를 이용해 프리뷰 영역을 관리합니다.

애니메이션 재생/기록(Animation Play/Record)

애니메이션을 재생하거나 중지, 키프레임 간 이동 등 재생을 위한 제어 도구입니다.

❶ ▷ Play Forwards / ❙❙ Pause : 애니메이션을 재생/정지합니다.(F8)

❷ ◀❙ Go to Previous Frame(F) / ❙▶ Next Frame(G) : 이전 프레임으로 이동하거나 다음 프레임으로 이동합니다.

❸ ◖ Go to Previous Key(Ctrl+F) / ➜ Next Key(Ctrl+G) : 이전 레코딩된 키로 이동하거나 다음 키프레임의 위치로 이동합니다.

❹ ❙◀ Go to Start(Shift+F) / ▶❙ End(Shift+G) : 애니메이션의 시작지점이나 끝지점으로 이동합니다.

❺ ⊘ Record Active Objects(F9) : 현재 선택된 물체가 가진 Position, Scale, Rotation, PLA를 애니메이션 레코딩합니다.

❻ ⊙ Autokeying(Shift+F9) : 현재 선택된 오브젝트의 기록 변경사항을 자동으로 레코딩하여 오토 키프레임을 생성합니다.

❼ ⊞ Point Level Animation : 이 기능이 활성화된 경우 현재 선택된 오브젝트의 Position, Scale, Rotation, PLA 데이터를 전부 레코딩합니다. 신속한 애니메이션 레코딩 작업에 유용하게 활용할 수 있습니다.

02 타임라인(Timeline)

타임라인은 더 세밀한 애니메이션 작업을 위한 인터페이스로 크게 2가지 모드로 구성되어 있습니다. 첫 번째는 오브젝트에 지정된 다양한 종류의 레코딩 키프레임을 목록화하여 제어할 수 있는 'Dope Sheet' 모드가 있습니다. 이 모드의 설정 방식은 애프터 이펙트(After Effects)의 키프레임 제어방식과 유사하여 처음 애니메이션을 접한 분들이라도 키프레임에 경험이 있다면 쉽게 적응하여 활용할 수 있습니다.

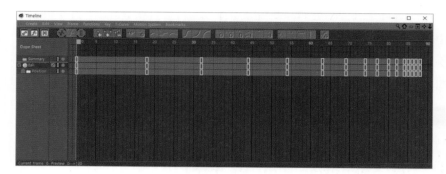

두 번째는 적용된 키프레임의 데이터와 시간을 그래프 형태로 나타내는 'F-Curve' 모드가 있습니다. F-Curve 모드는 시간과 데이터 간의 상관관계를 통해 속도를 제어할 수 있는 설정입니다. 이는 애프터 이펙트의 Value 그래프와 사용 방법이 유사합니다.

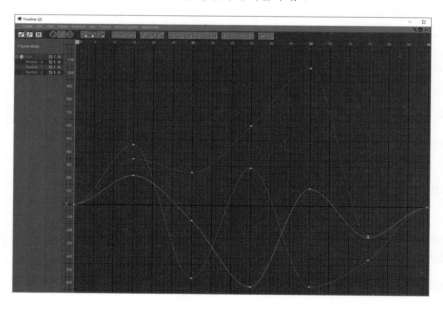

타임라인 룰러(Timeline Ruler)

애니메이션 팔레트와 동작을 공유하는 설정 영역으로 타임라인 매니저를 사용할 때 시간의 흐름을
제어하는 역할을 합니다. 원하는 시간에 마커를 추가하여 특정 프레임에서 어떤 동작을 하는지 등의
메모를 추가할 수 있습니다.

오브젝트 영역(Object Area)

우리가 작업하는 씬 프로젝트 파일에서 키프레임이 레코딩된 오브젝트들이 목록화됩니다. 각 오브젝
트별 세부적인 키를 제어하기 위해 계층 구조를 전개하면 항목별 수정이 가능합니다.

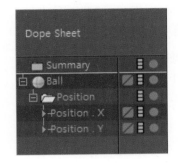

키프레임 영역(Keyframe Area)

키프레임 영역에서는 오브젝트별 낱개의 키프레임을 시간의 흐름에 맞게 정리하여 보여주거나 그래프
의 형태로 애니메이션의 속도감을 확인할 수 있습니다.

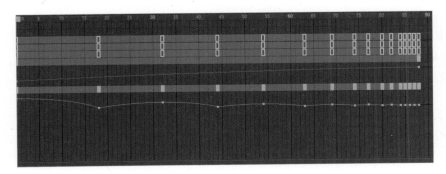

타임라인 매니저의 다양한 기능들

❶ ❷ ❸ ❹ ❺ ❻ ❼ ❽ ❾

❶ **Dope Sheet** : 타임라인의 모드를 Dope Sheet 형태로 변경합니다. 키프레임의 간격을 제어하는 목적으로 사용됩니다.

❷ **F-Curve Mode** : 타임라인 모드를 F-Curve 형태로 변경합니다. 애니메이션의 속도감을 제어하는 목적으로 사용됩니다.

❸ **Motion Mode** : 캐릭터 애니메이션 시 복잡한 키프레임을 애니메이션 클립으로 컨버팅한 후 다양한 동작의 애니메이션 클립을 디졸브하는 목적으로 사용됩니다.

❹ **Frame All / Frame Selected** : 타임라인 인터페이스에서 그래프 혹은 키프레임 트랙을 정렬하는 목적으로 사용됩니다. 전체 레이아웃에 꽉 차도록 정렬하기 위해서는 Frame All(H)을 설정하고 선택된 키프레임 영역을 집중하여 확인할 때는 Frame Selected(S)를 설정할 수 있습니다.

❺ **Create Marker / Delete All Marker** : 타임라인 룰러 영역에 새로운 마커를 지정하거나 제거하는 기능을 가진 도구입니다. Create Marker 기능은 복잡한 키 애니메이션 작업을 할 때 특정 시간 지점에 메모할 내용을 기록할 수 있는 마커를 생성합니다. 지정된 모든 마커의 삭제를 원할 경우 Delete All Marker 기능으로 삭제할 수 있습니다.

❻ **Zero Angle / Zero Length** : 키프레임에 기록된 양쪽의 탄젠트 핸들의 각도를 수평하게 설정하거나 양쪽 탄젠트의 길이를 일치시키는 역할을 합니다.

❼ **Linear(Alt + L, T~6)** : 키프레임의 사이를 직선으로 보간하는 기능입니다. 이 경우 애니메이션의 운동 속도는 시작부터 끝까지 일정하게 흘러갑니다.

❽ **Step(Alt + T, T~7)** : 키프레임의 보간 없이 현재의 키프레임 데이터에서 다음 데이터로 즉각적인 변화를 표현합니다. 예를 들어 A위치에서 B위치로 순간 이동하는 형태의 모션을 제작할 수 있습니다.

❾ **Spline** : 키프레임 사이를 곡선으로 보간하는 기능입니다. 시네마 4D의 키프레임 기본 보간 형태로 시작과 끝지점의 애니메이션에서 서서히 속도가 증가하거나 줄어드는 완급이 추가됩니다. 일반적인 모션 그래픽 작업에서 보다 자연스러운 오브젝트의 움직임을 연출하기 위해 사용되는 그래프 방식입니다.

02 애니메이션을 위한 키 레코드(Key Record)

» 시네마 4D를 이용해 표현할 수 있는 다양한 움직임의 방식 중 가장 기초가 되는 것은 키프레임(Keyframe) 애니메이션을 이용한 방식입니다. 설정값이 다른 두 개의 수치 데이터가 다른 시간에 기록되었을 때 그 시간의 간격을 속도로 하여 정확한 움직임을 표현할 수 있는 방식이 바로 키프레임 애니메이션입니다.

모션그래픽 분야에서 가장 보편적으로 사용되는 기술로 계획된 움직임을 표현할 때 주로 사용됩니다. 시네마 4D에서 표현할 수 있는 키프레임 애니메이션의 기본 설정부터 속도감을 제어하기 위한 다양한 노하우까지 학습해보도록 하겠습니다.

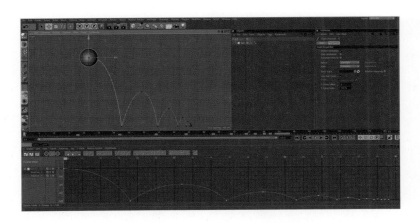

01 키프레임 기록하기

애니메이션 제작을 위한 여러 가지 설정 방법과 제어법에 대해 알아보기 위해 X축 방향으로 위치값이 이동하는 Cube 애니메이션을 제작해보겠습니다.

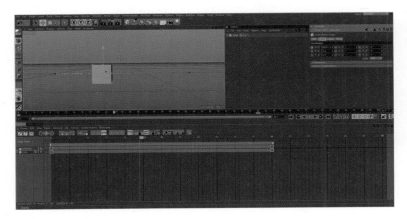

<u>**01**</u> 상단 커맨드 팔레트 바의 [Cube]를 클릭하여 뷰포트 창에 생성시킵니다.

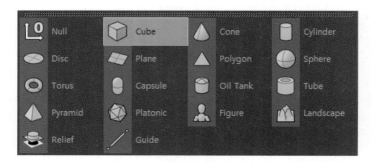

<u>**02**</u> 효율적인 애니메이션 작업을 위해 인터페이스의 레이아웃을 'Animate'로 변경하겠습니다. 메뉴 바에서 [Window]–[Customization]–[Layouts]–[Animate]를 클릭합니다.

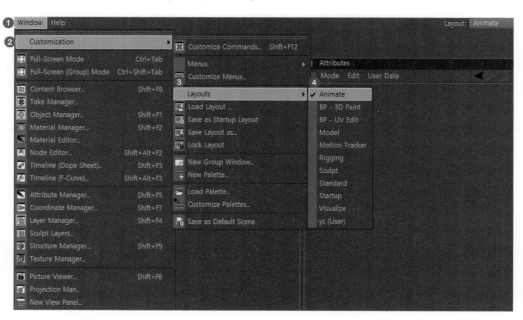

TIP
메뉴 바 가장 우측에 있는 [Layout] 메뉴에서도 동일하게 설정이 가능합니다.

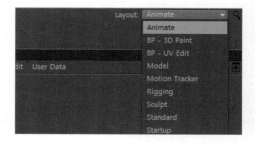

03 타임라인 마커를 '0F'에 위치하고 [Coord.] 탭 설정 항목 중 [P.X]의 Record 버튼을 클릭합니다.

[Frame] 0F, [Coord.] P.X Record 클릭

04 타임라인 마커를 '60F'에 위치한 후 [Coord.] 탭 설정 항목 중 [P.X] 값을 입력하고 Record 버튼을 클릭하여 데이터를 기록합니다.

[Frame] 60F, [Coord.] • P.X : 1500cm • Record 클릭

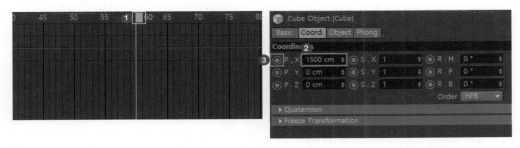

> **TIP**
> 애니메이션 Play(F8)를 통해 2초 동안 1500cm의 거리를 움직이는 Cube 오브젝트를 확인할 수 있습니다.

05 Y축 방향의 애니메이션을 추가하기 위해 타임라인 마커를 '0F'에 위치하고 [Coord.] 탭 설정 항목 중 [P.Y]의 Record 버튼을 클릭합니다.

[Frame] 0F, [Coord.] • P.Y : 0cm • Record 클릭

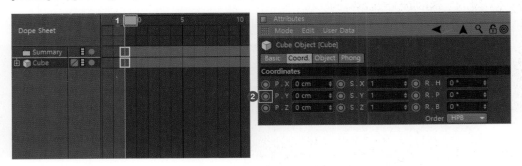

06 애니메이션의 중간 지점인 '30F'에 타임라인 마커를 위치합니다. [Coord.] 탭 설정 항목 중 [P.Y] 값을 입력하고 Record 버튼을 클릭합니다.

[Frame] 30F, [Coord.] · P.Y : 250cm · Record 클릭

07 애니메이션의 종료 지점인 '60F'에 타임라인 마커를 위치합니다. [Coord.] 탭 설정 항목 중 [P.Y] 값을 입력하고 Record 버튼을 클릭합니다.

[Frame] 60F, [Coord.] · P.Y : 0cm · Record 클릭

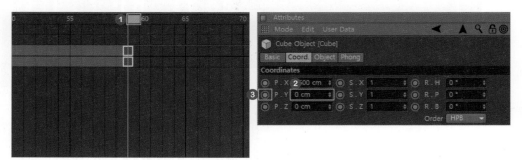

08 마지막으로 회전에 대한 애니메이션도 기록해보겠습니다. 타임라인 마커를 '0F'에 위치하고 [Coord.] 탭 설정 항목 중 [R.B]의 Record 버튼을 클릭합니다.

[Frame] 0F, [Coord.] · R.B : 0° · Record 클릭

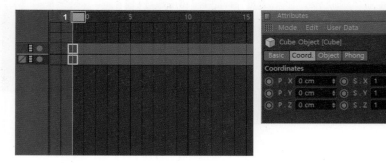

09 애니메이션의 종료 지점인 '60F'에 타임라인 마커를 위치합니다. [Coord.] 탭 설정 항목 중 [R.B] 값을 입력하고 Record 버튼을 클릭합니다.

[Frame] 60F, [Coord.] • R.B : 360° • Record 클릭

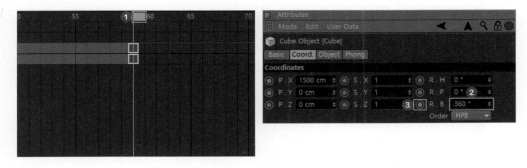

> **TIP** 반복적인 형태로 정확한 시간에 여러분이 원하는 설정 항목을 기록하여 애니메이션을 쉽고 빠르게 제작할 수 있습니다.

02 키프레임 수정하기

이미 기록된 키프레임 레코딩 데이터를 수정하는 방법에 대해 알아보겠습니다. 키프레임을 지정한 후 데이터를 수정할 때 활용할 수 있는 설정법입니다.

01 [P.Y]에 기록된 키 레코딩 데이터 중 중간 지점에 해당하는 [P.Y] 데이터를 수정해보겠습니다. 우선 정확히 수정을 원하는 시점에 타임라인 마커를 위치합니다. [Coord.] 탭 설정 항목 중 데이터를 수정하고자 하는 [P.Y] 값을 입력한 뒤 Record 버튼을 클릭합니다.

[Frame] : 30F, [Coord.] • P.Y : −250cm • Record 클릭

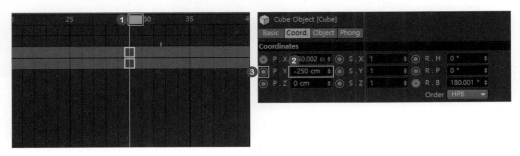

02 기존의 데이터에 덮어씌우는 형태로 간편하게 애니메이션의 데이터 값이 변경된 것을 확인해볼 수 있습니다.

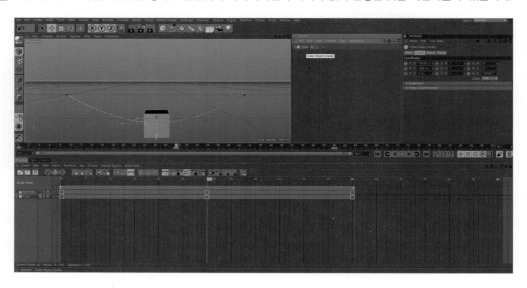

03 타임라인에서 키프레임 삭제하기

기록된 키프레임을 삭제하는 방법에 대해 알아보겠습니다. 먼저 Timeline 매니저를 통해 키프레임을 제거하는 형태의 작업 방식입니다.

01 타임라인의 오브젝트 영역에서 '+' 버튼을 클릭하여 Cube 오브젝트의 계층 구조를 전개합니다.

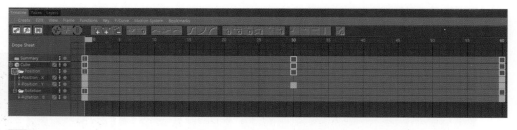

TIP
계층 구조를 전개하면 삭제를 원하는 특정한 설정값을 정확하게 확인할 수 있습니다.

02 마우스를 이용해 삭제를 원하는 키프레임 데이터를 클릭하여 선택합니다. 여기에서는 [P.Y]에 해당하는 데이터를 선택하겠습니다.

03 [Delete] 키를 눌러서 선택한 영역의 키프레임 데이터를 삭제할 수 있습니다.

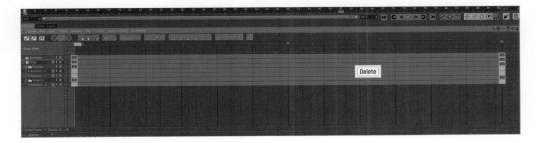

04 [F8] 키를 눌러 애니메이션 Play를 실행합니다. P.Y 축에 대한 애니메이션이 삭제된 상태에서 P.X에 대한 움직임만 남은 것을 확인할 수 있습니다.

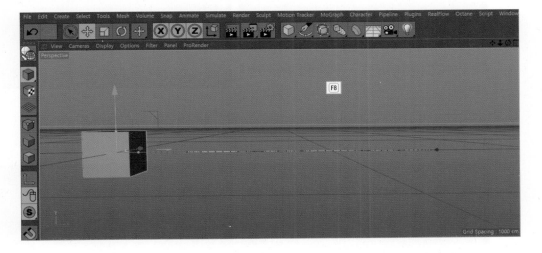

04 속성 창에서 키프레임 삭제하기

어트리뷰트 매니저를 통해 키프레임을 제거하는 방법에 대해 알아보겠습니다.

01 타임라인 마커를 'OF'에 위치하고 어트리뷰트 매니저에 기록된 [P.Y]의 Record 버튼을 클릭합니다. 키프레임이 기록된 상태에서 Record 버튼을 추가적으로 클릭하면 데이터가 삭제됩니다.

[Frame] 0F, [Coord.] P.Y : Record 클릭

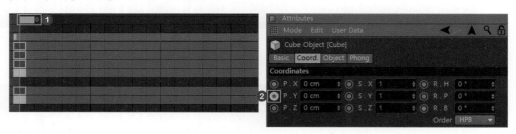

> **TIP**
> P.Y에 기록된 3개의 키프레임 데이터를 삭제하고자 할 때 키프레임이 기록된 정확한 시간마다 레코딩 데이터를 직접 삭제할 수 있습니다.

02 타임라인 마커를 '30F'에 위치하고 어트리뷰트 매니저에 기록된 [P.Y]의 Record 버튼을 클릭합니다.

[Frame] 30F, [Coord.] P.Y : Record 클릭

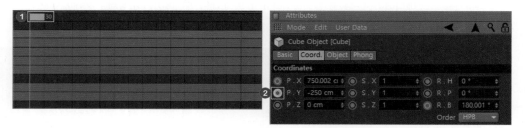

03 타임라인 마커를 '60F'에 위치하고 어트리뷰트 매니저에 기록된 [P.Y]의 Record 버튼을 클릭합니다.

[Frame] 60F, [Coord.] P.Y : Record 클릭

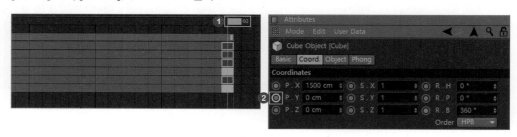

> **TIP**
> 모든 키프레임 데이터가 삭제될 경우 Record 버튼은 초기 설정으로 돌아가게 됩니다.

04 키가 기록된 설정 항목에서 마우스 우클릭하고 [Animation]-[Delete Track]을 클릭합니다. 해당 Properties에 기록된 모든 데이터는 삭제됩니다.

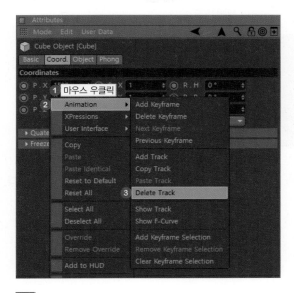

TIP 많은 양의 키프레임을 한 번에 삭제하는 가장 쉽고 빠른 방법은 Delete Track 기능을 이용하는 것입니다.

05 F-Curve 그래프를 이용한 속도감 제어하기

기록한 키프레임 데이터와 그 다음에 위치할 데이터 사이는 부드러운 곡선의 형태로 보간이 되며 이는 자연스러운 움직임으로 프리뷰 됩니다. 만일 두 가지 다른 값의 데이터 간 이동하는 애니메이션을 제작할 경우 F-Curve 그래프를 제어하면 보다 구체적인 속도감을 표현할 수 있습니다.

01 타임라인 마커를 '0F'에 위치합니다. 어트리뷰트 매니저의 [Coord.] 탭 설정 항목 중 [P.X]의 Record 버튼을 클릭합니다.

[Frame] 0F, [Coord.] P.X : Record 클릭

02 타임라인 마커를 '60F'에 위치합니다. 어트리뷰트 매니저의 [Coord.] 탭 설정 항목 중 [P.X] 값을 입력한 후 Record 버튼을 클릭합니다.

[Frame] 60F, [Coord.] • P.X : 1500cm • Record 클릭

03 애니메이션의 속도감을 제어하기 위해 (Tab) 키를 눌러 타임라인의 모드 설정을 F-Curve로 변경합니다.

04 오브젝트 영역에 위치한 Cube의 계층 구조를 전개한 후 우리가 속도감을 제어하고자 하는 설정 항목인 Position.X를 선택합니다. 마지막으로 그래프의 형태가 현재의 타임라인 영역 안에 정렬될 수 있도록 Frame All((H)) 버튼을 클릭합니다.

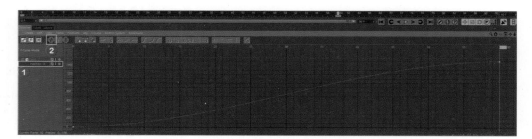

05 그래프의 양 끝지점에는 P.X에 대한 애니메이션의 시작과 끝지점에 해당하는 두 개의 키프레임이 기록되어 있습니다. 키프레임을 선택하고 (Ctrl) 키를 누른 상태에서 탄젠트를 확장하거나 축소하여 그래프의 형태를 만들 수 있습니다.

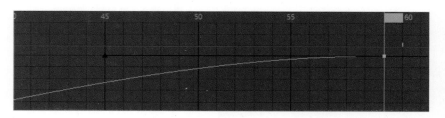

TIP 그래프의 기울기는 애니메이션의 운동 속도와 상관관계가 있습니다. 그래프가 가파른 형태일수록 속도가 빠르고, 그래프가 완만한 형태일수록 느리게 움직입니다.

06 그림과 같은 그래프는 처음에는 빠른 속도로 이동한 후 아주 천천히 멈추는 형태의 애니메이션 구조입니다.

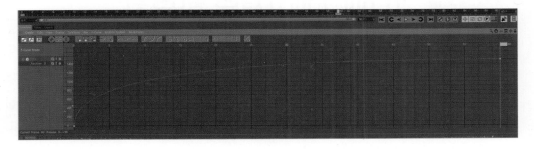

07 그림과 같은 그래프의 형태는 처음에는 느리게 시작/이동하고 애니메이션의 끝지점에서 아주 빠르게 이동한 후 멈추는 형태의 애니메이션 구조입니다.

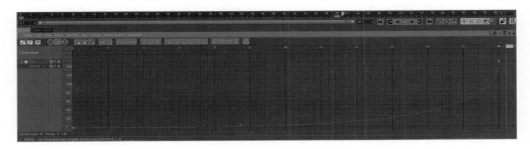

08 좌우측의 완급이 심한 그림과 같은 그래프는 처음과 끝지점이 느리고 애니메이션의 중간부가 무척 빠르다는 것을 쉽게 유추해볼 수 있습니다.

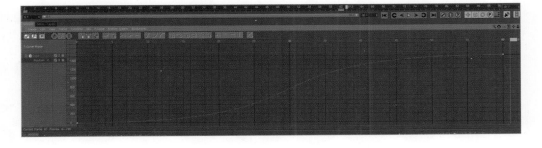

실무 1 키 애니메이션을 활용한 Ball 바운스 표현하기

애니메이션을 기록하는 기술적인 내용과 더불어 그 움직임의 속도감을 제어하는 것은 모션그래픽 분야에서 이야기하는 '모션감'과 밀접한 연관이 있습니다. 위치값의 변화 또는 크기나 회전값이 변경될 경우 기존 데이터에서 다른 수치의 데이터로 변화하는 움직임이 발생하게 되며 그 두 가지의 데이터를 어떠한 속도로 변하게 할지 F-Curve 그래프를 이용해 제어할 수 있습니다. 이번 챕터에서는 공이 자유낙하 하여 바닥을 튕기는 애니메이션을 키프레임과 그래프를 제어하여 표현하는 방법에 대해 알아보겠습니다. 이는 다양하게 변화되는 값의 움직임을 그대로 활용해 더욱 사실적인 모션을 연출할 수 있는 밑거름이 됩니다.

 완성 파일 : Ball Bounce-완성파일.c4d

01 프로젝트의 애니메이션 프리뷰 범위를 설정하기 위해 어트리뷰트 매니저의 [Project Settings] 탭 설정 항목 중 [Maximum Time]과 [Preview Max Time]의 값을 설정합니다.

[Project Setting] • Maximum Time : 120F • Preview Max Time : 120F

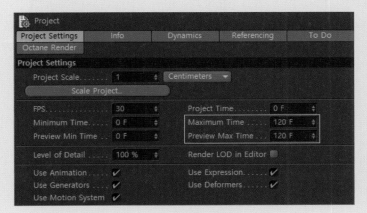

TIP Project Settings는 메뉴 바의 [Edit]–[Project Setting]에서 불러올 수 있습니다.

02 상단 커맨드 팔레트 바에서 [Cube]–[Sphere]를 클릭하여 뷰포트 창에 생성시킵니다.

03 Sphere 오브젝트가 선택된 상태에서 [Basic] 탭 설정 항목 중 [Name] 값을 입력합니다.

[Basic] Name : Ball

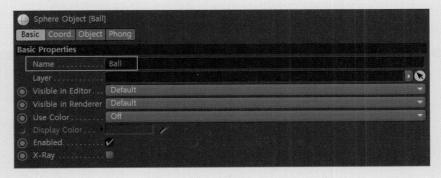

04 메뉴 바의 [Window]−[Customization]−[Layouts]−[Animate]를 클릭하여 인터페이스의 레이아웃을 변경합니다.

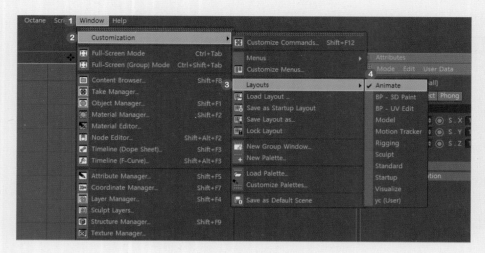

05 Ball 오브젝트가 하늘에서 자유낙하 하는 표현에서부터 키 애니메이션을 기록해보겠습니다. 타임라인 마커를 '0F'에 위치하고 [Coord.] 탭 설정 항목 중 [P.Y] 값을 지정한 후 Record 버튼을 클릭합니다.

[Frame] 0F, [Coord.] • P.Y : 800cm • Record 클릭

06 다음으로 기록할 애니메이션은 자유낙하한 공이 바닥에 닿는 순간입니다. 타임라인 마커를 '18F'에 위치하고 Ball 오브젝트의 [P.Y]의 수치를 지정한 후 Record 버튼을 클릭하여 키프레임을 레코딩합니다.

[Frame] 18F, [Coord.] • P.Y : 0cm • Record 클릭

07 바닥에 떨어진 공이 다시 하늘로 올라가 떨어지는 시점의 위치값을 기록하겠습니다. 타임라인 마커를 '32F'
에 위치하고 Ball 오브젝트의 [P.Y]의 수치를 지정한 후 Record 버튼을 클릭하여 키프레임을 레코딩합니다.

[Frame] 32F, [Coord.] • P.Y : 400cm • Record 클릭

08 두 번째로 공이 바닥에 떨어지는 순간의 위치값을 기록해보겠습니다. 타임라인 마커를 '44F'에 위치하고
Ball 오브젝트의 [P.Y]의 수치를 지정한 후 Record 버튼을 클릭하여 키프레임을 레코딩합니다.

[Frame] 44F, [Coord.] • P.Y : 0cm • Record 클릭

09 두 번째 바닥으로부터의 바운스 위치값을 기록합니다. 타임라인 마커를 '54F'에 위치하고 Ball 오브젝트의
[P.Y]의 수치를 지정한 후 Record 버튼을 클릭하여 키프레임을 레코딩합니다.

[Frame] 54F, [Coord.] • P.Y : 200cm • Record 클릭

10 세 번째로 공이 자유낙하 하여 바닥에 닿는 순간을 기록합니다. 타임라인 마커를 '63F'에 위치하고 Ball 오브젝트의 [P.Y]의 수치를 지정한 후 Record 버튼을 클릭하여 키프레임을 레코딩합니다.

[Frame] 63F, [Coord.] ・P.Y : 0cm ・Record 클릭

11 다시 하늘로 튀어 오르는 공의 위치값을 기록합니다. 진폭은 점점 짧아집니다. 타임라인 마커를 '69F'에 위치하고 Ball 오브젝트의 [P.Y]의 수치를 지정한 후 Record 버튼을 클릭하여 키프레임을 레코딩합니다.

[Frame] 69F, [Coord.] ・P.Y : 100cm ・Record 클릭

12 네 번째 자유낙하 하는 공의 위치값을 기록합니다. 타임라인 마커를 '74F'에 위치하고 Ball 오브젝트의 [P.Y]의 수치를 지정한 후 Record 버튼을 클릭하여 키프레임을 레코딩합니다.

[Frame] 74F, [Coord.] ・P.Y : 0cm ・Record 클릭

13 키프레임 간격이 더욱 좁아져 하늘로 50cm 만큼만 올라간 위치값을 기록하겠습니다. 타임라인 마커를 '77F'에 위치하고 Ball 오브젝트의 [P.Y]의 수치를 지정한 후 Record 버튼을 클릭하여 키프레임을 레코딩합니다.

[Frame] 77F, [Coord.] ・P.Y : 50cm ・Record 클릭

14 바운싱의 마지막으로 바닥에서 잔잔하게 공이 튀기는 시점을 기록하겠습니다. 진폭은 2F 단위로 좁혀집니다. 타임라인의 마커를 '80F'에 위치하고 Ball 오브젝트의 [P.Y]의 수치를 지정한 후 Record 버튼을 클릭하여 키프레임을 레코딩합니다.

[Frame] 80F, [Coord.] ・ P.Y : 0cm ・ Record 클릭

15 타임라인 마커를 '82F'에 위치하고 Ball 오브젝트의 [P.Y]의 수치를 지정한 후 Record 버튼을 클릭하여 키프레임을 레코딩합니다.

[Frame] 82F, [Coord.] ・ P.Y : 25cm ・ Record 클릭

16 타임라이 마커를 '84F'에 위치하고 Ball 오브젝트의 [P.Y]의 수치를 지정한 후 Record 버튼을 클릭하여 키프레임을 레코딩합니다.

[Frame] 84F, [Coord.] ・ P.Y : 0cm ・ Record 클릭

17 튀기는 공기 멈추기 직전 아주 미세한 바운스만을 일으키는 1F 단위로 애니메이션을 레코딩하겠습니다. 타임라인 마커를 '85F'에 위치하고 Ball 오브젝트의 [P.Y]의 수치를 지정한 후 Record 버튼을 클릭하여 키프레임을 레코딩합니다.

[Frame] 85F, [Coord.] · P.Y : 12cm · Record 클릭

18 타임라인 마커를 '86F'에 위치하고 Ball 오브젝트의 [P.Y]의 수치를 지정한 후 Record 버튼을 클릭하여 키프레임을 레코딩합니다.

[Frame] 86F, [Coord.] · P.Y : 0cm · Record 클릭

19 타임라인 마커를 '87F'에 위치하고 Ball 오브젝트의 [P.Y]의 수치를 지정한 후 Record 버튼을 클릭하여 키프레임을 레코딩합니다.

[Frame] 87F, [Coord.] · P.Y : 6cm · Record 클릭

20 마지막 공이 바닥에 떨어진 시점인 88F의 위치값을 기록하겠습니다. 타임라인 마커를 '88F'에 위치하고 Ball 오브젝트의 [P.Y]의 수치를 지정한 후 Record 버튼을 클릭하여 키프레임을 레코딩합니다.

[Frame] 88F, [Coord.] • P.Y : 0cm • Record 클릭

21 애니메이션의 속도를 제어하기 위해 타임라인의 📈 F-Curve Mode(Tab)를 클릭합니다. 타임라인 작업 영역 안에 전체의 F-Curve 그래프를 정렬하여 확인하기 위해 〽️ Frame All(H) 설정을 실행하겠습니다.

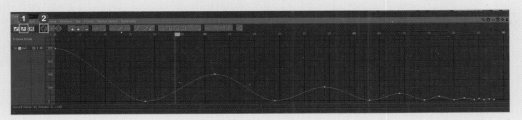

22 그래프의 기울기는 속도와 비례하기에 맨 처음 시작되는 애니메이션이 점진적으로 속도가 빨라질 수 있도록 그래프의 형태를 수정하겠습니다. 애니메이션의 시작점의 키프레임을 선택한 뒤 Ctrl 키를 누른 상태에서 Tangent 우측 방향으로 늘려 확장합니다.

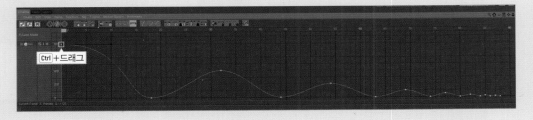

23 두 번째 위치한 키프레임의 경우 바닥에 공이 닿는 순간의 애니메이션 위치이며 닿는 순간 탄성에 의해 하늘로 튀어 오르는 공을 표현하고자 합니다. 두 번째 키프레임을 클릭하고 Zero Length(Tangent)를 클릭하여 Tangent의 길이를 제거합니다.

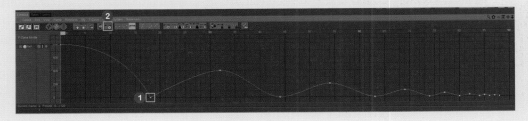

24 세 번째 Tangent를 설정해보겠습니다. 한 번의 바운스 이후 하늘에 활공해 있는 상태에서의 움직임을 표현하기 위해 세 번째 Tangent를 Ctrl 키를 누른 상태에서 양쪽 방향으로 길게 확장합니다.

25 네 번째 Tangent는 바닥의 충돌하는 시점으로 Zero Length(Tangent)를 클릭합니다.

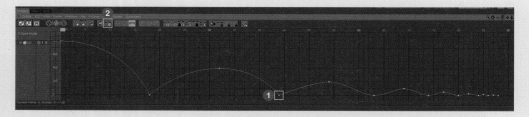

26 다섯 번째 키프레임은 다시 하늘에 활공해 있는 시점의 기록으로 Ctrl 키를 누른 상태에서 Tangent를 양쪽 방향으로 확장합니다.

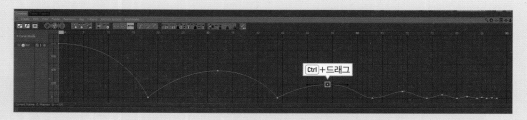

27 지금까지의 Tangent 제어 방식을 반복하여 여러 번의 바운싱을 그림과 같이 설정합니다.

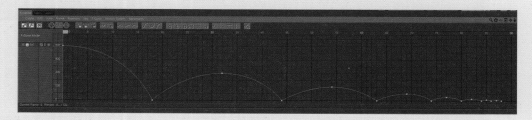

28 바운싱하는 공이 충돌할 바닥 오브젝트를 생성해보겠습니다. 상단 커맨드 팔레트 바의 [Cube]–[Plane]을 클릭하여 뷰포트 창에 생성시킵니다.

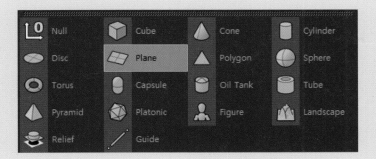

29 생성된 Plane 오브젝트의 [Basic] 탭 설정 항목 중 [Name] 값을 입력합니다.

[Basic] Name : Floor

30 Sphere 오브젝트의 하단부와 Plane 오브젝트의 표면이 일치할 수 있도록 [Coord.] 탭 설정 항목 중 [P.Y]
값을 지정합니다.

[Coord.] P.Y : −100cm

31 Plane 오브젝트의 [Object] 탭 설정 항목 중 폭과 높이를 수정합니다.

[Object] ・Width : 800cm ・Height : 800cm

물리적인 애니메이션 표현을 위한 다이내믹에 대한 내용을 알아보겠습니다. 기본적으로 3D 공간에서의 움직임은 크게 키프레임(Keyframe)과 다이내믹(Dynamic) 두 가지 방식으로 설명할 수 있습니다.

키프레임(Keyframe) 방식의 경우 정해진 시간에 원하는 대상의 설정값을 기록하여 시간과 기록값의 차이만큼을 속도로 애니메이션이 표현됩니다. 이는 구체적이고 계획된 움직임을 표현하는 작업 시 절대적으로 사용될 수 있습니다. 다만 물리적인 움직임의 표현을 키프레임 방식으로 제작할 경우 작업이 복잡해지고 오랜 시간이 걸린다는 문제점이 있습니다.

다이내믹을 활용한 애니메이션은 실제 물리환경(중력/시간/밀도)에 오브젝트가 영향을 받아 움직이도록 제어할 수 있으며 모션그래픽 분야에 활용도가 높습니다.

다이내믹 애니메이션
(Dynamic Animation)

01 다이내믹 애니메이션을 위한 구조 이해하기

» 다이내믹은 3차원의 작업 공간(ViewPort)에서 가상의 물리 환경이 있다는 가정 하에 실행됩니다. 따라서 다이내믹을 더 자유롭게 활용하기 위해서는 작업 환경에서의 물리 환경 기본 설정들을 이해할 필요가 있습니다. 또한, 시네마 4D 내의 다양한 종류의 다이내믹 기능에 대한 이해가 필요합니다.

01 시네마 4D의 다양한 다이내믹 기능

Basic Dynamic

가장 기본이 되는 물리작용으로 중력에 영향을 받는 작용체, 그 작용체와 충돌을 일으키는 충돌체 오브젝트가 구조를 이루고 있습니다. 기본 다이내믹은 Dynamic Body Tag를 이용해 표현할 수 있으며 내부적인 설정을 활용해 부드럽게 구부러질 수 있는 SoftBody, 더미의 역할로 사용할 수 있는 GhostBody 등으로 변칙이 가능합니다.

Hair Dynamic

시네마 4D의 강력한 기능 중 하나인 Hair Module에 탑재되어 있는 다이내믹 기능으로 오브젝트의 표면에 자라난 머리카락의 움직임을 물리적으로 표현합니다. Hair가 적용된 오브젝트가 움직임을 가질 때 오브젝트에 적용된 각각의 Hair는 물리 환경에 맞게 찰랑거리는 표현을 쉽고 빠르게 구현할 수 있습니다.

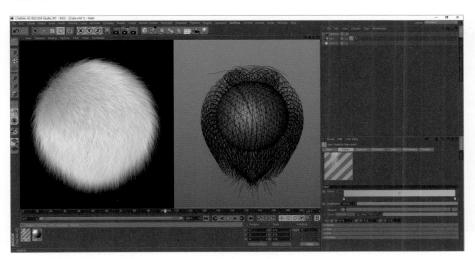

Spline Dynamic

Spline Dynamic 기능은 Hair Dynamic과 유사한 형태로 Spline 오브젝트에 물리작용을 적용한 형태로 사용합니다. 예를 들어 양끝 지점이 전신주에 고정된 전선을 표현할 수 있으며 바람과 같은 효과에 의해 출렁이거나 다른 오브젝트와의 충돌을 표현하는 기능까지 포함되어 있습니다.

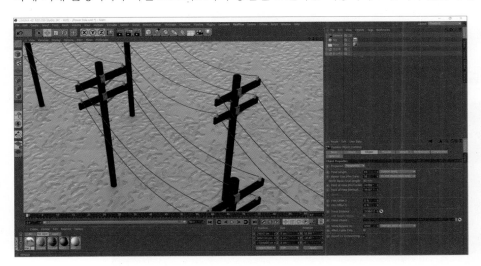

Cloth Dynamic

클로스 시뮬레이션은 폴리곤 오브젝트를 이루는 각각의 포인트에 다이내믹을 적용하고 포인트 간의 장력, 강성 등을 통해 마치 옷처럼 늘어나고 구부러지는 애니메이션을 쉽게 표현할 수 있는 기능입니다. 이 기능을 활용해 깃발의 펄럭임, 테이블 위에 씌워진 식탁보 같은 유기적인 천의 형태를 표현하거나 애니메이션 할 수 있습니다.

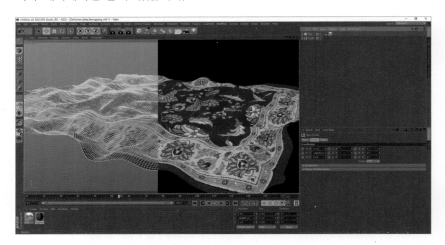

02 Project Setting을 활용한 환경 제어하기

다이내믹 학습에 앞서 프로젝트 환경에 적용될 기본 제어 항목에 대한 내용을 알아보겠습니다. 프로젝트 설정의 [Dynamics] 설정 항목을 활성화하겠습니다.

 TIP
[Dynamics] 탭이 보이지 않을 경우 메뉴 바의 [Edit]-[Project Settings]-[Dynamics]를 클릭합니다.

General 설정

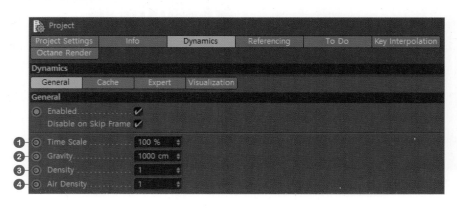

1 Time Scale : 실제 환경의 시간을 100%로 기준하여 해당 설정을 수정할 경우 프로젝트 환경에 존재하는 다이내믹 애니메이션의 절대적인 시간값을 느리거나 빠르게 변경할 수 있는 설정입니다. 물체가 폭발하는 특정한 장면에서 슬로우 모션을 표현하기 위해 Time Scale 설정을 활용할 수 있습니다.

2 Gravity : 프로젝트 환경 전체에 적용되는 중력의 기본값은 '1000cm'입니다. 이는 다이내믹에 포함된 모든 오브젝트에 균등하게 적용되며, 수치를 변경할 경우 프로젝트 전체의 다이내믹이 영향을 받습니다.

3 Density : 다이내믹에 영향을 받는 물체들의 크기에 따라 무게 또는 밀도가 달라야 실제 환경과 유사한 시뮬레이션 결과를 확인할 수 있습니다. 밀도는 물체의 크기에 따른 내부를 채우고 있는 정도(다른 단위로 질량)를 나타내며 큰 물체가 무겁고 작은 물체가 가볍다는 규칙을 정의합니다.

4 Air Density : 공기 밀도는 에어로 다이내믹과 함께 동작하며 공기 마찰과 에어 리프트 설정에 대해 프로젝트 환경에서 적용됩니다.

Expert 설정

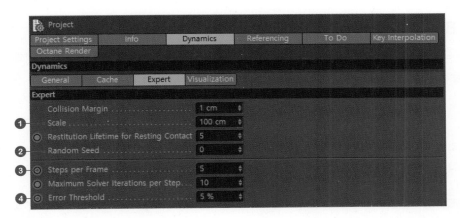

1 Scale : 다이내믹을 연산하는 Bullet 엔진에서 시네마 4D의 단위를 재해석하게 하는 요소로 다이내믹에 사용될 오브젝트의 크기에 알맞게 Scale 설정값을 제어하는 것을 추천합니다.

2 Random Seed : 다이내믹이 연산될 때 다양한 랜덤이 적용됩니다. 이 설정값을 수정할 경우 그에 맞게 애니메이션의 변수가 달라질 수 있습니다.

3 Steps per Frame : 프레임당 계산 설정은 더 정밀한 다이내믹의 결과를 시뮬레이션하기 위한 수치로 한 프레임당 계산하는 횟수를 지정하는 항목입니다. 특히 빠른 속도로 움직이는 애니메이션의 다이내믹 계산 시 수치를 높여 정확도를 올릴 수 있습니다. 다만 수치를 증가시킬수록 오랜 렌더링 시간이 필요합니다.

4 Error Threshold : 상호 연동이 많은 복잡한 장면일수록 다양한 문제점이 발생합니다. 수치가 낮을수록 정확한 계산을 하며 높을수록 정확도가 떨어지게 됩니다. Steps per Frame 설정과 함께 사용되는 설정입니다.

03 다이내믹 작업을 위한 기본 규칙 및 설정

다이내믹 애니메이션을 위한 규칙

다이내믹은 프레임 당 계산을 통해 뷰포트 창으로 프리뷰 됩니다. 따라서 다이내믹이 적용된 장면은 0Frame의 위치에서 애니메이션 재생을 통해서만 정확하게 확인할 수 있습니다.(타임라인 슬라이딩을 통해서는 정확한 시뮬레이션 프리뷰가 불가합니다.)

만일 다이내믹에 의한 애니메이션이 발생할 경우 해당 애니메이션에 대한 움직임은 키프레임 애니메이션과 공유될 수 없습니다. 예를 들어, 하늘에서 공이 떨어지는 다이내믹 애니메이션에서 공은 위치값과 회전값의 시뮬레이션이 적용되며, 그 두 가지에 대해서는 키프레임 애니메이션 설정이 불가능합니다.

Dynamics Body 설정하기

기본 다이내믹은 크게 두 가지 동작 형태로 구성되어 있습니다. 프로젝트 환경에 기본 적용된 중력과 같은 성질에 영향을 받아 떨어지는 작용체와 그 작용체와 충돌을 일으키는 충돌체로 구분 지을 수 있습니다.

01 하늘에서 중력의 영향을 받아 떨어지게 될 [Cube] 오브젝트와 바닥 역할로 충돌을 연산할 [Plane] 오브젝트를 만들겠습니다. 상단 커맨드 팔레트 바의 [Cube]와 [Cube]-[Plane]을 클릭하여 뷰포트 창에 생성합니다.

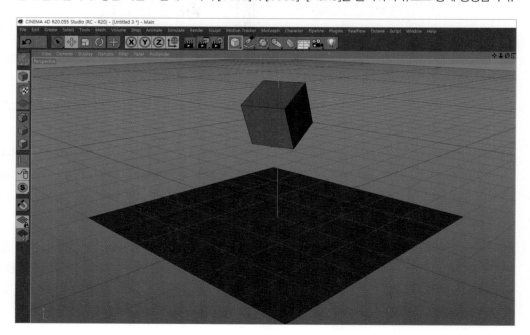

02 [Cube] 오브젝트가 선택된 상태에서 오브젝트 매니저의 [Tags]-[Simulation Tags]-[Rigid Body]를 클릭합니다.

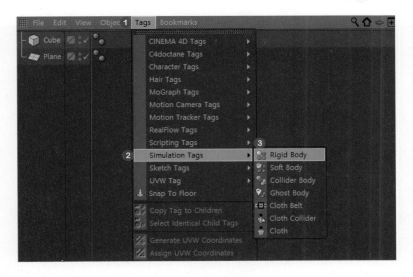

03 [Plane] 오브젝트가 선택된 상태에서 오브젝트 매니저의 [Tags]-[Simulation Tags]-[Collider Body]를 클릭합니다.

04 F8 키를 눌러 Dynamic Body Tag가 설정된 두 가지 오브젝트가 시뮬레이션 되는 것을 실시간으로 프리뷰 할 수 있습니다.

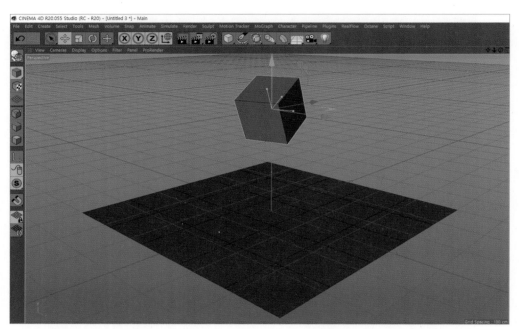

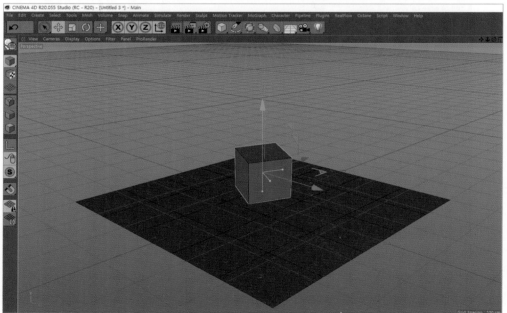

TIP
모든 다이내믹은 변수를 포함하고 있는 형태로 다음과 같은 기본 설정에 의해 중력에 영향을 받을 수 있도록 작업합니다.

04 Dynamics Body Tag의 종류

Rigid Body

Rigid Body는 다이내믹의 요소 중 중력의 영향을 받아 떨어지는 물체에 작용하도록 설정하는 기능입니다. 오브젝트에 Rigid Body 태그를 적용할 경우 애니메이션 재생과 함께 자유낙하 하는 시뮬레이션을 표현할 수 있습니다.

Soft Body

Soft Body는 Rigid Body와 거의 동일하게 중력의 영향을 받아 낙하하지만 물체가 마치 젤리처럼 부드럽게 바운싱되도록 연산합니다. Soft Body를 이용한 애니메이션 시 오브젝트를 구성하는 포인트를 기반으로 물체가 변형됩니다.

Collider(충돌체) Body

Collider Body는 Rigid Body와 Soft Body의 다이내믹 애니메이션과 충돌을 일으키는 고정된 오브젝트입니다. 벽이나 바닥과 같이 고정되어있지만 다이내믹에 포함된 오브젝트와 충돌을 일으키며 환경적인 요소로 사용될 수 있습니다.

Ghost Body

Ghost Body는 직접적인 자체 다이내믹을 표현하지 않지만 다른 다이내믹 오브젝트에 부가적인 충돌체로서 동작합니다. 다이내믹 설정에 의해 특정한 물체와 충돌 시 다이내믹이 실행되는 경우 Ghost Body는 애니메이션의 재생 역할로 사용됩니다.

02 Dynamics Body Tag 설정 이해하기

≫ 시네마 4D의 다이내믹을 표현하기 위해서는 오브젝트에 [Tags]-[Simulation Tags]에 있는 기능을 선택하여 적용합니다. 해당 Tag 항목들은 다양한 종류와 역할로 구분되어 있지만 사실은 하나의 기능인 Dynamics Body Tag를 다양한 형태로 프리셋하여 구분해놓은 것으로 Dynamics Body Tag의 설정값에 따라 Rigid Body 또는 Collider Body와 같은 완전히 다른 애니메이션 요소로 사용되는 것입니다.

Dynamics 설정

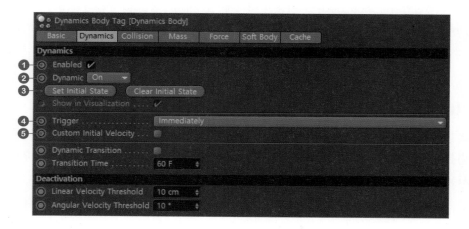

① **Enabled** : 다이내믹 태그의 기능을 활성화 또는 비활성화할 수 있습니다. 해당 설정의 애니메이션을 통해 특정한 시점에 다이내믹이 시작되는 애니메이션을 표현할 수 있습니다.

② **Dynamic** : 다이내믹 태그의 설정을 변경할 수 있습니다.

> ① **ON** : Rigid Body　② **OFF** : Collider Body　③ **Ghost** : Ghost Body

③ **Set Initial State** : 시뮬레이션 중인 다이내믹의 형태를 애니메이션의 첫 프레임으로 설정할 수 있습니다.

④ **Trigger** : 다이내믹이 시작될 스위치가 작동할 때 어느 방식에 의해 작동할지를 정의할 수 있습니다.

> ① **Immediately(즉시)** : 애니메이션 재생 시 즉시 다이내믹이 작동됩니다.

> ② **At Velocity Peak(최고 속도 시)** : 애니메이션된 다이내믹 오브젝트가 최고 속도에 도달할 때 다이내믹 효과가 발생하도록 설정됩니다.

> ③ **On Collision(충돌 시)** : 다이내믹 바디 태그가 적용된 다른 오브젝트가 충돌할 때 다이내믹이 작동됩니다.

5 Custom Initial Velocity : 다이내믹이 작동하며 발생되는 직선 또는 회전 초기 속도를 정의하는 설정입니다. 다이내믹의 재생과 함께 특정한 방향을 향해 이동하거나 회전하는 모션을 표현할 수 있습니다.

Collision 설정

1 Inherit Tag : 계층 구조화된 형태의 작업 시 다이내믹 태그를 하위 계층 구조에 계승하는 역할로 사용됩니다.

    1 None : 계층화된 다이내믹 오브젝트 그룹은 바닥면(Collider)을 인식하지 못하고 통과합니다.

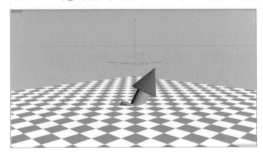

    2 Apply Tag to Children : 계층화된 다이내믹 오브젝트 그룹의 개별적인 오브젝트 단위로 Rigid Body Tag가 계승되어 분리됩니다.

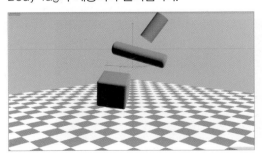

③ Compound Collision Shape : 계층화된 다이내믹 오브젝트 그룹의 개별 개체들을 단일 오브젝트로 인식하여 다이내믹을 시뮬레이션할 수 있습니다.

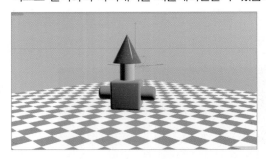

② Individual Elements : 개별 개체 설정은 모텍스와 같이 제네레이터가 스스로 오브젝트를 생성하는 경우를 위해 설계되었습니다.

③ Shape : 다이내믹 오브젝트의 충돌 발생 시 충돌의 형태를 설정할 수 있는 메뉴입니다. 특히 물체가 오브젝트 안에 담기거나, 움직이는 물체에 다이내믹 오브젝트가 담기는 경우 활용할 수 있습니다.

④ Bounce : 두 오브젝트가 충돌을 일으킬 때 서로 반발하여 튕기는 힘의 양을 설정할 수 있습니다. 수치값에 따라 오브젝트의 탄성값을 제어하며 우리가 연출하고자 하는 표현에 어울리는 애니메이션을 만들 수 있습니다.

⑤ Friction : 물체의 표면적인 마찰 수치를 설정할 수 있습니다. 오브젝트 간의 충돌 이후 두 개의 다이내믹 물체가 맞닿아 있을 때 표면이 거칠거나 미끄러운지에 따른 추가적인 움직임을 시뮬레이션을 통해 확인할 수 있습니다.

⑥ Collision Noise : 실제 환경에서의 사실적인 충돌의 표현을 위해 오브젝트 간 충돌 발생 시 위치 또는 회전값에 대한 랜덤을 적용한다고 상상하면 이해하기 쉽습니다. 예를 들어 완벽하게 평평한 바닥면에 완벽한 구 오브젝트가 아무런 저항 없이 떨어질 경우 충돌한 위치에서만 똑바로 움직이는 경우는 자연스럽지 않습니다. 이런 경우 충돌 노이즈 설정을 통해 살짝 기울어서 랜덤하게 굴러가는 애니메이션을 표현할 수 있습니다.

Mass 설정

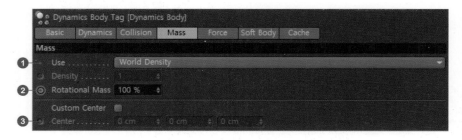

1 Use : 다이내믹 오브젝트에 적용할 질량 또는 밀도의 단위를 설정할 수 있습니다. 같은 크기의 오브젝트라도 다른 질량/무게를 갖게 표현할 수 있고 오브젝트의 이동 또는 충돌 시의 질량을 계산합니다.

> **1** World Density : 프로젝트 설정의 밀도에 적용되는 설정이며 밀도값 1의 경우, X, Y, Z 사이즈가 100cm인 큐브 오브젝트의 질량값을 나타냅니다.

> **2** Custom Density : 사용자가 직접 특정 다이내믹 오브젝트의 밀도값을 지정할 수 있는 설정입니다.

> **3** Custom Mass : 오브젝트의 볼륨과 무관하게 사용자가 직접 질량의 단위로 무게를 정의할 수 있는 설정입니다.

2 Rotational Mass : 회전 질량은 오브젝트를 회전시키는 힘에 대한 질량의 정의라 할 수 있습니다. 설정값에 따라 너무 많은 수치가 적용된 경우 오브젝트를 회전시키지 못할 수도 있습니다.

3 Custom Center : 기본적으로 오브젝트의 무게중심은 자동으로 가운데 위치에 적용됩니다. 사용자 중심의 설정을 이용해 오브젝트의 특정 위치를 무게중심으로 설정할 수 있습니다.

Force 설정

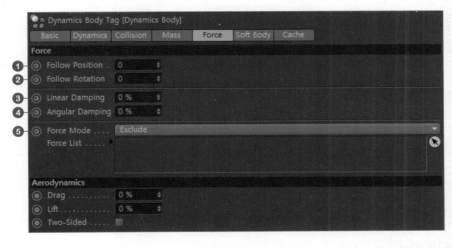

1 Follow Position : 위치 따르기 설정은 다이내믹이 적용된 시작 위치로 돌아가고자 하는 마치 자석의 힘에 의해 끌어당겨지는 모션을 표현할 수 있습니다. 수치가 높아질수록 초기 위치로 돌아가려는 힘이 강해집니다.

2 Follow Rotation : 회전 따르기 설정을 활용하면 애니메이션 시 다이내믹이 시작되는 초기 회전값으로 돌아가려는 성질을 지정할 수 있습니다. 충돌에 의해 각도가 비틀어진 물체가 초기의 회전값으로 복귀한다고 생각하면 이해가 쉽습니다.

3 Linear Damping : 시네마 4D의 다이내믹 애니메이션에는 저항값이 존재하지 않기 때문에 하늘에서 떨어져 회전하며 굴러가는 공은 무한히 이동하게 됩니다. 직선 제동을 설정할 경우 위치값의 변화에 제동을 적용해 서서히 멈출 수 있게 표현합니다.

④ **Angular Damping** : 회전하는 다이내믹 애니메이션의 경우도 저항이 존재하지 않아 무한히 회전하게 초기 값이 설정되어 있습니다. 회전 제동 설정을 통해 회전하는 물체가 서서히 멈출 수 있도록 애니메이션을 표현할 수 있습니다.

⑤ **Force Mode** : 다이내믹 오브젝트는 파티클에서 사용되는 이펙트인 파티클 모디파이어와 연계될 수 있습니다. 해당 설정은 다이내믹 오브젝트가 특정 파티클 모디파이어에 적용되거나 또는 적용되지 않게 제어할 수 있는 역할을 합니다. 예를 들어, Gravity(중력) 효과가 적용된 장면에서 영향을 받고 싶지 않은 다이내믹 오브젝트의 Force Mode를 Exclude로 설정하여 제어할 수 있습니다.

Soft Body 설정

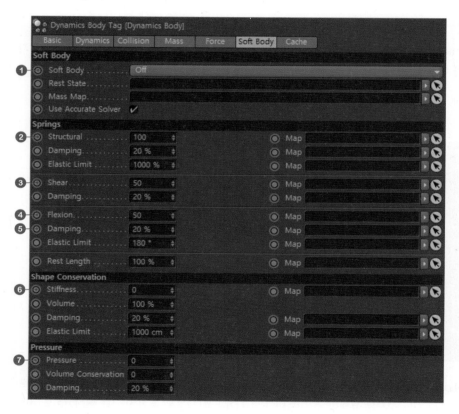

① **Soft Body** : 다이내믹 오브젝트에 소프트 바디 설정을 적용할 수 있습니다. 세 가지 설정을 통해 기본 다이내믹 바디가 적용된 오브젝트를 부드럽고 물렁하게 설정할 수 있습니다.

　① **Off** : 소프트 바디가 적용되지 않은 딱딱한 기본 Rigid Body로 설정합니다.

　② **Made of Polygons/Lines** : 해당 오브젝트의 포인트와 엣지를 기반으로 구부러질 수 있도록 설정합니다.

　③ **Made of Clones** : Mograph Cloner에 의해 복제된 오브젝트 단위의 복제물에 소프트 바디를 적용할 수 있는 설정입니다.

② **Structural** : 물체의 포인트와 포인트를 연결하는 직선의 구조적인 형태를 유지하려는 성질을 제어합니다. 수치가 높을수록 형태를 유지하려는 힘이 강하며 수치가 낮을수록 바닥면과 충돌 시 뭉개지도록 표현됩니다.

③ **Shear** : 대각선에 위치한 포인트 간의 각도적인 형태를 유지하고자 하는 성질을 제어합니다. 만약, 바닥과 충돌한 오브젝트가 비틀리며 대각선에 위치한 포인트의 간격에 변화가 생길 때 Shear 설정을 통해 형태를 바로잡을 수 있습니다.

④ **Flexion** : 특정 포인트와 그 양옆의 포인트, 즉 3개의 점이 가지고 있는 각도를 유지하려는 성질을 제어합니다. 수치가 낮으면 물에 젖은 박스가 바닥에 떨어지듯 구조가 무너지는 표현이 가능합니다.

⑤ **Damping** : 충돌 시 발생하는 Soft Body 애니메이션에서 Structural 설정에 의해 스프링 현상이 발생합니다. Damping 설정은 Structural 설정 이후의 애니메이션의 제동을 제어합니다.

⑥ **Stiffness** : 수치가 높아질수록 점점 Rigid Body(딱딱한)의 형태로 전환됩니다.

⑦ **Pressure** : 압력 설정은 오브젝트 내부에 마치 공기를 주입하듯 팽창하게 할 수 있습니다. 반대로 음수의 값을 입력할 경우 수축하는 애니메이션이 동작합니다.

Cache 설정

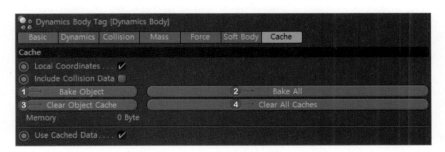

① **Bake Object** : 다이내믹으로 계산되어야 할 애니메이션을 프리뷰 범위만큼 가상의 임시 메모리로 기록하여 발생한 캐쉬(Cache)를 저장하는 행위를 Bake라고 합니다. 베이크 오브젝트는 해당 다이내믹 오브젝트의 애니메이션을 베이크하는 기능입니다. 베이크하여 캐쉬를 생성한 이후 애니메이션 프리뷰는 캐쉬 데이터를 로드해 사용하므로 다이내믹 기능을 수정할 수 없습니다.

② **Bake All** : 프로젝트 전체에 존재하는 오브젝트를 모두 베이크하는 기능입니다.

③ **Clear Object Cache** : 해당 다이내믹 오브젝트에 한해서 베이크한 캐쉬를 삭제합니다.

④ **Clear All Caches** : 프로젝트 전체의 모든 다이내믹 오브젝트의 캐쉬를 삭제합니다.

03 다이내믹 오브젝트의 이해와 활용

>> 다이내믹 오브젝트는 기본 다이내믹 시스템에 부수적으로 추가되는 효과로, 리지드 바디(Rigid Body)와 소프트 바디(Soft Body) 같은 기본 다이내믹 태그 간의 연결점으로 활용됩니다. 독립된 두 개 이상의 다이내믹 바디를 결합하여 복잡한 애니메이션을 표현하기 위한 Dynamic 오브젝트에 대해서 알아보겠습니다.

01 다이내믹 오브젝트

다이내믹(Dynamics) 오브젝트는 Dynamic Body Tag가 적용된 오브젝트에 부가적으로 적용할 수 있는 애니메이션 간소화를 위한 효과들입니다. 다이내믹에 포함된 오브젝트 간 연결을 표현하거나 스프링 효과를 줄 수 있으며 자동화된 애니메이션을 위해 모터 효과를 적용하는 등 물리적인 다양한 표현을 쉽고 간편하게 적용해줄 수 있습니다. Dynamics 오브젝트는 어떤 종류가 있으며 어떤 역할을 수행하는지 하나씩 알아보도록 하겠습니다.

👊 Connector

커넥터(Connector) 오브젝트는 Rigid Body와 Collider Body가 적용된 오브젝트의 움직임과 회전값을 연결 또는 제어하는 역할을 합니다. 따라서 해당 기능은 Dynamic Body Tag가 적용된 오브젝트에 한해서 애니메이션을 표현할 수 있으며 독립된 두 가지 다이내믹 오브젝트가 연결되는 형태의 애니메이션을 구현할 수 있습니다.

Object 설정

① **Type** : 커넥터의 연결 경첩 종류를 설정할 수 있습니다. 연결될 두 가지 독립된 물체를 어떠한 방식으로 결합할지 직관적인 아이콘과 명칭을 통해 설정합니다.

② **Object A/B** : Dynamic Body Tag가 설정된 두 가지의 연결될 오브젝트를 지정할 수 있는 항목으로 오브젝트를 링크시켜 적용합니다.

③ **Reference Axis A/B** : Object 항목에 설정된 물체가 Connector에 의해 연결될 결합 중심점을 설정할 수 있는 항목입니다.

④ **Bounce** : 커넥터에 의한 A/B 오브젝트 간의 움직임 반발값을 제어하는 설정입니다.

Connector 오브젝트 설정하기

예제 파일 : Connector.c4d   완성 파일 : Connector_End.c4d

01 예제 파일(Connector.c4d)을 불러온 후 메뉴 바의 [Simulate] – [Dynamics]–[Connector]를 클릭하여 새로운 Connect 오브젝트를 생성합니다.

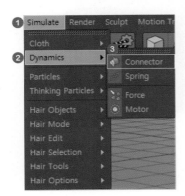

02 생성된 Connector 오브젝트가 [Cube 0]과 [Cube 1] 사이에 배치될 수 있도록 X축(빨간) 화살표를 드래그하여 위치값을 이동합니다.

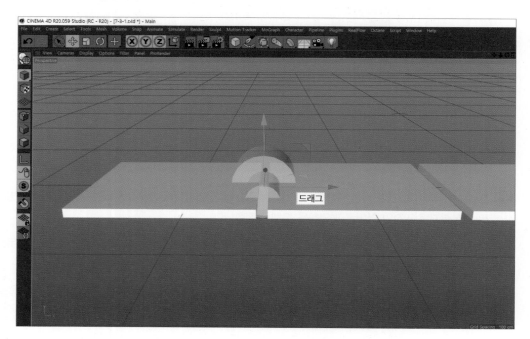

03 Connector의 [Object] 탭 설정 항목 중 [Type]은 'Hinge'가 적용된 상태에서 [Object A] 항목에서 화살표를 클릭한 후 마우스 커서가 물음표로 변하면 뷰포트에 있는 'Cube 0'을 클릭합니다. 같은 방법으로 [Object B] 항목은 'Cube1'을 클릭하여 링크합니다.

[Object] • Type : Hinge • Object A : Cube 0 • Object B : Cube 1

04 메뉴 바의 [Simulate]-[Dynamics]-[Connector]를 클릭하여 새로운 Connect 오브젝트를 생성합니다. 생성된 [Connector.1] 오브젝트는 [Cube 1]과 [Cube 2] 오브젝트의 사이에 배치시킨 후 [Object] 탭 설정 항목 중 [Object A] 항목에는 'Cube 1'을 [Object B] 항목에는 'Cube 2'를 링크합니다.

[Object] • Object A : Cube 1 • Object B : Cube 2

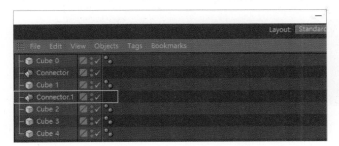

05 과정 **04**를 반복하여 [Connector.3] 오브젝트까지 만든 후 그림과 같이 Cube 오브젝트들의 물체와 물체 사이를 연결할 수 있도록 커넥터를 지정합니다.

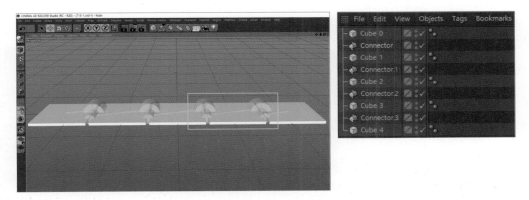

06 징검다리 형태의 큐브들 양끝 지점에 새로운 Connector를 생성하여 고정시키도록 하겠습니다. 메뉴 바의 [Simulate]-[Dynamics]-[Connector]를 클릭하여 새로운 오브젝트를 생성한 후 'Start'로 오브젝트 이름을 변경합니다. [Start] 오브젝트를 좌측 끝 위치에 배치하고 Connector의 [Object B] 항목에 'Cube 0'만 링크시킨 뒤 나머지는 비워둡니다.

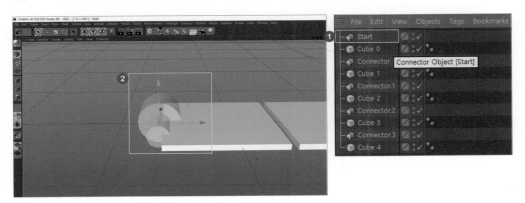

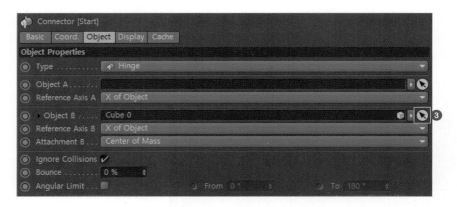

TIP [Cube 0] 오브젝트가 허공에 고정되어야 하기 때문에 Connector의 Object A 또는 B 항목에만 링크시킨 뒤 나머지는 비워두는 것입니다.

07 메뉴 바의 [Simulate]–[Dynamics]–[Connector]를 클릭하여 새로운 Connector를 생성한 후 'End'로 오브젝트 이름을 변경합니다. Cube 오브젝트들의 우측 끝에 배치하여 Connector의 [Object A] 항목에 'Cube 4' 오브젝트만 링크합니다.

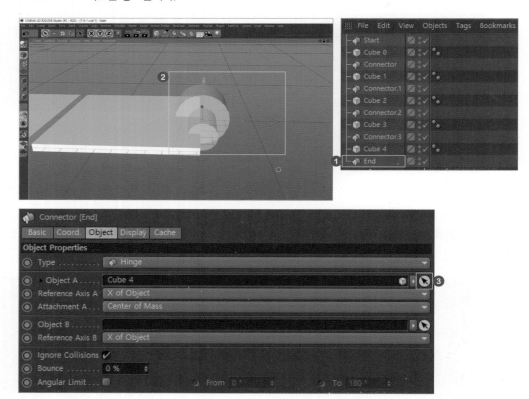

08 연결된 징검다리 오브젝트가 다이내믹에 적용될 수 있도록 오브젝트 팔레트에서 Ctrl 키를 눌러 [Cube 0]~[Cube 4] 오브젝트를 클릭하고 오브젝트 매니저의 메뉴 바에서 [Tags]-[Simulation Tags]-[Rigid Body]를 클릭합니다.

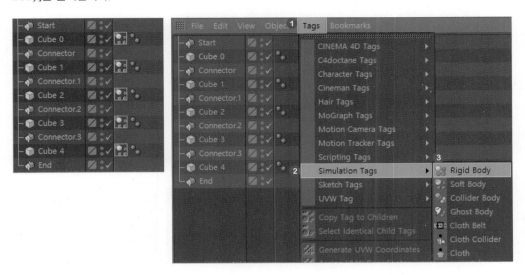

09 F8 키를 눌러 간단한 애니메이션 재생을 통해 좌우측 끝지점이 연결된 상태에서 징검다리 형태가 연결되어 움직이는 것을 확인합니다.

10 커넥터에 의해 연결된 징검다리가 다른 다이내믹 오브젝트와 반응하는 것을 확인하기 위해 새로운 상단 커맨드 팔레트 바의 [Cube]–[Sphere]를 클릭하여 뷰포트 창에 생성합니다.

11 생성한 Sphere 오브젝트가 적당한 위치에 배치될 수 있도록 Y축(초록색) 화살표를 '+Y' 방향으로 이동합니다.

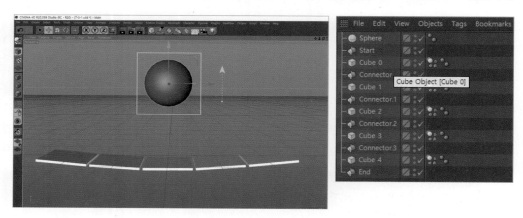

12 Sphere 오브젝트의 크기가 적당하도록 [Object] 탭 설정 항목 중 [Radius]를 수정합니다.

[Object] Radius : 50cm

13 징검다리와의 충돌을 표현하기 위해 오브젝트 매니저에서 Sphere 오브젝트가 선택된 상태에서 오브젝
트 매니저의 메뉴 바에서 [Tags]-[Simulation Tags]-[Rigid Body]을 클릭하여 다이내믹을 설정합니다.
F8 키를 눌러 커넥터에 의해 연결된 징검다리가 Sphere 오브젝트와 반응하는 것을 확인합니다.

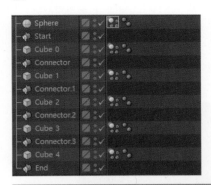

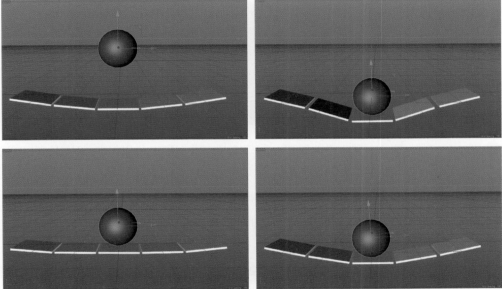

Spring

스프링(Spring) 오브젝트는 Dynamic Body Tag가 적용된 두 가지의 오브젝트 간에 스프링 작용을 시뮬레이션합니다. 스프링의 기본 길이를 기준으로 늘어나고 줄어드는 형태의 물리현상을 간편하게 시뮬레이션할 때 사용할 수 있습니다.

Object 설정

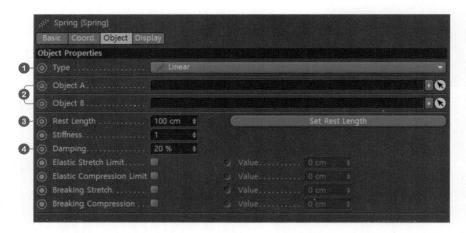

❶ **Type** : 다이내믹 오브젝트 간의 연결될 스프링의 형태를 설정할 수 있습니다. 직선적 또는 회전과 같은 각도적 스프링을 표현할 수 있습니다.

❷ **Object A/B** : 스프링에 의해 연결될 두 가지의 Dynamic 오브젝트를 지정합니다.

❸ **Rest Length** : 스프링의 초기 길이를 설정합니다. 이 수치는 초기 두 가지 다이내믹 오브젝트 간의 거리를 고려해 수치를 설정해야 합니다.

❹ **Damping** : 스프링에 의해 연결된 두 가지 오브젝트의 출렁임 제동값을 설정합니다. 수치가 높을수록 출렁이는 스프링의 움직임을 빠르게 정지시킵니다.

Spring 오브젝트 설정하기

⏱ **예제 파일** : Spring.c4d

01 예제 파일(Spring.c4d)을 불러옵니다. Spring 오브젝트에 의해 연결될 두 가지 독립된 오브젝트가 준비되어 있습니다.

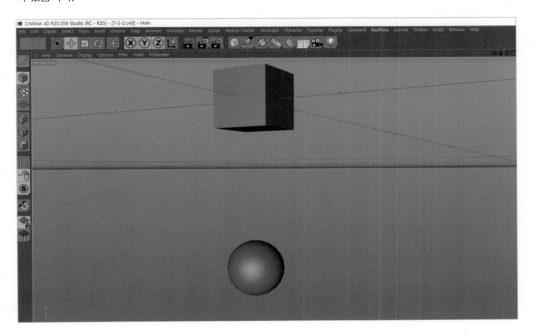

02 두 가지 오브젝트를 연결하기 위한 Spring 오브젝트를 생성하도록 하겠습니다. 메뉴 바의 [Simulate]–[Dynamics]–[Spring]을 클릭합니다.

03 Spring 오브젝트의 [Object] 탭에서 [Object A/B]에 두 가지 오브젝트 'Cube'와 'Sphere' 오브젝트를 각각 링크합니다.

[Object] • Object A : Sphere • Object B : Cube

04 Spring 오브젝트에 의한 올바른 다이내믹을 표현하기 위해 연결된 두 가지 오브젝트에 Dynamics Body Tag를 지정하겠습니다. [Sphere] 오브젝트를 선택하고 오브젝트 매니저의 메뉴 바에서 [Tags]- [Simulation Tags]-[Rigid Body]를 클릭합니다. [Cube] 오브젝트를 선택하고 [Tags]-[Simulation Tags]-[Collider Body]를 클릭합니다.

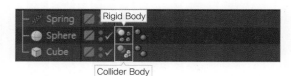

TIP
아래로 떨어질 물체인 [Sphere] 오브젝트에는 Rigid Body Tag를 지정하고 상단에 배치되어 고정될 [Cube] 오브젝트에는 Collider Body Tag를 지정합니다.

05 [Spring] 오브젝트를 선택하고 [Object] 탭 설정 항목 중 두 개의 오브젝트 간의 거리를 고려해 [Rest Length]를 지정합니다.

[Object] Rest Length : 700cm

TIP
수치가 낮을수록 달라붙고 수치가 높을수록 아래로 더 출렁이는 모션을 연출할 수 있습니다.

06 F8 키를 눌러 간단한 애니메이션 프리뷰를 통해 Spring 오브젝트의 역할을 확인해봅니다.

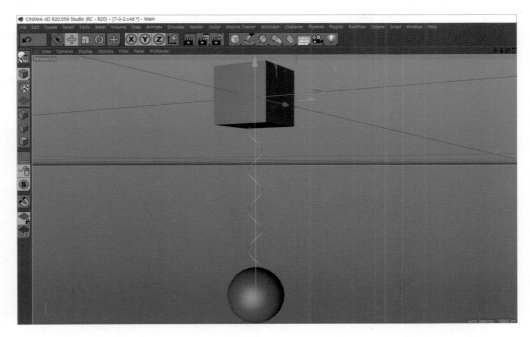

Force

Force(힘) 오브젝트는 Dynamic Body Tag가 적용된 오브젝트 단일 또는 다수의 오브젝트들을 끌어
당기거나 밀어내는 형태의 애니메이션을 표현합니다.

Object 설정

① **Strength** : 오브젝트가 서로 영향을 미치는 강도값을 제어하는 설정입니다. 양의 값은 끌어당기는 인
력으로 표현되며, 음의 값은 밀어내는 척력으로 표현됩니다.

② **Damping** : 오브젝트 간의 움직임에 제동을 적용하여 속도를 제어합니다.

Force 오브젝트 설정하기

 예제 파일 : Force.c4d

01 예제 파일(Force.c4d)을 불러옵니다. 복제된 공 오브젝트에는 Rigid Body가 그릇 오브젝트에는 Collider Body가 적용되어 그릇에 공이 담기도록 설정되어 있습니다.

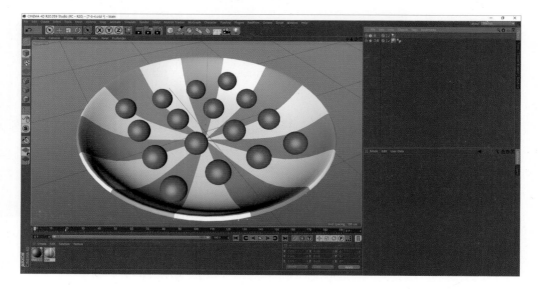

02 해당 장면에 Force 효과를 적용해보도록 하겠습니다. 메뉴 바에서 [Simulate]–[Dynamics]–[Force]를 클릭합니다.

03 Force 효과는 원점으로부터 끌어당기거나 밀어내는 형태로 작동하며 [Object] 탭 설정 항목 중 [Strength]
값을 입력합니다. F8 키를 누르면 끌어당기는 형태로 애니메이션이 표현됩니다.

[Object] Strength : 5cm

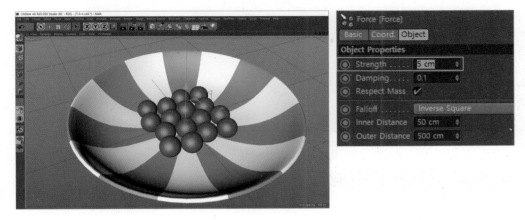

04 [Strength] 항목에 음수 값을 입력하고 F8 키를 누르면 밀어내는 형태로 다이내믹 애니메이션이 표현됩니다.

[Object] Strength : −5cm

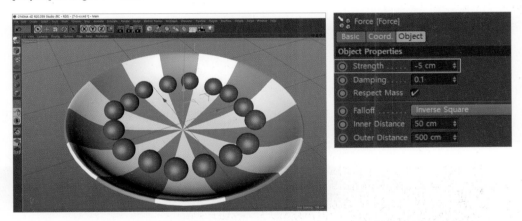

⚙️ Motor

모터(Motor) 오브젝트는 Connector에 의해 연결된 두 가지의 다이내믹 오브젝트에 연속적인 힘 또는
토크를 이용해 움직일 수 있도록 힘을 공급하는 역할을 합니다. 예를 들어, 자동차의 차체와 바퀴가
커넥터에 의해 연결될 경우 연결부에 모터를 이용해 바퀴가 굴러갈 수 있도록 합니다.

Object 설정

① **Type** : 모터 오브젝트에 힘의 작동 방식을 정의합니다.

② **Object A/B** : 모터 오브젝트에 의해 연결될 두 가지의 물체를 지정할 수 있는 설정입니다.

③ **Angular Target Speed** : 모터의 구동축에 전달되는 속도로 회전 속도를 정의하는 설정입니다.

④ **Torque** : 모터의 Z축을 통해 주변에 가해지는 힘을 제어하며, 오브젝트가 크고 무거울수록 Torque 값이 커야 합니다.

Motor 오브젝트 설정하기

예제 파일 : Motor.c4d

<u>01</u> 예제 파일(Motor.c4d)을 불러옵니다. 예제 파일에는 풍력 발전기의 몸체와 날개가 구분된 형태로 모델링 그룹이 준비되어 있습니다.

02 독립된 두 가지의 물체를 하나로 연결하기 위해 Connector 오브젝트를 사용하겠습니다. 메뉴 바의 [Simulate]-[Dynamics]-[Connector]를 클릭하고 새로 생성한 Connector 오브젝트를 F3 키를 눌러 Right 뷰 상태에서 날개와 몸체 사이에 위치할 수 있게 배치합니다.

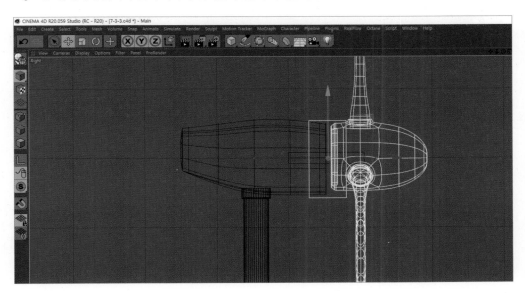

03 Connector 오브젝트의 [Object] 탭 설정 항목 중 [Object A]에는 'Wing' 오브젝트를, [Object B]에는 'Body' 오브젝트를 지정합니다. 이때 두 가지의 물체가 적용되는 순서는 중요하지 않습니다.

[Object] ·Object A : Wing ·Object B : Body

04 커넥터에 연결된 애니메이션을 표현하기 위해 [Wing] 그룹과 [Body] 그룹에 각각 Dynamics Body Tag를 설정하도록 하겠습니다. [Wing] 오브젝트를 선택하고 오브젝트 매니저의 메뉴 바에서 [Tags]-[Simulation Tags]-[Rigid Body]를 클릭합니다. [Body] 오브젝트를 선택하고 오브젝트 매니저의 메뉴 바에서 [Tags]-[Simulation Tags]-[Collider Body]를 클릭합니다.

TIP [Wing] 그룹은 회전하며 움직이는 요소이기 때문에 Rigid Body Tag를 지정합니다. 반대로 [Body] 그룹은 고정될 오브젝트로 Collider Body Tag를 지정합니다.

05 오브젝트 매니저에서 [Wing] 오브젝트의 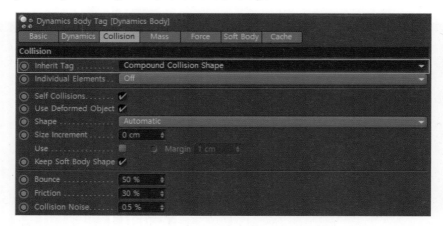 Rigid Body Tag를 선택하고 [Collision] 탭 설정 항목 중 [Inherit Tag]의 설정을 수정합니다.

[Collision] Inherit Tag : Compound Collision Shape

> **TIP** 여러 가지 오브젝트가 그룹화되어 완성된 [Wing] 오브젝트 그룹이 단일 물체로 Rigid Body Tag의 역할을 수행하기 위한 작업입니다.

06 연결된 오브젝트가 회전할 수 있도록 Motor 다이내믹을 설정하겠습니다. 메뉴 바의 [Simulate] – [Dynamics]–[Motor]를 클릭하여 새로운 Motor 오브젝트를 생성한 후 Connect에 의해 연결된 지점에 위치할 수 있도록 이동합니다.

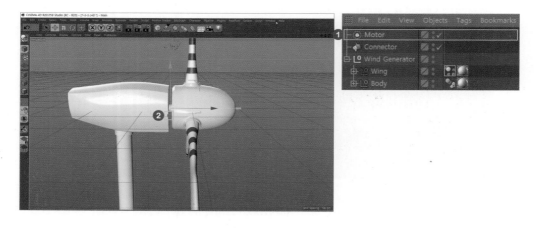

07 [Object] 탭 설정 항목 중 [Object A/B]에 모터에 의해 구동될 'Wing' 그룹과 'Body' 그룹을 각각 지정합니다. 이 경우 링크될 오브젝트의 순서는 중요하지 않습니다.

[Object] • Object A : Wing • Object B : Body

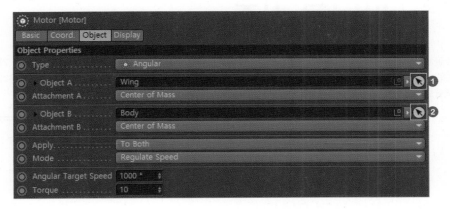

08 [Angular Target Speed] 설정과 [Torque] 설정에 적당한 수치를 지정해가며 F8 키를 눌러 애니메이션 프리뷰를 진행합니다.

[Object] • Angular Target Speed : 150 • Torque : 10

04 Emitter를 이용한 파티클 기초

» 수많은 물체를 표현하기 위해 그래픽을 다루는 소프트웨어에는 다양한 형태의 파티클(입자)을 시뮬레이션하는 기능이 있습니다. 시네마 4D에 포함된 기본적인 파티클 시스템으로 [Emitter] 기능이 있으며 입자를 생성하는 작용과 함께 융합되는 효과인 파티클 모디파이어가 부가적인 애니메이션을 돕습니다.

01 Emitter 세부 설정 익히기

이미터(Emitter)는 메뉴 바의 [Simulate]−[Particles]−[Emitter]에서 설정할 수 있습니다. 해당 메뉴에는 파티클의 생성자인 Emitter 오브젝트와 De-former의 형태인 파티클 모디파이어 이펙터들이 준비되어 있습니다.

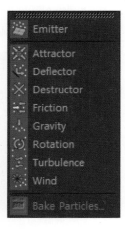

Particle 설정

① **Birthrate Editor/Renderer** : Emitter 오브젝트가 초당 생성하는 파티클의 수치를 지정하는 설정으로 뷰포트 상에서 출력되는 Editor 수치와 실제 렌더링에서 보이는 Renderer 수치로 나눠져 있습니다. 두 설정이 나눠진 이유는 뷰포트 프리뷰 상 가벼운 피드백을 위함으로 작업의 효율성을 고려해 각 항목을 구분하여 생성되는 입자의 개수를 지정합니다.

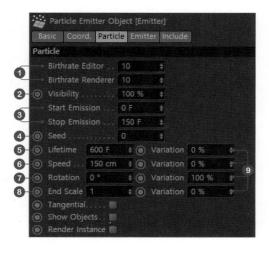

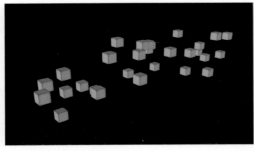

▲ Birthrate : 10   ▲ Birthrate : 150

② **Visibility** : 생성되는 파티클의 개수에 애니메이션을 표현할 수 있는 설정입니다. 해당 항목의 애니메이션을 통해 점점 많은 양의 파티클이 생성되는 모습을 표현할 수 있습니다.

③ **Start/Stop Emission** : Emitter 제네레이터가 파티클을 생성하기 시작하는 시점과 종료하는 시점을 지정할 수 있는 설정입니다. 이 설정을 이용해 우리가 원하는 시점부터 입자를 생성하거나 종료할 수 있습니다.

④ **Seed** : Emitter에 의해 생성된 파티클들은 랜덤한 배열을 기본으로 복제 생성됩니다. 무작위의 성질이 적용되면 배치에 대한 배정값을 제어할 수 있으며 '0~10000'까지 완전히 다른 분배 변수를 제어할 수 있습니다.

 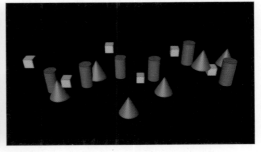

▲ Seed : 0   ▲ Seed : 2

⑤ **Lifetime** : 각각의 파티클들이 생성된 시간을 기준하여 얼마동안 시각적으로 보이다 사라질지에 대한 수명을 지정합니다. 예를 들어, 10Frame의 타임라인 시점에 생성된 오브젝트가 60F의 수명을 가질 경우 70Frame의 시간에 해당 파티클은 사라질 것입니다.

⑥ **Speed** : Emitter에 의해 생성된 각각의 파티클이 1초당 이동하는 거리를 설정합니다. 수치값이 클수록 빠른 속도로 낮을수록 느린 속도로 파티클이 이동하는 것을 확인할 수 있습니다.

⑦ **Rotation** : Emitter에 의해 생성된 각각의 파티클이 1초당 H/P/B 각각의 회전 좌표를 기준으로 몇 도씩 회전할지를 설정할 수 있습니다.

⑧ **End Scale** : 생성된 파티클의 수명을 기준하여 Lifetime이 끝나 사라지는 시점의 오브젝트 크기를 비례 단위로 제어할 수 있는 설정입니다. 생성된 시점에서 오브젝트의 기본 크기를 기준으로 End Scale 설정에 입력한 비례의 크기만큼의 변화를 확인할 수 있습니다.

▲ End Scale : 0 / Lifetime : 80

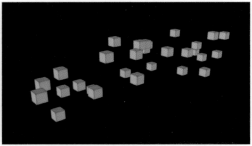
▲ End Scale : 1 / Lifetime : 80

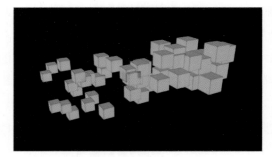
▲ End Scale : 3 / Lifetime : 80

⑨ Variation : 각 메인 설정의 랜덤을 지정할 수 있는 항목입니다.

Emitter 설정

① Emitter Type : Emitter를 통해 방출되는 파티클 모양을 설정하는 항목입니다. 이 설정을 통해 원뿔 또는 피라미드 형태로 입자를 방출시킬 수 있습니다.

② X/Y Size : 파티클을 방출하는 Emitter의 영역 크기를 설정할 수 있는 항목입니다. 예를 들어, 창문을 통해 풍선이 쏟아지는 장면을 연출할 경우 창문의 가로와 세로 크기에 맞추어 Size를 설정할 수 있습니다.

③ Angle Horizontal/Vertical : Emitter에 의해 생성된 파티클은 초기에는 생성된 영역에서 정방향으로 만 이동하게 됩니다. 이 설정값을 이용해 수평/수직의 분사 각도를 제어할 수 있습니다. 만일 Horizontal 항목이 '360°', Vertical 항목이 '180°'의 수치가 적용될 경우 사방으로 파티클을 방출합니다.

Include 설정

① **Mode** : 해당 설정을 통해 특정 파티클 모디파이어가 Emitter 제네레이터에 영향을 미치도록 포함시키거나 또는 영향을 받지 않도록 제외할 수 있습니다.

② **Modifiers** : 해당 파티클 Emitter 제네레이터에 포함 또는 제외시킬 파티클 모디파이어를 설정 항목 안에 포함시킬 수 있습니다.

02 파티클 오브젝트에 Emitter 적용하기

간단한 설정 과정을 거쳐 파티클로 사용될 새로운 오브젝트가 Emitter 제네레이터를 통해 복제 생산되기 위한 기초적인 적용 방법에 대한 실습을 진행해보도록 하겠습니다.

01 Emitter 제네레이터를 통해 복제될 Particle(입자)에 해당하는 새로운 [Cube] 오브젝트를 생성하겠습니다. 상단 커맨드 팔레트 툴바의 [Cube]를 클릭하여 뷰포트 창에 생성시킵니다.

02 [Cube] 오브젝트의 크기는 적당히 줄이도록 하겠습니다.

[Object] • Size. X : 15cm • Size. Y : 15cm • Size. Z : 15cm

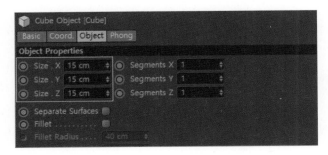

TIP 초기 생성되는 Emitter 제네레이터의 기본 가로와 세로의 크기가 '100cm'라는 것을 감안하여 적당히 작은 크기의 입자를 제작했습니다.

03 새로운 Emitter 제네레이터를 생성하기 위해 메뉴 바의 [Simulate]–[Particles]–[Emitter]를 클릭합니다. 파티클 오브젝트가 Emitter에 인식되어 생성되기 위해서는 계층화 단계가 필요합니다. 오브젝트 매니저에서 [Cube] 오브젝트를 선택하여 [Emitter] 제네레이터의 하위 단계로 이동시켜 계층화합니다.

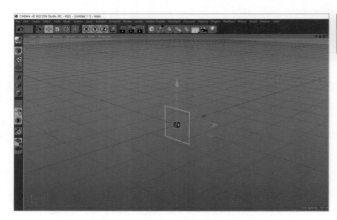

04 [Emitter] 제네레이터는 Simulation 오브젝트이기 때문에 재생 버튼을 통해 실시간으로 파티클을 생성하는 것을 확인할 수 있습니다. 단, 뷰포트 상에서는 Point를 기반으로만 보일 뿐 [Cube] 오브젝트가 생성되는 것을 확인할 수 없습니다.

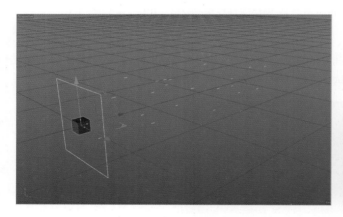

TIP 렌더링 시 파티클의 생성은 확인할 수 있습니다.

05 뷰포트 상에서도 실시간 파티클의 생성을 오브젝트 단위로 확인하기 위해서는 Emitter 오브젝트의 [Particle] 탭 설정 항목 중 [Show Objects]를 활성화합니다.

[Particle] Show Objects : 체크

06 F8 키를 눌러 애니메이션 프리뷰를 통해 실시간으로 생성되는 파티클을 뷰포트에서 정확히 확인할 수 있습니다.

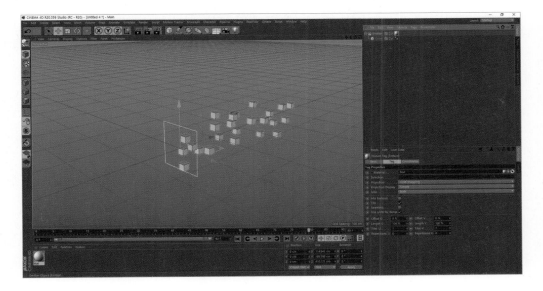

03 파티클 모디파이어 이해하기

✳ Attractor(인력)

어트랙터(Attractor) 모디파이어는 해당 오브젝트의 중심 방향으로 생성된 파티클들을 끌어들이거나 밀어내는 자석과 같은 역할을 합니다. 마치 태양이 행성을 끌어당기는 힘처럼 생성된 파티클들은 인력의 위치값을 기준으로 이동합니다.

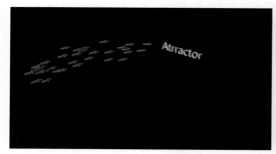 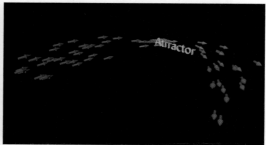

↙ Deflector(반사)

디플렉터(Deflector) 모디파이어는 Emitter를 통해 방출되는 파티클들을 반사시켜 방향을 틀어주는 역할을 합니다. 반사를 이용하면 생성된 파티클을 원하는 방향으로 방향성을 지정해 다양한 형태로 활용할 수 있습니다.

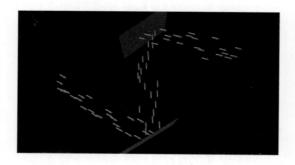

✖ Destructor(소멸)

디스트럭터(Destructor) 모디파이어는 Emitter를 통해 방출되는 파티클이 모디파이어의 위치값을 기준으로 소멸되게 만드는 역할을 합니다. Destructor의 크기와 위치를 기준으로 방출된 파티클이 인접한 경우 완전히 사라지게 됩니다.

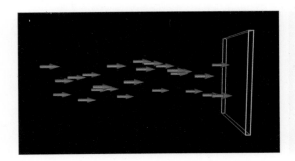

⇌ Friction(마찰)

프릭션(Friction) 모디파이어는 Emitter를 통해 방출되는 파티클에 저항값을 지정해 발사되는 입자들이 점점 느려지게 또는 멈추게 작용됩니다. 일정한 속도로 방출되는 파티클에 브레이크를 거는 형태의 애니메이션을 표현할 때 이 모디파이어를 사용할 수 있습니다.

⬇ Gravity(중력)

그라비티(Gravity) 모디파이어는 지구의 중력을 시뮬레이션 하여 Emitter를 통해 생성된 파티클들이 Acceleration 수치가 양수일 경우 아래로 떨어지고 음수의 경우 위로 올라가도록 설정하는 기능입니다. 이 모디파이어는 Dynamic Body Tag와 함께 사용 시 프로젝트의 중력값에 더해지거나 빼지는 형태로 다이내믹 오브젝트에 적용될 수 있습니다.

▲ Gravity : 250

▲ Gravity : −250

⊘ Rotation(회전)

로테이션(Rotation)은 모디파이어 자체 중심축의 Z축 방향과 위치를 중심으로 파티클이 회전 애니메이션을 시뮬레이션하도록 제어합니다. 모디파이어 Z축의 방향을 제어하면 생성되는 파티클의 방향에 알맞게 회전값을 제어할 수 있습니다.

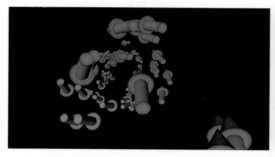 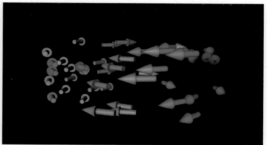

⇄ Turbulence(난기류)

터뷸런스(Turbulence) 모디파이어는 Emitter에 생성되어 방출되는 파티클의 움직임에 난기류를 시뮬레이션합니다. 쉽게 말해 일정한 방향으로 부는 바람이 아닌 무작위의 방향에서 불어오는 바람을 표현하며 마치 연기 같은 움직임으로 파티클을 제어합니다.

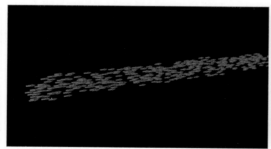 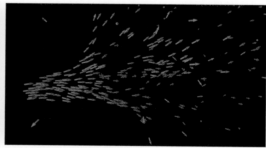

▲ Turbulence : Off　　　　　　　　　　　　　▲ Turbulence : On

✳ Wind(바람)

윈드(Wind) 모디파이어는 Z축의 화살표로 바람 효과를 적용해 Emitter에 생성되어 방출되는 파티클의 움직임을 바람이 부는 방향으로 바꿔주는 형태로 사용할 수 있습니다. 윈드 모디파이어의 경우 터뷸런스와 같이 사용하면 효과적인 장면을 연출할 수 있습니다.

04 Emitter에 파티클 모디파이어 적용하기

Emitter에 의해 생성되는 파티클에 모디파이어를 적용하는 간단한 실습을 진행해보도록 하겠습니다.

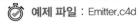 예제 파일 : Emitter.c4d

01 예제 파일(Emitter.c4d)을 불러옵니다. 예제 파일에는 Emitter에 의해 생성될 화살표 모양의 파티클 오브젝트가 준비되어 있습니다.

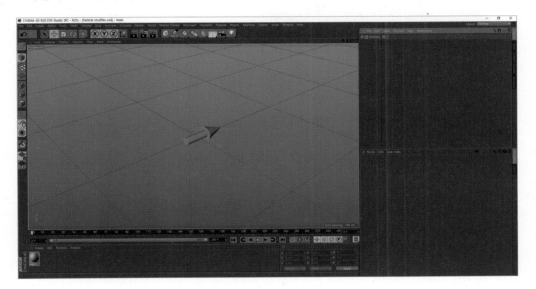

02 메뉴 바의 [Simulate]-[Particles]-[Emitter]를 클릭하여 파티클을 방출할 Emitter를 생성합니다.

03 오브젝트 매니저에서 [Particles] Null 오브젝트를 클릭하여 [Emitter] 오브젝트 하위 단계로 배치한 후 [Emitter] 오브젝트의 [Particle] 탭 설정 항목 중 [Show Objects]를 체크하여 뷰포트를 통해 파티클의 생성을 확인할 수 있도록 합니다.

[Particle] Show Objects : 체크

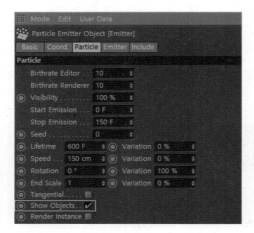

04 메뉴 바의 [Simulate]-[Particles]-[Gravity]를 클릭하여 Emitter의 파티클에 적용할 효과인 [Gravity] 모디파이어를 생성합니다.

TIP 파티클 모디파이어는 두 가지 형태의 상황에서 계층 구조 없이 자동 적용됩니다.
1) Emitter에 의한 파티클 생성 시
2) Dynamic Body Tag가 적용된 오브젝트가 존재할 경우

05 F8 키를 눌러 애니메이션 프리뷰를 통해 중력 효과가 올바르게 적용되고 있는지 확인합니다.

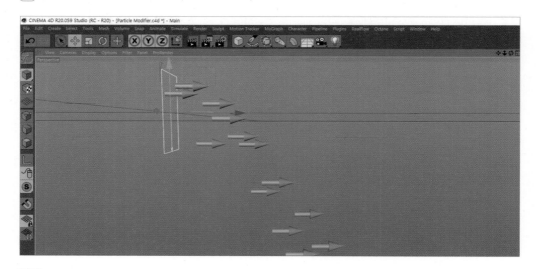

TIP [Gravity] 모디파이어는 생성된 파티클 입자가 Y축 방향으로 중력을 받거나 또는 역중력에 의해 올라가는 형태의 애니메이션으로 사용할 수 있습니다.

06 파티클의 이동궤적을 향해 입자가 회전하지 않습니다. 이 경우 [Emitter] 오브젝트를 선택하고 [Particle] 탭 설정 항목 중 [Tangential]을 체크합니다. 이동경로를 향하며 파티클이 회전하는 움직임을 표현할 수 있습니다.

[Particle] Tangential : 체크

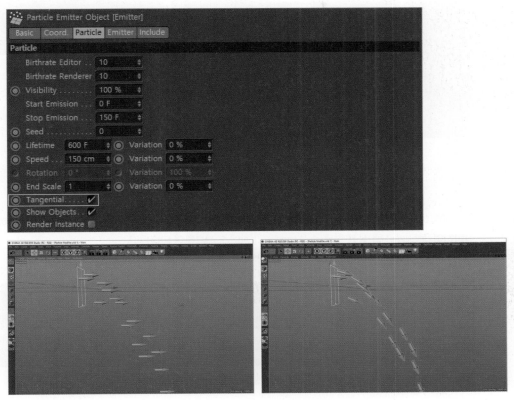

▲ Tangential : Off   ▲ Tangential : On

07 더 많은 파티클을 만들기 위해 [Birthrate Editor/Renderer] 항목의 수치를 수정합니다.

[Particle] Birthrate Editor/Renderer : 25

08 오브젝트 매니저에서 [Emitter]와 [Particles] 오브젝트를 한꺼번에 선택하고 Ctrl 키를 누른 채 아래로 드래그하여 똑같은 구조의 Emitter를 만든 후 X좌표를 오른쪽으로 이동시킵니다.

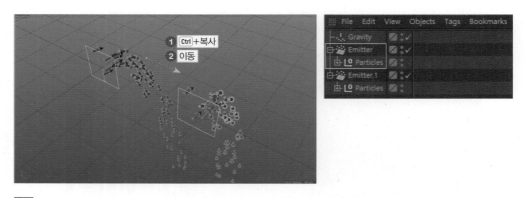

> **TIP** 비슷한 2개(또는 다수)의 Emitter가 존재할 경우 파티클 모디파이어는 작업 씬에 존재하는 모든 Emitter 제네레이터에 자동 적용됩니다.

09 오브젝트 매니저에서 [Emitter.1] 오브젝트를 선택하고 [Include] 탭을 클릭한 후, [Gravity] 모디파이어를 클릭하여 [Include] 탭 설정 항목 중 [Modifiers] 창에 드래그하여 담습니다.

[Include] Modifiers : Gravity

> **TIP** Emitter 제네레이터의 [Include] 탭 설정 항목은 특정 Emitter가 파티클 모디파이어로부터 영향을 받지 않도록 제외시키는 역할을 합니다.

10 F8 키를 눌러 Gravity 효과를 제외시킨 Emitter에는 효과가 적용되지 않는 것을 확인할 수 있습니다. 새로 만들어진 [Emitter.1]과 [Particles] 오브젝트는 Ctrl 키를 눌러 동시에 선택한 후 Delete 키를 눌러 삭제합니다.

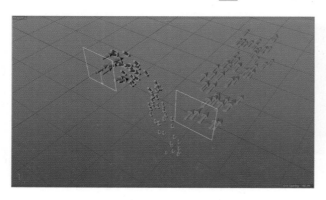

11 메뉴 바의 [Simulate]–[Particles]–[Rotation]을 클릭하여 [Rotation] 모디파이어를 생성합니다.

12 Emitter에 적용된 두 가지 모디파이어가 결합되어 다음과 같은 애니메이션을 연출합니다. Rotation 모디파이어의 회전값을 제어해 원하는 방향으로의 회전 애니메이션을 표현해보세요.

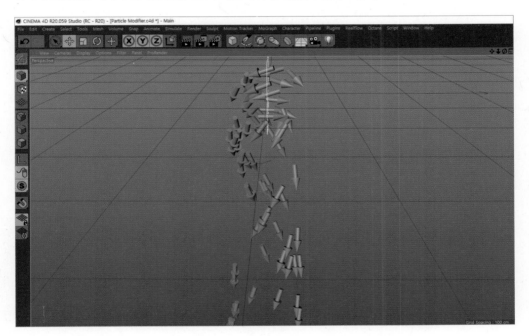

실무 1

Emitter를 이용한 미끄럼틀 다이내믹 애니메이션

Dynamic Body Tag 기능과 Particle Emitter를 활용한 미끄럼틀 다이내믹 파티클 애니메이션을 제작해보겠습니다. 다이내믹 바디의 기능적인 분류와 실제 환경에서의 응용을 익히고 나아가 파티클과의 연동을 이용해 다양한 형태로의 활용을 목적으로 하겠습니다.

> ⏱ **완성 파일** : Emitter Dynamic-완성파일.c4d

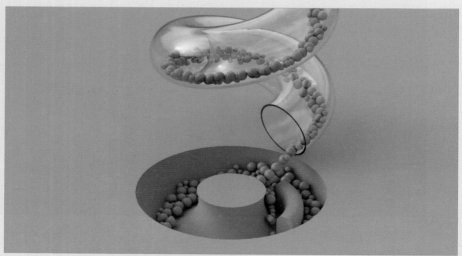

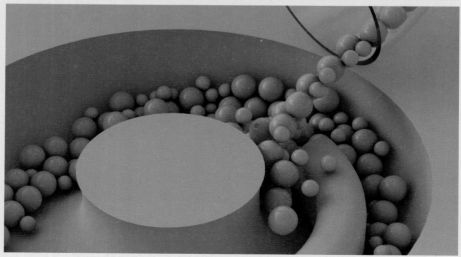

01 상단 커맨드 팔레트 바의 [Cube] 오브젝트를 클릭하여 뷰포트에 생성합니다.

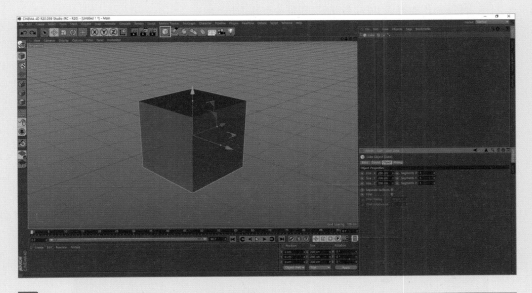

TIP 이 오브젝트는 파티클이 담길 그릇의 역할로 사용될 예정입니다.

02 [Cube] 오브젝트의 [Object] 탭 설정 항목 중 [Size. Y]축에 대한 크기를 줄입니다.

[Object] Size.Y : 100cm

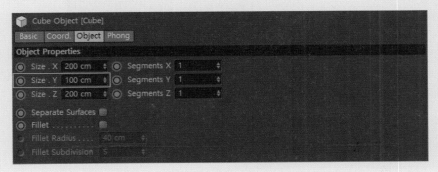

03 상단 커맨드 팔레트 바의 [Cube]–[Torus] 오브젝트를 클릭하여 [Cube] 오브젝트에 담길 구멍의 요소로 사용될 오브젝트를 생성합니다.

04 적당한 높이에서 [Cube] 오브젝트와 차집합되어야 하기 때문에 위치값을 변경하겠습니다. [Torus] 오브젝트의 [Coord.] 설정 중 [P.Y] 축의 위치값을 수정합니다.

[Coord.] P.Y : 40cm

```
Torus Object [Torus]
Basic  Coord.  Object  Slice  Phong
Coordinates
  P . X  0 cm        S . X  1        R . H  0 °
  P . Y  40 cm       S . Y  1        R . P  0 °
  P . Z  0 cm        S . Z  1        R . B  0 °
                                Order  HPB
  ▶ Quaternion
  ▶ Freeze Transformation
```

05 [Cube] 오브젝트에 적당히 담길 수 있도록 [Torus] 오브젝트의 [Object] 탭 설정 항목을 다음과 같이 설정합니다.

[Object] • Ring Radius : 60cm • Ring Segments : 60 • Pipe Radius : 30cm • Pipe Segments : 30

```
Torus Object [Torus]
Basic  Coord.  Object  Slice  Phong
Object Properties
  Ring Radius . .   60 cm
  Ring Segments     60
  Pipe Radius . .   30 cm
  Pipe Segments     30
  Orientation. . .  +Y
```

06 [Cube] 오브젝트와 [Torus] 오브젝트 간의 집합구조를 표현하기 위해 새로운 Boole 제네레이터를 생성하겠습니다. 메뉴 바의 [Create]–[Modeling]–[Boole]을 클릭한 후 오브젝트 매니저에서 [Boole] 제네레이터의 하위 계층에 [Cube] 오브젝트와 [Torus] 오브젝트를 배치합니다.

07 집합구조에 의해 생성된 새로운 엣지 흐름을 제어하기 위해 Boole 제네레이터를 선택하고 [Object] 탭 설정 항목 중 [Hide new edges]를 체크하여 활성화합니다.

[Object] Hide new edges : 체크

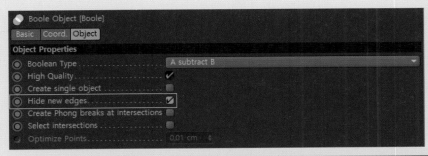

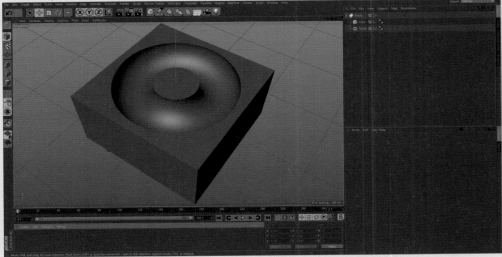

TIP Boole에 의한 집합구조를 통해 두 오브젝트 간의 차집합 모델링이 완성된 것을 확인할 수 있습니다.

08 상단 커맨드 팔레트 바의 [Spline]–[Helix]를 클릭하여 터널 경로로 사용할 [Helix] 오브젝트를 생성합니다.

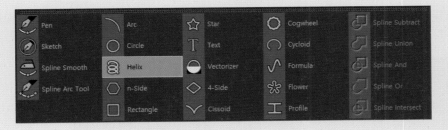

09 터널의 끝지점이 Boole에 의해 생성된 그릇 오브젝트를 정확히 향할 수 있도록 Helix 오브젝트의 [Coord.] 탭 옵션 중 위치값을 수정합니다.

[Coord.] · P.X : −80cm · P.Y : 80cm · P.Z : 80cm

10 [Helix] 오브젝트가 적당한 크기와 길이로 터널의 형태를 표현해야 하기 때문에 Helix의 [Object] 탭 설정 항목 값을 수정합니다.

[Object] · Start Radius : 60cm · End Radius : 60cm · Plane : XZ

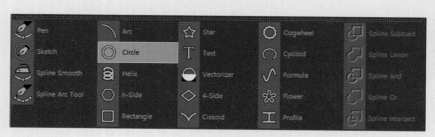

11 상단 커맨드 팔레트 바의 [Spline]–[Circle]을 클릭하여 널 오브젝트의 굵기로 활용될 [Circle] 오브젝트를 생성합니다.

12 터널의 적당한 굵기와 터널 오브젝트 표면의 적절한 두께를 표현하기 위해 [Circle] 오브젝트의 [Object] 탭
설정 항목의 값을 수정합니다.

[Object] •Ring : 체크 •Radius : 30cm •Inner Radius : 27cm

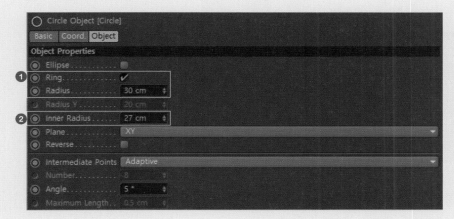

13 터널 오브젝트의 제작을 위한 두 가지 재료를 실재하는 폴리곤 오브젝트로 변환하기 위해 메뉴 바의
[Subdivision Surface]–[Sweep]를 클릭합니다.

14 오브젝트 매니저에서 두 가지 스플라인 오브젝트(Circle, Helix)를 Ctrl 키를 눌러 동시에 선택한 후
[Sweep] 제네레이터 아래에 계층 구조화합니다.

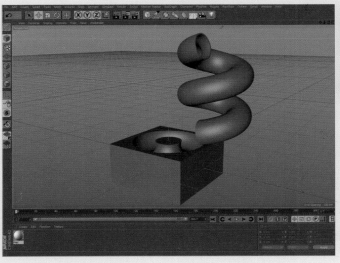

TIP 현재까지의 작업을 통해 터널 구
조물과 파티클이 담길 그릇 오브젝트
가 모델링된 것을 뷰포트를 통해 확인
할 수 있습니다.

15 터널을 통해 파티클을 방출하기 위해 새로운 Emitter 오브젝트를 생성하겠습니다. 메뉴 바의 [Simulate]–[Particles]–[Emitter]를 클릭하고 Emitter가 터널을 통해 파티클을 방출할 수 있도록 [Coord.] 탭 설정 항목 중 위치와 회전값을 수정합니다.

[Coord.] ・P.X : −21cm ・P.Y : 280cm ・P.Z : 80cm ・R.H : 180˚

16 Emitter 오브젝트가 터널의 입구에 맞게 [Emitter] 탭에서 [Size]를 수정해 크기를 설정합니다.

[Coord.] ・X–Size : 35cm ・Y–Size : 35cm

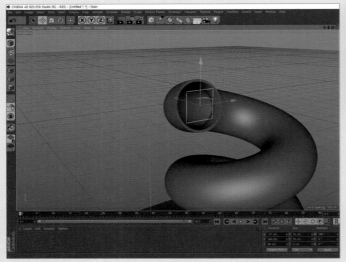

17 Emitter를 통해 생성될 파티클 오브젝트를 커맨드 팔레트 바의 [Cube]–[Sphere]를 클릭하여 생성합니다.

18 첫 번째 파티클로 사용할 Sphere 오브젝트의 [Object] 탭 설정 항목 중 크기를 수정합니다. 오브젝트 매니저에서 [Sphere]를 더블클릭하여 오브젝트 명을 '5cm'로 변경합니다.

[Object] Radius : 5cm

19 오브젝트 매니저에서 첫 번째 Sphere 오브젝트를 클릭하고 Ctrl 키를 눌러 아래로 복제한 후 오브젝트 명을 '3cm'로 변경합니다. [Object] 탭 설정 항목 중 Size 값을 작은 크기로 수정합니다.

[Object] Radius : 3cm

20 새롭게 추가된 두 개의 파티클 오브젝트(Sphere)를 드래그하여 [Emitter] 오브젝트 하위 계층에 배치합니다.

21 제작한 모델링 오브젝트에 다이내믹 설정을 하겠습니다. [Emitter] 오브젝트에 계층화된 파티클인 두 가지의 [Sphere] 오브젝트를 선택한 후 오브젝트 팔레트의 메뉴 바에서 [Tags]–[Simulation Tags]–[Rigid Body]를 클릭합니다.

22 Emitter에 의해 생성된 파티클이 통과해 흘러갈 터널 오브젝트인 [Sweep] 오브젝트를 선택하고 오브젝트 팔레트의 메뉴 바에서 [Tags]–[Simulation Tags]–[Collider Body]를 클릭합니다.

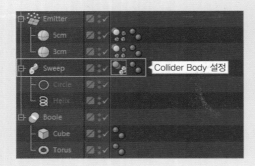

23 Sweep 오브젝트의 내부를 파티클들이 통과할 수 있도록 설정하기 위해 [Collision] 탭 설정 항목 중 [Shape] 설정을 'Static Mesh'로 지정합니다.

[Collision] Shape : Static Mesh

24 터널을 통과한 파티클이 담길 Boole 오브젝트도 다이내믹에 적용될 수 있도록 오브젝트 팔레트의 메뉴 바에서 [Tags]–[Simulation Tags]–[Collider Body]를 클릭합니다.

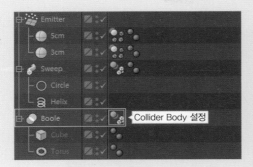

25 Boole 오브젝트도 Sweep과 마찬가지로 파티클이 내부에 담길 수 있도록 설정하기 위해 [Collision] 탭 설정 항목 중 [Shape] 설정을 'Static Mesh'로 지정합니다.

[Collision] Shape : Static Mesh

26 뷰포트상 터널을 통과하는 파티클 오브젝트를 확인하기 위해 [Sweep] 제네레이터의 [Basic] 탭 설정 항목 중 [X–Ray]를 활성화합니다.

[Basic] X–Ray : 체크

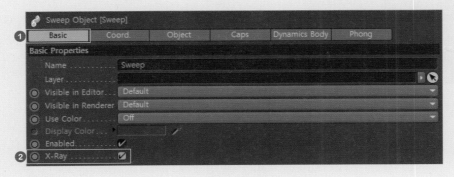

TIP X–Ray 기능을 활성화하면 오브젝트를 뷰포트 상에서 반투명하게 표시합니다.

27 오브젝트 매니저에서 [Emitter]를 클릭하고 [Particle] 탭 설정 항목에서 방출되는 파티클의 생성 수와 방출 속도를 제어하겠습니다.

[Particle] • Birthrate Editor/Renderer : 60 • Speed : 200cm • Show Objects : 체크

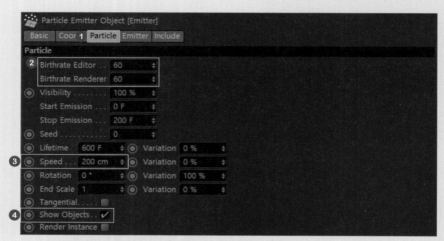

28 타임라인의 애니메이션 프리뷰 범위를 [0F−300F]으로 증가시킨 상태에서 시뮬레이션을 재생시켜 뷰포트상 다이내믹의 계산을 프리뷰 해보겠습니다. 프리뷰 범위를 변경하기 위해 메뉴 바의 [Edit]−[Project Settings(Ctrl + D)]를 클릭하여 프로젝트 설정을 활성화합니다.

29 [Project Settings] 탭 설정 항목 중 [Maximum Time], [Preview Max Time]을 '300F'로 변경합니다.

[Project Settings] Maximum Time/Preview Max Time : 300F

30 뷰포트 상의 파티클을 정확하게 확인하기 위해 화면 왼쪽 하단에 있는 머티리얼 매니저에서 [Create]–
[New Material]을 클릭합니다.

31 생성된 질감을 드래그하여 오브젝트 매니저의 [Emitter] 오브젝트에 적용합니다.

32 마지막으로 그릇에 담긴 파티클을 믹서기와 같이 섞어줄 다이내믹 애니메이션을 표현해보겠습니다. 상단 커맨드 팔레트 바의 [Cube]−[Tube]를 클릭하여 오브젝트를 생성합니다.

33 [Tube] 오브젝트가 [Boole]로 제작된 그릇에 정확히 배치될 수 있도록 Y축에 대한 위치값을 설정합니다.

[Coord.] P.Y : 25cm

34 적절한 반경과 높이값을 설정하여 내부에 담길 수 있도록 [Object] 탭 항목 값을 변경하여 크기를 설정합니다.

[Object] • Inner Radius : 50cm • Outer Radius : 67cm • Height : 30cm • Fillet : 체크, Segments : 5
• Radius : 7cm

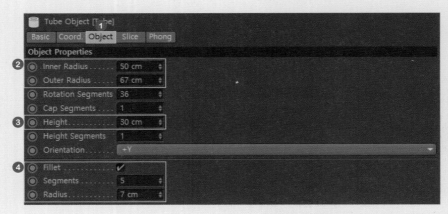

<u>35</u> 잘린 형태의 튜브 모습을 표현하기 위해 [Slice] 탭 설정 항목 중 [Slice]를 활성화하고 수치를 입력합니다.

[Slice] • Slice : 체크 • From : 0˚ • To: 70˚

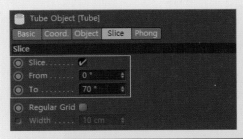

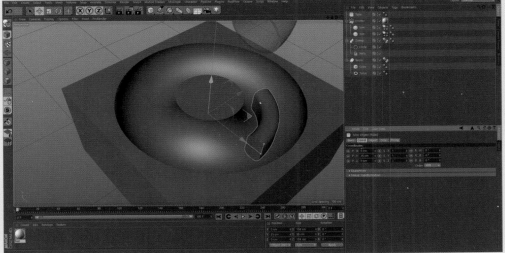

<u>36</u> 터널을 통해 쏟아지는 파티클과 충돌할 튜브 오브젝트에 회전 애니메이션을 지정하도록 하겠습니다. 애니메이션 타임라인의 타임라인 마커를 '0F'에 위치하고 [Coord.] 탭에서 [R.H]의 Record 버튼을 클릭합니다.

[Frame] 0F, [Coord.] • R.H : 0˚ • Record 클릭

37 타임라인 마커를 '300F'에 위치하고 [R.H] 값을 변경하고 Record 버튼을 클릭하여 데이터를 키프레임 애니메이션으로 기록합니다.

[Frame] 300F, [Coord.] ・R.H : 450° ・Record 클릭

38 움직이는 [Tube] 오브젝트가 파티클과 충돌을 일으키도록 설정하기 위해 오브젝트 매니저에서 [Tags]–[Simulation Tags]–[Collider Body]를 클릭합니다. 머티리얼 매니저에서 질감을 드래그하여 [Tube] 오브젝트에 적용합니다.

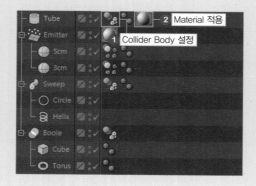

39 F8 키를 눌러 다이내믹 애니메이션을 재생하여 파티클이 터널의 경로를 따라 흐른 뒤 큐브의 내부 공간에서 올바르게 충돌하는 모습을 확인할 수 있습니다.

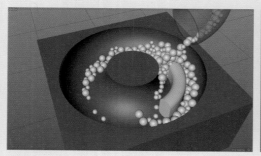 

TIP
[Rigid Body]와 [Collider Body]의 설정을 이용하면 우리가 상상하는 움직임을 실제 모습으로 쉽고 간편하게 구현할 수 있습니다.

실무 2 다이내믹 오브젝트를 활용한 스프링 도어 애니메이션

다이내믹 오브젝트를 활용해 Dynamic Body Tag에 소속된 오브젝트 간의 연결과 애니메이션을 아주 쉽고 간편하게 표현할 수 있는 방법에 대해 알아보겠습니다. 다이내믹 오브젝트는 사실 단순한 사용법과는 반대로 구체적이고 핵심적인 동작을 합니다. 올바른 사용법과 응용 능력을 갖춘 상태라면 실무 작업에서 적극적으로 활용할 수 있습니다. 다이내믹 Connector 오브젝트와 Spring 오브젝트를 연계하여 Dynamic Body Tag가 적용된 스프링 도어 애니메이션을 제작해보겠습니다.

 완성 파일 : Spring Door – 완성파일.c4d

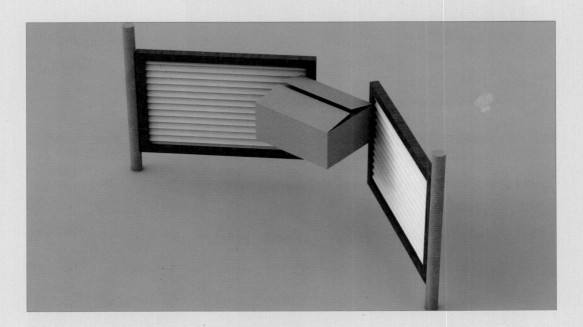

01 상단 커맨드 팔레트 바의 [Cube] 오브젝트를 클릭하여 스프링 도어의 문 틀을 제작하기 위한 [Cube] 오브젝트를 생성합니다.

02 Cube 오브젝트의 [Object] 탭 설정 항목 중 [Size]를 수정합니다.

[Object] · Size. X : 300cm · Size. Y : 200cm · Size. Z : 15cm

03 Make Editable(C)을 설정한 후 좌측 커맨드 팔레트 바에서 🞘 Polygons 모드를 클릭하고 Shift 키를 눌러 큐브 오브젝트의 앞면과 뒷면(양면) 모두를 선택합니다.

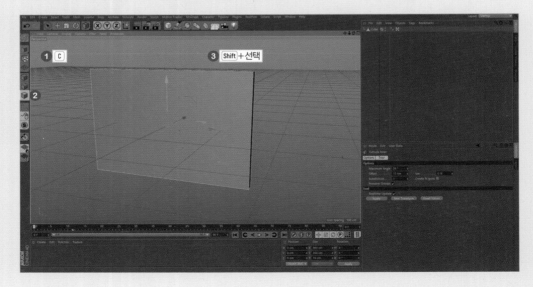

04 문틀을 표현하기 위해 폴리곤 오브젝트를 안쪽으로 좁혀줄 수 있는 Extrude Inner(I) 툴을 활성화합니다.
[Options] 탭 설정 항목 중 [Offset] 값을 변경하여 내부를 좁히도록 합니다.

[Options] Offset : 15cm
[Menu Bar] · [Mesh]−[Create Tools]−[Extrude znner]

05 안으로 좁혀진 앞면과 뒷면을 터널과 같이 연결하기 위해 마우스 우클릭하고 🔲 Bridge(M ~ B)를 클릭
한 후 폴리곤의 면을 클릭합니다.

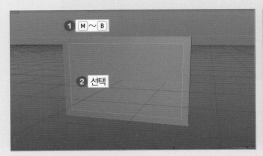 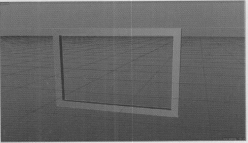

06 오브젝트 매니저에서 [Cube] 오브젝트를 클릭하고 [Basic] 탭 설정 항목 중 [Name]을 변경합니다.

[Basic] Name : Left_Door

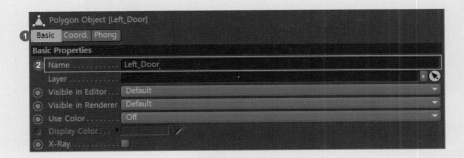

07 문틀 내부를 가릴 블라인드 오브젝트를 제작하기 위해 상단 커맨드 팔레트 바의 [Cube]를 클릭합니다.

08 해당 Cube는 격자 형태로 배열될 블라인드가 될 수 있도록 크기를 제어합니다.

[Options] ・Size. X : 270cm ・Size. Y : 15cm ・Size. Z : 2cm

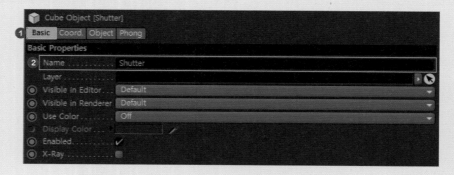

09 오브젝트 매니저에서 [Cube] 오브젝트의 [Basic] 탭 설정 항목 중 [Name]을 변경합니다.

[Basic] Name : Shutter

10 상단 커맨드 팔레트 바의 [Instance]-[Cloner]를 클릭하여 새로운 오브젝트를 생성합니다.

11 오브젝트 매니저에서 [Shutter] 오브젝트를 클릭하고 [Cloner] 오브젝트의 하위 계층에 배치하여 계층 구조화합니다.

12 Cloner 오브젝트의 [Object] 탭 설정 항목 값을 설정하여 복제 개수와 규칙을 지정합니다.

[Object] • Mode : Grid Array • Count : 1/14/1 • Size : 200cm, 168cm, 200cm

13 창살의 각도를 제어하기 위해 Cloner 오브젝트의 [Transform] 탭 설정 항목 중 회전값을 수정합니다.

[Transform] R.P : −31°

> **TIP** [Transform] 항목은 복제된 낱개 오브젝트의 위치와 크기, 회전값을 관리합니다.

14 오브젝트 매니저에서 [Cloner] 오브젝트를 클릭하여 [Left_Door] 오브젝트의 하위 계층에 드래그하여 계층 구조화합니다.

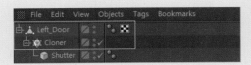

15 제작된 문틀과 블라인드 세트 [Left_Door] 오브젝트를 왼쪽 방향으로 이동하기 위해 [Coord.] 탭 설정 항목 중 [P.X] 값을 설정합니다.

[Coord.] P.X : −155cm

16 상단 커맨드 팔레트 바의 [Cube]–[Cylinder]를 클릭하여 시각적으로 Left Door 오브젝트를 고정하는 역할의 새로운 [Cylinder] 오브젝트를 생성합니다.

17 Cylinder 오브젝트의 이름은 'Left_Connect'라고 변경합니다.

[Basic] Name : Left_Connect

TIP
이 기둥은 문을 고정하는 형태로 사용될 뿐 다이내믹에 포함될 목적으로 생성한 것은 아닙니다.

18 기둥이 문의 좌측 끝지점에 배치될 수 있도록 [Coord.]의 X축의 위치값을 수정합니다.

[Coord.] P.X : −315cm

19 Left_Connect 오브젝트의 세부 설정을 제어해 적절한 크기와 길이로 배치될 수 있도록 수정합니다.

[Object] • Radius : 10cm • height : 300cm

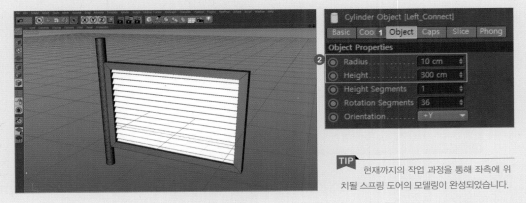

TIP 현재까지의 작업 과정을 통해 좌측에 위치될 스프링 도어의 모델링이 완성되었습니다.

20 이제부터 다이내믹 오브젝트를 이용해 애니메이션이 가능하도록 설정하겠습니다. 새로운 Dynamic Connector 오브젝트를 생성하기 위해 메뉴 바에서 [Simulate]−[Dynamics]−[Connector]를 클릭합니다.

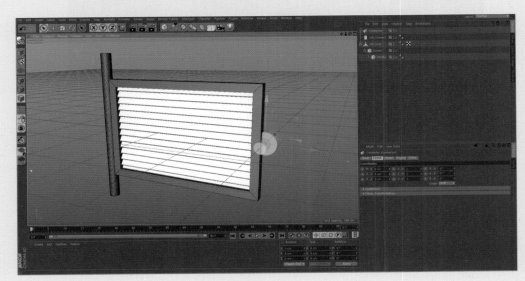

21 해당 Connector 오브젝트의 이름을 변경합니다.

[Basic] Name : Left_Connector

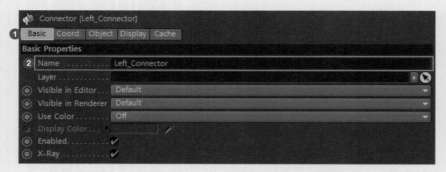

22 Connector 오브젝트가 선택된 상태에서 [Coord.] 탭 설정 항목 값을 변경하여 문의 좌측 끝지점에 배치/회전되어 Left_Door 그룹을 정확하게 고정시킬 수 있도록 합니다.

[Coord.] ・P.X : −315cm ・R.P : 90˚

23 다이내믹 Connector 오브젝트의 [Object] 탭 설정 항목 중 [Object A]에서 화살표를 클릭하고 오브젝트 매니저에 있는 [Left_Door] 오브젝트를 클릭하여 링크합니다.

[Object] Object A : Left_Door

TIP
만약 다이내믹이 적용될 시 허공의 Left_Door 오브젝트는 Connector에 의해 좌측 끝이 고정된 상태로 애니메이션에 포함될 것입니다.

24 새로운 다이내믹 오브젝트인 [Spring]을 생성하기 위해 메뉴 바에서 [Simulate]–[Dynamic]–[Spring]을 클릭합니다.

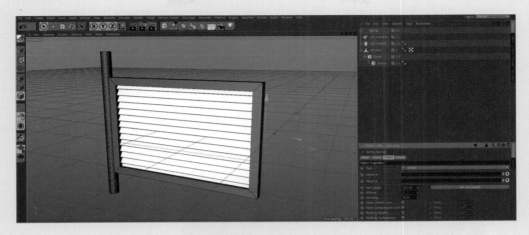

25 [Spring] 오브젝트 명을 'Left_Spring'으로 변경하고 문의 안쪽(우측) 부분에 배치될 수 있도록 위치값을 수정합니다.

[Coord.] P.X : −5cm

26 [Spring]과 연결될 오브젝트인 [Left_Door] 그룹을 [Object A] 항목에 링크하고 Left_Door 오브젝트의 우측 끝지점에 Spring이 연결될 수 있도록 [Attachment A] 설정을 'Offset'으로 설정 후 수치를 지정합니다.

[Object] • Object A : Left_Door • Attachment A : Offset(150cm/0cm/0cm)

TIP 초기 스프링과 오브젝트 간의 링크 시 오브젝트의 질량의 중심점에 스프링이 연결됩니다.

27 문이 열리고 닫히는 애니메이션 반동을 제어하기 위해 Spring의 초기 길이값을 지정하고 서서히 문이 정지 하도록 제어합니다.

[Object] ・Rest Length : 0cm ・Damping : 10%

28 오브젝트 매니저에서 [Left_Door] 그룹을 클릭하고 오브젝트 매니저의 메뉴 바에서 [Tags]–[Simulation Tags]–[Rigid Body]를 클릭합니다.

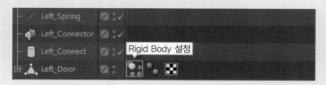

29 [Left_Door] 그룹이 단일 오브젝트로 인식되어 Rigid Body 애니메이션이 포함될 수 있도록 [Collision] 탭 설정 항목 중 [Inherit Tag(태그 계승)]를 'Compound Collision Shape'으로 지정합니다.

[Collision] Inherit Tag : Compound Collision Shape

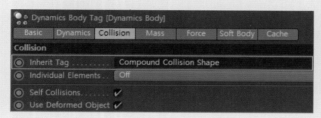

30 지금까지 진행한 [Left Door]에 사용된 4가지 오브젝트들을 복제하여 [Right Door]로 재생산합니다.

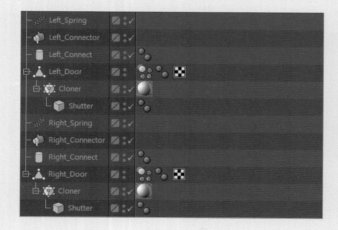

<u>31</u> 복제된 오브젝트의 이름을 수정합니다. 기존 'Left_' 이름을 'Right_'로 수정합니다.

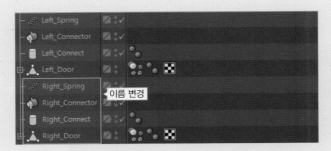

<u>32</u> [Right_Door] 오브젝트의 위치값을 변경하기 위해 [Coord.] 탭 설정 항목 중 [P.X] 값을 변경합니다.

[Coord.] P.X : 155cm

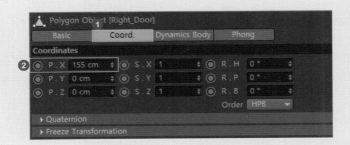

<u>33</u> [Right_Connect] 오브젝트의 위치값을 변경하기 위해 [Coord.] 탭 설정 항목 중 [P.X] 값을 변경합니다.

[Coord.] P.X : 315cm

<u>34</u> [Right_Connector] 오브젝트의 위치값을 변경하기 위해 [Coord.] 탭 설정 항목 중 [P.X] 값을 변경합니다.

[Coord.] P.X : 315cm

35 [Right_Connector] 오브젝트가 새로운 [Right_Door]와 연결될 수 있도록 [Object] 탭 설정 항목 중 [Object A]에 'Right_Door' 오브젝트를 링크합니다.

[Object] Object A : Right_Door

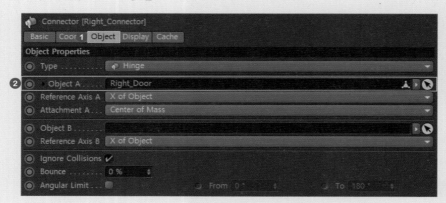

36 [Right_Spring] 오브젝트도 새로운 [Right_Door] 오브젝트와 연결될 수 있도록 [Object] 탭 설정 항목 중 [Object A]에 'Right_Door' 오브젝트를 링크합니다. 물체와 접속할 지점의 설정인 [Offset]에서는 첫 번째 항목 값을 변경합니다.

[Object] ・ Object A : Right_Door ・ Offset : −150cm

37 마지막으로 [Right_Door] 오브젝트와 끝지점이 맞닿을 수 있도록 [Coord.] 탭 설정 항목 중 [P.X] 값을 변경합니다.

[Coord.] P.X : 5cm

38 Spring Door가 올바르게 설정되었는지 확인하기 위해 문을 지나치는 오브젝트를 제작해보겠습니다. 상단 커맨드 팔레트 바의 [Cube]를 클릭하여 새로운 Cube 오브젝트를 생성합니다. 생성한 Cube 오브젝트의 [Basic] 탭 설정 항목 중 [Name]을 변경합니다.

[Basic] Name : Collision Object

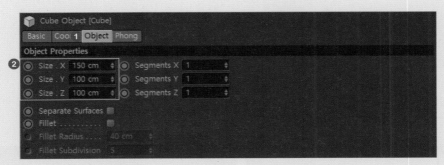

39 Cube Object의 [Object] 탭 설정 항목 중 [Size X/Y/Z] 값을 변경합니다.

[Object] •Size. X : 150 •Size. Y : 100 •Size. Z : 100

40 Cube 오브젝트에 키프레임 애니메이션을 적용하여 문을 열고 지나가도록 설정하겠습니다. Timeline의 시점이 [0F]인 상태에서 [Coord.] 탭 설정 항목 중 [P.Z] 값을 입력한 후 애니메이션을 레코딩합니다.

[Frame] 0F, [Coord.] •P.Z : 150cm •Record 체크

41 타임라인 마커를 '60F'에 놓고 [Coord.] 탭 설정 항목 중 [P.Z] 값을 입력한 후 애니메이션을 레코딩합니다.

[Frame] 60F, [Coord.] • P.Z : −300cm • Record 체크

42 [Collision Object]가 Spring Door 오브젝트와의 충돌을 표현하기 위해 오브젝트 매니저의 메뉴 바에서 [Tags]−[Simulation Tags]−[Collider Body]를 클릭합니다.

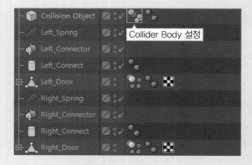

43 F8 키를 눌러 애니메이션 프리뷰 이미지와 같이 Collision Object와 양쪽의 Spring Door 오브젝트가 반응하여 물리현상을 표현하는 것을 확인할 수 있습니다.

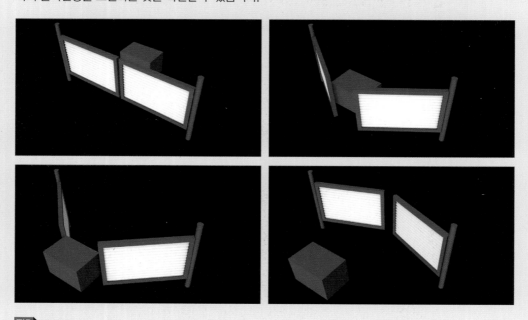

TIP

다이내믹을 이용하면 기본적인 Simulation Tag와 더불어 보다 구체적이고 표현하기 어려운 형태의 애니메이션을 간소화 할 수 있습니다.

MEMO

시네마 4D의 가장 핵심 기능이라 할 수 있는 모그라프 클로너(MoGraph Cloner) 모듈에 대해 알아보도록 하겠습니다. MoGraph는 모델링과 애니메이션에 최적화된 다양한 기능을 가진 MoGraph Generator와 추가적인 제어를 위한 MoGraph Effector가 조합되어 모션그래픽 분야에서 유용하게 활용할 수 있는 기능입니다.

핵심적인 기능은 원하는 오브젝트의 복제와 배열, 폭파되거나 변형 등이며 핵심 제네레이터와 다양한 이펙터들의 조합을 통해 거의 무한에 가까운 변형을 표현할 수 있습니다. 다양한 상황에서 사용되는 모그라프 모듈의 올바른 사용 방법과 응용을 위한 노하우를 알아보겠습니다.

08

모그라프 I
(MoGraph I)

01 모그라프 모듈의 구조 이해하기

» 모그라프(MoGraph) 모듈의 구조는 제네레이터, 이펙터, 모그라프 툴 세 가지로 나눌 수 있습니다. 이 구조의 요소들을 이용하면 다양한 형태로 변형할 수 있어 모션그래픽 분야에 활용하기 좋습니다. 지금부터 MoGraph 모듈의 전체적인 구조를 이해할 수 있도록 각각의 모듈에 대해 알아보겠습니다.

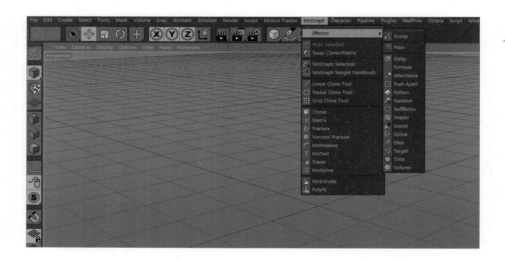

01 모그라프 모듈의 전체적인 구조

MoGraph 제네레이터

MoGraph 모듈을 구성하는 요소 중 메인의 역할을 하는 제네레이터들은 각각의 이름이 나타내는 주제를 기준으로 무언가를 표현하거나 만들어내는 핵심 역할을 수행하는 최상위 계층의 오브젝트입니다.

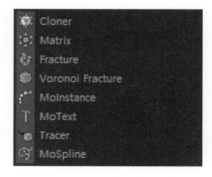

MoGraph Effector

MoGraph 제네레이터를 이용해 전체적인 구성을 제작하였다면 추가적인 효과 또는 애니메이션을 위한 효과를 결합할 수 있습니다. MoGraph Effector 자체 로는 효과를 발생시킬 수 없지만 MoGraph 제네레이터와 결합하여 시너지 효 과를 낼 수 있습니다.

MoGraph 툴

보다 간편하게 MoGraph Cloner를 구성하거나 또는 복제된 일부 오브젝트에 대한 선택을 위해 MoGraph 툴을 사용할 수 있습니다.

02 MoGraph 제네레이터

MoGraph 제네레이터는 총 8가지의 오브젝트로 구성되어 있습니다. 각각의 제네레이터는 특별한 기능을 가진 장치로 모델링, 애니메이션 등 모션그래픽을 수정이 용이할 수 있도록 쉽고 간편하며 도와줍니다.

✿ Cloner

Cloner 오브젝트는 원하는 단일 또는 다수의 오브젝트를 여러 개로 복제하거나 배열하는 목적으로 사용됩니다. 반복되는 물체의 복제를 일일이 제작하여 나열하는 것은 무척 손이 많이 가고 귀찮은 일입니다. Cloner 오브젝트를 이용하면 다양한 복제 방식을 통해 쉽고 빠르게 원하는 개수와 배열 형태로 표현할 수 있습니다. 다양한 종류의 모그라프 제네레이터 중 가장 많이 사용되며 모션그래픽 또는 모델링에 막강하게 사용할 수 있습니다.

✸ Matrix

Matrix 오브젝트는 조금 특별한 성질을 가지고 있습니다. Cloner와 거의 비슷한 형태로 물체를 복제/배열하지만 복제된 낱개 오브젝트는 단순한 Cube 형태로 표현되며 최종 렌더링에서는 뷰포트 상에 보이지 않습니다. 보통 무거운 동작(다수의 복제와 애니메이션)시 Cloner를 대신해 복제된 물체들의 밀도감을 프리뷰하며 MoGraph 이펙터에 영향을 받아 프리뷰의 목적으로 많이 사용됩니다. 즉, 최적화를 위한 목적일 뿐 Matrix 자체로는 폴리곤 오브젝트를 구성할 수 없습니다.

⬡ Fracture

Fracture 오브젝트는 MoGraph 모듈에 계층화되지 못한 낱개 오브젝트에 MoGraph 이펙터를 적용하는 더미 역할로 사용됩니다. MoGraph 이펙터는 모션그래픽 작업 시 무척 유용하게 사용되지만 Effector가 작동하기 위해서는 대상 오브젝트가 MoGraph 모듈에 포함(계층화)되어야 합니다. 포함될 경우 Fracture 오브젝트를 이용해 낱개 오브젝트에도 MoGraph 이펙터를 전달할 수 있습니다.

Voronoi Fracture

Voronoi Fracture 오브젝트는 계층화된 대상 오브젝트를 다양한 형태와 개수로 나누어 수많은 조각으로 쪼개는 역할을 합니다. 모션그래픽 분야에서 자주 볼 수 있는 폭파 애니메이션을 표현하기 위해 Voronoi Fracture와 다양한 MoGraph 이펙터를 조합하여 사용하는 것을 추천합니다.

MoInstance

MoInstance 오브젝트는 소속된 소스 오브젝트의 이전 프레임을 복제된 형태로 만들어 잔상을 표현하는 기능입니다. MoGraph의 Cloner 오브젝트나 Step 이펙터와 함께 사용하면 막강한 효과를 표현할 수 있습니다.

MoText

MoText 오브젝트는 타이포 애니메이션을 위해 제작되었으며 글자의 전체/줄/단어/글자 별 MoGraph Effector와 반응할 수 있도록 설정되어 있습니다. 기존의 Text 스플라인과 Extrude를 연계하여 입체 글자를 만들면 애니메이션이 제한되는 것과 달리, MoText는 글자를 활용한 애니메이션에 최적화되어 모션그래픽 분야에 유용하게 사용할 수 있습니다.

Tracer

Tracer 오브젝트는 계층화된 오브젝트의 애니메이션 궤적 경로를 Spline으로 표현하거나 여러 오브젝트 간의 연결을 Spline으로 뷰포트 상에 구현해주는 역할을 합니다. 빠른 속도감을 표현하기 위한 잔상 효과나 그물망처럼 오브젝트 간 연결된 형태의 모션그래픽 작업에서 유용하게 활용됩니다.

MoSpline

MoSpline 오브젝트는 모그라프를 이용해 Spline 오브젝트를 생성하고 제어할 수 있는 제네레이터입니다. 이 기능은 다이내믹, 파티클 모디파이어, 디포머 등과 함께 연동하여 활용할 수 있으며 유기적인 형태의 선이나 자라나는 애니메이션까지 활용해 제작할 수 있습니다.

03 MoGraph Cloner 복제 방식 이해하기

Linear Mode

① **Count** : 직선 형태의 복제 개수를 설정할 수 있는 항목입니다. 해당 설정은 키프레임 방식을 이용한 애니메이션이 가능하여 복제 수가 증가하는 모습을 연출할 수 있습니다.

② **Offset** : Cloner의 복제 방식에 의해 생성되는 방향을 따라 복제된 클론의 위치값을 움직일 수 있는 설정입니다.

③ **Mode(Per Step/End Scale)** : 해당 설정은 Linear 모드에 의해 설정된 복제 방식을 기준으로 어떠한 규칙으로 배열될 지를 결정합니다. 위치, 크기, 회전값을 복제될 때마다 입력값을 더해주는 Per Step 방식과 복제 개수의 마지막까지의 범위를 결정해서 배열하는 End Scale 방식으로 나눌 수 있습니다.

④ **Step Mode** : 복제된 클론 오브젝트들을 회전시키고자 하는 경우, Step 설정을 활용할 수 있으며 Step Mode 설정은 복제된 클론들이 단일 수치의 회전값이 동일하게 적용되어 클론을 회전시키는 단일값(Single Value)과 복제의 시작 지점부터 끝 지점까지 점진적으로 회전값을 증가시키는 누적값 (Cumulative) 두 가지 설정으로 구분되어 있습니다.

⑤ **Step Size** : 회전하여 배열된 클론들의 복제 스텝 간격을 추가적으로 제어할 수 있는 설정입니다. 예를 들어, Step Rotation 설정을 이용해 나선형의 스프링 형태로 회전시킬 경우 Step Size의 설정값에 따라 스프링 형태의 전체 크기를 제어할 수 있습니다.

⑥ **Step Rotation** : 복제 배열된 상태의 클론들의 시작부터 끝까지를 구부릴 수 있는 설정입니다. 이 설정은 Rotation 좌표인 (H/P/B) 방향을 이용해 클론의 스텝을 회전시킬 수 있습니다.

Radial Mode

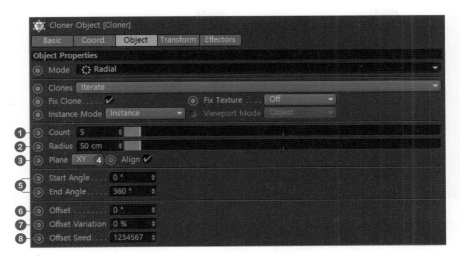

1. **Count** : 원형의 반경에 배열될 복제에 사용될 복제 개수를 지정할 수 있는 설정입니다.

2. **Radius** : 원형의 형태로 복제에 사용될 원의 반경을 지정할 수 있는 설정입니다. 위 설정은 뷰포트의 주황색 포인트 핸들을 이용해 인터렉티브하게 제어할 수 있습니다.

3. **Plane** : 클론을 배치시키는 원형축의 평면을 제어할 수 있는 설정입니다. 이 설정을 통해 제어할 수 있는 3가지의 설정(XY/ZY/XZ)은 평면 오브젝트가 배치된 상태에서 면이 포함하고 있는 두 가지의 축을 뜻합니다.

4. **Align** : 기본으로 활성화되어 있는 Align 설정은 복제된 클론들이 원의 안쪽 방향을 향해 배열되도록 하는 설정입니다. 만약 해당 설정을 해제할 경우 복제된 클론들은 자신의 회전 좌표를 기준으로 배열될 수 있습니다.

5. **Start/End Angle** : 클론이 원형 복제에 사용될 시작 각도와 종료 각도를 설정할 수 있는 항목으로 정원형이 아닌 반원과 같은 형태의 복제 시 시작과 종료 각도를 반원의 값만큼 지정하여 활용할 수 있습니다.

6. **Offset** : 원형의 레일에 배열된 각각의 클론들이 자신의 레일을 따라 이동하게 할 수 있는 설정입니다. Cloner 오브젝트의 위치값은 유지한 상태로 배열된 클론 오브젝트에 대해서만 애니메이션이 가능합니다.

7. **Offset Variation** : Offset 값을 통한 회전 애니메이션에 적용할 수 있는 랜덤값의 설정입니다. 더 자연스럽고 무질서한 형태로 표현을 할 때 활용할 수 있습니다.

8. **Offset Seed** : Offset Variation 설정이 적용된 경우 배열된 클론의 회전에는 무작위 성질이 부여됩니다. Offset Seed의 수치는 1단위로 변경할 때마다 완전히 중복되지 않는 다른 배정이 적용됩니다. 즉, 값의 크기와 랜덤의 수치는 관계가 없습니다.

Grid Array Mode

1 Count : 그리드 형태로 배열될 클론의 개수를 위치값(X/Y/Z) 별로 지정할 수 있는 설정입니다. 복제의 환경에 알맞은 설정을 입력하여 활용해보세요.

2 Mode(Per Step/End Scale) : Grid Array 모드에 의해 설정된 복제 방식을 기준으로 어떠한 규칙 으로 배열될지를 결정하는 내용을 담고 있습니다. 각각의 축 방향별 복제에 지정된 개수가 입력된 수치 만큼 복제 시마다 더해지는 Per Step 방식과 마지막까지의 복제 개수 범위를 결정해서 배열하는 End Scale 방식으로 나눌 수 있습니다.

3 Size : Count 설정에 지정된 복제 개수의 배열 간격을 설정할 수 있는 항목입니다. Size 설정은 복제의 시작 클론의 중심점의 위치부터 종료 클론의 중심점까지의 거리를 기준으로 설정됩니다.

4 Form : 복제된 클론들이 특정한 형태의 모습으로 보일 수 있도록 설정하는 항목입니다. 큐브 형태, 원, 원기둥 또는 독립된 오브젝트를 지정할 경우 최종 복제된 영역 내에서 지정한 형태만큼만 보이며 나머지는 사라지게 됩니다.

5 Fill : 이 수치를 이용해 복제된 Cloner 형태의 내부 영역을 비울 수 있습니다. 밀도 개념으로 사용할 수 있으며, 비워진 클론은 뷰포트를 가볍게 할 수 있습니다.

Honeycomb Array Mode

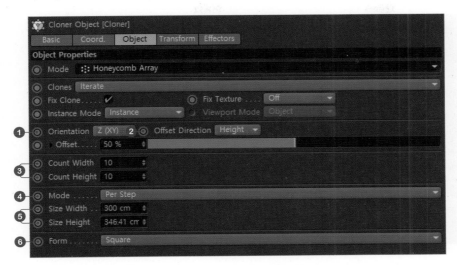

① **Orientation** : 벌집 형태의 복제 시 클론이 배열될 평면 축을 제어할 수 있는 설정입니다.

② **Offset Direction** : 복제의 기준이 될 폭과 높이를 변경할 수 있습니다.

③ **Count Width/Height** : 폭(가로)과, 높이(세로)에 대한 복제 수를 지정할 수 있는 설정입니다.

④ **Mode** : 가로의 폭(Width)과 세로의 높이(Height) 복제에 사용될 개수를 Size 설정에 입력된 수치만큼 복제 시마다 더해지는 Per Step 방식과 복제 개수의 시작 지점부터 끝 지점까지의 배열 범위를 결정하는 End Scale 방식으로 나눌 수 있습니다.

⑤ **Size Width/Height** : Count 설정에 지정된 복제 개수가 배열될 간격을 설정할 수 있는 항목입니다.

⑥ **Form** : 벌집 모양으로 클론을 복제한 후 특정 영역만 남겨 형태를 이룰 수 있도록 설정하는 항목입니다.

Object Mode

① **Object** : 복제된 클론이 배열될 대상 오브젝트를 지정할 수 있는 설정입니다. 해당 설정 항목에 사용될 수 있는 소스로는 폴리곤 오브젝트, 스플라인 오브젝트, 파티클 등이 있습니다. 또한 폴리곤 오브젝트의 특정 면의 데이터를 기록하는 폴리곤 셀렉션도 클론의 복제 오브젝트로 사용될 수 있습니다.

② **Align Clone** : 복제될 대상 오브젝트의 형태가 평면이 아닌 곡면을 이루고 있는 경우 해당 설정은 표면의 곡률을 인식하여 배열될 수 있습니다. 해당 설정이 해제될 경우 복제될 클론들은 자신의 회전값을 이용해 배열됩니다.

③ **Distribution** : 대상 물체에 복제될 클론들이 어떠한 방식으로 배정될지에 대한 규칙을 정의하는 설정입니다. Vertex(점), Edge(선), Polygon Center(면의 중앙), Surface(표면), Volume(내부 채움)과 같은 방식들로 구성되어 있습니다.

   ① **Vertex** : 대상 물체의 점(Vertex) 위치에 클론이 배열됩니다.

   ② **Edge** : 대상 물체의 선(Edge)의 중앙에 클론이 배열됩니다.

   ③ **Polygon Center** : 대상 물체의 면의 중앙(Polygon Center)에 클론이 배열됩니다.

   ④ **Surface** : 대상 물체의 표면(Surface)에 클론이 랜덤하게 배열됩니다.

   ⑤ **Volume** : 대상 물체의 내부 공간(Volume)에 클론이 랜덤하게 배열됩니다.

④ **Selection** : 대상 물체의 전체 영역이 아닌 특정한 선택 영역(Selection)에만 복제를 원할 경우 사용할 수 있는 설정입니다. 해당 설정은 Point, Edge, Polygon Selection 모두 사용할 수 있습니다.

⑤ **Seed** : Distribution 설정의 모드가 Surface, Volume의 형태처럼 랜덤의 개념을 포함하고 있을 경우 활성화되는 설정으로, 랜덤한 배열의 배치 형태를 바꿀 수 있는 설정입니다.

⑥ **Count** : 대상 물체에 클론될 복제 수를 정의할 수 있는 설정입니다. 이 설정은 Distribution 설정 모드가 Surface, Volume의 형태처럼 원하는 복제 개수를 입력해야할 경우 사용할 수 있는 설정입니다.

04 MoGraph Cloner의 공통 항목 이해하기

1 Clones : 다수의 오브젝트가 복제되는 상황에서 클론 간의 배열을 결정하는 설정입니다.

> **1** Iterate(반복) : Cloner 오브젝트에 계층화된 물체들을 위에서 아래의 순서로 반복하며 복제하는 모드입니다. 가장 보편적으로 사용되는 설정 항목입니다.

> **2** Random(랜덤) : Cloner 오브젝트에 계층화된 물체들이 랜덤한 형태로 배열됩니다.

> **3** Blend : 계층화된 오브젝트 간의 자연스러운 보간을 표현할 수 있습니다. 다른 값으로 설정된 두 가지의 오브젝트가 계층화된 경우 자연스럽게 블렌딩되는 것을 확인할 수 있습니다.

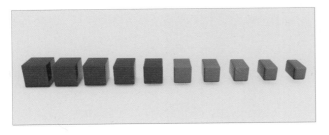

> **4** Sort : 외부적인 MoGraph Effector와 혼합하여 사용하는 설정으로 Shader Effect에 적용된 텍스처의 정보에 의해 계층화된 클론이 배열됩니다.

❷ **Fix Clone** : 특정 오브젝트가 MoGraph Cloner 오브젝트에 계층화된 경우 소스 오브젝트의 Coordinates(좌표) 설정을 사용할 수 없게 제한됩니다. Fix Clone 설정은 복제의 재료가 된 소스 오브젝트의 중심을 기준으로 한 좌푯값을 사용할 수 있도록 제한/해제하는 설정입니다.

❸ **Fix Texture** : MoGraph Cloner를 통해 복제된 클론에 적용된 텍스처가 있다고 가정했을 때 Fix Texture 설정은 각각의 클론 움직임에도 프로젝션된 텍스처를 어떻게 제어할지 설정합니다. 클론의 움직임에 따라 프로젝션된 이미지가 고정되어 애니메이션되거나 프로젝션 영역을 벗어나는 형태로 보여집니다.

❹ **Instance Mode** : MoGraph Cloner가 오브젝트를 복제할 때 사용하는 메모리를 최적화시킬 수 있는 설정으로 해당 옵션을 작업에 적극 사용하기를 권장합니다.

  ❶ **Instance** : 원본 오브젝트의 복제본을 만들어 Count 설정에 지정된 해당 수만큼 복제/배열하는 방식입니다.

  ❷ **Render Instance** : 복제 시 메모리를 최적화하여 많은 오브젝트를 가볍게 생성할 수 있는 설정입니다. 다만, Render Instance를 사용한 경우 복제된 전체를 하나의 덩어리로 인식하여 Deformer를 적용하면 각각의 오브젝트를 원본 단일 개체로만 인식하게 됩니다.

  ❸ **Multi-Instance** : Render Instance와 거의 동일한 형태로 인식되지만 뷰포트 상의 프리뷰 형태를 Point/Matrix/Bounding Box/Object 설정으로 변환할 수 있어 실제 뷰포트 창의 리로딩 속도를 매력적으로 증가시킬 수 있는 기능을 포함하고 있습니다.

02 | MoGraph Effector

》 어렵고 복잡한 작업을 보다 간편하게 처리할 수 있도록 다양한 종류별 이펙터의 정확한 사용 방법과 응용법에 대해 많은 연구를 해야 합니다. MoGraph Effector는 자신의 이름을 주제로 하여 각각의 MoGraph 생성자 오브젝트의 위치(Position), 크기(Scale), 회전(Rotation), 컬러(Color) 값을 제어할 수 있습니다. 또한 하나의 제네레이터에는 다수의 이펙터가 적용될 수 있기 때문에 조합할 경우 무궁무진한 변수로 애니메이션 표현이 가능합니다.
MoGraph 모듈이 막강하게 모션그래픽 분야에 활용될 수 있는 이유이기도 한 MoGraph Effector의 종류와 설정 방법에 대해 알아보겠습니다.

01 MoGraph Effector의 종류

MoGraph에 사용되는 다양한 Effector의 종류별 직관적인 역할과 사용 방법에 대해 알아보도록 하겠습니다. 각 이펙터마다 가지는 독특한 성질들을 효과적으로 활용하기 위해서는 모든 이펙터를 직접 사용해보는 경험이 필수입니다.

Group Effector

다양한 여러 개의 이펙터를 하나의 Group 이펙터를 이용해 MoGraph 제네레이터에 적용할 수 있는 기능으로 불필요한 작업을 줄이고 간결하게 작업할 수 있도록 도와줍니다.

Group Effector 설정하기

01 상단 커맨드 팔레트 바의 [Cube]를 클릭하여 새로운 Cube 오브젝트를 생성합니다.

<u>**02**</u> [Cube] 오브젝트의 [Object] 탭 설정 항목 중 크기를 수정합니다.

[Object] • Size.X : 50cm • Size.Y : 50cm • Size.Z : 50cm

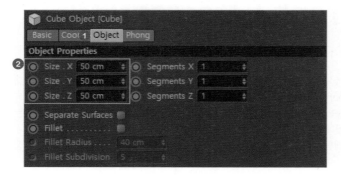

<u>**03**</u> 메뉴 바의 [MoGraph]–[Cloner]를 클릭해 새로운 MoGraph Cloner를 생성합니다. 오브젝트 매니저에서 [Cube] 오브젝트를 [Cloner] 하위 계층에 배치한 후, [Cloner]를 클릭하고 [Object] 탭의 설정 항목 중 [Mode]를 설정합니다.

[Object] Mode : Grid Array

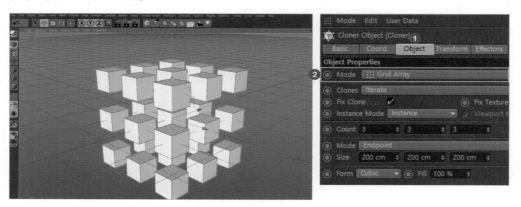

<u>**04**</u> [Count] 설정을 이용해 X/Y/Z 축의 방향으로 각 '15/15/1'개씩 복제하며 '800cm' 간격 내에 복제되도록 [Size]를 수정합니다.

[Object] • Count : 15/15/1 • Size : 800cm/800cm/200cm

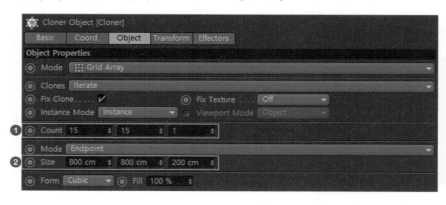

05 메뉴 바의 [MoGraph]-[Effector]-[Group]을 클릭하여 Group 이펙터를 적용합니다.

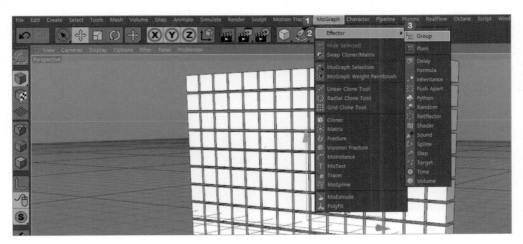

06 메뉴 바의 [MoGraph]-[Effector]-[Random]을 클릭하여 Random 이펙터를 적용합니다.

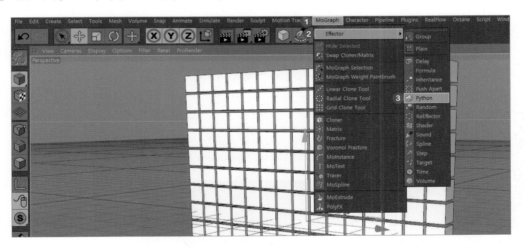

07 메뉴 바의 [MoGraph]-[Effector]-[Time]을 클릭하여 Time 이펙터를 추가합니다.

08 Group 이펙터의 [Effector] 탭 설정 항목 중 [Effectors]에 담긴 두 가지 효과(Random/Time)는 하나의 Group에 묶여 Strength 값으로 제어할 수 있습니다. 이처럼 Group 이펙터는 특징적인 역할을 수행하기보다는 다른 이펙터들을 하나의 폴더로 묶어 전체 관리하는 개념의 효과입니다.

Plain(평면) Effector

Plain 이펙터는 각각의 클론 오브젝트에 이펙터 파라미터에 지정된 정확한 위치(Position), 크기(Scale), 회전(Rotation)값을 전달하는 역할로 사용됩니다. 복제된 모든 클론에 적용하기보다 Falloff(감쇄)의 기능을 사용하여 제어할 때 유용하게 사용됩니다.

Plain Effector 설정하기

01 상단 커맨드 팔레트 바의 [Cube]를 클릭하여 새로운 Cube 오브젝트를 생성합니다.

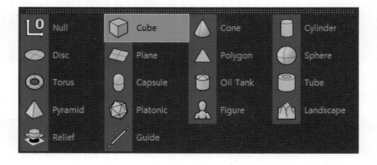

02 Cube 오브젝트의 [Object] 탭 설정 항목 중 크기를 수정합니다.

[Object] ·Size.X : 50cm ·Size.Y : 50cm ·Size.Z : 50cm

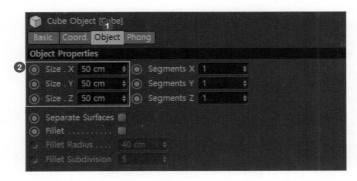

03 메뉴 바의 [MoGraph]–[Cloner]를 클릭하여 새로운 MoGraph Cloner를 생성합니다. 오브젝트 매니저에서 [Cube] 오브젝트를 [Cloner] 하위 계층에 배치한 후 [Cloner] 오브젝트를 클릭하고 [Object] 탭 설정 항목 중 [Mode]를 설정합니다.

[Object] Mode : Grid Array

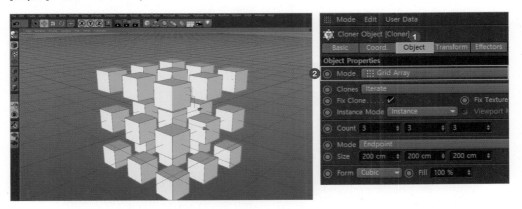

04 Count 설정을 이용해 X/Y/Z 축의 방향으로 각 '15/15/1'개씩 복제하며 '800cm' 간격 내에 복제되도록 [Size]를 수정합니다.

[Object] ·Count : 15/15/1 ·Size : 800cm/800cm/200cm

05 메뉴 바의 [MoGraph]-[Effector]-[Plain]을 클릭하여 새로운 Plain 이펙터를 생성합니다.

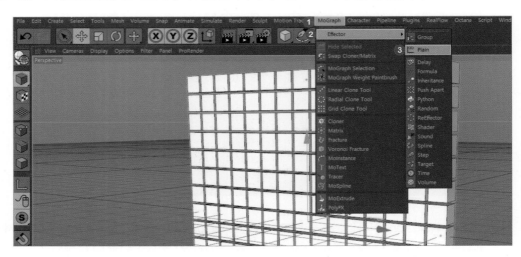

06 Plain 이펙터에 의해 각각의 클론이 반응할 수치를 제어하기 위해 [Parameter] 탭 설정 항목 중 [Position]을 비활성화(체크 해제)하고, [Scale] 설정을 활성화(체크)합니다. 해당 설정의 [Uniform Scale]을 활성화하고 [Scale] 값을 입력합니다.

[Parameter] • Position : 체크 해제 • Scale : 체크 • Uniform Scale : 체크 • Scale : -1

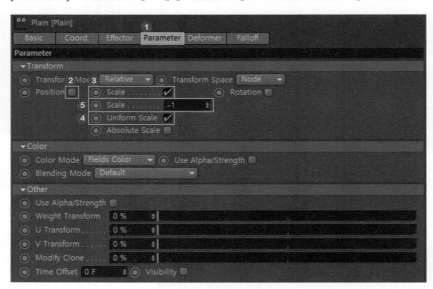

07 Parameter의 수치가 적용될 구역을 지정하기 위해 [Falloff] 탭 설정 항목 중 'Spherical Field'를 지정합니다.

[Falloff] Spherical Field

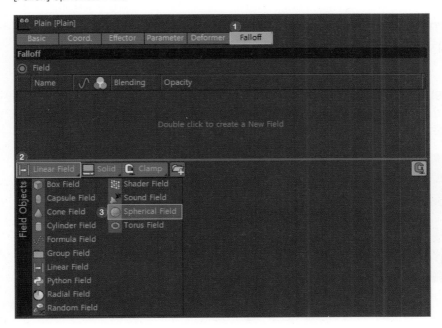

> **TIP** 이 경우 원형의 Sphere 반경 내에 지정된 클론에 한해서만 효과가 적용됩니다.

08 Sphere Field의 크기를 제어하기 위해 [Field] 탭 설정 항목 중 [Size] 값을 입력합니다.

[Field] Size : 250cm

09 원형의 영역과 중첩되는 클론들이 Plain 이펙터의 Parameter에 반응하는 것을 확인할 수 있습니다.

Delay(지연) Effector

Delay 이펙터는 MoGraph 제네레이터에 우선순위로 적용된 다른 이펙터의 움직임에 추가적인 지연 효과를 위치(Position), 크기(Scale), 회전(Rotation) 설정값에 적용합니다. 따라서 Delay 이전에 다른 효과가 적용되지 않았다면 올바른 결과를 적용할 수 없습니다.

Delay Effector 설정하기

01 상단 커맨드 팔레트 바의 [Cube]를 클릭하여 새로운 Cube 오브젝트를 생성합니다.

02 Cube 오브젝트의 [Object] 탭 설정 항목 중 크기를 수정합니다.

[Object] • Size.X : 50cm • Size.Y : 50cm • Size.Z : 50cm

03 메뉴 바의 [MoGraph]–[Cloner]를 클릭하여 새로운 MoGraph Cloner를 생성합니다. 오브젝트 매니저에서 [Cube] 오브젝트를 [Cloner] 하위 계층에 배치한 후 [Cloner]를 클릭하고 [Object] 탭 설정 항목 중 [Mode]를 설정합니다.

[Object] Mode : Linear

04 [Object] 탭 설정 항목을 다음과 같이 설정하여 총 5개의 오브젝트를 X축 방향으로 80cm씩 간격을 띄워 복제될 수 있게 제어합니다.

[Object] • Count : 5 • P.X : 80cm • P.Y : 0cm

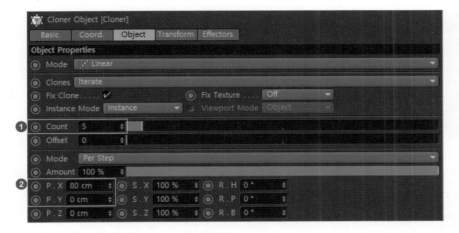

05 메뉴 바의 [MoGraph]–[Effector]–[Plain]을 클릭하여 Plain 이펙터를 생성합니다.

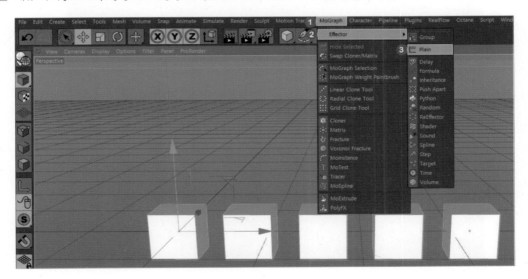

06 Plain 이펙터에 의해 반응할 내용을 정의하기 위해 [Parameter] 탭 설정 항목 중 [Position] 항목에서 [Y축] 값을 입력합니다.

[Parameter] P.Y : -200cm

07 Parameter의 수치가 적용될 구역을 지정하기 위해 [Falloff] 탭 설정 항목 중 [Linear Field]를 지정합니다.

[Falloff] Linear Field

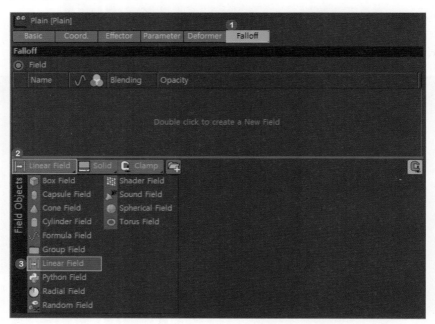

TIP

Linear Field는 Field의 축을 기준으로 효과의 적용 유무를 제어할 수 있습니다.

08 Linear Field에 애니메이션을 적용하겠습니다. 타임라인의 '0F' 지점에서 [Coord.] 탭 설정 항목 중 [P.X] 값을 입력한 후 키프레임을 기록합니다.

[Frame] 0F, [Coord.] •P.X : −150cm •Record 클릭

09 타임라인 마커를 '50F'에 위치하고 [Coord.] 탭 설정 항목 중 [P.X] 값을 수정한 후 키프레임을 기록합니다.

[Frame] 50F, [Coord.] •P.X : 500cm •Record 클릭

10 오브젝트 매니저에서 [Cloner]를 클릭하고 메뉴 바의 [MoGraph]–[Effector]–[Delay]를 클릭하여 Delay 이펙터를 추가합니다.

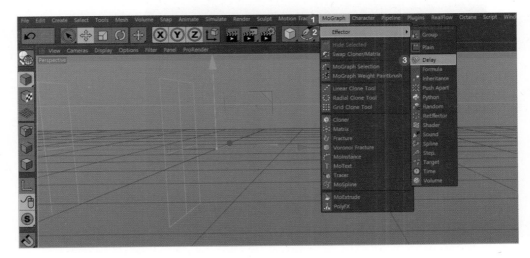

11 Delay 이펙터 이용하여 이전에 적용된 특정 효과에 추가적인 지연 효과를 줄 [Parameter] 탭 설정 항목 값을 지정할 수 있습니다.

> **TIP**
> Position : 위치값의 움직임이 끝나는 시점에 지연 효과를 적용해 천천히 정지합니다.
> Scale : 크기값이 변화하는 움직임이 끝나는 시점에 지연 효과를 적용해 천천히 정지합니다.
> Rotation : 회전값의 움직임 변화가 끝나는 시점에 지연 효과를 적용해 천천히 정지합니다.

12 [Effector] 탭 설정 항목 중 [Strength] 값을 지정합니다. 수치가 높을수록 움직임의 지연 효과가 증가합니다.

[Effector] Strength : 80%

13 Delay 이펙터를 이용하면 MoGraph Effector에 의해 발생한 움직임에 자연스러운 지연 효과를 쉽고 빠르게 전달할 수 있습니다.

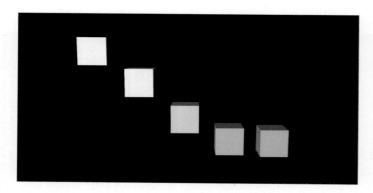

〰️ Formula(수식) Effector

Formula 이펙터는 수식의 대입을 통해 별도의 키프레임 애니메이션 없이도 반복되는 형태의 위치 (Position), 크기(Scale), 회전(Rotation) 움직임을 표현하는 역할로 사용됩니다.

🎲 Inheritance(계승) Effector

Inheritance 이펙터는 타겟이 되는 오브젝트의 위치(Position), 크기(Scale), 회전(Rotation) 애니메이션 값을 계승받아 다른 오브젝트에 전달하여 몰프시켜주는 이펙트입니다. 계승 이펙터를 이용하면 배열된 클론을 다양한 모양으로 변형시켜 활용할 수 있습니다.

▦ Push Apart(교차 회피) Effector

Push Apart 이펙터는 복제된 클론들이 분배될 때 발생할 수 있는 겹치는 현상을 막아주는 기능을 가지고 있습니다. 물론, 완벽하게 주변 오브젝트의 형태를 인식해 동작하는 것은 아니지만 일일이 수작업으로 위치값을 떨어트리는 동작보다 훨씬 편하고 유용하게 사용될 수 있습니다.

Push Apart 설정하기

01 상단 커맨드 팔레트 바의 [Cube]–[Landscape]를 클릭하여 새로운 Landscape 오브젝트를 생성합니다.

02 [Landscape] 오브젝트의 [Object] 탭 설정 항목 중 [Size]와 폭/깊이에 대한 분할등분 수치를 설정합니다.

[Object] • Size : 600cm/200cm/600cm • Width Segments : 40 • Depth Segments : 40

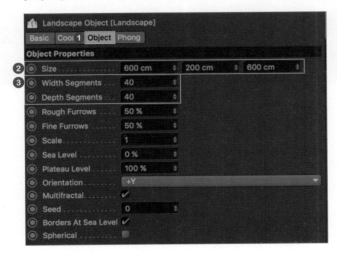

03 상단 커맨드 팔레트 바의 [Cube]를 클릭하여 새로운 Cube 오브젝트를 생성합니다. [Cube] 오브젝트의
[Object] 탭 설정 옵션 중 [Size X/Y/Z]를 변경합니다.

[Object] • Size.X : 30cm • Size.Y : 30cm • Size.Z : 30cm

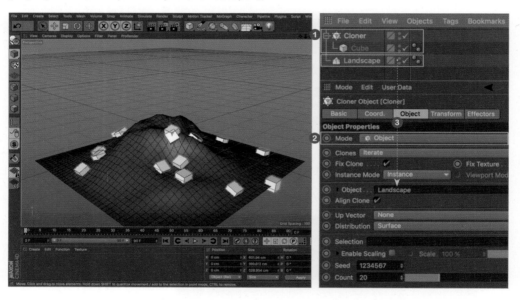

04 메뉴 바의 [MoGraph]-[Cloner]를 클릭하여 새로운 MoGraph Cloner를 생성합니다. 오브젝트 매니저에서
[Cube] 오브젝트를 [Cloner] 하위 계층에 배치한 후 [Cloner]를 클릭합니다. [Object] 탭의 옵션 중 [Mode]
를 설정하고 [Object] 설정 창에 'Landscape' 오브젝트를 링크합니다.

[Object] • Mode : Object • Object : Landscape 링크

05 [Distribution] 설정을 'Vertex'로 설정합니다.

[Object] Distribution : Vertex

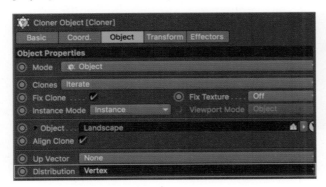

06 Landscape 오브젝트의 Vertex(점)에 각각 배열된 큐브들이 겹친 상태로 배열된 것을 확인할 수 있습니다. 오브젝트 간 회피를 위해 Cloner가 선택된 상태에서 메뉴 바의 [MoGraph]–[Effector]–[Push Apart]를 클릭합니다.

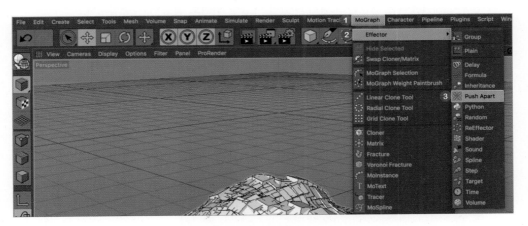

07 Push Apart의 [Effector] 탭 설정 항목 중 [Radius(회피 반경)]에 '25cm'를 입력한 상태에서 이펙터의 역할을 확인합니다.

[Effector] Radius : 25cm

08 Scale Apart가 지정될 경우 크기를 줄여서라도 겹치지 않도록 제어합니다.

[Effector] Radius : 20cm

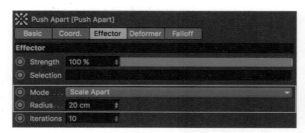

> **TIP** [Push Apart]가 지정될 경우 위치값을 밀어내어 겹치지 않도록 제어합니다.

Random Effector

Random 이펙터는 복제된 클론들의 위치(Position), 크기(Scale), 회전(Rotation) 데이터에 랜덤한 성질을 부여하는 기능을 가지고 있습니다. 무질서적 요소를 표현하기 위해 랜덤 이펙터를 사용하는 것을 추천하며 애니메이션 기능을 포함하고 있어 다양한 범위로 활용이 가능합니다.

Random Effector 설정하기

01 상단 커맨드 팔레트 바의 [Cube]–[Figure]를 클릭하여 새로운 Figure 오브젝트를 생성합니다.

02 메뉴 바의 [MoGraph]–[Cloner]를 클릭하여 새로운 MoGraph Cloner를 생성합니다. 오브젝트 매니저에서 [Figure] 오브젝트를 [Cloner] 하위 계층에 배치한 후 [Cloner]를 클릭하고 [Object] 탭 설정 항목 중 [Mode]를 설정합니다.

[Object] Mode : Radial

03 복제 개수는 총 '10개'로 설정하며 '300cm'의 원형 반경 안에 배열합니다. 원형의 배열 평면은 'XZ'로 지정합니다.

[Object] • Count : 10 • Radius : 300cm • Plane : XZ

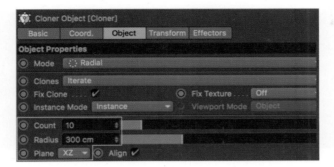

04 메뉴 바의 [MoGraph]–[Effector]–[Random]을 클릭합니다.

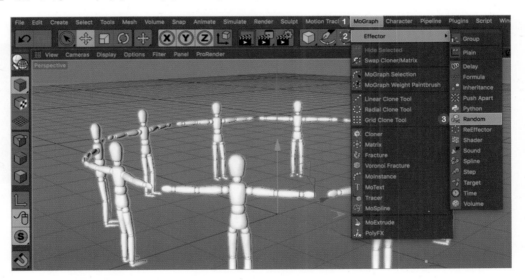

05 Random 이펙터의 [Parameter] 탭 설정 항목에서 위치와 크기, 회전 설정 중 원하는 축에 대해 무작위를 지정할 수 있습니다. [Position]에 '150cm'의 값이 적용될 경우 오브젝트의 위치를 기준으로 150cm 반경 안에서 위치값에 대한 무작위의 배치가 이루어집니다.

[Parameter] • Position : 체크 • P.X/Y/Z : 150cm

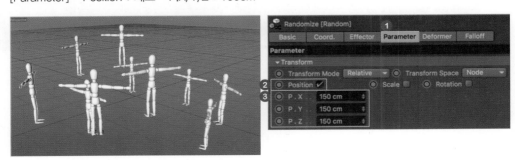

06 [Scale]에 '1'의 값이 적용될 경우 X/Y/Z 각각의 축이 독립적으로 1배율만큼의 크기에 대한 무작위가 표현됩니다.

[Parameter] • Scale : 체크 • S.X/Y/Z : 1

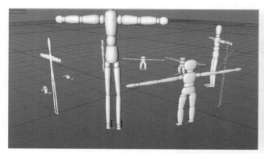 

07 [Uniform Scale]이 활성화될 경우 오브젝트의 비례가 유지된 상태에서 크기 값의 무작위를 설정할 수 있습니다.

[Parameter] Uniform Scale : 체크

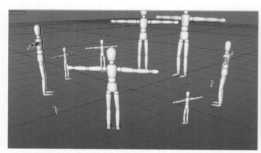 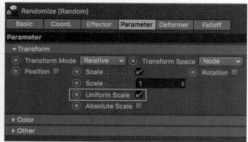

08 [Rotation]의 값을 설정하면 회전 좌표계 [H/P/Z] 각 방향에 원하는 만큼의 회전 무작위를 설정할 수 있습니다.

[Parameter] • Rotation : 체크 • R.H/P/Z : 180°

ReEffector(이펙터 재사용)

ReEffector 기능은 이펙터를 담을 수 있는 항목이 있어 종류가 다른 2가지 이펙터가 ReEffector 기능에 의해 전환될 수 있습니다. 이 경우 Falloff(감쇄) 기능을 활용하여 특정 시점 이전과 이후를 각각의 다른 이펙터로 전환되는 애니메이션을 만들 수 있습니다.

ReEffector 설정하기

01 상단 커맨드 팔레트 바의 [Cube]를 클릭하여 새로운 Cube 오브젝트를 생성하고 [Object] 탭 설정 항목 중 크기를 수정합니다.

[Object] • Size.X : 50cm • Size.Y : 50cm • Size.Z : 50cm

02 메뉴 바의 [MoGraph]–[Cloner]를 클릭하여 새로운 MoGraph Cloner를 생성합니다. 오브젝트 매니저에서 [Cube] 오브젝트를 [Cloner] 하위 계층에 배치한 후 [Cloner]를 클릭하고 [Object] 탭 설정 항목 중 [Mode]를 설정한 후 X축과 Z축에 각각 '25개'씩을 '1360cm'의 간격 내에 복제합니다.

[Object] • Mode : Grid Array • Count : 25/1/25 • Size : 1360cm/0cm/1360cm

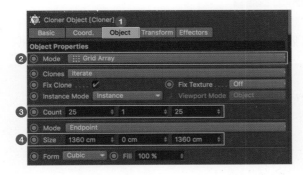

03 [Cloner]가 선택된 상태에서 메뉴 바의 [MoGraph]–[Effector]–[Random]을 클릭합니다.

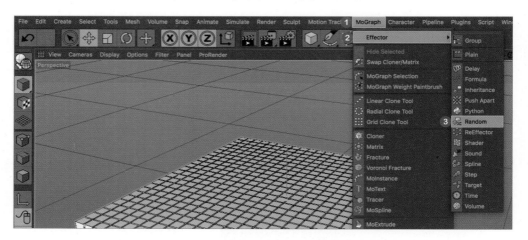

04 Random 이펙터의 [Parameter] 탭 설정 항목 중 [Rotation] 항목에 대해서만 활성화한 후 [H/P/B] 세 가지 방향에 '90°'만큼의 무작위를 지정합니다.

[Parameter] • Rotation : 체크 • R.H/P/B : 90°

05 오브젝트 매니저에서 [Cloner]를 선택하고 메뉴 바의 [MoGraph]–[Effector]–[ReEffector]를 적용합니다.

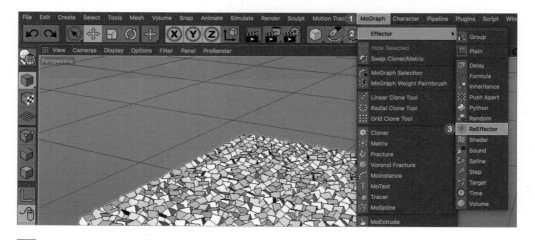

TIP
ReEffector는 복제된 클론에 직접적인 영향을 주는 것이 아닌 성질이 다른 두 가지 효과를 전환시켜주는 스위치로 사용될 수 있습니다.

06 메뉴 바의 [MoGraph]–[Effector]–[Plain]을 클릭하여 추가로 적용합니다.

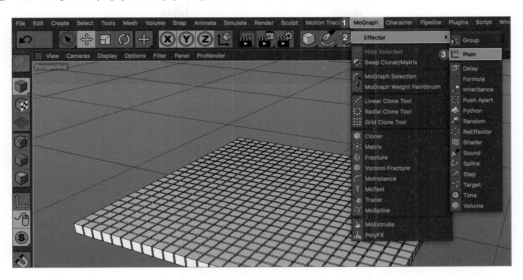

07 [ReEffector]의 [Effector] 탭 설정 항목 중 Effectors를 보면 생성한 Plain 이펙터가 ReEffector의 Effector 설정에 귀속된 것을 확인할 수 있습니다. 이전에 적용된 Random Effector와 전환될 예정입니다.

08 [Plain] 이펙터를 선택하고 [Parameter] 탭 설정 항목 중 [Scale]을 활성화하고 나타나는 [Uniform Scale]에 '–1'을 입력합니다.

[Parameter] • Scale : 체크 • Uniform Scale : 체크 • Scale : –1

09 [ReEffector]를 선택하고 [Falloff] 탭 설정 항목 중 새로운 'Linear Field'를 생성하고 [Length] 값을 변경합니다.

[Falloff] • Linear Field • Length : 300cm

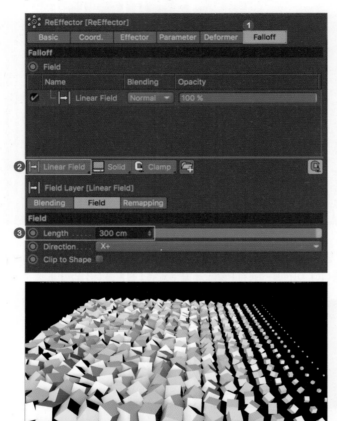

TIP Linear Field에 의해 ReEffector가 적용되기 전과 후에 Random 이펙터와 Plain 이펙터가 각각 대응하는 것을 확인할 수 있습니다.

⊞ Shader Effector

Shader 이펙터는 재질(그레이스케일 이미지/쉐이더) 소스를 이용하여 각각의 클론에 애니메이션 파라미터를 적용할 수 있는 기능을 가지고 있습니다. 현재 프로젝트에 존재하는 재질 또는 외부적인 소스를 활용해 다양한 방법으로 클론을 배치하거나 제어할 수 있습니다.

Shader Effector 설정하기

01 상단 커맨드 팔레트 바의 [Cube]를 클릭하여 새로운 Cube 오브젝트를 생성합니다. Cube 오브젝트의 [Object] 탭 설정 항목 중 크기를 수정합니다.

[Object] • Size.X : 10cm • Size.Y : 10cm • Size.Z : 10cm

02 메뉴 바의 [MoGraph]-[Cloner]를 클릭하여 새로운 MoGraph Cloner를 생성합니다. 오브젝트 매니저에서 [Cube] 오브젝트를 [Cloner] 하위 계층에 배치한 후 [Cloner]를 클릭하고 [Object] 탭의 옵션 중 [Mode]를 설정합니다. X축과 Y축에 '30개'씩 '300cm' 간격으로 복제합니다.

[Object] • Mode : Grid Array • Count : 30/30/1 • Size : 300cm/300cm/200cm

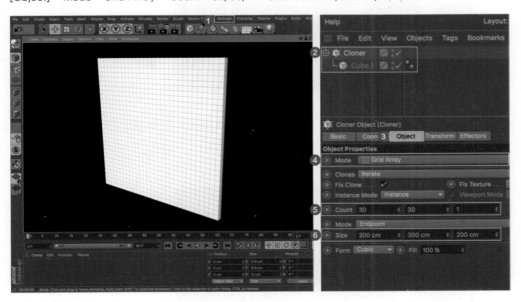

03 [Cloner]가 선택된 상태에서 메뉴 바의 [MoGraph]–[Effector]–[Shader]를 클릭하여 적용합니다.

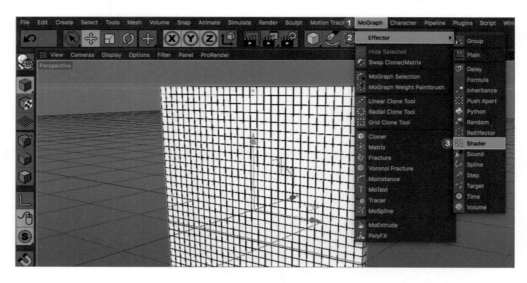

04 Shader 이펙터에 의해 클론이 반응할 내용을 정의하기 위해 [Parameter] 탭 설정 항목 중 [Uniform Scale]을 '−1'로 지정합니다.

[Parameter] • Uniform Scale : 체크 • Scale : −1

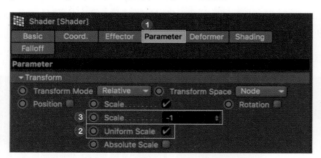

TIP Scale '−1'의 수치를 통해 크기가 줄어 사라지도록 설정할 수 있습니다.

05 Shader 소스를 설정하여 파라미터 값을 제어하기 위해 [Shading] 탭 설정 항목 중 [Shader]의 화살표를 클릭하고 나타나는 메뉴에서 'Gradient'를 지정합니다.

[Shading] Shader : Gradient

06 쉐이더의 세부 설정값을 조정하여 무채색의 그러데이션을 제어함에 따라 클론들의 크기가 변하는 것을 확인할 수 있습니다. 여기서 흰색과 검은색은 Parameter 설정을 적용할지 말지를 결정합니다.

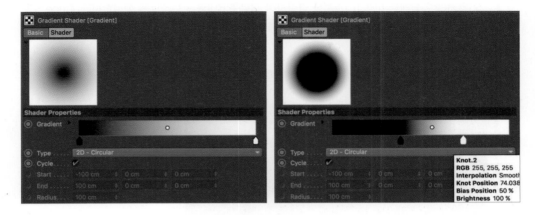

07 Shader 이펙터를 이용하면 다양한 Shader 또는 Image Texture 소스를 적용하여 쉽고 빠르게 복제된 클론들을 제어할 수 있습니다.

🔊 Sound Effector

Sound 이펙터는 소리 데이터(.mp3/.wav 등)를 인식하여 특정 진동수(Hz)에 클론들이 반응하여 위치(Position), 크기(Scale), 회전(Rotation)에 대한 변화를 표현할 수 있는 기능입니다.

Sound Effector 설정하기

01 상단 커맨드 팔레트 바의 [Cube]를 클릭하여 새로운 Cube 오브젝트를 생성합니다. Cube 오브젝트의 [Object] 탭 설정 항목 중 크기를 수정합니다.

[Object] Size.X/Y/Z : 50cm

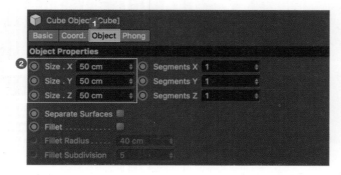

02 메뉴 바의 [MoGraph]–[Cloner]를 클릭하여 새로운 MoGraph Cloner를 생성합니다. 오브젝트 매니저에서 Cube 오브젝트를 Cloner 하위 계층에 배치한 후 [Cloner]를 클릭하고 [Object] 탭 설정 항목 중 [Mode]를 설정합니다. 총 15개의 오브젝트를 [P.X] 방향으로 '60cm'의 간격으로 복제하겠습니다.

[Object] • Mode : Linear • Count : 15 • P.X : 60cm • P.Y : 0cm

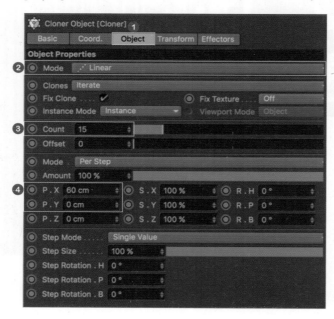

03 [Cloner]가 선택된 상태에서 메뉴 바의 [MoGraph]–[Effector]–[Sound]를 클릭합니다.

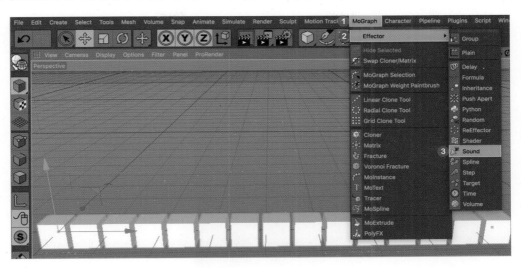

04 Sound 이펙터의 Effector 설정에서는 복제된 클론들을 반응시킬 오디오 확장자의 데이터 [Sample Sound]를 불러올 수 있습니다.

[Effector] Sound Track : Disco music.mp3

TIP 설정 가능한 오디오 확장자 : .wav .aiff .mp3 .m4a .aac

05 오디오 파일의 진동수[Hz]에 반응하여 변화될 요소를 설정하기 위해 [Parameter] 탭 설정 항목 중 [Scale]을 활성화하고 [Size.Y] 항목에 값을 입력합니다.

[Parameter] S.Y : 5

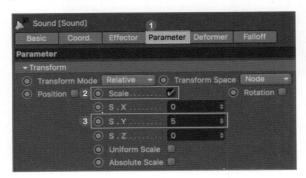

06 Effector 항목의 Amplitude(분배) 설정의 제어를 통해 Parameter 값이 반응을 원하는 진동수[Hz]로 설정할 수 있습니다.

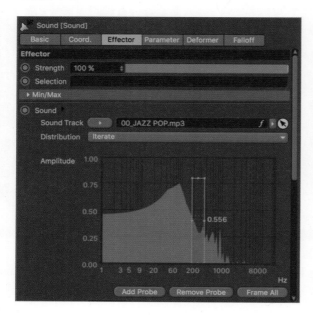

Spline Effector

Spline 이펙터는 복제된 클론들이 지정된 스플라인의 경로에 배열되거나 그 경로를 따라 애니메이션 할 수 있게 제어하는 기능을 가지고 있습니다.

Spline Effector 설정하기

01 상단 커맨드 팔레트 바의 [Pen]–[Helix]를 클릭하여 새로운 Helix 스플라인 오브젝트를 생성합니다.

02 Helix 스플라인의 [Object] 탭 설정 항목 중 [Height] 항목에 '500cm'를 적용합니다.

[Object] Height : 500cm

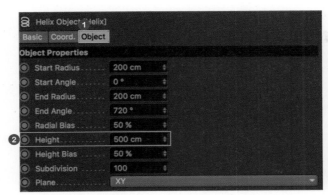

TIP Height 설정은 스프링의 길이를 제어하는 역할을 합니다.

03 상단 커맨드 팔레트 바의 [Cube]–[Capsule]을 클릭하여 새로운 오브젝트를 생성한 뒤 [Object] 탭 설정 항목을 다음과 같이 제어합니다.

[Object] • Radius : 20cm • Height : 100cm

04 상단 커맨드 팔레트 바의 [Cube]–[Cylinder]를 클릭하여 새로운 오브젝트를 생성한 뒤 [Object] 탭 설정 항목을 다음과 같이 제어합니다.

[Object] • Radius : 20cm • Height : 80cm

05 상단 커맨드 팔레트 툴바의 [Cube]를 클릭하여 새로운 Cube 오브젝트를 생성한 뒤 [Object] 탭 설정 항목 중 크기를 다음과 같이 제어합니다.

[Object] Size.X/Y/Z : 50cm

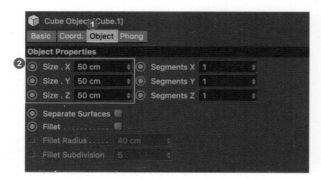

06 메뉴 바의 [MoGraph]–[Cloner]를 클릭하여 새로운 MoGraph Cloner를 생성합니다. 생성한 3가지의 기본 도형 오브젝트를 새로운 Cloner 제네레이터에 그림과 같이 계층 구조화합니다.

07 Cloner의 모드는 [Linear] 설정인 상태에서 총 30개의 오브젝트를 [P.X] 축의 방향으로 '80cm'씩 간격을 띄워 복제합니다.

[Object] • Mode : Linear • Count : 30 • P.X : 80cm • P.Y : 0cm

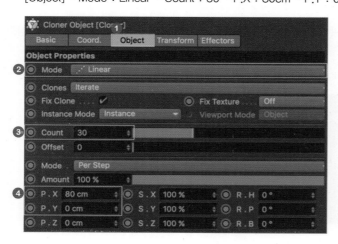

08 MoGraph Cloner가 선택된 상태에서 메뉴 바의 [MoGraph]–[Effector]–[Spline]을 클릭합니다.

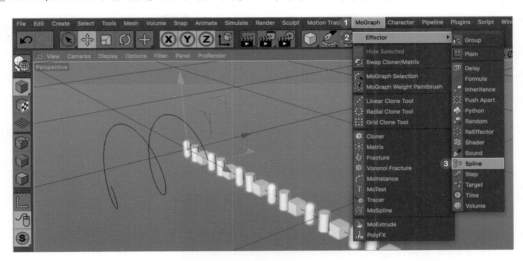

09 Spline 이펙터의 [Effector] 탭 설정 항목 중 [Spline]의 화살표를 클릭하고 오브젝트 매니저의 'Helix'를 클릭하여 링크합니다.

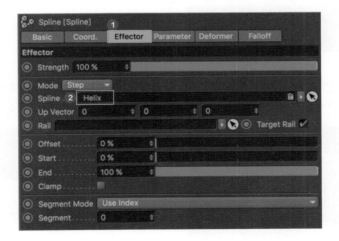

10 Spline 이펙터를 이용하면 쉽고 빠르게 복제/배열된 상태의 클론 그룹을 특정한 경로에 안착되어 애니메이션할 수 있습니다.

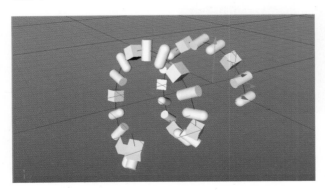

Step Effector

Step 이펙터는 복제된 첫 번째 시작 클론부터 마지막 복제된 클론까지 한 스텝을 기준으로 위치(Position), 크기(Scale), 회전(Rotation)의 점진적 변화를 그래프를 이용해 제어할 수 있습니다.

Step Effector 설정하기

01 상단 커맨드 팔레트 바의 [Cube]를 클릭하여 새로운 Cube 오브젝트를 생성합니다. Cube 오브젝트의 [Object] 탭 설정 항목 중 크기를 제어하여 세로 방향으로 긴 형태의 직육면체를 표현하겠습니다.

[Object] • Size.X : 10cm • Size.Y : 200cm • Size.Z : 10cm

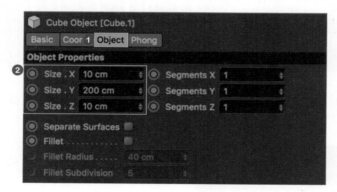

02 메뉴 바의 [MoGraph]–[Cloner]를 클릭하여 새로운 MoGraph Cloner를 생성합니다. 오브젝트 매니저에서 [Cube] 오브젝트를 Cloner 하위 계층에 배치하여 계층 구조화시켜 복제/배열합니다.

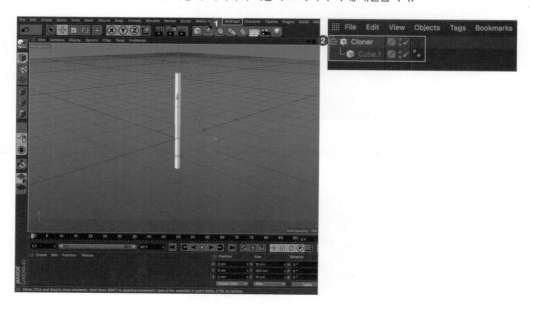

03 [Cloner]를 선택한 후 배열 방식을 [Linear] 설정하고 총 30개의 물체를 [P.X]의 방향으로 '40cm'씩 간격을 띄워 배열합니다.

[Object] • Mode : Linear • Count : 30 • P.X : 40cm • P.Y : 0cm

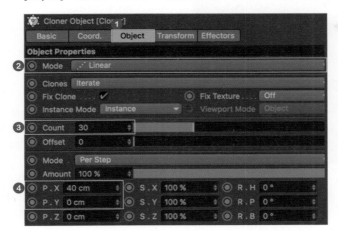

04 Cloner 제네레이터에 Step 이펙터를 적용하기 위해 메뉴 바의 [MoGraph]-[Effector]-[Step]을 클릭합니다.

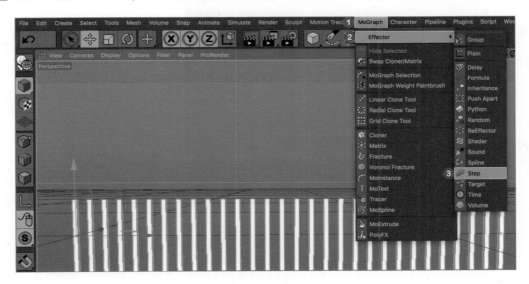

<u>**05**</u> Step 이펙터의 [Parameter] 탭 설정 항목 중 [Scale] 항목을 체크하고 [Y축] 수치를 입력합니다.

[Parameter] • Scale : 체크 • S.Y : 3

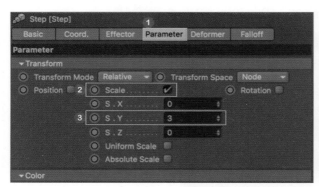

TIP 복제의 시작에 위치한 물체부터 끝에 위치한 물체까지를 하나의 스텝이라고 할 때 Y축 크기를 총 3배까지 점진적으로 변화시킨다는 것을 의미합니다.

<u>**06**</u> Step 이펙터의 [Effector] 탭 설정 항목 중 [Spline]의 그래프를 이용해 Step당 변화의 형태를 쉽고 유기적으로 제어할 수 있습니다.

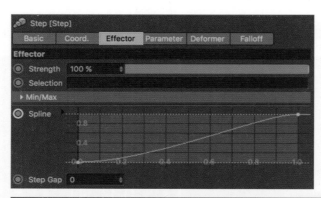

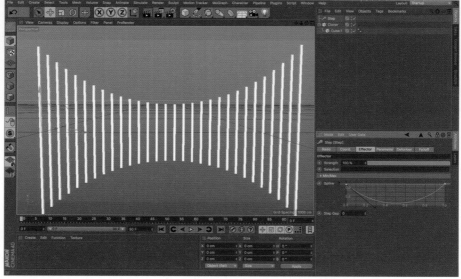

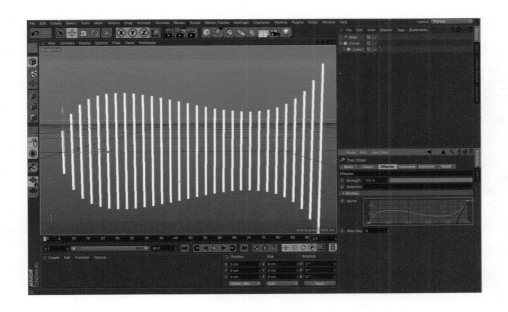

Target Effector

Target 이펙터를 이용하면 복제된 클론들이 타겟이 되는 오브젝트를 바라볼 수 있도록 정렬하는 기능이 있습니다. 하나의 주인공을 지향하는 스포트라이트를 상상해보면 타겟 이펙터의 기능을 이해할 수 있습니다.

Target Effector 설정하기

01 상단 커맨드 팔레트 바의 [Cube]-[Cylinder]를 클릭하여 새로운 오브젝트를 생성합니다.

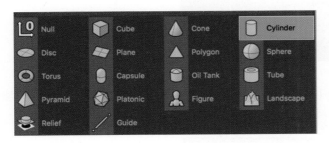

02 Cylinder 오브젝트의 [Object] 탭 설정 항목을 설정하여 적당한 굵기가 되도록 제어합니다.

[Object] • Radius : 5cm • Orientation : -Z

03 메뉴 바의 [MoGraph]–[Cloner]를 클릭하여 새로운 MoGraph Cloner를 생성합니다. 오브젝트 매니저에서 [Cylinder] 오브젝트를 [Cloner] 하위 계층에 배치합니다.

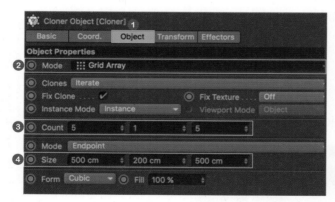

04 [Cloner] 제네레이터를 선택한 상태에서 [Object] 탭 설정 항목 중 [Count]와 [Size]를 제어합니다.

[Object] • Mode : Grid Array • Count X/Y/Z : 5/1/5 • Size X/Y/Z : 500cm/200cm/500cm

05 상단 커맨드 팔레트 바의 [Cube]–[Null]을 클릭하여 복제된 오브젝트들이 지향해야 할 방향의 기준점으로 사용될 오브젝트를 생성합니다.

06 Null 오브젝트의 이름을 'Target Object'로 수정합니다.

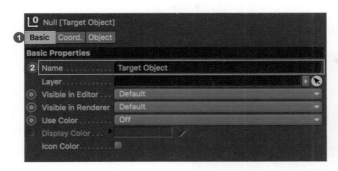

TIP 이 과정은 특별한 기능적인 목적이 아닌 단순히 프로젝트의 직관성을 높이기 위한 네이밍입니다.

07 타겟 지점의 위치를 상단으로 제어하기 위해 [Coord.] 탭 설정 항목 중 [P.Y] 값을 제어합니다.

[Coord.] P.Y : 200cm

08 [Cloner] 제네레이터를 선택하고 메뉴 바의 [MoGraph]–[Effector]–[Target]를 클릭하여 Target 이펙터를 적용합니다.

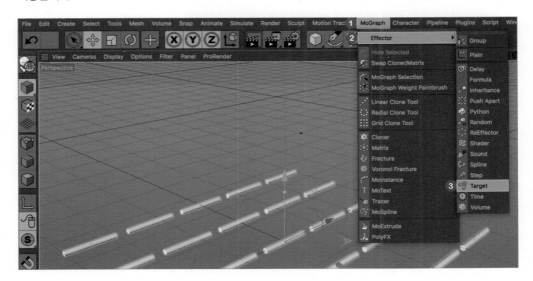

09 Target 이펙터의 [Effector] 탭 설정 항목 중 [Target Object] 항목의 화살표를 클릭하고 오브젝트 매니저에서 기존에 생성한 Null 오브젝트인 'Target Object'를 클릭하여 링크합니다.

[Effector] Target Object : Target Object

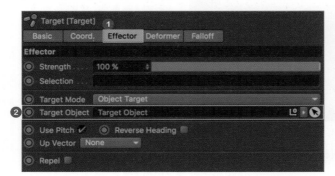

10 복제 배열된 각각의 클론들이 Target 이펙터에 의해 특정한 지점을 지향하는 것을 확인할 수 있습니다.

⏰ Time Effector

Time 이펙터는 복제된 클론들에 1초의 시간동안 파라미터에 지정된 위치(Position), 크기(Scale), 회전(Rotation) 값을 지속적으로 적용하는 기능을 가지고 있습니다. Time 이펙터를 이용하면 별다른 키프레임 애니메이션 없이도 반복적인 움직임을 표현할 수 있습니다.

Time Effector 설정하기

01 상단 커맨드 팔레트 바의 [Cube]-[Figure]를 클릭하여 새로운 Figure 오브젝트를 생성합니다.

02 메뉴 바의 [MoGraph]-[Cloner]를 클릭하여 새로운 MoGraph Cloner를 생성합니다. 오브젝트 매니저에서 [Figure] 오브젝트를 [Cloner] 하위 계층에 배치하여 계층 구조화합니다.

03 Cloner 제네레이터의 [Object] 탭 설정 항목 중에서 [Count]와 [Size]을 설정합니다.

[Object] • Mode : Grid Array • Count X/Y/Z : 3 • Size X/Y/Z : 500cm/400cm/500cm

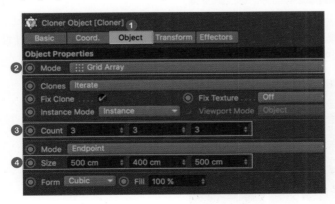

04 Cloner 제네레이터에 새로운 Time 이펙터를 적용해 보겠습니다. [Cloner]가 선택된 상태에서 메뉴 바의 [MoGraph]–[Effector]–[Time]을 클릭합니다.

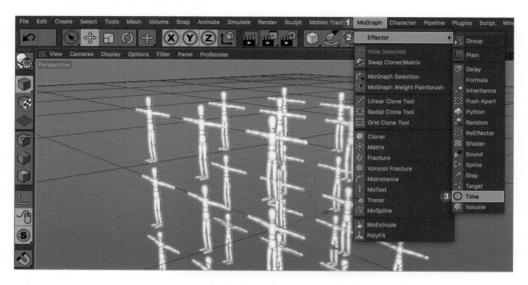

05 1초의 시간 동안 복제된 클론들이 반응할 설정을 제어하기 위해 Time 이펙터의 [Parameter] 탭 설정 항목에서 [R.H]에 '90°'의 수치를 적용하겠습니다.

[Parameter] R.H : 90°

06 F8 키를 눌러 애니메이션 프리뷰를 하면 복제된 각각의 클론들은 자신의 위치를 기준으로 1초에 R.H 방향으로 90° 각도로 회전하는 것을 확인할 수 있습니다.

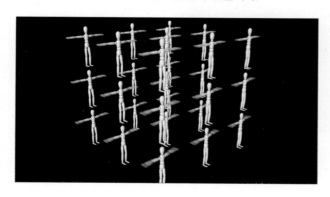

07 불규칙성을 표현하고자 한다면 Random 이펙터와 혼합하는 것도 좋은 방법입니다. [Cloner]가 선택된 상태에서 메뉴 바의 [MoGraph]–[Effector]–[Random] 효과를 적용합니다.

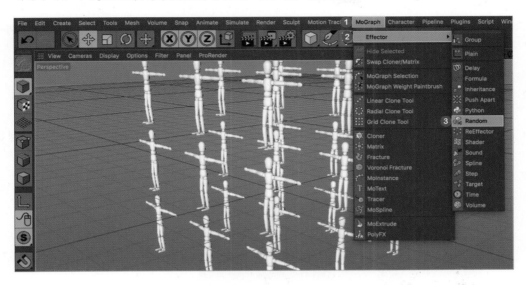

08 Random 이펙터의 [Parameter] 탭 설정 항목에서 [Rotation]에 '180˚' 값을 적용합니다.

[Parameter] Rotation H/P/B : 180˚

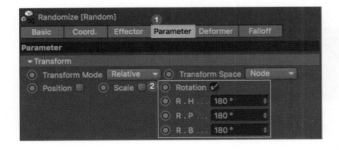

09 초기 회전값에 무작위를 적용한 상태에서 회전 애니메이션이 적용될 경우 각기 다른 방향으로 규칙적으로 회전하는 형태의 애니메이션을 쉽게 연출할 수 있습니다.

⊚ Volume Effector

Volume 이펙터는 [Volume Object]로 지정된 특정한 대상체가 소속된 영역을 기준으로 위치(Position), 크기(Scale), 회전(Rotation) 데이터를 전달하는 기능을 가지고 있습니다. 이 기능은 각 이펙터의 Falloff와 유사한 역할을 수행합니다.

Volume Effector 사용하기

01 상단 커맨드 팔레트 바의 [Cube]를 클릭하여 새로운 Cube 오브젝트를 생성합니다. [Object] 탭 설정 항목 중 크기를 수정합니다.

[Object] Size. X/Y/Z : 10cm

02 메뉴 바의 [MoGraph]–[Cloner]를 클릭하여 새로운 MoGraph Cloner를 생성합니다. 오브젝트 매니저에서 [Cube] 오브젝트를 Cloner 하위 계층에 배치하여 계층화합니다.

03 [Cloner] 오브젝트의 내부 설정 항목을 수정하여 복제와 배열될 구성을 지정합니다.

[Object] • Mode : Grid Array • Count X/Y/Z : 20 • Size X/Y/Z : 200cm

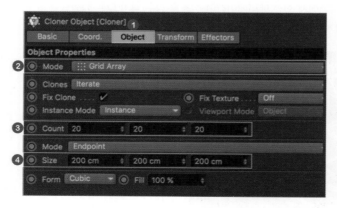

04 상단 커맨드 팔레트 바의 [Cube]–[Sphere]를 클릭하여 볼륨 오브젝트로 사용될 새로운 오브젝트를 생성합니다.

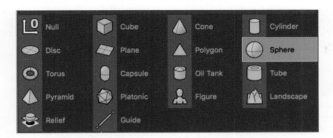

05 생성한 [Sphere]의 [Basic] 탭 설정 항목 중 [Name]에 새로운 오브젝트의 이름을 설정합니다.

[Basic] Name : Volume Object

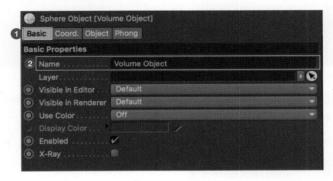

06 복제된 클론들과 볼륨으로 사용될 [Sphere] 오브젝트가 적당히 겹칠 수 있도록 위치값을 수정합니다.

[Coord.] P.Z : −70cm

07 [Cloner] 제네레이터를 선택하고 새로운 Volume 이펙터를 적용하겠습니다. 메뉴 바의 [MoGraph]–[Effector]–[Volume]를 클릭합니다.

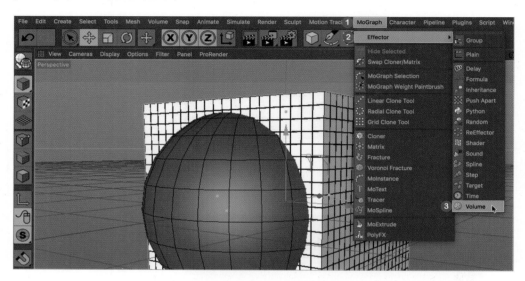

08 Volume 이펙터의 [Effector] 탭 설정 항목 중 [Volume Object]의 화살표를 클릭하고 오브젝트 매니저에 있는 Sphere 오브젝트인 [Volume Object]를 클릭하여 링크합니다.

[Effector] Volume Object : Volume Object

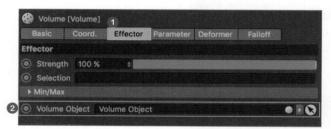

09 Volume 이펙터의 [Parameter] 탭 설정 항목 중 [Scale]을 지정합니다.

[Parameter] ·Scale : 체크 ·Uniform Scale : 체크 ·Scale : −1

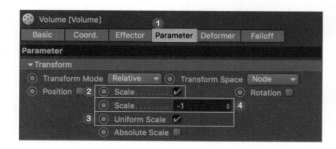

TIP 이 설정은 Volume 오브젝트와 복제된 클론이 교차되는 영역에 대한 Parameter를 설정할 수 있습니다.

10 오브젝트 매니저에서 [Volume Object]의 작은 점 2개(Visible in Editor/Renderer)를 클릭하여 빨간점으로 만들어 모두 비활성화합니다. Volume 오브젝트와 겹친 Clone들의 집합 영역에 한하여 Volume 이펙터의 Parameter 값(Scale : −1)이 올바르게 적용된 것을 확인할 수 있습니다.

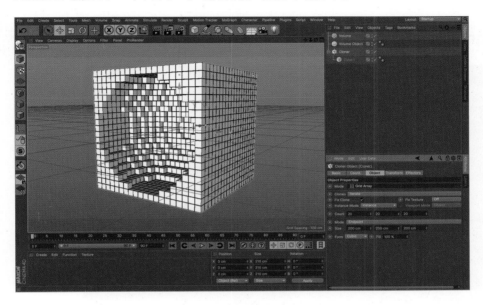

02 MoGraph Effector의 세부 속성과 구조

Effector 설정 항목

❶ **Strength** : 강도 설정은 해당 이펙터에 적용된 전체 설정값이 각각의 클론에 어느 정도의 강도로 적용될지를 설정할 수 있습니다. 해당 설정은 '0%'보다 작거나 '100%'보다 크게 설정할 수 있습니다.

❷ **Selection** : 해당 이펙터가 MoGraph Selection/Weight Paint Brush에 의해 선택된 클론에 한해서 효과를 전달할 수 있는 기능입니다. 복제된 수많은 클론 중 우리가 원하는 특정 몇 개의 클론에만 이펙터를 전달할 때 사용할 수 있습니다.

③ **Maximum/Minimum** : 이펙터의 파라미터에 적용된 수치가 각 클론에 전달될 최댓값과 최솟값을 적용하는 기능을 가지고 있습니다.

Parameter 설정 항목

① **Transform** : 해당 이펙터의 성질에 의해 각 클론들이 변형될 위치(Position), 크기(Scale), 회전(Rotation)에 대한 기준과 크기를 설정할 수 있는 중요한 기능입니다.

② **Color** : 해당 이펙터의 성질에 의해 각 클론들의 컬러를 제어하는 기능을 가지고 있습니다. 쉽게 말해, 효과에 적용된 영역에 한하여 지정한 컬러로 변화될 수 있습니다.

③ **Other** : 해당 이펙터의 고유의 웨이트값을 보존하여 추가적으로 적용될 새로운 이펙터에 영향을 줄 수 있습니다.

Deformer 설정 항목

1 Deformation : 이펙터의 성질을 기준으로 적용될 오브젝트의 하위 계층으로 귀속되어 Deformer의 역할을 수행할 수 있도록 설정하는 항목입니다.

    1 ▶ Object : 오브젝트에 적용된 이펙터가 Object(물체) 단위로 파라미터값을 1:1로 적용합니다.

    2 ▶ Point : 오브젝트의 각 포인트마다 독립적으로 이펙터의 파라미터값을 적용합니다.

    3 ▶ Polygon : 오브젝트의 각 폴리곤마다 독립적으로 이펙터의 파라미터값을 적용합니다.

Falloff 설정 항목

1 Field : 해당 이펙터가 복제된 클론들에 적용될 Falloff(감쇄)를 설정할 수 있는 항목입니다. 복제 배열된 전체를 대상으로 하지 않고 특정한 영역이나 모양, 방향에 해당하는 오브젝트에 대해서만 이펙터가 적용되도록 설정할 수 있으며, 시네마 4D R20 버전을 기준으로 적용될 영역을 'Field'라는 독립된 오브젝트로 제어하게 진보하였습니다.

03 MoGraph Effector 적용하기

MoGraph 모듈에서 다양한 형태로 활용 가능한 Effector가 어떤 방식으로 제네레이터 오브젝트에 적용되는지 알아보도록 하겠습니다. 크게 두 가지의 방식으로 나눌 수 있는데 첫 번째, 제네레이터의 Effector 설정 창에 입력하는 방식으로 다소 불편할 수 있지만 정확하게 Effector의 적용과 계층 순서를 파악할 수 있습니다. 두 번째, 제네레이터가 선택된 상태에서 Effector를 생성하는 방식으로 자동으로 제네레이터 오브젝트에 효과가 적용됨을 알 수 있습니다.

01 상단 커맨드 팔레트 바의 [Cube]를 클릭하여 새로운 Cube 오브젝트를 생성합니다. [Object] 탭 설정 항목 중 크기를 설정합니다.

[Object] Size X/Y/Z : 50cm

02 메뉴 바의 [MoGraph]-[Cloner]를 클릭하여 새로운 MoGraph Cloner를 생성합니다. 오브젝트 매니저에서 [Cube] 오브젝트를 Cloner 하위 계층에 배치한 후 [Cloner]를 클릭하고 [Object] 탭 설정 항목 중 [Mode] 를 설정합니다.

[Object] Mode : Grid Array

03 오브젝트 팔레트에서 물체가 선택되지 않은 상태로 새로운 Random Effector를 생성하겠습니다. 메뉴 바의 [MoGraph]-[Effector]-[Random]을 클릭합니다. 아무런 변화도 확인할 수 없습니다.

04 [Cloner] 오브젝트를 선택하고 [Effectors] 탭 설정 항목 중 생성한 [Effectors] 창에 'Random' 이펙터를 링크합니다.

05 뷰포트 창을 통해 올바르게 Random 이펙터가 각각의 클론에 적용된 것을 확인할 수 있습니다. 오브젝트 매니저에서 [Random] 이펙트를 클릭하고 Delete 키를 눌러 삭제합니다.

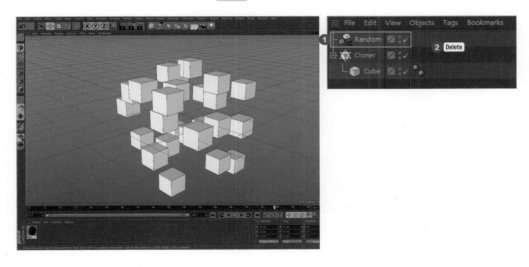

06 [Cloner] 오브젝트를 선택한 상태에서 메뉴 바의 [MoGraph]–[Effector]–[Random]을 클릭합니다.

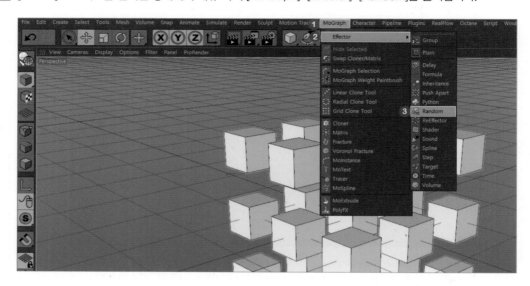

07 효과가 적용될 MoGraph 제네레이터가 선택된 상태에서는 별도의 인식 과정 없이 곧바로 적용되는 것을 확인할 수 있습니다.

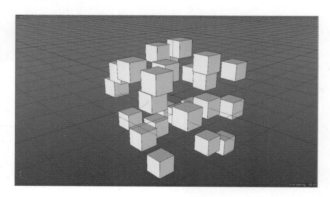

03 작업에 유용한 MoGraph 도구 익히기

>> MoGraph의 핵심 제네레이터와 이펙트를 이용해 특정한 작업을 진행할 때 사용되는 부수적인 기능들을 모아 '도구'라고 이야기 합니다. MoGraph 도구는 선택과 관련된 기능과 Cloner를 보다 쉽게 작성할 수 있는 클론 툴로 이루어져 있습니다. 지금부터 다양한 MoGraph 도구들에 대해 알아보겠습니다.

01 MoGraph Selection

MoGraph 선택 툴은 복제된 수많은 클론들 중 특정한 몇몇 개의 오브젝트에 대해서만 이펙터를 적용할 수 있도록 기록하는 역할을 합니다. 다양한 이펙터를 부분적으로 사용하기 위한 MoGraph 선택 툴에 대해 알아보겠습니다.

> 🕐 **예제 파일** : Mograph Selection_Cube.c4d

01 예제 파일(Mograph Selection_Cube.c4d)을 불러옵니다. 현재 프로젝트 씬에는 Grid Array 방식으로 복제된 많은 수의 큐브가 있습니다.

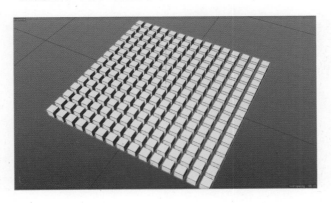

02 선택 영역을 지정하기 위해 메뉴 바의 [MoGraph]–[MoGraph Selection]을 클릭합니다.

03 MoGraph 선택 도구를 활성화한 상태에서 복제된 Cloner 오브젝트를 확인할 경우, 각각의 클론 중심점에 주황색 포인트가 생성되는 것을 확인할 수 있습니다. 선택에 포함할 클론 오브젝트를 클릭과 드래그로 선택합니다.

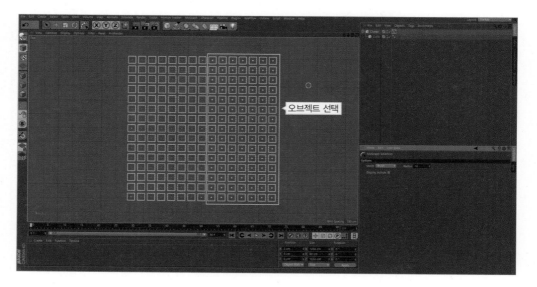

04 노란색으로 선택 영역이 활성화된 경우, 셀렉션이 지정된 MoGraph Cloner 오브젝트에 MoGraph
Selection 태그가 생성되는 것을 확인할 수 있습니다. 해당 태그에는 복제된 클론들 중 선택 영역이 지정된
클론들의 데이터가 담기게 됩니다.

05 메뉴 바의 [MoGraph–[Effector]–[Plane]을 클릭하여 MoGraph Cloner 오브젝트에 새로운 Plane 이펙터
를 적용합니다. 각 Effector 마다의 [Selection] 설정 항목은 MoGraph Selection을 위한 기능입니다. 선택
태그를 [Selection] 설정 항목에 인식시킵니다.

[Effector] Selection : MoGraph Selection

06 선택 영역에 지정된 클론들에 한하여 MoGraph Cloner 오브젝트에 적용된 Plane 이펙터가 작동하는 것을
확인할 수 있습니다.

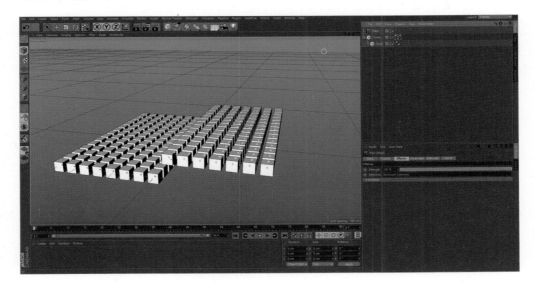

02 MoGraph Weight Paintbrush

MoGraph Weight Paintbrush는 MoGraph Selection과 거의 유사한 기능이지만, 선택된 영역에 적용될 MoGraph Effector의 강도를 브러시를 통해 점진적으로 증가 또는 감소시켜 표현할 수 있습니다. MoGraph Effector가 적용됨에 따른 클론들의 변화의 차이를 보다 자연스럽고 부드럽게 커버할 수 있습니다.

Options 설정 항목

① **Strength** : 마우스 또는 태블릿을 이용해 웨이트맵을 작성할 때 적용되는 브러시의 강도를 설정할 수 있는 항목입니다.

② **Mode** : 브러시 작업 시 이미 칠해진 마우스의 동작에 따른 처리 방식을 제어할 수 있는 설정입니다. 기존에 칠해진 웨이트의 위에 힘을 더하거나 지우는 등의 동작을 설정해보세요.

Painting 설정 항목

① **Radius** : 브러시의 웨이트 생성 반경을 제어할 수 있는 설정입니다. Radius를 제어할 수 있는 또 다른 방법은 MMC(마우스 미들 클릭)+드래그가 있습니다.

예제 파일 : Mograph Selection_Cube.c4d

01 예제 파일(Mograph Selection_Cube.c4d)을 불러옵니다. 현재 프로젝트 씬에는 Grid Array 방식으로 복제된 많은 수의 큐브가 있습니다.

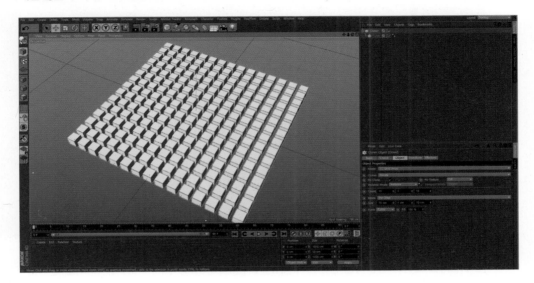

02 Weight 값을 지정할 [Cloner] 오브젝트가 선택된 상태에서 메뉴 바의 [MoGraph]-[MoGraph Weight Paintbrush]를 클릭합니다.

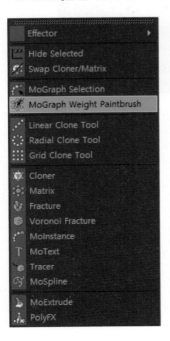

03 MoGraph Selection 도구와 마찬가지로 클릭-드래그 방식으로 선택에 포함할 클론 오브젝트를 선택합니다. 차이점이 있다면 클릭을 반복할 때마다 붉은색에서 노란색으로 색상이 변경되며, 이 경우 Strength 값이 점진적으로 증가함을 의미합니다.

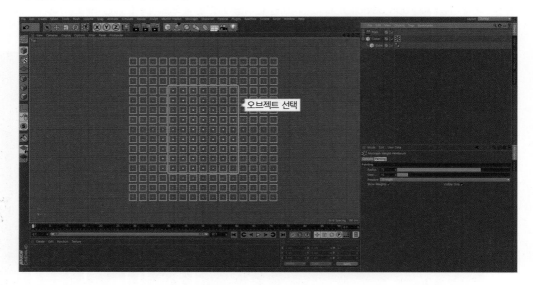

04 [Cloner] 오브젝트가 선택된 상태에서 메뉴 바의 [MoGraph]-[Effector]-[Plane]을 클릭합니다. 각 Effector 마다의 Selection 설정 항목은 MoGraph Selection을 위한 기능입니다. 선택 태그를 [Selection] 설정 항목에 인식시키도록 합니다.

05 Weight 영역에 지정된 클론들에 한하여 MoGraph Cloner 오브젝트에 적용된 Plane 이펙터가 점진적으로
작동하는 것을 확인할 수 있습니다.

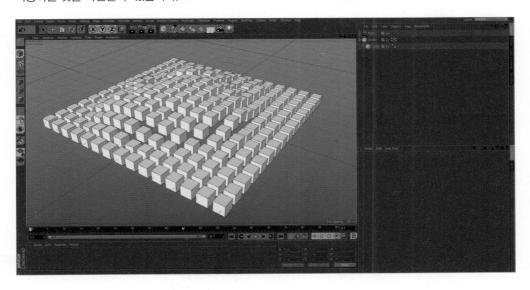

MoGraph Cloner를 활용한 크리스마스 애니메이션

MoGraph Cloner를 이용하면 다수의 오브젝트를 복제하거나 애니메이션의 요소로 활용하기 좋습니다. 이번에는 Spline 경로를 따라 생성되는 크리스마스 리스 애니메이션을 제작해보겠습니다. Mo-Graph Cloner의 Object 복제 방식을 활용해 경로의 배열과 애니메이션을 알아보도록 하겠습니다.

⏱ **완성 파일** : Christmas Deco-완성파일.c4d

01 새로운 Helix Spline 오브젝트를 생성하겠습니다. 해당 Spline은 이번 예제의 애니메이션 경로로 사용할 예정입니다. 상단 커맨드 팔레트 바의 [Pen]–[Helix]를 클릭합니다.

02 Helix 오브젝트의 세부 설정을 제어하여 경로의 형태로 구성하겠습니다.

[Object] • End Angle : 700° • Height : 820cm • Height Bias : 0%

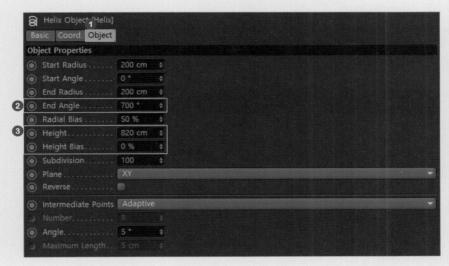

03 Helix의 세부 설정을 제어한 결과 다음 이미지와 같은 형태의 경로가 완성된 것을 확인할 수 있습니다. 좌측 곡률이 적은 위치에서 우측의 곡률이 많은 방향으로 애니메이션이 진행됩니다.

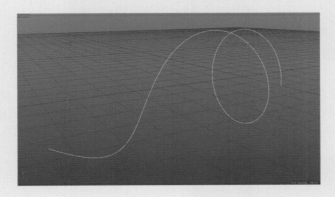

04 경로 Spline을 따라 생성되어 이동할 새로운 [Sphere] 오브젝트를 생성하겠습니다. 상단 커맨드 팔레트 바의 [Cube]–[Sphere]를 클릭합니다.

05 생성한 [Sphere] 오브젝트의 이름을 'Particle Object'로 수정합니다.

[Basic] Name : Particle Object

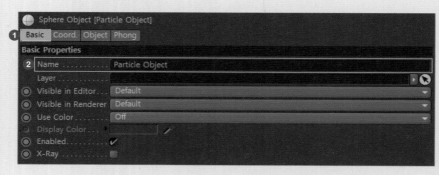

06 Sphere 오브젝트의 지름 수치를 조절해 경로 Spline에 복제될 때 적당한 밀도감을 구성할 수 있도록 설정합니다.

[Object] Radius : 30cm

07 MoGraph Cloner에 의해 복제될 파티클인 [Sphere] 오브젝트가 다양한 색상을 가질 수 있도록 총 3개의 같은 크기로 복제하겠습니다. 경우에 따라 다른 형태의 기본 도형을 이용하여 작업을 진행해도 지장이 없습니다.

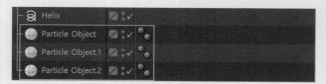

08 파티클의 목적으로 생성한 Sphere 오브젝트를 손쉽게 복제할 수 있도록 새로운 Cloner 오브젝트를 생성합니다. 상단 커맨드 팔레트 바의 [Instance]–[Cloner]를 클릭합니다.

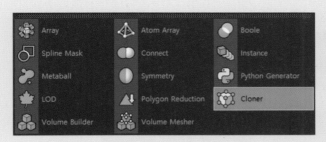

09 파티클 Sphere가 올바르게 복제될 수 있도록 3개의 Sphere 오브젝트를 클릭하여 [Cloner] 하위 계층에 배치하여 계층화합니다.

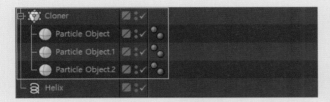

10 Cloner 오브젝트의 복제 방식인 [Mode] 설정을 [Object] 방식으로 설정합니다. 설정 이후 활성화되는 [Object] 항목에 경로 Spline인 'Helix' 오브젝트를 링크합니다.

[Object] • Mode : Object • Object : Helix

11 Helix 오브젝트의 경로에 복제된 [Sphere] 오브젝트가 균등하게 배열될 수 있도록 [Distribution] 설정을 'Even' 모드로 지정한 뒤 복제 개수인 [Count]는 '100'을 입력합니다.

[Object] • Distribution : Even • Count : 100

12 클로너의 설정을 마친 배열 결과는 아래 이미지와 같습니다. 경로로 사용된 [Helix] 스플라인에 균등한 간격으로 Sphere가 배열된 것을 확인할 수 있습니다.

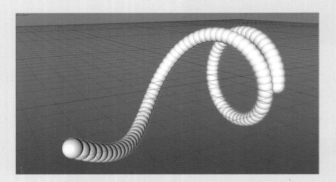

13 마지막으로 모든 클론들이 시작 지점에 대기할 수 있도록 [End] 설정의 수치를 '50%'로 입력합니다.

[Object] End : 50%

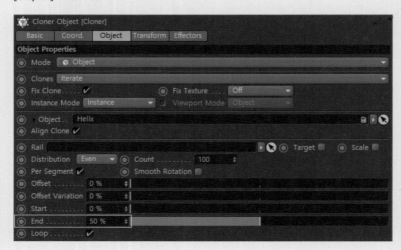

14 복제된 클론들이 경로를 따라 이동할 수 있도록 [Offset] 설정에 키프레임 애니메이션을 지정하겠습니다. 타임라인이 '0F' 위치일 때 [Offset]을 '100%'로 애니메이션을 레코딩합니다.

[Frame] 0F, [Object] ・Offset : 100% ・Record 클릭

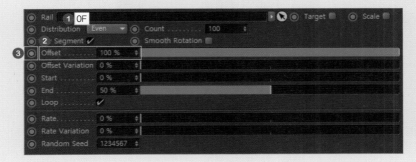

15 타임라인 마커를 '250F'에 위치하고 [Offset]을 '0%'로 애니메이션을 레코딩합니다.

[Frame] 250F, [Object] ・Offset : 0% ・Record 클릭

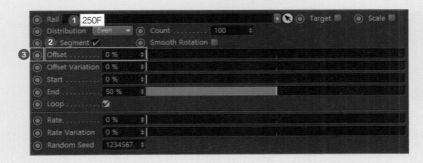

> **TIP** 타임라인 프리뷰 영역이 250F을 만들기 위해서는 메뉴 바의 [Edit]–[Project Setting]을 클릭하여 프로젝트 설정을 활성화한 후 [Maximum Time/Preview Max Time] 항목에 '250F'를 입력하면 됩니다.

16 F8 키를 눌러 애니메이션 프리뷰를 통해 움직임을 확인하면 한 가지 문제가 발생한 것을 알 수 있습니다. 출발 지점에서 생성된 파티클이 끝 지점에 도달한 순간 다시 출발 지점으로 돌아가 반복되는 움직임이 발생합니다.

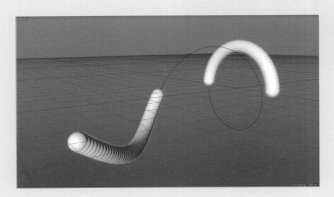

17 파티클의 움직임을 반복되지 않게 설정하기 위해 Cloner 오브젝트의 설정항목 중 [Loop] 설정을 해제합니다.

[Object] Loop : 체크 해제

18 경로에 생성된 파티클들이 서로 겹치는 것을 방지하기 위해 Dynamic Body Tag 설정을 지정하겠습니다.
오브젝트 매니저에서 복제된 3개의 Particle Object를 클릭하고 오브젝트 매니저에서 [Tags]-[Simulation
Tags]-[Rigid Body]를 클릭합니다.

19 애니메이션 프리뷰 진행하면 두 번째 문제가 발생합니다. Dynamic을 통해 서로를 인식한 파티클이 겹치지
않기 위해 서로를 밀어내어 애니메이션 재생 시 사방으로 이동하게 됩니다.

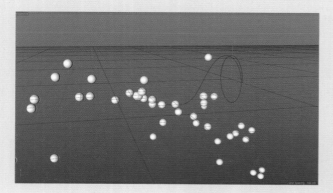

20 해결 방법은 Dynamic Body Tag의 [Force] 탭 설정 항목 중 [Follow Position]에 '7'을 입력합니다.

[Force] Follow Position : 7

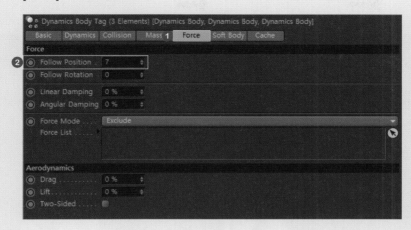

21 F8 키를 누르고 애니메이션 프리뷰 결과 적당한 수치값의 [Follow Position] 설정에 의해 복제된 파티클 오 브젝트들은 초기의 위치값을 고수하며 진행 경로를 따라 올바르게 이동하는 것을 확인할 수 있습니다.

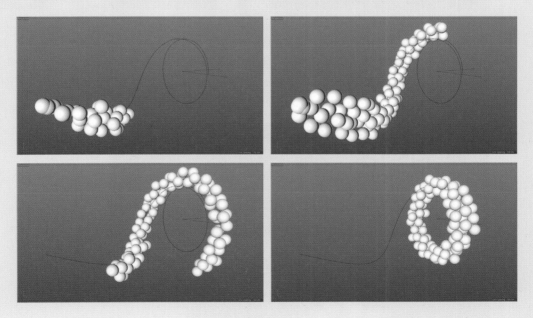

22 경로를 따라 복제된 파티클 오브젝트들의 크기가 다양하게 배열될 수 있도록 MoGraph Random 이펙터를 적용하겠습니다. Cloner 오브젝트가 선택된 상태에서 메뉴 바의 [MoGraph]–[Effector]–[Random]을 클릭합니다.

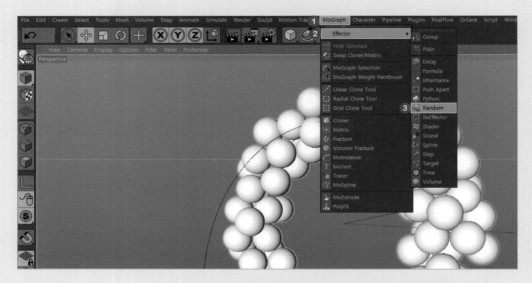

23 Random 이펙터를 이용해 무작위를 적용할 [Parameter] 탭 설정 항목 중 [Scale] 설정만을 활성화한 상태에서 Uniform Scale 설정을 이용해 정비례의 크기 변화를 표현합니다. 크기에 적용할 [Random Scale]의 수치는 '0.5'로 지정합니다.

[Parameter] • Scale 체크 • Uniform Scale 체크 • Scale : 0.5

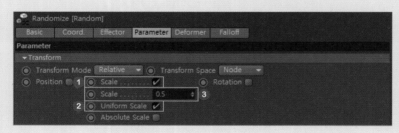

24 애니메이션 프리뷰를 통해 적당한 수치의 랜덤이 각각의 오브젝트에 적용되었는지 확인합니다.

25 크리스마스 리스가 걸릴 배경 벽으로 사용할 새로운 [Plane] 오브젝트를 생성하겠습니다. 상단 커맨드 팔레트 바의 [Cube]–[Plane]을 클릭합니다.

26 Plane 오브젝트 [Basic] 탭 설정 항목 중 [Name]을 'Wall'로 변경합니다.

[Basic] Name : Wall

27 Plane 오브젝트의 위치를 이동해 완성된 크리스마스 리스의 뒤에 배치될 수 있도록 설정하겠습니다. [Coord.] 탭 설정 항목 중 [P.Z] 값을 설정합니다.

[Coord.] P.Z : 100cm

28 정면에서 바라보는 시점을 가득 채울 수 있도록 Plane 오브젝트의 크기를 제어합니다. [Object] 설정의 폭과 높이를 설정합니다. 더 이상 모델링의 변형이 없기 때문에 [Width/Height Segments]는 '1'이 되도록 합니다.

• Width : 2000cm　• Height : 1500cm　• Width/Height Segments : 1　• Orientation : −Z

이번 파트에서는 MoGraph 모듈이 포함하고 있는 다양한 제네레이터들과 여러 조합으로 활용할 수 있는 MoGraph Effector의 응용에 대해 자세히 알아보겠습니다. 사실 MoGraph 모듈의 핵심은 불가능한 작업을 표현해내기보다 기존의 반복적이고 비효율적인 작업 방식을 간결하고 수정이 용이하게 바꾸어 표현할 수 있기 때문에 디자이너에게 환영받는 기능입니다. 단순한 작업 방식으로 다수를 제어하며, 재생산이 용이한 MoGraph의 보다 심도 있는 내용에 대해 알아보겠습니다.

모그라프 Ⅱ
(MoGraph Ⅱ)

01 MoGraph Effector의 Falloff 이해하기

>> MoGraph Effector는 다양한 제네레이터와 연계되어 복잡하고 반복해야할 작업을 간편하게 간소화시키는 기능입니다. 보다 구체적으로 MoGraph Effector를 활용하기 위해서는 Falloff 설정을 정확히 이해하고 다양한 형태로 사용해본 경험이 필요합니다. 지금부터 시네마 4D R20 버전을 기점으로 새롭게 바뀐 Falloff 기능과 그 내부의 Field에 대해 알아보고 활용할 수 있도록 하겠습니다.

01 Falloff를 이용한 Field의 이해

Falloff(감쇄)는 MoGraph Effector의 마지막 설정항목으로 해당 효과가 복제/배열된 클론들 중 특정한 구역에만 적용될 수 있도록 제어하는 설정입니다. 이런 Falloff 내부에서 효과가 적용될 구역으로 사용되는 것이 바로 Field입니다. 즉 Falloff가 가장 큰 개념이며 그 내부에 담기는 것이 바로 Field라고 할 수 있습니다.

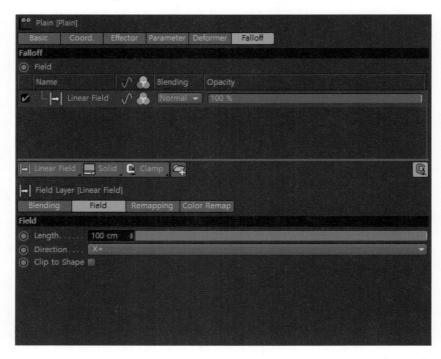

하나의 Effector의 Falloff 안에는 다수의 Field를 적용할 수 있고, 하나의 이펙트를 이용해 다중의 영역을 제어할 수 있습니다.

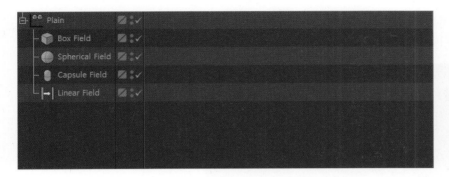

Field Objects

Field Objects는 다양한 형태(Shape)로 이루어진 Field를 생성할 수 있습니다. 기본 도형의 형태로 이루어진 Field들은 형태의 영역 내 존재하는 클론들에 해당 Effector의 성질을 전달하는 역할로 사용됩니다.

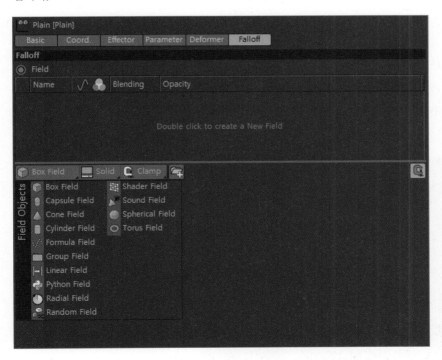

Field Layers

Field Layers를 이용하면 외부적인 데이터를 링크해 복제된 클론들을 제어할 수 있는 Field를 생성할 수 있습니다. 파티클, 포인트를 가진 오브젝트, Vertex Map 등 다양한 외부 소스를 이용해 Effector를 제어할 수 있습니다.

Modifier Layers

Modifier Layers는 생성한 Field Object/Layer에 추가적인 효과를 적용할 수 있는 설정입니다. Field에 의해 생성된 애니메이션에 추가적인 이펙트를 레이어의 형태로 전달할 수 있으며 활용하는 방식에 따라 다양한 변형이 가능합니다.

Falloff 적용하기

⏱ 예제 파일 : Falloff.c4d

01 예제 파일(Falloff.c4d)을 불러온 후 메뉴 바의 [MoGraph]–[Effector]–[Plain]을 클릭합니다.

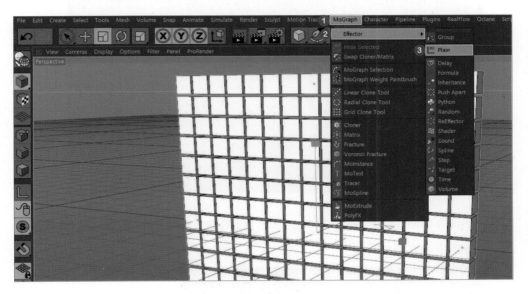

02 Plain 이펙터의 [Parameter] 탭 설정 항목 중 [Scale]을 선택하고 [Uniform Scale]을 체크한 후 [Scale]을 '–1'로 지정하여 Effector가 적용된 영역의 크기가 작아져 사라지도록 제어합니다.

[Parameter] • Scale : 체크 • Uniform Scale : 체크 • Scale : –1

03 Plain 이펙터의 [Falloff] 탭 설정 항목에서 [Field Objects] 중 'Spherical Field'를 생성합니다.

[Falloff] Field Objects : Spherical Field

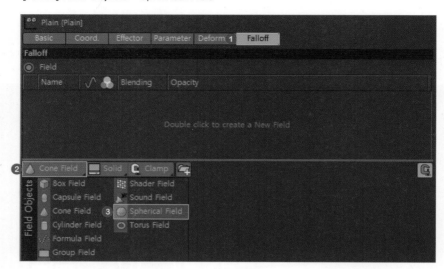

04 Spherical Field의 반경을 제어하기 위해 [Field] 탭 설정 항목 중 [Size]에 '300cm'를 입력합니다.

[Falloff] Size : 300cm

05 Spherical Field의 [Coord.] 탭 설정 항목 중 위치값을 제어하거나 적용 영역에 애니메이션을 표현할 수 있습니다.

[Coord.] • P.X : −350cm • P.Y : 276cm • P.Z : 0cm

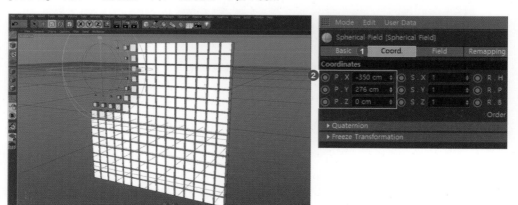

02 Field의 세부 속성과 구조

Field 설정

Field 설정에서는 Field Object의 성질에 따른 크기를 설정할 수 있습니다. 도형의 형태에 따라 크기, 지름, 높이 등의 수치를 제어할 수 있으며 [Type] 설정을 통해 이미 생성된 Field의 형태를 언제든 쉽게 설정값을 유지한 상태에서 변경할 수 있습니다.

Field Object의 종류

Field 오브젝트의 [Type] 설정을 통해 다양한 형태의 감쇄를 표현할 수 있습니다. 기본 도형의 형태에서부터 Random Noise의 패턴 등의 교체가 가능합니다.

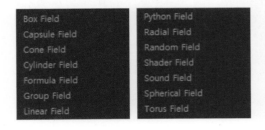

Remapping 설정

적용된 Field 오브젝트에 의한 MoGraph Effector의 감쇄값을 제어할 수 있는 설정입니다.

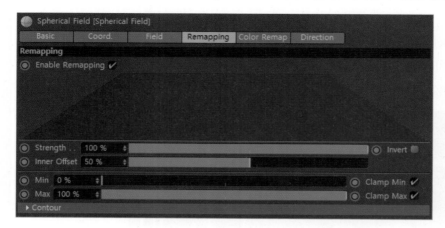

Strength 설정

각각의 클론들에 적용할 이펙트가 필드에 의해 반응할 강도를 설정할 수 있습니다.

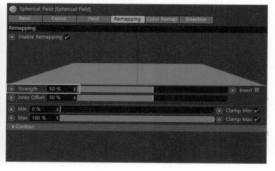

▲ Strength : 50%

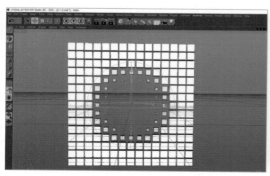
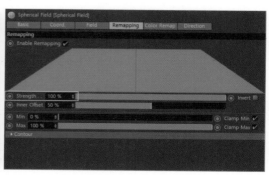

▲ Strength : 100%

Inner Offset 설정

Remapping 설정에서는 Field 오브젝트가 클론들에 미치는 영향력에 대한 감쇄값을 그래프 형태로 지정할 수 있습니다. 그래프의 가로축은 정중앙부에서 바깥쪽으로 Field Object의 내부에서 외부로 영향을 미치는 반경(Radius)을 나타내며 그래프의 세로축은 해당 영역에 해당하는 Field Object의 구역이 클론에 미치는 영향력(Value)을 나타냅니다.

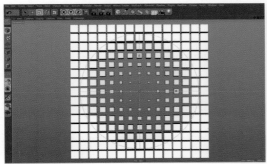 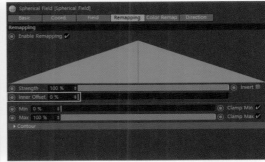

▲ Inner Offset : 0%

 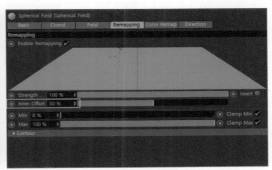

▲ Inner Offset : 50%

Invert 설정

기본적으로 Falloff 설정은 Field Object가 지정된 구역에 한해 해당 Effector가 적용되도록 설정하는 기능입니다.

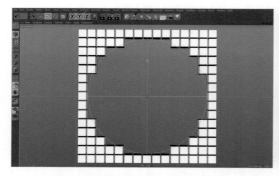
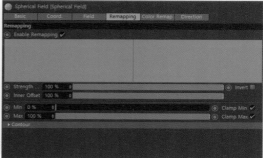

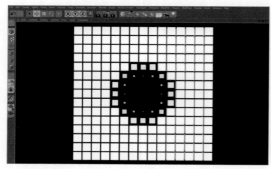
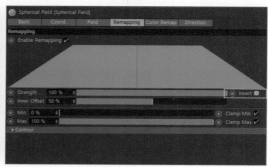

▲ Invert OFF

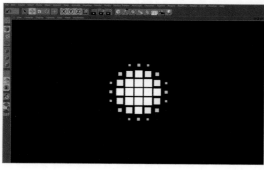
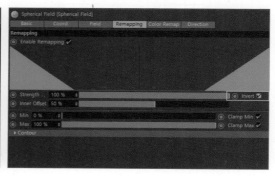

▲ Invert ON

Color Remap 설정

MoGraph Effector를 이용해 클론의 위치(Position), 크기(Scale), 회전(Rotate)값을 제어할 수 있고, 여기서 추가적으로 표현할 수 있는 것이 바로 클론의 컬러 제어입니다. Effector의 고유의 성질을 바탕으로(Random Effector는 색상을 랜덤하게 제어) 복제된 클론들에 효과가 적용된 영역에 한하여 우리가 원하는 색상(Custom Color)으로 변경할 수 있습니다.

시네마 4D R20 버전에 추가된 Field를 이용할 경우 각각의 Field 영역에 따른 독립적인 색상을 제어할 수 있으며 Color Remapping 설정은 해당 필드가 변경할 수 있는 컬러를 제어하는 기능을 가지고 있습니다.

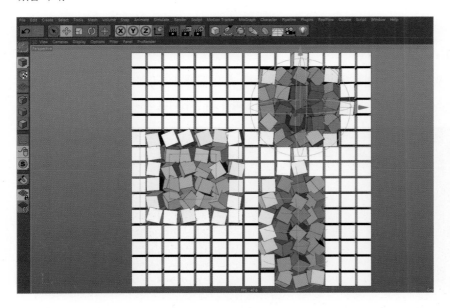

03 Vertex Weight를 활용한 Field

'Vertex Weight'란 오브젝트가 가지고 있는 각각의 포인트를 기반으로 '0'과 '1' 사이의 힘을 가져 보다 세밀하게 물체의 표면질감 또는 형태를 제어하기 위해 존재합니다. 새로운 기능인 Field는 Vertex Weight를 제어하는 용도로 사용할 수 있으며 변형되는 형태의 애니메이션에 활용할 경우 막강한 결과물을 도출할 수 있다는 장점이 있습니다.

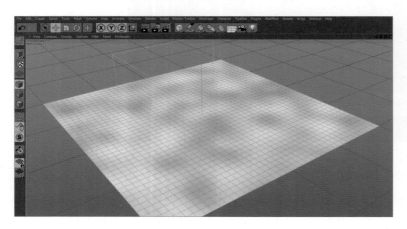

Vertex Weight 생성하기

오브젝트에 Vertex Weight를 설정하기 위해서는 Point를 가진 물체가 Editable되어 있는 상태에서 메뉴 바의 [Select]-[Set Vertex Weight] 기능을 통해 활성화가 가능합니다.

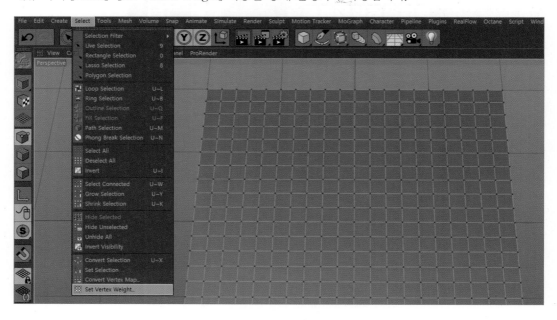

오브젝트 매니저에 생성된 Vertex Map Tag를 더블클릭할 경우 오브젝트에 지정된 태그의 세부 설정을 제어할 수 있습니다. 설정은 각각의 오브젝트에 Point를 기반으로 Brush 방식의 Weight를 생성할수 있는 도구로 구성되어 있습니다.

Vertex Weight의 Paint Tool이 활성화된 상태에서 오브젝트의 표면을 클릭할 경우 선택된 폴리곤을기준으로 Weight가 적용됩니다.

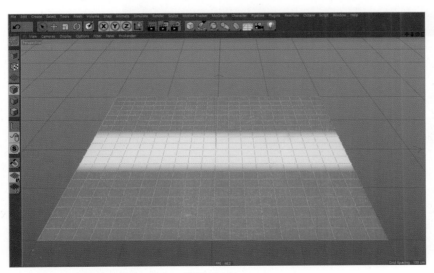

▲ Red Color : 0% Weight, Yellow Color : 100% Weight

Field를 활용하여 Vertex Weight를 제어하기 위해서는 Vertex Map Tag를 한번 클릭한 뒤 [Use Fields] 항목을 활성화합니다.

[Use Fields] 항목의 활성화되면 MoGraph Effector와 동일한 형태로 Field Object를 생성/제어할 수 있습니다.

실무 1

Vertex Weight를 활용한
파도 애니메이션

Vertex Weight와 함께 Field Object가 사용될 경우 기존의 보편적인 3D 툴이 가질 수 없는 막강한 효과를 발휘합니다. 특히 VFX 분야에서 특수 효과를 위해 사용되는 SideFX Houdini를 사용해야 표현이 가능한 어려운 시뮬레이션을 복잡한 연산을 거치지 않고 쉽고 간편한 눈속임으로 생성할 수 있다는 장점이 있습니다. 간단한 예제를 통해 파도에 젖어 들어가는 해변가를 표현해보도록 하겠습니다.

⏱ **예제 파일** : Field Vertex Wet – 시작파일.c4d   ⏱ **완성 파일** : Field Vertex Wet – 완성파일.c4d

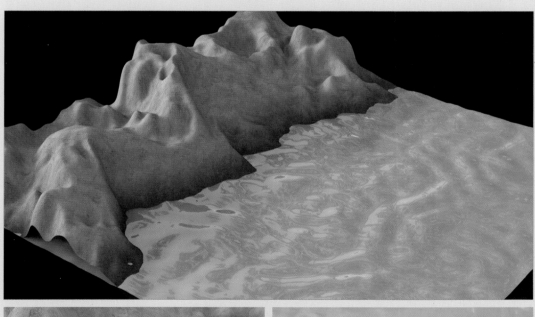

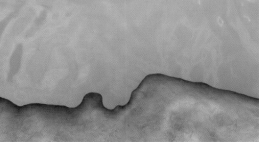

01 예제 파일(Field Vertex Wet–시작파일)을 불러옵니다. 세로로 솟아 있는 지형과 상하로 출렁이는 파도 애니메이션이 기본으로 준비되어 있습니다.

02 첫 번째로 지형의 표면에 파도가 닿을 때 색이 변할 수 있도록 설정하겠습니다. 오브젝트 매니저에서 [Ground] 오브젝트를 선택하고 좌측 커맨드 팔레트 바에서 Points가 선택된 상태에서 메뉴 바의 [Select]–[Set Vertex Weight]를 클릭합니다.

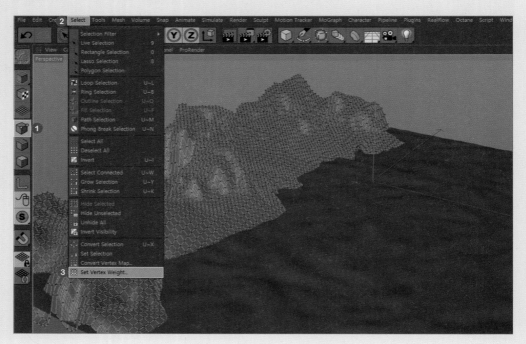

03 Vertex Weight가 지정될 때 최초에 각 포인트에 지정되는 Value값을 지정할 수 있는 설정이 나옵니다.
Value값이 '0%' 상태에서 〈OK〉 버튼을 클릭합니다.

04 오브젝트 매니저에서  Vertex Map Tag를 클릭하고 [Use Fields] 설정을 클릭하여 활성화합니다.
[Basic Properties] Use Fields : 체크

05 Freeze 기능은 사용하지 않기 때문에 [Freeze] 모디파이어의 체크를 해제하여 비활성화합니다.
[Fields] Freeze : 체크 해제

06 새로운 Linear Field 오브젝트를 생성합니다. [Field]의 [Length]는 '40cm', [Direction]은 'Y+' 방향으로 설정합니다.

[Field Object] • Linear Field Length : 40cm • Direction : Y+

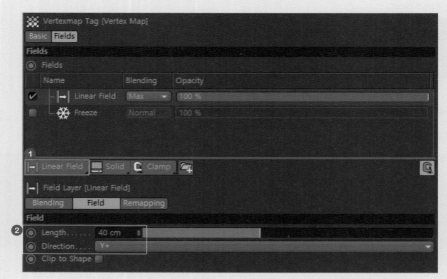

07 오브젝트 매니저의 [Linear Field]를 클릭하고 [Coord.] 탭 옵션 설정에서 [P.Y] 항목에 '−80cm'를 입력하여 Field 오브젝트가 해수면과 일치한 높이에 배열될 수 있도록 제어합니다.

[Coord.] P.Y : −80cm

08 상하로 랜덤하게 움직이는 파도와 Linear Field 오브젝트가 함께 움직일 수 있도록 오브젝트 매니저의 [Linear Field] 오브젝트를 [Ocean] 오브젝트 안에 계층 구조화합니다.

09 파도의 움직임에 따라 색이 바뀔 수 있게 새로운 텍스처를 생성하겠습니다. 화면 하단의 머티리얼 매니저의
[Create]–[New Material]을 클릭합니다.

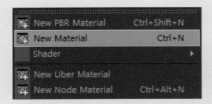

10 머티리얼 매니저에 새로 만들어진 Material을 더블클릭하여 [Material Editor] 대화상자를 열고 Color 채널
에서 Texture의 작은 화살표를 클릭하여 나타나는 메뉴 중 'Fusion'을 클릭합니다. Texture의 〈Fusion〉 버
튼을 클릭합니다.

[Color] Texture : Fusion, [Color] Texture : Fusion 클릭

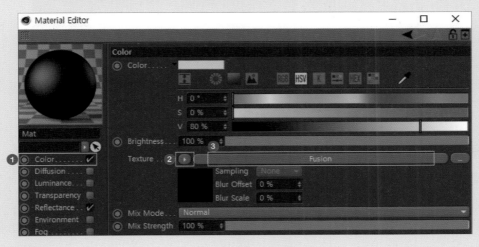

TIP Fusion Shader는 다른 두 가지의 텍스처를 블렌딩 소스를 통해 섞는 역할을 합니다.

11 Texture의 〈Fusion〉 버튼을 클릭하면 나타나는 메뉴에서 [Shader] 탭 옵션 중 Blend/Base Channel에 각각 새로운 'Color'를 적용합니다.

[Shader] Blend/Base Channel : Color

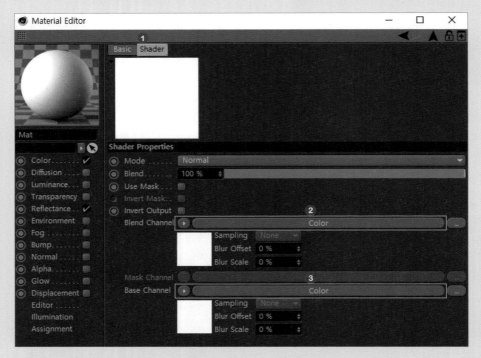

> **TIP** 이 두 가지 컬러는 물에 젖기 전의 모래와 물에 젖은 후 모래의 색상으로 사용됩니다.

12 Blend Channel과 Base Channel 사이에서 합성의 역할을 하기 위해 [Use Mark]를 체크하여 활성화합니다.

[Shader] Use Mask : 체크

13 Mask Channel에 'Effects – Vertex Map'을 적용합니다.

[Shader] Mask Channel : Effects – Vertex Map

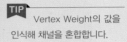

TIP Vertex Weight의 값을
인식해 채널을 혼합합니다.

14 [Blend Channel]에는 물에 젖기 전의 밝은 갈색의 컬러를 지정하고, [Base Channel]에는 물에 젖은 짙은
갈색의 컬러를 지정합니다. 두 가지의 채널을 혼합하기 위해 〈Vertex Map〉 버튼을 클릭합니다.

[Blend Color] Color–H/S/V : 28°/25%/90%, [Base Color] Color–H/S/V : 28°/60%/50%

[Shader] Mask Channel : Vertex Map 클릭

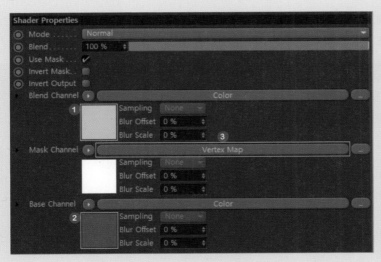

TIP Blend Channel의 컬러를 지정한 후 [Material Editor] 대화상자의 상단에 있는 ◀를 클릭해 이전 화면으로 돌아간 뒤 Base
Channel의 컬러를 지정할 수 있습니다.

15 옵션 중 [Vertex Map] 항목에 오브젝트 매니저의 [Ground] 오브젝트에 지정한 Vertex Map Tag를 클릭하여 링크합니다.

Vertex Map : Vertex Map

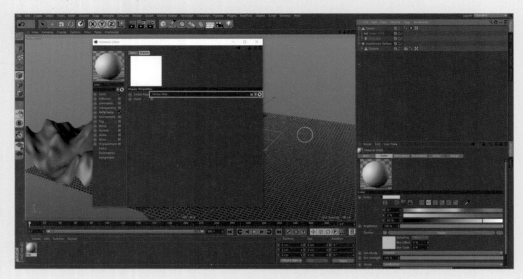

16 [Ground] 오브젝트에 제작한 Material을 드래그하여 적용한 뒤 F8 키를 눌러 간단한 애니메이션 테스트를 통해 파도에 반응하는 컬러 변화를 확인해보세요.

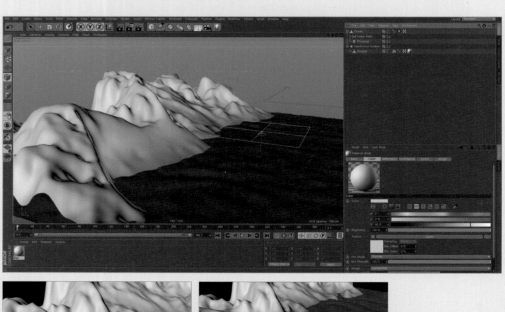

17 [Ocean] 오브젝트에도 지면과 가까운 부분에 땅의 색상이 비치도록 설정하겠습니다. [Ocean] 오브젝트가
선택된 상태에서 메뉴 바의 [Select]–[Set Vertex Weight]를 클릭합니다.

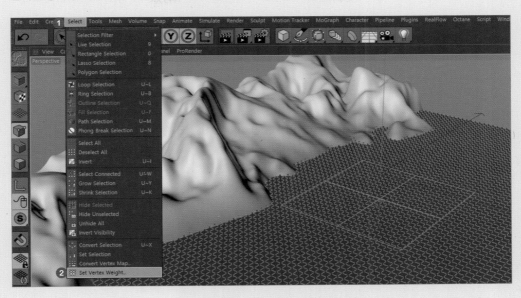

18 Value값이 '0%'인 상태에서 〈OK〉 버튼을 클릭합니다.

19 오브젝트 매니저에서 [Ocean]의  Vertex Map Tag를 클릭하고 [Use Fields] 클릭하여 속성을 활성화
합니다.

[Basic] Use Fields : 체크

20 Vertexmap의 [Fields] 설정이 활성화된 상태에서 기본으로 적용되어 있는 [Freeze] 모디파이어를 사용하지 않기 때문에 비활성화합니다.

[Fields] Freeze : 체크 해제

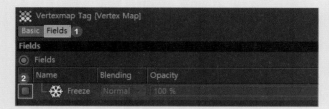

21 이번에는 Field Object가 아닌 Field Layer를 활용하는 방법을 알아보겠습니다. 오브젝트 매니저에 있는 [Ground] 오브젝트를 [Fields] 항목에 드래그하여 배치합니다.

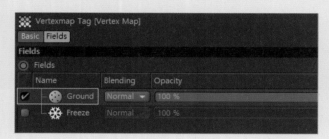

TIP Point Object Field는 외부적인 포인트 데이터가 Field와 반응할 수 있도록 설정하는 기능입니다.

22 Ocean Object가 Ground Object와 맞닿는 부분이 노란색으로 활성화되는 것을 확인할 수 있습니다.

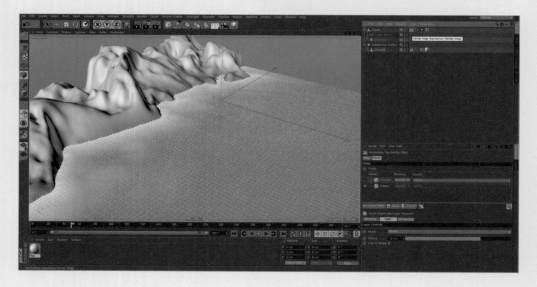

23 Ocean Object에 적용할 새로운 텍스처를 생성해보겠습니다. 머티리얼 매니저에서 [Create]-[New Material]을 클릭합니다.

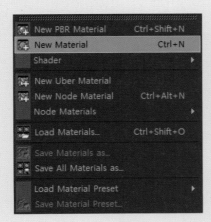

24 머티리얼 매니저에 새로 만들어진 [Material]을 더블클릭하여 [Material Editor] 대화상자를 엽니다. [Color] 채널의 Texture 옆의 화살표를 클릭하고 나타나는 메뉴 중에서 'Fusion'을 클릭하여 적용합니다. 〈Fusion〉 버튼을 클릭합니다.

[Color] • Texture : Fusion • Fusion 클릭

25 [Texture]의 〈Fusion〉 버튼을 클릭하면 나타나는 [Shader] 탭 옵션 중 Blend/Base Channel에 각각 새로운 'Color'를 적용합니다.

[Shader] Blend/Base Channel : Color

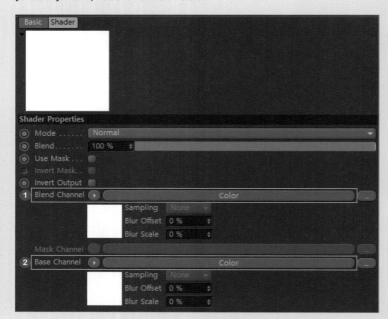

TIP 이 두 가지 Shader는 바닷물의 색상과 지면이 비춰지는 모래색으로 표현됩니다.

26 [Use Mask]를 체크하여 Mask Channel을 활성화합니다.

[Shader] Use Mark : 체크

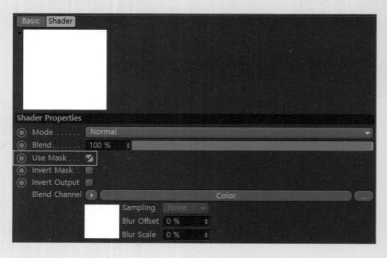

27 [Mask Channel]에는 'Effects − Vertex Map'을 적용하고 〈Vertex Map〉 버튼을 클릭합니다.

[Shader] •Mask Channel : Effects − Vertex Map •Vertex Map 클릭

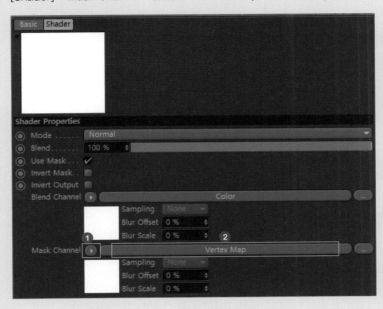

28 [Shader] 탭 설정 항목의 [Vertex Map]에 오브젝트 매니저의 [Ocean] 오브젝트의 Vertex Map 태그를 링크합니다.

<u>**29**</u> [Base Channel]은 바닷물의 푸른색이 되도록 Color Channel을 수정합니다. [Blend Channel]은 지표면이 비치는 밝은 갈색이 되도록 수정하겠습니다.

[Blend Color] Color-H/S/V : 30°/26%/100%, [Base Color] Color-H/S/V : 193°/63%/100%

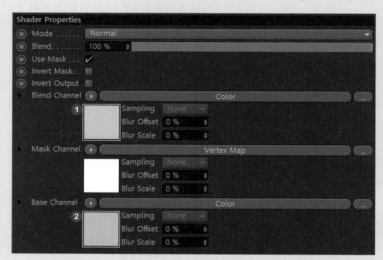

<u>**30**</u> 바닷물의 반사광택을 표현하기 위해 [Reflectance] 채널을 클릭하여 설정하겠습니다. 기본 레이어인 [Default Specular] 레이어를 선택한 상태에서 〈Remove〉 버튼을 클릭합니다.

<u>**31**</u> [Layers] 탭에서 [Add]-[Beckmann]을 클릭하여 반사 레이어를 생성합니다.

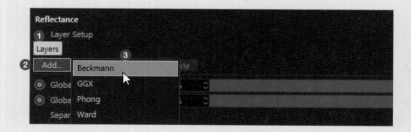

32 [Layer Fresnel]을 클릭하고 [Fresnel]의 'Dielectric' 모드를 클릭하여 활성화합니다. 반사율을 제어하는 [IOR] 값은 '1.5'로 변경합니다.

[Reflectance–Layer 1] • Layer Fresnel–Fresnel : Dielectric • IOR : 1.5

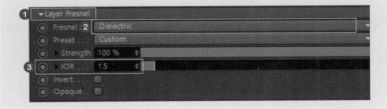

33 오브젝트 매니저의 [Ocean]에 새로 만들어진 Material을 드래그하여 적용한 후 F8 키를 눌러 지면과 맞닿는 부분의 색상이 거리에 따라 변하는 것을 확인합니다.

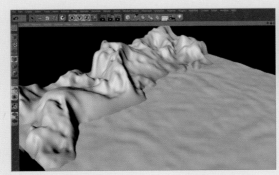

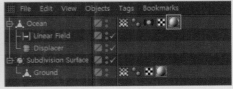

TIP Vertex Field의 기능을 이용하면 어렵고 복잡한 작업을 쉽고 간편하게 자동화할 수 있습니다.

실무 2 | Field를 활용한 Deformer 애니메이션

이번 예제를 통해 Vertex Field의 Modifier Layer로 구성된 Freeze 효과를 활용한 애니메이션에 대해 알아보겠습니다. 이 효과는 Vertex Map을 점진적으로 자라나게 해주며 특정한 지점에서부터 사방으로 번지는 효과를 쉽고 빠르게 제작할 수 있습니다. 만들기 어려운 VFX 기능을 Field를 활용해 간편하게 제작하는 실습을 하겠습니다.

예제 파일 : Grouth Field – 시작파일.c4d   완성 파일 : Grouth Field – 완성파일.c4d

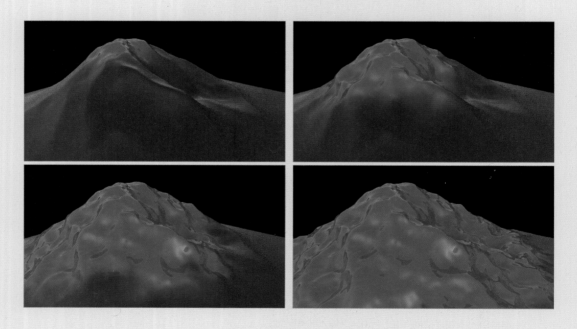

01 예제 파일(Grouth Field-시작파일.c4d)을 불러옵니다. Landscape 오브젝트로 제작된 지형이 준비되어 있습니다.

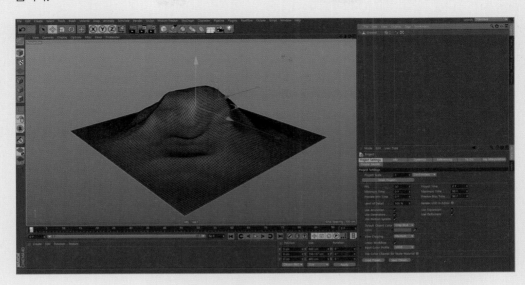

02  Points 모드를 클릭합니다. 오브젝트 매니저에서 [Ground]를 선택한 상태에서 메뉴 바의 [Selection]-[Set Vertex Weight]를 클릭합니다. [Set Vertex Weight] 대화상자가 열리면 〈OK〉 버튼을 클릭합니다.

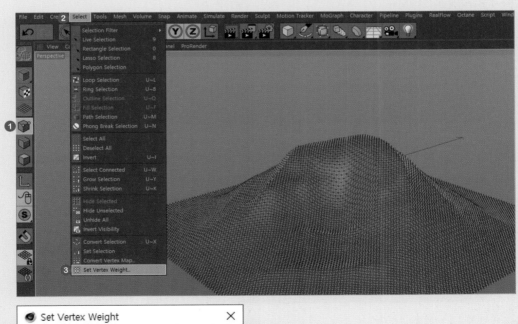

03 생성된  Vertexmap Tag를 클릭하고 [Use Fields] 설정을 활성화합니다.

[Basic Properties] Use Fields 체크

04 Ground 오브젝트에 영향력을 미치는 시작점의 역할로 사용할 [Spherical Field] 오브젝트를 생성합니다.

[Fields] Field Object : Spherical Field

05 오브젝트 매니저에서 [Sphere Field]를 클릭하여 [Field] 탭 설정 항목 중 [Size]를 설정합니다.

[Field] Size : 30cm

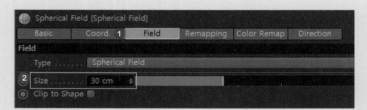

06 Ground 오브젝트의 지형 꼭대기 지점에서부터 효과가 시작될 수 있도록 위치값을 제어합니다.

[Coord.] • P. X : −35cm • P. Y : 50cm • P. Z : 60cm

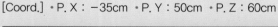

07 오브젝트 매니저에서 [Ground] 오브젝트의 ![icon] Vertexmap Tag를 클릭합니다. [Fields] 목록 중 기본으로 설정되어 있는 [Freeze] 모디파이어를 선택하고 [Layer] 탭 설정 항목 중 [Mode]를 'Grow'로 변경합니다. [Radius]는 '50cm', [Effect Strength]는 '15%'를 입력합니다.

[Fields] Freeze 클릭, [Layer] ·Mode : Grow ·Radius : 50cm ·Effect Strength : 15%

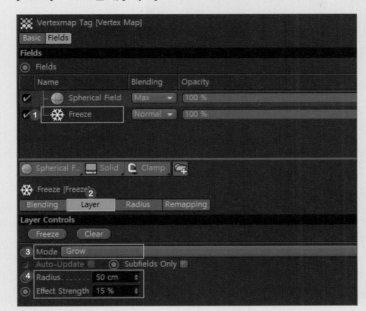

> **TIP**
> Radius : Field가 영향을 미칠 반경을 정의합니다.
> Effect Strength : Grow의 효과가 진행될 속도를 제어합니다.

08 F8 키를 눌러 [Sphere Field]가 [Ground] 오브젝트와 접촉된 부분에서부터 Vertexmap이 자라나는 것을 확인할 수 있습니다.

09 Field의 생성 형태가 자라나는 표현에 무작위를 적용하기 위해 [Freeze] 모디파이어를 클릭하고 [Radius] 탭 설정 항목 중 [Random Field]를 추가합니다.

[Radius] Field Object : Random Field

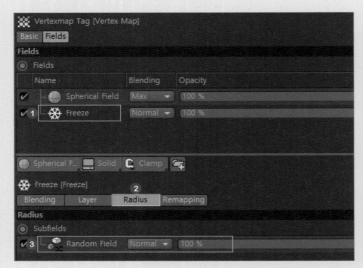

TIP Freeze와 같은 모디파이어는 내부에 새로운 효과를 담을 수 있습니다.

10 새롭게 추가된 [Random Field]의 [Field] 탭 설정 항목 중 [Random Mode]를 'Noise'로 설정합니다. [Noise Type]은 'Displaced Voronoi'로, [Scale]을 '500%'로 지정합니다.

[Field] • Random Mode : Noise • Noise Type : Displaced Voronoi • Scale : 500%

11 Vertex Weight에 적용된 Field의 변화를 이용해 Ground 오브젝트의 형태를 제어할 수 있도록 Displacer 디포머를 적용하겠습니다. 상단 커맨드 팔레트 바의 [Bend]–[Displacer]를 클릭합니다.

12 [Displacer] 디포머 오브젝트를 클릭하여 [Ground] 오브젝트에 영향을 미칠 수 있도록 [Ground] 오브젝트 의 하위 계층 구조로 설정합니다.

13 Displacer 디포머의 [Falloff] 탭 설정 항목 중 [Field] 항목에 Ground 오브젝트에 적용된 'Vertex Map'을 드래그하여 배치합니다.

[Falloff] Field : Vertex Map

TIP Displacer 디포머는 외부적인 Shader를 인식할 수 있지만 추가적으로 Falloff 설정이 있어 Vertex Map과 같은 Field의 구성 또한 인식할 수 있습니다.

14 [Shading] 탭 설정 항목 중 Displacer 디포머에 적용된 Vertex Map에 반응할 [Shader]에서 'Noise'를 클릭하여 적용하고 〈Noise〉 버튼을 클릭합니다.

[Shading] • Shader : Noise • Noise 클릭

15 [Shader] 탭의 [Noise]는 'Displaced Voronoi'로 설정하고 [Global Scale]은 '500%'로 변경합니다.

[Shader] • Noise : Displaced Voronoi • Global Scale : 500%

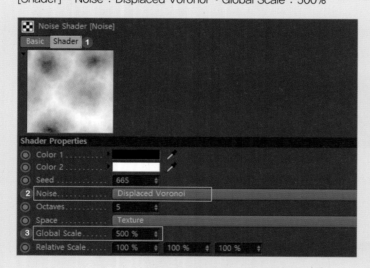

16 F8 키를 눌러 간단한 애니메이션 뷰를 통해 표면의 변화를 확인할 수 있습니다. Noise Shader의 타입에 따라 다른 형태로 변화가 가능합니다.

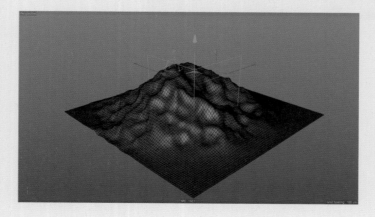

17 형태의 변화에 따라 Ground 오브젝트의 표면 재질이 같이 변화될 수 있도록 새로운 Material을 제작해보겠습니다. 머티리얼 매니저에서 [Create]–[New Material]을 클릭하고 새로 만들어진 Material을 더블클릭하여 [Material Editor] 대화상자를 엽니다. [Color] 탭 설정 항목 중 [Texture]를 'Fusion'으로 변경합니다. 〈Fusion〉 버튼을 클릭합니다.

[Color] · Texture : Fusion · Fusion 클릭

18 〈Fusion〉 버튼을 클릭하면 나타나는 [Shader] 탭 설정 항목 중 [Base/Blend Channel] 각각의 항목에 'Color'를 적용합니다. Color 쉐이더는 단색을 표현합니다.

[Shader] Blend/Base Channel : Color

19 두 채널을 Vertex Weight를 기준으로 변화될 수 있도록 [Use Mask]가 설정된 상태에서 [Mask Channel]
에 'Vertex Map'을 적용합니다.

[Shader] • Use Mask 체크 • Mask Channel : Vertex Map

20 Base Channel과 Blend Channel에는 변화의 전과 후 각각의 색상을 지정하겠습니다. [Base Channel]의
경우 Vertex Weight가 적용되기 전의 색상을 [Blend Channel]의 경우 Vertex Weight가 적용된 후의 색상
을 제어합니다.

[Blend Color] Color — H/S/V : 221/72/72, [Base Color] Color — H/S/V : 221/0/14

21 [Shader] 탭 설정 항목 중 [Mask Channel]로 설정한 〈Vertex Map〉 버튼을 클릭합니다. 새로 나타나는 옵션 중 [Vertex Map]의 화살표를 클릭하고 오브젝트 매니저의 [Ground] 오브젝트에 지정된 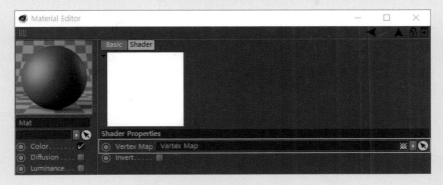 Vertexmap Tag를 클릭하여 링크합니다.

[Shader] ・Mask Channel : Vertex Map 클릭 ・Vertex Map : Vertex Map

22 제작된 Material을 드래그하여 오브젝트 매니저에 있는 [Ground] 오브젝트에 적용한 뒤 ▶ Play Forwards를 클릭하여 형태의 변화와 함께 컬러의 변화를 확인합니다.

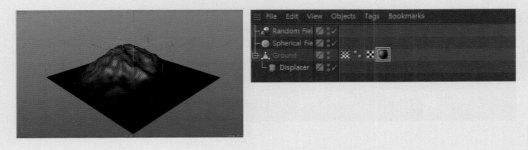

23 Ground 오브젝트의 부족한 폴리곤 개수를 보완하기 위해 상단 커맨드 팔레트 바의 [Subdivision Surface]를 클릭하여 제네레이터를 생성합니다.

24 오브젝트 매니저에서 [Ground] 오브젝트를 클릭하고 [Subdivision Surface]의 하위 계층으로 배치합니다.

TIP Subdivision Surface에 적용된 Ground 오브젝트는 부드럽게 분할된 폴리곤 표면과 함께 완성됩니다.

02 MoGraph MoText 오브젝트

≫ 시네마 4D 툴을 이용해 3D 텍스트를 표현하는 방법은 다양합니다. 다만, 텍스트를 이용한 애니메이션 작업 시 가장 편리하게 사용할 수 있는 기능이 바로 MoText입니다. MoText 오브젝트는 기존의 글자를 만드는 구조와 함께 MoGraph Effector를 혼합하여 활용할 수 있다는 장점을 가지고 있습니다. 따라서 한번 제작한 애니메이션의 구성을 언제든 손쉽게 재생산할 수 있고 구조를 파악하기 쉽습니다.

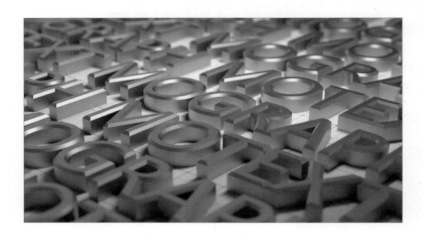

01 MoText 오브젝트의 구조 이해하기

MoGraph 모듈 중 글자를 제어할 수 있는 기능인 MoText 오브젝트는 Text Spline과 Extrude 제네레이터가 결합된 형태와 유사한 구조를 가지고 있습니다. 다만 MoGraph Effector를 혼합할 수 있는 설정이 존재해 다양한 형태로 변형이 가능합니다. 지금부터 MoText 오브젝트의 내부 설정과 구조에 대해 알아보겠습니다.

Object 설정

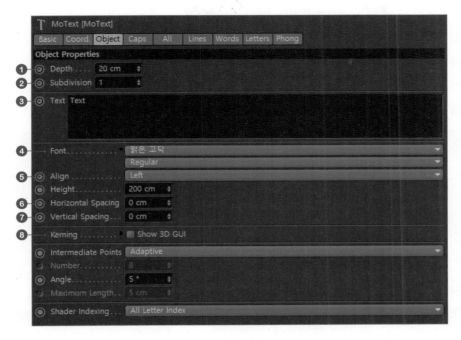

① **Depth** : 생성한 글자의 두께를 제어할 수 있는 설정입니다.

▲ Depth : 20cm

▲ Depth : 40cm

② **Subdivision** : Depth에 의해 생성된 두께의 분할 수치를 설정합니다.

▲ Subdivision : 2

▲ Subdivision : 4

❸ Text : MoText를 이용해 제작할 글자를 입력합니다. 해당 설정은 Effector에 의한 애니메이션 작업 후에도 수정이 가능하여 프로젝트 재생산에 용이합니다.

❹ Font : 입력한 글자에 적용할 서체(Font)와 굵기 등을 제어할 수 있습니다.

❺ Align : 생성된 글자의 정렬 기준을 정의하는 설정입니다. 이 경우 글자의 배치가 아닌 중심점(Axis)의 위치를 좌측/우측 또는 중앙으로 정렬합니다.

❻ Horizontal Spacing : 입력된 글자들의 글자간 간격(자간)을 제어하는 설정입니다.

❼ Vertical Spacing : 입력된 글자들의 줄간격(행간)을 제어하는 설정입니다.

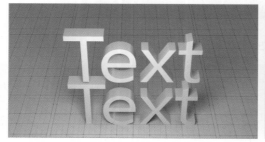 

❽ Kerning : 글자 간의 간격이나 높낮이, 크기 등을 자유자재로 제어할 수 있는 설정입니다. 이 기능을 활용하면 하나의 MoText 오브젝트를 이용해 보다 다양한 글자의 형태를 제작할 수 있습니다. Kerning 기능은 Model 모드 설정일 때만 동작합니다.

▲ 글자 위에 생성되는 아이콘을 이용해 글자별 좌우측 간격 설정

▲ 글자 우측 하단에 생성되는 세모 모양 아이콘을 이용해 상하 위치값 설정

02 MoText 모듈과 Effector의 활용

이번에는 MoText 오브젝트와 MoGraph Effector를 연계하는 방법에 대해 알아보겠습니다. MoText 오브젝트에는 글자의 전체, 줄, 단어, 글자별 Effector 설정 항목이 있으며 또한 중복해서 사용이 가능합니다.

01 메뉴 바의 [MoGraph]–[MoText]를 클릭하고 [Object] 탭 [Text] 항목에 여러 줄로 텍스트를 입력합니다.
[Object] Text : 시네마 4D MoText 시네마 4D(4줄 입력)

02 MoText 오브젝트가 선택되지 않은 상태에서 메뉴 바의 [MoGraph]–[Effector]–[Random]을 클릭하여 새로운 Random 이펙터를 생성합니다.

03 Random 이펙터의 [Parameter] 탭 설정 항목 중 [Rotation] 설정을 활성화한 뒤 각각의 축 방향에 '90"를 입력합니다.

[Parameter] ・ Rotation 체크 ・ R.H/P/B : 90°

04 오브젝트 매니저에서 [MoText]를 선택하고 [Letters] 탭 설정 항목 중 [Effects] 설정에 'Random' 이펙터를 링크하면 각 글자별 독립적인 효과가 적용됩니다.

[Letters] Effects : Random

05 Ctrl + Z 키를 2번 눌러 이전에 적용한 효과를 취소하고 [Words] 탭 설정 항목 중 [Effects]에 [Random] 이펙터를 링크시킬 경우 각 단어별(띄어쓰기가 된) 독립적인 효과가 적용됩니다.

[Words] Effects : Random

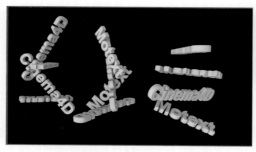

06 Ctrl + Z 키를 2번 눌러 이전에 적용한 효과를 취소하고 [Lines] 탭 설정 항목 중 [Effects]에 'Random' 이 펙터를 링크시킬 경우 각 줄별 독립적인 효과가 적용됩니다.

[Lines] Effects : Random

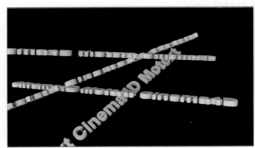 

07 Ctrl + Z 키를 2번 눌러 이전에 적용한 효과를 취소하고 [All] 탭 설정 항목 중 [Effects]에 'Random' 이펙 터를 링크시킬 경우 글자 전체가 효과의 영향을 받습니다.

[All] Effects : Random

08 MoText 오브젝트의 Effector 인식 설정은 두 개 이상을 동시에 링크시켜 사용이 가능합니다. Ctrl + Z 키 를 2번 눌러 이전에 적용한 효과를 취소하고 [Lines] 설정과 [Letters] 설정에 동시에 'Random' 이펙터가 적용될 경우 혼합하여 사용할 수 있습니다.

[Lines] Effects : Random, [Letters] Effects : Random

 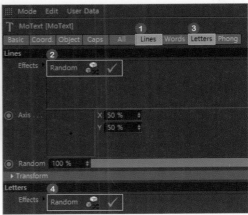

실무
3

MoText 모듈을 활용한 타이틀 애니메이션

시네마 4D 툴을 이용해 3D 텍스트를 표현하는 방법은 다양하지만 글자들을 이용한 애니메이션 활용은 MoText 모듈만큼 간편하고 효율적인 것은 없습니다. 이번 예제는 입력한 낱말들을 MoGraph Effector와 연계하여 단순한 키프레임 작업만으로 구체적인 타이틀 애니메이션을 만들어보겠습니다. 나아가 제작된 애니메이션 프리셋은 언제든 재생산이 가능한 구조로 제작할 예정입니다.

⏱ **완성 파일** : Motext-완성파일.c4d

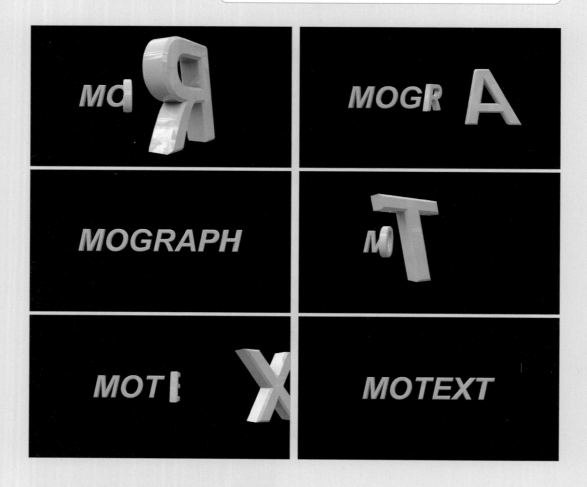

01 메뉴 바의 [MoGraph]−[MoText]를 클릭하여 새로운 MoText 오브젝트를 생성합니다.

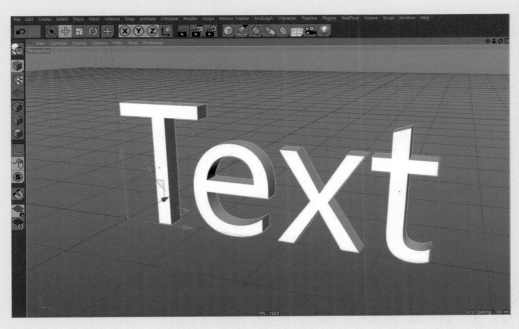

TIP MoText는 모션그래픽에 최적화된 글자 오브젝트입니다.

02 MoText 오브젝트의 세부 설정을 제어해 글자를 디자인하겠습니다. 원하는 글자와 폰트를 설정하고 정렬은 중앙정렬, 크기를 조금 줄여줍니다.

[Object] • Text : MoGraph • Font : Arial Bold Italic • Align : Middle • Height : 150cm

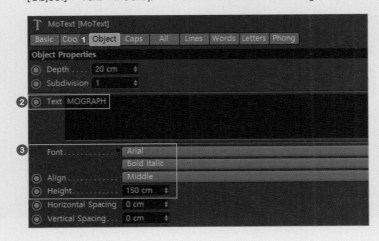

03 MoText 오브젝트의 [Caps] 탭 설정을 통해 글자의 모서리를 제어하겠습니다. [Start]와 [End]를 'Filet Cap' 모드로 설정하고 [Radius]는 '3cm'로 입력합니다. 단변의 안쪽 방향으로 Fillet을 적용하기 위해 [Constrain] 설정을 활성화합니다.

[Caps] • Start/End : Filet Cap • Start/End Radius : 3cm • Constrain : 체크

04 현재까지 진행한 설정을 통해 모서리가 각진 형태의 3D 타이포의 기본 형태가 완성되었습니다.

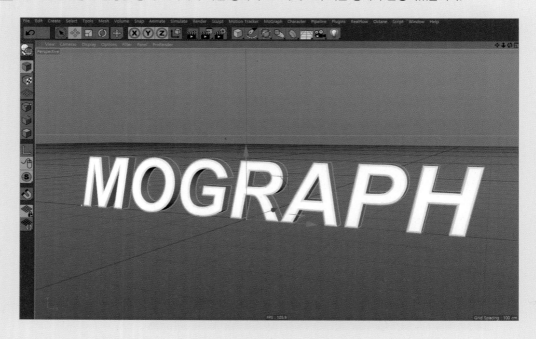

05 MoText 오브젝트가 선택된 상태에서 새로운 Plain Effect를 설정하기 위해 메뉴 바의 [MoGraph]–[Effector]–[Plain]을 클릭합니다.

06 애니메이션 타임라인을 [200F]으로 늘리기 위해 메뉴 바의 [Edit]–[Project Settings(Ctrl + D)]를 클릭하고 [Project Setting] 탭 설정 항목 중 [Maximum Time]과 [Preview Max Time] 설정에 각각 '200F' 수치를 입력합니다.

[Project Setting] Maximum Time/Preview Max Time : 200F

07 Plain Effect에 의해 글자가 영향을 받을 파라미터를 설정하겠습니다. [Plain] 이펙트의 [Parameter] 탭 설정 항목 중 [Position]과 [Rotation] 설정을 제어합니다.

[Parameter] • Position : 체크 • P.Z : 1500cm • Rotation : 체크 • R.H : −360°

08 순차적인 Effect의 적용을 표현하기 위해 [Falloff] 항목을 설정합니다. [Field Object]에서 'Linear Field'를 클릭하고 [Field]의 [Length] 설정에 '150cm', [Direction] 설정은 'X−' 방향으로 지정합니다.

[Falloff] • Field Object : Linear Field • [Field] Length : 150cm • Direction : X−

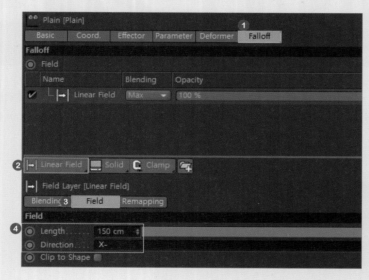

09 오브젝트 매니저에서 [Linear Field]를 클릭하고 타임라인이 '0F'인 시점에 Linear Field의 [Coord.] 탭 설정 항목 중 [P.X]를 '−600cm'로 키프레임을 지정합니다.

[Frame] 0F, [Coord.] • P.X : −600cm • Record 클릭

10 타임라인 마커를 '60F'에 위치하고 Linear Field의 [Coord.] 탭 옵션 중 [P.X]를 '600cm'로 키프레임을 지정합니다.

[Frame] 60F, [Coord.] ・P.X : 600cm ・Record 클릭

11 F8 키를 눌러 간단한 애니메이션 프리뷰를 통해 좌측에서 우측의 순서로 글자들이 Z축의 방향으로 애니메이션되는 것을 확인할 수 있습니다.

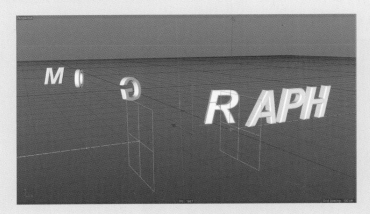

12 Z축으로 애니메이션 된 글자에 추가적인 움직임을 표현하기 위해 [MoText] 오브젝트를 선택하고 메뉴 바의 [MoGraph]–[Effector]–[Plain]을 클릭하여 새로운 Plain 이펙터를 설정합니다.

13 [Plain.1] 이펙터의 [Parameter] 탭 설정 항목 중 [P.Y] 설정을 제어합니다.

[Parameter] P.Y : −700cm

14 두 번째 움직임도 순차적인 Effect 적용을 위해 [Falloff] 항목을 설정하겠습니다. 새로운 Linear Field를 생성합니다. [Field]의 [Length] 설정에 '150cm'를 적용하고 [Direction] 설정을 'X−' 방향으로 지정합니다.

[Falloff] Field Object : Linear Field, [Field] • Length : 150cm • Direction : X−

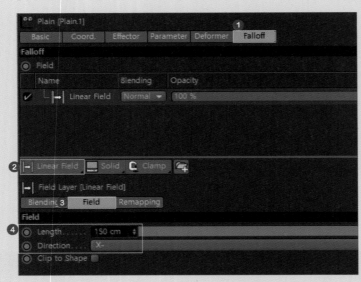

15 Z축 방향으로 1차 애니메이션 된 글자들을 추가적으로 Y축의 방향으로 이동시키겠습니다. 타임라인 마커를 '90F'에 위치하고 [Linear Field]의 [P.X]를 '−600cm'인 키프레임을 지정합니다.

[Frame] 90F, [Coord.] • P.X : −600cm • Record 클릭

16 타임라인이 '120F'인 시점에 Linear Field의 [P.X]를 '600cm'인 키프레임을 지정합니다.

[Frame] 120F, [Coord.] ⋅ P.X : 600cm ⋅ Record 클릭

17 2개의 Plain Effect에 의한 움직임을 보다 부드럽고 자연스럽게 표현할 수 있도록 새로운 Delay Effect를 설정하겠습니다. 메뉴 바의 [MoGraph]-[Effector]-[Delay]를 클릭합니다.

18 Delay Effect의 [Effector] 탭 설정 항목 중 강도 설정인 [Strength]에 '85%'의 수치를 입력합니다.

[Effector] Strength : 85%

19 새로운 MoText 오브젝트를 생성하겠습니다. 메뉴 바의 [MoGraph]-[MoText]를 클릭합니다.

20 Text 설정에 새로운 글자를 입력하며 폰트와 굵기 등을 원하는 형태로 지정합니다. [Align] 항목을 'Middle' 로 지정한 뒤 글자의 크기 [Height] 설정을 '150cm'로 설정합니다.

[Object] • Text : MOTEXT • Font : Arial, Bold Italic • Align : Middle • Height : 150cm

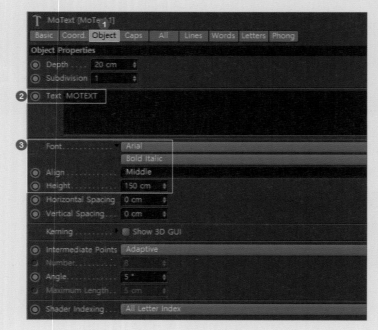

21 MoText 오브젝트의 [Caps] 설정을 통해 글자의 모서리를 제어하겠습니다. [Start]와 [End]에 'Filet Cap' 모드로 설정하며 [Radius]에 '3cm'를 입력합니다. 단변의 안쪽 방향으로 Fillet을 적용하기 위해 [Constrain] 설정을 활성화합니다.

[Caps] ・Start/End : Filet Cap ・Start/End Radius : 3cm ・Constrain : 체크

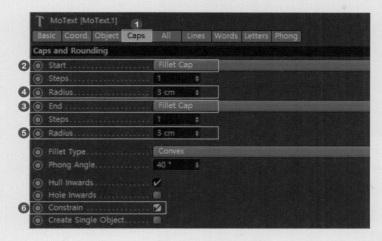

22 [MoText.1]이 선택된 상태에서 메뉴 바의 [MoGraph]-[Effector]-[Plain]을 클릭하여 새로운 Plain 이펙터를 설정합니다.

23 Plain 이펙터에 의해 두 번째 MoText의 낱말이 영향을 받을 파라미터를 설정하겠습니다. [Plain.2] 이펙터의 [Parameter] 설정 항목 중 [Position]과 [Rotation] 설정을 제어합니다.

[Parameter] • P.Z : 1500cm • R.H : −360˚

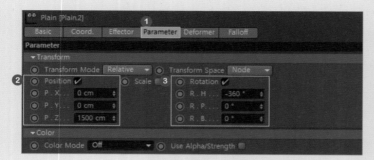

24 Plain Effect가 순차적으로 적용될 수 있도록 [Falloff] 설정을 제어하겠습니다. [Field Object]는 'Linear Field'를 클릭한 뒤 [Field] 탭 옵션 중 [Length]와 [Direction]을 설정합니다.

[Falloff] Field Object : Linear Field; [Field] • Length : 150cm • Direction : X−

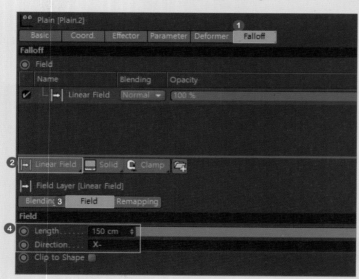

25 Linear Field 오브젝트를 좌측에서 우측으로 움직여보겠습니다. 타임라인 마커를 '60F'에 위치하고 Linear Field의 [Coord.] 탭 설정 항목 중 [P.X]를 입력하여 키프레임을 지정합니다.

[Frame] 60F, [Coord.] • P.X : −600cm • Record 클릭

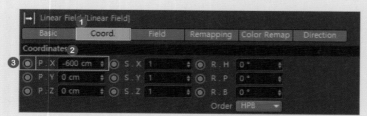

26 타임라인이 '150Frame'인 시점에 Linear Field의 [Coord.] 탭 설정 항목 중 [P.X]를 입력하여 키프레임을
지정합니다.

[Frame] 150F, [Coord.] ·P.X : 600cm ·Record 클릭

27 Z축 방향의 움직임 뒤 2차적인 Y축 움직임을 위해 새로운 Plain Effect를 생성하겠습니다. 오브젝트 매니저
에서 [MoText.1]을 선택하고 메뉴 바의 [MoGraph]–[Effector]–[Plain]을 클릭합니다.

28 Y축에 대한 추가적인 애니메이션을 위해 [Plain.3] 오브젝트의 [Parameter] 탭 설정 항목 중 [P.Y] 설정에
'−700cm' 수치를 적용합니다.

[Parameter] P.Y : −700cm

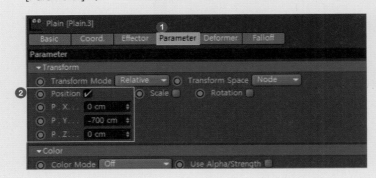

<u>**29**</u> 두 번째 MoText 오브젝트도 순차적인 애니메이션을 표현하기 위해 [Falloff] 설정을 제어합니다. [Falloff] 탭에서 새로운 Linear Field를 생성 후 [Length]는 '150cm', [Direction]은 'X−'로 설정합니다.

[Falloff] Field Object : Linear Field, [Field] • Length : 150cm • Direction : X−

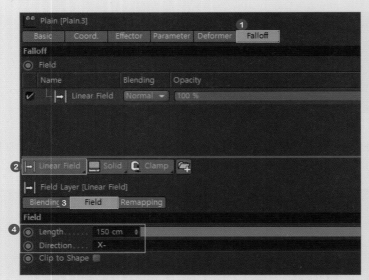

<u>**30**</u> 타임라인 마커를 '140F'에 위치하고 [Coord.] 탭 설정 항목 중 [P.X]를 '−600cm' 키프레임을 지정합니다.

[Frame] 140F, [Coord.] • P.X : −600cm • Record 클릭

<u>**31**</u> 타임라인 마커를 '170F'에 위치하고 [Coord.] 탭 옵션 중 [P.X]를 '600cm' 키프레임을 지정합니다.

[Frame] 170F, [Coord.] • P.X : 600cm • Record 클릭

32 하나의 Delay Effect에 의해 모든 Plain Effect가 영향을 받을 수 있도록 오브젝트 매니저의 [MoText.1]을 클릭하고 [Letters] 탭 옵션 중 Effects에 그림과 같은 순서로 'Plane.3'을 배치하여 링크합니다.

[Letters] Effects : Plane.3 배치

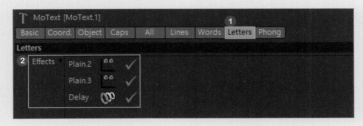

33 새로운 Camera 오브젝트를 생성합니다. 상단 커맨드 팔레트 바의 [Camera]를 클릭합니다.

34 모든 애니메이션의 시작 지점에서는 뷰앵글이 글자보다 앞에 배치될 수 있도록 Camera 오브젝트의 위치 값을 수정하겠습니다.

[Coord.] • P.X : 0cm • P.Y : 50cm • P.Z : 400cm

35 타임라인 마커를 '0F'에 위치하고 Camera 오브젝트의 [Coord.] 탭 설정 항목 중 [P.Z]의 키프레임을 지정합니다.

[Frame] 0F, [Coord.] • P.Z : 400cm • Record 클릭

36 타임라인 마커를 '200F'에 위치하고 Camera 오브젝트의 [Coord.] 탭 옵션 중 [P.Z]의 키프레임을 지정합니다.

[Frame] 200F, [Coord.] • P.Z : 100cm • Record 클릭

37 키 애니메이션이 설정된 Camera 오브젝트가 균등한 속도로 움직일 수 있도록 타임라인 설정의 F-Curve 그래프 형태를 수정하겠습니다. 메뉴 바의 [Window]-[Timeline(F-Curve)]을 클릭합니다.

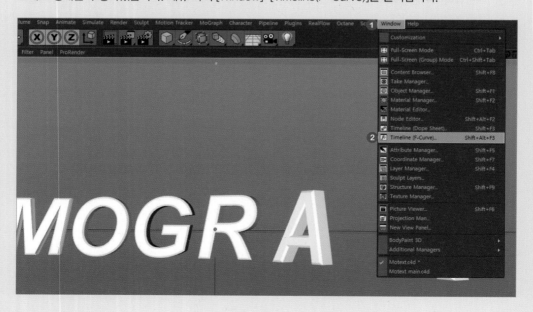

38 F—Curve 그래프의 초기 설정에서는 Camera 오브젝트에 설정된 모든 키프레임이 선택되어 있습니다. 곡
선화된 그래프의 모양을 직선으로 변경해보겠습니다.

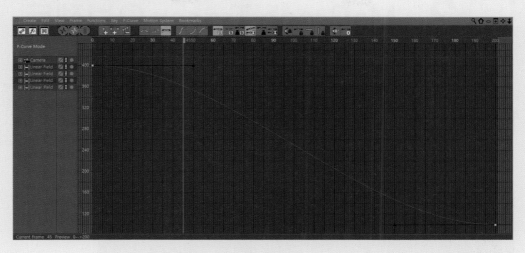

39 F—Curve 매니저의 Spline 그래프 모드를 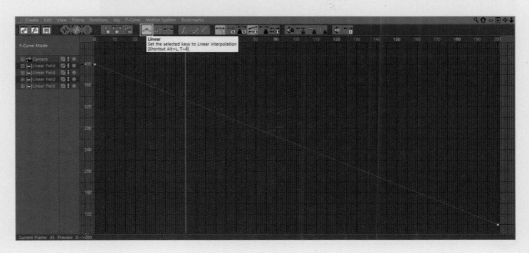 Linear 모드로 변경합니다. 이 경우 시작부터 끝까지의 애니
메이션 속도는 균일하게 변경됩니다.

03 MoGraph Tracer 오브젝트

>> MoGraph Tracer 오브젝트는 파티클 혹은 오브젝트의 움직임을 추적해 그 궤적에서 Spline을 생성하는 형태로 작동합니다. 크게 3가지 방식으로 동작하는 Tracer 오브젝트는 모션그래픽 분야에서 오브젝트의 움직임에 보조적인 목적으로 사용하며 속도감, 연결성 등을 표현하는 다양한 방법을 제시합니다.

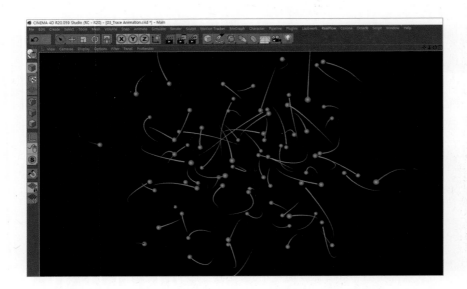

01 Tracer 오브젝트의 구조 이해하기

Tracer 오브젝트의 구조는 생각보다 단순합니다. 다른 제네레이터 계열과는 달리 효과에 적용되고자 하는 오브젝트가 Tracer Link에 연결되는 방식으로 동작하며 3가지 Tracing Mode를 이용해 움직임의 궤적을 그려낼 수 있습니다.

Object 설정

① **Trace Link** : 이 설정을 이용해 트레이싱 될 오브젝트를 인식시킬 수 있습니다. 트레이서 될 오브젝트를 드래그하여 링크 설정 안에 드롭해주는 방식으로 적용시킵니다. Polygon, Spline, Null, Light, Cloner, Matrix 오브젝트, Emitter 등을 링크하여 사용할 수 있습니다.

② **Tracing Mode** : Tracer에 링크된 오브젝트의 트레이싱 방식을 결정할 수 있습니다. 총 3가지 모드로 구분되어 있으며 Trace Path(궤적 경로), Connect All Object(모든 오브젝트 접속), Connect Elements(개체 접속) 방식이 있습니다.

  ① **Trace Paths** : Trace Link에 소속된 오브젝트가 움직임을 가질 경우 Trace Path 모드는 그 움직임의 궤적 경로를 Spline 형태의 Tracer로 표현합니다.

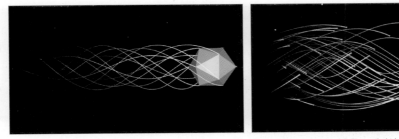

▲ 폴리곤 오브젝트와의 트레이싱   ▲ 파티클 Emittor를 사용한 트레이싱

  ② **Connect All Object** : Trace Link에 링크된 다수의 오브젝트들이 하나의 Trace Path의 순서대로 연결되는 형태로 동작됩니다.

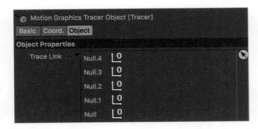

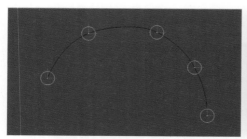 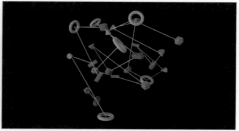

③ **Connect Elements** : 이 설정은 Connect All Object와 거의 유사하게 동작합니다. 다만, Mo-Graph Cloner와 연계될 시 독립된 복제 오브젝트끼리만 Trace로 연결하는 형태로 작동합니다.

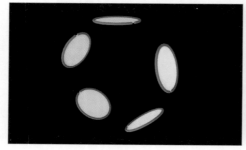 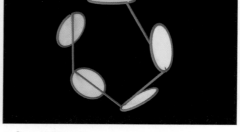

▲ Connect All Object   ▲ Connect Elements

③ **Trace Vertices** : 오브젝트가 가진 각각의 Point로부터 경로를 생성할 것인지 오브젝트의 중심축을 기준으로 한 개의 궤적 경로만을 생성할 것인지 결정하는 설정입니다.

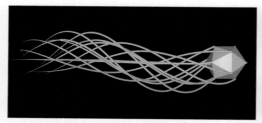 

▲ Trace Vertices ON   ▲ Trace Vertices OFF

④ **Limit** : 움직임의 궤적 경로에 따라 발생한 트레이서가 지속될 시간을 제어할 수 있는 설정입니다. 키 프레임 지정 값만큼 애니메이션의 시작 시점부터의 트레이서를 생성하거나 종료점에서의 트레이서 생성을 제어합니다.

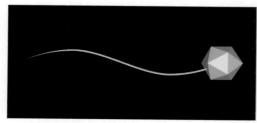 

▲ From Start(30F)   ▲ From End(30F)

실무 4

Tracer 오브젝트를 활용한 파티클 애니메이션

Tracer 오브젝트를 활용한 간단한 예제를 진행해보도록 하겠습니다. 궤적 경로를 활용해 제작된 Spline을 MoGraph Cloner 오브젝트를 활용하여 경로를 따라 생성되는 파티클 애니메이션을 제작해 보겠습니다.

완성 파일 : Tracer – 완성파일.c4d

01 제작하고자 하는 애니메이션의 총 길이를 제어하기 위해 메뉴 바의 [Edit]–[Project Settings]를 클릭하면 나타나는 [Project Setting] 탭 설정 항목 중 [Maximum Time]과 [Preview Max Time]을 설정합니다.

[Project Setting] Maximum Time/Preview Max Time : 240F

02 Tracer에 의한 Path를 제작하기 위해 더미 오브젝트로 사용될 [Null] 오브젝트를 생성하겠습니다. 상단 커맨드 팔레트 바의 [Cube]–[Null]을 클릭합니다.

03 생성된 [Null] 오브젝트의 [Basic] 탭 속성 항목에서 오브젝트의 이름을 변경합니다.

[Basic] Name : Tracer Path

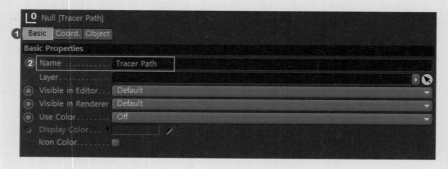

04 Null 오브젝트의 [Object] 탭 속성 항목 중 뷰포트의 [Display] 방식을 'Circle'로 설정합니다.

[Object] Display : Circle

TIP Null 오브젝트의 초기 설정에서는 뷰포트상 점(Dot)으로 표현됩니다.

05 Null 오브젝트의 위치값이 무작위로 움직일 수 있도록 Vibrate Tag를 설정하겠습니다. [Tracer Path] 오브젝트가 선택된 상태에서 마우스 우클릭을 하고 [CINEMA 4D Tags]–[Vibrate]를 클릭합니다.

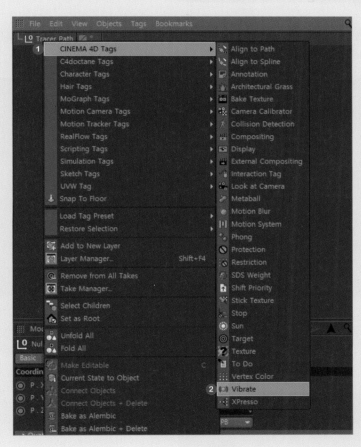

06 Vibrate Expression의 [Tag] 탭 설정 항목 중 위치값의 진동을 추가하기 위해 [Enable Position]을 활성화합니다. [Amplitude] 설정을 각 '500cm'로 지정하여 위치값의 랜덤 범위를 지정한 후 [Frequency] 설정에 '0.4' 만큼의 진동 반복 횟수를 지정합니다.

[Tag] • Enable Position : 체크 • Amplitude : 500cm/500cm/500cm • Frequency : 0.4

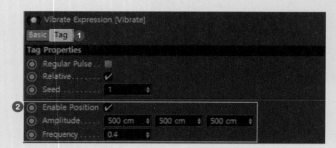

07 움직임의 궤적 경로를 표현할 [Tracer Path] 오브젝트가 선택된 상태에서 새로운 Tracer 오브젝트를 생성하겠습니다. 메뉴 바의 [MoGraph]–[Tracer]를 클릭합니다.

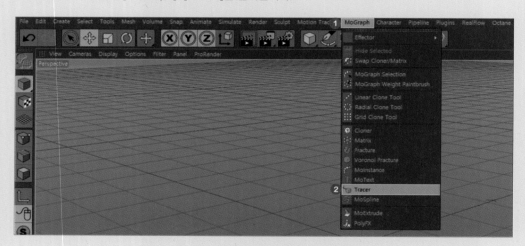

08 F8 키를 눌러 애니메이션 프리뷰를 통해 [Null] 오브젝트의 움직이는 경로를 따라 Tracer Path가 생성되는 것을 확인할 수 있습니다. 물체의 궤적 경로가 생성될 경우 모션그래픽 분야에서 표현할 수 있는 다양한 접근법이 있습니다.

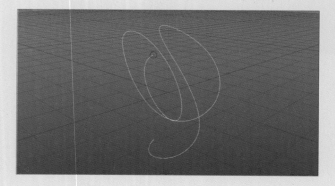

09 궤적 경로가 일정시간 뒤 사라지게 하기 위해 Tracer 오브젝트의 Limit 설정을 제어하겠습니다. [Object] 탭 설정 항목 중 [Limit]를 'From End'로 지정한 후 [Amount] 설정에 '45' 만큼의 여유시간을 입력합니다.

[Object] ・Limit : From End ・Amount : 45

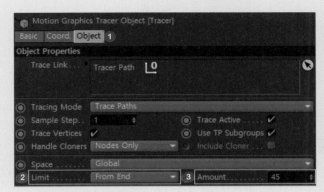

TIP
Tracer에 의해 경로가 생성된 지 [45F] 가 지난 시점부터 사라지게 표현됩니다.

10 [Tracer] 오브젝트가 선택된 상태에서 새로운 MoGraph Cloner를 생성하겠습니다. 메뉴 바의 [MoGraph]– [Cloner]를 클릭합니다.

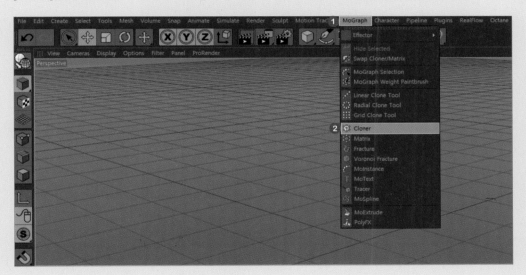

11 Tracer Path를 따라 생성될 새로운 Sphere 오브젝트를 생성하겠습니다. 상단 커맨드 팔레트 바의 [Cube]–[Sphere]를 클릭합니다.

12 [Sphere] 오브젝트의 [Basic] 탭 설정 항목 중 [Name]을 수정합니다.

[Basic] Name : Particle Sphere

13 Sphere 오브젝트의 [Object] 탭 설정 항목 중 지름의 크기를 '15cm'로 제어합니다.

[Object] Radius : 15cm

14 Cloner의 복제 방식을 이용해 Tracer Path의 경로에 Sphere 오브젝트를 배열해보도록 하겠습니다.

[Sphere] 오브젝트를 [Cloner] 오브젝트 하위 계층에 배치하여 계층화합니다.

15 [Object] 탭 설정 항목 중 [Mode]는 'Object'로 지정합니다. [Object]의 화살표를 클릭하고 'Tracer' 오브젝트를 링크시켜 Sphere가 경로에 안착되도록 설정합니다. 균등한 간격으로 배열될 수 있도록 [Distribution] 설정을 'Even' 모드로 지정한 후 [Count] 설정을 '100'개로 지정합니다.

[Object] • Mode : Object • Object : Tracer • Distribution : Even • Count : 100

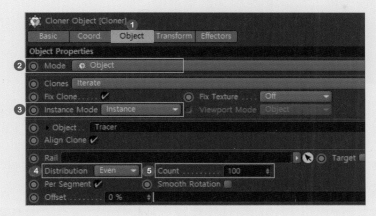

16 F8 키를 눌러 간단한 애니메이션 프리뷰를 통해 균일하게 복제되는 클론들을 확인할 수 있습니다. 복제된 Sphere 오브젝트가 겹쳐서 생성되는 것을 방지하기 위해 Dynamic 설정을 적용하겠습니다. [Particle Sphere] 오브젝트가 선택된 상태에서 오브젝트 매니저의 메뉴 바에서 [Tags]–[Simulation Tags]–[Rigid Body]를 적용합니다.

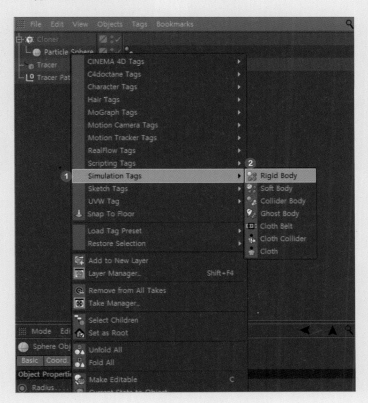

17 Rigid Body Tag의 [Force] 탭 설정 항목 중 [Follow Position]에 '8'을 입력합니다.

[Force] Follow Position : 8

> **TIP**
> Follow Position은 다이내믹의 초기 위치로 돌아가고자 하는 성질의 값으로 Sphere 오브젝트가 바닥으로 떨어지는 것을 방지합니다.

18 복제된 Sphere 오브젝트의 자연스러운 배열을 위해 MoGraph Random Effect를 설정하겠습니다. [Cloner]를 선택하고 메뉴 바의 [MoGraph]–[Effector]–[Random]을 클릭합니다.

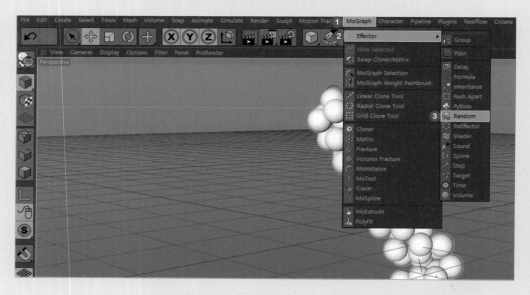

19 Random 이펙터의 [Parameter] 탭 설정 항목 중 [Scale]에 대한 내용만을 활성화한 후 [Uniform Scale]을 체크합니다. 비례를 유지한 상태에서 '1' 비례만큼의 크기에 무작위를 적용하겠습니다.

[Parameter] · Scale : 체크 · Uniform Scale : 체크 · Scale : 1

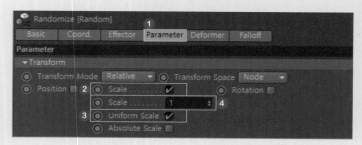

20 F8 키를 눌러 간단한 애니메이션 프리뷰를 통해 Tracer Path 경로 영역에 생성되는 랜덤한 크기의 파티클을 확인할 수 있습니다.

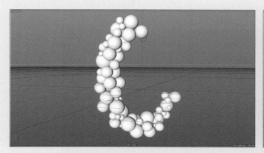 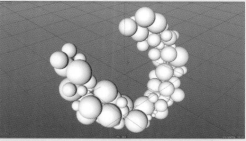

21 생성된 파티클의 끝단락에 위치한 파티클들이 점점 작아질 수 있도록 MoGraph Step Effector를 적용하겠습니다. 메뉴 바의 [MoGraph]–[Effector]–[Step]을 클릭합니다.

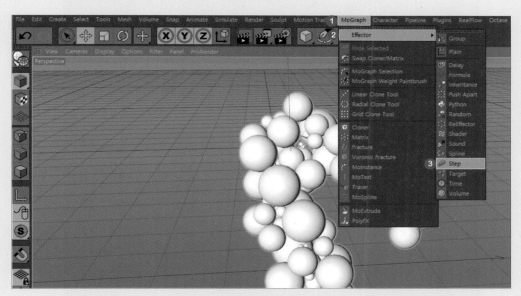

22 Step 이펙터의 [Parameter] 탭 설정 항목 중 [Scale]에 대한 내용만을 활성화한 후 [Uniform Scale]을 체크합니다. 비례를 유지한 상태에서 '–0.5' 수치를 입력합니다.

[Parameter] • Scale : 체크 • Uniform Scale : 체크 • Scale : –0.5

23 Step 이펙트의 [Effector] 탭 설정 항목 중 그래프를 통해 복제된 클론들의 단계적 Parameter를 표현할 수 있습니다. Spline 그래프 창 위에서 마우스 우클릭하여 Flip Horizontal 설정을 클릭합니다.

[Effector] Spline 그래프에서 마우스 우클릭 : Flip Horizontal

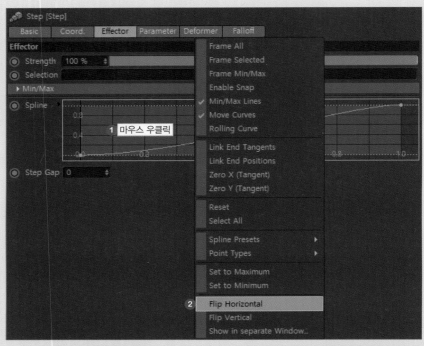

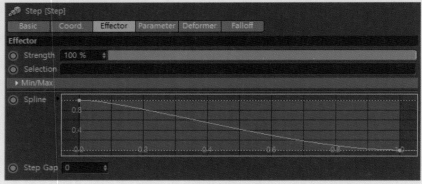

24 반전된 그래프에 의해 Tracer Path에 생성된 파티클들의 끝단이 점점 작아지는 것을 확인할 수 있습니다.

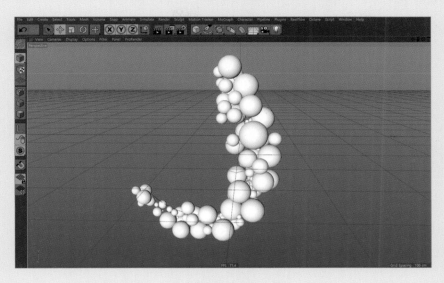

렌더링이란, 시네마 4D를 통해 구현한 3차원 공간상의 빛을 계산하여 광선의 굴절과 반사 등을 통해 물체의 형태와 표면적인 텍스처를 실제 편집할 수 있는 이미지 또는 영상 확장자로 출력하는 과정을 의미합니다. 3D 그래픽의 렌더링은 2D 기반의 영상 제작을 위한 소프트웨어와 비교했을 때 훨씬 더 많은 시간을 필요로 합니다. 따라서 전반적인 작업의 프로세스를 최적화시키며 렌더 세팅을 간결하게 제어할 수 있는 능력이 필요합니다. 기본적인 렌더링을 위한 이론과 기능을 살펴보며 현실적인 설정법들에 대한 노하우를 익히도록 하겠습니다.

렌더링
(Rendering)

01 렌더러의 이해

>> 렌더러(Renderer)는 3D상에서 제작된 요소를 실제의 이미지 또는 영상으로 출력하기 위한 하나의 연산 장치입니다. 우리가 흔히 이야기하는 플러그인의 개념으로 이해하면 쉽습니다. 각 소프트웨어마다 기본으로 내장하고 있는 다양한 렌더러와 외부 업체에서 개발한 서드파티 렌더러를 사용할 수 있으며 기본으로 내장되어 있는 렌더러에 대해 살펴보겠습니다.

01 다양한 종류의 렌더러

Standard 렌더러

표준 렌더러는 사용자 편의를 고려한 간단한 설정을 기반으로 구성되어 빠르고 쉽게 사실적인 이미지를 표현하는 가장 중요한 렌더 모듈입니다. 빠른 속도와 뛰어난 퀄리티를 바탕으로 빛의 반사를 연산하여 시뮬레이션하는 Global Illumination이 특징입니다.

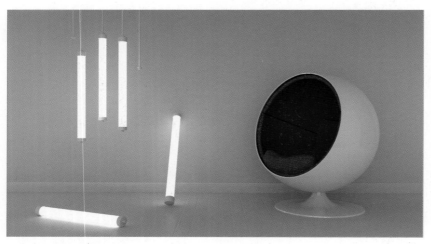

▲ Content Browser(Scene By Dave Davision – www.max3d.org)

Physical 렌더러

카메라의 작동 원리를 기반으로 다양한 기능을 가지고 있는 피지컬 렌더러는 더욱 사실적인 피사계 심도와 모션 블러와 같은 기능을 내장하고 있습니다. 반사나 굴절, 투과 등 복잡한 빛의 연산에 있어 표준 렌더러보다 뛰어나며 렌더러 내부에서 씬 전체에 대한 그림자, 블러 등의 계산 수치를 정의할 수 있어 사용하기 간편합니다.

▲ Content Browser(Scene by Marijn Raeven—www.raeven.be)

Pro 렌더러

프로 렌더러는 그래픽 카드를 기반으로 동작하는 물리 기반의 렌더러(PBR)입니다. 한 대의 데스크톱에 다수의 그래픽 카드를 동시에 사용할 수 있으며, 어느 정도 실시간의 프리뷰가 가능하다는 장점이 있습니다.

▲ Content Browser(Scene by Raphel Rau—www.silverwing-vfx.de)

02 렌더링과 관련한 항목 이해

🎬 Render View

렌더뷰 아이콘을 이용해 현재 작업 중인 내용을 뷰포트 상에서 렌더링할 수 있습니다. 작업의 흐름 상 수정과 렌더뷰를 병행하여 우리가 원하는 결과물을 표현하기 위해 반복적으로 테스트해볼 수 있습니다.

▲ Content Browser(Scene by Glen Johnson—www.glenjohnson.de)

🎬 Render Region

부분 렌더링 기능을 이용하면 뷰포트의 특정 부분만을 렌더링할 수 있습니다. 일부분의 구역에 대한 렌더링 기능은 작업의 효율을 높이는 좋은 방법으로 사용할 수 있습니다.

Render to Picture Viewer

작업한 씬 파일을 픽처 뷰어로 전달해 실제로 렌더링하는 기능입니다. 렌더 설정을 통해 지정한 저장
경로 및 확장자, 출력 범위 등을 바탕으로 작업한 결과물이 저장됩니다.

Add to Render Queue

해당 기능을 이용하면 우리가 작업한 씬 파일을 렌더 큐에 추가할 수 있습니다. 다양한 씬 파일을 차
례대로 렌더링해야 하는 상황일 경우 렌더 큐를 이용해 순차적으로 다양한 씬들을 손쉽게 렌더링할
수 있습니다.

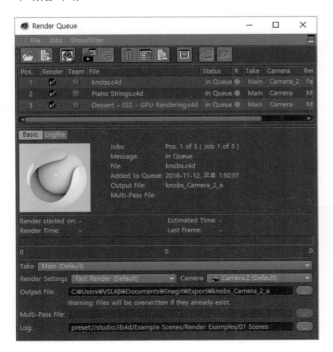

Interactive Render Region(실시간 렌더 구역)

이 기능을 이용하면 뷰포트의 특정 영역을 저해상도로 실시간 렌더링하여 확인할 수 있습니다. 저해상도의 결과물을 통해 최종 렌더링에 대한 결과를 확인하기 용이합니다.

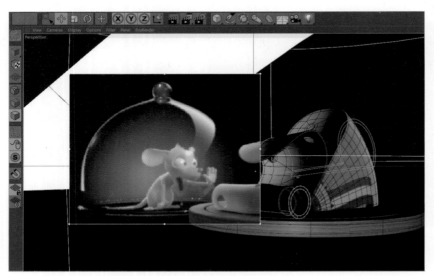

▲ Content Browser(Scene by Kingcoma—www.kingcoma.com)

Make Preview

작업한 씬을 하드웨어 또는 소프트웨어의 성능을 이용해 낮은 품질로 프리뷰 해볼 수 있는 기능입니다. 애니메이션이 중요한 작업일수록 장면을 실시간으로 확인해야 하는 경우가 많은데 프리뷰 생성 기능을 이용하면 비록 낮은 품질이지만 시행착오를 줄일 수 있습니다.

02 최적화를 위한 렌더링 설정

>> 실제 렌더링에 앞서 렌더링 설정을 지정해야 합니다. 렌더링 설정 창을 이용해 우리가 원하는 작업물의 해상도와 출력 범위, 저장 경로 등 다양한 항목의 속성을 지정할 수 있습니다. 렌더 설정은 단순히 설정 자체에서 끝나지 않고 렌더링에 걸리는 시간과 품질에 영향을 줄 수 있습니다.

01 Output(출력) 설정하기

Output 항목에서는 작업한 결과물을 출력하기 위한 해상도, 비율, 출력 범위 등을 제어할 수 있습니다. 출력 메뉴를 이용한 다양한 설정에 대해 알아보도록 하겠습니다.

출력 메뉴의 가장 첫 번째 단락에서는 우리가 작업한 결과물을 출력함에 있어 가로와 세로의 해상도를 지정할 수 있는 메뉴가 있습니다. 기본적으로 Pixel 단위로 설정되어 있으며 작업의 성격에 따라 다른 단위의 설정도 가능합니다.

① **Preset** : 미리 설정된 다양한 해상도 설정을 사용할 수 있습니다. 특히 인쇄물의 경우 용지의 크기와 Resolution의 설정이 필수가 되며 Preset을 이용할 경우 우리는 손쉽게 설정값을 이용할 수 있습니다.

② **Lock Ratio** : 해상도의 가로와 세로의 비율을 고정하는 역할을 합니다. 종횡비가 고정된 상태에서 하나의 해상도를 변경하면 고정된 비율에 맞춰 나머지 해상도의 수치도 바뀌게 됩니다.

③ **Resolution** : 기준은 DPI(Dots per inch)로 1인치당 몇 개의 도트(점)가 들어가는지를 지정합니다. 대부분 디지털 해상도(모니터)인 72dpi를 기준으로 작업하며, 인쇄물은 300dpi까지 수치를 높여 작업하는 경우가 많습니다.

출력 메뉴의 두 번째 단락에서는 화면의 종횡비(가로/세로의 비율)를 제어하거나 초당 Frame(FPS) 수치를 제어할 수 있습니다.

① **Film Aspect** : 필름 종횡비는 화면의 가로/세로 비율을 제어합니다. 이 속성은 기본적으로 해상도와 연결되어 있어 정사각형의 픽셀 형태를 기본으로 자동 세팅됩니다. 해상도를 올바르게 지정한 상태에서는 수정할 일이 없습니다.

② **Pixel Aspect** : 픽셀 종횡비는 영상을 나타내는 작은 단위인 픽셀의 가로/세로 비율을 정의합니다. 기본적으로 대부분의 모니터는 1:1(Square) 비례를 사용하며 특별한 경우가 아니라면 해당 항목을 수정하지 않는 것을 권장합니다.

③ **Frame Rate** : 초당 프레임은 영상 1초당 보이는 이미지의 개수를 의미합니다. 기본적으로 FPS(30)를 기준으로 24F, 60F 등 다양한 형태로 사용됩니다. 주의해야 할 것은 렌더 설정의 초당 프레임과 프로젝트 파일의 초당 프레임이 독립적으로 관리된다는 것입니다. 다음의 예시를 통해 초당 프레임을 설정하는 방법에 대해 확인해보겠습니다.

Frame Rate 설정 따라하기

01 메뉴 바의 [Edit]–[Project Settings]를 클릭하여 프로젝트 설정 창을 활성화합니다. [Project Settings] 탭 설정 항목 중 [FPS]를 '25'로 지정합니다. 작업하는 프로젝트 파일 자체의 시간을 초당 25장으로 변경하는 설정입니다.

[Project Settings] FPS : 25

02 메뉴 바의 [Render]–[Edit Render Settings]를 클릭하고 [Render Setting] 대화상자가 나타나면 [Output]–[Frame Rate] 항목의 수치를 '25'로 변경합니다. 해당 속성에서는 씬을 렌더링할 때 적용되는 초당 프레임을 제어합니다.

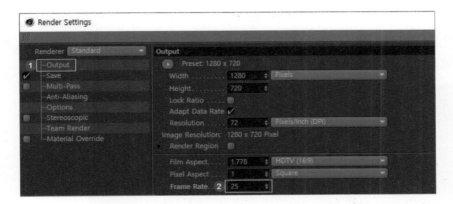

03 두 가지 속성 모두 같은 값으로 지정해야 작업과 출력 모두가 같은 수치의 초당 프레임(FPS) 값으로 계산하여 출력합니다. 이는 작업 시 꼭 확인해야 할 중요한 설정입니다. 출력 메뉴의 세 번째 단락에서는 프로젝트 환경의 출력 범위를 지정할 수 있습니다. 해당 항목을 이용해 전체 애니메이션 또는 일부분에 대한 영역을 렌더링할 수 있습니다.

❶ Frame Range(출력 범위)

> **①** **Manual** : 수동으로 시작과 끝지점의 Frame 값을 지정할 수 있습니다.
>
> **②** **Current Frame** : 타임라인 마커가 위치한 현재 프레임만을 렌더링합니다.
>
> **③** **All Frame** : 타임라인의 전체 프레임을 렌더링합니다.
>
> **④** **Preview Range** : 타임라인에서 프리뷰로 지정되어 있는 영역만 렌더링합니다.

①	Manual
②	Current Frame
③	All Frames
④	Preview Range

❷ From/To : 출력의 시작지점과 끝지점을 지정할 수 있습니다. 프레임 범위를 수동으로 지정할 경우 원하는 시작과 끝지점을 지정할 수 있지만 만약 전체 프레임으로 설정될 경우 애니메이션의 전체 영역이 자동으로 지정됩니다.

02 Save 설정하기

Save(저장) 항목에서는 픽쳐 뷰어를 통해 렌더링한 이미지 또는 애니메이션을 컴퓨터의 특정 경로에 저장하기 위한 메뉴입니다. 작업한 결과물의 저장 위치와 파일 포맷 등을 설정할 수 있습니다. Save 메뉴를 이용한 다양한 설정에 대해 알아보도록 하겠습니다.

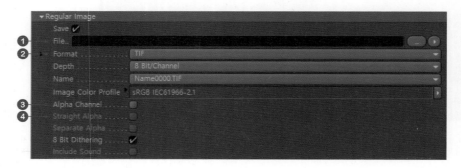

❶ File : 작업한 결과물이 저장될 경로를 지정할 수 있습니다. 이미지 확장자를 이용해 출력하는 경우가 대부분이며, 이 경우 렌더링 폴더를 생성하여 저장하는 것을 추천합니다.

❷ Format : 다양한 이미지 확장자와 영상 확장자가 존재합니다. 일반적으로 원본 해상도를 유지하며 알파 채널을 포함할 수 있는 확장자를 사용합니다.(PNG, TIFF, OpenEXR 등)

③ Alpha Channel : 알파 채널을 활성화할 경우, RGB 값을 기반으로 계산하는 프리 멀티플라이드 알파를 생성합니다. 다만 합성 작업 시 테두리 부분의 이음매 부분에서 검정 배경색이 표시되는 경우가 발생할 수 있는데 Straight Alpha를 추가하여 해결할 수 있습니다.

④ Straight Alpha : 이 기능을 활성화할 경우 스트레이트 알파를 지원하는 합성 프로그램으로 출력된 이미지에서 알파의 아웃라인 영역을 깔끔하게 처리할 수 있습니다.

03 Multi-Pass 설정하기

멀티 패스는 시네마 4D를 이용해 렌더링한 결과물을 추가적으로 편집/합성하기 위해 존재하는 항목입니다. 렌더링 시 발생하는 다양한 요소(그림자, 반사, 하이라이트 등)를 Adobe사의 After Effects, Photoshop 등과 같은 합성에 최적화된 툴과 연계해서 작업할 수 있습니다.

렌더링 이후에도 다양한 형태로 요소의 수정이 가능하도록 도와줍니다. 예를 들어, [Shadow]를 멀티 패스로 출력한 경우, 최종 출력된 원본 이미지와 그림자 멀티 패스 이미지를 Blending Mode를 이용해 합성할 수 있으며, 기존 이미지를 추가적으로 어둡게 표현할 수 있습니다.

▲ Regular Image(최종 렌더링)

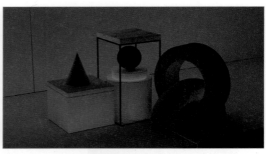

▲ Global Illumination(글로벌 일루미네이션)

▲ Shadow(그림자)

▲ Reflection(반사)

▲ Depth(피사계 심도)

▲ Ambiant Occlusion(엠비언트 오클루젼)

Multi-Pass 사용 따라하기

01 메뉴 바의 [Render]-[Edit Render Settings]를 클릭합니다. [Render Settings] 대화상자에서 [Multi-Pass] 항목을 체크하여 활성화합니다.

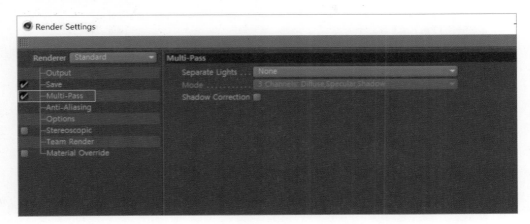

02 작업하는 씬 파일에서 추가적으로 출력하고자 하는 항목을 하단의 [Multi-Pass] 버튼을 클릭하여 메인 Multi-Pass에 추가합니다. 추가할 수 있는 종류가 다양하지만 렌더링의 효율을 위해 실제로 씬파일에 영향을 주는 항목에 대해서만 추가하는 것이 좋습니다.

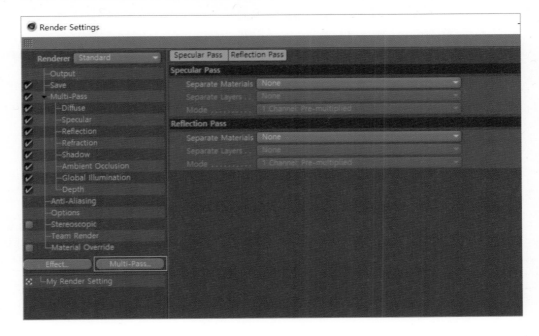

03 [Save] 항목에서 멀티 패스 출력 경로와 확장자를 선택합니다. 메인으로 렌더링되는 Regular Image와 마 찬가지로 Multi-Pass Image가 출력 범위에 해당하는 만큼 렌더링될 수 있습니다.

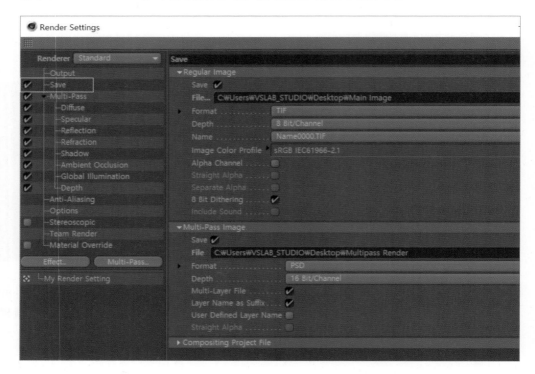

04 [Picture Viewer] 창에서 렌더링된 멀티 패스를 확인하기 위해서는 [Layer] 항목을 선택한 후 Single Pass 를 클릭해야 합니다.

TIP

Multi-Pass 작업 시 유의사항

애니메이션의 최종 렌더링을 하기 전, 한 장의 이미지를 테스트 렌더링하여 추가한 멀티 패 스 항목이 올바르게 출력되는지 확인해보는 것이 좋습니다. 추가한 패스 항목 중 불필요한 요소 또는 올바르게 동작하지 않는 항목을 정리하는 것이 렌더링 효율에 도움이 됩니다.

04 Anti-Aliasing

안티알리아싱(Anti-Aliasing)은 렌더링한 결과물에서 발생하는 알리아싱(계단 현상)을 완화하는데 유용하게 사용할 수 있습니다. 기본적으로 픽셀을 기반으로 생성되는 이미지의 특성상 극단적인 색상의 차이나 작은 해상도로 출력할수록 곡선화된 영역에서 두드러지게 표현되며, 이러한 현상에 대한 해결책이 바로 안티알리아싱입니다. 인접한 픽셀의 색상 차이가 큰 경우 격자 부분의 윤곽을 부드럽게 처리하고자 각진 픽셀을 서브 픽셀로 분할하여 색상을 보간합니다. 설정값에 따라 색상의 차이가 발생하는 엣지 부분의 계단 현상이 다른 것을 확인할 수 있습니다.

❶ **None(없음)** : 이 설정은 안티 알리아싱을 계산하지 않고 출력합니다. 따라서 경계 부분의 계단 현상을 확인할 수 있으며 아주 드문 경우로 사용됩니다. 예를 들어, 8bit 느낌의 게임을 주제로 애니메이션을 표현할 시 각진 픽셀 느낌을 살리기에 용이합니다.

❷ **Geometry(지오메트리)** : 지오메트리 설정은 기본값으로 지정된 항목입니다. 이 설정은 자동적으로 경계를 계산하여 보간하며 알리아싱을 완화시키는 작업을 합니다.

❸ **Best(최고)** : 지오메트리 설정을 통해 제어할 수 없는 알리아싱에 대해서 사용할 수 있으며, 이 설정은 적응형 안티 알리아싱으로 문제가 되는 영역에 대해서만 서브 픽셀을 추가하여 계산합니다.

05 렌더링 최적화를 위한 노하우

[Render Settings] 대화상자의 [Options] 항목을 제어하여 동일한 씬을 보다 빠르게 렌더링할 수 있습니다. 특히, 반사와 투과라는 두 가지 항목을 적절하게 최적화시킬 때 우리는 큰 폭으로 렌더링 시간이 단축되는 것을 경험할 수 있습니다.

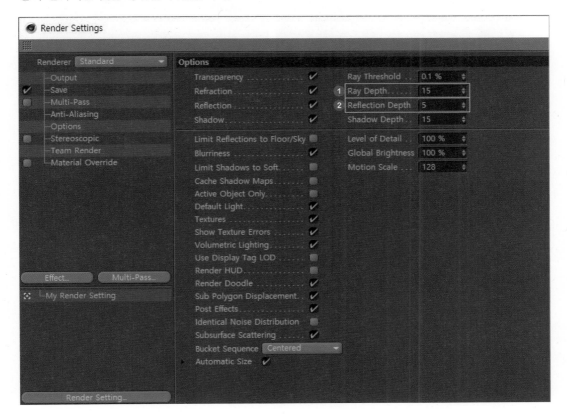

1 **Ray Depth(광선 투과 계산 횟수)** : 빛이 투명한 오브젝트를 몇 개까지 통과하는지를 나타냅니다. 예를 들어 줄지어 서 있는 유리구슬을 정면에서 바라볼 때 뒤로 나열되어 있는 유리구슬이 몇 개까지 투과하여 보이는지를 수치로 제어할 수 있는 속성입니다. 투과 횟수의 제한을 넘어 존재하는 물체는 검은색으로 표시되며 최대로 높일 수 있는 수치는 '500'까지입니다. 이 설정을 이용하면 렌더링 시간이 상대적으로 많이 소요되는 투과 질감이 적용된 씬을 최적화하여 보다 빠르게 연산할 수 있습니다.

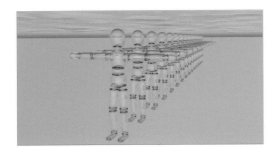

❷ **Reflection Depth(반사 계산 횟수)** : 반복적으로 반사되는 횟수를 제한하는 역할을 합니다. 서로 마주 보는 거울이 있다고 가정했을 때 무한하게 반사될 경우 렌더링의 연산이 끝나지 않는 오류가 발생하기 때문에 사용자가 직접 반복 반사되는 횟수를 지정할 수 있습니다.

▲ Reflection Depth : 5

▲ Reflection Depth : 10

▲ Reflection Depth : 15

03 | Rendering Effect

>> 렌더링 이펙트는 장면의 렌더 계산 시 같이 연산할 다양한 종류의 포스트 이펙트를 뜻합니다. 다양한 종류의 이펙터들이 존재하며 보정을 위한 효과(Color Correction, Color Mapping, Soft/Sharpen Filter)와 빛의 연산 및 전체적인 결과물에 영향을 줄 수 있는 효과(Global Illumination, Ambient Occlusion) 등이 있습니다. 더 나은 결과물을 완성하기 위해 다양한 렌더링 이펙트를 이해하고 필요에 맞게 사용할 수 있도록 합니다.

01 Global Illumination 이펙트

글로벌 일루미네이션(G.I) 이펙트는 빛을 사실적으로 연산하기 위해 씬 내의 오브젝트 간 빛의 반사 작용을 구체적으로 연산합니다. G.I 이펙트를 활성화하면 빛이 연속적으로 오브젝트를 반사하여 1차적인 빛이 닿지 않는 안쪽 구역까지 자연스럽게 빛을 연산하게 됩니다. 이때 라이트의 분산은 현실 세계에서의 빛의 반사 형태와 유사하여 초보자도 쉽게 사실적인 결과물을 얻을 수 있습니다. 다만 복잡한 계산을 위해 더 많은 렌더링 시간이 요구됩니다.

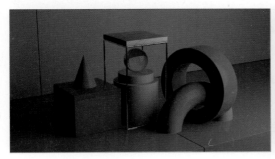

▲ Global Illumination : OFF

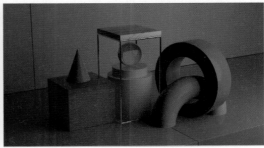

▲ Ambient Occlusion : ON

Global Illumination 설정

G.I의 연산은 기본적으로 1차 방정식과 2차 방정식으로 나누어 설정할 수 있습니다. 1차 방정식은 직사광을 통해 물체의 표면을 밝히는 역할을 하고, 2차 방정식을 통해 추가적인 반사광을 연산할 수 있습니다.

프리셋은 기본적으로 Interior(실내)와 Exterior(실외) 항목으로 분류되며 다양한 환경에 최적화된 형태로 만들어져 있습니다.

❶ Preview : 설정값을 줄여 빠른 프리뷰가 가능하며 테스트 렌더링으로 사용하기 좋습니다.

❷ High : 결과물의 퀄리티를 높이기 위해 세팅되어 있습니다. 다만, 씬의 렌더링 효율을 위해 개별적인 속성들을 추가적으로 최적화시킬 필요가 있습니다.

❸ High Diffuse Depth : 수많은 라이트의 반사 효과를 효과적으로 계산합니다.

❹ Small Illuminants : 작은 라이트에 의해 발생하는 반사를 연산하기에 적합합니다.

G.I 방정식의 종류

1 Primary Method(1차 방정식)

1 Quasi-Monte Carlo(QMC) : QMC(쿼시 몬테 까를로)는 가장 정확한 방정식이지만 그만큼 렌더링 속도가 느리기 때문에 복잡하고 정확성을 요하는 작업이 아니라면 권장하고 싶지 않습니다.

2 Irradiance Cache(이래디언스 캐쉬) : QMC 방식에 비해 정확도는 떨어지지만 보다 빠르고 효율적인 방정식입니다. 해당 설정은 빛의 연산에 대한 복잡한 정도, 연산을 위한 Sampling 수치에 따라 플리커 현상이 발생할 수 있습니다. 이를 위해 이래디언스 캐쉬를 제어하는 다양한 노하우가 필요합니다.

2 Secondary Method(2차 방정식)

1 Radiosity Maps(래디오시티 맵) : 2차 방정식을 이용해 빛을 연산하게 되면 2차적인 반사광을 연산함에 있어 더 많은 렌더링 시간을 요구합니다. 래디오시티 맵 방정식은 가볍고 빠르게 동작하여 프리뷰 렌더링 용도로 사용될 수 있습니다. 실제 렌더링 시에는 권장하는 속성이 아닙니다.

2 Light Mapping : 라이트 매핑은 빠르게 GI 계산을 수행하며 다양한 글로벌 일루미네이션 방식 중 가장 화사하고 밝은 톤의 결과물을 보여줍니다. 실외 장면 또는 인테리어 씬에서 활용하기 좋습니다.

02 Ambient Occlusion 이펙트

앰비언트 오클루전(A.O) 효과는 오브젝트의 구조가 안으로 오목한 경우, 안쪽에서부터 바깥쪽 방향으로 흑백의 명암을 더해주는 형태로 동작합니다. 물체의 작은 틈새나 구석진 부분을 더욱 어둡게 표현하여 밀도감이 높아 보이도록 작동합니다. 앰비언트 오클루전 효과는 라이트 오브젝트와 별도로 동작하기 때문에 빛이 없는 상황에서 물체의 명암을 제어할 수 있는 장점이 있습니다.

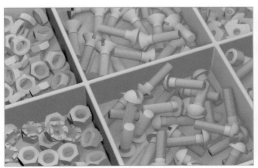 

▲ Ambient Occlusion : Off(Scene By Glen Johnson)

▲ Ambient Occlusion : ON

① **Color** : 앰비언트를 적용하는 그러데이션의 색을 정합니다.

② **Min/Maximum Ray Length** : 구석진 부분에서 바깥으로 펼쳐지는 그러데이션의 범위를 설정할 수 있습니다.

③ **Dispersion** : 앰비언트 효과에 의한 확산값을 제어합니다.

④ **Accuracy** : 앰비언트에 의해 발생하는 그림자의 계산 정밀도를 설정합니다.

⑤ **Min/Maximum Samples** : 계산에 사용할 최대/최소 샘플 수치를 설정합니다.

03 Sketch and Toon 이펙트

Sketch and Toon 렌더링 이펙트는 카툰과 같은 비실사 애니메이션을 표현하기 위한 라인 렌더링 엔진입니다. 사실적인 표현만이 3D 그래픽의 분야라고 할 수는 없기 때문에 Sketch and Toon 이펙트를 활용하면 색다른 느낌의 결과물을 생성할 수 있습니다.

 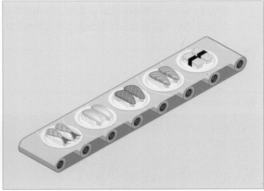

▲ Content Browser

04 Cel Renderer 이펙트

셀 렌더러(Cel Renderer) 이펙터를 이용하면 아주 손쉽게 라인 형태의 결과물을 생성할 수 있습니다. 오브젝트의 윤곽, 엣지 등 원하는 항목을 활성화하여 Wire Frame(와이어 프레임) 형태로 렌더링할 수 있습니다.

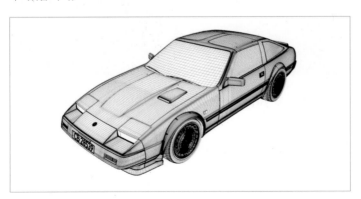

04 | Physical 렌더러

>> 대부분의 경우 빠르고 사용이 편리한 Standard 렌더러를 이용해서 작업하지만, 특수한 경우에는 피지컬 렌더러를 이용해 더 나은 결과물을 얻을 수 있습니다. 피지컬 렌더러는 카메라의 작동 원리를 기반으로 하기 때문에 사실적인 빛의 연산, 피사계 심도와 모션 블러가 정확하게 표현되어야 할 경우 설정할 수 있습니다.

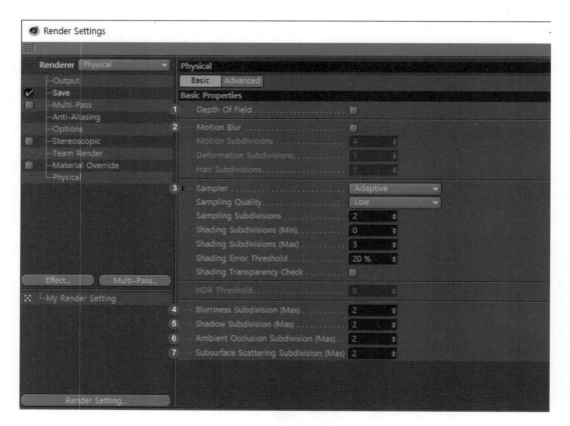

❶ **Depth Of Field** : Camera의 광학적 기능을 활용(Fstop/Shutter Speed/ISO)하여 피사계 심도를 표현합니다.

❷ **Motion Blur** : 빠른 속도로 움직이는 물체가 Camera의 Shutter Speed 설정에 의해 표현되는 잔상 효과를 적용합니다.

❸ **Sampler** : Physical Render를 통해 렌더링할 연산의 전반적인 퀄리티를 제어하는 설정입니다. 이 설정은 안티 알리아싱, 블러 효과(피사계 심도, 모션 블러 등) 이미지 프로세싱의 정확도를 제어하는 설정으로 [Sampling Quality] 설정값에 따라 결과물의 정확도를 제어할 수 있습니다.

④ Blurriness Subdivision : 이 설정은 머티리얼에 적용된 블러의 퀄리티를 통합 제어합니다. 금속, 유리 등 블러를 적용할 수 있는 머티리얼들의 모든 퀄리티를 이 설정에서 관리합니다.

⑤ Shadow Subdivision : 이 설정은 그림자(Area Shadow) 효과의 연산 퀄리티를 제어합니다. 씬의 그림자 영역에 노이즈가 발생할 경우, 해당 설정의 분할 수치를 높여 해결이 가능합니다.

⑥ Ambient Occlusion Subdivision : 이 설정은 Ambient Occlusion 효과의 연산 퀄리티를 제어합니다. Ambient Occlusion에 의해 생성된 그림자 영역에 노이즈가 발생할 경우 해당 설정의 분할 수치를 높여 해결이 가능합니다.

⑦ Subsurface Scattering Subdivision : SSS 머티리얼은 연산이 어려울 뿐 아니라 샘플링 수치에 따른 노이즈가 쉽게 발생합니다. 이 설정의 분할 수치를 증가시키면 SSS에 의해 표현되는 노이즈를 줄이고 연산의 정확도를 높일 수 있습니다.

01 Depth of Field(피사계 심도)

피지컬 렌더러에서는 피지컬 카메라를 이용하여 섬세한 피사계 심도를 표현할 수 있습니다. 해당 속성이 활성화된 상태에서 몇 가지 속성의 설정을 통해 뷰포트에서 확인할 수 있습니다. 이 설정은 많은 렌더링 시간을 필요로 하기 때문에 전체 작업시간을 고려하여 동작해야 합니다.

⏱ **예제 파일** : Depth of Field.c4d

01 예제 파일(Depth of Field.c4d)을 불러온 후 Ctrl + B 키를 누르고 [Render Settings] 대화상자에서 [Renderer]를 'Physical'로 변경합니다.

02 [Physical] 설정 항목을 선택한 후 [Depth of Field] 항목 체크 후 [Render Settings] 대화상자를 닫습니다.
[Basic] Depth Of Field : 체크

03 오브젝트 매니저에서 [Camera] 오브젝트를 선택하고 [Object] 탭 설정 항목 중 Focus를 설정합니다.
[Focus Distance]의 값 우측에 있는 마우스 포인터 아이콘을 클릭하여 포커스 설정을 활성화합니다.

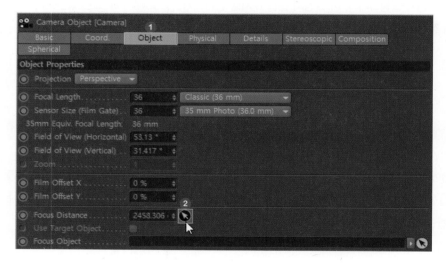

04 뷰포트 상에서 포커스로 인식하고 싶은 구역을 마우스 커서를 이용해 클릭합니다.

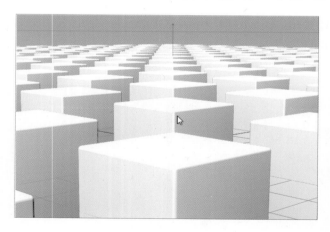

TIP 이 경우 카메라의 위치에서부터 클릭한
오브젝트까지의 직선거리가 자동으로 Focus
Distance로 지정됩니다.

<u>**05**</u> Camera 오브젝트의 [Physical] 속성에서 [F-Stop (f/#)]를 이용해 블러 강도를 제어할 수 있습니다. **Ctrl** + **R** 키를 눌러 렌더링해봅니다.

[Physical] F-Stop(f/#) : 0.5

> **TIP**
> F-Stop(조리개)의 값은 F단위 숫자로 표기하며 값이 낮을수록 조리개가 크게 개방됩니다. 블러의 강도는 조리개의 개방 정도에 따라 차이나며 많이 개방될수록(F값이 낮을수록) 더 확실한 블러를 표현할 수 있습니다.

▲ F-Stop(F 0.5)

▲ F-Stop(F 0.3)

▲ F-Stop(F 0.1)

02 Motion Blur

현실 모습을 유사하게 따라하기 위해 꼭 표현해야 할 요소 중 하나가 바로 모션 블러입니다. 빠른 움직임을 눈으로 볼 때와 같이 잔상을 표현하고자 한다면 모션 블러 설정을 사용할 수 있습니다. 모션 블러는 피사계 심도와 마찬가지로 렌더링 시간을 큰 폭으로 증가시키는 요인이기 때문에 실무 영상작업에서는 후반 작업을 통해 모션 블러를 표현하는 경우가 많습니다. 아래의 예시를 통해 간단하게 모션 블러를 표현해보겠습니다.

 **예제 파일** : Motion Blur.c4d

01 예제 파일(Motion Blur.c4d)을 불러온 후 메뉴 바의 [Render]–[Edit Render Settings]를 클릭합니다. [Render Settings] 대화상자에서 [Renderer]를 'Physical'로 설정합니다.

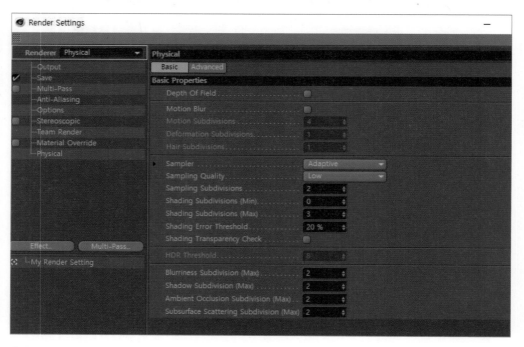

TIP
Rotation.B 방향으로 회전하는 키 애니메이션이 적용되어 있습니다.

02 렌더러 메뉴 바 맨 아래에 있는 [Physical]을 선택하고 [Basic] 탭 설정 항목 중 [Motion Blur]를 체크한 후 [Render Settings] 대화상자를 닫습니다.

[Basic] Motion Blur : 체크

03 오브젝트 매니저에서 [Camera] 오브젝트를 클릭하고 [Physical] 탭 설정 항목 중 [Shutter Speed(s)]를 '1/15 s'로 설정합니다.

[Physical] Shutter Speed(s) : 1/15 s

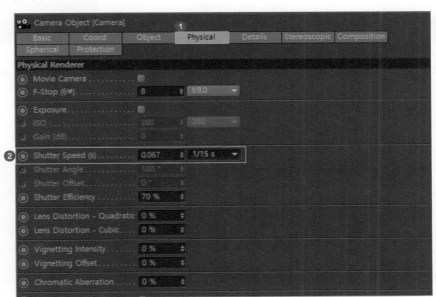

04 F8 키를 눌러 애니메이션을 실행하고 메뉴 바의 [Render]-[Render to Picture Viewer]를 클릭하여 확인합니다.

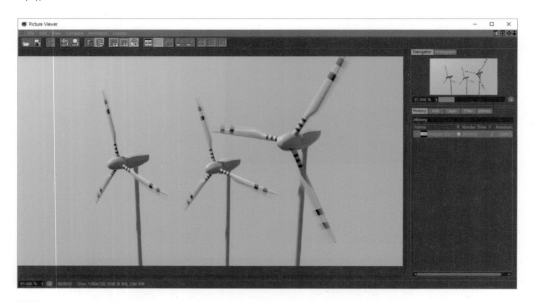

> **TIP**
> 모션 블러는 뷰포트에서 확인할 수 없습니다. 꼭 픽처 뷰어로 렌더링을 걸어 확인해주세요. 또한 '0F'의 시작 지점이 아닌 재생이 진행되는 중에 렌더링을 해야 모션 블러를 확인할 수 있습니다.

05 Shutter Speed(s)의 값에 따른 모션 블러의 결과물을 비교해보세요.

▲ Shutter Speed : 1/30

▲ Shutter Speed : 1/15

▲ Shutter Speed : 1/4

> **TIP**
> 셔터 스피드는 카메라를 통해 빛이 들어올 수 있는 시간을 이야기합니다. 셔터 스피드가 빠를수록 모션 블러를 적게 표현하고 셔터 스피드가 느릴수록 모션 블러를 많이 표현합니다.

03 Sampler

샘플러 속성은 피지컬 렌더러를 사용할 때 발생할 수 있는 다양한 문제들을 완화시키고 보완합니다. 모션 블러, 피사계 심도와 같은 복잡한 연산을 필요로 하는 작업 시 샘플러의 수치 조절을 통해 계산이 부족한 영역에 대해 다시 샘플링을 계산합니다.

샘플러의 종류

1 **Fixed(고정)** : 고정 샘플러는 사용자가 지정하는 샘플링 분할 수치에 맞게 각각의 픽셀을 분할합니다. 기본 픽셀에 분할 수치를 곱하면 계산되는 픽셀 수치를 도출해볼 수 있습니다.

2 **Adaptive(적응)** : 적응 샘플러는 고정 샘플러에 비해 더 효율적으로 계산할 수 있어 보편적으로 사용됩니다. 적응 샘플러의 하위 속성(샘플링 분할/쉐이딩 분할/에러 한계 범위)을 이용해 렌더링할 씬에 맞게 효율적으로 샘플을 분배할 수 있습니다.

3 **Progressive** : 프로그레시브 모드는 샘플을 원하는 수치만큼 계산하고 끝나는 것이 아니라 무한하게 렌더링하여 보여줍니다. 보통 출력을 위한 렌더링의 목적보다 빠른 프리뷰를 위한 목적으로 사용될 수 있습니다. 이미지의 퀄리티와 완성도를 확인하기 위해 전체를 렌더링하게 되면 많은 시간이 소요될 수 있습니다. 따라서 프로그레시브 모드를 통해 리뷰 가능한 영역까지만 렌더링하고 종료할 수 있습니다.

04 Subdivision(분할)

피지컬 렌더러는 4가지의 설정을 렌더러 자체에서 통합 관리합니다. 질감에 적용된 블러와 그림자 또는 앰비언트 오클루전의 세밀도 등의 설정을 이용해 제어합니다. 다만, 설정값은 2의 제곱 수치로 증가하기 때문에 낮은 폭의 수치 변화를 통해 렌더링 품질을 확인하며 작업하는 것을 권장하고, 프리뷰 렌더링 시 모든 수치는 '0'으로 낮춘 상태에서 작업하는 것이 좋습니다.

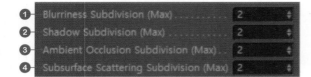

① Blurriness Subdivision (Max) 2
② Shadow Subdivision (Max) 2
③ Ambient Occlusion Subdivision (Max) .. 2
④ Subsurface Scattering Subdivision (Max) 2

① **Blurriness Subdivision(블러 분할)** : 블러 분할을 통해 이득을 볼 수 있는 항목은 크게 두 가지 정도로 정리할 수 있습니다. 첫 번째는 반사 질감(유광 페인트/금속)에서 블러를 지정하는 Roughness의 분할 정도를 제어합니다. 두 번째는 투과 질감에 들어간 블러(Blurriness)의 분할 정도를 제어합니다.

 1 금속 질감에서의 블러 분할 강도

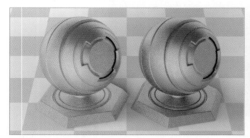

▲ Blurriness Subdivision : 0 / Render Time 00:45

▲ Blurriness Subdivision : 2 / Render Time 01:19

▲ Blurriness Subdivision : 4 / Render Time 02:58

 2 투과 질감에서의 블러 분할 강도

▲ Blurriness Subdivision : 0 / Render Time 01:01

▲ Blurriness Subdivision : 2 / Render Time 01:44

▲ Blurriness Subdivision : 4 / Render Time 03:46

> **TIP**
> 표준 렌더러의 경우 텍스처의 블러 설정에 샘플링을 관리할 수 있는 설정이 각각의 질감마다 독립적으로 배치되어 있지만,
> 피지컬 렌더러는 [Physical] 설정에서 통합 관리합니다. 이 설정의 변화는 렌더링 속도와 밀접한 관계가 있으므로 주의하여 사용
> 하는 것이 좋습니다.

② **Shadow Subdivision(그림자 분할)** : 그림자 분할은 표준 렌더러의 [Area Shadow]와 같이 물리적
인 형태의 그림자를 표현할 때 발생할 수 있는 샘플링 관리를 통합 관리해줍니다. 표준 렌더러의 경우
[light]의 [Area Shadow] 설정에서 각각의 라이트별 그림자 샘플링을 독립적으로 제어할 수 있었지만
피지컬 렌더러를 사용할 경우 모든 라이트의 그림자를 [Physical] 설정에서 통합 관리합니다.

▲ Shadow Subdivision : 0 / Render Time 00:24

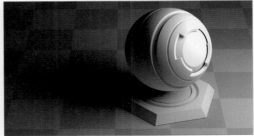

▲ Shadow Subdivision : 2 / Render Time 00:26

▲ Shadow Subdivision : 4 / Render Time 00:33

❸ **Ambient Occlusion Subdivision** : 앰비언트 오클루젼의 명암 표현 방식은 [Area Shadow]의 그림자 표현 방식과 유사합니다. 표준 렌더러를 사용할 경우, 렌더링 설정의 [Effect] 중 [Ambient Occlusion]을 추가하면 세부적인 샘플링 설정을 통해 연산에서 발생하는 노이즈를 제어했습니다. 피지컬 렌더러의 경우 샘플링 항목 대신 [Ambient Occlusion Subdivision] 설정을 통해 관리합니다.

▲ Ambient Occlusion Subdivision : 0 (Scene By Dave Davidson)

▲ Ambient Occlusion Subdivision : 2

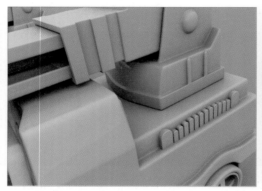

▲ Ambient Occlusion Subdivision : 0

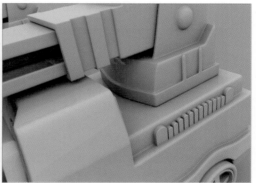

▲ Ambient Occlusion Subdivision : 2

❹ **Subsurface Scattering Subdivision(SSS 분할)** : SSS는 Material의 쉐이더로 디퓨즈와 글로시, 트렌스페어런시의 모든 속성을 교집합 하는 특수한 질감입니다. 사람의 피부나 양초와 같이 빛이 일정 부분 반사와 동시에 투과되어 물체의 내부에서 확산하는 형태로 작용합니다. G.I와 같이 사용되며 연산이 복잡한 만큼 SSS는 많은 렌더링 시간을 요구합니다. SSS 분할 설정은 렌더링 시 분할 수치를 높여 더욱 정밀하고 자세하게 표현하며, 꼭 필요에 의해서만 수치를 제어하는 것을 권장합니다.

MEMO

텍스처 매핑이란, 사실감 있는 3D 표현을 위해 폴리곤 오브젝트의 표면에 색을 제작하고 입히는 과정을 말합니다. 시네마 4D 툴에서 제공하는 텍스처 제작을 위한 다양한 프로세스를 익히고, 텍스처를 구성하는 하나하나의 채널들에 대해 알아보겠습니다. 시네마 4D를 이용해 질감을 표현하는 방법은 크게 3가지로 나눌 수 있습니다.

첫 번째로, 가장 보편적으로 사용되는 Basic Material은 다양한 속성을 지닌 채널들이 모여 하나의 질감을 이루고 오브젝트 위에 여러 개의 질감을 드래그&드롭 방식으로 쌓아서 표현합니다. 두 번째로, R20 버전에 새로 추가된 Node Material은 노드 에디터 매니저를 이용해 하나의 질감을 다양한 노드와 연결하여 마치 나무의 뿌리에서 줄기로 뻗어나가는 형태의 '트리 구조'로 질감을 작성합니다. 마지막으로, UVW 매핑은 3차원의 물체의 전개도를 펼쳐 2차원(UV)으로 구성하여 질감을 작성하는 방식입니다.

세 가지 방식은 각각의 장단점을 가지고 있으며, 작업의 프로세스에 따라 우리가 유동적으로 선택하여 진행합니다.

텍스처 매핑
(Texture Mapping)

01 재질을 책임지는 머티리얼(Material) 매니저

>> 머티리얼(Material) 매니저는 사용자 인터페이스의 좌측 하단에 위치해 있습니다. [Create]를 이용해 상황에 맞는 다양한 질감을 생성하거나 편집할 수 있습니다.

01 생성할 수 있는 Material의 종류 이해하기

❶ New PBR Material : R19 버전에 추가된 기능으로, Pro Render를 위한 물리 기반의 질감을 제작할 수 있습니다.

❷ New Material : 보편적으로 가장 많이 사용되는 방식으로, Material 안에 다양한 속성의 채널들이 계층화되는 과정으로 제작됩니다.

❸ New Node Material : R20 버전에 추가된 기능으로, 여러 가지 Node들을 트리 구조로 연결해 질감을 표현하는 방식입니다.

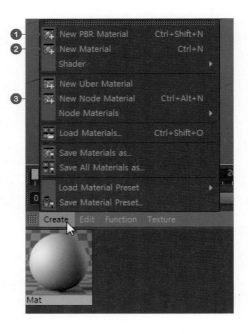

02 오브젝트에 질감을 적용하거나 삭제하기

머티리얼 매니저를 이용해 제작된 질감을 원하는 오브젝트에 적용하거나 삭제하는 방법에 대해 알아
보겠습니다. 하단의 질감을 뷰포트 상의 물체에 또는 오브젝트 매니저의 해당 물체에 드래그하면 질
감을 입힐 수 있습니다.

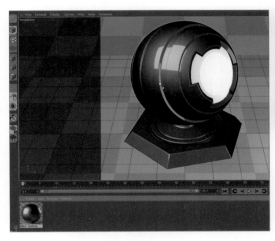

만일, 특정 폴리곤 영역에만 질감을 적용하고 싶을 경우, Polygon 모드를 이용해 원하는 폴리곤 영역
을 선택한 후 해당 영역에 드래그하면 질감이 적용됩니다.(Primitive Object의 경우 에디터블 합니다.)

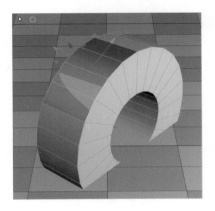

하나의 오브젝트에 여러 개의 텍스처를 적용할 수 있으며, 이 경우 텍스처 태그의 좌측부터 우측 순으
로 쌓이게 됩니다. 이렇게 텍스처를 쌓아 올리는 형태의 작업 방식을 '스태킹(Stacking)'이라고 합니다.

03 Material Editor의 구성 살펴보기

머티리얼 매니저 창에서 제작된 질감(디폴트 상태)을 우리가 원하는 형태로 제작하기 위해서 해당 텍스처를 더블클릭하여 [Material Editor] 대화상자를 활성화해야 합니다.

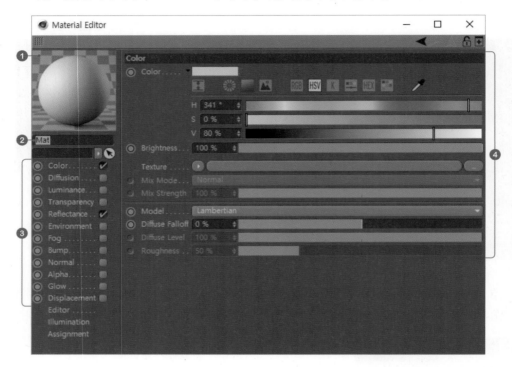

[Material Editor] 대화상자의 구성 이해하기

❶ 작업 중인 프로젝트 상에 라이트가 없더라도 질감을 프리뷰 할 수 있는 항목입니다.

❷ 해당 텍스처의 이름을 지정할 수 있습니다.(다수의 질감이 존재하는 프로젝트에서 질감의 네이밍을 지정할 경우 작업 효율이 향상될 수 있습니다.)

❸ 질감을 구성하는 핵심적인 각각의 채널들이 종류별로 배치되어 있습니다. 채널은 단일로 쓰이거나 여러 가지가 마치 장바구니에 담기듯 혼합되어 사용되기도 합니다.

❹ 특정 채널을 활성화한 후 선택하게 되면 해당 채널의 세부 속성을 제어할 수 있습니다.

02 | 재질을 구성하는 **채널**

≫ 채널은 하나의 Material을 완성하기 위한 핵심 재료로 각각의 채널은 특별한 성질을 가지고 있습니다. 결국, 고유의 성질을 지닌 채널들을 설정하고 하나로 모아 Material이 완성되는 것입니다. 채널은 텍스처 또는 쉐이더를 담는 바구니 역할을 하며 지금부터 각 채널들의 역할과 세부 설정법에 대해 알아보겠습니다.

01 Color 채널

컬러 채널은 물체의 표면적인 색상을 제어할 때 사용합니다. 쉽게 말하자면, 복합적인 재질의 항목 중 단순히 물체가 어떠한 색인지 상상해보면 이해할 수 있습니다. 몇 가지의 경우(유리, 금속, 광원체)를 제외하면 컬러 채널이 필수적으로 필요합니다.

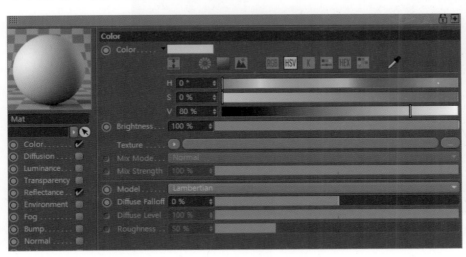

Color 채널의 세부 속성 이해하기

Color 채널은 크게 [Color] 부분과 [Texture] 부분으로 나누어 이해할 수 있습니다.

Color

이 항목에서는 단색을 표현하는 목적으로 사용됩니다.

❶ **Color** : HSV/RGB 방식으로 원하는 색상을 지정할 수 있습니다. 스포이트 기능을 이용해 외부 이미지
에서 원하는 색상 데이터를 쉽게 가져올 수 있고, Color Wheel 기능을 이용하면 색상환을 이용해 더
직관적으로 컬러를 제어할 수 있습니다.

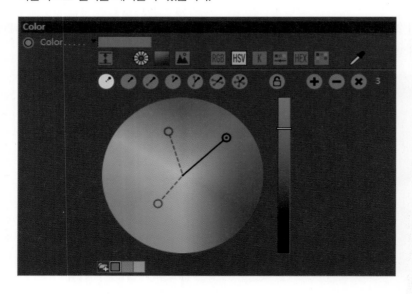

❷ **Brightness** : Brightness는 선택한 색상을 텍스처가 적용된 오브젝트에 어느 정도의 밝기로 전달할지를 결정합니다. 예를 들어 Brightness 값이 '100%'인 경우에 선택한 색상이 온전히 물체에 전달됩니다. 반대로 Brightness 값이 '0%'인 경우 물체의 색상이 검은색이 됩니다.

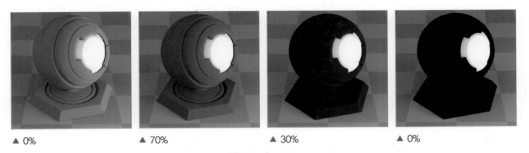

▲ 0%　　　　▲ 70%　　　　▲ 30%　　　　▲ 0%

Image Texture

물체의 표면에 비트맵 방식의 이미지 소스를 불러와 단색의 컬러가 아닌 이미지가 색상으로 적용됩니다. 예를 들어, 대리석 질감이 적용될 책상의 상판을 제작하기 위해 대리석의 평면 이미지를 불러와 오브젝트에 적용할 수 있습니다.

❶ **Texture** : 이미지 텍스처 또는 쉐이더를 불러올 수 있습니다.

❷ **Mix Mode** : 컬러와 텍스처 항목을 블렌딩할 모드를 지정합니다.

❸ **Mix Strength** : 컬러와 텍스처의 혼합 강도를 지정합니다.

TIP 이미지 텍스처는 비디오 포맷의 파일도 불러와 텍스처 소스로 활용할 수 있습니다.
Mac : *.mov, *.mp4, *.mpg, *.3gp
PC : *.avi, *.mp4, *.3gp, *.asf, *.wmv, *.mov

대표적으로 많이 사용하는 Shader 익히기

소프트웨어에서 직접 제작할 수 있는 다양한 쉐이더가 존재하며, 쉐이더의 활용 능력에 따라 우리는 쉽고 빠르게 다양한 텍스처링이 가능합니다. 쉐이더는 Texture 우측의 삼각형 버튼을 클릭하여 나오는 풀다운 항목을 통해 생성할 수 있으며 다양한 종류로 분류되어 있습니다.

Gradient 쉐이더

Gradient 쉐이더는 다양한 타입의 그러데이션을 오브젝트 표면에 2D나 3D 형태로 텍스처링이 될 수 있게 합니다.

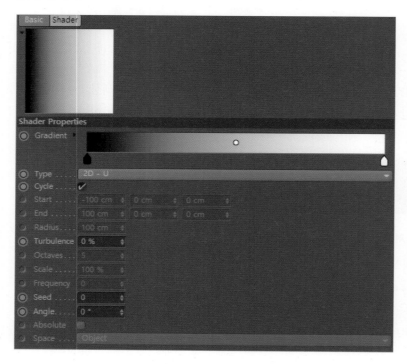

그러데이션 슬라이더 하단의 컨트롤러인 Knot(노트)의 위치를 이동하거나 추가/삭제하며 색상을 디자인할 수 있습니다.

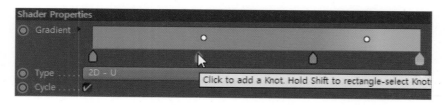

❶ 색상(Knot)을 추가하기 위해서는 슬라이드의 하단부를 클릭합니다.

❷ 색상을 삭제하기 위해서는 노트(Knot)를 하단으로 드래그합니다.

Noise 쉐이더

노이즈 쉐이더는 32가지 종류의 각기 다른 모양을 가지고 있어 랜덤한 노이즈 형태의 패턴을 생성합
니다. 노이즈 쉐이더는 3D 공간에서 반복될 경우 완벽한 하나의 이미지처럼 보이며 두 가지 색상을
이용해 다양한 형태로 노이즈의 컬러를 제어할 수 있습니다. 노이즈 쉐이더를 이용하면 보다 입체적
이고 다채로운 컬러 매핑이 가능합니다.

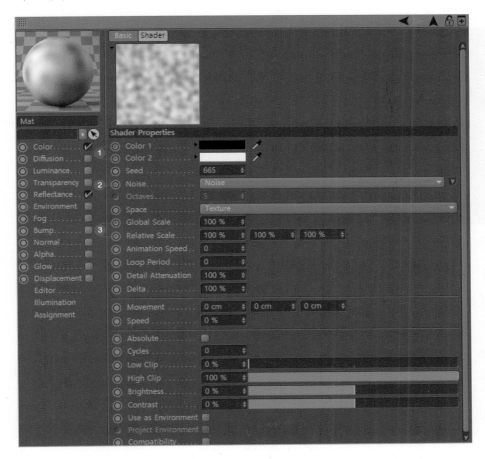

① Color 1/2 : 랜덤한 패턴을 이루는 두 가지 노이즈 컬러를 지정할 수 있습니다.

② Noise : 기본 프리셋으로 지정되어 있는 다양한 노이즈의 패턴을 결정합니다.

③ Global / Relative Scale : 노이즈 이미지의 사이즈를 제어합니다. 패턴의 입자 크기를 본 항목에서
결정할 수 있습니다.

Layer 쉐이더

레이어 쉐이더는 하나의 질감을 이용해 다양한 쉐이더와 이미지 텍스처를 혼합해 사용할 수 있는 유용한 기능입니다. 마치 포토샵을 이용해 레이어 방식의 합성을 하듯 다양한 종류의 소스를 합성을 할 수 있습니다. 레이어 쉐이더를 생성하면 최초에는 레이어가 비어 있는 상태(검정)로 합성을 위한 준비 상태가 됩니다. 지금부터 내부적인 구성을 살펴보도록 하겠습니다.

1. Image : 이미지 텍스처 소스를 불러올 수 있습니다.

2. Shader : 쉐이더 항목을 생성할 수 있습니다.

3. Effect : 생성된 레이어에 다양한 효과를 적용합니다.

4. Folder : 레이어를 그룹으로 묶어 정리할 수 있도록 폴더를 생성합니다.

5. Remove : 레이어를 삭제합니다.

Noise 쉐이더를 이용해 컬러 패턴 표현하기

> 예제 파일 : Material Preview.c4d

01 예제 파일(Material Preview.c4d)을 불러온 후 [Color] 채널의 [Texture] 항목에 'Noise' 쉐이더를 지정합니다.

[Color] Texture : Noise

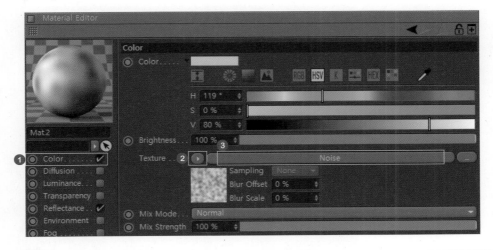

> **TIP** 쉐이더가 적용될 경우 상단 Color 항목은 하위 속성으로 넘어가 적용이 되지 않습니다.

02 [Noise] 쉐이더의 속성 중 [Color 1/2] 항목에 원하는 두 가지 색상을 각각 지정합니다. 두 가지 색상은 패턴을 구성하는 기본 컬러가 됩니다.

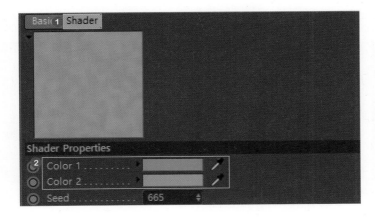

03 [Contrast] 속성을 '100%'까지 증가시키면 두 가지 색상의 대비가 증가하여 완전히 분리되어 표현됩니다.

04 패턴의 입자 크기는 [Global Scale] 또는 [Relative Scale] 항목을 통해 키우거나 줄여줄 수 있습니다.

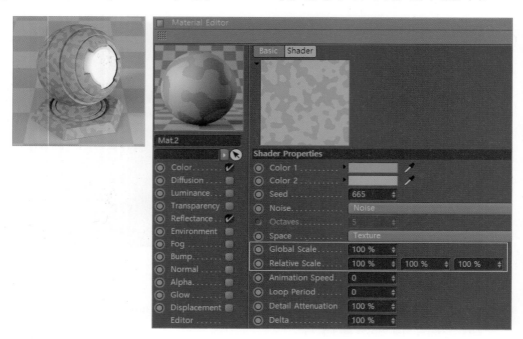

05 아래의 이미지는 Noise의 패턴을 다르게 지정하여 표현한 장면입니다.

▲ Noise　　　▲ FBM　　　▲ Naki　　　▲ VL Noise

Layer 쉐이더를 이용해 복합적인 질감 표현하기

⏱ 예제 파일 : Material Preview.c4d

01 예제 파일(Material Preview.c4d)을 불러온 후 [Color] 채널이 활성화된 상태에서 [Texture] 항목에 'Layer' 쉐이더를 지정합니다.

[Color] Texture : Layer

> **TIP** 초기에는 레이어가 없기 때문에 검은색으로 적용되는 것을 확인할 수 있습니다.

02 Layer 쉐이더의 〈Image〉 버튼을 클릭하여 'Layer Shader_Color.jpg' 소스를 불러옵니다. 예제로 추가된 항목은 잔잔한 타일 무늬를 보여줍니다.

[Shader] Image : Layer Shader_Color.jpg

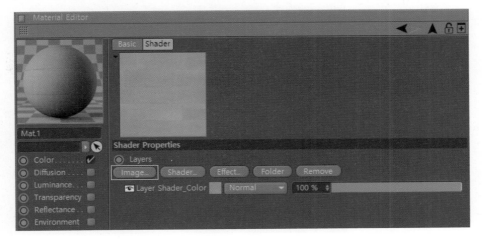

03 〈Image〉 버튼을 클릭하여 'Layer Shader_Dirt.jpg' 소스를 불러옵니다.

[Shader] Image : Layer Shader_Dirt.jpg

04 상위 레이어인 [Layer Shader_Dirt] 이미지 소스의 블랜딩 모드 속성을 'Multiply'로 지정합니다.

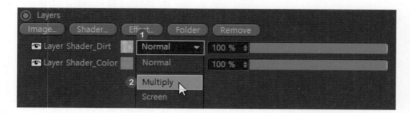

05 [Layer Shader_Dirt] 이미지의 어두운 영역은 하위 레이어인 [Layer Shader_Color] 이미지 소스와 혼합되게 됩니다. 때가 묻은 것처럼 보입니다.

06 〈Effect〉 버튼을 클릭하여 효과를 'Distort'로 설정합니다. Distort 이펙트는 하위 레이어에 왜곡 효과를 적용
합니다.

07 Distort 이펙트의 [Strength] 항목에 '40%'의 수치를 설정합니다. 마치 자연석의 표면처럼 부드럽게 마블링
되는 것을 확인할 수 있습니다.

08 추가로 〈Effect〉 버튼을 클릭하고 'Brightness/Contrast/Gamma' 이펙트를 지정합니다. 해당 효과를 사용
할 경우 하위 레이어에 밝기, 대비, 감마 등 보정 효과를 적용할 수 있습니다.

09 [Contrast] 항목에 '11%'의 수치를 지정하여 대비를 증가시켜줍니다. 최종적으로 하나의 Material만을 이용하여 더 복합적인 질감을 생성할 수 있는 것을 확인하였습니다.

[Shader] Contrast : 11%

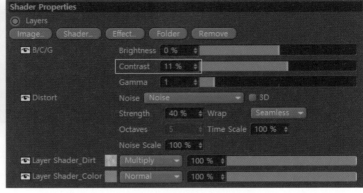

02 Diffusion(확산) 채널

디퓨전(Diffusion) 채널은 다른 채널과 혼합되어 어두운 영역을 표현할 때 주로 사용됩니다. 얼룩이나 때가 묻은 것처럼 무채색의 이미지 텍스처가 [Color] 채널 위에 Multiply 모드 방식으로 합성됩니다.

Diffusion 채널의 세부 항목 이해하기

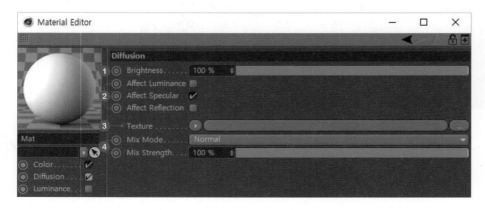

❶ **Brightness** : 컬러 채널의 밝기를 조절하며, 해당 기능은 Multiply 형태로 합성됩니다.

❷ **Affect** : 확산 기능이 발광, 스펙큘러, 반사 채널과 영향을 주고받을지 결정합니다.

❸ **Texture** : 확산에 사용될 이미지 텍스처 또는 쉐이더를 지정할 수 있습니다.

❹ **Mix** : 확산 채널이 컬러 채널과 혼합될 방식과 정도값을 제어할 수 있습니다.

Diffusion 채널을 이용한 Dirt 텍스처 표현하기

> ⏱ **예제 파일** : Material Preview.c4d

01 예제 파일(Material Preview.c4d)을 불러온 후 컬러 채널에 원하는 색상을 단색으로 적용하거나 이미지 텍스처를 이용해 준비합니다.

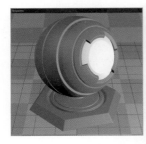

02 [Diffusion] 채널을 활성화한 후 [Texture]에서 'Load Image'를 클릭하여 'Diffusion_Dirt.jpg' 이미지를 적용합니다.

[Diffusion] Texture : Diffusion_Dirt.jpg

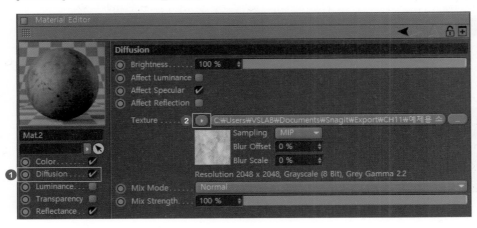

03 하단의 [Mix Strength]의 수치를 이용해 컬러 채널과 디퓨전 채널의 혼합 강도를 제어할 수 있습니다.

[Diffusion]

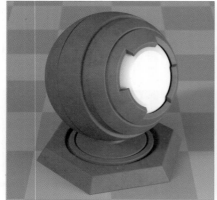

▲ Mix Strength : 50%

▲ Mix Strength : 100%

03 Luminance(발광) 채널

루미넌스(Luminance) 채널은 Color 채널과 유사한 성질을 가지고 있지만 재질 자체에서 빛을 낸다는 점에서 차이를 보입니다. Luminance 채널은 크게 두 가지 형태로 사용할 수 있습니다. 첫 번째로, 단색의 Solid 컬러를 표현해 명암이 없는 일러스트적인 아트워크 작업에 활용됩니다. 두 번째로, 렌더링 효과와 연계하여 발광체로 사용될 수 있습니다.

Luminance 채널의 세부 항목 이해하기

1 Color : 루미넌스 채널의 컬러를 지정할 수 있습니다.

2 Brightness : 해당 채널의 컬러의 밝기 또는 빛의 밝기를 제어합니다.

3 Texture : 루미넌스 채널로 사용할 이미지 텍스처 또는 쉐이더를 지정할 수 있습니다.

Luminance 채널의 다양한 활용

루미넌스 채널은 일러스트레이터를 이용해 제작한 느낌의 솔리드한 색상(명암이 없는 단색)을 표현할 수 있습니다. 이는 입체감을 배제한 평면적인 연출 시 유용하게 사용됩니다.

▲ Content Browser

또한, 렌더링 이펙트인 [Global illumination]과 함께 사용할 경우 질감의 컬러는 광원으로서의 역할을 수행하며 색상과 함께 발광하는 질감으로 사용될 수 있습니다.

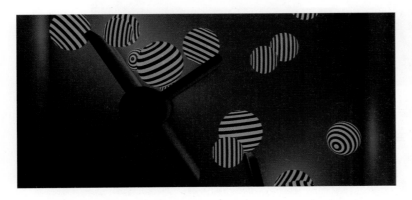

04 Transparency(투과) 채널

트랜스페어런시(Transparency) 채널에서는 빛이 물체를 통과하는 정도를 나타냅니다. 결과적으로 유리와 같은 질감을 표현할 때 사용하며 속성을 제어하여 반투명, Blur 값이 들어간 유리 등 다양한 활용이 가능합니다. 투과 채널에서 주의해야 할 사항은 렌더링 시 시간을 증가시키는 핵심적인 요인이될 수 있다는 것을 인지한 상태로 작업해야 합니다.

Transparency 채널의 세부 항목 이해하기

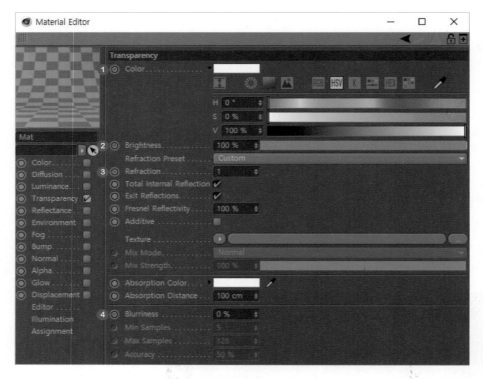

❶ Color : 투과되어 보이는 유리의 색을 표현합니다.

❷ Brightness(투과율) : 표면적인 투과율을 제어합니다. 수치가 낮을 경우 반투명한 질감으로 표현되며 Color 채널과 함께 사용 시 반투명 플라스틱 질감을 표현할 수 있습니다.

③ **Refraction(굴절)** : 빛이 물체를 투과할 때 발생하는 굴절률을 제어합니다. 기본값인 '1'의 수치는 굴절을 일으키지 않으며(텍스처 프리뷰 창에서 구 형태가 보이지 않는 것을 알 수 있음) 수치가 높아질수록 많은 양의 굴절을 계산합니다.(물 : 1.333, 유리 : 1.517, 다이아몬드 : 2.417)

④ **Blurriness** : 투과되어 보이는 유리면에 블러를 적용할 수 있는 항목입니다. '0%'보다 높은 수치가 적용되어야만 블러를 확인할 수 있으며, 블러를 계산하기 위해서는 필연적으로 렌더링 시간이 증가한다는 점을 유의해야 합니다.(블러 강도에 따른 이미지 4종류)

Transparency를 이용한 유리(Glass) 질감 제작하기

Transparency(투과) 채널의 설정을 알아보고, 설정값을 이용해 유리 질감을 제작해보겠습니다. 투과는 광선이 물체 표면에서 반사, 확산, 굴절을 일으키는 것으로 유리, 액체, 플라스틱과 같은 질감을 제작하는 목적으로 사용됩니다. 투과 질감은 모든 채널 중 연산이 가장 복잡하여 렌더링 시간에 큰 영향을 미치기 때문에 작업 시 유의해야 합니다.

예제 파일 : Material Preview.c4d

01 예제 파일(Material Preview.c4d)을 불러온 후 모든 채널이 비활성화된 상태에서 [Transparency] 채널만 활성화합니다.

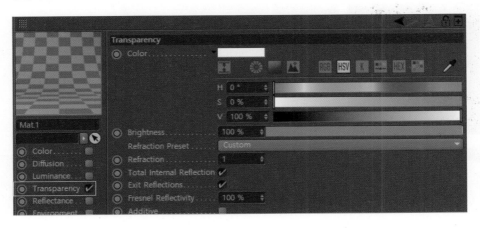

02 [Refraction] 항목에 '1.517'을 입력하면 유리를 통해 보이는 모습에 굴절이 표현된 것을 확인할 수 있습니다.

[Transparency] Refraction : 1.517

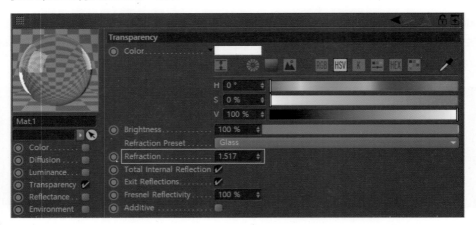

03 [Color] 항목에 지정하고 싶은 색상을 입력하면 유리의 색상으로 적용됩니다.

[Transparency] Color H/S/V : 205°/67%/100%

04 상황에 따라 [Blurriness] 항목에 수치를 설정하여 블러가 적용된 불투명한 유리 질감을 표현할 수 있습니다.

[Transparency] Blurriness

TIP 투과에 적용된 블러 효과는 렌더링 시 시간이 크게 증가한다는 점에 유의합니다.

05 Reflectance(반사) 채널

반사 채널은 주변 환경이 오브젝트 표면에 거울처럼 비치는 모습을 표현합니다. 반사 채널을 이용하면 유광 페인트 또는 금속과 같은 질감을 쉽게 제작할 수 있습니다. R16 버전에서 더욱 발전된 반사 채널은 Specular를 기본으로 포함하며 레이어 방식으로 반사 코팅을 층층이 쌓아가며 복합적으로 조합할 수 있습니다.

Reflectance 채널의 세부 항목 이해하기

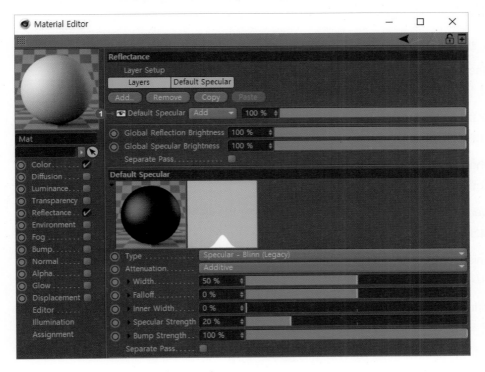

❶ **Default Specular** : 기본적으로 장착되어 있는 [Default Specular]는 가장 빛나는 광택을 표현하지만, 물리적으로 정확한 광택(광원체)을 표현하는 것이 아니라 근사치의 광택을 Add 모드로 합성한 가짜입니다. 따라서 리얼리즘을 표현해야 하는 작업 시 꼭 Specular 레이어를 삭제한 뒤 작업을 진행하기 바랍니다.

광택을 표현하는 Reflectance 레이어

1 Type : 반사를 표현하는 다양한 유형의 Reflectance 타입을 선택할 수 있는 설정입니다.

  1 **Beckmann(베커만)** : 물리적으로 정확하고 빠른 방식입니다. 일반적으로 가장 많이 사용됩니다.

  2 **GGX** : 빛의 분산을 가장 크게 표현하며 이는 금속 질감을 시뮬레이션할 때 유리합니다.

  3 **Phong** : 이전 버전에서의 유광 반사를 나타내며, R16 이후로 잘 사용하지 않습니다.

  4 **Ward** : 고무, 피부와 같은 빛의 큰 분산을 연산할 때 적합한 계산 방식입니다.

  5 **Anisotropic** : 브러쉬를 칠하거나 스크래치가 있는 금속처럼 반사의 왜곡을 일으켜 특정 방향으로 빛의 반사가 구부러집니다.

  6 **Diffuse(Lambertian/Oren-Nayar)** : 난반사를 담당합니다. 쉽게 말해, 완전히 매트한 반사를 의미하며 Color 채널과 비슷한 결과를 만듭니다. 간단하고 빠르게 렌더링을 할 수 있기 때문에 Color 채널 대신에 사용할 수 있지만, 설정값에 따라 표면에 노이즈가 발생할 수 있습니다.

  7 **Irawan(Woven Cloth)** : 이방성 타입으로 구성되어 여러 가지 천(옷감)의 패턴을 가지고 있습니다. 3D 상에서 리얼한 원단의 표면을 보여주기 위해 사용할 수 있습니다.

    ⓐ Roughness : 반사 표면의 거친 강도를 표현합니다. 수치가 높을수록 매트한 반사를 만들어냅니다.

    ⓑ Reflection Strength : 재질의 반사 강도를 제어하며, Attenuation(감쇄) 설정과 함께 제어할 수 있습니다.

    ⓒ Specular Strength : 스펙큘러의 하이라이트에 대한 강도를 제어합니다.

    ⓓ Bump Strength : 범프 채널이 반사 코팅에 전달되는 강도를 제어합니다.

반사 채널의 Layer Color

Layer Color는 반사 코팅의 표면에 색을 입히는 역할을 합니다. 예를 들면, 매트한 플라스틱 위에 색이 들어간 투명 시트지를 올린다고 상상해볼 수 있습니다. Layer Color는 Color 채널과 혼합하여 코팅 색을 제어하거나, 반사 채널만 독립적으로 사용하며 색이 들어간 금속 질감을 표현할 때 사용할 수 있습니다.

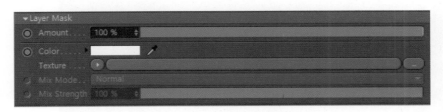

레이어 컬러를 이용한 반사 코팅에 색 입히기

예제 파일 : Material Preview.c4d

01 예제 파일(Material Preview.c4d)을 불러온 후 Color를 이용해 물체에 적용할 바탕 색상을 지정합니다.
[Color] Color H/S/V : 340°/100%/80%

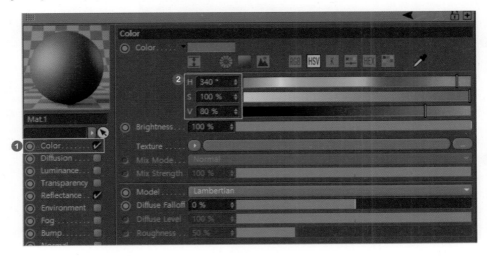

02 Reflectance(반사) 채널에 기본으로 설정되어 있는 [Default Specular]를 선택한 후 〈Remove〉 버튼을 클릭하여 삭제합니다. 〈Add〉 버튼을 클릭하고 'Beckmann' 레이어를 지정합니다. 물론 경우에 따라 'GGX'를 지정해도 문제없습니다.

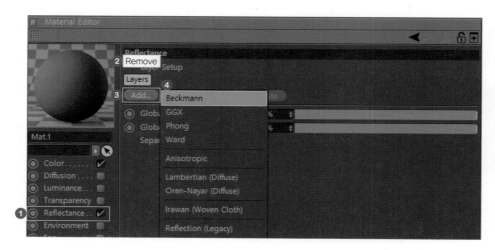

03 아래 [Layer Fresnel]의 화살표를 클릭하여 확장하고 [Fresnel] 항목에서 'Dielectric'을 지정 후 반사율 수치를 '8'로 높여주세요.

[Reflectance–Layer 1] • Layer Fresnel–Fresnel : Dielectric • IOR : 8

04 [Layer Color]의 [Color] 항목에서 컬러를 변경합니다. 본 속성을 이용해 반사 코팅 색상을 지정할 수 있습니다.

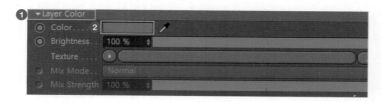

05 결과물을 확인하기 위해 뷰포트를 렌더링(Ctrl + R)합니다. 결과물을 확인하면 기존 색상이 유지된 상태로 반사 코팅에만 [Layer Color]에서 지정한 색상이 표현되는 것을 확인할 수 있습니다.

레이어 컬러로 색상이 들어간 거울 표현하기

⏱ 예제 파일 : Material Preview.c4d

01 예제 파일(Material Preview.c4d)을 불러온 후 [Color] 채널이 비활성화된 상태에서 [Reflectance] 채널을 선택합니다. 기본 레이어인 [Default Specular]를 선택한 후 〈Remove〉 버튼을 클릭해 삭제하고 〈Add〉 버튼을 클릭해 'GGX' 레이어를 생성합니다. 경우에 따라 [Beckmann] 레이어를 생성해도 문제없습니다.

02 [Layer Color] 항목을 원하는 색상으로 지정합니다. [Fresnel] 항목이 비활성화되어 있기 때문에 거울과 같은 완전한 반사체로 보이는 것을 확인할 수 있습니다. [Layer Color]의 [Color] 항목을 다음과 같이 변경합니다.

[Reflectance-Layer 1] Layer Color-Color-H/S/V : 40°/30%/100%

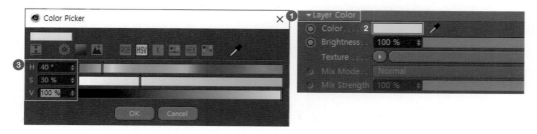

03 블러 강도를 지정하는 속성인 [Roughness] 항목을 '30%'로 지정합니다.

Roughness : 30%

04 결과물을 확인하기 위해 렌더링(Ctrl + R)합니다. 결과물을 보면 거울 반사면에 색상이 지정된 것을 확인할 수 있습니다.

반사 채널의 Layer Mask

레이어 마스크는 오브젝트에 적용된 반사 코팅 레이어 마스크를 통해 일정 부분을 가려주는 역할을
합니다. 기본적으로 흑백의 소스(Grayscale 값을 가진 이미지 텍스처 또는 쉐이더)를 인식하며 소스
이미지에서 흰색 영역에 해당하는 부분에는 반사가 표현되고, 검은색 영역에는 반사가 표현되지 않습
니다. 오브젝트에 적용된 질감에 부분적인 반사를 표현하고 싶다면 레이어 마스크 항목에 흑백의 소
스를 연결하거나 쉐이더를 이용해 표현이 가능합니다.

레이어 마스크를 이용한 다중 반사 채널 표현하기

예제 파일 : Material Preview.c4d

01 예제 파일(Material Preview.c4d)을 불러온 후 [Color] 채널을 이용하여 물체에 적용할 바탕 색상을 지정합
니다.

[Color] Color-H/S/V : 209°/100%/100%

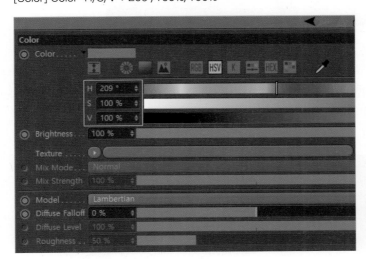

TIP 여기서 단색뿐 아니라 이미지
텍스처 혹은 쉐이더를 이용해 바탕
색상을 지정해도 괜찮습니다.

02 Reflectance(반사)에 기본으로 설정되어 있는 [Default Specular]를 선택한 상태에서 〈Remove〉 버튼을 클릭하여 삭제합니다. 〈Add〉 버튼을 클릭하고 'Beckmann' 레이어를 지정합니다. 여기서 Beckmann의 역할은 컬러 채널 위에 얹어질 투명한 코팅이 됩니다.

03 Beckmann(반사) 레이어에 [Later Fresnel]의 [Fresnel] 항목을 'Dielectric(유도체)'으로 설정해 줍니다.

[Reflectance–Layer 1] Layer Fresnel–Fresnel : Dielectric

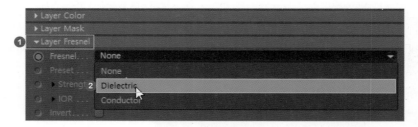

> **TIP**
> 설정이 진행되면 오브젝트에 적용된 컬러 채널 위에 투명한 유리막 코팅이 입혀진 것을 확인할 수 있습니다.

04 Fresnel 속성을 통해 투명한 반사 코팅이 생성되면 IOR 수치를 이용해 반사율을 제어할 수 있습니다. IOR 수치를 '1.6'으로 입력합니다.

[Later Fresnel] IOR : 1.6

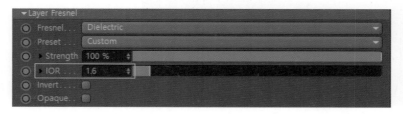

05 컬러 코팅 위에 올라갈 새로운 반사 질감을 생성합니다. Reflectance의 상단부 〈Add〉 버튼을 이용해 새로운 GGX 반사 레이어를 생성해줍니다.

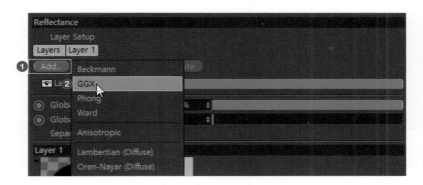

06 금속의 거친 표면을 표현하기 위해 Layer의 속성 중 Roughness(블러 강도)를 50%로 높게 입력합니다.

[Reflectance-Layer 2] Roughness : 50%

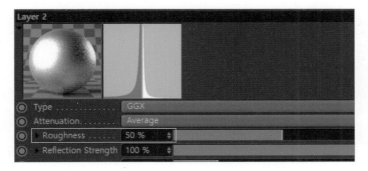

07 GGX 반사 레이어(레이어의 순서상 상위 레이어)의 [Layer Mask] 항목을 활성화한 뒤 [Noise]를 지정합니다. Noise의 대비되는 무채색 패턴은 마스크를 위한 소스로 사용됩니다. 〈Noise〉 버튼을 클릭합니다.

[Layer Mask] Texture : Noise

08 내부 속성 중 [Contrast]를 '100%'로 적용합니다.

[Shader] Contrast : 100%

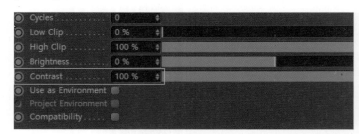

09 결과물을 확인하기 위해 뷰포트를 렌더링([Ctrl] + [R])합니다. 여러 개의 반사 레이어를 통해 작업 시 마스크 기능을 활용할 경우 다양한 표현을 쉽고 빠르게 제작할 수 있습니다.

반사 채널의 Layer Fresnel

프레넬 반사는 프랑스 물리학자의 이름을 딴 반사를 계산하는 방정식으로, 물리학뿐 아니라 3D 분 야에서도 빛에 대한 반사를 계산할 때 사용합니다. 물리학에서 프레넬 이론은 무척 복잡하지만, 3D 에서는 아주 간단합니다. 핵심은 물체의 표면을 바라보는 각도에 따라 눈에 보이는 반사도가 달라진 다는 것입니다.

실제 환경에서도 동일한 코팅의 물체 표면을 바라볼 때 각도에 따라 반사도가 다르게 보입니다. 정면 에 가까운 물체의 표면일수록 반사도가 낮아 보이고, 각도가 비스듬할수록 반사도가 높게 보입니다.

① Fresnel : 레이어 프레넬 속성은 3D 환경에서 각도에 따른 반사율의 차등을 표현합니다. R16 버전 이
후부터 거의 필수적으로 활성화하여 작업하는 것이 보통입니다.

　　① Dielectric(유도체) : 유리, 물, 깨끗한 코팅과 같은 투명한 반
　　　사 코팅을 제작할 때 적용합니다.

　　② Conductor(도체) : 금속, 미네랄 등과 같은 불투명한 반사,
　　　특히 금속표현에 많이 사용됩니다.

② Preset : 미리 지정되어 있는 다양한 Material의 수치를 불러와 사용할 수 있습니다.

③ Strength : '0%–100%' 사이의 반사 강도값을 지정할 수 있습니다.

④ IOR : 빛의 반사에 대한 입사각을 측정하여 반사로 보여줍니다. 카메라로 바라보는 화각에 따라 낮은
수치의 경우 반사각이 큰 영역(테두리 부분)에 반사되어 보이며, 수치가 높을수록 정면까지 반사되어 보
이게 됩니다. 주로 반사율을 제어할 때 자주 사용됩니다.

유광 반사 페인트 제작하기

⏱ 예제 파일 : Material Preview.c4d

01 예제 파일(Material Preview.c4d)을 불러온 후 [Color] 채널을 이용해 물체에 적용할 바탕 색상을 지정합
니다.

[Color] Color H/S/V : 119°/100%/58%

02 Reflectance(반사) 채널을 활성화한 후 Reflectance(반사)에 기본으로 설정되어 있는 [Default Specular]를 선택한 상태에서 〈Remove〉 버튼을 클릭하여 삭제합니다. 〈Add〉 버튼을 클릭하고 [Beckmann] 레이어를 추가합니다. 여기서 추가한 Beckmann의 경우 유광 반사를 포함한 대부분의 반사 채널에서 많이 사용됩니다.

03 [Layer Fresnel]에서 [Fresnel] 속성을 'Dielectric(유도체)' 방식으로 활성화합니다.

[Reflectance–Layer 1] Layer Fresnel–Fresnel : Dielectric

04 [Strength]의 수치를 낮추는 형태로 반사율을 높일 수 있습니다.

[Reflectance–Layer 1] Layer Fresnel–Strength : 84%

05 혹은 IOR 수치를 높이는 형태로 입사/반사각에 따른 반사율을 높게 표현할 수 있습니다.

[Reflectance–Layer 1] Layer Fresnel–IOR : 2.1

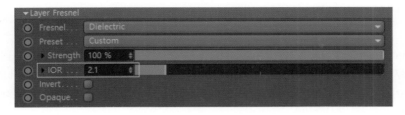

06 결과물을 확인하기 위해 뷰포트를 렌더링((Ctrl) + (R))합니다. 표면의 컬러 색상과 반사 코팅이 적절하게 조합된 것을 확인할 수 있습니다.

금속 질감 제작하기

⏱ **예제 파일** : Material Preview.c4d

01 예제 파일(Material Preview.c4d)을 불러온 후 금속 질감을 제작하기 위해서는 [Color] 채널을 비활성화한 상태에서 오로지 [Reflectance] 채널만 활성화합니다. Reflectance(반사)에 기본으로 설정되어 있는 [Default Specular]를 선택한 상태에서 〈Remove〉 버튼을 클릭하여 삭제합니다. 코팅을 위해 〈Add〉 버튼을 클릭하고 'GGX' 레이어를 생성합니다.

02 [Layer Fresnel] 항목을 [Fresnel]에서 'Conductor(도체)' 방식으로 설정합니다. 여기서 상당히 편리한 점은 다양한 금속 속성이 [Preset]으로 지정되어 있다는 것입니다.

[Reflectance–Layer 1] Layer Fresnel–Fresnel : Conductor

03 [Preset] 속성을 열면 금속과 연관된 다양한 종류의 세팅을 할 수 있습니다. [Conductor] 방식을 이용해 프리셋을 적용할 시 금속의 컬러가 자동으로 지정되는 것을 확인할 수 있습니다. 결과물을 확인하기 위해 뷰포트를 렌더링(Ctrl + R)합니다. 표면의 색상과 반사 코팅이 적절하게 조합된 것을 확인할 수 있습니다. 좌측부터(Gold/Copper/Irom/Selenium)

03 입체감을 표현할 수 있는 텍스처 채널 익히기

>> 세상에 존재하는 거의 모든 물체는 표면적으로 미세한 요철들을 포함하고 있습니다. 즉 완벽히 매끈한 표면은 존재할 수 없다는 뜻입니다. 물체의 표면적인 요철과 왜곡은 모델링으로 표현할 수 있지만, 아주 디테일하고 미세한 표현까지는 전체적인 작업의 효율과 난이도 측면에서 좋은 방법은 아닙니다. 이제부터 질감을 이용한 입체 표현에 대해 알아보도록 하겠습니다.

01 Bump 채널

3D 작업 시 모델링으로 표현할 수 없는 물체의 표면적인 형태가 있습니다. 예를 들어, 나무 표면에 들어가고 나온 표면적인 질감이나 콘크리트의 미세한 요철 같은 것들입니다. [Bump] 채널은 질감을 이용해 물체의 표면적인 미세한 왜곡을 표현합니다.

범프 채널은 그레이스케일 텍스처(무채색)를 인식하여 텍스처의 흰색 부분은 튀어 나오게(노말 방향으로 돌출) 검은색 부분은 들어가게 표현합니다. 일반적으로 촬영한 소스 또는 제작한 흑백의 이미지 텍스처를 활용하거나, 흑백의 표현이 가능한 쉐이더를 사용해 디테일한 요철을 만들 수 있습니다.

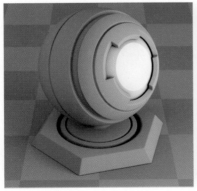
▲ Bump : OFF

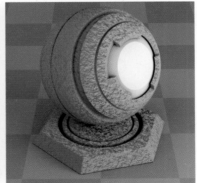
▲ Bump : ON

Bump 채널의 세부 항목 이해하기

① Strength : 범프 채널의 강도를 지정합니다.

② Texture : 범프 채널에 사용할 이미지 텍스처 또는 쉐이더를 지정합니다.

Bump 채널을 이용해 나무 표면의 디테일 제작하기

⏱ 예제 파일 : Material Preview.c4d

01 예제 파일(Material Preview.c4d)을 불러온 후 [Color] 채널에 예제 소스인 'Wood_Color.jpg'를 텍스처로 적용합니다. 해당 소스는 나무 질감의 표면적인 색으로 사용됩니다.

[Color] Texture : Wood_Color.jpg

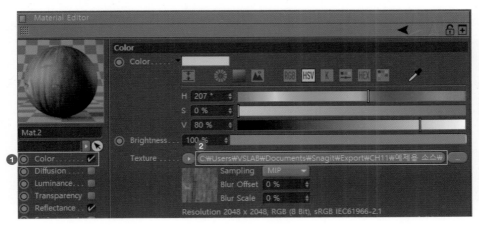

02 [Bump] 채널을 활성화합니다. 해당 채널에 'Wood_Bump.jpg' 이미지를 적용합니다. 적용된 소스를 기준으로 물체는 표면적 요철을 만들어냅니다.

[Bump] Texture : Wood_Bump.jpg

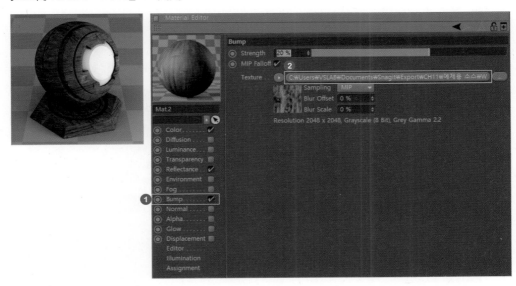

03 [Strength] 값을 높이면 사용한 소스의 흑백 대비를 더욱 강하게 인식하여 요철의 선명도가 증가하는 것을 알 수 있습니다.

[Bump] Strength : 70%

04 완성된 이미지에서 좌측은 [Bump] 채널이 비활성화된 상태이며, 우측은 [Bump] 채널이 활성화된 모습입니다.

▲ Bump : OFF   ▲ Bump : ON

Bump 채널과 Noise 쉐이더를 활용한 요철 표현하기

⏱ 예제 파일 : Material Preview.c4d

01 예제 파일(Material Preview.c4d)을 불러온 후 [Color] 채널을 통해 물체의 표면 색상을 지정합니다.

02 표면의 요철을 더 자세히 확인하기 위해 반사 코팅을 적용하겠습니다. Reflectance(반사)에 기본으로 설
정되어 있는 [Default Specular]를 선택한 상태에서 〈Remove〉 버튼을 클릭하여 삭제합니다. 코팅을 위해
〈Add〉 버튼을 클릭하고 [Reflectance] 채널을 활성화한 후 [Beckmann] 레이어를 적용합니다.

03 [Layer Fresnel] 항목의 [Fresnel]을 'Dielectric' 모드로 설정합니다. 기본적인 유광 반사 코팅이 적용된 것
을 확인할 수 있습니다.

[Reflectance–Layer 1] Layer Fresnel–Fresnel : Dielectric

04 [Bump] 채널을 활성화한 후 Texture 항목에 'Noise' 쉐이더를 적용합니다.

[Bump] Texture : Noise

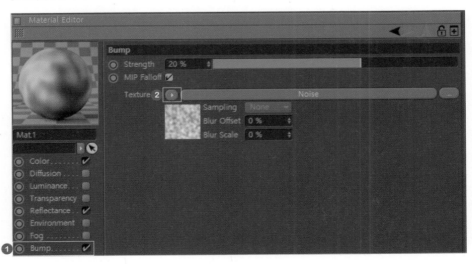

05 [Noise] 쉐이더의 다양한 패턴 형태에 따라 요철 모양도 달라집니다. 다양한 종류의 패턴을 적용한 후 뷰포트 렌더링(Ctrl + R)을 통해 비교해보세요.

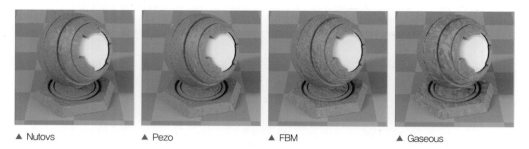

▲ Nutovs   ▲ Pezo   ▲ FBM   ▲ Gaseous

06 [Bump] 채널에 적용된 텍스처인 [Noise] 쉐이더의 Scale 속성을 제어하면 요철로 표현된 입자의 크기를 제어할 수 있습니다.

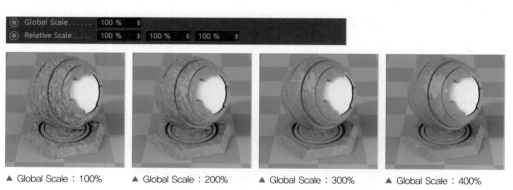

▲ Global Scale : 100%   ▲ Global Scale : 200%   ▲ Global Scale : 300%   ▲ Global Scale : 400%

02 Displacement 채널

Displacement 채널은 Bump 채널과 상당히 유사한 형태로 물체의 표면 요철을 표현합니다. 동일하게 무채색의 이미지 텍스처를 인식하여 튀어나오거나 들어가는 표현을 보여줍니다. 다만, Displacement 는 물체가 가진 포인트를 노말 방향으로 이동시켜 형태를 왜곡시킵니다. 응용하면 단순한 요철이 아 닌 완전히 확장된 지형을 표현할 수도 있습니다.

Displacement 채널의 세부 항목 이해하기

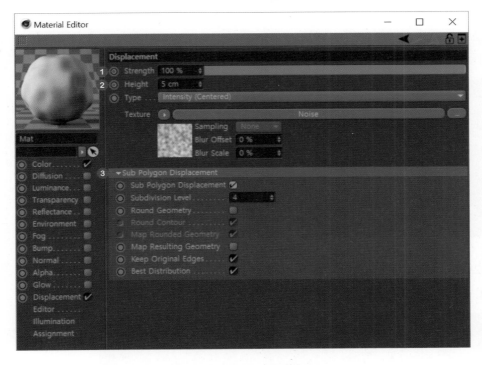

① **Strength** : Displacement를 통해 돌출되는 강도를 제어합니다.

② **Hight** : 완전한 흰색이 매핑된 영역을 최대 돌출 높이로 지정합니다.

③ **Sub Polygon Displacement** : 서브 폴리곤의 Displacement는 오브젝트에 적용된 그레이스케일 이 미지 값을 바탕으로 렌더링 시 더욱 부드럽고 자연스러운 면을 표현할 수 있도록 도와줍니다. Subdi- vision Level 값을 바탕으로 면을 더욱 세밀하게 분할하며 렌더링 시에만 작동하기 때문에 평상시 뷰포 트 창에서는 가벼운 상태로 동작하게 됩니다. 모델링에서 사용하는 서브디비전 서페이스와 유사한 역 할을 수행합니다.

Displacement 채널을 이용해 구체적인 지형 디자인하기

01 상단 커맨드 팔레트 바의 [Cube]–[Plane]를 클릭하여 평면 오브젝트를 생성합니다.

02 Plane 오브젝트의 [Basic] 탭 설정 항목 중 [Name]을 'Terrein'으로 수정합니다.

[Basic] Name : Terrein

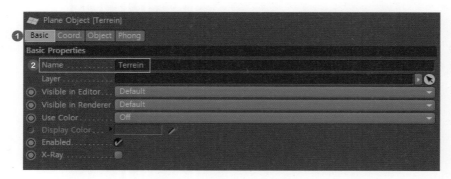

03 Plane 오브젝트의 [Object] 탭 설정 항목 중 가로/세로의 분할 수치를 '60'으로 세분화합니다.

[Object] Width/Hight Segments : 60

04 평면 오브젝트의 표면 왜곡을 표현하기 위해 Displacement를 적용할 새로운 머티리얼을 생성하겠습니다. 머티리얼 매니저에서 [Create]-[New Material]을 클릭합니다.

05 머티리얼 매니저에서 새로 만들어진 Material을 더블클릭합니다. [Material Editor] 대화상자가 열리면 [Displacement] 채널을 활성화합니다.

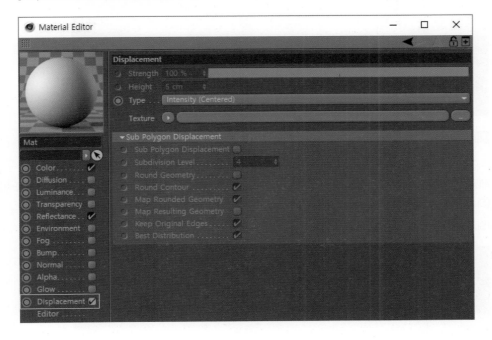

06 [Texture]에 있는 화살표를 클릭하고 [Load Image]를 클릭한 후 'Displacement_Terrein.jpg'를 선택하여 링크합니다.

[Displacement] Texture : Displacement_Terrein.jpg

07 흑백의 소스를 통해 오브젝트의 포인트가 노말 방향으로 변형될 높이를 제어하기 위해 [Height] 설정에 '30cm'를 입력합니다.

[Displacement] Height : 30cm

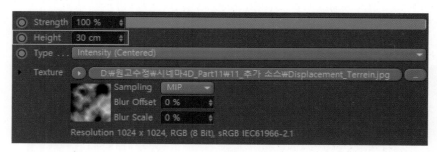

> **TIP**
> 완전한 백색은 노말 방향으로 '30cm', 완전한 검은색은 노말의 반대 방향으로 '−30cm' 이동할 것입니다.

08 해당 머티리얼이 적용될 [Plane] 오브젝트가 실제 렌더링 계산 시 더 디테일한 지형의 표면 묘사를 위해 [Sub Polygon Displacement] 설정을 활성화합니다.

[Sub Polygon Displacement] Sub Polygon Displacement : 체크

> **TIP**
> 이 설정은 렌더링 시 질감이 적용된 오브젝트의 폴리곤을 Subdivision Level 4단계까지 분할하여 완성합니다.

09 지금까지 제작한 머티리얼을 드래그하여 오브젝트 매니저의 [Terrein]에 드롭하는 방식으로 질감을 적용합니다.

10 결과물을 확인하기 위해 Ctrl + R 키를 눌러 Render View를 통해 지형의 디테일을 확인합니다.

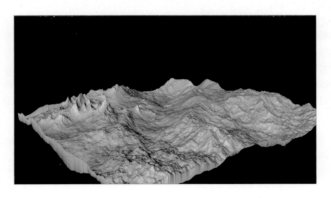

04 알파(Alpha) 채널을 이용한 데칼 텍스처링 익히기

» 알파 채널은 질감을 통해 이미지의 알파값을 인식하고 특정한 영역에 마스킹을 해 투명하게 처리하는 역할을 합니다. 해당 기능과 Material 스태킹을 이용하면 제품이나 벽에 그려진 데칼이나 오버레이 등을 손쉽게 표현할 수 있습니다. 알파 채널을 사용할 경우 두 가지 종류의 소스를 통해 마스킹 작업을 할 수 있습니다. 첫 번째는 이미지 텍스처 자체에 알파 채널을 포함하고 있는 경우입니다. 소스 제작 시 이미지 영역과 알파 영역을 분리해 작업한 후 알파값을 포함할 수 있는 확장자로 저장하면 알파 채널의 소스로 활용할 수 있습니다.

두 번째는 이미지가 무채색으로 구성될 경우 흑색과 백색을 통해 마스킹 작업이 가능합니다. 백색은 Opecity 100%로, 흑색은 Opecity 0%로 인식하여 이미지 영역과 알파 영역을 분리합니다. 특히, 포토샵과 같은 2D 그래픽 툴을 이용해 흑백의 소스 제작이 용이하기 때문에 디자인 작업에서 무채색 계열의 알파 마스킹이 적극 활용되고 있습니다.

01 Alpha 채널

Alpha 채널의 세부 항목 이해하기

① Invert : 알파 이미지를 반전시킬 수 있습니다.

② Image Alpha : 이미지에 저장된 알파 채널의 데이터를 사용합니다. 만약, 이미지에 알파가 없는 쉐이더를 사용할 경우 설정을 해제하여 사용하는 것이 좋습니다.

③ Texture : 알파 채널에 사용할 이미지 텍스처 또는 쉐이더를 지정할 수 있습니다.

알파 채널을 이용해 데칼 텍스처링 표현하기

__01__ 포토샵 프로그램에서 가로와 세로가 '1000px×1000px'인 배경이 투명한 프로젝트를 생성합니다.

__02__ Type 툴을 이용해 데칼로 사용할 텍스트를 작성합니다. 글자 색상은 알파 채널에 영향을 주지 않습니다.

03 타이포 작업이 끝나면 [File]–[Save]를 클릭하여 작업을 저장합니다. 이미지의 확장자는 [.PSD]로 지정하여 저장합니다.

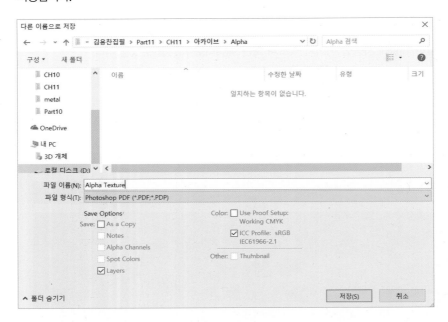

04 시네마 4D로 돌아와 텍스처를 생성해보겠습니다. 머티리얼 매니저에서 [Create]–[New Material]을 클릭하여 새로운 Material을 생성한 후 더블클릭합니다. [Material Editor] 대화상자가 열리면 [Alpha] 채널을 활성화한 뒤 [Texture] 항목에 포토샵을 통해 제작한 알파 소스를 적용합니다.

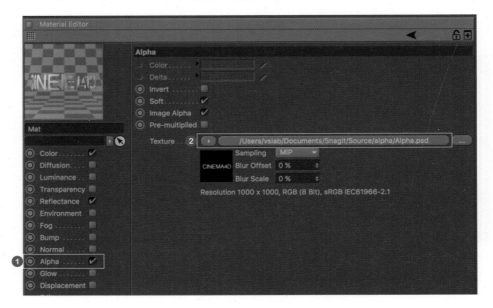

05 적용된 소스는 시네마 4D를 통해 흑백의 이미지로 변환되며, 이때 흰색 영역은 보이고 검은색 영역은 투명하게 마스킹 처리되는 것을 확인할 수 있습니다.

06 [Alpha] 채널에 적용할 Texture는 흑백으로 제작된 경우에도 사용이 가능합니다. 예제 이미지 소스를 [Texture] 항목에 적용할 경우 기존과 동일하게 마스킹 처리되는 것을 확인할 수 있습니다.

07 새로운 텍스처를 생성하여 [Color] 채널에 원하는 색상을 지정합니다.

[Color] Color—H/S/V: 98°/100%/71%

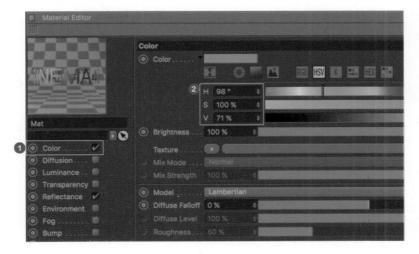

08 새로운 텍스처를 하나 생성합니다. 해당 텍스처는 [Alpha] 채널을 통해 마스크 처리된 글자와 함께 사용될 배경 컬러의 목적으로 제작되었습니다.

09 텍스처의 스태킹을 위해 질감이 적용될 오브젝트에 컬러 질감, 알파 질감 순으로 텍스처를 적용합니다.

10 결과물을 확인하기 위해 뷰포트를 렌더링(Ctrl + R)합니다. 두 가지 질감이 순서대로 레이어와 함께 쌓이는 것을 확인할 수 있습니다. 메뉴 바의 [File]-[Save as]를 클릭하여 'Texture_Alpha'로 저장합니다.

Alpha 채널을 이용해 나뭇잎 제작하기

> ⏱️ 예제 파일 : Tree.c4d

<u>01</u> 예제 파일(Tree.c4d)을 불러옵니다. 새로운 텍스처를 생성한 후 [Color] 채널에 'Leaf Color.jpg' 이미지 텍스처를 적용합니다.

[Color] Texture : Leaf Color.jpg

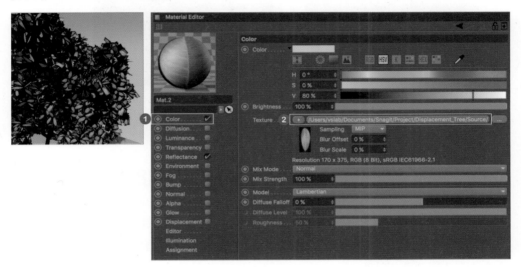

<u>02</u> [Alpha] 채널을 활성화한 후 [Texture]에 'Leaf Alpha.jpg'를 적용합니다.

[Alpha] Texture : Leaf Alpha.jpg

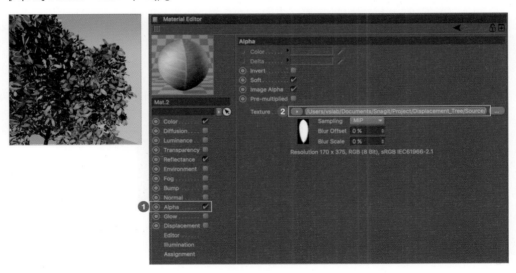

TIP 해당 텍스처는 직사각형의 폴리곤 영역에서 컬러값이 적용된 잎사귀 영역만 보일 수 있도록 마스크 역할을 하게 됩니다.

03 결과물을 확인하기 위해 뷰포트를 렌더링(Ctrl + R)합니다. 알파 채널을 이용해 단순한 평면 폴리곤을 활용한 나뭇잎을 표현할 수 있습니다. 이는 작업의 능률을 향상시킬 수 있는 중요한 프로세스 중 하나입니다.

02 물체에 적용한 질감의 위치와 크기 제어하기

오브젝트에 텍스처를 전달하는 과정 중 적용된 질감의 크기와 위치를 제어해야 하는 상황이 빈번하게 발생합니다. 이제부터 적용된 질감을 제어할 수 있는 다양한 방법을 익히고, 문제를 빠르게 해결할 수 있는 노하우를 전달합니다.

Texture Tag를 이용해 질감 제어하기

오브젝트에 적용된 질감의 위치와 크기를 제어하기 위해서는 오브젝트 매니저에 위치한 [Texture Tag]를 이용해 수정합니다.

01 [File]–[Open]을 클릭하여 이전에 저장했던 'Texture_Alpha'을 불러옵니다. 오브젝트 매니저에 위치한 [Texture Tag]를 클릭합니다.

02 어트리뷰트 매니저에서 [Offset U]와 [Offset V] 항목은 가로와 세로 방향에 대한 위치값을 제어합니다.

[Tag] • Offset U : 23% • Offset V : 27%

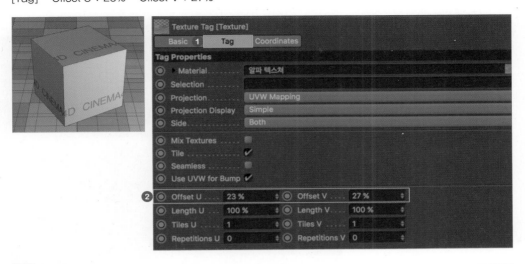

 기본 속성의 텍스처는 무한 반복(Tile)되도록 설정되어 위치를 이동해도 계속해서 반복되는 것을 알 수 있습니다.

03 [Offset U]와 [Offset V] 항목은 '0%'로 변경하고 [Length U]와 [Length V] 항목은 가로와 세로 방향에 대한 길이 값을 제어합니다.

[Tag] • Length U : 141% • Length V : 136%

04 [Length U]와 [Length V] 항목의 수치를 '25%'로 줄이도록 하겠습니다. 기존 텍스처의 사이즈가 1/4로 줄어드는 것을 확인할 수 있습니다.

[Tag] Length U/V : 25%

05 사이즈가 줄어들 경우 질감이 타일처럼 반복되는 형태로 매핑되는데 이 경우 [Tile] 항목의 체크를 해제하여 원본 텍스처만 남길 수 있습니다.

Texture의 Projection 방식에 따른 문제 해결하기

기본 도형들은 제각기 자신의 도면 값을 포함하고 있기 때문에 어떠한 질감을 전달하더라도 적절한 형태로 텍스처가 입혀지는 것을 알 수 있습니다.

그림과 같이 [Cube] 오브젝트를 변형시킬 경우, 기존 6개의 폴리곤 외에 추가적으로 폴리곤을 생성합니다. 도면에 해당하는 6면체의 폴리곤 영역에서 벗어난 항목들은 질감이 늘어난 형태로 왜곡되어 전달되는 것을 확인할 수 있습니다. 이 경우 [Texture Tag]의 속성 중 [Projection] 속성을 제어하여 질감이 물체에 비치는 방식을 바꾸는 형태로 해결할 수 있습니다.

다양한 Projection 타입이 존재하지만, 작업하는 오브젝트의 형태에 어울리도록 [Cubic] 방식으로 변경합니다.

결과물을 확인하기 위해 뷰포트를 렌더링(Ctrl + R)하면 도면과 관계없이 큐브 형태로의 텍스처 매핑이 올바르게 진행된 것을 확인할 수 있습니다.

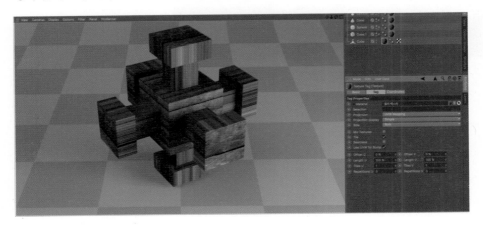

05 | UV 매핑을 통한 오브젝트 도면화시키기

» UV 매핑은 질감의 좌표인 [UVW]에서 [W]를 제거해 2차원으로 평면화된 물체를 텍스처링하는 방식입니다. 도면화시킨 상태에서 Photoshop과 같은 2D 기반의 소프트웨어를 활용해 보다 디테일한 표면 묘사와 구체적인 텍스처링을 할 수 있습니다. UV 매핑은 크게 2가지의 작업 프로세스로 나누어 설명할 수 있습니다. 첫 번째로, 물체의 전개도를 펼치는 과정으로 종이를 오려 정육면체 주사위를 만들기 위해 전개도를 그리듯 3D 오브젝트의 특정 부분을 가위로 오려 평면으로 구성될 수 있도록 준비하는 과정입니다. 두 번째로, 펼친 전개도를 Photoshop과 같은 이미지 편집 툴로 전달해 텍스처링을 하는 과정입니다. 다양한 합성과 페인팅을 여러 개의 텍스처가 스태킹된 형태가 아닌 단일 텍스처로 구현할 수 있습니다. 지금부터 기본 도형의 UV를 펼치는 실습을 진행합니다.

01 Cube 오브젝트의 UV 매핑 프로세스 이해하기

01 상단 커맨드 팔레트 바의 [Cube]를 클릭해 UV 매핑을 위한 기본 도형 [Cube] 오브젝트를 생성합니다.

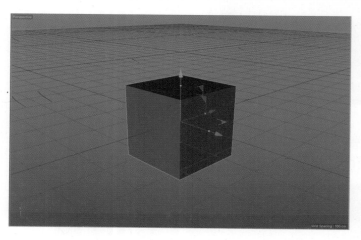

02 기본 도형의 경우 UV 작업을 위해 Make Editable(ⓒ)합니다. 오브젝트 매니저에 UVW Tag가 생성되며 해당 태그에는 물체의 도면 데이터가 기록됩니다.

03 UV를 펼치기 위해서는 사용자 인터페이스 구조를 변경해야 합니다. 메뉴 바의 우측 상단에 있는 [Layout]–[BP_UV Edit]를 클릭하여 도면을 펼치기에 최적화된 구조로 변경합니다.

04 [BP_UV Edit] 레이아웃은 기본적으로 좌측(뷰포트)과 우측(UV 도면)으로 화면이 분할되며, 양쪽 에디터의 오브젝트 데이터를 서로 교차하며 작업합니다.

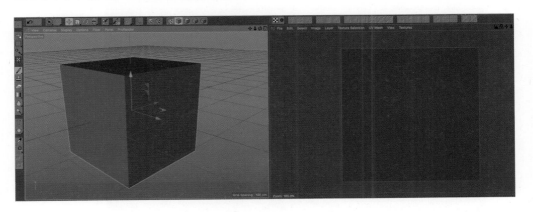

> **TIP**
> [Cube] 오브젝트의 도면을 펼치기에 앞서 하나로 연결된 형태로 도면을 구성할지, 또는 하나의 물체를 여러 조각으로 나누어 도면을 구성할지 결정해야 합니다. 그 과정은 [UV Mapping]–[Projection] 속성에서 진행합니다.

05 [Projection]은 물체의 도면을 펼치기 위한 준비 과정으로 상단의 [UV Polygons]를 선택하면 우측에서 UV의 면을 제어하기 위한 상태가 됩니다.

06 UV Polygon을 제어할 수 있는 상태에서 `Ctrl` + `A` 키를 눌러 전체 선택을 합니다.

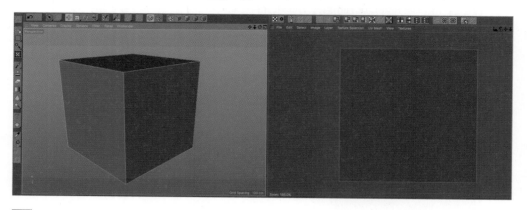

TIP 부분적으로 도면화시킬 경우 해당 부분의 UV Polygon만 선택한 후 작업을 진행합니다.

07 [Projection] 속성에는 다양한 투영 방식이 있습니다. 그중 〈Frontal〉 방식을 선택합니다.

[Projection] Frontal

08 전개도를 구성할 수 있도록 분리되어야 할 엣지를 컷팅하겠습니다. [Relax UV] 탭을 클릭하고 [Relax UV]의 속성 중 모든 체크 항목을 비활성화한 후 [Cut Selected Edges] 항목만 체크합니다.

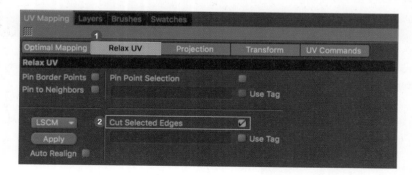

09 상단의 [Edges]를 선택하고 [Live Selection] 툴을 이용해 컷팅할 엣지를 선택합니다.

10 하나로 이어진 도면이 될 수 있도록 이후 텍스처링이 용이하도록 엣지를 선택합니다.

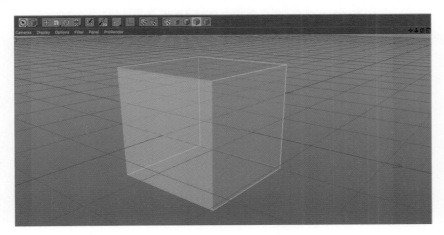

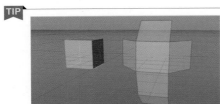

TIP 전개도로 펼치기 위한 컷팅을 처음 접할 경우 막막함을 느끼실 수 있습니다. 이는 많은 UV매핑의 경험을 통해야만 더 간결하고 그림을 그리기 편한 형태로 구성할 수 있는 안목이 생깁니다.

11 엣지가 선택된 상태에서 〈Apply〉 버튼을 클릭합니다. 3차원의 오브젝트가 평면화되어 도면 창에 활성화된 것을 확인할 수 있습니다.

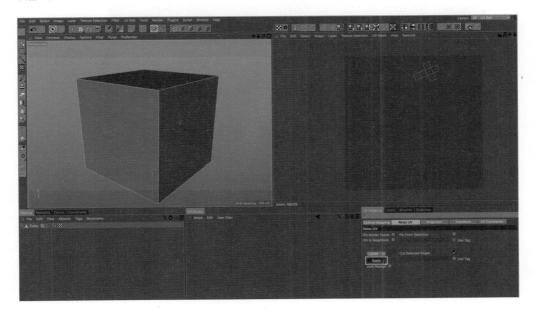

TIP [Relax UV] 메뉴를 통해 전개도를 펼칠 경우 LSCM/ABF 속성을 제어할 수 있습니다. 먼저 [LSCM]은 각진 사각형 오브젝트를 펼치기에 최적화되어 있습니다. 반대로 [ABF]는 원형의 물체를 펼치는 용도로 사용하면 좋습니다.

12 [UV Polygon] 모드를 선택한 후 [Selection], [Move], [Scale], [Rotate] 도구를 이용해 도면 창에 평면화된 오브젝트를 적당히 정렬해줍니다. 이때 완벽하게 정렬하기보다 기준이 될 방향 정도만 지정해주시면 됩니다.

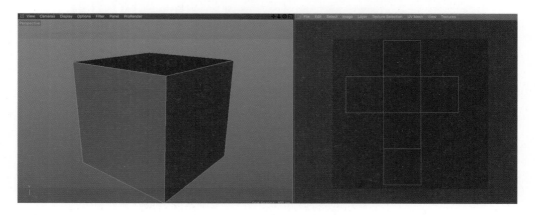

13 [Optimal Mapping] 탭의 [Realign] 항목을 체크한 뒤 [Preserve Orientation] 속성을 해제해줍니다.

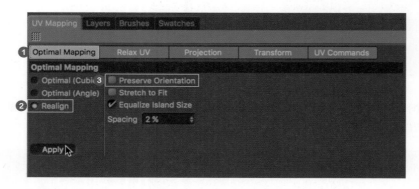

TIP 해당 항목은 현재 도면의 회전 각도를 유지한 채 도면 영역에 크기만 키워 정렬하는 기능입니다. 따라서 각진 박스의 형태로 이루어진 물체의 도면을 펼칠 때는 비활성화한 상태에서 작업하는 것을 추천합니다.

14 지금까지 진행한 작업 프로세스를 통해 3D 오브젝트를 올바른 형태의 UV로 생성했습니다.

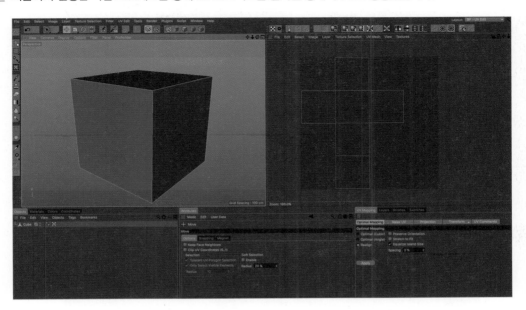

02 Cube 오브젝트의 UV 텍스처 입히기

도면화된 물체의 질감을 Photoshop과 같은 2D 기반의 이미지 편집 툴로 전달하기 위한 작업을 진행
해보도록 하겠습니다.

01 좌측 하단의 [Materials] 에디터를 선택하고 [Create]–[New Material]을 클릭하여 새로운 텍스처를 생성합
니다.

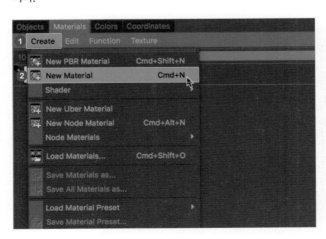

02 생성된 텍스처를 [Cube] 오브젝트에 드래그하여 적용합니다.

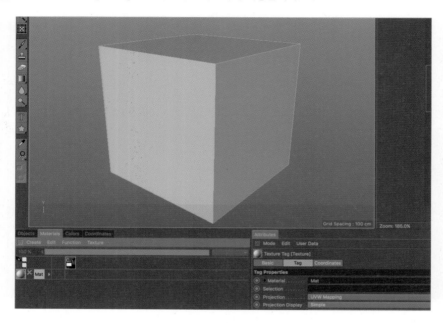

03 텍스처 아이콘의 우측 빨간색 〈X〉 버튼을 클릭하여 펜 모양으로 변경합니다. 이 경우 텍스처를 그래픽 데이터로 보내 실시간 텍스처링이 가능하게 만들어줍니다.

04 텍스처 줄 오른쪽에 있는 'X' 표시를 더블클릭하면 [New Texture] 대화상자가 나타납니다. 도면 창에 Pixel의 개념이 도입되며 가로와 세로의 해상도를 결정할 수 있습니다. [Width] 값과 [Height] 값을 '2000px'로 지정한 뒤 〈OK〉 버튼을 클릭합니다.

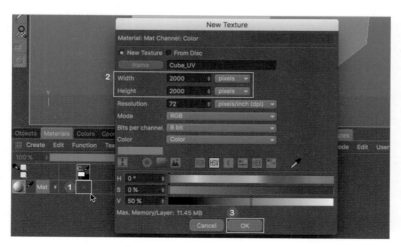

05 화면 우측 하단의 [Layer] 팔레트를 클릭하여 확인해보면 [Background] 레이어가 생성된 것을 알 수 있습니다. 추가적인 편집을 위해 팔레트 하단의 [New Layer] 아이콘을 클릭합니다.

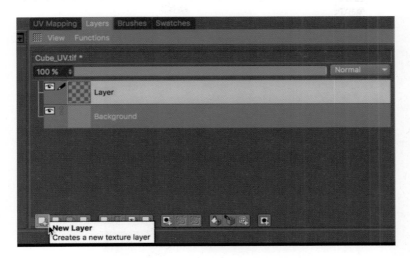

06 인터페이스의 좌측 [Brush] 툴을 선택합니다. 방금 전 생성한 투명한 레이어 위에 브러쉬 도구를 이용해 페인팅을 할 수 있습니다. 도면 작업 이후 텍스처링이 용이하도록 구분하는 방식으로 밑그림을 그려놓을 수 있습니다.

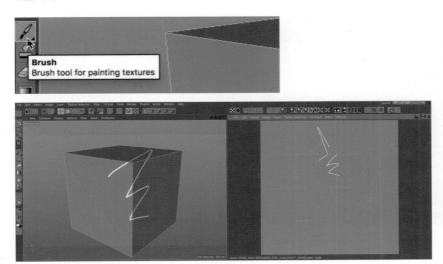

07 메뉴 바의 [Layer]–[Create UV Mesh Layer]를 클릭합니다. 해당 기능은 UV 작업 시 가장 마지막에 필수적으로 진행해야 하며, 폴리곤의 아웃라인을 구분할 수 있도록 하얀색 라인을 그려줍니다.

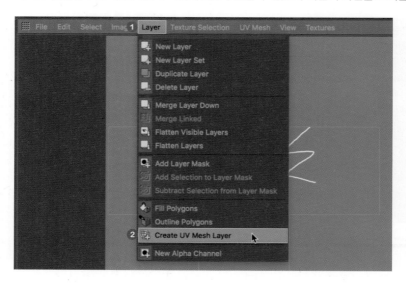

08 메뉴 바의 [File]–[Save Texture]를 클릭해 저장합니다. 이 경우 [Tiff] 확장자로 출력되며, UV를 편집할 때 생성한 레이어가 포함된 상태로 저장합니다.

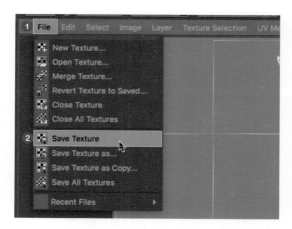

09 Photoshop을 이용해 UV 텍스처링을 진행해보겠습니다. 시네마 4D를 통해 제작한 UV 도면을 Photoshop 에서 [File]-[Open]을 클릭하여 저장한 Texture를 불러옵니다.

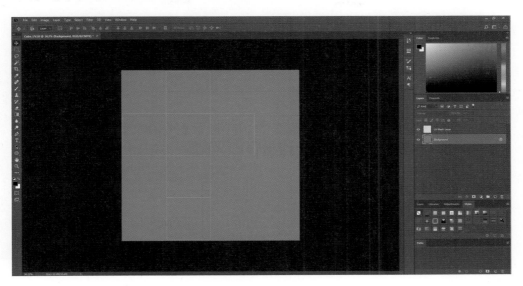

10 예제 소스(UV_Source.psd)를 오픈하여 텍스처링을 준비합니다. [UV_Source]에서 각 도면에 입힐 레이어 를 UV텍스처로 레이어들을 드래그하여 옮기겠습니다.

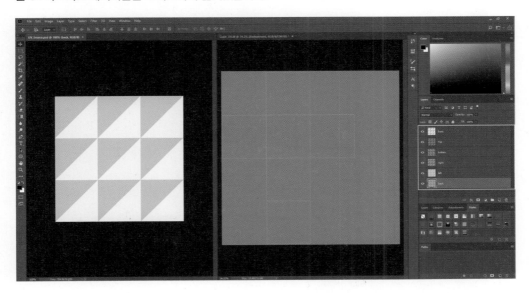

11 [UV_Source]에서 옮겨온 각 레이어를 아래 이미지와 같은 위치에 배치합니다.

12 메뉴 바의 [File]–[Save]를 클릭해 완성된 UV 텍스처를 저장합니다.

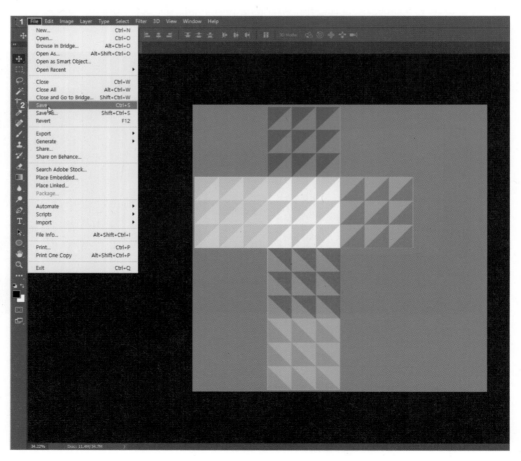

13 시네마 4D 인터페이스의 메뉴 바 우측 상단에 있는 [Layout]을 'Standard'로 변경하여 UV 편집을 종료합니다.

14 머티리얼 매니저에서 생성된 질감을 더블클릭합니다. [Material Editor]의 Color 채널에 작성한 UV 도면이 텍스처로 입력된 것을 확인할 수 있습니다. Photoshop을 통해 편집된 수정사항을 갱신하기 위해 텍스처 이름을 클릭합니다.

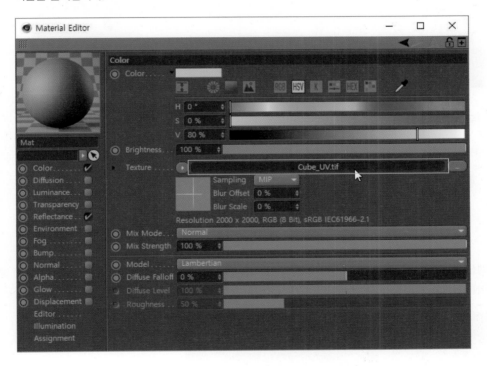

15 텍스처 세부 설정 창의 상단 〈Reload Image〉 버튼을 클릭하여 최신화합니다.

16 다음과 같은 팝업 창이 나타나면 〈예(Y)〉 버튼을 클릭해 최신데이터로 갱신합니다.

17 갱신된 도면 데이터는 뷰포트를 통해 확인이 가능합니다. 이와 같은 방식으로 Photoshop에서 다양한 레이어를 합성하거나 편집하여 단일 머티리얼을 통해 폴리곤별 다양한 텍스처링을 진행할 수 있습니다.

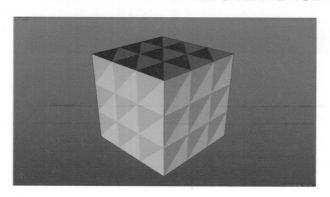

MEMO

보다 사실적인 장면 렌더링을 위해 실제와 같이 다양한 종류와 역할을 하는 라이트를 씬에 배치합니다. 시네마 4D의 라이트와 텍스처는 물리현상을 정확히 따르지 않기 때문에 처음 시네마 4D를 접한 여러분이 직접 설정해본 라이트의 첫인상은 그리 좋지 못할 것이라고 생각됩니다. 이제부터 조명의 이론적인 접근과 활용하는 방법을 익히고 다양한 노하우를 통해 작업한 씬을 보다 멋지게 표현할 수 있는 기술적인 역량을 높이도록 하겠습니다.

라이팅 I

(Lighting I)

01 실제 같은 표현을 위한 라이트의 종류 이해하기

≫ 사실적인 장면의 묘사와 다양한 스타일의 아트워크를 제작하기 위해 라이팅의 프로세스는 가장 중요한 작업의 프로세스입니다. 스튜디오/제품/실내/자연광 등 다양한 연출 환경 속에서 보다 사실적이고 주제를 돋보이게 할 수 있는 라이팅의 기본 설정방법과 활용을 배워보고려고 합니다. 단순한 조명의 사용을 넘어, 작업 중 발생할 수 있는 여러 가지 오류에 대한 해결 방법까지 함께 알아보겠습니다.

01 조명의 기본 및 이론적 접근

3D 작업 시 다양한 장면 연출을 위해 사용할 수 있는 라이트는 다양한 종류로 구성되어 있습니다. 연출하고자 하는 환경에 부합할 조명을 선택하는 것은 다양한 경험과 실험을 통해서 익힐 수 있으며, 라이트 방식을 선택하는 것은 단순히 무드와 연출을 위한 것뿐 아니라 작업의 효율을 위해서도 상당히 중요합니다. 이제 시네마 4D를 통해 표현할 수 있는 대표적인 4가지의 조명 방법에 대해 알아보도록 하겠습니다.

첫 번째, 기본 라이트 오브젝트가 있습니다. 기본 라이트 오브젝트는 인터페이스 우측 상단에 위치한 전구 모양의 단락으로 정리되어 있으며, 소프트웨어에서 '조명'으로 인식되는 다양한 종류의 라이트 오브젝트가 준비되어 있습니다.

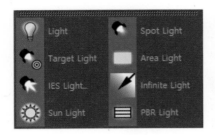

두 번째, 폴리곤 라이트가 있습니다. 텍스처 채널 중 [Luminance Channel(발광 채널)]은 빛의 반사 법칙을 실제와 같이 연산하는 Global Illumination 이펙트와 함께 이용할 때 빛을 내는 특징을 가지고 있습니다. 폴리곤 라이트는 특정한 오브젝트에 질감을 적용하고, 그 물체의 표면 재질이 빛으로 작용하는 것을 말합니다. 간단하게 네온사인과 같이 오브젝트 자체에서 빛을 내는 것부터 어두운 공간의 LCD 모니터와 같은 연출에 사용할 수 있습니다.

세 번째, 피지컬 스카이 오브젝트가 있습니다. 피지컬 스카이는 여러 가지 기상과 하늘의 특수 효과를 시뮬레이션하여 표현하며 물리적인 태양광을 비롯하여 하늘, 구름, 안개, 무지개 등 위도와 경도, 시간값을 계산하여 자연 광원을 표현하는 역할을 합니다.

네 번째, HDRI 라이트 방식이 있습니다. HDRI(High Dynamic Range Image)는 광대역폭 이미지라고 하며, 모니터나 카메라가 표현할 수 있는 밝기의 범위를 훨씬 뛰어넘는 정보값을 담고 있는 이미지입니다. 이러한 이미지는 굴절, 투과, 반사와 같은 역할로 사용하며 수백만 개의 다양한 빛이 작품을 더욱 실감나게 표현합니다. 리얼리즘의 표현에 있어 HDRI는 거의 필수에 가까운 라이팅 접근 방법입니다.

02 Light, 목적과 용도에 맞게 사용하기

시네마 4D에 준비된 기본 라이트 오브젝트는 상단 풀다운 메뉴 [Create]-[Light]에서 생성할 수 있습니다. 지금부터 라이트 오브젝트의 종류별 역할에 대해 알아보도록 하겠습니다.

💡 Light(옴니 라이트)

옴니 라이트는 전방향 라이트로 전구처럼 모든 방향으로 빛을 발산합니다. 특정 물체를 비추기보다 씬 전체의 빛을 균일하게 비추어 전체적인 조도를 높이는 용도로 많이 사용됩니다.

💡 Spot Light

스포트 라이트는 Z축 방향으로 빛을 발산하며 원형의 한정된 구역을 비춰줍니다. 스포트 라이트는 원형과 사각형 두 가지 방식으로 빛을 투사할 수 있으며 손전등, 자동차의 헤드램프와 같은 씬을 연출할 때 유용하게 사용할 수 있습니다.

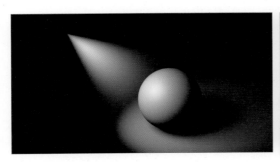 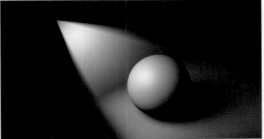

Target Light

타겟 라이트는 스포트 라이트와 동일한 역할을 하지만 타겟의 기능(조준)이 추가된 라이트입니다. 만일 움직이는 사물을 계속해서 스포트 라이트를 이용해 쫓아야 한다면 라이트의 Rotation 항목에 연속적인 키프레임을 적용해야 합니다. 이는 무척 번거롭고 비효율적이기 때문에 타겟 라이트를 이용해 특정 타겟 오브젝트를 라이트가 계속해서 조준할 수 있도록 작업할 수 있습니다.

Area Light

에어리어 라이트는 네모난 판의 형태로, 표면을 기준으로 바깥쪽 방향을 향해 빛을 투사합니다.

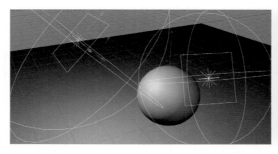 

Sun

태양 오브젝트는 위도와 경도, 시간을 이용한 태양의 빛을 표현하는 절대적인 광원체입니다. 자연스러운 태양 광원을 표현하기 위해 해당 라이트를 사용합니다.

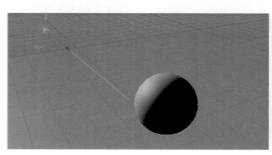 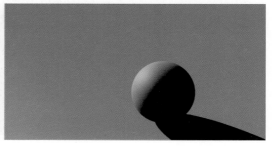

✎ Infinite(무한) Light

무한 라이트는 무한의 거리에서 비치는 빛을 표현합니다. 대부분의 조명은 빛과 물체 사이의 거리에 따라 밝기와 그림자 등 다양한 요소가 변화합니다. 무한 라이트는 일반적인 조명 오브젝트와 달리 무한한 거리에서 오직 방향을 통해서 빛을 비춰주는 역할을 합니다. 이는 넓은 환경의 씬을 균일하게 비춰주거나 태양광을 표현하는 용도로 사용할 수 있습니다.

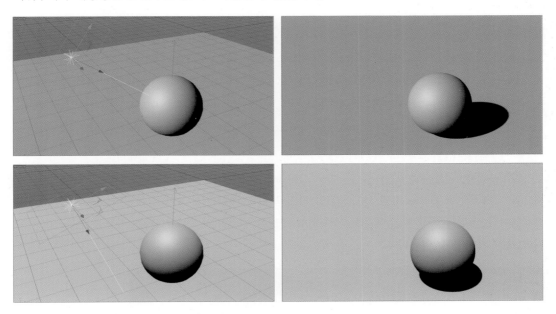

🖈 IES Light

IES 라이트는 스포트 라이트에 비해 조명의 산란 효과를 더욱 사실적으로 표현할 수 있는 조명입니다. IES 라이트는 IES 확장자의 데이터 파일을 이용해 작업하는 씬에 조명으로 추가할 수 있습니다. 인테리어 작업 시 사실적인 간접 조명(매입 할로겐 등)의 표현에 유용하게 사용될 수 있습니다.

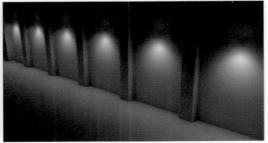

02 | 시네마 4D 라이트 오브젝트의 **세부 항목**

» 기본적으로 시네마 4D의 라이팅은 물리 현상을 그대로 표현하지 않습니다. 기본 라이트 오브젝트를 이용하면 다양한 편법과 눈속임이 가능하며, 라이트 오브젝트의 세부 옵션을 통해 작업하는 씬의 조명을 다양한 형태로 응용할 수 있습니다.

01 General 속성 파악하기

라이트 오브젝트의 General 항목은 조명이 가지고 있는 메인 기능들이 수록되어 있는 가장 중요한 설정입니다. 조명의 색상/밝기/색온도/그림자 등 조명을 설정할 때 핵심이 되는 기능들을 General 항목을 통해 제어할 수 있습니다.

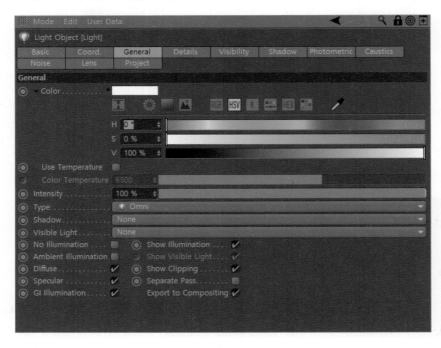

Color

조명의 빛 역할과 동시에 씬에서 다양한 무드를 표현합니다. 조명의 컬러값을 이용해 장면의 분위기와 시간대를 표현해보세요.

Temperature(색온도)

색온도는 R20 버전에서 추가된 설정으로 조명의 켈빈 온도를 이용해 색을 제어하는 기능입니다. 표시 단위로 K(Kelvin, 켈빈)을 사용하며 6500k를 기본으로 수치가 작아질수록 붉은 빛을, 높아질수록 푸른 빛을 확인할 수 있습니다.

> **TIP**
> 시간대별 색 온도
> (1) 해지기 직전 : 2200K(촛불의 광색)
> (2) 해뜨고 40분 후 : 3000K(연색 개선형 온백색 형광등, 고압 나트륨 램프)
> (3) 해뜨고 2시간 후 : 4000K(백색 형광등, 온백색 형광등, 할로겐 램프)
> (4) 정오의 태양 : 5800K(냉백색 형광등)
> (5) 흐린 날의 하늘 : 7000K(주광색 형광등, 수은 램프)

Intensity(강도)

Intensity를 이용해 라이트의 전체적인 밝기를 조절할 수 있습니다. 밝기를 제어하는 슬라이더 상에서는 0%~100%까지 인터페이스에 표기되지만, 100%의 수치를 넘겨 더 밝게 조명을 제어할 수 있습니다. 반대로 '−'값의 강도 설정은 네거티브 라이트로 활용되며 기본적인 조명과 반대로 주변의 밝기를 어둡게도 표현할 수 있습니다.

Type

라이트의 [General] 속성 중 [Type]은 현재 라이트 설정값을 유지한 상태로 다른 종류의 라이트 오브젝트로 변경할 때 사용합니다. 예를 들어, 라이트의 컬러와 섀도 외 기타 디테일의 설정을 마친 상태에서 변경한 설정값을 유지한 상태로 다른 종류의 라이트로 변경할 수 있습니다.

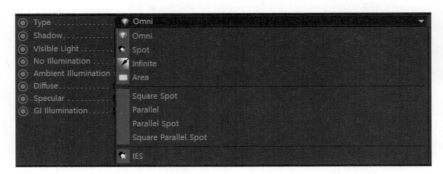

Shadow

시네마 4D의 기본 라이트 오브젝트는 생성 시 그림자가 비활성화된 상태로 설정됩니다. 작업 씬에 라이트를 통한 그림자를 표현하고자 한다면 [General]-[Shadow] 설정을 통해 활성화할 수 있습니다. 오브젝트가 광원에 의해 비춰지며 밝은 영역에서 어두운 영역으로 서서히 어두워지는 부분이 생기게 되는데, 이러한 경계 혹은 그림자를 시네마 4D에서는 [Shadow Map]을 이용해서 표현할 수 있습니다. 즉 섀도 맵이란, 광원으로부터 보이는 씬의 흑백 음영을 말합니다.

① **Shadow Maps (Soft)** : 가장 보편적으로 사용하는 그림자 타입으로 빠르고 쉽게 그림자를 표현할 수 있는 방식입니다. 가볍게 그림자를 표현할 수 있지만, 보다 자연스러운 리얼리즘을 표현하기에 적합한 형태의 섀도 타입은 아닙니다.

❷ **Raytraced (Hard)** : Hard 그림자 타입은 블러가 적용되지 않은 샤프한 형태의 그림자를 표현합니다. 그림자의 엣지 부분이 딱 떨어지며 마치 일러스트레이션과 같은 느낌의 작업 시 유리하게 사용할 수 있습니다. Cel 셰이더를 이용한 솔리드한 렌더링에 주로 사용되며 딱딱하고 날카로운 그림자의 경계 부분에 의해 자연스러운 실제 환경 표현에는 다소 부적절할 수 있습니다.

❸ **Area** : 실제 환경에서 그림자의 엣지 부분을 자세히 관찰해보면 거리에 따른 그림자의 블러 폭이 다르다는 것을 알 수 있습니다. Area 셰이더는 오브젝트에 그림자가 표현되면 가까이 있는 엣지 부분은 샤프하게 멀리 있는 엣지 부분은 부드럽게 표현합니다. 리얼리즘의 표현에 가장 어울리는 방식의 그림자 설정입니다.

Visible Light(가시 조명)

작업하는 씬 중간에 라이트 오브젝트가 배치되어 있어도 렌더링 시 라이트의 시각적인 내용을 확인할 수 없습니다. [Visible Light]는 렌더링 시에도 라이트 오브젝트가 시각적으로 확인할 수 있도록 눈에 보이게 하는 기능을 가지고 있습니다. 가로등의 불빛, 반딧불, 자동차의 라이트 등 라이트가 시각적으로 표현되어야 할 때 가시 조명을 사용합니다.

① **Visible** : Visible 설정을 통해 표현되는 가시광선은 그림자를 표현하지 않고 빛이 오브젝트를 관통하여 보여집니다.

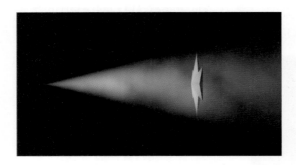

② **Volumetric** : 기본 가시 조명에서 표현할 수 없었던 물체의 그림자를 Volumetric 설정에서는 확인할 수 있습니다. 보다 실제에 가까운 형태의 연산 방식이며 일반적인 작업에서 가장 선호되는 설정입니다.

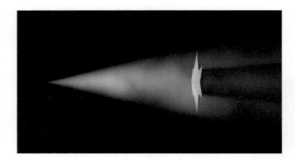

③ **Inverse Volumetric(역 볼륨)** : 역 볼륨 설정은 볼륨 메트릭 설정의 반대라고 생각하면 됩니다. 볼륨 메트릭 설정에서 그림자로 표현되던 부분과 가시 조명으로 보이는 두 가지가 반전된 형태입니다.

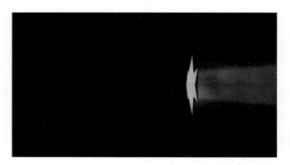

02 Details 속성 파악하기

광원의 디테일한 세부 항목을 추가로 제어하거나 설정할 수 있는 항목입니다. 이 설정 창은 라이트 오브젝트의 성질에 따라 구성이 달라지기 때문에 각각의 라이트마다 설정할 수 있는 항목들을 이해하고 활용할 때 개별적인 설정보다 세밀하게 관리할 수 있습니다.

Spot Light 디테일

① **Use Inner** : 스포트 라이트가 비춰진 엣지 영역의 감쇄를 사용하는 기능입니다.

② **Inner/Outer Angle** : 라이트의 내/외측 빛의 영역 및 각도를 제어합니다.

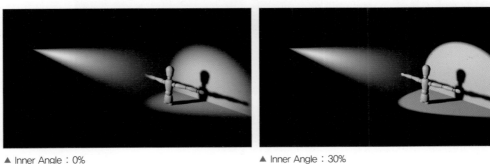

▲ Inner Angle : 0% ▲ Inner Angle : 30%

▲ Inner Angle : 60% ▲ Inner Angle : 20%

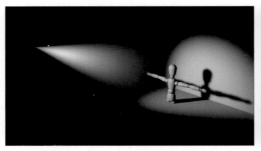
▲ Inner Angle : 40%

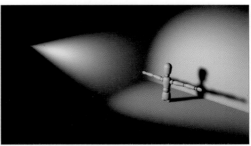
▲ Inner Angle : 60%

③ Aspect Ration : 원형의 콘 형태의 스포트 라이트의 가로와 세로 종횡비를 제어합니다.

④ Contrast : 라이트가 오브젝트의 표면에 닿아 명암을 형성할 때 그 대비를 증가 또는 감소시킬 수 있는 설정입니다.

Area Light 디테일

① Area Shape : Area Light 오브젝트를 사용할 경우 라이트 자체의 모양을 설정할 수 있습니다. 여기서 라이트의 모양은 빛이 발산되는 영역의 모양으로도 사용되지만 오브젝트의 반사표면에 비춰지는 하이라이트의 역할로도 사용될 수 있습니다.

② Size X, Y : Area Light의 가로와 세로 크기를 제어할 수 있는 설정입니다. Area Shape 설정에서 정의한 모양을 기준으로 크기를 제어하며, 볼륨을 가진 형태(Cube, Cylinder)의 경우 Z축의 크기도 제어할 수 있습니다.

③ Samples : 수치를 높일 경우, 에어리어 라이트에서 발생되는 빛이 물체의 표면에 더욱 고르게 분산되도록 제어할 수 있습니다. 스펙큘러가 있는 오브젝트에 에어리어 라이트를 비출 경우 물체의 표면에 둥근 형태의 라이트가 맺혀 보이는 것을 종종 경험할 수 있습니다. 사실 Area Light(사각형)의 경우 여러 개의 Omni 라이트들이 사각형의 틀에 배열되어 빛을 발산하는 형태로 구성되어 있으며, Sample 항목의 수치 개수만큼의 라이트 입자가 눈에 보여 나타나는 현상입니다.

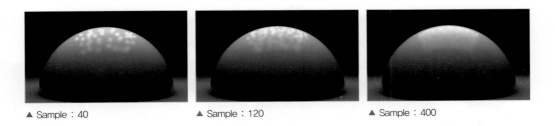

▲ Sample : 40   ▲ Sample : 120   ▲ Sample : 400

Show 설정

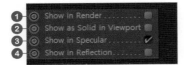

1 **Show in Render** : 렌더링 시 라이트 오브젝트의 형태나 색을 확인할 수 있습니다.

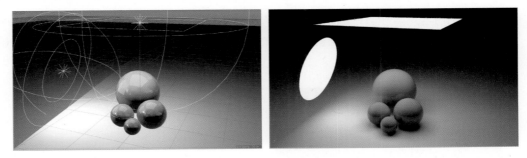

2 **Show as Solid in Viewport** : 렌더링되지 않은 뷰포트에서도 라이트 오브젝트의 형태와 색상을 확인할 수 있습니다.

3 **Show in Specular** : Area Light 오브젝트가 반사 텍스처에서 스펙큘러 하이라이트를 렌더링해야 할 경우 이 설정을 활성화합니다.

❹ **Show in Reflection** : Area Light 오브젝트가 Reflection 성질을 가지는 물체의 표면에 반사될 수 있도록 제어하는 항목입니다.

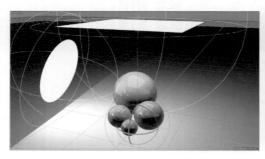

라이트 Falloff

조명이 공간을 비출 때, 광원으로부터 거리가 멀어질수록 점점 어두워집니다. 이것을 빛의 감쇄(Fall-off)라고 하며, 시네마 4D의 기본 라이트 오브젝트는 이러한 감쇄가 기본적으로 설정되어 있지 않습니다. 기본 라이트 오브젝트를 처음 생성한 경우 가상의 광원은 거리에 관계없이 일정한 밝기로 주변을 빛나게 해주는데, 이는 현실적인 조명을 표현하기에는 무척 어색해 보입니다. 리얼리즘을 표현하기위해 감쇄 설정 항목입니다.

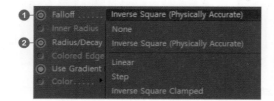

❶ **Falloff** : 여러 가지 종류의 감쇄를 위한 방정식을 설정할 수 있습니다.

▲ None(감쇄 미설정)

▲ Inverse Square(Physically Accurate)(2승 반비례)

▲ Linear

▲ Step

▲ Inverse Square Clamped(잘려진 2승 반비례)

② **Radius/Decay** : 해당 설정을 통해 감쇄가 발생하는 범위를 지정할 수 있습니다.

③ **Z Direction Only** : 라이트 오브젝트가 향하는 Z축의 방향으로만 빛을 발산합니다.

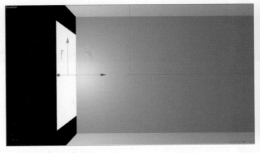 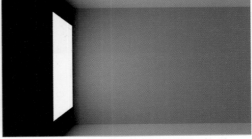

03 Visibility 속성 파악하기

가시 조명(Visible Light)을 보다 세밀하게 제어할 수 있는 항목입니다. 가시 조명의 감쇄/밝기/파장의 거리 등 풍부한 볼륨 메트릭을 연출하기 위해 필요한 내용들로 구성되어 있습니다.

Falloff 디테일

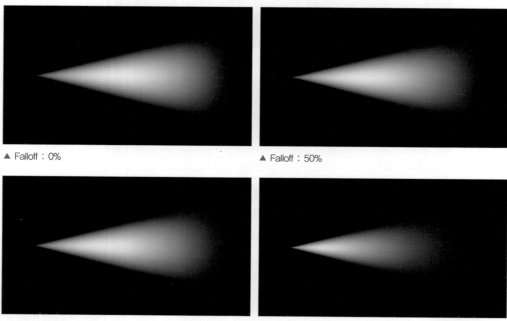

① **Use Falloff** : 가시 조명의 감쇄를 사용하면 광원에서부터 퍼져나가는 라이트의 경계를 소프트하게 표현할 수 있습니다. 해당 기능은 가시 조명의 밀도를 감쇄시키는 형태로 동작되며 길이를 제어합니다.

▲ Falloff : 0%   ▲ Falloff : 50%

▲ Falloff : 100%

② **Use Edge Falloff** : 이 속성은 오직 Spot Light 오브젝트인 상태에서만 활성화되며, 원뿔의 바깥쪽에서 안쪽으로의 감쇄를 표현하며 폭이 좁아집니다.

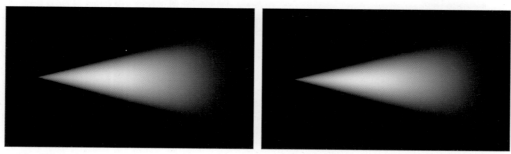

▲ Edge Falloff : 0%   ▲ Edge Falloff : 50%

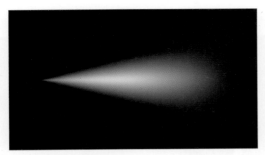

▲ Edge Falloff : 100%

Distance 항목

❶ Inner Distance : 내측 감쇄는 입력한 수치(cm)를 벗어나면 감쇄가 시작되도록 할 수 있습니다.

❷ Outer Distance : 가시 조명이 빛의 원점에서 뻗어 나가는 전체 거리를 제어합니다.

Visibility Detail 속성

❶ Sample Distance : 이 설정은 가시 조명에 의해 발생하는 Volumetric 그림자가 얼마나 섬세하게 계산될지를 결정합니다. 수치를 높일수록 계산이 빨라지지만 거칠게 표현됩니다. 이 설정은 가시 조명 설정에서 Volumetric을 활성화한 상태에서만 유효합니다.

▲ Sample Distance : 10cm

▲ Sample Distance : 50cm

❷ **Brightness** : 가시 조명의 전체 밝기를 제어할 수 있는 속성입니다.

▲ Brightness : 100%

▲ Brightness : 300%

04 Shadow 속성 파악하기

General 설정에서 추가된 그림자 타입에 대한 보다 세밀한 제어를 위해 사용하는 설정 항목입니다. 그림자의 농도, 컬러, 블러 강도, 퀄리티 등 씬의 연출에 있어 필수적으로 제어돼야 하는 설정 항목입니다.

Shadow의 종류

Shadow Maps(Soft)

소프트 그림자는 광원으로부터 보이는 씬의 음영을 부드럽게 처리하여 표현합니다. 빠른 계산 속도와 자연스러운 그림자를 표현할 수 있는 장점을 가지고 있습니다.

Raytraced(Hard)

하드 그림자는 레이트레이스로 계산된 씬의 외곽 테두리가 각지게 떨어지는 그림자를 연산합니다. 리얼리스틱한 표현보다 2D적인 느낌의 작업 시 적합합니다.

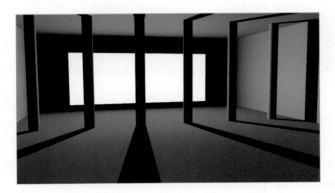

Area

에어리어 그림자는 소프트 그림자보다 자연스러운 결과물을 연출할 수 있습니다. 실제 환경처럼 오브젝트에 가까운 그림자와 멀리 떨어진 그림자의 블러 정도를 다르게 처리합니다.

Shadow 상세 설정

❶ Density : 그림자의 농도를 제어할 수 있는 속성입니다. 기본값인 100%의 수치는 불투명에 가까운 그림자를 표현하며, 수치가 낮아질수록 반투명한(옅은 농도의) 그림자를 연산합니다.

▲ Density : 50%   ▲ Density : 100%

2 Color : 그림자의 색상을 변경할 수 있습니다. 실제로 그림자는 주변 환경의 색상이 혼합되어 나타나며 야외 장면을 연출한다면 하늘의 푸른색을 그림자 컬러에 살짝 섞어서 사용할 수 있습니다.

3 Transparency : 유리를 투과해 바닥에 비치는 그림자의 색상을 표현할 수 있는 속성입니다.

 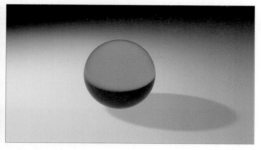

▲ OFF   ▲ ON

Shadow 품질 설정

1 Shadow Map : 그림자를 계산하기 위해 할당하는 메모리를 제어하는 항목입니다. 수치가 높을수록 샤프하고 부드러운 그림자를 연산할 수 있습니다.

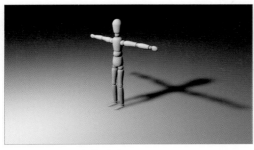
▲ Shadow Map : 250×250

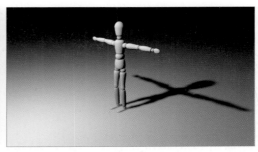
▲ Shadow Map : 500×500

▲ Shadow Map : 1000×1000

❷ **Sample Radius** : 샘플 반경은 Shadow Map의 정확도를 결정하는 설정입니다. 이 수치가 높을수록 그림자가 더욱 정확하게 표현되지만 그만큼 렌더링 시간이 증가합니다.

05 Photometric 속성 파악하기

포토메트릭 설정을 이용하면 IES(Illuminating Engineering Society) 형식의 라이트 소스들을 활용해 간접 조명과 같이 벽면에 확산하는 복잡한 형태의 라이트를 쉽게 제작할 수 있습니다.

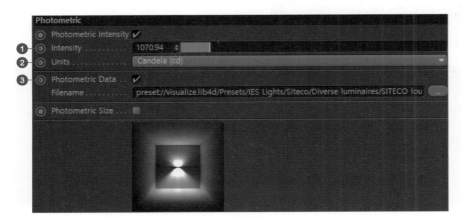

1 Intensity : IES 라이트의 강도를 제어하는 설정입니다.

2 Units : 세 종류의 강도를 나타내는 단위를 지정할 수 있습니다.(칸델라, 루멘, Lux)

3 Photometric Data : IES 파일을 불러와 해당 라이트 오브젝트에 링크시킬 수 있는 설정입니다.

06 Caustics 속성 파악하기

빛은 투과 질감을 가지고 있는 물체를 통과하며 굴절을 일으키고, 이런 빛들이 모여 밝게 빛나는 현상을 '커스틱스'라고 이야기합니다. 라이트의 Caustics 설정은 렌더링 설정의 이펙트와 연계되어 작동하게 됩니다. 즉 렌더 설정에 Caustics Effect가 설정되어야 시각적으로 확인이 가능합니다.

표면 Caustics 설정

1 Surface Caustics : 이 설정을 활성화하면 빛이 물체를 통과하며 바닥 표면에 발생하는 커스틱스를 표현할 수 있습니다.

2 Energy : 이 설정은 빛에 의해 표현된 커스틱스의 밝기를 제어합니다.

▲ Energy : 60%

▲ Energy : 100%

▲ Energy : 150%

③ Photons : 포톤 항목은 커스틱스의 정확도에 영향을 주는 항목입니다. 수치가 커질수록 렌더링 시간은 증가하지만 정확도가 올라가 보다 매끈한 커스틱스를 시각화합니다.

볼륨 Caustics 설정

① Volume Caustics : 이 설정은 가시 조명에 의해 발생한 커스틱스를 표현할 수 있는 항목입니다. 표면 커스틱스와 마찬가지로 렌더링 설정에 커스틱스 이펙트가 활성화된 상태에서 Volume Caustics 설정이 적용되어야 시각적으로 확인이 가능합니다.

② Energy : 볼륨 커스틱스의 밝기를 제어합니다.

③ Photons : 볼륨 커스틱스의 정확도를 제어합니다. 수치가 커질수록 렌더링 시간은 증가하지만 정확도가 올라가 보다 매끈한 커스틱스를 시각화합니다.

07 Noise 속성 파악하기

Noise 설정은 라이트의 가시 조명과 연계되어 추가적인 노이즈를 표현하는 역할을 합니다. 이 기능을 활용하면 대기 중에 존재하는 먼지나 연기 등이 빛과 반응해 나타나는 다양한 표현이 가능합니다.

Noise Type 설정

① **Noise** : 노이즈의 적용 방식을 제어할 수 있습니다.

    ① **Illumination** : 빛에 의해 주변의 먼지나 안개가 불규칙하게 반사하여 비춰지는 형태를 표현합니다. 이 경우 빛의 형태는 변화 없이 반사와 그림자의 차이가 발생합니다.

    ② **Visibility** : 이 옵션은 빛을 받는 면이 아닌 조명 자체의 빛줄기에 노이즈를 추가합니다.

    ③ **Both** : 조명과 가시 조명 모두에 불규칙한 노이즈를 적용하는 설정입니다.

② **Type** : Noise 속성에 의해 발생하는 구름 효과의 4 종류 타입을 선택할 수 있습니다.

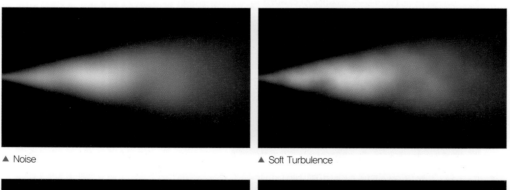

▲ Noise   ▲ Soft Turbulence

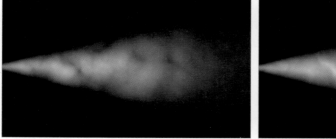
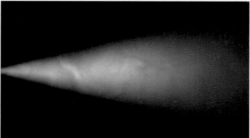

▲ Hard Turbulence   ▲ Wavy Turbulence

Noise 디테일 설정

① **Velocity** : 노이즈가 불규칙하게 변화하는 속도를 지정할 수 있습니다.

② **Brightness** : 이 속성을 이용해 노이즈의 전반적인 밝기를 제어할 수 있습니다.

③ **Contrast** : 노이즈의 대비를 증가 또는 감소시킬 수 있는 속성입니다.

Noise 스케일 설정

① **Visibility Scale** : 이 속성을 이용해 라이트에 의해 발생한 노이즈의 X/Y/Z축 크기를 독립적으로 제어할 수 있습니다.

② **Illumination Scale** : 노이즈의 크기를 정의하는 속성으로, 수치가 작을수록 노이즈가 거칠고 수치가 클수록 고운 노이즈가 만들어집니다.

Noise Wind 설정

① **Wind** : 애니메이션 요소로 사용되는 바람의 X/Y/Z 방향을 지정할 수 있습니다.

② **Wind Velocity** : 위 항목에서 지정한 바람의 강도를 조절할 수 있습니다.

08 Lens 속성 파악하기

Lens 속성을 이용하면 시네마 4D의 카메라를 이용해 렌즈에 반사되는 Flare나 무지개빛 리플렉션과 같은 표현을 손쉽게 적용할 수 있습니다.

Lens 타입 설정

❶ **Glow** : 기본으로 프리셋되어 있는 렌즈 효과의 다양한 타입을 설정할 수 있습니다. 각각의 설정마다 다양한 색상과 형태의 플레어를 표현할 수 있습니다.

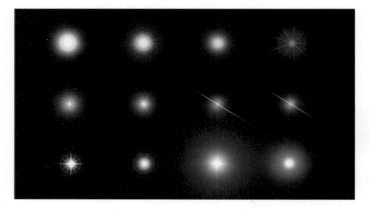

❷ **Brightness** : 렌더링 시 보이는 글로우의 전체적인 밝기를 제어합니다. 이 설정값은 기본 수치인 100%를 기준으로 더 높이거나 낮게 표현할 수 있습니다.

❸ **Aspect Ratio** : 이 속성은 렌즈 효과의 종횡비를 제어합니다. 기본 수치인 '1'을 기준하여 수치가 높아질수록 세로로, 수치가 낮아질수록 가로로 길이를 변형시킬 수 있습니다.

❹ **Settings** : 렌즈 효과를 표현하기 위한 빛의 형태와 색상을 제어할 수 있는 항목입니다. 〈Edit〉 버튼을 클릭하여 보다 구체적으로 빛의 형태를 제어할 수 있습니다.

Lens 효과의 내부 광원 설정

❶ **Reflexes** : 큰 원형의 렌즈 효과 안에서 발산하는 내부 반사의 프리셋을 설정할 수 있습니다.

❷ **Brightness** : 렌더링 시 보이는 글로우의 내부적인 반사 프리셋의 밝기를 제어합니다. 위와 같이 내부 반사 밝기 또한 기본 수치인 100%를 기준으로 더 높이거나 낮게 표현할 수 있습니다.

❸ **Aspect Ratio** : 내부 반사 플레어의 종횡비를 제어할 수 있는 항목입니다.

Lens 효과의 디테일 설정

❶ **Scale** : 전체 렌즈 효과의 크기를 제어할 수 있습니다.

❷ **Rotation** : 전체 렌즈 효과의 회전값을 제어할 수 있습니다.

09   Project 속성 파악하기

프로젝트 속성은 라이트와 오브젝트 간의 영향을 주고받는 관계를 정합니다. 이 속성은 시네마 4D 가 물리현상을 기반으로 하지 않기 때문에 가능한 눈속임이며, [Object] 항목에 소속된 물체가 해당 라이트 오브젝트의 영향에 포함될지, 또는 제외될지를 정의합니다.

 예제 파일 : Light_Project.c4d

__01__ 예제 파일(Light_Project.c4d)을 불러옵니다. 예제로 준비된 씬 파일은 두 개의 오브젝트가 우측 상단에 준 비된 하나의 라이트에 영향을 받아 비춰지고 있는 상태입니다.

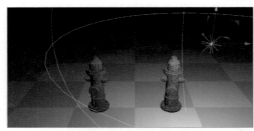
▲ Viewport

▲ Render image

__02__ 오브젝트 매니저에서 [Right] 오브젝트를 선택하고 [Project] 탭 설정 항목 중 [Object] 속성 창에 'Left_ Object'를 링크합니다.

[Project] Object : Left_Object

__03__ 라이트 오브젝트는 [Left_Object]에 빛의 영향을 주지 않게 됩니다. 라이트가 특정 오브젝트에 대해서 빛의 역할을 수행하지 않게 표현하고자 할 때 라이트 오브젝트의 [Project] 속성을 이용해 표현할 수 있습니다.

▲ Viewport

▲ Render image

어두운 배경 속 환하게 빛나는 반딧불과 인물 표현하기

실무 1

라이트 오브젝트의 기본 이론을 바탕으로 가시 조명과 감쇄를 활용해 표현하는 반딧불 씬을 연출해 보도록 하겠습니다. 시네마 4D를 이용한 라이팅은 물리를 기반으로 하지 않기 때문에 실제와 같은 빛의 작용을 위해 다양한 설정을 배우고 응용할 수 있도록 학습하도록 하겠습니다.

⏱ **완성 파일** : Lampyride Light－완성파일.c4d

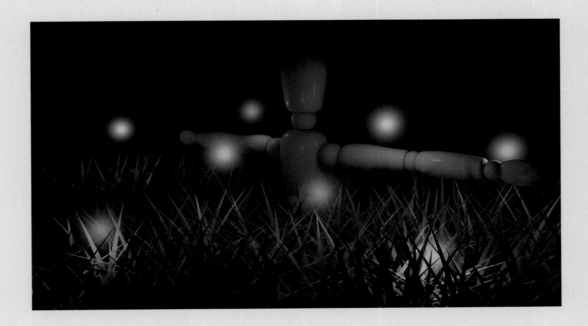

01 풀잎을 제작하기 위해 상단 커맨드 팔레트 바의 [Object]–[Plane]을 클릭하여 오브젝트를 생성합니다.

02 [Plane] 오브젝트의 속성을 다음과 같이 설정합니다.

[Object] • Width : 4cm • Height : 120cm • Width Segments : 2 • Height Segments : 4
• Orientation : −Z

03 Make Editable(C)을 설정하고 좌측 커맨드 팔레트 바에서 📦 Points를 클릭합니다.

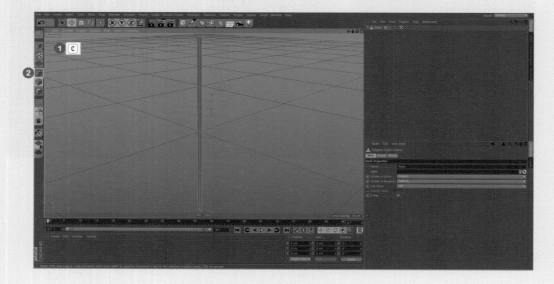

04 오브젝트의 포인트 간격을 조절해 풀잎의 형태를 만들도록 하겠습니다. F4 키를 눌러 Front 뷰 상태에서 Rectangle Selection(0) 툴로 오브젝트의 상단에서부터 포인트를 선택합니다. 포인트가 선택된 상태에서 Scale(T) 툴로 X축에 대한 Scale을 아래의 수치와 같이 줄여줍니다.

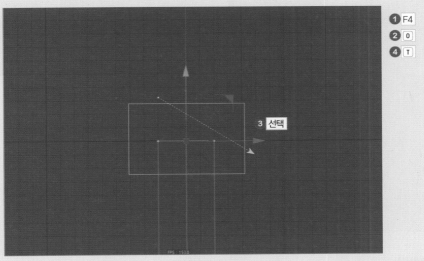

❶ F4
❷ 0
❹ T

❸ 선택

❺ 20%

▲ 1번째 엣지 라인 : Scale 20%

2 ~ 5 반복(60%)

▲ 2번째 엣지 라인 : Scale 60%

2 ~ 5 반복(120%)

▲ 3번째 엣지 라인 : Scale 120%

2 ~ 5 반복(120%)

▲ 4번째 엣지 라인 : Scale 120%

 TIP Shift 키를 누른 상태에서는 Scale을 10%씩 조절할 수 있습니다.

05 풀잎의 곡면을 표현하기 위해 Rectangle Selection(0) 툴로 풀잎 오브젝트의 가운데에 위치한 3개의 포인트를 선택합니다. 하단의 좌표 창을 이용해 포인트의 [Position Z]를 '1cm' 이동시킵니다.

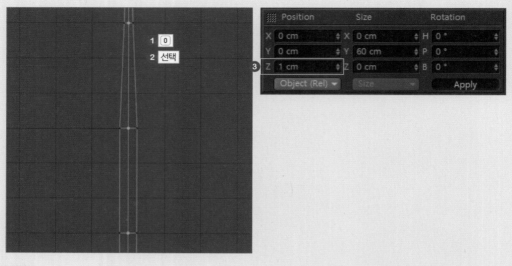

TIP **Point의 위치값 제어하기**
인터페이스 하단에 위치한 Coordinates 인터페이스를 활용하면 오브젝트를 구성하는 Point/Edge/Polygon의 위치/크기/회전값을 수치로 제어할 수 있습니다.

06 풀잎 오브젝트의 하단을 각지게 표현하기 위해 폴리곤을 나누겠습니다. 마우스 우클릭하여 Loop/Path Cut(K ~ L)을 선택하여 하단부 폴리곤의 엣지를 클릭하여 컷팅합니다.

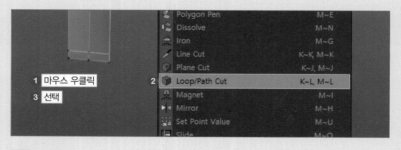

TIP Subdivision Surface 제네레이터를 이용한 모델링 시 샤프 엣지를 표현하기 위한 과정입니다.

07 풀잎의 곡면 형태를 표현해 보겠습니다. F3 키를 눌러 Right 뷰로 전환합니다. Rectangle Selection(0) 툴로 각 포인트들을 선택한 후 [Position Z]의 위치값을 그림과 같이 변경합니다. 최종적으로 약간 구부러진 형태가 완성됩니다.

▲ 첫 번째 단락의 포인트들 위치값 : P.Z −15cm

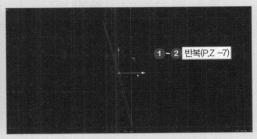

▲ 두 번째 단락의 포인트들 위치값 : P.Z −7cm

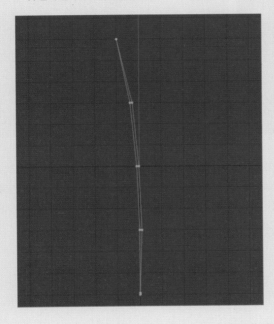

08 구부러진 형태를 다양하게 표현하기 위해 기울기가 다른 새로운 풀잎을 만들어 보겠습니다. 오브젝트 매니저의 [Plane] 오브젝트의 이름을 더블클릭하여 [Leaf_01]로 변경합니다. Ctrl 키를 눌러 복사한 후 이름을 [Leaf_02]로 변경합니다. Visibility 속성을 'OFF' 하기 위해 원본 오브젝트(Leaf_01)를 보이지 않게 동그라미 2개를 두 번 클릭하여 빨간색으로 변경합니다.

09 Rectangle Selection(0) 툴로 [Position Z]의 위치값을 변경하여 형태가 다른 두 가지 풀잎을 모델링했습니다. 최종적으로 약간 구부러진 형태가 완성됩니다.

▲ 첫 번째 단락의 포인트들 위치값 : P.Z −17cm   ▲ 두 번째 단락의 포인트들 위치값 : P.Z −8cm

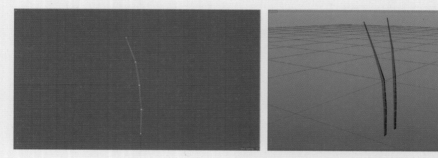

10 바닥(Position Y : 0)을 기준으로 자라난 풀잎을 표현하기 위해 풀잎 오브젝트의 Axis(중심축) 오브젝트의 가장 아래로 위치시키겠습니다. 오브젝트 매니저에서 원본 오브젝트(Leaf_01)의 빨간색 두 개의 원을 두 번 클릭하여 Visibility 속성을 'ON'으로 변경한 후 Shift 키를 눌러 [Leaf_01]과 [Leaf_02]를 모두 선택합니다. 메뉴 바의 [Mesh]−[Axis Center]−[Axis Center]를 클릭합니다.

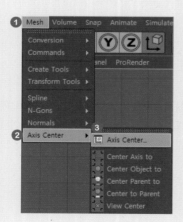

11 [Axis Center] 대화상자에서 Y축에 대한 중심점의 위치를 오브젝트 최하단으로 배치하기 위해 [Y] Axis의 수치를 '−100%'로 지정한 후 〈Execute〉 버튼을 클릭합니다.

Y : −100%

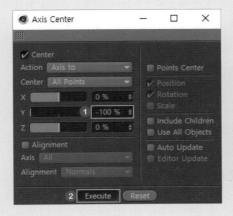

12 축의 위치를 정리한 [Leaf_01]과 [Leaf_02] 오브젝트를 각각 선택한 후 [Position X/Y/Z] 값을 '0'으로 초기화합니다.

13 각진 오브젝트를 부드러운 형태로 표현하기 위해 상단 커맨드 팔레트 바의 [Subdivision Surface]를 생성하여 오브젝트 매니저에서 그림과 같이 각각의 풀잎 오브젝트와 계층화합니다.

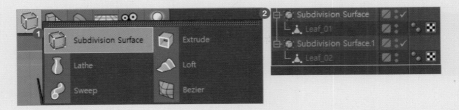

TIP 오브젝트가 선택된 상태에서 상위 계층화시킬 제네레이터를 Alt 키를 누른 상태에서 생성할 경우 계층화와 더불어 두 가지 오브젝트의 PSR 값이 통일됩니다.

14 단순한 형태의 오브젝트는 Subdivision Surface 제네레이터와 계층화될 경우 기본값으로 적용된 분할 수치를 낮출 필요가 있습니다. 오브젝트 매니저에서 [Subdivision Surface]와 [Subdivision Surface.1]을 Ctrl 키를 눌러 선택하고 [Object] 탭 설정 항목 중 [Subdivision Editor(뷰포트상 보이는 분할 수치)]를 '1', [Subdivision Renderer(렌더링 시 분할 수치)]는 수치를 '2'로 변경합니다. 이는 작업의 효율을 위한 변칙입니다.

[Object] • Subdivision Editor : 1 • Subdivision Renderer : 2

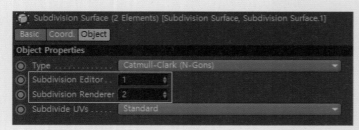

15 풀잎 오브젝트가 배치될 바닥 오브젝트를 제작하겠습니다. 상단 커맨드 팔레트 바의 [Cube]–[Plane]을 클릭하고 새로 만들어진 [Plane] 오브젝트를 더블클릭한 후 'Ground'로 이름을 수정합니다.

16 손쉽게 풀잎을 복제하고 배열하기 위해 Mograph Cloner를 사용하겠습니다. 메뉴 바의 [Mograph]–[Cloner]를 클릭하고 Subdivision Surface가 적용된 두 가지 풀잎 오브젝트를 [Cloner]의 하위 계층 구조로 적용합니다.

17 [Cloner] 오브젝트를 선택하고 [Object] 탭 설정 항목 중 복제 모드를 'Object'로 변경합니다. 아래 [Object] 항목의 화살표를 클릭하여 오브젝트 매니저에 있는 [Ground] 오브젝트를 클릭하여 링크합니다. [Count] 속성의 수치를 원하는 복제 개수로 지정합니다.

[Object] • Mode : Object • Object : Ground • Align Clone : 체크 해제 • Count : 650

18 보다 자연스러운 복제와 배열을 위해 메뉴 바의 [MoGraph]–[Effector]–[Random]을 클릭합니다. [Parameter] 탭 옵션 중 Scale과 Rotation 항목을 활성화합니다. 풀잎의 세로 길이와 회전값의 무작위를 적용하도록 하겠습니다.

[Parameter] • Scale : 체크 • S.Y : 0.2 • Rotation : 체크 • R.H : 180˚

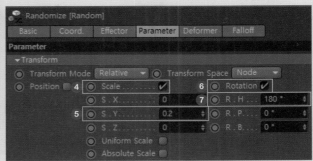

19 F1 키를 눌러 Perspective 뷰로 변경한 후 Random 이펙터에 의해 Ground 오브젝트 위의 잎사귀들이 무
작위로 자연스럽게 배치된 것을 확인할 수 있습니다.

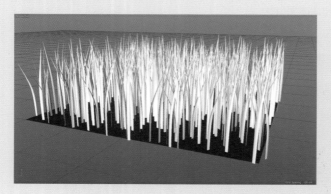

20 풀잎의 텍스처를 제작하도록 하겠습니다. 머티리얼 매니저에서 [Create] - [New Material]을 클릭하여 새로
운 재질을 생성합니다.

21 새로 만들어진 Material을 더블클릭하여 [Material Editor] 대화상자를 엽니다. Color 채널에 [Texture]를 'Gradient' 쉐이더로 적용합니다.

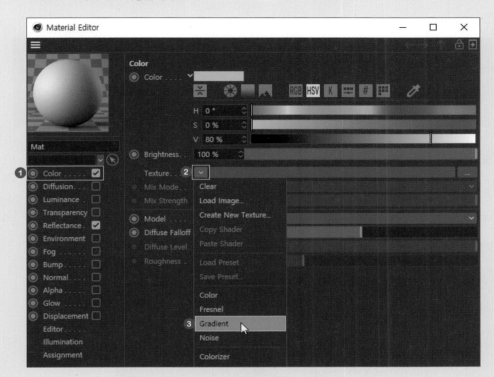

22 〈Gradient〉 쉐이더 버튼을 클릭하여 세부 속성으로 들어간 후 세로 방향의 색상 변화를 위해 [Type] 속성을 '2D-V'로 지정합니다. Knot를 설정하고 완성된 재질을 [Coner]에 드래그하여 적용합니다.

[Shader] Gradient : • 좌측 Knot(88°/68%/44%) • 우측 Knot(80°/71%/70%) • Type : 2D-V

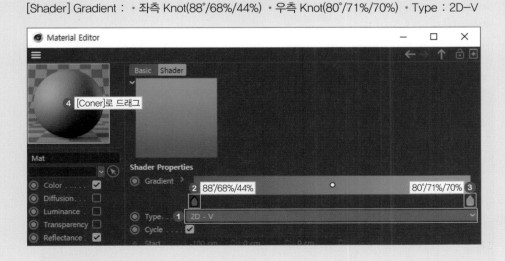

23 상단 커맨드 팔레트 바의 [Cube]–[Figure]를 클릭합니다. 인물로 사용될 피규어 오브젝트의 디테일을 위해
[Segments] 수치를 '60'으로 지정합니다.

[Object] Segments : 60

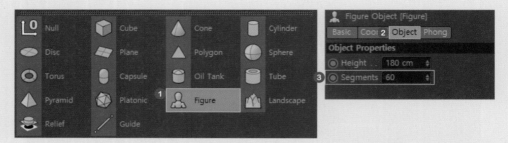

24 피규어 오브젝트에 적용될 새로운 텍스처를 제작하겠습니다. 머티리얼 매니저에서 [Create]–[New
Material]을 클릭합니다.

25 새로운 질감을 생성한 후 더블클릭하여 [Material Editor] 대화상자를 열고 [Color] 채널을 클릭한 후 완전한
백색을 지정합니다.

[Color] Color–H/S/V : 0°/0%/100%

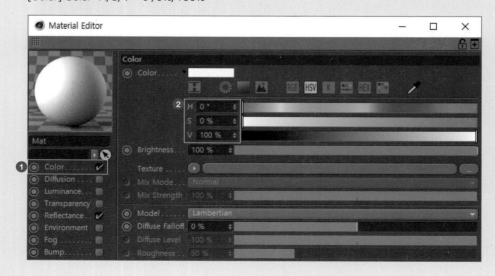

26 광택이 있는 질감을 표현해보겠습니다. [Reflectance] 항목을 클릭하고 기본 스펙큘러는 〈Remove〉 버튼을 클릭하여 삭제합니다. 〈Add〉 버튼을 클릭하고 'Beckmann'을 클릭하여 반사 레이어를 추가합니다.

27 표면적인 난반사를 표현하기 위해 [Roughness] 항목에 '10%'를 입력합니다. [Layer Fresnel] 항목에 [Fresnel]의 모드를 'Dielectric(유도체)'으로 설정합니다.

[Reflectance-Layer 1] Roughness : 10%, Layer Fresnel-Fresnel : Dielectric

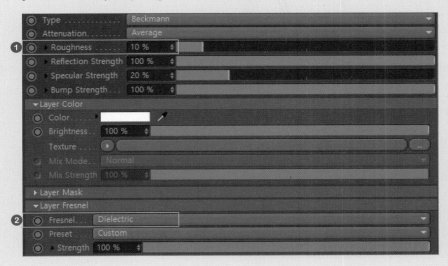

28 라이트 오브젝트를 생성하기 위해 메뉴 바의 [Create]-[Light]-[Light]를 클릭하여 옴니라이트를 생성한 후 피규어 오브젝트의 얼굴 앞 적당한 위치에 라이트 오브젝트를 배치합니다.

29 라이트 오브젝트 설정을 위해 [General] 속성을 클릭합니다. [Color] 속성에 반딧불의 불빛 색상을 짙은 녹색으로 지정합니다. 렌더링 시 반딧불의 불빛을 시각적으로 확인하기 위해 [Visible Light] 속성을 'Volumetric' 모드로 설정합니다.

[General] • Color—H/S/V : 103°/80%/83% • Visible Light : Volumetric

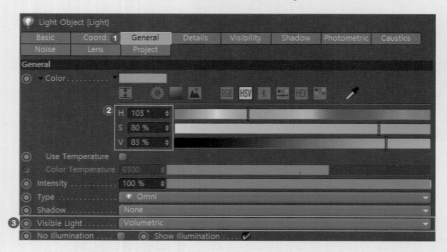

30 볼륨의 시각적 크기를 제어하기 위해 뷰포트의 원형 영역에 존재하는 노란색 점을 제어할 수 있습니다. 또한 [Visibility] 탭 설정 항목 중 [Outer Distance] 속성을 이용해 정확한 수치로 파장의 영역 크기를 제어합니다.

[Visibility] Outer Distance : 44.899cm

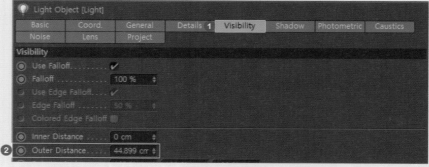

31 라이트 오브젝트와 물체 간의 거리에 따른 빛의 감쇄를 표현하기 위해 [Details] 탭 설정 항목 중 [Falloff] 항목을 'Inverse Square(Physically Accurate)' 방식으로 설정합니다.

[Details] Falloff : Inverse Square(Physically Accurate)

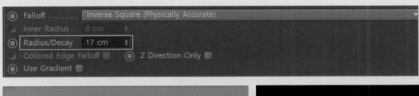

32 [Visible Light]의 설정과 마찬가지로 [Falloff]의 원형의 크기를 제어합니다. [Details] 탭 설정 항목 중 [Radius/Decay] 수치를 '17cm'로 수정합니다. 해당 설정을 통해 빛의 확산 반경을 제어할 수 있습니다.

[Details] Radius/Decay : 17cm

▲ View image   ▲ Render Image

33 보다 구체적인 반딧불 표현을 위해 [Light] 오브젝트를 복사하여 원하는 위치에 배치합니다. 이때 라이트별 컬러값에 조금씩 변화를 주어 반딧불마다 조금씩 다른 컬러감의 변화를 표현할 수 있습니다.

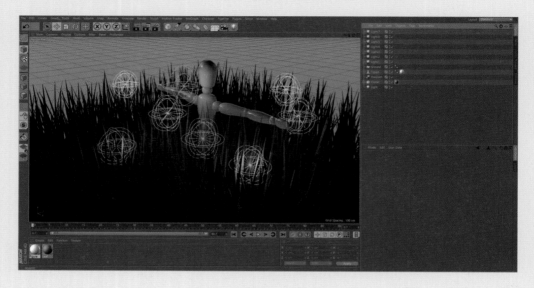

34 반딧불의 움직임을 표현해보겠습니다. 모든 라이트 오브젝트(반딧불)를 Ctrl 키를 누른 후 모두 선택하고 마우스 우클릭을 하고 나타나는 메뉴 중 [CINEMA 4D Tags]–[Vibrate]를 클릭합니다.

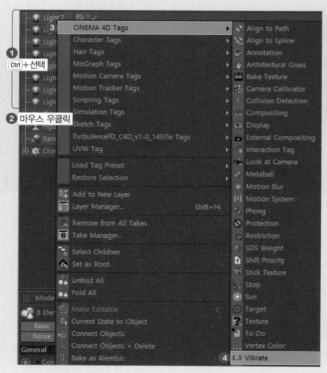

TIP Vibrate 태그는 적용된 오브젝트의 위치, 크기, 회전값에 대한 무작위 움직임[Wiggle]을 쉽고 빠르게 적용할 수 있는 기능을 가지고 있습니다.

35 반딧불의 위치값이 스스로 움직일 수 있도록 [Enable Position] 항목을 활성화합니다. [Amplitude] 항목은
랜덤하게 움직임을 표현할 수 있는 제한 거리값을 표현할 수 있으며 각각의 항목에 '15cm'를 입력합니다.

[Tag] ・Enable Position : 체크 ・Amplitude : 15cm/15cm/15cm

36 각각의 라이트 오브젝트가 서로 다른 움직임으로 보이기 위해 다른 [Seed(배정)] 값을 지정합니다.

[Tag] Seed : nub * 1

실무 2
감각적인 스튜디오 라이트 설정 따라하기

기본 라이트 오브젝트를 이용해 스튜디오 조명 설정법에 대해 알아보겠습니다. 한정된 공간 내에서 준비된 물체를 아름답게 표현하기 위한 조명의 세부적인 설정법을 익히고, 나아가 실제와 같이 반사판을 이용한 반사 광원의 표현을 경험해보도록 하겠습니다.

 예제 파일 : Studio Object – 시작파일.c4d   완성 파일 : Studio Object – 완성파일.c4d

01 스튜디오 라이팅을 위해 배경으로 사용될 공간(Horizon)을 제작하겠습니다. 상단 커맨드 팔레트 바의 [Cube]–[Plane]를 클릭하여 오브젝트를 생성합니다. [Plane] 오브젝트의 세부 속성을 다음과 같이 설정합니다.

[Object] ・Width : 1000cm ・Height : 850cm ・Width Segments : 1 ・Height Segments : 1

02 폴리곤 모델링을 위한 몇 가지 준비를 하겠습니다. [Plane] 오브젝트가 선택된 상태에서 Make Editable(C)하여 편집이 가능한 상태로 전환합니다. 좌측 커맨드 팔레트 바에서 [아이콘] Edge 모드를 클릭하고 오브젝트의 Z축 끝단 Edge를 선택합니다.

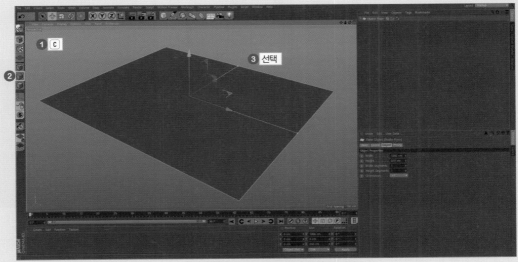

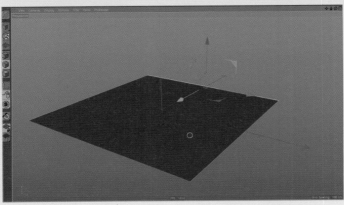

03 Edge가 선택된 상태에서 Move(E) 툴을 이용해 엣지를 '+Y'축 방향으로 확장하겠습니다. Ctrl 키를 누른 상태에서 '+Y'축 방향의 Axis를 이동합니다.

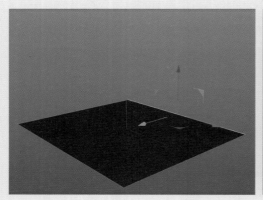

TIP 이 기능은 모델링 도구인 🔲 Extrude와 유사하며 특정 방향으로 [Edge] 또는 [Polygon]을 돌출시킬 때 사용할 수 있습니다.

04 곡면화시킬 Edge를 선택하고 Bevel(M ~ S)을 적용합니다. 세부 설정값을 다음과 같이 입력하여 각진 엣지를 부드러운 곡면의 형태로 변형합니다.

· Offset : 100cm · Subdivision : 13

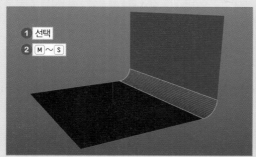

05 Plane 오브젝트의 이름을 변경하겠습니다. [Plane] 오브젝트의 [Basic] 탭 설정 항목 중 [Name]에 'Studio Floor'를 입력합니다.

06 스튜디오 배경 오브젝트에 적용할 질감을 제작해보겠습니다. 머티리얼 매니저에서 [Create]–[New
Material]을 클릭하여 새 재질이 나타나면 더블클릭합니다. [Material Editor] 대화상자에서 매트한 무광의
페인트를 표현하기 위해 [Color] 채널만 활성화하고 나머지 채널들을 비활성화합니다.

07 [Color] 채널을 이용해 원하는 배경 색상을 지정한 후 [Material Editor] 대화상자를 닫습니다.

[Color] Color–H/S/V : 209°/57%/50%

> **TIP** 해당 질감은 단순히 배경 컬러로만 사용되는 것이 아닌 빛의 반사 작용에 의해 오브젝트에 비치는 반사광의 색으로도 활용됩니다.

08 머티리얼 창에 제작된 Studio Floor 재질을 [Studio Floor] 오브젝트에 드래그하여 질감을 적용합니다.

09 준비된 스튜디오에 시각화할 피사체 오브젝트를 불러오겠습니다. 메뉴 바의 [File]-[Merge]를 클릭하고 예제 파일(Object.c4d)을 불러와 모델링 데이터를 병합합니다.

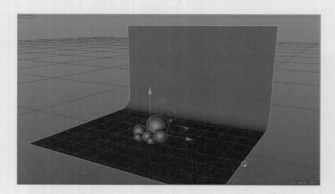

10 프로젝트 파일로 불러온 피사체 오브젝트에 유광의 글로시 텍스처를 제작해보겠습니다. 머티리얼 매니저의 [Create]-[New Material]을 클릭하고 [Color] 채널을 이용해 오브젝트의 표면을 흰색으로 지정합니다.

[Color] Color-H/S/V : 209°/0%/100%

> **TIP**
> 물체의 색상은 배경색과 어울릴 수 있도록 지정하는 것이 전체적인 무드 연출에 도움이 됩니다.

11 [Reflectance] 채널을 활성화합니다. 기본값으로 지정되어 있는 [Default Specular] 레이어를 〈Remove〉 버튼을 클릭하여 삭제합니다. 〈Add〉 버튼을 클릭하여 'Beckmann'을 추가하여 새로운 반사 레이어를 생성합니다.

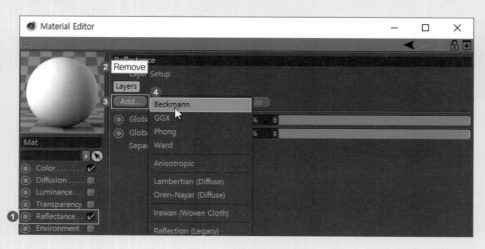

12 컬러 표면의 반사 코팅을 표현하기 위해 [Layer Fresnel] 속성을 활성화한 후 [Fresnel]을 'Dielectric' 모드로 설정하고 [Material Editor] 대화상자를 닫습니다.

[Reflectance–Layer 1] Layer Fresnel–Fresnel : Dielectric

13 지금까지 제작한 화이트 글로시 머티리얼을 오브젝트 매니저의 [Object] 그룹에 드래그하여 적용합니다.

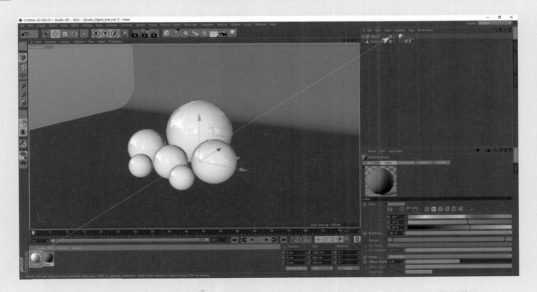

14 작업의 진행 과정을 고정된 시점에서 확인하기 위해 상단 커맨드 팔레트 바의 [Camera]를 클릭합니다. 카메라가 고정된 상태에서 작업 시점과 카메라 시점의 편리한 관리를 위해 카메라의 활성화 버튼을 켜고 끄는 형태로 사용할 수 있습니다.

15 [Camera] 오브젝트의 [Focal Length] 초점거리를 '70mm'로 지정하겠습니다.

[Object] Focal Length : 70mm

TIP 기본 설정값인 36mm보다 수치가 커질수록 망원 렌즈의 성격을 갖게 되며 시점의 왜곡이 줄어드는 것을 확인할 수 있습니다.

16 카메라 오브젝트의 위치값을 제어합니다.

[Coord.] ・P.Y : 75cm ・P.Z : −800cm

17 피사체 오브젝트와 적당한 거리를 유지하며, 정확하게 정면을 향하고 있는 [Camera] 오브젝트를 고정 시키겠습니다. [Camera] 오브젝트 위에서 마우스 우클릭하고 나타나는 메뉴 중 [CINEMA 4D Tags]– [Protection(잠금)]을 카메라 오브젝트에 적용합니다.

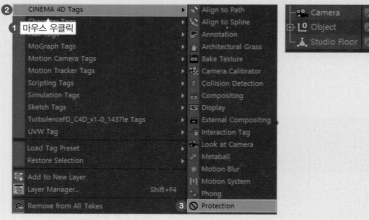

18 천장에서 떨어지는 전체 조명을 만들겠습니다. 상단 커맨드 팔레트 바의 [Light]–[Area Light]를 클릭합니다. 라이트 오브젝트의 위치와 회전값을 제어하여 오브젝트의 상단에 배치합니다.

[Coord.] ・P.Y : 450cm ・R.P : −90°

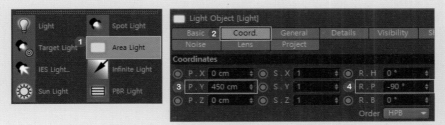

19 라이트의 컬러가 기본값인 흰색을 유지한 상태에서 [Shadow] 속성을 'Area' 모드로 활성화합니다.

[General] Shadow : Area

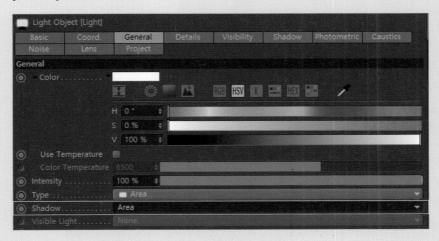

TIP Area 그림자 타입은 오브젝트로부터 드리워지는 그림자의 거리에 따라 음영의 밀도를 세분화하여 표현하며 보다 사실적인 연출이 가능합니다.

20 라이트 오브젝트의 [Details] 속성에서 감쇄를 활성화하겠습니다. [Falloff]를 'Inverse Square(Physically Accurate)' 모드를 설정한 뒤 감쇄의 범위를 설정합니다.

[Details] ・Falloff : Inverse Square(Physically Accurate) ・Radius/Decay : 370cm ・Z Direction Only : 체크

21 테스트 렌더링을 진행해보겠습니다. Ctrl + R 키를 누르면 피사체 오브젝트에 적용된 표면 질감의 반사 코팅이 잘 표현되지 않고 매트한 단색의 컬러감만이 보입니다. [Reflectance] 채널의 반사는 주변 환경의 반사를 표현하기 때문에 물체에 비춰질 무언가가 없다면 매트하게 보입니다. 칠흑 같은 어둠 속에서 거울을 들고 있어도 아무것도 볼 수 없는 것과 같습니다.

22 상단에 위치한 [Area Light] 오브젝트 자체가 물체의 반사 표면에 비춰져 보일 수 있도록 설정하겠습니다. [Details] 탭 설정 항목 중 [Show in Reflection] 항목을 활성화합니다.

[Details] Show in Reflection : 체크

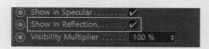

23 라이트 오브젝트의 [Details] 탭 설정 항목 중 [Size] 항목을 제어해 크기를 변경하겠습니다.

[Details] • Size X : 600cm • Size Y : 400cm

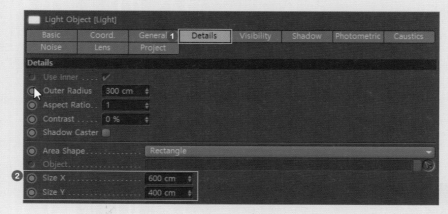

24 Ctrl + R 키를 눌러 [Show in Reflection] 설정의 전과 후 렌더링 결과물을 비교해보겠습니다. 상단에 배치된 사각형의 라이트 오브젝트가 물체에 반사되며 입체적인 형태감과 Glossy한 텍스처링을 보다 구체적으로 확인할 수 있습니다.

▲ Show in Reflection : OFF   ▲ Show in Reflection : ON

25 측면에 설치될 간접 조명을 스튜디오 라이트에서 사용되는 반사판의 원리를 이용해서 설정하겠습니다. 상단 커맨드 팔레트 바의 [Cube]–[Disk]를 생성하고 [Object] 탭 설정 항목 중 세부 속성값을 제어합니다.

[Object] • Outer Radius : 150cm • Rotation Segments : 60

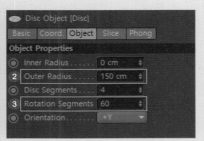

26 [Disc] 오브젝트의 [Coord.] 탭 설정 항목 중 [P.Z] 값을 우리가 바라보는 앞쪽 방향으로 이동합니다.

[Coord.] P.Z : −120cm

27 [Disc] 오브젝트의 이름을 변경하겠습니다. [Basic] 탭 설정 항목 중 [Name]을 'Bounce'로 변경합니다.

[Basic] Name : Bounce

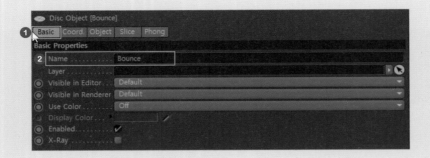

28 반사판으로 사용될 [Disc] 오브젝트에 적용할 새로운 텍스처를 생성하기 위해 머티리얼 매니저의 [Create]-[New Material]을 클릭합니다. 새로운 Material을 더블클릭해서 [Material Editor] 대화상자가 열리면 [Color] 채널만 활성화한 상태에서 매트한 흰색을 지정합니다.

[Color] Color-H/S/V : 209°/0%/100%

TIP
반사판의 색상은 라이팅의 컬러로 활용될 수 있으므로 원하는 무드에 맞게 색상을 바꿔보며 비교해보세요.

29 반사판을 향해 빛을 쏘아줄 보조 광원 라이트를 생성해보겠습니다. 상단 커맨드 팔레트 바의 [Light]-[Area Light]를 클릭합니다. [Coord.] 탭 설정 항목 중 [R.H]만 '180°' 회전시켜 반사판을 향해 빛을 반산하도록 제어합니다.

[Coord.] R.H : 180°

30 [Light] 오브젝트의 이름을 변경하겠습니다. [Basic] 설정 항목 중 [Name]을 'Fill Light'로 변경합니다.

31 [Area] 라이트 오브젝트의 [Details] 속성에서 감쇄를 제어해보겠습니다. [Falloff] 'Inverse Square(Physically Accurate)' 모드로 설정합니다. [Radius/Decay] 값은 '300cm', [Z Direction Only] 설정을 활성화하여 라이트의 양면 중 반사판을 향하는 방향으로만 빛을 발산할 수 있게 제어합니다.

[Details] ・ Falloff : Inverse Square(Physically Accurate) ・ Radius/Decay : 300cm
・ Z Direction Only : 체크

32 반사판과 라이트 오브젝트는 하나의 세트로 움직여야 합니다. 따라서 라이트 오브젝트를 [Bounce] 오브젝트의 하위 계층 구조로 귀속시키도록 하겠습니다.

> **TIP** 여기서 계층 구조의 순서는 크게 중요하지 않습니다. 효과를 하위 계층으로 전달하는 방식이 아닌 단순히 그룹 형태로 이동과 회전을 용이하게 하기 위함이기 때문에 반대의 순서로 계층화되어도 관계 없습니다.

33 보다 쉽게 라이트가 피사체를 가리킬 수 있도록 타겟팅 해보겠습니다. 상단 커맨드 팔레트 바의 [Cube]-[Null]을 클릭하여 오브젝트를 생성합니다. 생성한 [Null] 오브젝트를 더블클릭하고 'Light Target'으로 변경합니다. [Light Target]의 위치를 제어해 라이트가 바라볼 방향을 지정합니다.

[Coord.] ・ P.Y : 58cm ・ P.Z : −56cm

34 [Bounce] 오브젝트 위에서 마우스 우클릭하여 나타나는 메뉴 중 [CINEMA 4D Tags]-[Target]을 적용합니다.

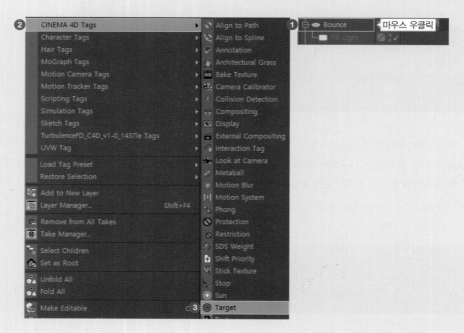

35 [Tag] 탭 설정 항목 중 [Target Object] 항목에 조준점으로 사용될 [Light Target] Null 오브젝트를 적용합니다. 이제부터 반사판과 연결된 라이트 그룹은 [Light Target] Null 오브젝트를 지향하게 되었습니다.

36 뷰포트에서 Move(E) 툴로 [Bounce] 라이트 오브젝트의 위치값을 원하는 구역으로 이동합니다. 실제 스튜디오 환경에서 오브젝트를 비추는 상상을 해보며 너무 가깝거나, 또는 너무 멀지 않은 적절한 위치와 방향에서 물체를 지향하겠습니다.

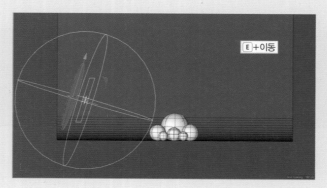

37 반사판의 유무에 따른 렌더링 비교 이미지를 확인해보세요. 원형의 [Bounce]가 생성되며 피사체 오브젝트의 좌측 표면은 반사에 의해 나타나는 하이라이트를 확인할 수 있습니다. 좌측에 조명이 있음에도 불구하고 두 장의 이미지는 밝기 차이가 전혀 없습니다. 그 이유는 빛의 2차-3차적 반사를 연산하기 위해서 [Global Illumination]과 같은 렌더링 이펙트가 활성화되어야 합니다.

▲ Show in Reflection : OFF   ▲ Show in Reflection : ON

38 반사광의 연산을 위해 렌더링 설정을 진행하겠습니다. 메뉴 바의 [Render]-[Edit Render Settings]를 클릭합니다. [Render Settings] 대화상자에서 [Effect]-[Global Illumination] 이펙트를 추가합니다. [Global Illumination]의 1차/2차 방정식을 모두 'Irradiance Cache'로 설정합니다.

[General] Primary Method/Secondary Method : Irradiance Cache

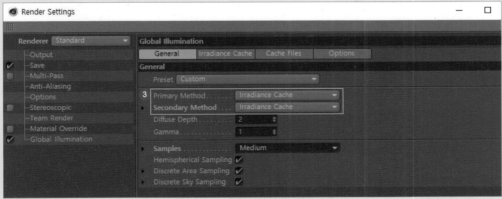

▲ Global Illumination : OFF   ▲ Global Illumination : ON

39 보다 풍부한 광량을 표현하기 위해 라이트를 하나 더 추가하겠습니다. 오브젝트 매니저에서 [Bounce] 반사판 그룹을 Ctrl 키를 누른 채 복제한 후 Move(E) 툴로 복제된 라이트의 위치값을 제어합니다.

40 라이트의 위치와 피사체 간의 거리를 적당히 조율하여 원하는 장면을 연출합니다. 라이트의 Falloff 영역(원형의 영역)을 기준으로 반복적으로 배치와 렌더링을 병행해보겠습니다.

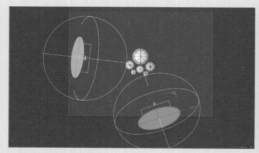
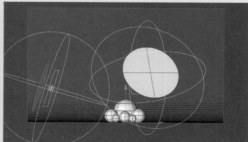

▲ Top View   ▲ Front View

41 두 장의 이미지를 통해 라이트의 개수에 따른 변화를 확인해볼 수 있습니다.

▲ 라이트 1개   ▲ 라이트 2개

42 이번에는 어두운 영역에 대한 표현을 추가해보겠습니다. 메뉴 바의 [Render]-[Edit Render Settings]를 클릭하고 [Render Settings] 대화상자가 나타나면 [Effect]-[Ambient Occlusion] 이펙트를 추가합니다.

43 두 장의 이미지는 [Ambient Occlusion] 이펙트가 적용되기 전과 후의 비교 렌더링입니다. 오브젝트끼리 근접하거나 구석진 영역의 암부가 강조된 것을 확인할 수 있습니다.

▲ Ambient Occlusion : OFF

▲ Ambient Occlusion : ON

44 Ambient Occlusion 이펙트의 세부 속성을 제어하겠습니다. [Color] 항목의 검은색 Knot를 밝은 회색으로 바꾸게 되면 암부의 어두운 농도가 감소합니다. [Maximum Ray Length]를 '30cm'로 수치를 낮추게 되면 그림자의 확산 길이를 짧게 제어할 수 있습니다. Ambient Occlusion에 의해 발생하는 그림자는 기본 라이트의 Area Shadow와 비슷한 원리로 작동하기 때문에 Sampling 값을 제어해서 노이즈를 억제할 수 있습니다.

[Basic] • Maximum Ray Length : 30cm • Minimum Samples : 64 • Maximum Samples : 128

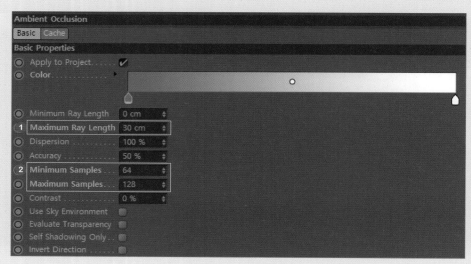

45 두 장의 이미지는 Ambient Occlusion 이펙트의 세부 속성값을 제어하기 전과 후의 비교 렌더링입니다. 그림자의 확산이 부드러워지고 노이즈가 확연히 감소한 것을 확인할 수 있으며, 좋아진 만큼 렌더링 시간이 증가한다는 것을 기억해야 합니다.

46 지금까지 가장 기본적인 형태의 Studio 형태의 라이트 설정을 해보았습니다. 한정된 공간 속의 물체를 아름 답게 시각화하기 위한 가장 단순하고 기초적인 설정법이었습니다. 다만 원하는 다양한 룩과 무드를 연출하기 위해서는 비워진 상태에서 하나씩 조명을 쌓아가며 완성할 수 있도록 반복적으로 실습해보시길 권합니다.

실무 3 조명을 활용한 실내 인테리어 라이팅 표현하기

실제 같은 실내 인테리어 조명은 CG 그래픽으로 표현하기 무척 어려운 분야 중 하나입니다. 한정된 공간에 뚫려 있는 수많은 창문들을 통해 들어오는 광역적인 태양 광원과 실내에 존재하는 인조 광원이 벽면과 충돌하며 복잡하게 연산하는 과정을 거쳐야 하기 때문입니다. 한번이라도 실내 라이트 세팅에 도전해 보셨던 분들이라면 충분히 공감할만한 수많은 시행착오와 오랜 렌더링 시간을 경험해보셨을 것입니다. 이번에는 기본 라이트 오브젝트를 이용해 자연스러운 자연 광원을 표현하면서 작업씬을 최적화하는 방법에 대해 배워보도록 하겠습니다.

 예제 파일 : Interior – 시작파일.c4d   완성 파일 : Interior – 완성파일.c4d

01 예제 파일(Interior-시작파일.c4d)을 불러옵니다. 예제 파일에는 수많은 창문과 여러 층으로 구분된 복잡한 구조의 건물 모델링이 있습니다. 현재 씬에는 매트한 흰색 페인트와 유리 질감의 난간으로 텍스처가 구성되어 있습니다.

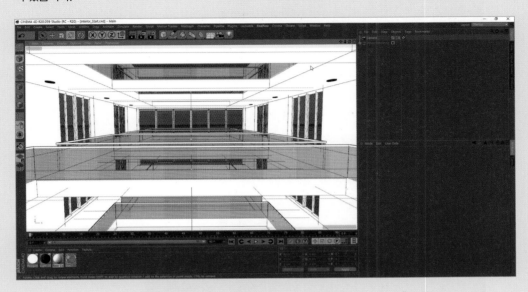

02 먼저 창밖에서 들어오는 태양광을 표현하기 위해 [Infinite Light] 오브젝트를 생성합니다. 상단 커맨드 팔레트 바의 [Light]-[Infinite Light]를 클릭합니다.

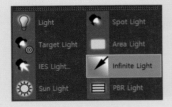

TIP Infinite Light는 방향성만을 가지는 무한 라이트로 태양의 역할을 수행할 예정입니다.

03 라이트 오브젝트의 이름을 'Sun'으로 수정합니다. 해당 작업에서는 다양한 라이트가 각각의 역할을 수행하기 때문에 오브젝트 네이밍에 신경써야 합니다.

04 라이트의 [Color] 속성을 따듯한 계통의 태양의 빛깔로 바꿉니다. 연출하고자 하는 시간대에 맞도록 자연광원의 색상을 제어합니다.

[General] Color-H/S/V : 30°/18%/100%

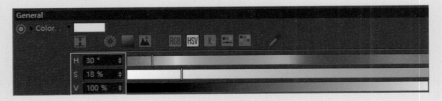

05 [Intensity]의 수치를 '90%'로 변경하여 태양 광원의 밝기를 낮추고 [Shadow] 설정을 'Area' 그림자로 지정합니다.

06 방향성만을 가지는 Infinite Light의 태양 각도를 제어하겠습니다. [Coord.] 탭 설정 항목 중 [Rotation]을 제어합니다.

[Coord.] · R.H : −83° · R.P : −77° · R.B : 4°

07 보다 자연스러운 태양광의 확산을 표현하기 위해 오브젝트 매니저에서 [Sun] 오브젝트가 선택된 상태에서 Ctrl 키를 눌러 복제합니다. 오브젝트의 이름을 더블클릭하여 'Sun Aura'로 변경합니다.

복제 후 이름 변경

08 [Sun Aura] 오브젝트의 [Details] 탭 설정 항목 중 [Infinite Angle(무한광 강도)]을 '5"로 변경합니다.

[Details] Infinite Angle : 5°

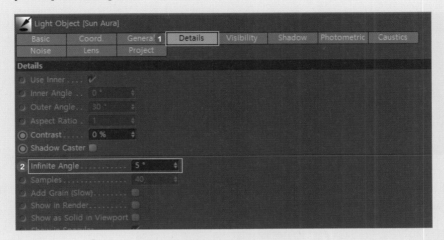

> **TIP** 해당 속성의 수치를 높일수록 무한 라이트에 의해 발생하는 그림자 영역의 각도를 넓힐 수 있으며 보다 부드러운 형태의 그림자
> 엣지를 표현할 수 있습니다.

09 렌더링된 두 이미지를 비교해보면 [Sun] 라이트에 의해 드리워진 샤프한 그림자와 [Sun Aura] 라이트에 발생한 부드러운 그림자가 조합되어 보다 자연스러운 연출을 확인할 수 있습니다.

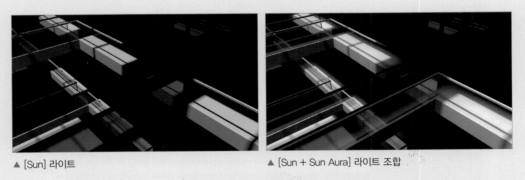

▲ [Sun] 라이트   ▲ [Sun + Sun Aura] 라이트 조합

10 [Sun]과 [Sun Aura] 두 가지의 라이트 오브젝트를 선택한 상태에서 Alt + G 키를 눌러 그룹화합니다.

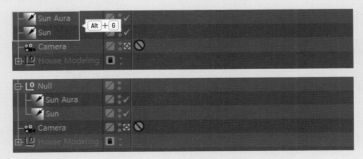

11 그룹화를 통해 생성된 'Null' 오브젝트의 이름을 변경하겠습니다. [Basic] 탭 설정 항목 중 [Name]을 'Sun Light'로 변경합니다.

12 창밖에서 들어오는 따스한 태양광을 표현했다면 실내 조명을 설정하겠습니다. 상단 커맨드 팔레트 바의 [Light]–[Area Light]를 클릭하여 라이트 오브젝트를 생성한 후 이름을 'Hall Light'로 변경합니다.

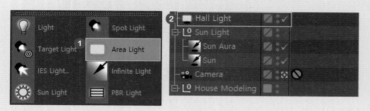

> **TIP** 실내 광원인 [Area] 라이트를 이용해 천장에서 바닥을 향해 큰 영역으로 공간을 풍부하게 비출 계획입니다.

13 라이트의 컬러를 푸른 계열로 변경하겠습니다. 태양광과 보색인 푸른색 계통의 인조 광원을 사용해 더 실제 같은 컬러감을 표현하겠습니다.

[General] Color–H/S/V : 197°/10%/100%

14 우선 라이트의 [Intensity(밝기)] 값을 '80%'로 지정합니다. 다양한 라이트의 조합 중 조명의 밝기를 제어할 때 우선적으로 해당 [Area] 라이트를 컨트롤 합니다. [Shadow]는 'Area' 그림자로 설정합니다.

15 라이트의 [Details] 탭 설정 항목 중 [Falloff(감쇄)]를 'Inverse Square (Physically Accurate)' 모드로 활성
화합니다. [Radius/Decay(감쇄의 영역)]는 '500cm'를 지정하고, [Z Direction Only]를 활성화해 라이트가
Z축 방향으로만 빛을 발산하게 설정합니다.

[Details] • Falloff : Inverse Square Physically Accurate • Radius/Decay : 500cm
• Z Direction Only : 체크

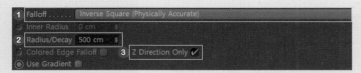

16 라이트의 크기는 천장에 위치한 창문 크기와 유사하게 설정합니다.

[Details] • Size X : 411cm • Size Y : 482cm

17 라이트의 위치와 방향을 설정합니다.

[Coord.] • P.Y : 499cm • P.Z : 338cm • R.P : −90°

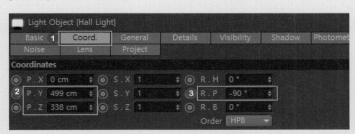

TIP 보다 정확한 크기 설정을 위해
불필요한 오브젝트를 잠시 비활성화
하여 확인하는 것도 좋은 방법입니다.

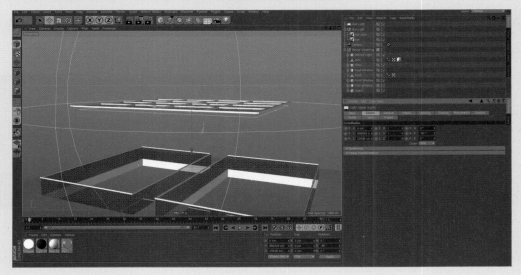

18 오브젝트 매니저에서 [Hall Light]를 Ctrl 키를 눌러 복제하여 [Hall Light.1] 오브젝트를 추가합니다. [Hall Light.1]은 반대편 창문에 배치되어야 하기 때문에 [P.Z]의 위치값을 '-338cm'로 변경합니다.

[Coord.] P.Z : -338cm

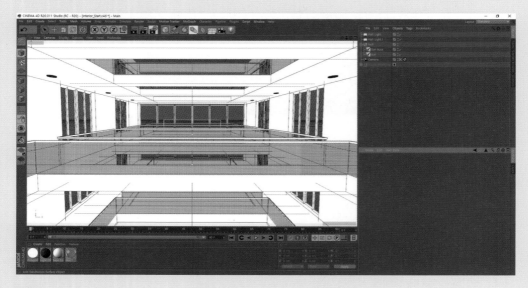

> **TIP** 인테리어 모델링 천장에 위치한 두 개의 창문 영역에서 전체적인 밝기와 톤을 잡아줄 조명 설정을 마쳤습니다.

19 2개의 [Hall Light] 오브젝트를 Alt + G 키를 눌러 그룹으로 지정한 후 이름을 'Hall Light'라고 변경합니다.

그룹 지정 후 이름 변경

20 두 렌더링 이미지는 [Hall Light] 오브젝트 1개가 존재할 때와 2개로 추가된 설정입니다. 확실히 전체적인 조명의 농도가 풍부해진 것을 확인할 수 있습니다.

▲ Hall Light 1개

▲ Hall Light 2개

<u>**21**</u> 태양광을 제외하고 실외(하늘)에서 창문을 통해 들어오는 푸른 빛의 자연광원으로 주변 환경을 구성하겠습니다. 상단 커맨드 팔레트 바의 [Floor]–[Sky]를 클릭하여 [Sky] 오브젝트를 생성합니다.

<u>**22**</u> [Sky] 오브젝트의 이름을 'Environment'로 변경합니다.

<u>**23**</u> 환경 조명으로 사용될 텍스처를 제작하겠습니다. 머티리얼 매니저에서 [Create]–[New Material]을 클릭하여 새로운 텍스처를 생성 후 더블클릭하여 [Material Editor] 대화상자를 엽니다. [Luminance] 채널을 제외한 모든 텍스처 채널을 비활성화합니다.

24 살짝 노을진 야외 풍경을 위해 [Luminance] 채널의 [Texture] 항목에 'Gradient' 쉐이더를 적용합니다.

25 [Gradient] 쉐이더 상세 설정에서 두 가지 그러데이션 색상을 푸른색과 붉은 계열의 색상을 지정하겠습니다. 또한 양 끝에 위치한 두 Knot 사이의 Bias의 위치값을 적절하게 조율하여 하늘 색상을 디자인합니다. 마지막으로 세로 방향의 그러데이션을 위해 [Type] 설정을 '2D - V'로 설정한 후 오브젝트 매니저에 있는 [Environment] 오브젝트에 드래그하여 적용합니다.

[Shader] Type : 2D - V

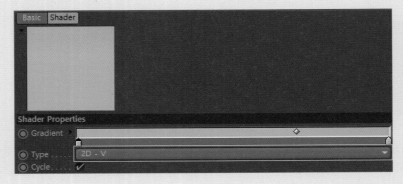

26 두 가지 렌더링 이미지를 통해 [Environment(환경)] 오브젝트의 유무에 따른 차이를 확인해볼 수 있습니다. 사진에서는 오직 유리창 바깥의 풍경만 다를 뿐 조명의 차이점을 확인할 수 없습니다. 이는 빛을 실제와 같이 반사시키는 역할을 하는 Global Illumination 이펙트가 적용되지 않았기 때문입니다.

27 [Environment] 오브젝트가 실제 빛의 역할을 할 수 있도록 렌더링을 설정해보겠습니다. 상단 커맨드 팔레트 바의 ![icon] Render Settings(Ctrl + B)를 클릭하여 [Render Settings] 대화상자를 불러옵니다. [Render Settings] 좌측 하단의 [Effect]-[Global Illumination] 효과를 추가합니다.

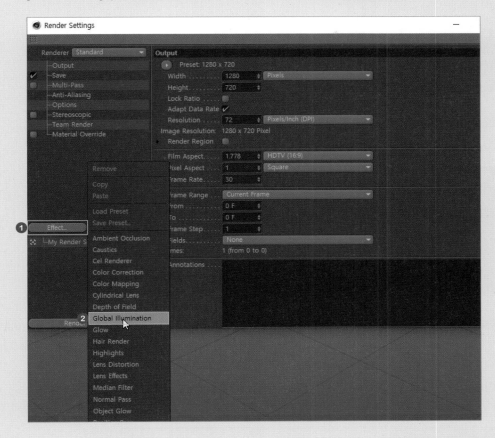

28 두 렌더링 이미지를 통해 [Global Illumination] 이펙트가 [Environment] 오브젝트에 적용된 Luminance와 반응하여 빛이 작용하는 것을 확인할 수 있습니다.

29 천장에서 떨어지는 가시 조명을 제작하기 위해 [Spot Light] 오브젝트를 하나 생성하겠습니다. 상단 커맨드 팔레트 바의 [Light]–[Spot Light]를 클릭합니다.

30 라이트의 [Color]는 창밖에서 들어오는 태양광과 유사한 붉은 계통의 밝은 색상으로 지정합니다.

[General] Color–H/S/V : 44°/25%/100%

31 [Intensity] 값은 '120%'의 수치로 기본값보다 조금 더 밝게 지정합니다. [Type] 항목을 기본 스포트 라이트 가 아닌 'Square Spot' 형태로 변경합니다. [Shadow]의 타입은 'Shadow Maps (Soft)' 모드로 설정합니다. [Visible Light] 가시 조명 설정을 'Volumetric' 모드로 설정하겠습니다.

[General] • Intensity : 120% • Type : Square Spot • Shadow : Shadow Maps(Soft)
• Visible Light : Volumetric

32 [Light] 오브젝트의 [Details] 탭 설정 항목을 설정하겠습니다. [Outer Angle] 속성의 수치를 '32.021'로 지 정하여 가시 조명 영역의 넓이를 제어합니다.

[Details] Outer Angle : 32.021°

33 라이트의 [Falloff(감쇠)] 설정을 'Inverse Square Clamped'로 지정합니다.

Falloff : Inverse Square Clamped

> **TIP**
> Clamped 설정은 Physical Accurate 설정과 유사하지만, 빛에 의해 노출이 오버되는 부분을 보정해주는 기능을 포함하고 있습니다.

34 가시 조명의 설정을 담당하는 [Visibility] 속성을 제어하겠습니다. [Outer Distance] 설정을 '1245.38cm'로 지정합니다.

[Visibility] Outer Distance : 1245.38cm

> **TIP**
> 해당 속성은 눈에 보이는 가시 조명의 빛줄기 광원부터 길이를 제어합니다.

35 천장에 위치한 두 개의 창문 밖에서부터 가시 조명이 실내를 향해서 쏟아지듯 표현하기 위해 라이트 오브젝트의 위치와 각도를 제어하겠습니다.

[Cood.] · P.X : −119cm · P.Y : 930cm · P.Z : 358cm · R.H : −90° · R.P : −77° · R.B : −90°

36 F4 키를 눌러 Front 뷰에서 보이는 라이트 오브젝트의 각도와 가시 조명의 길이를 확인하겠습니다. 카메라에서 보일 빛줄기는 좌측 상단에서 우측 하단 방향으로 떨어집니다.

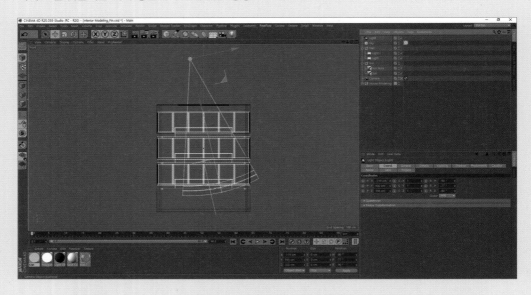

37 설정한 [Light] 오브젝트를 Ctrl 키를 눌러 [Light.1]으로 복제하고 천장에 존재하는 다른 창문 위치에 배치합니다. 태양광에 의한 Fog의 역할을 수행하는 라이트이기 때문에 두 가지 라이트의 투사 방향(Rotation) 값이 동일해야 합니다. 복제한 라이트인 [Light.1] 오브젝트의 위치값 [P.Z]를 '-358'로 수정합니다.

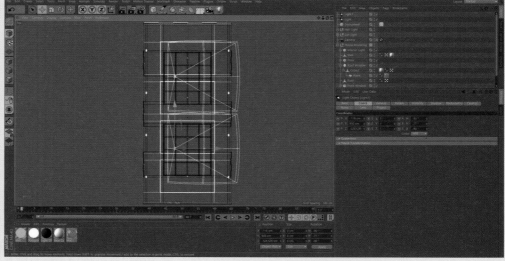

38 두 개의 스포트 라이트인 [Light], [Light.1]을 선택하고 [Alt] + [G] 키를 눌러 그룹화합니다.

39 해당 그룹인 [Null] 오브젝트의 이름을 변경하겠습니다. Null 오브젝트의 [Basic] 탭 설정 항목 중 [Name]을 'Fog Light'로 변경합니다.

[Basic] Name : Fog Light

40 현재까지 설치한 라이트는 다음과 같습니다. 창문을 통해 들어오는 태양광인 'Sun Light(Infinite Light)', 실내 전체의 조명으로 사용되는 인조광 'Hall Light(Area Light)', 태양의 빛줄기를 표현하는 가시 조명은 'Fog Light(Spot Light)', 창밖 하늘에서 들어오는 환경 조명은 'Environment'로 설치했습니다.

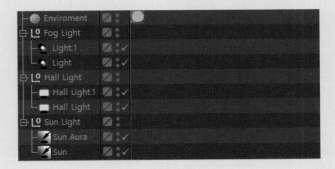

41 가시 조명(Fog Light) 렌더링 시 시각적으로 보이는 밝기 및 농도를 제어하기 위해 2가지 스포트 라이트는 [Visibility] 설정의 [Brightness] 수치를 '130%'로 변경합니다.

[Visibility] Brightness : 130%

> **TIP** 이렇게 설정된 다양한 라이트 오브젝트들과 [Global Illumination] 이펙트가 연산하기 어려운 인테리어 씬에서 계산을 시작하면 다양한 문제가 발생합니다. 그중 가장 많은 확률로 발생하는 것이 플리커(Flicker) 현상입니다. 플리커 현상은 [Global Illumination]의 계산 방정식이 [Irradiance Cache] 설정일 때 충분하지 못한 Sample 수치로 인해 구석진 부분에 발생하는 검은 얼룩이 애니메이션 시 반짝이는 현상입니다. 이 경우 충분한 Sample 계산 수치를 통해 어느 정도 해결할 수 있지만, 그만큼 렌더링 시간이 길어진다는 문제가 있습니다.

42 메뉴 바의 [Render]–[Edit Render Settings]–[Global Illumination] 설정 항목의 하단부에 위치한 [Samples] 항목을 확인하겠습니다. 좌측의 검은색 세모 화살표(▶)를 클릭한 후 [Sample] 값을 'Custom Accuracy'를 설정하고 [Accuracy(정확도)]를 '95%'로 설정합니다.

[Global Illumination–General] Sample : Custom Accuracy, Accuracy : 95%

43 [Irradiance Cache] 탭 설정 항목 중 [Smoothing] 수치를 '90%'로 보다 높게 설정합니다.

[Global Illumination–Irradiance Cache] Smoothing : 90%

> **TIP**
> 두 렌더링 이미지는 [Global Illumination] 이펙트의 Sample 설정 전과 후를 비교한 결과물입니다.

▲ Sample : 75% / Smoothing : 50%

▲ Sample : 90% / Smoothing : 90%

44 창밖에서 들어오는 태양광의 2차적인 빛 반사를 계산하기 위해 [Global Illumination] 이펙트의 [Secondary Method(2차 방정식)]를 'Light Mapping' 방식으로 설정합니다. 렌더링된 결과물을 확인해보면 지나치게 밝은 것을 확인할 수 있습니다. 2차 방정식의 종류 중 Light Mapping 모드가 가장 씬이 밝아지는 방정식입니다.

[Global Illumination—General] Secondary Method : Light Mapping

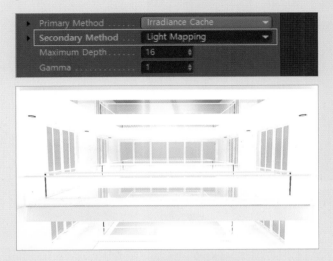

45 전체적인 광원의 노출값을 제어하기 위해 2차 방정식의 밝기를 제어하겠습니다. [Secondary Method] 좌측의 검은색 세모 화살표를 클릭한 후 [Intensity] 값을 '30%'로 설정하여, 결과물에 따른 통합적인 밝기를 추가로 제어할 수 있습니다.

[Global Illumination—General] ・Secondary Method 화살표 클릭 ・Intensity : 30%

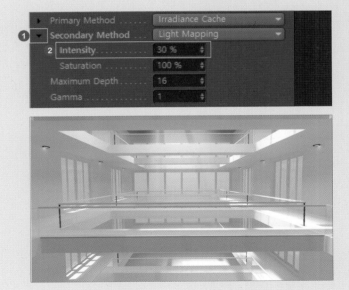

46 [Light Mapping] 방정식의 경우 자연광을 보다 풍부하고 밝게 표현하는 장점이 있지만 빛샘 현상과 빛번짐 현상이 빈번하게 일어나는 문제를 가지고 있습니다. 렌더링 설정의 [Light Mapping] 탭 옵션 중 [Prefilter] 설정을 활성화합니다.

[Global Illumination-Light Mapping] Prefilter : 체크

47 밝은 부분에 비해 상대적으로 부족한 암부를 표현하기 위해 렌더링 설정에 [Effect]–[Ambient Occlusion] 을 추가합니다.

48 구석진 부분에 은은한 명암의 농도를 제어하기 위해 [Ambient Occlusion] 이펙트 세부 설정을 제어합니다. [Color] 그러데이션의 좌측 Knot의 명도를 통해 구석진 부분의 대비를 제어할 수 있습니다. 좌측 Knot를 더 블클릭하여 컬러의 [Value] 값을 '50%' 회색으로 제어하고 [Maximum Ray Length]의 수치를 '30cm'로 감 소시켜 암부의 길이를 제어합니다. 해당 설정은 오목한 안쪽에서 바깥쪽 방향으로 합성되는 그레이디언트 의 길이를 제어합니다.

[Ambient Occlusion] • 좌측 Knot의 V : 50% • Maximum Ray Length : 30cm

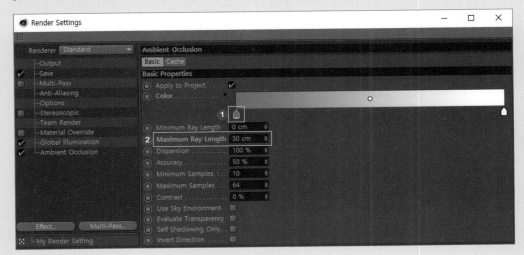

__49__ 실내 천장에 배치되어 있는 직부 등에서 떨어지는 빛줄기를 [IES Light]를 이용해 표현하겠습니다. 상단 커맨드 팔레트 바의 [Light]–[IES Light]를 클릭하고 예제 파일(Interior Spot.ies)을 선택합니다.

__50__ 생성된 [Light] 오브젝트의 [Photometric] 탭 설정 항목 중 [Intensity(밝기)] 값을 '700'으로 수정합니다.

[Photometric] Intensity : 700

__51__ 천장의 복제되어 있는 직부 등 모델링 오브젝트와 동일한 위치에 라이트가 배치될 수 있도록 메뉴 바의 [MoGraph]–[Cloner]를 클릭합니다. 'Interior Light'라고 이름을 변경한 후 [Light] 오브젝트를 Cloner 하위 계층화하여 복제합니다.

52 [Interior Light] 오브젝트의 [Mode]를 'Grid Array'로 설정합니다. 복제에 사용될 라이트의 [Count]는 건물의 층수와 위치를 고려해서 '2/3/4'로 입력하고 [Size(간격)] 항목에 '733cm/473cm/1208cm'를 입력합니다.

[Object] •Mode : Grid Array •Count : 2/3/4 •Size : 733cm/473cm/1208cm

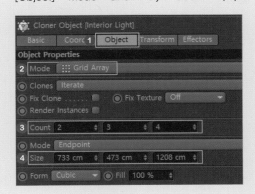

53 복제된 각각의 클론들 좌표를 제어하기 위해 [Transform] 속성을 제어합니다.

[Transform] •P.Y : 0.5cm •R.P : −90°

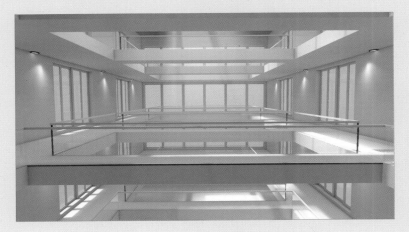

54 최종 렌더링된 결과물입니다. 실제 환경은 수많은 광원이 존재하며 가상의 그래픽으로 실제와 같은 느낌을 표현하기 위해서는 사실 그대로의 빛을 배치하고 연산하는 것이 가장 좋습니다.

더 다양한 씬 연출을 위한 라이팅 기법을 배워보도록 하겠습니다. 질감을 활용해 라이팅하는 Polygon 라이트와 자연광을 표현할 수 있는 Physical Sky, HDRI 라이트와 같은 개념을 익히며 라이트를 이용해 씬을 보다 멋지게 표현할 수 있는 응용 범위를 넓혀볼 예정입니다.

라이팅 Ⅱ
(Lighting Ⅱ)

01 질감을 활용한 라이팅 'Polygon Light'

> Polygon Light 기법은 질감이 적용된 특정 오브젝트가 빛의 반사를 연산하는 Global Illumination 이펙트와 연계되어 라이트 오브젝트와 같이 조명의 역할을 하는 라이팅의 한 방식입니다. 우리는 Polygon Light 기능을 이용해 크게 두 가지 방향으로 라이팅 작업에 활용할 수 있습니다.

01 폴리곤 라이트의 사용 범위 이해하기

첫 번째, 단일 색상으로 구성된 텍스처가 특정 오브젝트에 적용되어 폴리곤 오브젝트의 표면이 라이팅 되도록 설정하는 방식입니다. 기본 라이트 오브젝트를 이용하는 방식에 비해 상대적으로 설정이 간단하고, 좋은 결과물을 생성하기 때문에 많은 디자이너들이 사용하는 라이팅 방식입니다. 이러한 방식을 응용하면 스튜디오의 조명기, 네온사인의 발광 표면, LED 조명과 같은 형태로 활용할 수 있습니다.

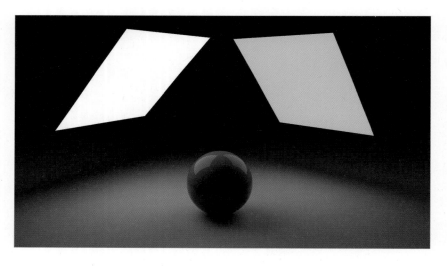

두 번째, 이미지 텍스처를 활용해 사진이 광원체로 사용될 수 있게 설정할 수 있습니다. 예를 들어, 어두운 공간 속에서 화면이 켜진 노트북 모니터를 상상해봅시다. 노트북 모니터를 통해 특정 이미지가 보이지만, 그 이미지는 동시에 빛의 역할로도 사용될 수 있습니다.

02 Polygon Light를 사용하기 위한 조건

폴리곤 라이트를 설정하기 위해서는 간단한 몇 가지 재료와 조건이 필요합니다. 우선, 발광의 역할을 수행할 텍스처가 필요하며 텍스처의 다양한 채널 중 [Luminance] 채널이 바로 발광체의 재료로 사용됩니다. 또한, 해당 텍스처가 적용되어 실제 조명기의 역할을 수행할 폴리곤 오브젝트도 필요합니다. 기본 라이트 오브젝트의 경우 조명 모양이 한정되어 있지만, 폴리곤 라이트의 경우 어떤 모양의 오브젝트라도 조명 물체로 사용될 수 있습니다. 텍스처와 폴리곤 오브젝트가 준비되었다면, 렌더링 이펙트 중 Global Illumination 이펙트를 설정하여 빛을 완성할 수 있습니다.

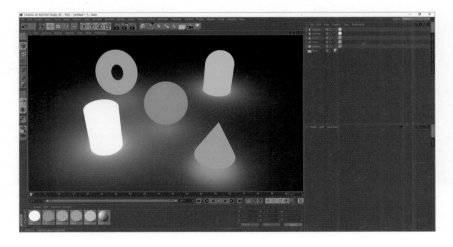

03 Polygon Light 설정하기

예제 파일 : Polygon Light.c4d

01 폴리곤 라이트 설정을 위한 예제 파일(Polygon Light.c4d)을 불러옵니다. 해당 예제 파일에는 피사체로 사용될 Sphere 오브젝트를 빛내줄 두 개의 조명이 미리 설정되어 있습니다.

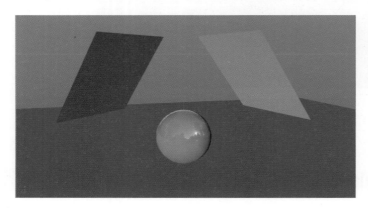

02 조명을 위한 새로운 텍스처를 생성하겠습니다. 머티리얼 매니저의 [Create]–[New Material]을 클릭하고 Material의 이름을 'Polygon Light'로 설정한 후 더블클릭하여 [Material Editor] 대화상자를 엽니다.

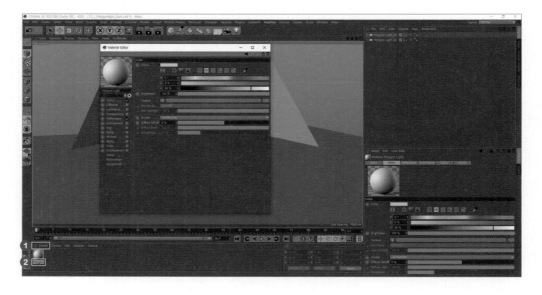

03 발광체의 질감을 표현하기 위해 [Luminance] 채널을 제외한 모든 채널의 설정 해제합니다. Luminance 채널의 Color 값은 조명 색상으로 사용할 수 있습니다.

[Luminance] Color-H/S/V : 199°/0%/100%

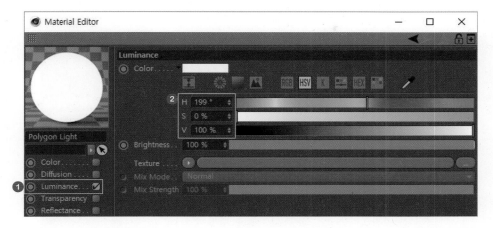

04 머티리얼 매니저의 [Create]-[New Material]을 클릭하여 새로운 Material을 추가적으로 생성합니다. 이름을 'Polygon Light2'라고 변경하고 더블클릭합니다.

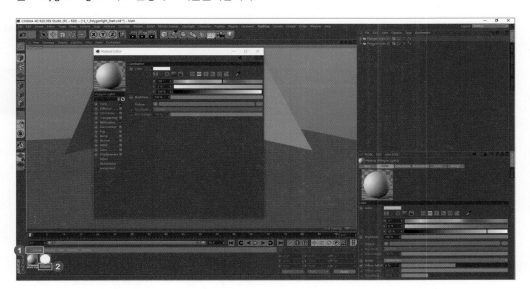

05 [Luminance] 채널을 제외한 모든 채널은 설정을 해제하고 Luminance 채널의 Color 값은 푸른색으로 변
경하여 라이트 컬러를 확인해볼 수 있도록 소스를 제작해보겠습니다.

[Luminance] Color−H/S/V : 199°/60%/100%

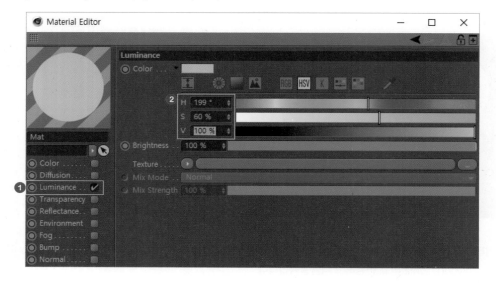

06 두 가지 텍스처를 각각의 Polygon Light 오브젝트에 적용하겠습니다. [Polygon Light_01]에 [Polygon
Light] 재질을, [Polygon Light_02]에 [Polygon Light2] 재질을 적용합니다.

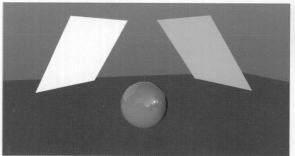

07 폴리곤 오브젝트에 적용된 Material이 실제 빛의 역할을 하기 위해서는 렌더링 설정 창에서 [Global Illumination] 이펙트가 활성화돼야 합니다. 메뉴 바의 [Render]–[Edit Render Settings]를 클릭하여 [Render Settings] 대화상자를 불러옵니다. [Render Settings] 대화상자의 채널 목록 하단에 있는 〈Effect〉 버튼을 클릭하고 'Global Illumination'을 선택하고 대화상자를 닫습니다.

08 메뉴 바의 [Render]–[Render View]를 클릭하여 간단한 테스트 렌더링을 통해 씬의 결과물을 확인합니다. 양쪽에 배치된 폴리곤 오브젝트들은 텍스처를 통해 전달된 색상으로 빛의 역할을 하고 있습니다.

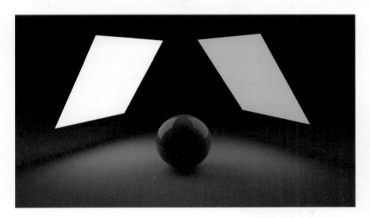

09 폴리곤 라이트를 이용해 라이트의 밝기를 제어하는 방법에 대해 알아보겠습니다. 머티리얼 매니저에서 [Polygon Light]를 더블클릭하여 [Material Editor] 대화상자가 열리면 하단에 있는 [Illumination]을 클릭합니다.

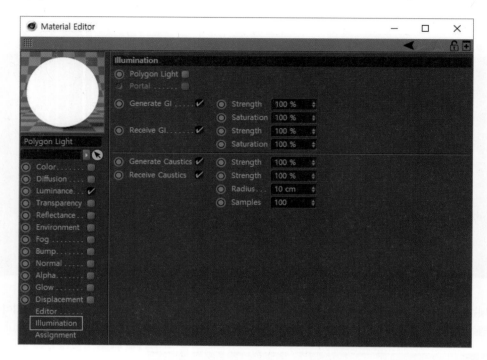

10 [Polygon Light] 설정 항목을 활성화하고, [Generate GI] 항목의 [Strength] 값을 증가시킵니다. 해당 설정은 머티리얼이 G.I 이펙트와 반응하는 민감도를 제어하며 수치가 높을수록 빛이 더욱 밝게 전달됩니다.

[Illumination] • Polygon Light : 체크 • Generate GI Strength : 150%

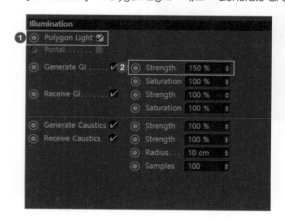

TIP
Polygon Light 설정은 Global Illumination 계산에 최적화하는 역할을 하며, 폴리곤 라이팅 시 매트한 질감의 물체 표면에 반사되는 빛의 계산과 그에 따른 오류에 의해 발생하는 플리커 현상을 보완해 줍니다.

11 머티리얼 매니저에서 [Polygon Light2]를 클릭하고 [Polygon Light]와 동일하게 설정한 후 대화상자를 닫습니다.

[Illumination] • Polygon Light : 체크 • Generate GI Strength : 150%

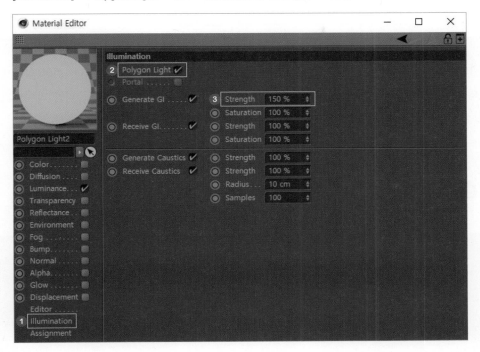

12 메뉴 바의 [Render]–[Render View]를 클릭하여 렌더링된 씬의 결과물을 확인합니다.

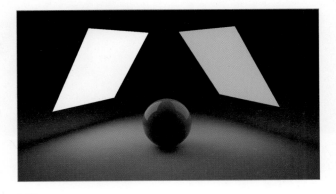

TIP Generate GI의 Strength 수치에 따른 빛의 밝기 차이

▲ Strength : 100%   ▲ Strength : 150%

폴리곤 라이트를 활용한 스튜디오 조명 설정

실무 1

폴리곤 라이트 기능을 활용한 스튜디오 조명 설정법에 대해 알아보도록 하겠습니다. 기본 라이트 오브젝트의 종류 중 하나인 Area Light와 유사한 방식으로 설정되는 예제를 통해 폴리곤 라이트의 다양한 설정과 렌더링 이펙트가 연계되는 방식에 대해 자세히 다뤄보도록 하겠습니다.

 예제 파일 : Studio Object−시작파일.c4d   **완성 파일** : Studio Object−완성파일.c4d

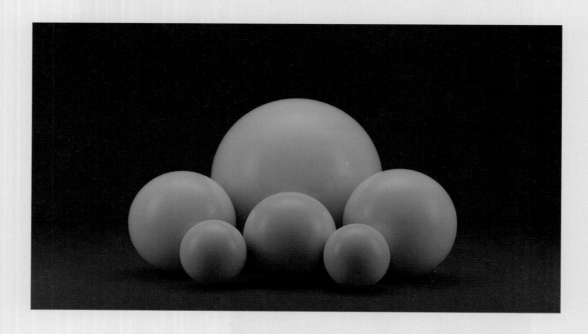

01 작업에 사용할 예제 파일(Studio Object-시작파일.c4d)을 불러옵니다. 스튜디오 배경 오브젝트와 구 형태
가 조합된 피사체 오브젝트를 확인할 수 있습니다. 준비된 오브젝트에는 기본적인 텍스처가 지정되어 있으
며, 각 오브젝트별 텍스처를 수정하겠습니다.

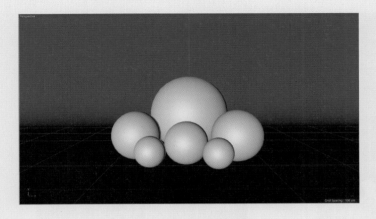

02 원형 오브젝트에 적용된 [Object Color] 텍스처를 유광 페인트로 수정해보겠습니다. 채널 목록 중
[Reflectance(반사)] 채널을 설정하고 기본값으로 설정되어 있는 [Default Specular] 레이어를 〈Remove〉
버튼을 클릭해 삭제합니다.

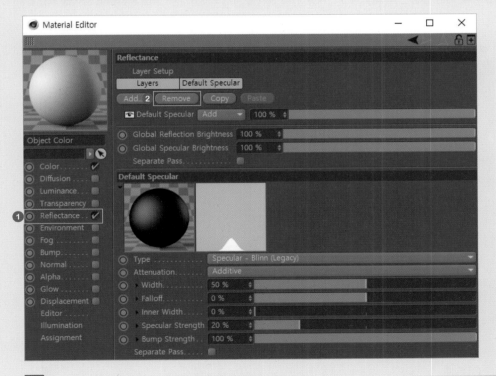

TIP Default Specular
해당 레이어는 실제 빛의 반사가 아닌 가상의 광택을 Color 채널에 Add 모드에 의해 합성되는 방식의 Fake Reflection입니다.

03 〈Add〉 버튼을 클릭하고 'Beckmann'을 선택하여 새로운 반사 레이어(Layer 1)를 추가합니다. 추가된 레이어에 의해 질감의 표면이 100% 반사인 거울 반사의 형태로 보이는 것을 확인할 수 있습니다.

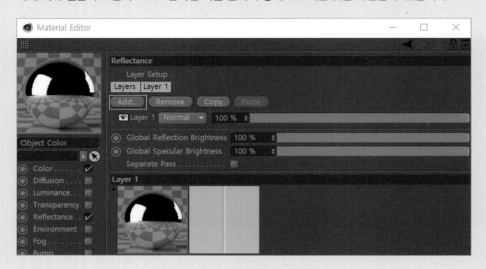

04 반사율을 제어하기 위해 [Layer Fresnel] 설정을 활성화하고 [Fresnel] 타입은 'Dielectric(유도체)'로 설정합니다. 해당 설정은 더 사실적인 반사를 위해 물체를 바라보는 시점에 따른 반사율에 차이를 표현합니다.

[Layer 1] Layer Fresnel–Fresnel : Dielectric

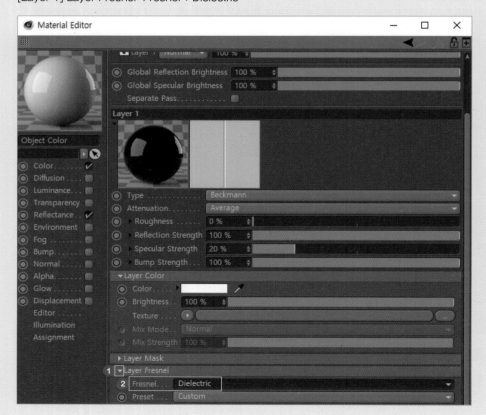

05 IOR 설정의 수치를 '1.6'으로 설정합니다. 추가적으로 라이팅이 진행되며 해당 반사율은 미세하게 변경될 수 있고, [Preset] 항목을 통해 미리 설정되어 있는 IOR의 표준값을 사용할 수도 있습니다.

[Layer 1] Layer Fresnel—IOR : 1.6

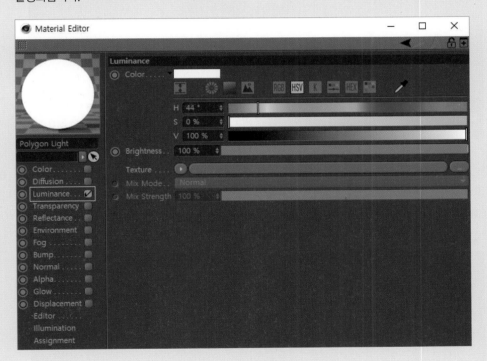

06 라이트로 사용될 텍스처를 설정하겠습니다. 머티리얼 매니저에서 [Create]—[New Material]을 클릭하고 이름을 'Polygon Light'로 변경한 후 더블클릭합니다. [Material Editor] 대화상자에서 [Luminance] 채널만을 활성화합니다.

07 채널 목록 아래에 위치한 [Illumination]을 클릭하고 [Polygon Light]를 체크한 후 [Generate GI] 항목에 있는 [Strength]를 '150%'로 설정합니다.

[Illumination] • Polygon Light : 체크 • Generate GI Strength : 150%

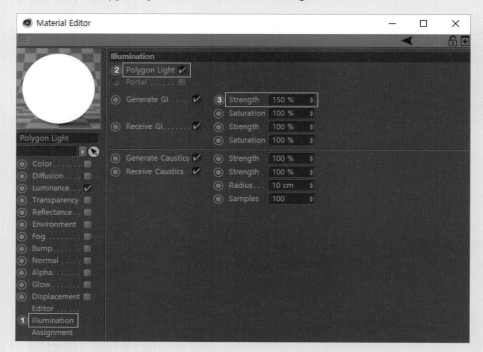

08 [Render Settings]를 통해 [Luminance] 채널이 라이트에 표현될 수 있게 설정하겠습니다. 메뉴 바의 [Render]–[Render Settings]를 클릭하고 [Render Settings] 대화상자가 열리면 〈Effect〉 버튼을 클릭하고 'Global Illumination'을 선택합니다.

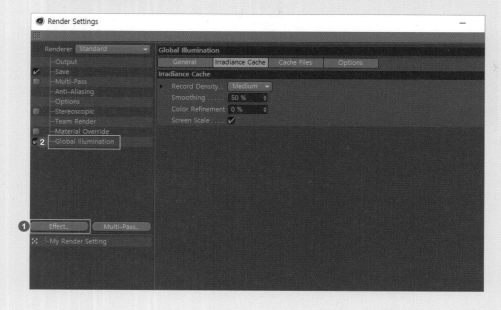

09 폴리곤 라이트 텍스처가 적용되어 조명기의 역할을 수행할 [Plane] 오브젝트를 생성해보겠습니다. 상단 커
맨드 팔레트 바의 [Cube]–[Plane]을 클릭합니다.

10 [Plane] 오브젝트의 크기와 세그먼트를 제어하겠습니다.

[Object] · Width : 500cm · Height : 300 · Width/Height Segments : 1

11 오브젝트의 위치를 제어하겠습니다. 해당 라이트 오브젝트는 천장에 위치하여 전체적인 밝기를 제어하는
조명 역할로 사용될 예정입니다.

[Coord.] · P.Y : 350cm · P.Z : −50cm

12 [Plane] 오브젝트의 이름을 변경하여 라이트로 오브젝트로 구분하겠습니다. [Basic] 탭 설정 항목 중 [Name]을 'Light Object'로 수정합니다.

[Basic] Name : Light Object

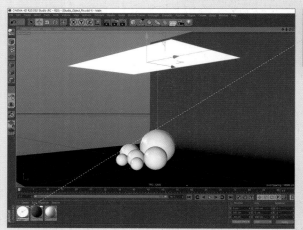

13 머티리얼 매니저에서 라이트 역할을 수행할 [Polygon Light]를 [Plane] 오브젝트에 드래그하여 적용합니다. 폴리곤의 양쪽 면에 해당 텍스처가 매핑되며, 이 경우 [Plane] 오브젝트의 양면에서 빛이 방출될 수 있습니다.

14 Polygon Light 텍스처의 태그가 선택된 상태에서 [Tag] 탭 설정 항목 중 [Side]를 'Back'으로 설정합니다.

[Tag] Side : Back

15 정면을 기준으로 뷰포트 렌더링 테스트를 진행해보겠습니다. Ctrl + R 키를 눌러 렌더뷰를 시작합니다. 렌더링된 결과물을 보면 라이트 오브젝트가 물체에 반사되는 하이라이트 영역이 각지게 떨어지는 것을 확인할 수 있습니다. 폴리곤 라이트를 이용한 빛의 표현 시 라이트 오브젝트에 적용된 텍스처를 활용해 하이라이트의 경계면을 부드럽게 표현할 수 있습니다.

16 머티리얼 매니저에서 [Polygon Light]를 더블클릭하여 [Material Editor] 대화상자를 불러온 후 [Luminance] 채널의 [Texture]를 'Gradient'로 설정합니다.

[Luminance] Texture : Gradient

17 Texture의 〈Gradient〉 버튼을 클릭합니다. [Gradient]의 첫 번째 Knot에서 마우스 우클릭하여 나타나는 메뉴 중 'Invert Gradient' 설정을 이용해 양쪽 색상을 반전합니다.

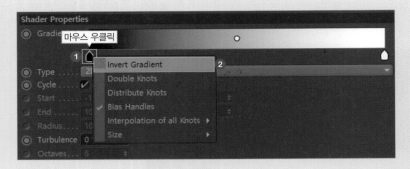

18 [Type] 설정을 이용해 그러데이션의 형태를 '2D - Circular' 설정으로 지정합니다. 라이트 오브젝트의 중심부에서 바깥 영역으로 갈수록 어둡게 색상이 표현됩니다. 여기서 완전한 흰색은 빛의 밝기가 '100%', 검은색은 빛의 밝기가 '0%'로 나타납니다.

[Shader] Type : 2D - Circular

19 [Gradient]의 오른쪽 Knot를 왼쪽으로 이동시켜 원형의 검은색 영역 위치를 제어합니다.

<u>20</u> 두 이미지는 Gradient 쉐이더의 적용 유무에 따른 렌더링 결과물의 차이를 보여주고 있습니다. 상대적으로 쉐이더가 적용되었을 때 빛의 영역이 줄어들어 빛의 밝기가 줄어든 것을 알 수 있지만, 반사 하이라이트의 아웃라인 영역이 부드러워진 것도 확인할 수 있습니다.

▲ Gradient : OFF   ▲ Gradient : ON

<u>21</u> 추가적인 조명을 제작하기 위해 상단 커맨드 팔레트 바의 [Cube]–[Plane]을 클릭하여 새로운 Plane 오브젝트를 생성합니다. 오브젝트 매니저에서 새로 생성된 Plane의 이름을 더블클릭하고 'Key Light'로 변경합니다.

<u>22</u> [Plane] 오브젝트의 크기와 세그먼트 방향을 제어합니다.

[Object] • Width : 200cm • Height : 300 • Width/Height Segments : 1 • Orientation : −Z

23 라이트 오브젝트의 위치를 제어합니다. 해당 라이트 오브젝트는 좌측 전방에서 Key Light의 역할로 사용될 예정입니다.

[Coord.] • P.X : −270cm • P.Y : 150cm • P.Z : −160cm • R.H : −60° • R.P : −20°

24 좌측에 배치된 새로운 라이트 오브젝트 Plane에도 라이팅 텍스처를 적용하겠습니다. 머티리얼 매니저의 [Polygon Light]를 클릭하여 새로운 [Key Light] 오브젝트에 드래그합니다.

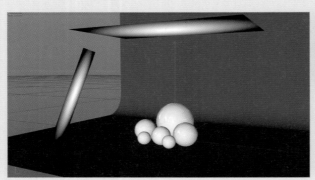

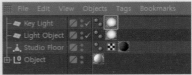

25 두 렌더링 이미지는 라이트가 상단에만 배치되었을 때와 좌측까지 추가로 배치되었을 때의 결과를 비교해 줍니다. 상대적으로 밝아졌으며 오브젝트들의 좌측면이 조명에 대한 반사 하이라이트가 맺히는 것을 알 수 있습니다.

▲ 라이트 1개

▲ 라이트 2개

26 라이트가 추가되었지만 전체적으로 무척 어두운 것을 확인할 수 있으며, 텍스처의 설정을 통해 폴리곤 라이트의 밝기를 제어하겠습니다. 머티리얼 매니저에서 [Polygon Light]를 더블클릭하고 [Material Editor] 대화상자가 열리면 채널 목록에서 [Illumination]를 클릭한 후 [Generate GI Strength]를 '230%'로 증가시킵니다.

[Illumination] Generate GI–Strength : 230%

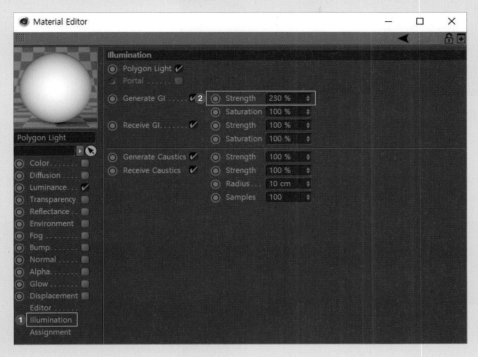

27 GI Strength 값의 차이에 따른 빛의 광량 차이를 렌더링한 결과물을 통해 확인해보겠습니다.

▲ Strength : 150%

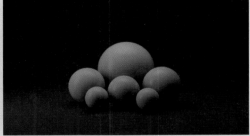

▲ Strength : 230%

28 좌측의 Key Light 오브젝트를 우측에도 동일하게 생성하겠습니다. 상단 커맨드 팔레트 바의 [Instance]–
[Symmetry]를 클릭하여 대칭 오브젝트를 생성합니다.

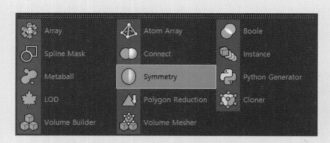

> **TIP** 정확히 대칭되는 복제의 경우 오브젝트를 직접 복제 후 위치와 회전값을 제어하기보다 Symmetry 제네레이터를 활용하면 간단하
> 게 해결할 수 있습니다.

29 오브젝트 매니저에서 [Key Light] 오브젝트를 드래그하여 [Symmetry] 제네레이터 안에 담아 계층 구조화
합니다. Symmetry의 위치값(0cm)을 기준으로 좌우측 방향의 대칭이 이루어지는 것을 확인할 수 있습니다.

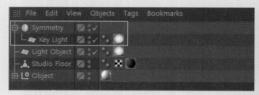

30 다음 이미지는 라이트 오브젝트가 좌측과 좌우측에 배치되었을 때의 결과물을 비교 렌더링입니다. 빛의 밝
기 차이뿐 아니라 오브젝트에 반사되는 하이라이트의 형태 차이를 확인하세요.

▲ 라이트 오브젝트 1개

▲ 라이트 오브젝트 2개

31 폴리곤 라이트에 의해 발생한 빛의 연속적인 반사를 연산하기 위해 G.I의 설정을 컨트롤 해보겠습니다. 메뉴 바의 [Render]–[Edit Render Settings]를 클릭하고 [Render Settings] 대화상자가 열리면 [Global Illumination] 이펙트를 선택합니다. [Secondary Method]를 설정하겠습니다.

[Global Illumination–General] Secondary Method : 'Irradiance Cache'

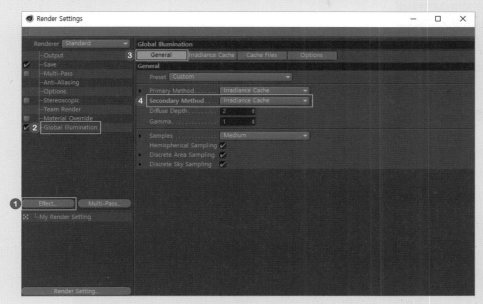

32 Global Illumination 이펙트의 1차 방정식과 2차 방정식의 설정에 따른 결과물을 차이를 확인해보겠습니다. 상대적으로 2차 반사 이후 빛의 연산이 이루어질 경우 오브젝트 간 겹쳐있는 하단부 영역까지 빛이 고르게 반사되는 것을 확인할 수 있습니다.

▲ Primary Method

▲ Secondary Method

33 최종 렌더링을 위한 카메라 설정을 하겠습니다. 상단 커맨드 팔레트 바의 [Camera]를 클릭하여 새로운 카메라 오브젝트를 생성합니다.

34 카메라의 [Object] 탭 설정 항목 중 [Focal Length]를 '70mm'로 입력합니다. 이 설정을 통해 카메라를 통해 보이는 시야각과 시점의 왜곡 정도를 제어할 수 있습니다.

[Object] Focal Length : 70

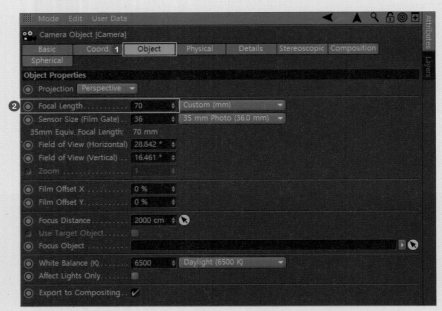

35 물체를 바라보는 시점을 정면에 배치하기 위해 카메라의 위치값과 회전값을 설정합니다.

[Coord.] · P.X : 0cm · P.Y : 95cm · P.Z : −750cm · R.H : 0° · R.P : −2° · R.B : 0°

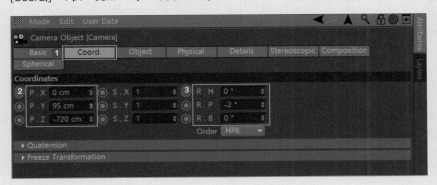

36 메뉴 바의 [Render]−[Render to Picture Viewer]를 클릭하여 최종 출력을 진행합니다. 지금까지 진행한 예제를 잘 이해한 상태에서 여러분만의 새로운 스튜디오 라이트 설정을 만들고 빛의 위치와 강도, 오브젝트들의 색상 등을 변경하여 새로운 결과물로 완성해보기 바랍니다.

TIP 폴리곤 라이트는 기본 라이트 오브젝트에 비해 제어해야 할 옵션이 많지 않아 쉽고 빠르게 완성도 있는 결과물을 도출해낼 수 있는 라이팅 기법입니다. 다만, 세부적인 설정이 없어 컨트롤할 수 있는 범위가 한정되는 단점이 있습니다.

02 Physical Sky를 활용한 자연 광원

>> Physical Sky 오브젝트는 가상의 태양과 하늘, 구름 등 자연환경을 이용한 자연 광을 표현하기 위한 기능입니다. 무한 라이트와 유사하게 태양의 광원을 표현하며 그 위치와 색 밝기 등을 시간과 위치를 통해 제어할 수 있습니다. 또한 내부적인 쉐이더로 제작된 구름은 카메라의 움직임에 입체적으로 반응하며 자연스럽게 씬의 배경을 구성할 수 있는 좋은 장치입니다.

01 Physical Sky의 Basic 설정

오브젝트가 가지고 있는 대부분의 Basic 설정은 Name, Layer, Visibility 등 특별히 중요한 항목이 아닌 '기본'에 해당하는 내용들을 다루고 있습니다. 하지만 Physical Sky는 예외입니다. Physical Sky가 가지고 있는 Basic 설정에서는 자연의 하늘을 구성하기 위해 추가할 수 있는 다양한 항목이 있으며, 해당 설정들을 활성화할 때마다 하늘 씬에 요소들이 추가되는 것을 확인할 수 있습니다.

기본적인 Basic 설정과 다른 부분은 다음과 같은 항목들입니다. 아래의 설정을 이용하면 자연환경에서 하늘을 구성하는 내용들을 추가해 나만의 설정을 제작할 수 있습니다.

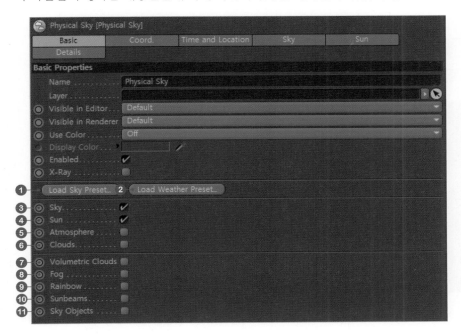

① **Load Sky Preset** : 사용자의 편의를 위해 제작된 이 설정은 다양한 시간대와 일치하는 하늘의 색상, 태양의 고도를 설정해 놓았습니다. 해당 기능은 Content Browser Library가 업데이트되어야 사용할 수 있습니다.

② **Load Weather Preset** : 사용자의 편의를 위해 제작된 이 설정은 날씨에 따른 하늘의 색상과 구름의 모양을 설정해 놓았습니다. 해당 기능은 Content Browser Library가 업데이트되어야 사용할 수 있습니다.

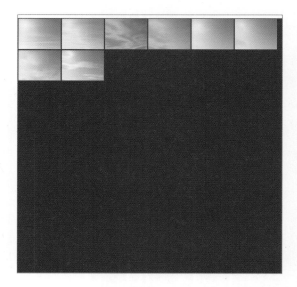

③ **Sky(하늘)** : 작업할 Physical Sky 오브젝트의 배경 하늘 유무를 결정합니다. Sky 항목이 활성화될 경우 Physical Sky 설정 항목 중 Sky가 활성화되며 보다 자세한 설정을 다룰 수 있습니다.

④ **Sun(태양)** : 태양은 Physical Sky 기능의 직접 조명 역할을 합니다. 핵심인 빛과 그림자에 대한 설정을 다루며 Sun 설정 항목을 통해 제어할 수 있습니다.

⑤ **Atmosphere(대기)** : 대기 효과는 태양광과 하늘의 분광 효과를 시각적으로 표현하는 기능입니다. 지평선 멀리 있는 물체들은 대기적 안개에 의해 흐려 보이며 넓은 장면의 자연환경 표현에서 자주 사용됩니다.

⑥ **Cloud(구름)** : 구름 효과는 하늘에 넓게 펼쳐진 구름을 2D의 Sky 상에 투영하여 표현됩니다. 노이즈 쉐이더로 제작되어 다양한 모양과 구조를 커스터마이징 할 수 있는 장점이 있습니다.

⑦ **Volumetric Clouds** : Cloud 툴과 함께 연동하여 볼륨 기반의 구름을 생성하는 도구입니다. 이 기능을 활용하면 기본 Cloud 필터 외에 추가적인 구름을 생성할 수 있습니다.

⑧ **Fog** : 태양빛에 의한 안개 효과를 표현할 수 있습니다. 리얼하게 표현되는 안개는 노이즈 쉐이더 타입으로 실제와 같은 볼륨형으로 표현됩니다.

⑨ **Rainbow** : 태양의 위치를 고려한 무지개를 현실 세계와 같이 2종류로 표현할 수 있습니다.

⑩ **Sunbeams** : 구름 사이를 관통하는 태양광의 빛을 시각적으로 표현해주는 기능입니다. 구름 뒤의 태양으로부터 카메라를 향해 들어오는 태양광은 구름의 농도와 부분적인 구멍을 통해 표현됩니다.

⑪ **Sky Objects** : 이미지 파일을 설정하여 하늘에 떠 있는 행성과도 같은 요소를 제작할 수 있습니다.

02 Time and Location 설정

피지컬 스카이의 장점 중 하나는 현실 세계를 반영한 시간, 그리고 장소를 이용한 태양광 설정입니다. 원하는 시간과 날짜를 기반으로 지역을 선택하면 실제와 같은 위도 경도를 통해 태양광이 씬을 빛나게 합니다.

1. **Time** : Physical Sky를 통해 표현하고자 하는 시뮬레이션 시간을 설정할 수 있습니다. 현재 컴퓨터상의 시간과 날짜가 자동으로 설정되며 원하는 씬의 분위기에 맞게 커스터마이징 할 수 있습니다. 시간대에 따른 태양광과 달빛도 표현이 가능하므로 시간의 흐름을 애니메이션하기 위한 장치로 사용이 가능합니다.

2. **City** : 도시 항목에는 프리셋 된 세계의 다양한 도시의 위도와 경도에 알맞은 시뮬레이션 파라미터가 기록되어 있습니다. 도시 항목의 세부 설정을 통해 우리는 위도와 경도, 타임존 등 다양한 세부적인 제어가 가능합니다.

03 Sky 설정

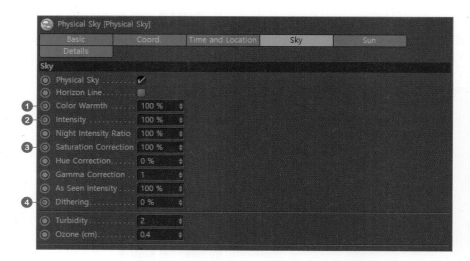

① **Color Warmth** : Sky에 의한 컬러 환경을 따듯하게 표현하는 역할로 사용합니다. 시간대에 따른 빛의 색온도 변화를 표현하는 목적으로 많이 사용되며 수치가 낮을수록 청록, 수치가 높을수록 붉은 계열의 컬러가 씬 전반에 걸쳐 보이는 것을 알 수 있습니다.

▲ Color Warmth : 100%

▲ Color Warmth : 0%

② **Intensity** : 스카이 오브젝트의 밝기 강도를 설정하는 역할로 사용됩니다. 이 설정은 오로지 하늘의 광원체 밝기로 사용되기 때문에 태양의 밝기에는 영향을 미치지 않습니다.

▲ Intensity : 30%

▲ Intensity : 100%

③ **Saturation Correction** : 스카이에 의한 빛의 채도를 보정할 수 있는 설정입니다. 스카이에 의한 빛이 너무 푸른색으로 보일 경우 채도 보정값을 낮추는 형태로 제어할 수 있습니다.

▲ Saturation Correction : 0%

▲ Saturation Correction : 100%

④ **Dithering** : 스카이를 렌더링할 때 갑작스럽게 컬러가 변화되는 부분에 계단 현상이 발생하곤 합니다. 디더링 수치를 높이면 그러데이션 영역에 약간의 노이즈를 추가해 계단 현상을 완화할 수 있습니다.

04 Sun 설정

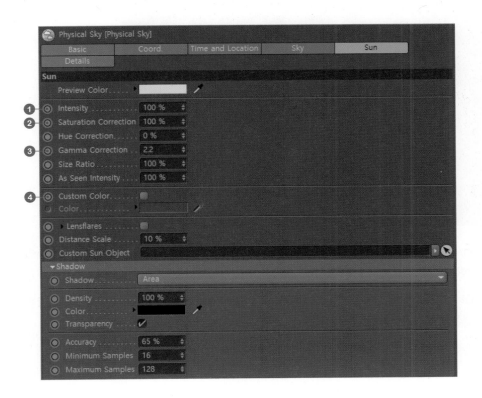

1 Intensity : Sun 오브젝트의 밝기 강도를 설정하는 역할로 사용됩니다. 이 설정은 Physical Sky의 전반적인 밝기를 제어하는 역할로 사용됩니다.

2 Saturation Correction : 태양 컬러의 채도를 제어합니다. 따뜻한 빛깔의 태양광을 표현할 수 있으며, 만일 백색의 태양광을 원한다면 '0%'의 수치를 입력해 표현할 수 있습니다.

3 Gamma Correction : 태양의 감마값을 정의합니다. 이 값은 씬 내에서 강도가 너무 높아져 과다 노출되어도 이를 방지할 수 있게 합니다. 애니메이션되는 감마 보정 파라미터는 낮과 밤을 애니메이션하는데 도움이 되고 오후의 눈부심을 줄이는데 사용될 수도 있습니다.

4 Custom Color : 태양의 컬러를 사용자가 직접 지정할 수 있는 설정입니다. 다만 해당 색상은 Cloud에 영향을 주지 않습니다.

05 Detail 설정

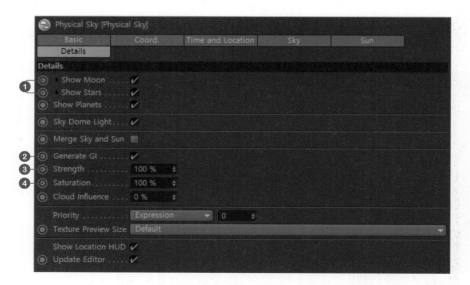

1 Show Moon/Stars : 달과 별 오브젝트를 밤시간대에 뷰포트 상에 보이게 할 수 있습니다. Moon의 경우 Basic 설정의 Weather Preset이 활성화되어야만 뷰포트 상에서 확인할 수 있습니다.

2 Generate GI : 광원으로 사용되는 Physical Sky 오브젝트가 Global Illumination 이펙트와 영향을 주고받을지 결정할 수 있는 설정입니다.

3 Strength : Generate GI 설정에 의해 생성된 Global Illumination의 강도를 제어합니다.

4 Saturation : 스카이에 의해 방출되는 라이트의 총 채도를 정의합니다. 예) Sky에 의해 씬이 렌더링되었을 때 얼마나 푸른가 또는 얼마나 붉은빛을 띄는지 등

실무 2

폴리곤 라이트를 활용한 달빛 아래 서재의 풍경

루미넌스 채널을 활용해 라이팅하는 기술인 'Polygon Light' 기법을 활용해 어두운 밤 모니터의 불빛과 탁상 램프를 통해 연출되는 장면을 표현해보도록 하겠습니다. 단순한 한 가지 라이팅 기법만을 활용하는 것이 아닌 지금까지 우리가 공부한 다양한 라이팅 방식을 혼합하여 장면 연출에 활용하는 것입니다.

⏱ **예제 파일** : Desk – 시작파일.c4d   ⏱ **완성 파일** : Desk – 완성파일.c4d

01 예제 파일(Desk-시작파일.c4d)을 불러옵니다. 창가의 책상 위 노트북과 작은 스탠드 오브젝트를 이용해 구체적인 밤 장면을 연출해보도록 하겠습니다.

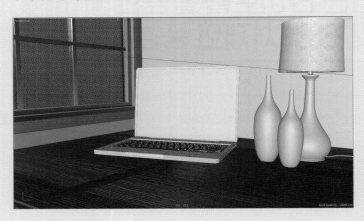

02 오브젝트에 적용할 텍스처를 제작해보겠습니다. 머티리얼 매니저에서 Lamp 오브젝트의 표면 질감을 위한 [Lamp Stand]를 더블클릭하고 [Material Editor] 대화상자가 열리면 [Color] 채널의 값을 밝은 백색으로 지정합니다.

[Color] Color-H/S/V : 0°/0%/95%

TIP 해당 예제의 경우 원하는 어떠한 컬러를 사용해도 작업에 지장이 없습니다.

03 반사 광택을 표현하기 위해 [Reflectance] 채널을 설정하겠습니다. 기본으로 설정되어 있는 [Default Specular] 레이어를 〈Remove〉 버튼을 클릭하여 삭제합니다. 이는 실제의 광원체에 반사 하이라이트를 오브젝트의 표면에 맞히게 하기 위함입니다.

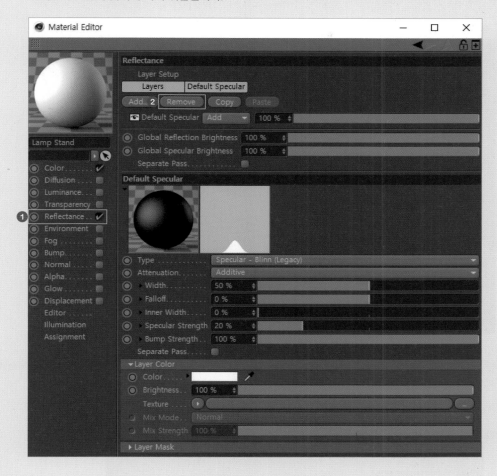

04 〈Add〉 버튼을 클릭하여 'Beckmann' 레이어를 추가합니다. 반사 레이어가 추가될 경우 완벽한 거울 반사가 설정되며, [Roughness] 설정은 '10%'를 기준하여 더욱 추가하거나 감소시킬 수 있습니다.

[Layer 1] • Add : Beckmann • Roughness : 10%

05 반사의 강도를 제어하기 위해 [Layer Fresnel]을 클릭합니다. [Fresnel]은 'Dielectric'로 설정하며 [Preset]은 'Plexiglas'로 지정합니다.

[Layer Fresnel] • Fresnel : Dielectric • Preset : Plexiglas

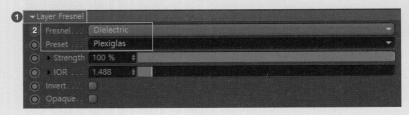

06 꽃병 오브젝트의 질감을 제작하기 위해 머티리얼 매니저의 [Vase] 텍스처를 클릭한 후 [Material Editor] 대화상자의 [Color] 채널을 클릭합니다. [Texture]–[Load Image]를 클릭한 후 'Stone_Diffuse.jpg'를 불러옵니다.

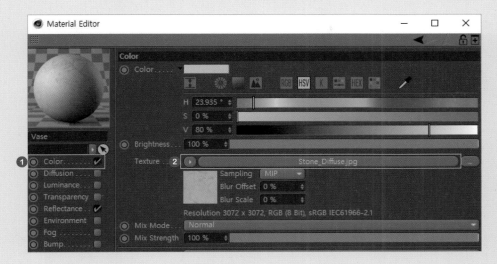

07 대리석 질감 표면의 반사 광택을 설정하기 위해 [Reflectance] 채널을 클릭한 후 〈Remove〉 버튼을 클릭하여 [Default Specular] 레이어를 삭제합니다.

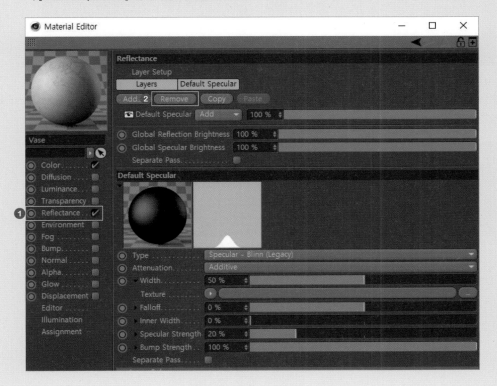

08 〈Add〉 버튼을 클릭하고 'Beckmann'을 클릭하여 레이어를 추가합니다. 완벽히 매끈한 표면은 존재할 수 없기에 [Roughness] 설정에 '10%' 전후의 수치를 입력합니다.

[Layer 1] • Add : Beckmann • Roughness : 10%

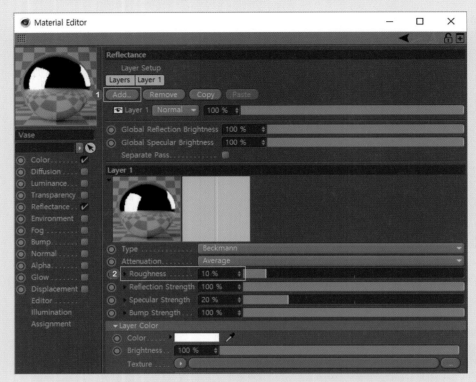

09 반사의 강도를 제어하기 위해 [Layer Fresnel]을 클릭하여 활성화합니다. [Fresnel] 모드는 'Dielectric'로 설정하며 [Preset] 설정을 'Plexiglas'로 지정합니다.

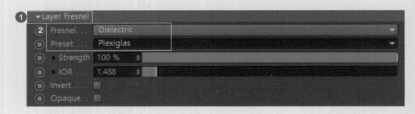

10 노트북 오브젝트의 Display 모니터에 들어갈 광원채 텍스처를 지정하기 위해 머티리얼 매니저의 [Display] 텍스처를 클릭합니다. [Material Editor] 대화상자에서 [Luminance] 채널만 체크하여 활성화합니다.

11 [Texture]–[Load Image]를 클릭한 후 'Screenshot.png'를 지정하고 대화상자를 닫습니다. 해당 이미지는 눈에 보이며 광원으로 사용됩니다.

12 Ctrl + R 키를 눌러 간단한 테스트 렌더링을 통해 텍스처가 매핑된 장면을 확인해봅니다.

13 디스플레이에 적용된 Screenshot 이미지가 광원으로 작용하기 위해서는 [Global Illumination] 이펙트가 적용되어야 합니다. 메뉴 바의 [Render]−[Edit Render Settings]를 클릭하여 렌더링 설정을 활성화합니다.

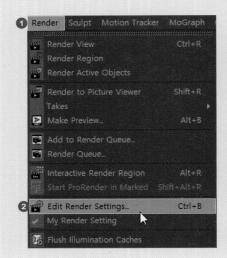

14 렌더링 설정의 〈Effect〉 버튼을 클릭하고 'Global Illumination' 효과를 추가합니다.

15 Ctrl + R 키를 눌러 출력된 결과물을 확인한 결과 [Luminance] 채널에 적용된 이미지가 올바르게 광원의 역할을 수행하는 것을 확인할 수 있습니다.

16 스탠드 오브젝트의 조명 효과를 표현해보겠습니다. 상단 커맨드 팔레트 바의 [Light]–[Area Light]를 클릭하여 오브젝트를 생성합니다.

17 라이트 오브젝트의 위치값을 스탠드 오브젝트의 전구 위치에 일치하도록 다음과 같이 설정합니다.

[Coord.] • P.X : −9.513cm • P.Y : 7.84cm • P.Z : 160.288cm

18 주광색 조명 효과를 위해 라이트 오브젝트의 컬러값을 붉은 계열로 설정합니다.

[General] Color—H/S/V : 40.101°/23%/100%

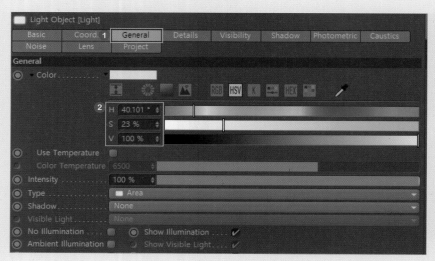

19 빛의 광량을 제어할 수 있는 [Intensity] 설정을 '120%' 수치로 설정합니다. 렌더링 테스트를 확인한 후 이 설정을 통해 빛을 밝게 또는 어둡게 추가적으로 설정합니다. 그림자를 표현하기 위해 [Shadow]는 'Area'를 설정합니다.

[General] ·Intensity : 120% ·Shadow : Area

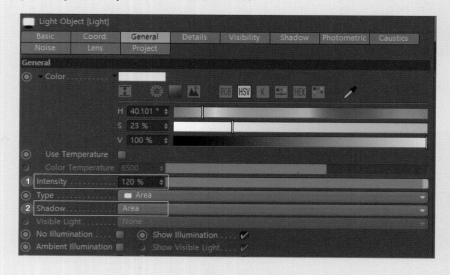

20 어두운 공간에서의 조명 효과는 그림자의 연산이 어려워 노이즈가 발생하곤 합니다. 이런 경우 [Light] 오브 젝트의 [Shadow] 탭 설정 항목 중 [Samples] 설정을 증가시켜 해결할 수 있습니다.

[Shadow] Minimum Samples : 64

21 전등갓 속의 라이트를 표현하기 위해 [Details]를 클릭하고 [Area Light] 오브젝트의 형태를 'Sphere' 형태 로 변경합니다.

[Details] Area Light : Sphere

22 전등갓 속에 들어갈 [Sphere] 형태의 라이트가 적절한 크기가 될 수 있도록 [Size]를 다음과 같이 설정합니다.

[Details] Size X/Y/Z : 4cm

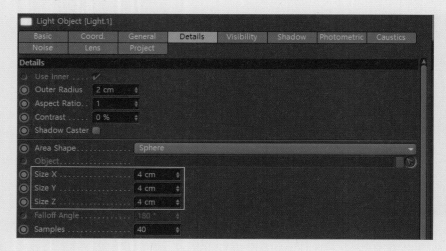

23 오브젝트의 표면에 라이트 오브젝트가 반사되어 보일 수 있도록 [Show in Reflection] 항목을 활성화합니다. 라이트의 감쇄를 표현하기 위해 [Falloff]를 'Inverse Square(Physically Accurate)'로 지정하고 [Radius/Decay] 값을 '20cm'로 변경합니다.

[Details] • Show in Reflection : 체크 • Falloff : Inverse Square (Physically Accurate)
• Radius/Decay : 20cm

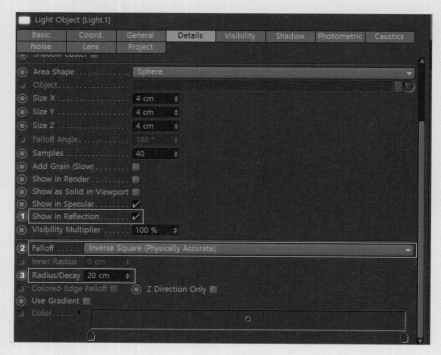

24 Ctrl + R 키를 눌러 Area Light 오브젝트의 광원 효과를 확인하기 위해 간단한 렌더링이 테스트를 진행합니다. 공간 속 [Area Light]와 [Polygon Light]가 적절한 무드를 연출하는 것을 확인할 수 있습니다.

25 창밖에서 드리워지는 달빛을 연출하기 위해 새로운 라이트를 추가해보겠습니다. 상단 커맨드 팔레트 바의 [Light]-[Infinite Light]를 클릭합니다.

TIP Infinite Light 오브젝트는 무한 광원을 연출하며, 아주 큰 사이즈의 광원인 달빛의 표현을 위한 용도로 사용할 예정입니다.

26 [Light.1] 오브젝트의 설정 중 [Color] 항목을 따뜻한 달빛의 표현에 알맞게 제어합니다.

[General] Color-H/S/V : 40.101°/11%/100%

27 밤이라는 장면적 특성을 고려해 [Intensity(광원의 밝기)]를 '35%'로 감소합니다.

[General] Intensity : 35%

TIP 창밖에서 들어오는 달빛의 표현을 고려하여 낮은 수치에서 렌더링 테스트 후 씬에 올바른 밝기를 설정하는 것을 권장합니다.

28 창틀을 통해 들어오는 달빛의 그림자를 설정해보겠습니다. [Shadow]를 'Shadow Maps (Soft)'로 설정합니다.

[General] Shdow : Shadow Maps (Soft)

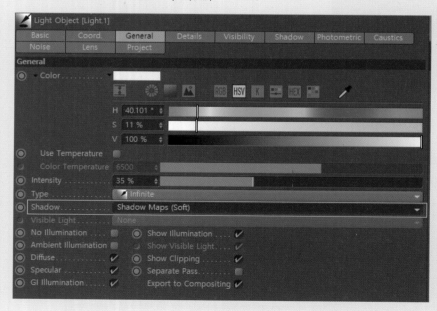

29 기본 설정의 그림자는 Soft 블러가 많이 적용되어 있습니다. [Light] 오브젝트의 [Shadow] 탭 설정 항목 중 그림자의 블러 강도를 제어합니다.

[Shadow] Shadow Map : 1500×1500

30 무한 라이트는 방향성만을 통해 광원을 표현하는 오브젝트입니다. 따라서 창밖의 달빛 방향을 다음과 같이 설정합니다.

[Coord.] · R.H : -70˚ · R.P -34˚ · R.B : 0˚

31 Ctrl + R 키를 눌러 간단한 렌더링 테스트를 통해 Infinite Light 설정 전과 후의 렌더링 결과물을 비교해보세요.

▲ Infinite Light : OFF

▲ Infinite Light : ON

32 창밖의 배경을 표현하기 위해 환경을 생성하겠습니다. 상단 커맨드 팔레트 바의 [Floor]–[Sky]를 클릭하여 새로운 Sky 오브젝트를 생성합니다.

33 그러데이션 된 밤하늘을 연출하기 위해 머티리얼 매니저에서 [Create]–[New Material]을 클릭하여 Sky 오 브젝트에 적용할 새로운 텍스처를 생성합니다. 해당 텍스처는 배경으로서 색상과 더불어 환경적인 조명 역 할을 하게 됩니다.

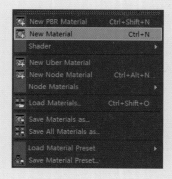

34 새로 생성한 Material을 더블클릭하여 [Material Editor] 대화상자를 열고 [Luminance] 채널만 활성화합니다. 이로써 환경에 사용되는 색상은 Global Illumination 이펙트의 영향을 받아 빛으로서 씬에 존재하게 됩니다.

35 밤하늘의 색을 표현하기 위해 [Luminance] 채널의 [Texture] 항목의 화살표 버튼을 클릭하고 'Gradient'를 클릭합니다.

[Luminance] Texture : Gradient

36 〈Gradient〉 버튼을 클릭하고 쉐이더의 내부 설정 중 좌측과 우측 Knot의 컬러를 지정합니다. 좌측(환경의 하단)에서 우측(환경의 상단)으로 푸른빛에서 어두운 검정으로 색상을 지정하며 [Type]은 '2D-V' 세로형 방향을 설정합니다. 완성된 재질은 [Sky] 오브젝트에 드래그하여 적용합니다.

[Shader] Type : 2D-V

37 `Ctrl` + `R` 키를 눌러 작업한 씬을 렌더링하여 결과물을 확인합니다. 예제 작업 이후 여러분의 기호에 맞게 각각의 오브젝트의 세부 설정값을 제어한 뒤 다양한 무드를 연출하여 새롭게 디자인해보는 것 또한 좋은 공부가 될 수 있습니다.

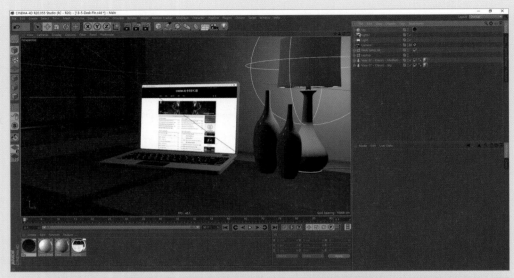

03 HDRI 라이트의 이해와 활용

>> HDRI(High Dynamic Range Image)는 모니터와 디지털 해상도에서 허용하는 것보다 더 높은 다이내믹 레인지를 가지고 있는 이미지를 의미합니다. 쉽게 말해, 밝기의 범위가 8bit 밖에 없는 일반 RGB 이미지에 비해 보다 넓은 범위의 밝기를 가지고 있으며, 주로 32bit로 제작되어 있습니다. HDR 또는 EXR의 확장자로 제작되어 있고 시네마 4D의 Global Illumination 이펙트와 결합하여 사용할 경우, 해당 이미지는 조명으로 또는 반사와 투과에서 작용되어 아름답고 사실적인 연출이 가능합니다. 작업하는 씬의 리얼리즘을 표현하는 가장 쉽고 빠른 지름길은 바로 HDRI를 이용한 라이팅이며, 해당 이미지가 가진 수백만 개의 컬러와 조명은 작업물의 완성도에 기여합니다.

01 HDRI의 종류

HDRI는 총 3가지 종류로 구성되어 있으며, 각각의 타입별 특성을 이해한 상태로 작업에 활용하는 것을 추천드립니다.

HDRI : Latitude/Longitude(위도와 경도)

이 타입의 HDRI 이미지는 큰 구 오브젝트에 프로젝션하는 방식으로 적용하며, 큰 사이즈의 [Sphere Object]나 [Floor]-[Sky Object]에 적용해 사용하는 방식입니다. 시네마 4D로 직접 사용할 수 있는 것은 위도와 경도 방식만 가능하며 다른 프로젝션 타입의 HDRI는 이 프로젝션 타입으로 변환해서 사용해야 합니다.

HDRI : Light Probes

이 프로젝션 타입은 공중에 금속공을 매달아 반사된 형상을 카메라로 촬영한듯한 이미지입니다. 촬영은 간단하지만 이미지의 왜곡이 심해 추천하는 방식은 아닙니다.

HDRI : Horizontal/Vertical Cross(수평/수직)

이 프로젝션 타입은 종이상자를 펼쳐 전개시킨 후 6개의 면을 카메라로 촬영해 이어 맞추듯이 얻은 이미지입니다. 각 면의 이미지는 정확히 카메라의 주위를 둘러싸는 큐브와 유사합니다. 시네마 4D에서도 큐브 타입의 오브젝트에 이 프로젝션 타입을 직접 적용할 수 있지만 위도/경도 타입으로 변환해서 사용하는 것을 권장합니다.

02 HDRI 라이팅을 위한 소스 구하기

개인적이 제작하기 어려운 HDRI 이미지의 경우 유료화된 데이터를 구매하거나 무료 라이센스로 오픈되어 있는 소스를 다운받아 사용할 수 있습니다.

01 [hdrihaven.com] 웹사이트에 접속합니다.

02 웹사이트 상단의 〈HDRIs〉 버튼을 클릭하여 다운로드 페이지로 넘어갑니다. 해당 페이지에서 종류별 다양한 HDRI 소스를 분류할 수 있습니다.

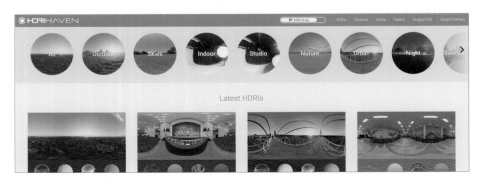

03 작업에 사용될 HDRI 이미지를 선택 후 해상도별 제작 소스를 다운로드 받을 수 있습니다.

03 HDRI 사용하기

01 예제 파일(HDRI Setup.c4d)을 불러옵니다. 해당 씬 파일에는 대표적인 4가지의 질감이 프리뷰 오브젝트에 적용되어 있습니다. 지금부터 HDRI 라이트를 설치하는 방법에 대해 알아보겠습니다.

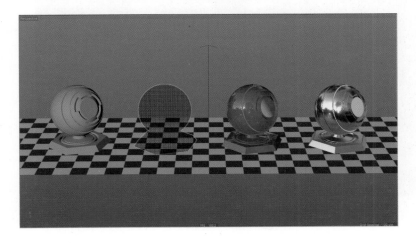

02 HDRI 소스로 사용될 텍스처를 제작하기 위해 머티리얼 매니저에서 [Create]-[New Material]을 클릭하여 새로운 텍스처를 생성하고 'HDRI'로 이름을 변경한 후 더블클릭합니다.

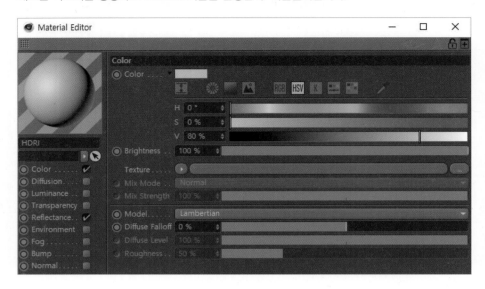

03 [Luminance] 채널만 활성화하고 [Texture]의 화살표 버튼을 클릭한 후 [Load Image]를 클릭하여 예제 HDRI 소스'approaching_storm_4k'를 불러옵니다.

04 HDRI 이미지가 적용될 환경을 제작해보겠습니다. 상단 커맨드 팔레트 바의 [Environment]–[SKY]를 클릭하여 Sky 오브젝트를 생성합니다.

05 제작한 HDRI 텍스처 파일을 [Sky] 오브젝트에 드래그하여 적용합니다. 위도와 경도 타입의 HDRI 이미지 소스는 구 형태의 Sky 오브젝트에 적용되어 주변 환경과 광원 역할로 사용됩니다.

06 Ctrl + R 키를 눌러 간단한 렌더링 테스트를 통해 HDRI에 의해 발생하는 작용들을 살펴봅니다. 투과체 오브젝트를 통해 또는 반사체 오브젝트의 표면에 비치는 주변 환경을 확인할 수 있습니다. 다만, Diffuse 질감에는 어떠한 영향도 미치지 않는다는 것을 확인할 수 있습니다.

07 HDRI가 광원으로 사용되기 위해서 필수적으로 Global Illumination 이펙트와 함께 사용되어야 합니다. Ctrl + B 키를 눌러 [Render Settings] 대화상자가 열리면 〈Effect〉 버튼을 클릭하고 ['Global Illumination'] 을 선택하여 활성화합니다.

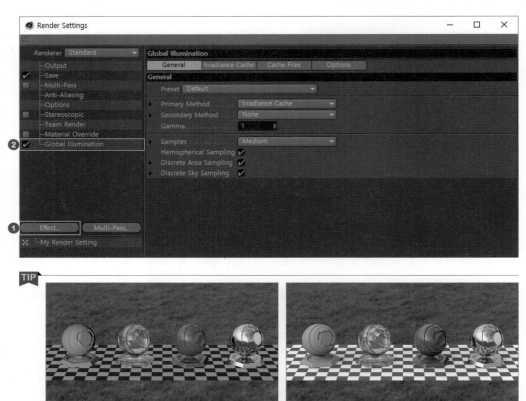

▲ GI : OFF   ▲ GI : ON

08 다양한 색감과 모양을 가지고 있는 HDRI 이미지들을 사용해 렌더링해본 결과물을 확인해볼 수 있습니다. 씬에 가장 어울릴 수 있는 HDRI 이미지를 이용해 환경 요소로 활용합니다.

▲ Texture : spruit_sunrise_4k.hdr

▲ Texture : the_sky_is_on_fire_4k.hdr

▲ Texture : snowy_forest_path_01_4k.hdr

▲ Texture : cayley_interior_4k.hdr

실무 3

인테리어 렌더링에 사용되는 HDRI 라이트와 Global Illumination

HDRI 라이트를 활용한 인테리어 씬을 제작해보도록 하겠습니다. 3D를 이용한 인테리어 렌더링은 생각보다 많은 부분을 고려해야 합니다. 창밖에서 비치는 태양의 빛, 실내에 배치되어 있는 다양한 광원들이 한정된 실내 공간에서 반사되어야 하기 때문에 긴 렌더링 시간과 다양한 오류를 제어할 수 있어야 합니다. 지금부터 HDRI 라이트를 이용한 리얼한 인테리어 렌더링 작업을 진행해보도록 하겠 습니다.

 예제 파일 : Interior – 시작파일.c4d   **완성 파일** : Interior – 완성파일.c4d

01 인테리어 렌더링 예제 파일(Interior–시작파일.c4d)을 불러옵니다. 큐브 형태의 공간 모델링을 카메라를 통해 확인할 수 있습니다. 해당 공간은 정면과 좌측면에 큰 창문이 배치되어 있는 구조입니다.

 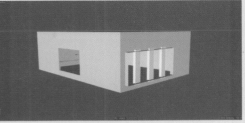

02 HDRI 이미지를 이용한 태양 광원의 조명을 표현하기 위해 머티리얼 매니저에서 [Create]–[New Material]을 클릭하여 새로운 텍스처를 생성합니다.

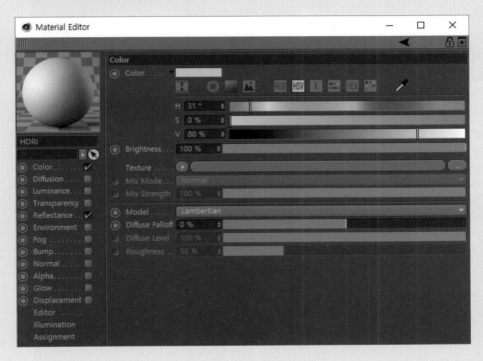

03 [Luminance] 채널만 활성화합니다. [Texture]–[Load Image]를 클릭하여 준비된 HDIR 소스 'venice_
sunset_4k.hdr' 파일을 지정합니다.

[Luminance] Texture : venice_sunset_4k.hdr

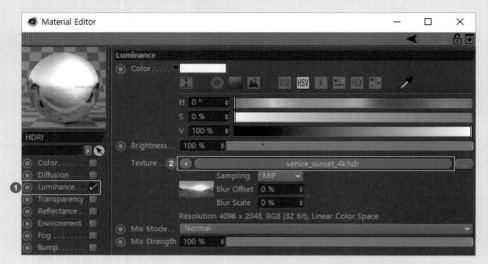

04 채널 목록 하단에 있는 [Illumination] 설정에서 해당 HDRI 소스가 Global Illumination 이펙트와 결합되는
세부 설정을 제어하겠습니다. [Polygon Light] 설정을 활성화한 후 [Strength]를 '120%'로 수정합니다.

[Illumination] • Polygon Light : 체크 • Generate GI. Strength : 120%

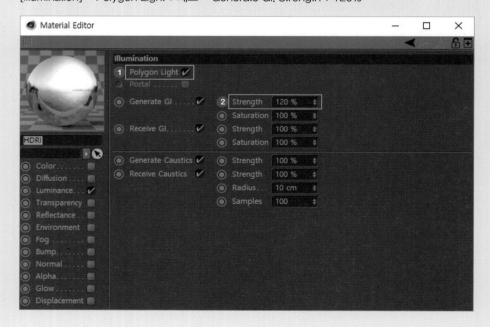

<u>**05**</u> 준비된 HDRI 텍스처를 [Sky] 오브젝트에 드래그하여 적용합니다. 해당 이미지에서 태양광의 위치를 제어하고 싶다면 [Sky] 오브젝트의 [R.H] 설정을 변경합니다.

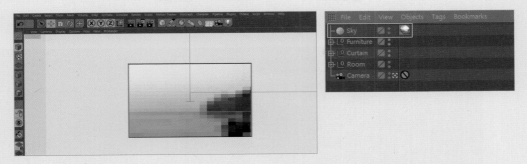

<u>**06**</u> Ctrl + B 키를 눌러 [Render Settings] 대화상자를 활성화한 후 〈Effect〉 버튼을 클릭하고 ['Global Illumination']을 클릭합니다. Global Illumination 이펙트를 이용해 HDRI 이미지가 빛의 작용을 하도록 설정합니다.

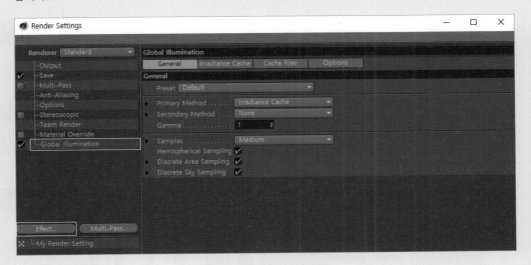

<u>**07**</u> Global Illumination 이펙트가 설정된 상태에서 정면과 측면을 렌더링한 이미지입니다.

TIP 거뭇거뭇한 플리커 현상을 확인할 수 있습니다. 이런 문제는 좁은 창문을 통해 들어오는 빛이 인테리어 모델링 내부에서 반사되며 발생하는 오류로 Global Illumination 설정의 샘플링 값을 통해 해결할 수 있습니다. 또, 창밖에서 들어오는 빛이 1차적인 반사만을 일으키는 것을 확인할 수 있습니다. 해당 문제 또한 Global Illumination 이펙트의 2차 방정식 옵션을 통해 해결할 수 있습니다.

08 더 사실적인 빛의 반사를 연출하기 위해 Global Illumination 이펙트의 2차 방정식을 설정하겠습니다. [Secondary Method]을 [Irradiance Cache] 계산 방정식으로 설정합니다.

[Global Illumination–General] Secondary Method : Irradiance Cache

09 Ctrl + R 키를 눌러 렌더링을 통해 1차 방정식만을 통한 계산 결과와 2차 방정식을 추가한 빛의 계산 차이를 확인할 수 있습니다.

▲ Primary Method(1차 방정식)

▲ Secondary Method(2차 방정식)

10 태양과 같이 광역적인 절대 광원을 이용한 인테리어 렌더링 시 2차 방정식 설정을 Light Mapping 방정식으로 설정하면 더 화사하고 리얼한 표현이 가능합니다. [Secondary Method(2차 방정식)]를 'Light Mapping'으로 변경합니다.

[Global Illumination-General] Secondary Method : Light Mapping

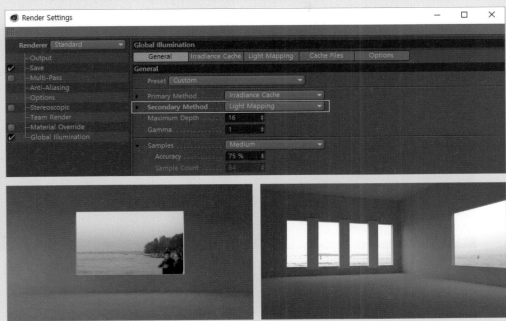

> **TIP** Irradiance Cache와 Light Mapping 비교

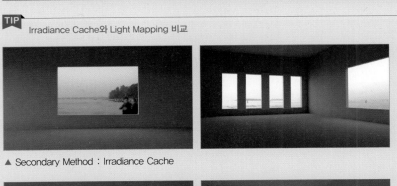

▲ Secondary Method : Irradiance Cache

▲ Secondary Method : Light Mapping

11 Global Illumination 이펙트에 의해 발생한 검은 얼룩(Flicker)을 렌더링 설정을 통해 제어해보겠습니다. [Samples] 설정을 'Custom Accuracy' 방식으로 변경합니다. 해당 설정은 사용자가 직접 계산의 정확도를 수치로 입력할 수 있는 모드입니다.

[Global Illumination–General] Samples : Custom Accuracy

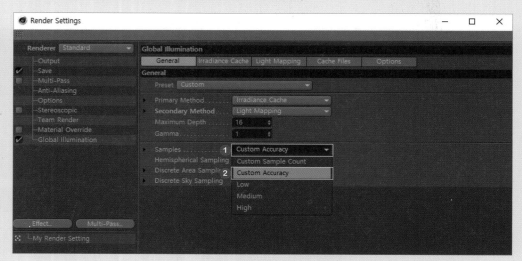

12 [Samples] 앞에 있는 화살표를 클릭하여 확장한 후 [Accuracy]를 '120%'로 지정합니다.

[Global Illumination–General] Accuracy : 120%

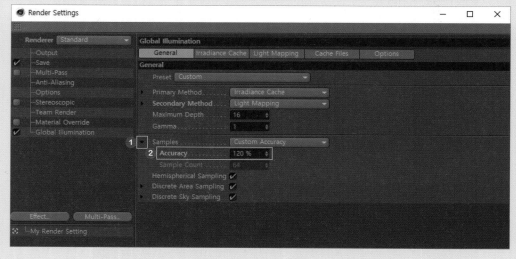

TIP
Irradiance Cache 방정식은 지능적이며 렌더링 속도가 빠르지만 낮은 샘플링에서 플리커를 발생시키는 단점이 있습니다.

13 [Irradiance Cache] 항목에서 [Smoothing] 설정을 '100%'로 지정합니다.

[Global Illumination–Irradiance Cache] Smoothing : 100%

14 Global Illumination의 세부 설정 후 렌더링의 결과물입니다. 하얀색 벽면에 보이던 검정색 얼룩이 대부분 사라진 것을 확인할 수 있습니다.

15 실내의 구석 부분에 보이는 빛샘 현상과 빛번짐 현상을 제어해보겠습니다. 해당 문제는 Light Mapping 방정식을 사용할 때 발생하곤 합니다. [Light Mapping] 설정의 [Prefilter] 항목을 활성화합니다.

[Global Illumination–Light Mapping] Prefilter : 체크

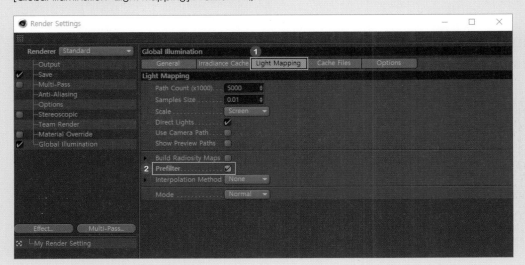

TIP Global Illumination 이펙트의 Samples 설정과 Prefilter 설정만을 이용해서 빛의 계산상 문제가 최적화되는 것을 확인할 수 있습니다. 다만 설정값의 증가에 따른 최종 렌더링 시간의 증가는 불가피하며 작업 환경에 알맞은 최적화된 수치를 설정하는 것이 핵심입니다.

16 오브젝트 매니저에서 [Curtain] 그룹의 Visibility를 켜고(빨간 점 2개를 클릭하여 회색으로 만듦) 작업 뷰에서 보이도록 설정합니다. 인테리어 렌더링 작업 시 기본이 될 공간에서 라이팅 테스트 후 디테일한 소품을 추가하는 형태로 작업하면 효율적으로 씬을 관리할 수 있습니다.

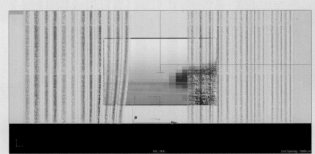

17 [Curtain] 오브젝트의 경우 [Alpha] 채널을 이용해 원단 사이사이로 빛이 스며들 수 있게 텍스처가 매핑된 상태입니다. [Alpha] 채널을 이용해 반투명한 표현을 한다면 렌더링 시간이 증가한다는 것을 기억하고 있어야 합니다.

18 나무로 된 마룻바닥을 표현하기 위해 새로운 텍스처를 생성합니다. 머티리얼 매니저에서 [Create]–[New Material]을 클릭하여 새로운 텍스처를 만든 후 더블클릭하여 [Material Editor] 대화상자를 열고 'Floor'로 이름을 변경합니다.

19 [Color] 채널에서 [Texture] 화살표 버튼을 클릭하고 [Load Image]를 클릭한 후 'WoodFlooring044_ COL_4k.jpg'를 불러옵니다. 해당 이미지는 타일링이 되더라도 이음매가 보이지 않게 제작된 Seamless 소스입니다.

[Color] Texture : WoodFlooring044_COL_3k.jpg

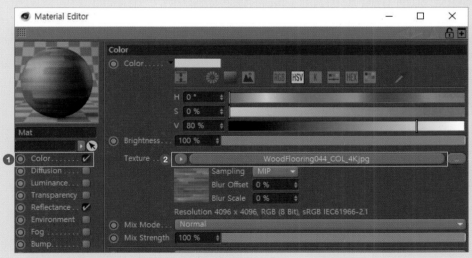

▲ 소스 출처 : https://www.poliigon.com/ Free 텍스처

20 마룻바닥 표면의 광택을 표현하기 위해 [Reflectance] 채널을 활성화합니다. 〈Remove〉 버튼을 클릭하여
[Default Specular] 레이어를 제거한 후 〈Add〉 버튼을 클릭하여 'Beckmann'을 클릭합니다.

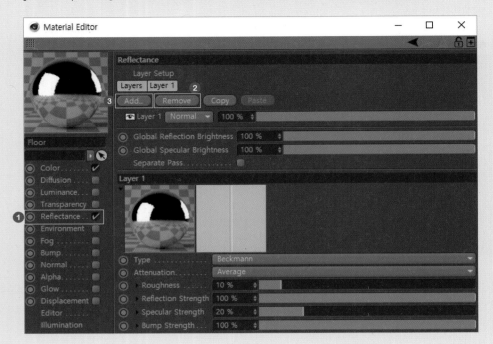

21 마룻바닥의 미세한 요철을 표현하기 위해 [Roughness] 설정을 '45%'로 지정합니다.

[Reflectance–Layer 1] Roughness : 45%

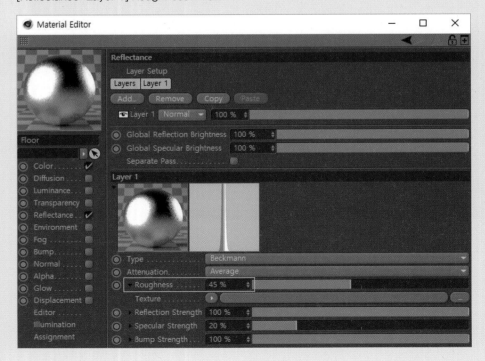

22 [Roughness] 옵션을 확장하고 [Texture]–[Load Image]를 클릭하여 'WoodFlooring044_COL_4K.jpg'
이미지를 선택하여 불러옵니다.

[Reflectance–Layer 1] Texture : WoodFlooring044_COL_4K.jpg

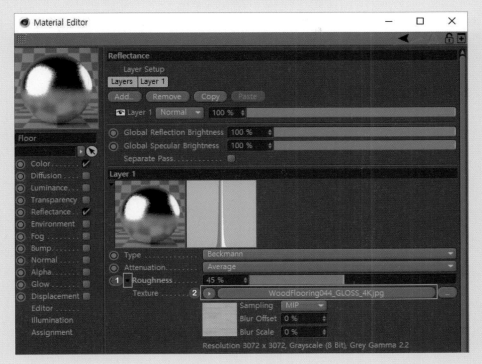

23 [Layer Fresnel] 설정을 확장하고 나타나는 옵션 중 [Fresnel]을 'Dielectric' 모드로 지정합니다. 적당한 광택을 표현하기 위해 [IOR] 수치를 '1.2'로 지정한 후 대화상자를 닫습니다.

[Reflectance–Layer 1] • Layer Fresnel–Fresnel : Dielectric • IOR : 1.2

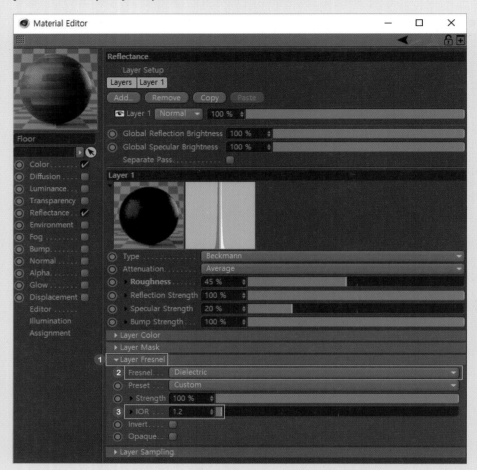

24 제작한 텍스처(Floor)를 인테리어 공간의 바닥에 지정하겠습니다. 오브젝트 매니저의 [Room] 폴더를 열고 [Floor] 텍스처를 [Cube] 오브젝트에 드래그합니다.

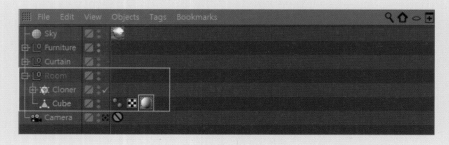

25 좌측 커맨드 팔레트 바의 Polygon 모드를 클릭하고 [Cube] 오브젝트의 바닥 폴리곤을 선택합니다. [Floor] 텍스처를 선택된 폴리곤에 드래그하여 적용합니다.

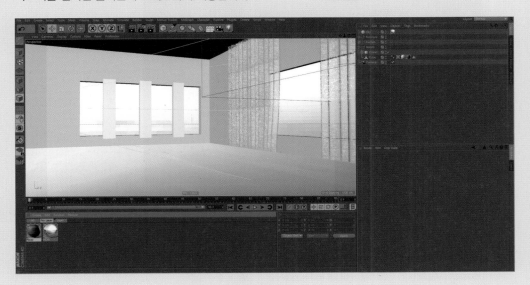

26 바닥에 적용된 나무 마루 텍스처가 적당한 크기로 타일링될 수 있도록 텍스처의 반복 횟수를 지정해 보겠습니다. [Floor] 텍스처 태그를 선택한 뒤 [Tag] 탭 설정 항목 중 [Tiles U]는 '6', [Tiles V]는 '5'를 입력합니다.

[Tag] • Tiles U : 6 • Tiles V : 5

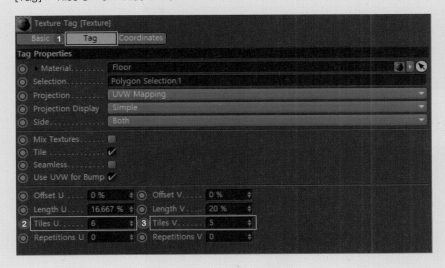

27 적절한 크기로 타일링된 [Floor] 텍스처를 렌더링을 통해 확인해볼 수 있습니다.

28 오브젝트 매니저에서 [Furniture] 그룹의 Visibility를 활성화(빨간 2개의 점을 클릭하여 회색 점으로 변경)하고 가구 오브젝트가 배치된 상태에서의 인테리어씬을 확인해보겠습니다. [Furniture] 그룹의 [Basic] 탭 설정 항목 중 [Visible in Editor]와 [Visible in Renderer] 설정을 'Default'로 변경합니다.

[Basic] [Visible in Editor/Visible in Renderer : Default

29 Ctrl + R 키를 눌러 렌더링을 통해 공간에서 빛이 계산된 결과를 확인해보겠습니다.

30 창밖에 보이는 HDRI 이미지 대신 다른 배경을 표현하기 위한 설정을 진행하겠습니다. 오브젝트 매니저의 [Sky] 오브젝트에서 마우스 우클릭을 하고 [CINEMA 4D Tags]–[Compositing]을 클릭합니다.

31 [Compositing] 오브젝트의 [Tag] 탭 설정 항목 중 [Seen by Camera] 설정을 해제합니다.

[Tag] Seen by Camera : 체크 해제

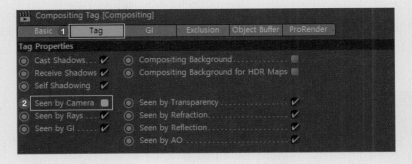

> **TIP** 해당 설정은 렌더링 시 카메라에 보이게 또는 보이지 않게 제어합니다.

32 배경으로 사용할 이미지를 삽입하기 위해 Background 오브젝트를 생성하겠습니다. 상단 커맨드 팔레트 바에서 [Floor]–[Background]를 클릭합니다.

33 배경 오브젝트에 적용할 새로운 텍스처를 제작해보겠습니다. 머티리얼 매니저에서 [Create]–[New Material]을 클릭합니다.

34 [Materila Editor] 대화상자에서 [Color] 채널에서 [Texture]–[Load image]를 클릭하고 'Sea Background. jpg'를 불러온 후 대화상자를 닫습니다.

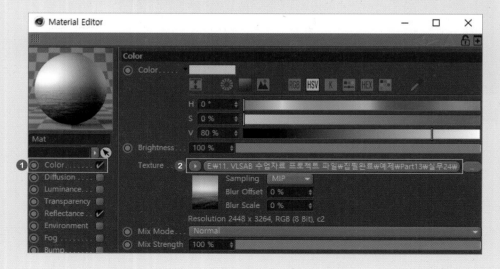

35 생성한 머티리얼을 [Background] 오브젝트에 드래그하여 적용합니다.

36 최종 렌더링한 이미지입니다. HDRI 소스를 활용해 라이팅하고 여러분이 원하는 추가 이미지를 통해 배경을
완성해봅니다.

3D 작업 시 Camera의 존재는 단순히 장면의 레이아웃을 잡거나 애니메이션을 주는 목적으로 사용되는 것이 아닙니다. Camera 오브젝트에는 다양한 설정이 존재하면 그것들을 이용해 씬을 보다 풍부하고 사실감 있게 표현할 수 있습니다. 가상의 작업물을 실감나게 표현하기 위해서는 실제와 같은 다양한 트릭을 연출해야 하며, 그것을 충족시키기 위해 시네마 4D의 Camera Object를 충분히 이해하고 있어야 합니다. 이번에는 Camera Object의 기본적인 설정과 애니메이션, 다양한 카메라의 비밀에 대해 알아보도록 하겠습니다.

카메라
(Camera)

01 3D Camera 오브젝트의 이해

≫ 시네마 4D에는 다양한 종류의 카메라가 있습니다. 기본적인 Camera 오브젝트의 설정을 변형시킨 Camera, Target Camera, Stereo Camera, Motion Camera, Camera Crane 등 총 5가지 종류로 구성되어 있습니다. Camera Object를 익히기 위해 카메라의 기본 설정을 익히고 종류별 카메라가 가지는 기능을 활용하는 방법을 알아보겠습니다.

01 Camera 종류별 이해와 활용

3D 환경에서 카메라는 중요한 역할을 합니다. 정확한 위치값을 기준으로 사물을 바라보고, 바라보는 시점에서의 애니메이션 작업 등 모션그래픽 분야에서 하나의 핵심적인 프로세스로 자리 잡고 있습니다. 이번에는 시네마 4D에서 표현할 수 있는 다양한 카메라의 종류를 알아보겠습니다.

Camera

여러 종류의 카메라 중 가장 기본이 되는 Camera 오브젝트입니다. 뷰포트의 시점을 카메라 오브젝트를 통해 위치, 회전값을 제어하며 애니메이션의 용도로 사용할 수 있습니다. 또한 Focal Length 설정을 통해 씬의 다양한 화각 연출과 Depth of Field, Motion Blur를 사용하기 위해 필수적인 요소입니다.

Target Camera

타겟 카메라 오브젝트는 특정 타겟 지점을 카메라가 계속적으로 추적하며 바라볼 수 있도록 설정된 기능입니다. 특히 롱 테이크(Long take) 장면 연출 시 정확한 지점을 추적하여 자연스럽게 장면을 이어나가기 쉽다는 장점이 있습니다.

Stereo Camera

스테레오 카메라 오브젝트는 안경 방식의 3D 영상(stereoscopic)을 제작하기 위한 도구입니다. 좌우로 대칭된 카메라는 눈 사이의 간격을 설정할 수 있습니다.

Motion Camera

모션 카메라는 다양한 설정을 통해 현실적인 카메라의 움직임처럼 제어할 수 있는 유용한 도구입니다. 내부 설정을 통해 카메라와 카메라맨의 위치, 회전 등을 섬세하게 제어할 수 있으며 움직임, 다이내믹 등 다양한 부가 효과들이 내장되어 있습니다.

Camera Crane

카메라 크레인 태그를 가진 카메라 오브젝트로, 크레인의 구조로 리깅된 여러 개의 관절을 독립적으로 제어할 수 있는 기능입니다.

02 Camera 오브젝트의 세부 설정 익히기

Object 설정

Camera의 Object 설정 항목은 초점 거리, 화각, 포커스 등 다양한 기능을 포함하고 있으며 가장 핵심적인 내용들로 이루어진 메인 설정 항목입니다.

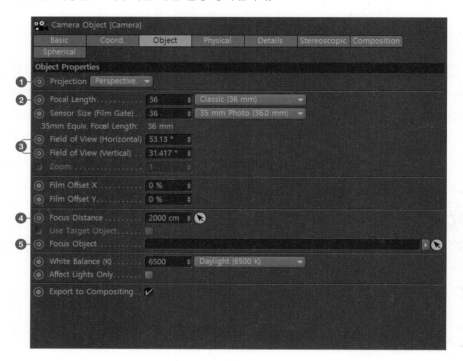

❶ **Projection** : 카메라 오브젝트가 물체를 투영하는 다양한 타입을 지정할 수 있는 설정 항목입니다. 기본 설정에서는 Perspective 상태이며 필요에 따라 평면, 또는 특수한 프로젝션 타입을 지정할 수 있습니다.

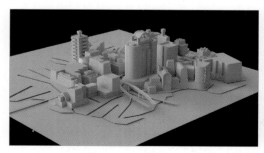

▲ Perspective

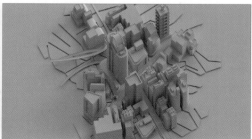

▲ military

▲ Frog

▲ isometric

❷ **Focal Length** : 초점거리는 카메라의 렌즈부터 센서까지의 직선거리를 나타내는 수치입니다. 초점거리는 단순한 거리값만을 설정하는 것이 아니라 화각, 렌즈의 왜곡 피사계 심도 등 다양한 부분에 영향을 미치며 이는 표현하려는 분위기에 중요한 요소로 작용됩니다. 다음 이미지를 통해 초점거리별 화각과 렌즈의 왜곡 정도를 비교해볼 수 있습니다. 초점거리 값에 따라 사물을 비추는 카메라의 위치값이 달라집니다. 높은 수치의 초점거리는 좁은 화각을, 낮은 수치의 초점거리는 넓은 화각이 되며 수치가 낮을수록 렌즈의 왜곡은 심해집니다.

▲ Focal Length : 18mm

▲ Focal Length : 36mm

▲ Focal Length : 50mm

▲ Focal Length : 80mm

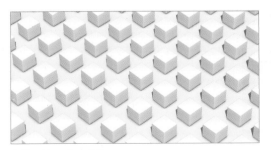

▲ Focal Length : 135mm

③ **Field of View(Horizontal/Vertical)** : 씬에서 카메라의 수평/수직 각도를 제어합니다. 이 설정은 Focal Length(초점거리) 설정과 직접적으로 링크되어 구동되기 때문에 Focal Length의 설정을 기본으로 제어할 경우 Field of View의 수치가 자동으로 설정됩니다.

▲ Horizontal : 120

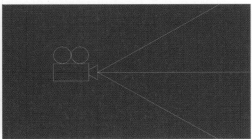

▲ Horizontal : 60

▲ Vertical : 100

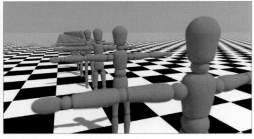

▲ Vertical : 60

④ **Focus Distance** : 피사계 심도(Depth of Field) 설정 시 원하는 피사체에 초점을 설정하는 기능입니다. 카메라 오브젝트의 센서에서 피사체까지의 직선거리로 설정되며, 키 애니메이션이 가능합니다.

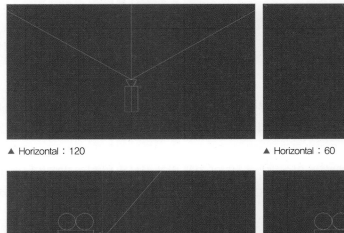

▲ Focus Distance : 100cm

▲ Focus Distance : 350cm

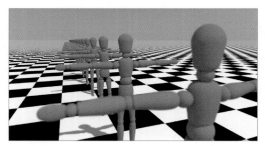

▲ Focus Distance : 1000cm

❺ **Focus Object** : 자유롭게 움직이는 피사체에 초점을 정확히 맞추는 일은 쉽지 않습니다. Focus Object 설정은 초점을 잡을 타겟 오브젝트를 지정하여 링크된 오브젝트의 위치값을 기준으로 초점거리를 자동으로 설정합니다.

Physical 설정

렌더러 설정이 Physical로 지정되어 있을 경우, 물리적인 형태의 카메라 제어가 가능하며 F-Stop(조리개), Exposure(노출), Shutter Speed 등 실제 카메라의 원리와 같은 기능적인 내용을 담고 있습니다. 실제 카메라의 기본적인 내용을 이해하고 있는 사람이라면 쉽게 설정할 수 있는 내용입니다.

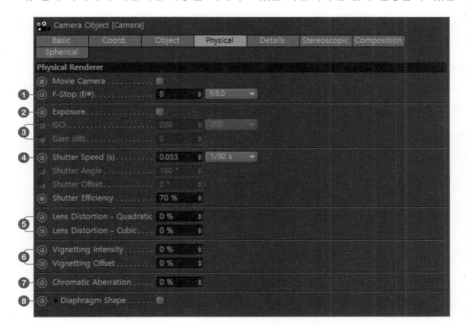

❶ **F-Stop** : 조리개(F-Stop)는 현실에서 렌즈를 통해 들어오는 빛의 양을 조절하지만, 3D 카메라에서는 피사계 심도의 블러 강도를 설정하는 목적으로 사용됩니다. F-Stop의 수치가 낮을수록 블러 강도가 심하게 표현되고, F-Stop의 수치가 높을수록 블러 강도가 약하게 표현됩니다.

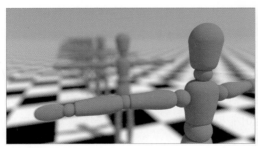

▲ F-Stop : 0.5

▲ F-Stop : 1

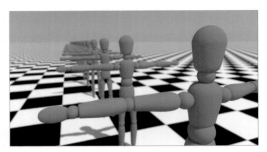

▲ F-Stop : 2

② Exposure : 노출 설정이 활성화될 경우, 실제 카메라의 프로세스를 시뮬레이션하여 출력물의 노출 정도를 임의로 제어할 수 있습니다. 이 경우 ISO/Gain(dB)과 같은 단위 항목을 이용해 제어하게 됩니다.

③ ISO/Gain(dB) : 실제 카메라에서 필름 또는 디지털 센서가 빛에 반응하는 민감도를 제어하는 값으로 해당 설정의 수치가 높을수록 이미지는 밝게 출력됩니다.

④ Shutter Speed : 셔터 스피드는 Motion Blur(모션 블러) 표현에 직접적인 영향을 주는 설정입니다. 실제 카메라에서 사진을 담기 위해 셔터가 열려 있는 시간을 설정하는 기능으로 속도가 느릴수록 모션 블러의 강도가 심해지고, 속도가 빠를수록 모션 블러의 강도가 약해집니다.

▲ Shutter Speed : 1/60s

▲ Shutter Speed : 1/30s

▲ Shutter Speed : 1/15s

⑤ Lens Distortion-Quadratic/Cubic : 렌즈 왜곡 효과는 이미지의 가장자리 영역을 휘어 보이게 표현하는 기능입니다. 실제 카메라에 장착된 단초점 렌즈가 광각 렌즈일 경우 볼록한 형태의 왜곡이 보이고, 망원 렌즈의 경우 오목한 형태의 왜곡이 보이게 됩니다. Lens Distortion 설정을 이용하면 렌즈의 왜곡 현상을 시뮬레이션하여 표현할 수 있습니다.

⑥ **Vignetting Intensity/Offset** : 비네팅은 이미지의 외곽이나 모서리 영역을 어둡게 하는 효과입니다. 실제 사진 촬영 시 렌즈 주변부의 광량이 부족하여 나타나는 현상으로, 3D 작업 시 이미지의 테두리를 어둡게 시뮬레이션합니다.

⑦ **Chromatic Aberration** : 실제와 같은 장면을 렌더링하기 위해서 색수차를 표현하는 기능입니다. 색수차 현상은 렌즈를 통해 들어온 빛의 파장의 길이가 달라 생기는 현상으로 명암대비 영역에서 청색과 적색의 컬러로 색이 분리되어 보입니다. 색수차는 피사계 심도(Depth of Field)에 의해 블러가 표현된 이미지 영역에서만 일어납니다.

⑧ **Diaphragm Shape** : 조리개 모양에 따른 보케(Bokeh) 현상을 제어할 수 있는 설정입니다. 이 설정에 지정된 흑백의 셰이프 이미지를 통해 원거리의 보케(Bokeh) 모양과 각도 등을 임의로 설정할 수 있습니다.

Details 설정

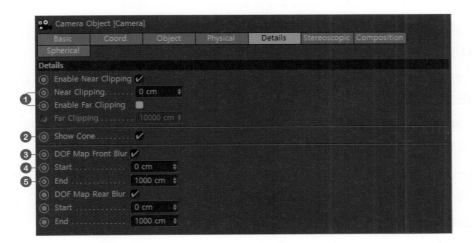

① **Near/Enable Far Clipping** : 수직 방향의 카메라 근접 또는 원거리에 대한 영역을 클리핑(절단)하는 기능입니다.

② **Show Cone** : 뷰포트 상의 카메라의 화각 범위를 활성화 또는 비활성화할 수 있는 설정입니다.

③ **DOF Map Blur(Front/Rear)** : Physical Camera를 이용한 피사계 심도(Depth of Field) 설정이 아닌 멀티 패스를 이용한 Depth 추출 시 사용하는 설정으로, 카메라와 피사체를 기준으로 앞쪽 또는 뒤쪽 블러를 설정하는 기능입니다.

④ **Start** : 초점 위치를 기준으로 얼마만큼의 거리까지 포커스가 온전히 맞을지 설정하는 항목입니다.

⑤ **End** : 초점 위치를 기준으로 블러가 온전히 적용될 총 거리를 지정하는 설정입니다. 만약 Start가 지정된 경우 Start 지점에서 시작된 블러는 End 지점의 위치에서 완전히 블러 처리가 시작됩니다.

Composition 설정

합성 설정은 카메라를 이용한 화면 레이아웃 관리 시 유용하게 사용될 수 있는 도구입니다. 황금 분할, 그리드, 황금나선 등 다양한 설정으로 구성된 컴포지션 설정을 이용해 씬을 알맞게 배열하거나 중요한 가이드 라인으로 활용할 수 있습니다.

❶ Grid : 카메라의 뷰포트 영역에 그리드를 배치하는 설정입니다. 이 그리드는 가로와 세로를 3등분으로 분할하여 표시됩니다.

❷ Diagonal : 카메라의 뷰포트 영역에 대각선을 배치하는 설정입니다. 동적으로 대비되는 장면 연출 시 유용하게 사용할 수 있습니다.

❸ Triangles : 카메라의 뷰포트 영역을 가로지르는 두 개의 대각선을 배치하는 설정입니다. 황금 분할의 정중앙에 오도록 배치되는 대각선입니다.

❹ Golden Section : 카메라 뷰포트 영역에 황금 분할을 배치하는 설정입니다. 건축과 미술 등 다양한 분야에서 가장 이상적인 비율로 사용되는 가로 세로의 분할 영역입니다.

❺ Golden Spiral : 카메라 뷰포트 영역에 황금나선을 배치하는 설정입니다.

❻ Crosshair : 카메라 뷰포트 영역의 중앙점과 중심의 상하좌우 십자선을 배치하는 설정입니다.

애니메이션을 위한 Camera 설정 익히기

카메라 애니메이션을 위한 키프레임 설정과 더 쉽고 편리하게 설정하기 위한 기능들에 대해 알아보겠습니다. 카메라를 생성하고 활성화하는 과정은 카메라 오브젝트의 위치와 회전값에 오브젝트를 바라보는 시점을 링크시켜 뷰포트 시점이 카메라를 통해 보는 시점과 링크되는 것을 의미합니다. 카메라 애니메이션을 이용할 경우, 오브젝트의 좌표(Coord.)를 이용해 뷰포트의 움직임을 정확하게 기록할 수 있습니다. 지금부터 카메라 오브젝트의 애니메이션 설정 방법에 대해 알아보겠습니다.

> 예제 파일 : Camera Animation.c4d

01 간단한 모델링으로 구성된 씬에서 카메라 오브젝트를 이용해 뷰포트 애니메이션을 기록해보는 실습을 하겠습니다. 메뉴 바의 [File]–[Open]을 클릭하고 예제 파일(Camera Animation.c4d)을 불러옵니다.

02 새로운 카메라 오브젝트를 생성하겠습니다. 상단 커맨드 팔레트 바에서 [Camera]를 클릭합니다.

03 오브젝트 매니저에서 Camera 오브젝트를 활성화하기 위해 [Camera] 오브젝트의 우측 사각형의 마커를 클릭하여 흰색으로 변경합니다.

TIP　Camera 오브젝트의 전원 버튼 사용하기

▲ Camera on　　▲ Camera off

04 타임라인의 마커가 '0F'의 위치(시작 지점)에 있을 때 [Camera] 오브젝트의 [Coord] 탭 설정 항목 중 [Position]과 [Rotation]을 기록합니다.

[Frame] 0F,

[Coord.] ・P.X : 170.937cm ・P.Y : 228.898cm ・P.Z : −297.978cm ・R.H : 30.93˚

・R.P : −28.65˚ ・R.B : 0˚ ・해당 Record 체크

05 타임라인의 마커를 '90F'의 위치(끝 지점)로 이동한 후 뷰포트를 움직여 변화시킨 뒤 [Camera] 오브젝트의 [Coord.] 탭 설정 항목 중 [Position]과 [Rotation]을 입력합니다.

[Frame] 90F,

[Coord.] ・P.X : 144.802cm ・P.Y : 121.229cm ・P.Z : −269.166cm ・R.H : 29.94˚

・R.P : −13.46˚ ・R.B : 0˚

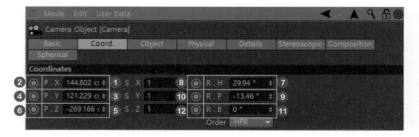

06 카메라 애니메이션의 특성상 대부분 좌표 설정 항목에서 애니메이션을 레코딩하지만  Record Active Object(F9) 버튼을 클릭하면 쉽고 빠르게 애니메이션을 기록합니다.

07 F8키를 눌러 간단한 애니메이션 프리뷰를 통해 뷰포트의 움직임을 확인해봅니다. 생각보다 단순한 과정을 통해 카메라 애니메이션을 적용하고 빠르게 수정할 수 있습니다.

08 기존의 카메라를 삭제하고 주인공이 될 사물을 정확하게 지향하기 위해 Target Camera 오브젝트를 사용하는 것을 추천합니다. 새로운 Target Camera 오브젝트를 생성하기 위해 상단 커맨드 팔레트 바에서 [Camera]–[Target Camera]를 클릭합니다.

09 Camera와 함께 생성된 [Camera Target.1(Null)] 오브젝트의 위치를 움직여 정확한 카메라의 지향점을 지정합니다.

[Coord.] • P.X : 18cm • P.Y : 45cm • P.Z : −65cm

10 [Camera] 오브젝트가 선택된 상태에서 타임라인의 마커가 '0F'의 위치(시작 지점)에 있을 때 위치와 회전값 등을 입력한 후 Record Active Object(F9) 버튼을 클릭해서 레코딩합니다.

[Frame] 0F,

[Coord.] • P.X : 170.937cm • P.Y : 228.878cm • P.Z : −297.978cm • R.H : 33.283°
• R.P : −33.417° • R.B : 0°

11 타임라인의 마커가 '90F'의 위치(시작 지점)에 있을 때 카메라의 시점을 변경한 후 ⊘ Record Active Object(F9) 버튼을 이용해 위치와 회전값 등을 레코딩합니다. 이때 Target Camera 오브젝트를 이용하면 정확하게 원하는 물체나 위치를 지향하며 움직이는 카메라를 간편하게 설정할 수 있습니다.

[Frame] 90F,

[Coord.] • P.X : 143.618cm • P.Y : 110.979cm • P.Z : −159.574cm • R.H : 53.025°
• R.P : −22.763° • R.B : 0°

TIP 카메라가 켜진 상태에서는 뷰포트를 이동/확대축소/회전하는 것은 카메라의 위치, 회전값과 링크되어 동작합니다. 따라서 카메라의 시점을 변경하기 위해서는 카메라가 활성화된 상태에서 기존의 뷰포트 동작법을 통해 화면의 레이아웃을 잡아줍니다.

02 | Camera 오브젝트의 전환 효과

>> 시네마 4D와 같은 3D 소프트웨어 작업 시 하나의 카메라를 통해 한 컷의 장면을 렌더링할 수 있습니다. 다만, 여러 장면을 출력한 후 후반 편집 작업 시 각각의 컷이 조화롭지 못한 경우가 발생하는데 두 가지의 기법을 통해 여러 대의 카메라가 뷰포트 상에서 전환되며 컷과 컷 사이의 조화를 실시간으로 확인할 수 있는 노하우를 알아보겠습니다.

01 Stage Object를 이용한 화면 전환

⏱ 예제 파일 : Stage Camera – 시작파일.c4d   ⏱ 완성 파일 : Stage Camera – 완성파일.c4d

01 Ctrl + O 키를 누르고 예제 파일(Stage Camera–시작파일.c4d)을 불러옵니다. 해당 씬 파일에는 키 애니메이션이 설정된 두 개의 카메라 오브젝트가 준비되어 있습니다.

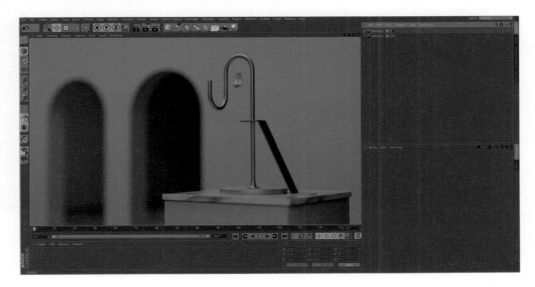

02 [Camera.1] 오브젝트는 타임라인 '0F – 60F' 시간 동안 애니메이션됩니다.

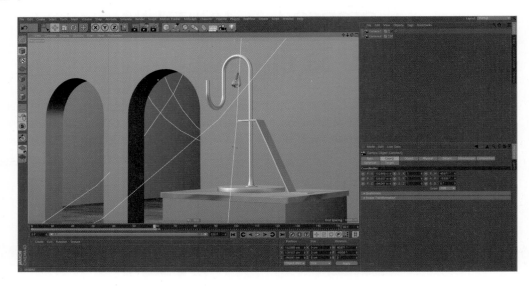

03 [Camera.2] 오브젝트는 타임라인 '61F – 150F' 시간 동안 애니메이션됩니다.

04 시간차를 두고 애니메이션이 설정된 두 대의 카메라 오브젝트를 전환시키기 위해 새로운 Stage Object를 생성합니다. 상단 커맨드 팔레트 바의 [Floor]-[Stage]를 클릭합니다.

TIP Stage Object는 여러 종류의 환경 요소들을 전환하는 설정을 가지고 있으며 그 중 카메라를 전환하는 기능이 포함되어 있습니다.

05 타임라인이 '60F'의 시점에서 [Object] 탭 설정 항목 중 [Camera] 설정 항목에 'Camera.1' 오브젝트를 링크시킨 뒤 키 애니메이션을 기록합니다.

[Frame] 60F, [Object] • Camera : Camera.1 • Record 체크

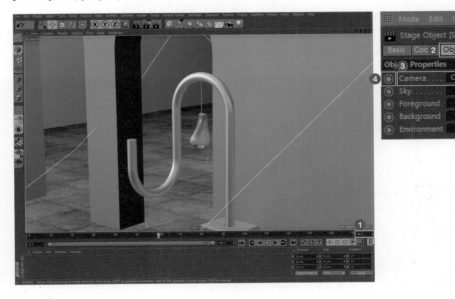

06 타임라인이 '61F'의 시점에서 [Object] 탭 설정 항목 중 [Camera] 설정 항목에 'Camera.2' 오브젝트를 링크시킨 뒤 키 애니메이션을 기록합니다.

[Frame] 61F. [Object] • Camera : Camera.2 • Record 체크

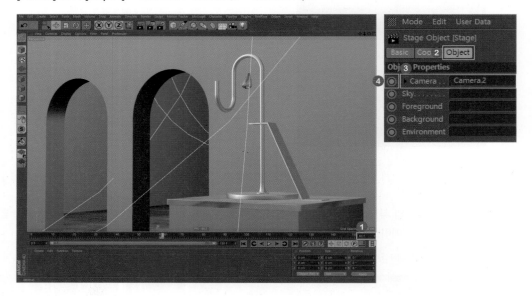

07 F8 키를 눌러 애니메이션 프리뷰를 통해 두 대의 카메라 오브젝트가 올바르게 전환되는지 확인합니다.

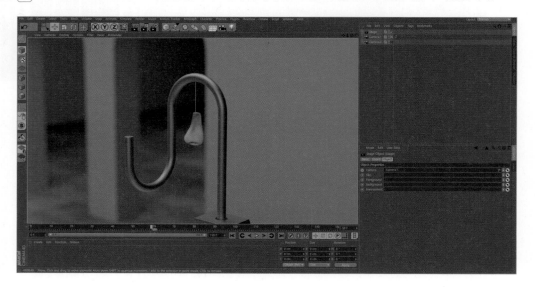

02 Camera Morph를 이용한 화면 전환

🕐 **예제 파일** : Stage Camera–시작파일.c4d

01 Ctrl + O 키를 눌러 예제 파일(Stage Camera–시작파일.c4d)을 불러옵니다. 해당 씬 파일에는 키 애니메이션이 설정된 두 대의 카메라 오브젝트가 준비되어 있습니다.

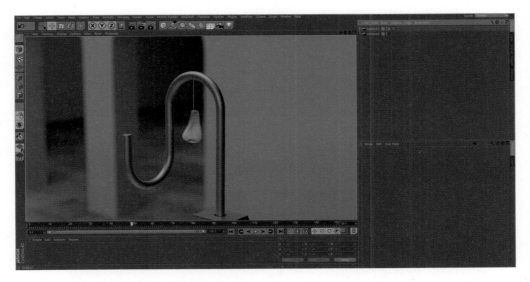

02 오브젝트 매니저에서 키 애니메이션이 설정된 두 대의 카메라(Camera 1, Camera 2) 오브젝트가 선택된 상태에서 상단 커맨드 팔레트 바의 [Camera]–[Camera Morph]를 클릭합니다.

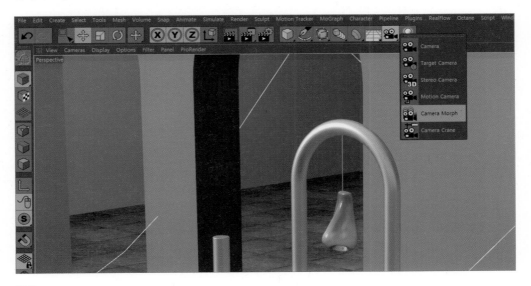

TIP Camera Morph는 여러 대의 카메라를 단계적으로 변환(몰프)되도록 제어하는 기능입니다.

03 오브젝트 매니저의 생성된 [Camera Morph] 태그를 클릭합니다.

04 타임라인 '60F' 시점에서 Blend 설정에 '0%'를 설정하고 Record를 클릭하여 키 애니메이션을 기록합니다.
[Frame] 60F, [Tag] ・Blend : 0% ・Record 클릭

05 타임라인 '61F' 시점에서 Blend 설정에 '100%'를 설정하고 Record를 클릭하여 키 애니메이션을 기록합니다.
[Frame] 61F [Tag] ・Blend : 100% ・Record 클릭

06 F8 키를 눌러 애니메이션 프리뷰를 통해 두 대의 카메라 오브젝트가 올바르게 전환되는지 확인합니다.

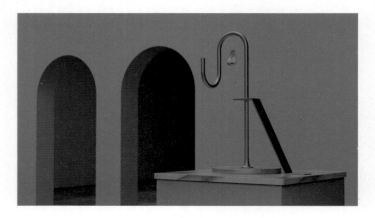

03 사실적인 표현을 위한 피사계 심도와 모션 블러

» 다양한 모션 그래픽 작업물들을 보면 공통적으로 표현되는 두 가지 기술이 있습니다. 카메라의 Focus를 이용해 물체와의 거리에 따른 심도를 표현하는 Depth of Field(피사계 심도)와 카메라의 셔터 스피드에 의해 빠르게 움직이는 물체의 잔상이 표현되는 Motion Blur(모션 블러)입니다. 3D 그래픽은 실제 촬영된 장면이 아닌 가상으로 제작된 이미지이기 때문에 사실적으로 보이기 위해서는 이 두 가지의 요소는 빠져서는 안 되는 핵심이라고 할 수 있습니다. 이번에는 Camera 오브젝트 기능을 활용해 피사계 심도와 모션 블러를 표현하는 방법에 대해 알아보겠습니다.

01 Camera를 이용한 Depth of Field

🕑 **예제 파일** : Depth of Field.c4d

01 Ctrl + O 키를 눌러 예제 파일(Depth of Field.c4d)을 열어 피사계 심도를 표현해보겠습니다. 해당 씬 파일에는 카메라와 가까운 거리에 위치한 수많은 Sphere 오브젝트와 원거리의 배경에 존재하는 작은 파티클들이 준비되어 있습니다.

02 피사계 심도를 표현하기 위해 Ctrl + B 키를 눌러 [Render Settings] 대화상자를 활성화하고 [Renderer] 설정을 'Physical'로 지정합니다.

Renderer : Physical

03 Physical 렌더러의 설정 항목 중 'Depth of Field'를 활성화하고 [Render Settings] 대화상자를 닫습니다. 이 설정이 활성화되어야만 피사계 심도가 정상적으로 동작합니다.

[Physical–Basic] Depth of Field : 체크

04 Camera 오브젝트의 설정을 이용해 집중하고자 하는 영역에 Focus(초점)를 설정해보겠습니다. [Camera] 오브젝트를 선택하고 [Object] 설정 항목 중 [Focus Distance(초점 거리)] 설정에 '500cm'를 입력합니다.

[Object] Focus Distance : 500cm

05 Camera의 렌즈로부터 직선거리 500cm의 지점에 정확히 Focus가 설정되는 것을 확인할 수 있습니다. Focus의 적용 유무를 확인하는 가장 쉬운 방법은 Top View(F2)를 이용해 카메라가 비추는 화각의 지점을 확인하는 것입니다.

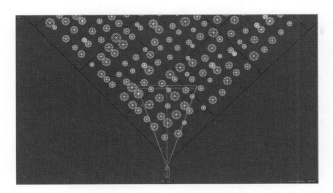

06 만약 Focus Distance 설정에 '800cm'의 수치를 입력할 경우 렌즈로부터 더 먼 곳에 초점이 설정되는 것을 알 수 있습니다.

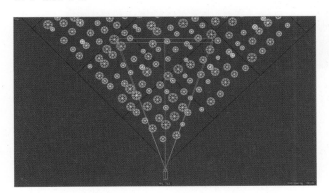

07 상단 커맨드 팔레트 바의 [Cube]-[Null]을 클릭하여 Null 오브젝트를 만든 후 'Focus Object'라고 이름을 변경합니다.

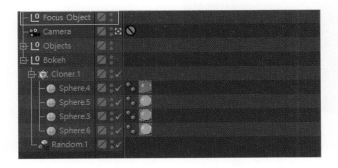

> **TIP** Focus의 위치가 이동하거나 움직이는 사물을 카메라로 쫓아야 할 경우, Focus 오브젝트를 이용하는 것도 좋은 방법이 될 수 있습니다. Null 오브젝트를 이용해 초점의 더미 오브젝트로 활용하는 방법이 많이 사용되며 카메라는 Focus 오브젝트의 위치를 추적하게 됩니다.

08 오브젝트 매니저에서 [Camera] 오브젝트를 선택한 후 [Object] 설정 항목 중 [Focus Object]의 화살표를 클릭하고 오브젝트 매니저의 'Focus Object'를 클릭하여 링크합니다.

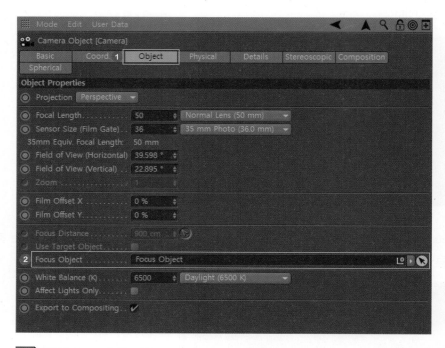

TIP Focus Object 작업 시 더미로 사용할 Null과 같은 오브젝트를 Focus Object 설정 항목에 링크하여 사용해야 카메라 오브젝트가 초점을 인식할 수 있습니다.

09 현재 이미지는 Null 오브젝트를 Focus Object로 설정한 상황입니다. Null 오브젝트의 움직임에 따라 카메라의 초점 위치가 변화됩니다.

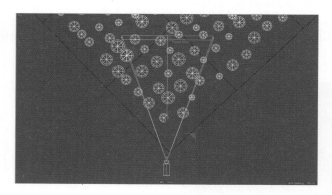

10 카메라의 설정이 완료된 후 실제 카메라의 테크닉과 같이 F−Stop(조리개의 개폐 정도) 설정을 이용해 블러의 강도를 지정할 수 있습니다. 조리개가 많이 개방될수록 블러 강도가 강해지며, 조리개가 닫힐수록 블러 강도는 약해집니다.

[Physical] F−Stop (f/#) : 0.1

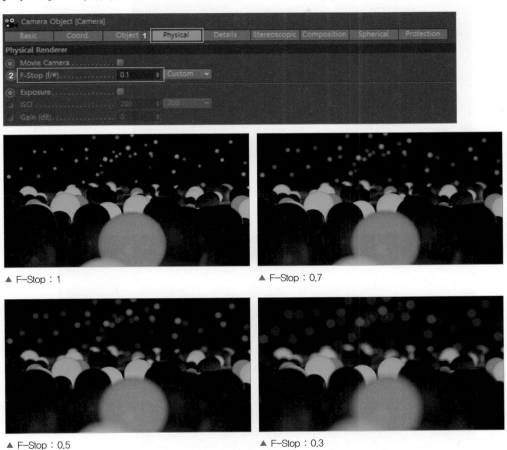

▲ F−Stop : 1   ▲ F−Stop : 0.7

▲ F−Stop : 0.5   ▲ F−Stop : 0.3

11 [Physical] 설정 항목 중 가장 아래에 위치한 [Diaphragm Shape]는 블러에 따른 보케 현상을 표현합니다. [Diaphragm Shape]의 왼쪽에 있는 확장 버튼을 클릭하고 [Shader] 설정 항목에 [Load Image]를 클릭하여 'Diaphragm Shape.png'를 선택하여 링크합니다.

[Physical] • Diaphragm Shape 확장 • Shader : Load Image(Diaphragm Shape)

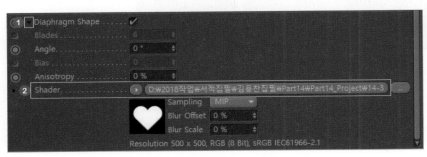

12 `Ctrl` + `R` 키를 눌러 간단한 테스트 렌더링을 통해 블러 강도가 강한 원경의 파티클들이 하트 모양의 보케 효과로 표현되는 것을 확인할 수 있습니다. 다만, 보케의 하트 형태가 상하 반전되는 것을 알 수 있습니다.

13 Diaphragm Shape 설정 항목의 [Angle]에 '180°' 수치를 입력해 상하를 반전시킵니다.

[Physical] Diaphragm Shape–Angle : 180°

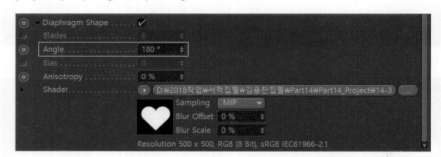

14 최종 렌더링을 통해 올바른 방향의 보케 효과와 피사계 심도가 완성된 것을 확인할 수 있습니다.

02 Camera를 이용한 Motion Blur

> ⏱ **완성 파일 :** Camera Motion Blur—완성파일.c4d

01 예제 파일(Camera Motion Blur—완성파일.c4d)을 불러옵니다. 풍력 발전기 모델링 데이터에는 회전하는 애니메이션이 적용된 날개가 준비되어 있습니다.

02 Motion Blur 또한 Physical Render를 사용해야 표현이 가능하기 때문에 `Ctrl` + `B` 키를 눌러 [Render Settings] 대화상자를 연 후 [Renderer]를 'Physical'로 지정합니다.

03 [Physical] 설정 항목 중 [Motion Blur]를 활성화합니다.

[Physical-Basic] Motion Blur : 체크

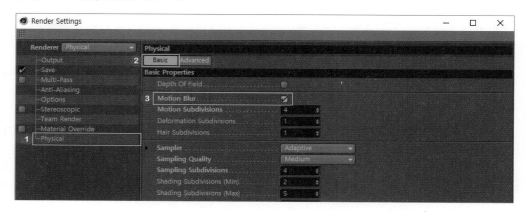

04 Physical 렌더러에 의해 표현되는 Motion Blur는 Render View(렌더 뷰)에서는 적용을 확인할 수 없으며 오직 [Render to Picture Viewer]에서만 확인이 가능합니다. Shift + R 키를 누릅니다.

▲ Render View

▲ Render to Picture Viewer

▲ Shutter Speed : 1/60s

▲ Shutter Speed : 1/30s

▲ Shutter Speed : 1/15s

▲ Shutter Speed : 1/8s

Wiggle을 이용한
다이내믹 카메라 애니메이션

카메라를 이용한 애니메이션을 진행할 때 다양한 원칙들이 있습니다. 이번 예제를 통해 설명하고자 하는 것은 'Wiggle'에 대한 내용입니다. 실제 환경에서 빠른 속도로 카메라 앞을 지나쳐가는 물체가 있을 때, 카메라는 그 물체의 방향성과 무게감, 마지막으로 속도에 반응하여 씰룩거리는 움직임을 나타냅니다. 3D 환경에서의 Camera Wiggle은 어떤 식으로 표현할 수 있는지와 그 과정에 대해 알아보도록 하겠습니다.

 예제 파일 : Camera Wiggle – 시작파일.c4d   **완성 파일** : Camera Wiggle – 완성파일.c4d

01 예제 파일(Camera Wiggle–시작파일.c4d)을 불러옵니다. 준비된 씬 파일에는 [600F]의 시간 동안 회전 애니메이션이 설정된 풍력 발전기가 있습니다.

02 타임라인의 시간 동안 카메라가 점점 풍력 발전기와 가까워질 수 있도록 간단한 애니메이션을 설정해보겠습니다. 타임라인이 'OF'인 시점에서 사진과 같이 적당한 거리를 유지한 상태로 카메라의 좌푯값을 F9 키를 눌러 기록합니다.

[Frame] 0F,
[Coord.] • P.X : −126.354cm • P.Y : −351.925cm • P.Z : −57.088cm • R.H : −15.273°
 • R.P : 24.233° • R.B : 0°

03 타임라인이 '300F'인 시점에서 시작 시점보다 조금 더 가까이 물체에 다가갈 수 있도록 시점을 변경시킨 후 카메라의 좌푯값을 F9 키를 눌러 기록합니다.

[Frame] 300F,

[Coord.] • P.X : −47.767cm • P.Y : −331.393cm • P.Z : 27.208cm • R.H : −8.446°
• R.P : 26.096° • R.B : 0°

04 F8 키를 눌러 애니메이션 프리뷰를 통해 확인해보면 풍력 발전기의 날개가 회전하며 점점 가까워지는 카메라의 앞으로 지나쳐가는 것을 확인할 수 있습니다.

05 직선적으로 애니메이션 하는 카메라의 움직임에 자연스러운 Wiggle을 표현하기 위해 Vibrate Tag 기능을 설정하겠습니다. 오브젝트 매니저 메뉴 바의 [Tags]–[CINEMA 4D Tags]–[Vibrate]를 클릭합니다.

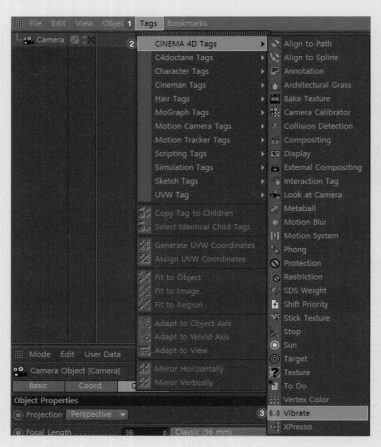

06 Vibrate는 진동을 뜻하는 단어로 설정된 오브젝트의 위치, 크기, 회전값에 랜덤한 진동을 통해 무작위의 움직임을 지정하는 기능입니다. 카메라의 회전값을 제어하기 위해 [Enable Rotation] 설정을 활성화합니다.

[Tag] Enable Rotation : 체크

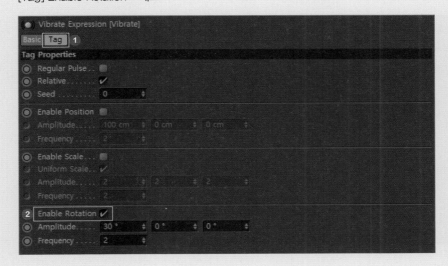

07 F8 키를 눌러 애니메이션 프리뷰를 진행해보면 물체와 점점 가까워지는 카메라 오브젝트에 상하좌우로 회전 진동이 설정된 것을 확인할 수 있습니다.

08 타임라인이 '97F' 위치에서 회전하는 날개는 카메라의 정면을 지나치기 직전의 상황입니다. 이때 Vibrate Tag의 Rotation 설정 중 [Amplitude(진폭)]에 '0.15°/0.15°/0.15°' 수치를 입력한 뒤 키프레임을 기록합니다.

[Frame] 97F, [Tag] • Enable Rotation 체크 • Amplitude : 0.15°/0.15°/0.15° • Record 클릭

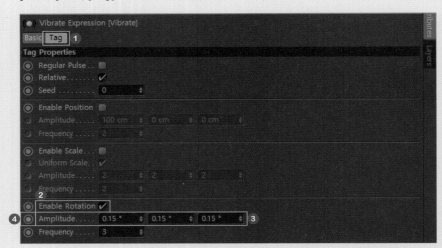

09 타임라인이 '103F' 위치 시점에서 [Amplitude(진폭)]에 '2°/7°/2°' 수치를 입력한 뒤 키프레임을 기록합니다. 이 시점은 날개가 카메라 오브젝트를 지나치며 Wiggle이 가장 심한 시점의 수치 기록입니다.

[Frame] 103F, [Tag] • Amplitude : 2°/7°/2° • Record 클릭

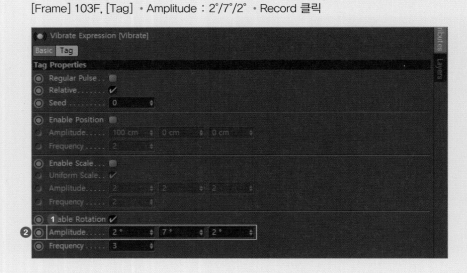

10 타임라인이 '123F' 위치에서 [Amplitude(진폭)]에 '0.15°/0.15°/0.15°' 수치를 입력한 뒤 키프레임을 기록합니다. 이 시점은 진동이 점점 잦아들며 카메라 오브젝트가 진정되는 시점입니다.

[Frame] 123F, [Tag] • Amplitude : 0.15°/0.15°/0.15° • Record 클릭

11 다시 날개가 카메라를 향해 돌아오는 타임라인의 '150F' 위치에서 [Amplitude(진폭)]에 '0.15°/0.15°/0.15°' 수치를 입력한 뒤 키프레임을 기록합니다.

[Frame] 150F, [Tag] • Amplitude : 0.15°/0.15°/0.15° • Record 클릭

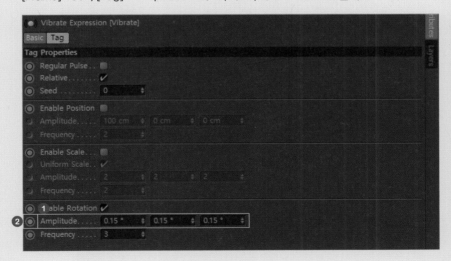

12 날개 오브젝트가 카메라를 지나치는 시점인 타임라인의 '156F' 위치에서 [Amplitude(진폭)]에 '2°/8°/2°' 수치를 입력한 뒤 키프레임을 기록합니다.

[Frame] 156F, [Tag] · Amplitude : 2°/8°/2° · Record 클릭

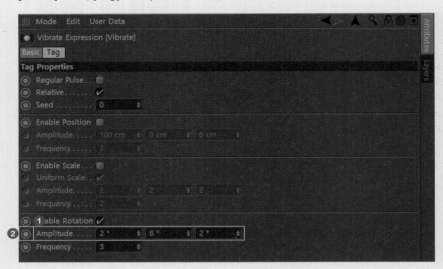

13 날개가 카메라를 지나쳐 진동이 점점 잦아드는 시점인 타임라인이 '186F' 위치에서 [Amplitude(진폭)]에 '0.15°/0.15°/0.15°' 수치를 입력한 뒤 키프레임을 기록합니다.

[Frame] 186F, [Tag] · Amplitude : 0.15°/0.15°/0.15° · Record 클릭

14 애니메이션의 마지막 회전에 해당하는 타임라인의 '208F' 위치에서 기존과 동일하게 [Amplitude(진폭)]에
'0.15°/0.15°/0.15°' 수치를 입력한 뒤 키프레임을 기록합니다.

[Frame] 208F, [Tag] • Amplitude : 0.15°/0.15°/0.15° • Record 클릭

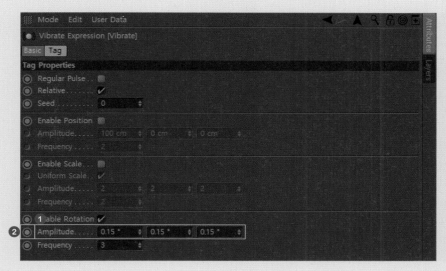

15 타임라인의 '214F' 위치에서 [Amplitude(진폭)]에 '2°/8°/2°' 수치를 입력한 뒤 키프레임을 기록하겠습니다.

[Frame] 214F, [Tag] • Amplitude : 2°/8°/2° • Record 클릭

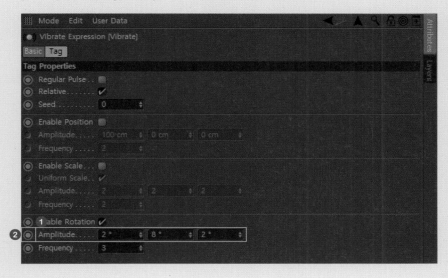

16 마지막으로, 타임라인의 '245F' 위치에서 [Amplitude(진폭)]에 '0.15°/0.15°/0.15°' 수치를 입력한 뒤 키프레임을 기록합니다.

[Frame] 245F, [Tag] • Amplitude : 0.15°/0.15°/0.15° • Record 클릭

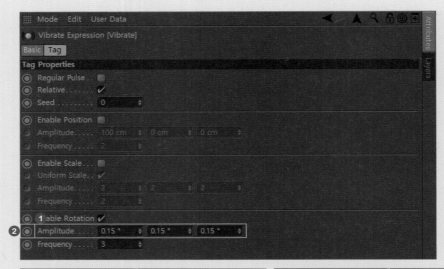

Spline을 이용한 Camera Path 애니메이션

실무 2

이번에는 Spline 오브젝트를 Camera의 경로로 활용하여 더 정교하고 규칙적인 방식으로 애니메이션 해보겠습니다. 구체적인 형태의 지형 표면을 따라 자연스럽게 사람이 걸으며 카메라를 손으로 움직이는 듯한 표현을 제작해보고자 합니다. 이 경우 단순한 경로의 움직임을 표현하는 카메라와 다이내믹하고 구체적인 Wiggle 카메라인 모션 카메라의 움직임이 하나로 링크되어 작동될 수 있습니다.

 예제 파일 : Dynamic Camera – 시작파일.c4d   **완성 파일** : Dynamic Camera – 완성파일.c4d

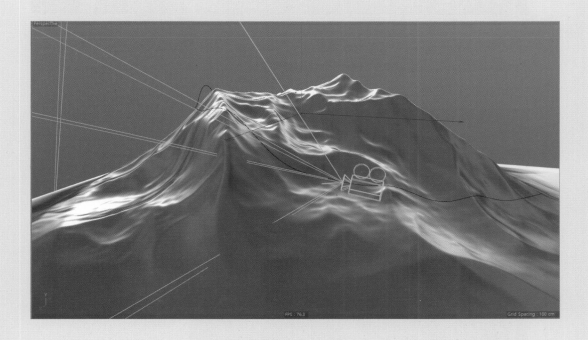

<u>01</u> 예제 파일(Dynamic Camera – 시작파일.c4d)을 불러옵니다. 현재 씬 파일에는 중앙부가 위로 솟아오른 형태의 지형 오브젝트가 준비되어 있습니다.

<u>02</u> 카메라의 움직임을 표현하기 위해 Pen 툴을 이용한 Spline을 그려보겠습니다. 상단 커맨드 팔레트 바의 [Pen]을 클릭하고 [Type] 설정을 'Cubic'으로 지정합니다.

[Options] Type : Cubic

<u>03</u> F2 키를 눌러 뷰포트의 설정을 Top View로 지정한 상태에서 지형의 평면 영역에 Spline을 원하는 형태로 그려줍니다. 적당한 간격으로 Point를 찍어 카메라의 애니메이션 Path를 제작합니다.

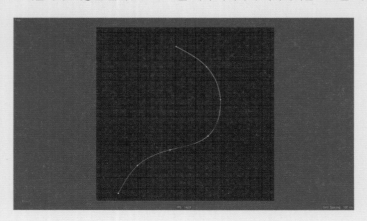

04 생성된 [Spline] 오브젝트의 [Basic] 탭 설정 항목 중 [Name]을 'Camera Path'로 변경합니다.

[Basic] Name : Camera Path

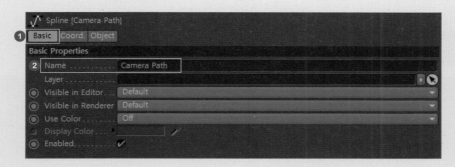

05 Spline 오브젝트의 모든 포인트가 선택된 상태에서 마우스 우클릭하여 [Subdivide] 도구의 우측 ⚙ 버튼을 클릭하여 더 세밀한 설정을 진행하겠습니다.

06 입체적인 지형의 높낮이에 Spline 오브젝트의 형태가 일치하기 위해서 포인트의 개수를 증가시켜 디테일하게 제어하겠습니다. [Subdivisions] 설정에 '20'을 입력하여 분할합니다.

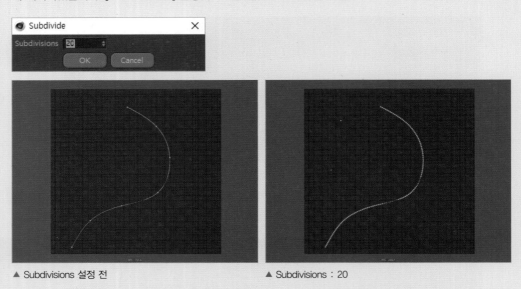

▲ Subdivisions 설정 전   ▲ Subdivisions : 20

07 뷰포트가 Top View인 상태에서 마우스 우클릭하여 'Project'를 실행합니다.

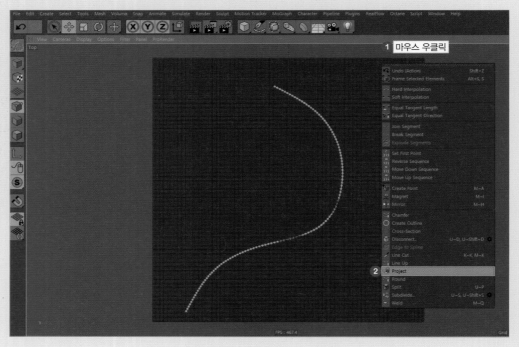

TIP 해당 기능은 [Spline] 오브젝트를 현재의 시점인 상태에서 배경에 존재하는 오브젝트의 표면에 투영시키는 역할을 합니다.

08 Project의 [Mode]가 'View(현재의 뷰포트)'인 상태에서 〈Apply〉 버튼을 클릭해 실행합니다.

[Options] Mode : View

09 F1 키를 눌러 Perspective View 모드에서 각각의 Spline 오브젝트 포인트가 지형 오브젝트의 표면에 올바르게 프로젝션(투영) 되었는지 확인합니다.

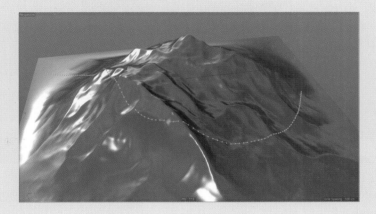

10 카메라맨의 이동 경로가 될 Spline 오브젝트가 바닥 표면에서 [P.Y]축 방향으로 '30cm' 위치시킵니다. (카메라맨의 키 높이)

[Coord.] P.Y : 30cm

11 너무 많은 포인트 수는 오히려 카메라 애니메이션을 지나치게 민감하게 만들 수 있기 때문에 포인트의 개수를 줄이도록 하겠습니다. 포인트가 선택된 상태에서 마우스 우클릭하고 'Round'를 클릭합니다.

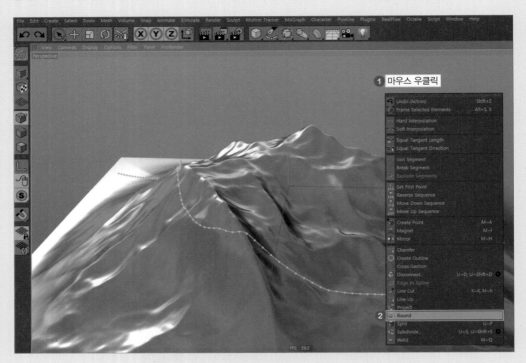

12 현재 Spline을 구성하는 수많은 포인트의 개수를 Round 도구를 이용해 원하는 수치로 감소시킬 수 있습니다. [Points]에 '30'을 입력합니다.

[Options] Points : 30

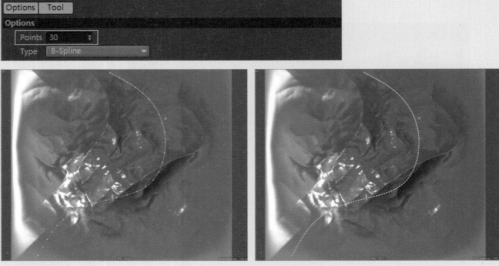

▲ Round 설정 전   ▲ Round : 30

13 애니메이션 경로가 제작되었기 때문에 새로운 Camera 오브젝트를 제작해보겠습니다. 상단 커맨드 팔레트
바의 [Camera]를 클릭합니다.

14 Camera 오브젝트의 [Focal Length(초점 거리)] 설정을 'Super Wide (15mm)'로 지정합니다.

[Object] Focal Length : Super Wide (15mm)

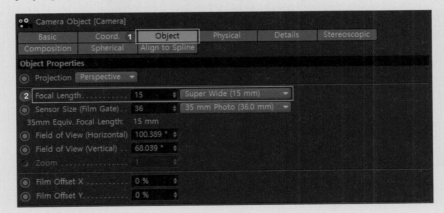

15 Camera 오브젝트가 Spline의 경로를 레일로 하여 애니메이션될 수 있도록 Align to Spline 태그를 설정하 겠습니다. [Camera] 오브젝트가 선택된 상태에서 마우스 우클릭 후 [CINEMA 4D Tags]–[Align to Spline] 을 클릭합니다.

16 Align to Spline의 [Tag] 탭 설정 항목 중 [Spline Path]에 'Camera Path' 오브젝트를 링크합니다. 또한 카 메라가 진행경로로 지향할 수 있도록 [Tangential] 설정을 활성화합니다.

[Tag] • Spline Path : Camera Path • Tangential : 체크

17 Position 설정에 키 애니메이션을 기록하여 경로를 따라 Camera 오브젝트가 애니메이션 되도록 설정하겠습니다. 타임라인의 '0F'에 위치할 때 [Position] 값을 '0%'의 수치를 레코딩합니다.

[Frame] 0F, [Tag] • Position : 0% • Record 체크

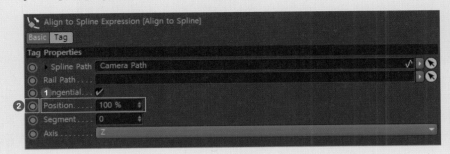

18 타임라인의 '600F' 위치에서 [Position]을 '100%'의 수치를 레코딩합니다. F8 키를 눌러 간단한 애니메이션 프리뷰를 통해 움직임을 확인합니다.

[Frame] 600F, [Tag] • Position : 100% • Record 체크

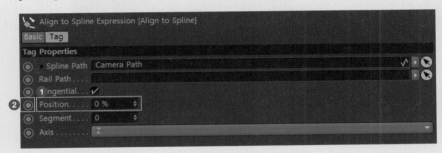

19 단순하게 경로를 따라가는 모션에 추가적인 변칙(Wiggle)을 설정하기 위해 [Camera] 오브젝트가 선택된 상태에서 상단 커맨드 팔레트 바의 [Camera]–[Motion Camera]를 클릭합니다.

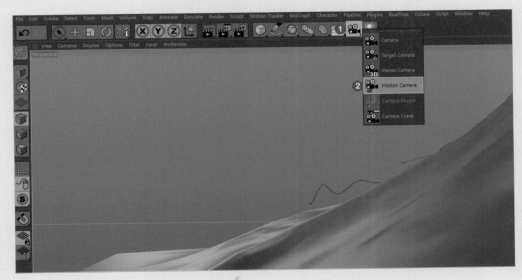

20 새롭게 생성된 Motion Camera를 활성화합니다. 기존 Camera 오브젝트가 선택된 상태에서 추가된 Motion Camera 오브젝트는 자동으로 오리지널 카메라와 링크됩니다.

21 Motion Camera 오브젝트는 타겟, 경로 추적, 위글 등 다양한 기능을 포함하고 있습니다. 가장 손쉽게 제어하는 방법은 Motion 설정의 Preset을 이용하는 것입니다. 카메라맨의 이동 간 보폭과 회전 등 다양한 요소에 사실적인 흔들림을 설정할 수 있습니다. 여러분이 원하는 Preset 설정과 애니메이션 프리뷰와 함께 골라보세요.

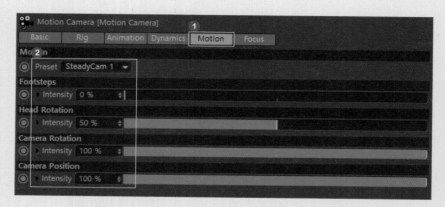

TIP Motion 설정을 더 세밀하게 제어하기 위해 각각의 내용들을 확장하여 원하는 범위의 최댓값과 진동수 등을 개별적으로 입력할 수 있습니다.

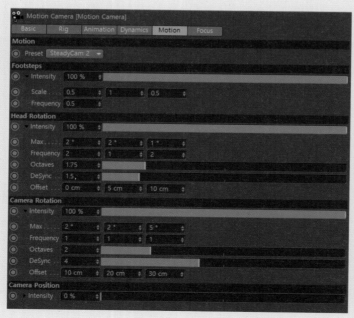

22 지금까지 실제와 같은 자연스러운 카메라 연출에 대한 노하우를 익혀보았습니다. 여러 가지의 연출 상황에 알맞은 다양한 카메라 애니메이션을 연습하고 상상하며 여러분의 작업에 쓰임새 있게 활용해보시기 바랍니다.

찾아보기 _INDEX